Johannes Mario Simmel, geboren 1924 in Wien, wurde 1948 durch seinen ersten Roman »Mich wundert, daß ich so fröhlich bin« bekannt. Mit seinen brillant erzählten, zeit- und gesellschaftskritisch engagierten Romanen – sie sind in 26 Sprachen übersetzt und haben eine Auflage von weit über 65 Millionen erreicht – hat sich Johannes Mario Simmel international einen Namen gemacht.
Nicht minder erfolgreich sind seine Kinderbücher.
Fast alle seine Romane wurden verfilmt.

Johannes Mario Simmel

Affäre Nina B.

Mich wundert,
daß ich so fröhlich bin

*Zwei Romane
in einem Band*

Von Johannes Mario Simmel sind außerdem erschienen:

Es muß nicht immer Kaviar sein (Band 29)
Bis zur bitteren Neige (Band 118)
Liebe ist nur ein Wort (Band 145)
Lieb Vaterland magst ruhig sein (Band 209)
Alle Menschen werden Brüder (Band 262)
Und Jimmy ging zum Regenbogen (Band 397)
Der Stoff, aus dem die Träume sind (Band 437)
Die Antwort kennt nur der Wind (Band 481)
Niemand ist eine Insel (Band 553)
Meine Mutter darf es nie erfahren (Band 649)
Hurra, wir leben noch (Band 728)
Zweiundzwanzig Zentimeter Zärtlichkeit (Band 819)
Wir heißen euch hoffen (Band 1058)
Die Erde bleibt noch lange jung (Band 1158)
Bitte, laßt die Blumen leben (Band 1393)
Die im Dunkeln sieht man nicht (Band 1570)
Doch mit den Clowns kamen die Tränen (Band 2957)
Im Frühling singt zum letzten Mal die Lerche (Band 60089)

Dieses Buch wurde auf chlor- und säurefreiem Papier gedruckt.

Vollständige Taschenbuchausgabe April 1993
Droemersche Verlagsanstalt Th. Knaur Nachf., München
© 1993 für diese Ausgabe Droemersche Verlagsanstalt
Th. Knaur Nachf., München
Umschlaggestaltung Graupner + Partner, München
Umschlagfoto Index/Transglobe Agency
Satz Ventura Publisher im Verlag
Druck und Bindung Elsnerdruck, Berlin
Printed in Germany
ISBN 3-426-60093-5

2 4 5 3 1

Inhalt

Affäre Nina B.
7

Mich wundert,
daß ich so fröhlich bin
433

Affäre Nina B.

Roman

In
memoriam
Mila Blehova

Wer mit dem Teufel essen will,
muß einen langen Löffel haben.
Deutsche Volksweisheit

Prolog

Er hatte viele Feinde. Ich war sein größter. Es gab viele Menschen, die ihn haßten. Niemand haßte ihn mehr als ich. Viele Menschen wünschten ihm den Tod. Ich war entschlossen, ihn herbeizuführen, den Tod des Mannes, den ich über alle Maßen haßte.
An diesem Tage war es soweit. Ich hatte lange gewartet. Nun hatte das Warten ein Ende. Ich hatte lange gezögert. Nun war es mit dem Zögern vorbei. Nun ging es um mein Leben – und um seines.
Es war schon sehr warm in Baden-Baden an diesem 7. April. Der sanfte, bewaldete Talkessel, auf dessen Grund die Stadt errichtet stand, fing die Kraft der jungen Sonne ein und hielt sie in seiner dunklen, fruchtbaren Erde fest. Viele Blumen blühten in Baden-Baden, gelbe, blaue und weiße. Ich sah Primeln und Himmelschlüssel, Krokusse und Veilchen an den Ufern der schläfrig murmelnden Oos, als ich den schweren Wagen durch die Lichtentaler Allee lenkte. Es war sein Wagen, einer von den dreien, die er besaß, und er paßte zu ihm: ein protziger, riesenhafter Cadillac mit weißen Reifen, rot und schwarz lackiert.
Alle Menschen auf den Straßen hatten freundliche Gesichter. Die Frauen lächelten mysteriös. Sie trugen bunte, leichte Kleider. Viele trugen verwegene Hüte. Ich sah eine Menge von verwegenen Hüten an diesem Morgen, als ich zum Polizeipräsidium fuhr, um eine Anzeige zu erstatten. Dies schien ein Frühling der Hüte zu werden, dachte ich.

Die Männer trugen graue, hellbraune, hellblaue oder dunkelblaue Anzüge, viele hatten bereits ihre Mäntel zu Hause gelassen. Die Männer sahen die Frauen an und ließen sich Zeit dabei. Sie hatten keine Eile. Niemand hatte an diesem Frühlingstag Eile in Baden-Baden, niemand außer mir. Mich hetzte mein Haß, mich hetzte ein unsichtbares, unhörbares Uhrwerk, das ich selbst in Gang gesetzt hatte und vor dessen Stunde Null es kein Entrinnen gab – für ihn und mich.

Kinder spielten unter den alten, staubigen Pappeln der Allee. Sie trieben bunte Reifen und fuhren auf kleinen Rädern im Kreis. Bälle flogen durch die Luft. Die Stimmen der Kinder klangen jauchzend und sorglos. Es waren ein paar Franzosen unter ihnen, ich hörte, was sie sich zuriefen:

»Armand! Armand! Rends-moi la bicyclette!«

»Mais non, Loulou! Laisse-la moi encore un peu!«

Im Rückspiegel des Wagens erblickte ich in einer Kurve mein Gesicht. Es war weiß. Ich sah krank aus. Unter den Augen lagen schwarze Schatten. In den Lippen war kein Blut. Und auf der Stirn stand Schweiß in feinen Tropfen. Ich nahm meine Schirmmütze ab und wischte den Schweiß fort. Die Schirmmütze war grau wie mein zweireihiger Gabardineanzug. Das Hemd war gleichfalls grau, aus Popeline. Die Krawatte war stumpfblau. Die Halbschuhe waren schwarz. Ich war sein Chauffeur, und so war ich gekleidet: als der Chauffeur des Mannes, der sich Julius Brummer nannte.

Julius Maria Brummer, so hieß er eigentlich. Die wenigsten Menschen wußten das. Mir hatte er es einmal erzählt, in irgendeiner Winternacht, auf irgendeiner Autobahn: »Ich war eine große Enttäuschung für meine Mutter. Sie wünschte sich so sehr eine Tochter. Die sollte Maria heißen. Mutter war ganz unglücklich nach meiner Geburt. Da hängte sie mir wenigstens den Mädchennamen an ...«

Ich erreichte nun das Hotel Atlantic.

Auf der Terrasse frühstückten ein paar Gäste. Sie saßen im

Schatten mächtiger, rot-weiß gestreifter Sonnensegel. Die Mauern des Hotels waren frisch in Kaisergelb gestrichen.
Die Hecken unter der Terrasse glitzerten naß und dunkelgrün. Dem Hotel gegenüber blendeten die großen Fenster des Spielkasinos. Rosa schimmerte die Riesenmuschel des Kurorchesters durch die blühenden Bäume. Es gab viele Farben. Die Luft flimmerte. Der Tag schickte sich an, sehr heiß zu werden. Ich trat auf das Gaspedal. Die Zeit hetzte mich. Ich mußte eine Anzeige erstatten, und ich mußte mich beeilen damit ...
Der Polizist beim Eingang des Landespolizei-Kommissariats in der Sophienstraße hob lächelnd eine Hand zum Gruß an die Kappe, als ich an ihn herantrat. Danach blickte er auf die beiden Buchstaben an meinem linken Jackenrevers. Die meisten Menschen blickten dorthin, wenn sie mich sahen. In meinem linken Jackenrevers staken, aus Gold geformt und an einer goldenen Nadel befestigt, die Buchstaben J und B. Es waren die Anfangsbuchstaben seines Namens. Sein Name schien Julius Brummer zu gefallen. Oder wenigstens die Anfangsbuchstaben gefielen ihm. Er ließ sie überall anbringen – auf seinen Grundstücken, auf seinen Mietskasernen, auf seiner Villa; auf seinen drei Wagen, auf seiner Segeljacht und auf den Kleidern aller Angestellten. Seine Frau besaß eine Menge Schmuck. Sie konnte die kostbaren Stücke anlegen und wieder abnehmen. Ein Stück konnte sie nicht mehr abnehmen, seit ein Goldschmied es vor Jahren um die Fessel ihres linken Fußes schloß: ein dünnes Band aus Gold, in das zwei Buchstaben geschnitten waren ...
»Sie wünschen?« fragte der Polizist.
»Ich möchte eine Anzeige erstatten.«
»Haben Sie etwas verloren?«
»Nein. Warum?«
»Ich dachte, es handle sich um eine Verlustanzeige«, sagte er und betrachtete das J und das B.
»Es handelt sich um eine Strafanzeige.«
»Linker Eingang. Zweiter Stock. Zimmer 31.«

»Danke«, sagte ich. Das Gebäude war in der Mitte des vorigen Jahrhunderts entstanden, das Stiegenhaus weiß gekalkt und von preußischer Nüchternheit.
Im zweiten Stock stand an der Tür des Zimmers 31:

Entgegennahme von Anzeigen

Vor dieser Tür blieb ich stehen und dachte an Julius Brummers junge Frau Nina und daran, daß ich sie liebte und weshalb. Dann dachte ich an Julius Brummer und daran, daß ich ihn haßte und wie sehr und warum.
Ich dachte nur kurz an Nina, aber ich dachte lange an ihren Mann. Ich dachte, daß ich ihn mehr haßte, als ich Nina liebte, mehr, viel mehr. Ich konnte niemanden so sehr lieben, wie ich Julius Brummer haßte. In eine andere Form der Energie verwandelt, hätte die Intensität meiner Gefühle für Julius Brummer ausgereicht, um eine Kathedrale zu errichten, einen Staudamm zu bauen, des Nachts einen Stadtteil elektrisch zu erhellen.
Auf dem menschenleeren Gang vor dem Zimmer 31 stehend, fuhr ich mit dem Zeigefinger über die beiden Buchstaben aus Gold an meiner Brust. Sie fühlten sich glatt an und kühl. Ihre Berührung gab mir jene Kraft, die mir gefehlt hatte, um an das Holz der Tür zum Zimmer 31 zu klopfen.
Nun klopfte ich.
Der Haß war eine feine Sache.
»Herein!« rief eine Männerstimme.
Das Zimmer 31 war groß und freundlich eingerichtet – gar nicht wie eine Amtsstube. Anscheinend kam die Kurstadt Baden-Baden sogar in Polizeibereichen dem Schönheitssinn ihrer Besucher entgegen. Bilder an den Wänden zeigten verschiedene Szenen von Parforcejagden im Stil der bekannten englischen Originale. Herren in roten Jacken und schwarzen Hosen, Silberschnallen an den Stiefeln, Spitzenjabots aus weißer Seide vor der Brust, ritten auf schnellen Pferden über herbstliche Wiesen,

indessen allerlei Getier im Angriff wilder Hundemeuten niederbrach.
Die Möbel des Zimmers 31 waren modern und zweckmäßig. Es gab ein paar bequeme Stühle mit gepolsterten Sitzen und gepolsterten Lehnen in Grün und Braun, hellfarbene Aktenschränke, einen breiten Schreibtisch aus Lärchenholz. Der Schreibtisch stand vor einem offenen Fenster. Durch dieses fiel Sonnenlicht in den Raum und über die breiten Schultern eines Mannes, der hinter dem Schreibtisch saß. Er schrieb mit zwei Fingern auf einer kleinen Maschine, als ich eintrat. Jetzt ließ er die Hände sinken und sah auf.
»Bitte?«
Meine Schirmkappe abnehmend, erwiderte ich mit einer Verneigung: »Man schickt mich zu Ihnen. Ich möchte eine Anzeige erstatten.«
Daraufhin machte der etwa dreißigjährige, sympathische Mensch hinter dem Schreibtisch eine einladende Handbewegung in Richtung zu einem Sessel in seiner Nähe. Ich setzte mich und kreuzte die Beine. Eine Hand ließ ich auf der Schreibtischplatte ruhen. Ich achtete darauf, einen ungezwungenen Eindruck zu erwecken. Ich glaube, es gelang mir. Der Beamte besaß dichtes schwarzes Haar, das ihm kurz geschnitten vom Kopf abstand wie eine Bürste, hellblaue Augen und einen großen, sinnlichen Mund mit verblüffend roten Lippen. Er trug graue Flanellhosen und ein beigefarbenes Sportjackett. Die grüne Krawatte paßte nicht zum Muster der Jacke, aber das Hemd war in Ordnung, und die schnürsenkellosen braunen Slipper waren es gleichfalls.
In der üblichen Weise glitt des Beamten Blick von meinem Gesicht ein Stück tiefer. Das J und das B aus achtzehnkarätigem Gold betrachtend, sagte er: »Ich bin der Kriminalkommissar vom Dienst. Ich heiße Kehlmann.«
»Mein Name«, erklärte ich ihm ruhig, »ist Holden. Robert Holden, so heiße ich.«

»Sie leben in Baden-Baden, Herr Holden?«

»Nein, in Düsseldorf. Ich bin nur vorübergehend in Baden-Baden. Ich bin Chauffeur, ich habe meinen Chef zur Kur hierhergebracht. Mein Chef ist Julius Brummer.«

»Oh«, sagte Kehlmann still. Dieser beherrschten Reaktion nach zu schließen, war der Kriminalkommissar ein ungemein höflicher Mensch. Natürlich kannte er Julius Brummer. Die meisten Menschen in Deutschland kannten Julius Brummer, im letzten halben Jahr hatte er den Zeitungen oft genug die Schlagzeilen geliefert. Nachgerade besaß er die Berühmtheit eines Filmstars. Wieder und wieder war sein breitflächiges, teigiges Gesicht mit den wäßrigen Knopfaugen und dem blaßblonden Schnurrbart im Bild erschienen: in den Spalten der Zeitungen, in den Illustrierten, in Wochenschauen, auf Fernsehschirmen. In Wort und Bild war über ihn berichtet worden: als seine Verhaftung die Düsseldorfer Gesellschaft erschütterte, als es nach seiner sensationellen Haftentlassung zu einer Anfrage der sozialdemokratischen Fraktion im Bundestag kam ... ja, eine bekannte Erscheinung war Julius Maria Brummer!

Ich sagte zu dem Kriminalkommissar Kehlmann: »Falls es Sie wundert, daß mein Chef sich in Baden-Baden aufhält: Die Untersuchungshaft wurde bereits vor Monaten unterbrochen.«

»Oh«, sagte er wieder. Dann fragte er sachlich: »Ist es eine Anzeige gegen Herrn Brummer, die Sie erstatten wollen?«

Es schien ihm das Nächstliegende zu sein. Es wurden dauernd Anzeigen gegen Julius Brummer erstattet. Kehlmann sah aus, als ob er eine solche Anzeige gerne entgegengenommen hätte.

»Nein«, antwortete ich, »es ist keine Anzeige gegen Herrn Brummer.«

»Sondern, Herr Holden?«

Die Antwort auf diese Frage hatte ich mir genau überlegt. Ich hatte sie auswendig gelernt, diese Antwort, so lange und so genau, daß die Worte, die ich nun sprach, mir sonderbar fremd und sinnlos, ohne Bedeutung und Inhalt, vorkamen. Ich sagte,

Kehlmann dabei in die blauen Augen blickend: »Es ist eine Anzeige wegen Diebstahls, Verleumdung, Hausfriedensbruchs und Bankbetrugs.«

Darauf fragte Kehlmann still: »Richtet sich diese Anzeige gegen einen einzelnen Menschen?«

»Ja«, sagte ich ebenso still, »gegen einen einzelnen Mann.«

»Ganz hübsch – für einen einzelnen Mann«, sagte er.

»Es ist noch nicht alles«, fuhr ich ernst fort. »Dieser Mann wird in der nächsten Zeit auch noch einen Mord begehen.«

Nun sah er mich lange stumm an. Ich hatte gewußt, daß er mich an diesem Punkt meiner Anzeige lange stumm ansehen würde – er, oder wer immer meine Anzeige entgegennahm. Ich ertrug des Kriminalbeamten Kehlmanns Blick mit ausdruckslosem Gesicht und zählte dabei, mit eins beginnend. Ich kam bis sieben. Ich hatte gedacht, daß ich bis zehn kommen würde.

»Ist es eine Anzeige gegen einen unbekannten Täter, Herr Holden?«

»Nein.«

»Sie kennen den Mann?«

»Ja.«

»Sie wissen, wie er heißt?«

»Ja.«

»Wie heißt der Mann, Herr Holden?«

Ich dachte daran, daß ich Julius Brummer so sehr haßte, wie ich niemals im Leben fähig sein würde, einen Menschen zu lieben. Ich dachte daran, daß ich entschlossen war, seinen Tod herbeizuführen. Ich antwortete laut: »Der Mann heißt Robert Holden.«

Darauf betrachtete der Kriminalkommissar Kehlmann die Buchstaben auf meinem Jackenrevers. Ich ließ ihm Zeit. Ich hatte gewußt, daß er an diesem Punkt meiner Aussage Zeit benötigen würde. Ich zählte wieder. Ich kam bis vier. Ich hatte eigentlich damit gerechnet, bis sieben oder acht zu kommen. Ich dachte, daß ich vorsichtig sein mußte. Dieser Mensch reagierte zu rasch. Ich war eben bei vier angekommen, als er sagte:

»Sie heißen Robert Holden, und Sie wollen eine Anzeige gegen Robert Holden erstatten.«
»Ja, Herr Kommissar.«
Unten auf der Straße fuhr ein schwerer Lastwagen vorbei. Ich hörte die Gänge ratzen, als der Fahrer nun zurückschaltete.
»Gibt es einen zweiten Robert Holden?« fragte Kehlmann.
Auch über die Antwort auf diese Frage hatte ich lange nachgedacht. Ich sagte: »Nein. Es gibt keinen zweiten Robert Holden.«
»Das heißt, daß Sie eine Anzeige gegen sich selbst erstatten wollen?«
»Ja, Herr Kommissar«, sagte ich höflich, »das heißt es.«

Erster Teil

Kapitel 1

Was ich dem Kriminalkommissar Kehlmann an diesem Tage erzählte, nahm über drei Stunden in Anspruch. Er hörte mir aufmerksam zu. Dann forderte er mich auf, zurück in mein Hotel zu fahren und das Weitere abzuwarten. Es war mir untersagt, Baden-Baden zu verlassen, ohne ihn zuvor verständigt zu haben. Die Ermittlungen würden eingeleitet, sagte Kehlmann, ich würde von ihm hören ...
Man sollte meinen, daß er die Pflicht gehabt hätte, mich sogleich in Haft zu setzen. Doch so einfach war die Geschichte, die ich ihm erzählte, nicht. Es war sogar eine ungemein komplizierte Geschichte – sie wird den Inhalt vieler folgender Seiten meines Berichtes bilden. Er *wagte* nicht, mich sogleich in Haft zu setzen, der Kriminalkommissar Kehlmann, er wagte es einfach nicht. Er schickte mich nach Hause ...
Hier sitze ich nun, angstgeschüttelt, in meinem Hotelzimmer, die Hände eiskalt, der Schädel schmerzt zum Zerspringen, und überlege, überlege, immer dasselbe. Im Kreis drehen sich die Gedanken: Hat Kriminalkommissar Kehlmann mir meine Geschichte geglaubt? Habe ich sie überzeugend erzählt?
Wenn er sie nicht glaubt, bin ich verloren, dann war alles umsonst, alle Umsicht, alle Klugheit, alle Vorbereitung. Dann ist alles aus.
Aber hätte er meine Anzeige entgegengenommen, hätte er mich nach Hause gehen lassen, wenn er mir nicht glaubte? Nein, wohl nicht.

Er glaubte mir also.

Glaubt er mir?

Vielleicht hat er mich gerade darum gehen lassen, weil er mir nicht glaubte. Um mich in Sicherheit zu wiegen, um mich beobachten zu können durch Tage, Wochen, vielleicht Monate. Meine Nerven sind elend schlecht geworden, ich habe zuviel erlebt. Viel mehr kann ich, darf ich nicht erleben.

Ich muß mich beruhigen, ganz ruhig muß ich werden. Keine Unbesonnenheit. Meine Gedanken klar fassen, klar ordnen. Dazu soll die Niederschrift mir helfen: zu Sammlung und Ordnung. Nur so kann ich hoffen, das letzte, schwerste Stück meines Weges zu bewältigen.

Es entbehrt nicht einer gewissen Ironie, daß ich ausgerechnet heute, am Nachmittag des 7. April 1957, zum erstenmal in meinem Leben darangehe, ein Tagebuch zu führen. Heute vor 41 Jahren wurde ich geboren. Keinesfalls aber ist nun innere Einkehr zu Beginn eines fünften Lebensjahrzehnts der Motor, der mich treibt, gewisse geheime und gefährliche Begebenheiten meiner Vergangenheit diesen Blättern anzuvertrauen; vielmehr ist es eben nur die sehr reale Folge des Umstands, daß ich gerade von einem längeren Aufenthalt im Polizeipräsidium der Stadt Baden-Baden in mein schattiges, kühles Hotelzimmer zurückgekehrt bin.

Mit diesem 7. April 1957, man mag die Ereignisse betrachten, wie man will, hat ohne Zweifel der entscheidendste Abschnitt meines Lebens begonnen. Durch meine Aussage vor dem Kriminalkommissar Kehlmann habe ich, um in Ermangelung eines besseren und neuen den abgenützten und alten Vergleich zu bemühen – der bei diesem strahlenden Frühlingswetter auch noch besonders fehl am Platze scheint –, einen Schneeball ins Rollen gebracht, dessen künftiges Lawinenausmaß nicht einmal ich abschätzen kann.

Vor mir auf dem Tisch liegen fünfhundert Blatt weißes Schreibmaschinenpapier, ich habe sie gekauft, nachdem ich das Polizei-

präsidium verließ, nachdem ich den Entschluß faßte, ein Tagebuch zu führen vom heutigen Tage an. Etwa ein Dutzend dieser Blätter habe ich in den letzten Stunden beschrieben. Ich habe auf ihnen erwähnt, daß ich Julius Maria Brummer hasse. Ich habe nicht erwähnt, warum. Ich habe meine Fahrt ins Polizeipräsidium und den ersten Teil meiner Aussage vor dem Kriminalkommissar Kehlmann geschildert. Ich habe festgehalten, daß ich eine Anzeige gegen mich selbst erstattete.
Nun stockte ich.
Denn was ich dem Kriminalkommissar Kehlmann im weiteren erzählte, war so phantastisch wie das meiste, das mir im letzten halben Jahr widerfahren ist. Was ich erzählte, war objektiv wahr und subjektiv unwahr. Wenn dieses Tagebuch, das ich heute zu führen beginne, aber irgendeinen Sinn haben soll, dann muß sein Inhalt objektiv *und* subjektiv wahr sein. Und um das zu erreichen, ist es unmöglich, in der Schilderung meiner Aussage vor dem Kriminalkommissar Kehlmann fortzufahren. Vielmehr muß ich weiter zurückgreifen, muß ich von Anfang an berichten, wie jene grausige Konstruktion des scheinbaren Wahnsinns entstand, in welcher ich mich heute bewege. Ich muß zurückgehen bis zu jenem regnerischen Abend im August des vorigen Jahres, an welchem ich Julius Brummer zum ersten Male gegenübertrat. Mit dieser Begegnung beginnend, will ich im folgenden chronologisch bis zum heutigen Tag berichten, was geschah. So daß ich mich jedenfalls bis zu jenem Punkte, an welchem ich die Gegenwart eingeholt haben werde, auch eigentlich nicht mit der Abfassung eines Tagebuches beschäftigt sehe, sondern vielmehr mit einem Bericht über Vergangenes, einem Buch der Erinnerung. Das Dutzend Seiten, das ich bisher füllte, werde ich darum, so denke ich, am besten *vor* meine Erinnerungen stellen – als eine Art Prolog.
Je inniger ich mich mit dem Gedanken an diese so ungewohnte neue Tätigkeit befreunde, um so mehr Erleichterung verschafft er mir. Das Schreiben wird mich ablenken. Es wird mir klarer

sehen und kühler handeln helfen in diesen letzten Wochen vor dem Ende eines Schuftes.

Als ich zur Schule ging, erregten eine Zeitlang meine Aufsätze wegen ihrer gewählten Form den Beifall der Lehrer. Meine Eltern gaben sich damals der beschwingten Hoffnung hin, ich würde ein Schriftsteller werden, denn wir waren sehr arm und meine Eltern hatten einem illustrierten Blatt Einzelheiten über das Jahreseinkommen des Herrn Ludwig Ganghofer entnommen.

Ich habe meine armen Eltern enttäuscht – nicht nur im Hinblick auf eine literarische Karriere. Und ich muß lächeln, wenn ich überlege, daß auch diese späte schriftstellerische Tätigkeit, die ich heute, an meinem 41. Geburtstag, zu treiben beginne, kaum jemals finanziell einträglich sein wird.

Zwei Möglichkeiten gibt es für die Zukunft dieser Seiten. Zum einen kann, was ich begann, gelingen. Dann wird die Welt um einen Schurken ärmer sein, und ich werde wieder frei atmen und in Sicherheit leben können. Dann will ich meine Aufzeichnungen für mich bewahren und von Zeit zu Zeit in ihnen lesen, um ihnen die Gewißheit zu entnehmen, daß es in dieser Welt der entmutigten Richter und bestochenen Zeugen noch immer eine Art von unantastbarer Gerechtigkeit gibt, die mich zu ihrem Werkzeug gemacht hat.

Zum anderen kann, was ich begann, mißlingen. In diesem Falle mag der Kriminalkommissar Kehlmann mein Manuskript als mein Geständnis werten.

Kapitel 2

Ich begegnete Julius Maria Brummer zum ersten Male am Abend des 21. August 1956. An diesem Tage regnete es in Düsseldorf. Der alte Autobus, in welchem ich aus der Stadtmitte zur Cecilienallee hinausfuhr, war überfüllt. Arbeiter und kleine Angestellte kehrten aus ihren Betrieben heim. Es roch nach nassen Kleidern, billiger Schuhcreme, schlechtem Fett und jenem traurig-stickigen Dunst, der die Armen umgibt. Trübe fiel das Licht der elektrischen Deckenbeleuchtung auf erschöpfte Gesichter. Manche Männer lasen. Einem Pockennarbigen hing der schwarze Stummel einer erloschenen Zigarre im Mundwinkel. Frauen blickten mit glanzlosen Augen ins Leere. Das junge Mädchen neben mir versuchte seine Lippen neu zu schminken. Der Autobus rüttelte und schwankte. Das Mädchen überzeichnete den Mund und wischte das rote Fett geduldig wieder fort. Der zweite Versuch gelang. Das Mädchen hob die geöffnete Puderdose und probte vor dem kleinen Spiegel verschiedene Arten des Lächelns.

Schlecht gelaunt drängte sich ein Schaffner durch die Fahrgäste. Über die Scheiben rannen Tropfen, und viele Lichter funkelten auf den Straßen. Immer mehr Menschen stiegen aus. Sie kämpften im böigen Ostwind mit ihren Schirmen und wurden von der Finsternis verschluckt. Das Mädchen mit den geschminkten Lippen verließ uns bei der Haltestelle Malkasten, vor dem großen Kino. Ich sah sie strahlend auf einen jungen Mann zueilen. Er aber blickte zu einer erleuchteten Uhr, und sein hübsches Gesicht war böse. Sie hatte sich verspätet. Traurig senkte sie den Kopf. Während der Autobus wieder anfuhr, sah ich die beiden, in Neonlicht getaucht, unter dem gigantischen Bild einer amerikanischen Busenschönheit stehen, erlebte ich das Ende einer Affäre. Er war zu schön, sie war zu kleinmütig. Sie legte eine Hand auf seinen nassen Mantelärmel.

Er schüttelte sich frei, warf seine Zigarette weg und ging davon. Sie lief ihm stolpernd nach auf hohen Absätzen, stieß mit eiligen Menschen zusammen, griff sich sinnlos an die nassen Locken und stand dann still im Regen, verzagt und schmal …
»Hofgarten!« schrie der mürrische Schaffner.
Das Kino, das Mädchen, die Lichter waren verschwunden. Wir hatten den Strom und die lange Reihe der vornehmen Villen an seinem Ufer erreicht.
Ich stieg aus. Der kalte Regen schlug mir ins Gesicht. Vor den »Rheinterrassen« parkten viele Autos. Ich sah erleuchtete Fenster. In der Bar spielte eine Kapelle. Vier Paare tanzten. Von der Musik war nichts zu hören. Die Paare glitten lautlos über das Parkett …
Ich ging die Cecilienallee hinab und stellte den Kragen meines alten Regenmantels auf. Dann blieb ich unter einem Baum stehen, um meine Hosenbeine hochzukrempeln. Ich wollte vermeiden, daß die Hose schmutzig wurde. Mein blauer Anzug war mein einziger Anzug. Ansonsten besaß ich noch zwei alte Flanellhosen, eine graue und eine braune, eine Lederjacke und ein Sportjackett. Die graue Flanellhose wies dünne Stellen im Stoff auf. Das Futter des Jacketts war zerschlissen. Aber der blaue zweireihige Anzug sah noch recht ordentlich aus – bei elektrischem Licht. Bei Tageslicht glänzte er an den Ellbogen und an den Knien. Er glänzte auch schon über dem Gesäß, aber das sah man nicht, denn dort verdeckte die Jacke die Hose.
Ich besaß noch zwei Paar Schuhe, ein braunes und ein schwarzes. Der linke Schuh des schwarzen Paares hatte eine dünne Sohle. Trotzdem hatte ich heute abend dieses Paar gewählt. Braune Schuhe machten keinen guten Eindruck zu dem blauen Anzug. Und ich wollte heute abend unbedingt einen guten Eindruck machen. Ich hatte noch eine Mark und einunddreißig Pfennig. Die Miete für mein Zimmer war ich seit Monaten schuldig. Die Wirtin sprach nicht mehr mit mir.
In den Bäumen orgelte der Ostwind. Auf dem Wasser heulte das

Nebelhorn eines Dampfers. Die Chaussee beschrieb nun einen Bogen. Plötzlich sah ich viele Menschen. Sie standen vor einem geöffneten Parktor, das von den Scheinwerfern mehrerer Autos angestrahlt wurde. Im Näherkommen bemerkte ich auch im Park hinter dem Tor drei Wagen. Polizisten eilten hin und her.
Cecilienallee 486 stand auf der kleinen Emailtafel am Gitter. Ich schob mich durch die Menschen. Es waren mindestens dreißig, Männer und Frauen. Manche hielten aufgespannte Schirme, anderen rann der Regen über die Gesichter. Sie sahen den Polizisten zu, die über das nasse Gras des Parks eilten, zu ihren Wagen, zu der mächtigen Villa, die sich hinter den alten Bäumen erhob. In silbernen Schlieren fiel der schwere Regen durch die Lichtbahnen der Scheinwerfer. Das Ganze sah aus wie eine Filmdekoration, unwirklich, nur für den Augenblick erstellt.
Zwei alte Frauen standen neben dem Tor.
»Mit Gas«, sagte die erste.
»Quatsch«, sagte die zweite, »mit Salzsäure und Lysol.«
»Mit Gas«, beharrte die erste. »Ich hab' doch gehört, was der Kerl von der Ambulanz gesagt hat! Sie ist schon tot.«
»Wenn sie schon tot ist, warum haben die sie dann so schnell weggekarrt? Mit Sirene und allem?«
»Hab du mal soviel Geld«, sagte die erste.
»War doch Salzsäure«, sagte die zweite und hustete verschleimt.
»Was ist hier los?« fragte ich.
Die alten Frauen sahen mich an. Diffuses Licht der Scheinwerfer erleuchtete die lüsternen Gesichter.
»In Gottes Hand«, sagte die zweite und nieste donnernd. »Wir stehen alle in Gottes Hand.«
Ich trat durch das geöffnete Tor. Ein Funkstreifenwagen stand quer über dem breiten Kiesweg, der zur Villa führte. Sein Motor pochte unruhig. Ich kam an einem jungen Polizisten vorbei, der gerade in ein Handmikrophon sprach: »Hallo, Zentrale ... Hier ist Düssel drei ...«

Unter krachenden Nebengeräuschen klang eine Lautsprecherstimme auf: »Sprechen, Düssel drei ...«
»Die Ambulanz ist jetzt unterwegs ins Marienhospital«, sagte der junge Polizist, dem der Regen in den Kragen lief. »Den Mann holt Düssel vier aus dem Büro ...«
Ich ging weiter. Niemand beachtete mich. Ein Beet mit Schwertlilien. Ein Beet mit Rosen. Aus einer Rhododendronhecke trat ein krummbeiniger, unförmiger Hund. Er bewegte sich schwankend. Sein gelbes Fell war naß und fleckig, der Stummelschwanz schlug eilig hin und her.
Der traurige alte Boxer stieß gegen einen Baum, danach lief er mir zwischen die Beine. Als sein schwerer Kopf mein Knie traf, begann er zu winseln. Ich beugte mich zu ihm herab und streichelte ihn. Seine Schlappohren waren nicht beschnitten. Ich bemerkte jetzt, warum er gegen mich gestoßen war. Blutunterlaufen und milchig blickten mich halb erblindete Augen an. Der Hund fiel plötzlich um, erhob sich wieder und schlich in das Gebüsch zurück.
Ein Mann kam auf mich zugestürzt, er war völlig außer Atem: »Sind Sie der Fotograf der ›Nachtdepesche‹?«
»Nein.«
»Herrgott, das ist ja zum Verrücktwerden. Wo bleibt der Kerl!«
Er stürzte in die Finsternis hinein.
Nun erreichte ich die Villa. In allen Fenstern brannte Licht, die Eingangstür stand offen. Es gab Terrassen und Balkone. Die Mauern waren weiß, die Holzläden grün. Hinter einigen der erleuchteten Fenster bewegten sich Schatten. Über dem Eingang sah ich zwei goldene Buchstaben von Handtellergröße: J und B.
Ich stieg drei Stufen empor und betrat die Halle. Hier gab es viele Türen, einen Kamin und einen breiten Treppenaufgang aus schwarzem Holz, der in den ersten Stock führte. An den weißen Wänden hingen dunkle Bilder. Auf dem Sims über dem Kamin stand altes Zinngeschirr. Der halbblinde Hund kam in die Halle

gewankt, schlich zum Kamin, in dem ein großes Feuer loderte, und legte sich davor, als wolle er sterben.
Es waren viele Menschen in der Halle: ein Arzt in Weiß, drei Polizisten mit Lederjacken, vier Männer in Zivil. Die vier Männer in Zivil trugen Hüte. Sie standen in einer Ecke und verglichen Notizen. Alle Türen der Halle, die in das Innere des Hauses führten, waren geöffnet, und alle Männer rauchten.
Vor dem Kamin saß ein fünfter Zivilist. Er hielt einen Telefonapparat auf den Knien und sprach gehetzt: »... was heißt, keinen Platz mehr auf der ersten Seite? Schmeißt den Zweispalter über Algerien raus! Was ich hier habe, ist auf alle Fälle besser! Das ganze Haus stinkt noch nach Gas!«
In der Tat stieg mir, seit ich die Halle betreten hatte, ein fader, süßlicher Geruch in die Nase. Ich bemerkte, daß die Fenster weit geöffnet waren. Der Regen spritzte auf die schweren Teppiche ...
»Kaffee?« fragte eine verzagte Stimme.
Ich drehte mich um. Hinter mir stand eine kleine Frau mit weißem Haar. Sie hielt ein Tablett mit mehreren dampfenden Tassen. Über dem schwarzen Kleid trug sie eine weiße Schürze. Ihre gütigen Augen waren gerötet. »Wollen Sie Kaffee, Herr?« Sie sprach mit einem harten tschechischen Akzent.
»Nein«, sagte ich, »danke.«
Sie ging weiter zu den Kriminalbeamten und Reportern. »Kaffee«, sagte sie gramvoll, »wollen die Herren vielleicht Kaffee ...?« Sie war völlig eingesponnen in das tragische Gewebe ihres Kummers.
Eine Hand legte sich auf meine Schulter. Ich fuhr herum. Ein Polizist musterte mich mißtrauisch: »Wer sind Sie?«
»Ich heiße Holden«, sagte ich sehr höflich. Ich wollte keinen Ärger. Nur keinen Ärger mit der Polizei ...
»Gehören Sie hierher?« Er war überarbeitet, das linke Augenlid zuckte nervös. Seine Lederjacke war naß.
»Nein«, sagte ich.

»Wie kommen Sie dann in die Halle?«
»Durch die Tür.«
»Lassen Sie die Frechheiten.«
»Ich wollte nicht frech sein«, erwiderte ich demütig. Alles, nur keinen Ärger mit der Polizei. »Ich kam wirklich durch die Tür. Ich soll mich hier vorstellen.«
»Vorstellen als was?«
»Als Chauffeur.« Ich versuchte zu lächeln. Aber der Versuch mißlang. Ich hatte kein Glück, dachte ich beklommen. Als mir das Sekretariat dieses Julius Brummer geschrieben hatte, ich möge ihn aufsuchen, um mich vorzustellen, da hatte ich geglaubt, daß mir das Leben wieder eine Chance gab. Noch vor fünf Minuten, als ich durch den Regen lief, war ich guter Dinge gewesen. Jetzt fühlte ich kalt und schleimig Angst über mich kriechen, Angst, die mich ein Leben lang verfolgte ...
»Haben Sie einen Ausweis?« fragte der Polizist. Er blickte auf meine hochgeschlagenen Hosenbeine. Er sah die alten Socken, die schlechten Schuhe, von denen das Regenwasser in den Teppich sickerte.
Ich gab ihm meinen Paß.
»Deutscher Staatsbürger?«
»Sonst hätte ich keinen deutschen Paß.«
»Nicht diesen Ton, Herr Holden. Nicht diesen Ton.«
»Ich habe nichts getan. Warum behandeln Sie mich wie einen Verbrecher?«
»Sie wohnen in Düsseldorf?« fragte er statt einer Antwort.
»Grupellostraße 180.«
»Hier steht Wohnort München.«
»Ich habe früher in München gelebt.«
»Wann früher?«
Meine Hände begannen zu zittern. Ich hielt das nicht mehr lange aus. »Vor einem Jahr. Ich bin übersiedelt.« Meine Stimme. Er mußte etwas merken.
»Verheiratet?« Er merkte nichts.

»Nein.«
»Kennen Sie Herrn Brummer?«
»Nein.«
»Frau Brummer?«
»Auch nicht. Was ist eigentlich los?«
»Frau Brummer«, sagte er und drehte den Daumen der linken Hand erdwärts, dem kostbaren Teppich entgegen.
»Tot?«
»Noch nicht ganz.«
»Selbstmord?«
»Riecht danach.« Er gab mir den Paß zurück und lächelte müde. »Da hinüber, Herr Holden. Zweite Tür. Lassen Sie sich von der Köchin Kaffee geben. Wird noch eine Weile dauern, bis Herr Brummer wiederkommt.«

Kapitel 3

Sie hieß Mila Blehova, und sie stammte aus Prag.
Sie hatte eine breite Entennase und ein prächtiges falsches Gebiß und das gütigste Gesicht, das ich in meinem Leben gesehen habe. Wenn man sie erblickte, wußte man: Diese Frau hatte noch niemals eine Lüge ausgesprochen, diese Frau war unfähig, eine Gemeinheit zu begehen. Klein und gebückt, das weiße Haar straff nach hinten gekämmt, stand sie beim offenen Fenster der großen Küche und arbeitete, während sie sprach. Sie bereitete eine Mahlzeit vor: Rindsrouladen. Dunkelrot und saftig lagen vier Fleischstücke vor ihr. Sie bestrich sie mit Salz und Pfeffer.
»So ein Unglück, so ein großes Unglück, Herr …« Ein paar Tränen rollten über die faltigen Wangen. Sie wischte sie mit dem Ellbogen des rechten Armes fort. »Müssen entschuldigen, daß

ich mich so gehenlasse, aber sie ist wie mein Kind, wie mein eigenes Kind ist sie, die Nina.«

Ich saß neben ihr und trank Kaffee und rauchte, und obwohl die Fenster weit offenstanden, roch es noch immer stark nach Gas in der Küche. Im dunklen Garten hinter dem Haus rauschte der Regen.

»Sie kannten Frau Brummer schon lange?«

»Mehr als dreißig Jahre, Herr.« Nun strich sie Senf über die Fleischstücke, die abgearbeiteten, saubergeschrubbten Hände bewegten sich geschickt. Über der Schürze, auf der linken Schulter, staken zwei Buchstaben aus Gold an ihrem Kleid: ein J und ein B. »Kinderfrau bin ich gewesen von der Nina. Laufen hab' ich ihr beigebracht, essen mit Messer und Gabel, Haare kämmen und Vaterunser sagen. Nie bin ich weggewesen von ihr auch nur einen einzigen Tag, auf alle Reisen haben mich die Herrschaften selig mitgenommen, immer war ich zusammen mit meinem Ninale. Gott, wie sie die Masern gekriegt hat und den Keuchhusten ... und dann, wie die Eltern selig gestorben sind, kurz nacheinander, alles haben wir erlebt zusammen, mein armes kleines Ninale und ich ...«

Sie schnitt jetzt dünne Scheiben von einem großen Stück Speck ab und legte sie ordentlich nebeneinander auf den Senf und das Fleisch, und irgendwo im Hause hörte man noch immer undeutlich die Stimmen der Reporter und der Kriminalbeamten.

Mila Blehova sagte: »... So schön ist sie, Herr, wie ein leibhaftiger Engel. Und so gut ist sie. Wenn sie stirbt, möchte ich auch nicht mehr leben.« Nun begann sie Zwiebeln zu schneiden, kleine, dünne Ringe. »Sie ist wie ein Stück von mir, nach allem, was wir zwei erlebt haben zusammen. Das Elend in Wien, und den Krieg und die Bomben, und dann das große Glück.«

»Was für ein großes Glück?«

»No, mit'm gnädigen Herrn. Wie er sich hat verliebt in mein Ninale. Die Hochzeit. Das viele Geld. Der Nerzmantel und der Brillantschmuck, das feine Haus ...« Tränen rollten über Mila

Blehovas alte Wangen, und sie produzierte ein Geräusch, als hätte sie zu schnell zuviel Sodawasser getrunken. »Krieg' ich wieder mein Aufstoßen«, sagte sie ergeben. Ihr Gesicht sah plötzlich schmerzverzerrt aus. »Immer, wenn ich mich aufrege. Es ist die Schilddrüse. Hab' ich Überfunktion.« Sie legte die Zwiebelringe über die Speckstreifen.
Ein dünnes, qualvolles Jaulen erklang. Der alte Boxer hatte es ausgestoßen. Er lag zusammengerollt neben dem Herd und sah uns aus blutunterlaufenen, halbblinden Augen an.
»Ja, mein Puppele, mein armes, ja, es ist schrecklich, gelt ...« Sie nickte dem Hund zu, und er winselte und kam zu ihr und rieb sich an ihrem Bein. Während Mila Blehova das erste Fleischstück vorsichtig zusammenrollte, berichtete sie: »Ohne unser Puppele, unser gutes, wäre sie gewiß tot, meine Nina ...«
»Wieso?«
»No, heute ist doch Mittwoch, da haben wir alle Ausgang am Nachmittag, der Diener und die Mädeln und ich. Um zwei Uhr sagt mein Ninale zu mir: ›Geh doch ins Kino‹, aber ich sag' nein, ich mach' lieber einen feinen Spaziergang mit'm Puppele ...« Wieder winselte der alte, hilflose Hund. »... Zum Jachtklub hinunter sind wir gegangen, und auf einmal fängt das Puppele zu jaulen an und zieht an der Leine zurück, zurück nach Hause ... muß es gefühlt haben, das Tier ...« Die erste Roulade war fertig. Behutsam durchstach die kleine Frau sie mit einem Aluminiumstäbchen. »... So hab' ich auch Angst gekriegt und bin nach Hause gelaufen mit dem Hundl, und wie ich in die Küche komm', da liegt sie vorm Herd, und alle Gashähne sind offen, und sie ist schon beinahe hinüber.« Wieder quälte sie ihr würgender Schluckauf.
»Wie lange waren Sie fort?«
»Drei Stunden vielleicht.«
»Und drei Stunden haben genügt, um –«
»Hat sie auch Veronal geschluckt, Herr. Ganzes Röhrchen voll. Zwölf Stück.«

»Wie alt ist Frau Brummer?«
»Vierunddreißig.« Sie rollte die zweite Roulade zusammen. Ein Stückchen Speck warf sie dem armen Hund zu. Er schnappte danach. Er schnappte daneben.
»Warum hat sie es getan?« fragte ich.
»Ich weiß es nicht. Niemand weiß es.«
»War die Ehe glücklich?«
»Glücklichste Ehe von der Welt. Auf'n Händen hat der gnädige Herr meine Nina getragen. Geld war da, Sorgen hat's keine gegeben, ich versteh' es nicht, ich kann es nicht begreifen ...«
Die Tür öffnete sich, und der Polizist, der meinen Paß angesehen hatte, kam herein.
»Gibt's noch Kaffee, Mutterchen?«
»Soviel Sie wollen, Herr. Da steht der Topf. Nehmen sich Zukker, nehmen ordentlich Milch ...«
»Wir haben gerade mit dem Krankenhaus telefoniert«, sagte er freundlich, während er seine Tasse vollgoß. »Herr Brummer kommt nach Hause.«
»Und die Gnädige?« Der schlaffe Altfrauenmund zitterte. »Was ist mit der Gnädigen?«
»Sie versuchen es jetzt mit einem Sauerstoffzelt. Und Cardiazol. Für das Herz.«
»Ach, lieber Herrjesus im Himmel, wird sie leben?«
»Wenn sie die Nacht übersteht«, sagte der Polizist und ging wieder in die Halle zurück.
Als hätte er alles verstanden, begann der alte Hund wieder zu wimmern. Auf steifen Beinen kniete Mila Blehova neben ihm nieder und strich über seinen geblähten Leib. Sie redete tröstend in ihrer harten, konsonantenreichen Muttersprache auf ihn ein, aber der Hund fuhr fort zu wimmern, und es roch noch immer nach Gas in der Küche.

Kapitel 4

Das Telefon läutete.
Es war klein und weiß und hing an der gekachelten Mauer neben der Tür. Schnell hob die alte Frau den Hörer ab. In der letzten halben Stunde hatte sie das Abendessen fertig gekocht. Rotkraut und Kartoffeln standen bereit. »Ja, bittschön?« sagte Mila Blehova.
Sie lauschte und schluckte nervös. Eine Hand legte sie auf den schmerzenden Magen.
»Ist gut, gnä' Herr. Dann werde ich jetzt servieren.«
Ich wäre am liebsten gegangen – schon lange. Aber ich wußte nicht mehr, wohin. In mein möbliertes Zimmer wagte ich mich nicht zurück mit einer Mark und einunddreißig Pfennig. Diese Begegnung mit Julius Brummer war alles, was ich an Hoffnung noch besaß im Leben. Ich klammerte mich an diese Hoffnung.
Mila Blehova hatte längst begriffen, wie es um mich stand. Jetzt nickte sie mir freundlich zu. Sie sagte in das Telefon:
»Da ist noch der Chauffeur. Haben ihn herbestellt, gnä' Herr. Wartet er schon lang.«
Wieder lauschte sie.
»Gut, ich sag's ihm.« Sie hängte den Hörer ein und eilte zur Anrichte, wo sie ein Tablett mit Geschirr und Besteck zu beladen begann. »Können gleich mitkommen.«
»Aber ich will Herrn Brummer nicht beim Essen stören.«
»Das ist nicht so bei uns, am Mittwoch schon überhaupt nicht. Da ist der Diener nicht da, und ich servier'... Bier darf ich nicht vergessen...« Sie nahm zwei Flaschen aus dem Eisschrank und stellte sie auf das Tablett. Danach belud sie ein zweites Tablett mit den Speiseschüsseln und trug beide zum Schacht eines Hausaufzuges. Sie drückte auf einen Knopf. Der Aufzug glitt summend nach oben. Die alte Köchin legte ihre Schürze ab,

dann verließen wir die Küche. Der traurige Hund folgte uns stolpernd.
Die Halle war jetzt menschenleer. Die Fenster hatte man geschlossen, ebenso die Eingangstür. Die Polizisten und Reporter waren verschwunden. Viele schmutzige Stellen auf den Teppichen, volle Aschenbecher und leere Kaffeetassen zeugten von ihrem Aufenthalt. Es war kalt in der Halle, die Feuchtigkeit des Regens war in sie gedrungen.
Wir stiegen die Treppe in den ersten Stock empor. Das Holz der Stufen knarrte, und ich betrachtete die dunklen Bilder an den Wänden. Ich verstand ein bißchen von Malerei, vor Jahren hatte ich mit Bildern zu tun gehabt. Ein Bauern-Brueghel, sehr wahrscheinlich echt. Bäume von Fragonard, desgleichen original. Eine Kopie der Susanne von Tintoretto. Geil betrachteten die bärtigen Greise das junge Mädchen mit den prallen Schenkeln und den prallen Brüsten, das schamvoll in den Weiher blickte ...
Der halbblinde Hund wankte vor uns einen Gang mit mehreren Türen hinab, deren dritte Mila Blehova öffnete. Das Speisezimmer war groß. In seiner Mitte stand ein antiker Tisch. Um ihn herum standen zwölf antike Stühle. Schwere dunkelrote Vorhänge verdeckten die Fenster. Im Gegensatz zur Halle war es hier sehr warm. Die Seidentapeten zeigten Blätter und Ranken in Silbergrau und Hellgrün. Die Anrichten an den Wänden zeigten komplizierte Schnitzereien. Ich sah zu, wie Mila Blehova eine Stirnseite des gewaltigen Tisches für einen Menschen deckte. Sie stellte einen silbernen Leuchter auf das Damasttischtuch und entzündete sieben Kerzen. Danach löschte sie die Deckenbeleuchtung. Der Raum lag nun in warmem Halbdunkel. Die alte Köchin öffnete ein Wandpaneel. Der Speisenaufzug wurde sichtbar. Mila Blehova sagte, die Schüsseln zum Tisch tragend: »Früher war das Speisezimmer unten. Da haben wir jetzt einen Konferenzraum. Der Aufzug ist auch neu. Wird immer alles kalt, bevor es auf'n Tisch kommt ...«
Der alte Boxer bellte heiser und hinkte zu einer zweiten Tür,

die sich gleich darauf öffnete. Ein Mann trat ein. Das Licht der sieben Kerzen flackerte über einen zweireihigen schwarzen Anzug, ein weißes Hemd und eine silberne Krawatte. Dieser Mann war vollständig kahl, sehr groß und sehr dick. Bei aller Fettleibigkeit bewegte er sich beinah graziös auf kleinen, zierlichen Füßen, die in kleinen, zierlichen Schuhen steckten. Er kam in den Raum geschwebt wie ein riesiger Luftballon, der, zu Boden gefallen, nun immer wieder empor schnellte.
Sein Schädel war rund, die Stirn niedrig. Das Gesicht wies eine gesunde rosige Farbe auf, die winzigen, wäßrigen Augen lagen in Fettpolster gebettet. Über dem kleinen, fraulichen Mund wuchs ein blaßblonder Schnurrbart.
Der halbblinde Hund heulte gramvoll. Der dicke Riese streichelte ihn. »Ja, Puppele, ja ...« Dann richtete er sich auf. »Herr Holden? Guten Abend, mein Name ist Brummer.« Seine Hand war klein und weich. »Entschuldigen Sie, daß ich Sie so lange warten ließ. Sie wissen sicher, was geschehen ist.«
Er sprach schnell und sachlich, und er machte einen beherrschten, kraftvollen Eindruck. Ich schätzte sein Alter auf fünfundvierzig Jahre.
»Herr Brummer«, sagte ich, »erlauben Sie, daß ich Ihnen zu ... diesem tragischen Ereignis meine Anteilnahme ausspreche. Das ist ein schlechter Moment, um mich vorzustellen. Glauben Sie nicht, es wäre besser, wenn ich morgen wiederkäme?«
Julius Brummer schüttelte den Kopf. Er übersprang fünf Sätze Dialog: »Haben Sie Hunger, Herr Holden?« Ich bemerkte jetzt, daß er ohne Unterlaß leicht die Kiefer bewegte, er hatte einen Kaugummi im Mund. »Haben Sie Hunger?«
Ich nickte. Mir war ganz übel vor Hunger.
»Noch ein Gedeck, Mila.«
»Jawohl, gnä' Herr!«
»Machen Sie nicht so ein Gesicht, Herr Holden! Was hilft es meiner Frau, wenn wir *nicht* essen? Niemandem kann die Sache

nähergehen als mir. Ich liebe meine Frau. Wir waren glücklich, was, Mila?«
»Und wie, gnä' Herr ...« Die alte Köchin schluckte qualvoll, während sie das zweite Gedeck auflegte. Er trat zu ihr und drückte sie an sich. Ihr weißer Scheitel erreichte knapp jene Höhe seiner Weste, an welcher eine goldene Uhrkette verlief.
»Warum hat sie es bloß getan? Warum?«
»Niemand weiß es, Mila.« Seine Stimme klang warm und voll.
»Sie haben mich noch nicht zu ihr gelassen. Aber ich werde herausfinden, was geschehen ist, verlaß dich drauf!«
»Wenn sie stirbt, gnä' Herr, wenn unsere Nina stirbt?«
Er schüttelte gebieterisch den Kopf, und das bedeutete: *Sie wird nicht sterben.*
Unendliche Kraft ging von dem Kopfschütteln Julius Brummers aus. Mila Blehova sah ergriffen zu ihm auf. Für sie war dieser Mann ein Pol der Kraft und Ruhe. Sie sagte mühsam: »Hab' ich Rindsrouladen gemacht, gnä' Herr. Und Rotkraut.«
»Mit Speck?«
»Sie haben doch zu Mittag noch gesagt, mit Speck.«
Er hob den Deckel einer Terrine.
»Vier Stück?«
»Hab' ich aus Versehen noch zwei für die gnä' Frau gemacht ...«
»Na, jetzt ist ja Herr Holden da.«
»Bin ich dummes altes Weib, gnä' Herr.«
»Gute Mila. Bist die Beste von allen«, sagte Julius Brummer.
Es war der gleiche Julius Brummer, dessen Tod ich heute, da ich diese Zeilen schreibe, heute, ein knappes Dreivierteljahr später, mit aller Umsicht vorbereite, weil ich ihn mehr hasse, als irgendein anderer Mensch auf dieser Erde irgendeinen anderen Menschen hassen kann ...

Kapitel 5

»Feinstes Bier von der Welt. Also, für mich gibt's ja nur Pilsner!« Er wischte sich mit dem rosigen Handrücken Schaum vom Mund. Wir waren jetzt allein. »Originalabfüllung. Lasse ich mir in Kisten kommen, sehen Sie mal das Sichel-und-Hammer-Zeichen auf dem Etikett. Direkt aus Prag. Bier machen können auch die Roten.«
Er griff auf seinen Teller, riß die Roulade entzwei und warf eine Hälfte dem alten Boxer zu, der neben ihm stand. Das Fleisch fiel auf den Teppich. Speichelreich begann das Tier zu fressen.
»Sieht nichts mehr, das arme Puppele.« Brummer leckte seine fetten Finger ab. »Nach'm zweiten Kinderkriegen hat sie auch noch ihre Haare verloren. Aber uns ist das egal. Wir lieben dich, Puppele.«
»Wie alt ist der Hund?« fragte ich.
»Elf oder zwölf, ich weiß es nicht genau. 1945, in dem kalten Winter, da habe ich das Puppele in einer Ruine gefunden – beinahe tot.« Er warf noch ein Stück Fleisch auf den Teppich. »Wird Mila schimpfen, weil wir alles dreckig machen, Puppele ...« Den alten Hund liebte er, das stand fest. Jetzt sagte er: »Bekommen Sie keinen falschen Eindruck, Holden.«
»Falschen Eindruck?«
»Weil ich von meiner Frau nicht rede. Ich kann nicht. Wenn ich an meine Frau denke, verliere ich den Kopf. Ich brauche jetzt meinen Kopf. Es ist allerhand im Gang gegen mich.«
Ich sah auf meinen Teller. Der Teller trug die goldenen Buchstaben J und B. Auch die Messer und Gabeln waren graviert.
»Nicht neugierig, was?«
»Nicht sehr«, sagte ich.
»Fein. Nehmen Sie noch Kartoffeln. Und Kraut. Prima Kraut, was?«
»Ja.«

»Wissen Sie, Holden, ich habe einen Mann totgefahren.«
Ich nahm noch Rotkraut.
»Vor einem Jahr war das.«
Ich nahm noch Kartoffeln.
»Scheußliche Sache. Ein Schwerhöriger. Lief mir direkt in den Wagen. Ich konnte nichts dafür, wirklich nicht. Kam aber von einer Party. Drei, vier Martinis. Vielleicht fünf. Vollkommen nüchtern, selbstverständlich.«
Ich aß Rotkraut und Kartoffeln und ein Stückchen Roulade.
»Großes Theater. Funkstreife. Blutprobe. Blutprobe positiv. Führerschein zum Teufel. Wenn sie mich noch einmal hinter dem Steuer erwischen, gibt es *trouble*. Aber echten. Pech, was?«
»Pech«, sagte ich.
»Seither bin ich auf Chauffeure angewiesen. Der letzte, den ich hatte, wurde plötzlich frech. So ein Hübscher, Schwuler. Seine Jungs erpreßten ihn. Also versuchte er, mich zu erpressen. Also schmiß ich ihn raus. Ich lasse mich nicht erpressen, Holden.«
»Ich bin nicht schwul.«
»Nein. Sie sehen nicht so aus. Was ist mit *Ihnen* los?«
»Bitte?«
»Was mit Ihnen los ist.«
»Mit mir ist alles in Ordnung, Herr Brummer.«
»Ach Scheiße.«
Ich legte das Messer und die Gabel auf den Teller.
»Na, reden Sie schon!«
Ich schwieg.
»Auf mein Inserat bekam ich siebzehn Angebote.« Er bohrte mit dem Zeigefinger in den Zähnen, war von dem Resultat enttäuscht und aß weiter. Dazu sprach er: »Ihr Angebot fiel mir auf. Wissen Sie, warum?«
»Warum, Herr Brummer?«
»Es war so devot. So kriecherisch. So gottergeben. Warum sind Sie so gottergeben, Holden?«
Ich schwieg.

»SS?«
»Nein.«
»In der Partei gewesen?«
»Nein.«
»Sie wollen nicht reden«, konstatierte er und bohrte wieder in den Zähnen. Die Kerzen flackerten. Der Hund jaulte. Ich sagte mir, daß ich bei diesem Julius Brummer keine Chancen hatte. Seine kleinen Augen schlossen sich zu Schlitzen. »Ich habe viele Feinde in Düsseldorf, Holden. Aber ich habe auch viele Freunde. Auch bei der Polizei. Wie?«
»Ich habe nichts gesagt, Herr Brummer.«
»Zum Beispiel beim Erkennungsdienst. Der Chef vom Erkennungsdienst heißt Röhm. Netter Kerl. Tut mir jeden Gefallen. Gibt mir über alles Auskunft. Angenehm so etwas, wie?«
»Gewiß, Herr Brummer.«
»Werde ihn mal anrufen. Wie heißen Sie mit dem Vornamen, Holden?«
»Robert.«
Er ging zu einem Telefon, das auf einer Anrichte stand.
»Robert Holden, sehr schön. Wann geboren?«
»7. April 1916.«
»Wo?«
Ich schwieg.
Er begann die Nummer zu wählen. Er fragte: »Haben Sie einen Paß?«
»Ja.«
»Geben Sie ihn her.«
Ich rührte mich nicht. Jede Straße, die ich ging, war eine tote Straße. Jeder Weg war umsonst. Es gab keinen Weg mehr für mich.
»Los, Holden, den Paß!«
Ich hörte in der Stille das Freizeichen der gewählten Nummer. Es summte monoton. Ich sagte: »Legen Sie auf, Herr Brummer. Ich war im Zuchthaus.«

»Na also. Wie lange?«
Nun log ich. Meine Vergangenheit sollte tot sein, ich hatte für sie gesühnt. Ich hatte München verlassen, um endlich wieder frei leben zu können, damit sie tot sei, die Vergangenheit! München war weit. Ich log: »Zwei Jahre.«
»Wann sind Sie rausgekommen?« Er legte den Hörer nieder.
»Vor vier Monaten.«
»Warum waren Sie drin?«
Ich log und sah verzweifelt, daß er mir nicht glaubte: »Betrügerischer Bankrott. Ich hatte ein Stoffgeschäft.«
»Ja wirklich?«
»Ja wirklich«, log ich.
Jawohl, damals belog ich Julius Maria Brummer ...
Ich habe nicht zwei, sondern neun Jahre im Zuchthaus gesessen, und nicht wegen betrügerischen Bankrotts, sondern wegen Totschlags. Ich habe meine Frau getötet, meine Frau Margit, die ich über alles liebte.
Ich habe niemals ein Stoffgeschäft in München besessen. Ich war Antiquitätenhändler, Kunstsachverständiger. Einen schönen Laden hatte ich in der Theatinerstraße.
Glücklich verheiratet war ich, als der Krieg begann. Polen, Frankreich, Afrika, Rußland: Immer träumte ich von meiner Frau, nur von ihr. Sie war alles, was mich am Leben hielt, denn ich haßte den Krieg, die Uniform und das Tötenmüssen.
Dann kam ich nach Hause, Ende 1946, es war ein langer Krieg gewesen, ein langer Krieg für mich, und ich hatte ihn mehr verloren als andere.
Sie lag im Bett mit dem Kerl, als ich kam, im Bett und nackt. Da tat ich es.
Ich schlug auf sie ein, und von einer Wunde an der Stirn, die der Kerl mir geschlagen hatte, bevor er davonrannte, floß mir das Blut über die Augen, und ich sah alles durch den klebrigen Vorhang, der war rot. Ich schlug auf sie ein und hörte ihr Schreien, bis mich Nachbarn zurückrissen und selbst nieder-

schlugen. Sie starb in dieser Nacht, Margit, meine Frau, meine Liebe.
Ich war ihr Mörder.
Sie billigten mir mildernde Umstände zu und gaben mir zwölf Jahre. Nach neun Jahren wurde ich begnadigt.
Ich verließ München. Ich kam hierher, um Margit zu vergessen, meine ganze Vergangenheit, alles. Ich hatte alles verloren, meine Frau, mein Antiquitätengeschäft, mein Heim. Nun wollte ich von neuem beginnen. Darum belog ich Julius Maria Brummer.
Er sah mich schweigend an.
Ich stand auf, denn ich fühlte, daß er mich nun fortschicken würde. Wer engagiert schon einen Zuchthäusler als Chauffeur? Ich hatte kein Glück. Ich hätte gleich wissen müssen, daß ich kein Glück haben würde. Ich konnte kein Glück mehr haben. Nicht mit meiner Vergangenheit.
»Warum stehen Sie auf, Holden?«
»Um mich zu verabschieden, Herr Brummer.«
»Setzen Sie sich hin. Vierhundert mit freier Kost und Quartier. Okay?«
Ich schüttelte den Kopf.
Er deutete die Bewegung meiner Ratlosigkeit falsch: »Zu wenig?«
Ich nickte. Um mich drehte sich alles.
»Also gut, fünfhundert. Aber ich sage Ihnen gleich, es wird eine Menge Arbeit werden, ich bin dauernd unterwegs. Hamburg. München. Berlin. Paris und Rom. Ich habe Angst vorm Fliegen.«
»Sie engagieren mich, obwohl ich etwas ausgefressen habe?«
»Ich engagiere Sie deshalb. Leute wie Sie sind anhänglich. Noch Fragen, Holden?«
»Ja. Könnte ich ein Monatsgehalt im voraus bekommen? Ich habe Schulden.«
Er holte aus seiner Gesäßtasche eine Rolle Banknoten hervor, beleckte Daumen und Zeigefinger und zählte zehn Fünfzigmarknoten vor mich auf den Tisch. Mir wurde warm im Genick,

meine Lippen wurden trocken. Die violettfarbenen Scheine lagen in Form eines Halbkreises da. Er erschien mir wie der Regenbogen am Ende einer Schlechtwetterperiode. Ich fühlte, daß Brummer mich neugierig betrachtete. Ich sah auf.
»Saufen Sie, Holden?«
»Nein.«
»Das ist die Grundbedingung. Weiber?«
»Es geht.«
»Können Sie sofort anfangen?«
»Ja.«
Auf der Anrichte begann das Telefon zu läuten. Er verließ mich, bewegte sich wippend durch den Raum und hob den Hörer ab.
»Ja?«
Danach schwieg er und lauschte einer Stimme, die undeutlich bis zu mir drang. Ich sammelte die Banknoten ein. Der alte Hund kroch auf dem Bauch zu seinem Herrn. Draußen prasselte der Regen gegen die Fensterläden.
»Ich komme«, sagte Julius Brummer. Er legte den Hörer in die Gabel und fuhr sich mit der Hand über die Stirn.
Der Hund heulte auf.
»Sie müssen mich sofort ins Krankenhaus fahren. Meine Frau liegt im Sterben«, sagte Brummer.

Kapitel 6

»Schneller!«
Er sah in den Regen hinaus und bewegte mahlend die Kiefer. Es roch nach Pfefferminz. Ich trat auf den Gashebel. Die Nadel des Geschwindigkeitsmessers kletterte auf hundert. Wir rasten den Rhein entlang südwärts, der Innenstadt entgegen.
Drei Autos hatte ich in der Garage erblickt: einen Mercedes,

einen BMW, einen schwarz-roten Cadillac. Wir hatten den Cadillac genommen. Der Hund lag zwischen uns und wimmerte. Sein Speichel troff klebrig und dünn auf das Leder des Sitzes.

»Schneller, verflucht noch einmal«, sagte Julius Brummer. Hundertzehn, hundertzwanzig, hundertfünfundzwanzig. Die Wischer schlugen in wahnsinniger Hast, der Wagen begann auf der nassen Straße zu tanzen.

»Scheißen Sie sich nicht gleich in die Hosen, Holden. So ein Cadillac hält schon was aus. Hat mich einen Haufen Geld gekostet!«

Ich schaffte die Strecke bis zum Marien-Krankenhaus in sieben Minuten. Der Wagen hatte vor der angestrahlten Auffahrt des Hospitals noch nicht ganz gehalten, als Brummer bereits ins Freie sprang. Der Hund folgte jaulend. Schwingtüren blitzten auf. Dann waren sie beide verschwunden.

Ich ließ den Cadillac langsam zur Straße hinabgleiten und parkte ein paar Meter weiter unter einer alten Kastanie. Hier war es dunkel. Der Regen trommelte auf das Dach des Wagens. Ich drehte das Radio an ...

»... mit dem Gongschlag war es 22 Uhr. Vom Nordwestdeutschen Rundfunk hören Sie Nachrichten. London. Der Abrüstungsausschuß der Vereinten Nationen trat heute erneut zusammen. Zur gegenseitigen Sicherung vor einem Überraschungsangriff durch ein weltumfassendes System der Luft- und Bodenkontrolle schlug der Vertreter der USA, Stassen, den Sowjets im Namen von Großbritannien, Frankreich und Kanada und im Einverständnis mit den Regierungen von Norwegen und Dänemark folgenden neuen Plan vor: Das gesamte Gebiet nördlich des Polarkreises in der Sowjetunion, Kanada, Alaska, Grönland und Norwegen sowie das gesamte Territorium Kanadas, der Vereinigten Staaten und der Sowjetunion westlich des 140. Grades westlicher Länge –«

Die Straße war menschenleer. Der Regen rauschte. Die linke

Hand hielt ich in meiner Jackentasche. In meiner Jackentasche gab es zehn Fünfzigmarkscheine ...

»– ostwärts des 160. Grades östlicher Länge und nördlich des 50. Grades nördlicher Breite sowie schließlich der verbleibende Teil von Alaska und der Halbinsel Kamtschatka zuzüglich der Aleuten und der Kurilen werden der Überwachung ebenso unterstellt –«

Fünfhundert Mark. Miete bezahlt. Arbeit bei einem Mann, der keine Fragen stellte. In einer Stadt, in der mich keiner kannte ...

»– wie eine europäische Inspektionszone zwischen dem 10. Grad westlicher Länge im Westen und dem 60. Grad östlicher Länge im Osten sowie dem 40. Breitengrad im Süden, die damit westlich von England, durch das Mittelmeer und dem Ural entlang verlaufen würde –«

Aber warum wollte Nina Brummer sich das Leben nehmen? Warum unternahm eine reiche, verwöhnte Frau einen Selbstmordversuch?

»– die westeuropäischen Staaten würden dabei die Bundesrepublik, fast ganz Italien, Frankreich, England, Irland, Portugal, einen großen Teil Griechenlands –«

Niemand begreift es. Auch nicht Mila Blehova. Wie sie wohl aussieht, diese Nina Brummer?

»– und einen Teil der Türkei mit einer Gesamtfläche von 3,5 Millionen Quadratkilometern in die Inspektionszone einbringen. Die Sowjetunion soll dafür –«

Ein reicher Mann. Wahrscheinlich ein Schieber.

»– ihr Satellitenvorfeld und ihr Territorium bis zum Ural –«

Hätte ich das Geld nicht nehmen sollen?

»– insgesamt etwa 7 Millionen Quadratkilometer –«

Warum wollte Nina Brummer sich vergiften?

»– der Überwachung öffnen und –«

Ich dachte noch: Ob sie schon tot ist?

Dann war ich eingeschlafen ...

Kapitel 7

Die Wagentür fiel zu. Ich fuhr empor. Die Skala des Wagenradios glühte weiß und rot. Sentimentaler Jazz erklang. Ein Saxophon begann zu schluchzen. Die Uhr auf dem Armaturenbrett zeigte die Zeit: acht Minuten vor Mitternacht.
»Entschuldigen Sie, Herr Brummer!«
Der Mann an meiner Seite war nicht Julius Brummer. Er trug einen vor Nässe glänzenden schwarzen Gummimantel. Regentropfen rannen aus dem blonden Haar über das asketische Gesicht. Stahlgefaßte Brillen machten die Augen unsichtbar.
»Wo ist Herr Brummer?« Er sprach mit einem schweren sächsischen Akzent, seine Stimme klang weinerlich. »Reden Sie doch! Es ist wichtig. Ich suche Herrn Brummer schon den ganzen Abend. Die Köchin sagte am Telefon, er wäre hier im Krankenhaus.«
»Warum fragen Sie dann noch mich?«
»Ich muß Herrn Brummer sprechen ... ich muß ihm was sagen ...«
»Gehen Sie rein. Sagen Sie es ihm.«
Er machte ein Gesicht wie ein unglückliches Kind: »Das kann ich nicht. Dazu habe ich keine Erlaubnis. In einer halben Stunde fährt mein Zug. Ich muß weg aus Düsseldorf ...«
»Wer sind Sie?« fragte ich. Der Mann sah verhungert und krank aus. In seinem Gebiß fehlten Zähne. Er spuckte ein bißchen beim Sprechen.
»Herr Brummer kennt mich. Der Name ist Dietrich.«
»Dietrich?«
»Ja. Er hat auf meinen Anruf gewartet. Was ist passiert?«
»Seine Frau. Selbstmord.«
»O Gott«, sagte er. »Deswegen?«
»Weswegen?«
»Sie wissen nicht, weswegen?«

»Ich weiß überhaupt nichts«, sagte ich.
Er sah mich hilfesuchend an. »Was mache ich nur?«
Ich zuckte die Schultern.
»Immer kommt unsereiner in die Scheiße«, sagte er bitter. »Aufträge. Befehle. Vorschriften und Richtlinien. Daran, daß die Frau sich umbringen könnte, hat keiner gedacht. Jetzt haben wir den Salat.« Er blinzelte treuherzig: »Würden Sie Herrn Brummer wohl was ausrichten, Kamerad?«
»Ja.«
»Sagen Sie ihm, sein Freund ist da. Sein Freund aus Leipzig. Er bringt das Material. Morgen nachmittag. Um 17 Uhr.«
»Wohin?«
»Ans Hermsdorfer Kreuz. Autobahnabfahrt nach Dresden.«
»In der Zone?«
»Na ja doch, klar.« Er nieste donnernd. »Ich muß weg hier, ehe sie mich erwischen. Ich weiß nicht, ob ich Ihnen trauen soll. Es ist mir aber egal, ich denke jetzt *einmal* an mich. Ein Sauberuf ist das. Nichts funktioniert mehr. Die ganze Organisation gehört in'n Arsch.«
Im Radio schluchzte das Saxophon ...
»Hermsdorfer Kreuz, Abfahrt nach Dresden, 17 Uhr«, sagte ich.
»Er soll pünktlich sein.«
»Okay.«
»Sein Freund wird eine schwarze Aktentasche tragen. Und einen schwarzen Gummimantel. Wie ich. Werden Sie sich das merken?«
»Bestimmt.«
»Ist mir auch egal. Ich habe jetzt den Kanal voll.« Er nieste wieder.
»Gesundheit«, sagte ich.
»Sauleben«, sagte er traurig. »Den Tod kann man sich holen dabei. Haben Sie eine Zigarette?«
Ich hielt ihm ein Päckchen hin.
»Darf ich zwei nehmen?«

»Nehmen Sie alle.«
»Ich will nicht schnorren, ich habe nur gerade keine.«
»Schon gut«, sagte ich. Er kletterte aus dem Wagen.
»Hübsche Karre«, sagte er hilflos, in dem Bemühen, sich einen gesellschaftsfähigen Abgang zu verschaffen. Er strich über die regennassen goldenen Buchstaben J und B auf dem Schlag. »Na ja, unsereiner kommt nie zu etwas. Leb wohl, Kamerad.«
»Gute Nacht«, sagte ich. Er ging schnell die Straße hinunter, mager, krank, mit verbeulten Hosenbeinen und vertretenen Schuhen.
Das Saxophon beendete den Slowfox.
»Und nun, meine Damen und Herren, Ray Torro und sein neuer Schlager ›Zwei Herzen voll Glück auf dem Lago Maggiore‹ …«
Ich stieg aus und ging durch den Regen zum Eingang des Krankenhauses. Ich wollte Julius Brummer suchen. Allem Anschein nach war seine Frau noch immer nicht gestorben.

Kapitel 8

Es war ein katholisches Krankenhaus.
Die Nonnen trugen weiße, weite Kleider und weiße, breite Hauben, es erstaunte mich, zu dieser Stunde noch so viele von ihnen zu sehen. Sie eilten über die Stiegen und über die Gänge, und sie rollten kleine Wagen mit Arzneien. Es waren sehr nette Nonnen, und sie hatten viel zu tun in dieser Nacht. Auch in der Pförtnerloge neben dem Eingang saß eine Ordensschwester. Sie war dick und trug eine Brille. Ich fragte nach Herrn Brummer.
»Er ist bei seiner Frau«, erwiderte sie und ließ die Zeitung sinken, in welcher sie gelesen hatte. Neben ihr lag zusammengerollt der alte Hund und blinzelte mich traurig an. Er zitterte

und bewegte den Schwanz. »Hunde dürfen das Krankenhaus nicht betreten«, erklärte die dicke Nonne.
»Wie geht es Frau Brummer?«
»Nicht gut, fürchte ich. Man muß zu Gott beten, daß er ihr diese schwere Schuld vergibt.«
Ich verstand nicht gleich, was sie meinte, aber dann fiel mir ein, daß Selbstmord in ihren Augen eine schwere Sünde war, und vielleicht nicht nur in den Augen einer Nonne, sondern überhaupt, und daß es schon sehr lange her war, seit ich selbst einmal gebetet hatte. Das letzte Gebet, an das ich mich erinnerte, hatte ich in einem Keller gesprochen, als das Haus von einer Mine getroffen wurde. Aber vielleicht war das kein richtiges Gebet gewesen ...
»Ich muß mit Herrn Brummer reden«, sagte ich. »Ich bin sein Chauffeur.«
»Gehen Sie in den ersten Stock hinauf. Den Gang links hinunter in die Privatabteilung. Sprechen Sie mit der Nachtaufsicht.«
Im Stiegenhaus gab es viele Nischen, und in den Nischen standen bemalte Heilige von Kindergröße. Sie waren blau und rot und gelb bemalt. Die Heiligenscheine glänzten golden. Es gab wenige männliche Heilige, aber zahlreiche weibliche, und vor allen standen Vasen mit Blumen. Ich hörte meine Schritte laut hallen. Eine Glocke begann dünn in der Nähe zu bimmeln. Die Nachtschwester der Privatabteilung fand ich in ihrem Stationszimmer. Sie war jung und hübsch, aber streng und ernst.
»Herr Brummer ist bei seiner Frau.« Sie stand vor einem Medikamentenschrank und kramte in Ampullenpackungen. Das Licht der blauen Deckenlampe fiel auf sie.
»Wird sie durchkommen?«
»Das weiß Gott allein.« Sie hatte gefunden, was sie suchte: eine Packung von Ampullen mit der Aufschrift *Veritol*. Nun ging sie den von Blaulicht erhellten Gang hinab. Ich folgte. Um sie freundlicher zu stimmen, sagte ich: »Was sie getan hat, war eine große Sünde.«

»Eine Todsünde. Möge der Herrgott ihr verzeihen.«
»Amen«, sagte ich.
»Das Sauerstoffzelt hat nichts genützt. Auch auf Kreislaufmittel hat sie nicht mehr angesprochen. Der Puls setzt aus. Doktor Schuster wird es jetzt noch mit einer Blutwäsche versuchen.«
»Was ist das?«
»Wir entfernen zwei Drittel ihres Blutes und ersetzen es durch fremdes. Dazu spritzt Doktor Schuster Veritol, direkt ins Herz.«
»Also hat sie doch noch eine Chance.«
»Eine sehr kleine«, sagte sie und öffnete eine weiße Tür, welche in ihrer oberen Hälfte ein Glasfenster besaß. Die Tür fiel hinter der hübschen Schwester zu.
Ich trat an das Fenster, dessen Vorhang auf der Innenseite nicht geschlossen war. Ich sah die junge Schwester, einen älteren Arzt und Julius Brummer. Und ich erschrak wie nie zuvor in meinem Leben. Nicht, was ich sah, war furchtbar, sondern daß ich es sehen mußte, ich von allen Menschen ...
Die drei standen um das Bett einer jungen Frau. Sie lag auf dem Rücken, in tiefer Bewußtlosigkeit. Blondes Haar bedeckte das Kissen, das Gesicht war bläulich verfärbt, die Lippen waren weiß, nicht mehr durchblutet. Blaue Lider lagen auf den Augen, der Mund stand offen. Mochte Nina Brummer im Leben schön sein, in diesem Augenblick war sie es nicht. Sie sah aus, als wäre sie bereits seit Stunden tot.
Der Arzt und die Schwester bereiteten eine Transfusion vor. Sie schoben den silbernen Ständer heran, an welchem die Blutkonserve hing, sie befestigten Gummibandagen und Glasröhrchen an Nina Brummers linkem Oberarm. Ihr Mann sah alles mit an. Er wandte mir den Rücken zu.
Nun schlug der Arzt die Bettdecke zurück. Nackt bis zur Hüfte, lag die Bewußtlose auf dem weißen Laken. Ihr Körper war voll und schön, die Brüste waren groß und fraulich. Der Arzt neigte sich über Nina und lauschte ihren Herztönen, während die

Schwester eine Ampulle köpfte. Honiggelb stieg das Veritol in eine lange Glaskanüle.
Der Arzt setzte die Spitze der Kanüle auf die weiße Haut von Nina Brummers Brust und stieß zu.
Ich wandte mich ab, denn mir wurde plötzlich übel. Ich ertrug den Anblick dieser Frau nicht länger. Ich kannte diese Frau, ich kannte sie.
Ich ging den Gang hinab, zu einer kleinen Hauskapelle.
Hier gab es einen Altar und eine Betbank. Auf dem Altar stand eine große bunte Madonna mit ihrem Kind im Arm. Zwei Kerzen flackerten unruhig. Es gab auch hier viele Blumen. Vor der Betbank standen Stühle in drei Reihen. Die Stühle waren hart und ungepolstert. Links vom Eingang der Kapelle gab es einen zweiten, kleineren Altar in einem Erker. Hier standen zwei weiche gepolsterte Stühle. Ich erreichte eben noch einen von ihnen. Es drehte sich nun alles. Ich atmete tief, um meiner Übelkeit Herr zu werden, und das Herz klopfte rasend in meiner Brust. Die bunte Madonna mit dem Kind im Arm blickte ernst auf mich herab.
So kurz, dachte ich, ist also das Leben einer Lüge. Ich wollte der Vergangenheit entfliehen. Hier schon, in diesem stillen Hospital, hat sie mich wieder eingeholt.
Ich sah die Madonna an und dachte erbittert: Warum läßt du mir nicht meinen Frieden? Ich habe gesühnt. Auch gelitten habe ich, ja, gelitten.
Die Madonna blickte steinern auf mich herab ...
Warum, dachte ich, warum?
Alles schien gutzugehen – bis zu dem Augenblick, da ich durch das Fenster jenes Krankenzimmers blickte. Da sah ich sie wieder, sah Margit, meine Frau, noch nicht ganz auferstanden von den Toten.
Es klingt phantastisch, wenn ich es hier niederschreibe, und doch verhielt es sich genau so. Es war *ihr* Körper, der da lag, *ihr* Gesicht, *ihr* blondes Haar, Margits Augenbrauen, Margits klei-

ne Ohren, Margits schmale Hände. *Margit* lag da, und war nicht Margit, sondern eine fremde, reiche Frau, Nina Brummer.
Und doch ... und doch sah sie so aus, wie Margit ausgesehen hatte, *danach,* nachdem ich es getan hatte, bevor sie mich fortschleppten wie ein wildes Tier.
Meine Zähne schlugen aufeinander vor Erregung. Hinter jener Tür lag Margit, die nicht Margit war, hinter dieser Tür lag meine Vergangenheit.
Warum, warum? fragte ich erbittert die Madonna.
Aber ein Stein kann nicht reden.
Ich muß weg, dachte ich in Panik. Ich kann nicht bei Brummer bleiben. Wer erträgt das, täglich die geliebte Frau zu sehen, die man getötet hat?
Kein Mensch.
Und wenn Nina Brummer stirbt? Dann muß ich sie nicht sehen. Dann ist die Vergangenheit doch tot. Soll das eine Prüfung sein, fragte ich den Stein vergebens.
Ich mußte etwas tun. Lesen. Etwas ansehen. Ich wurde verrückt, wenn ich weiter darüber nachdachte. Ich ging bis zu jener Tür. Aber die Übelkeit packte mich wieder mit Macht, ich wagte nicht, durch das Fenster zu sehen. Ich ging in die Kapelle zurück. Vor dem zweiten Altar lag ein aufgeschlagenes Buch, an dem ein Bleistift hing. Ich zog das Buch heran. Bis etwa zur Hälfte waren seine unlinierten Seiten mit Gebeten und Hilferufen, Verzweiflungsausbrüchen und Danksagungen in den verschiedensten Handschriften bedeckt. Ich begann zu blättern ...
»Heilige Mutter Gottes, hilf mir in meiner Not. Mach, daß es kein Tumor ist. Meine Familie braucht mich. Johanna Allensweiler, Düsseldorf 15, Grothestraße 45/III.«
»Lieber Herrgott, für die gelungene Gallenblasenoperation am 23.4.56 danke ich Dir herzinniglich. Deine getreue Lebrecht Hermine, zur Zeit Duisburg-Ruhrort, Kiepenheuerweg 13.«
»Du mein Gott im Himmel, hab Erbarmen mit unserer armen Mutter, es ist die dritte Operation auf dem rechten Auge. Laß es

nicht grauer Star sein. Adolf und Elisabeth Kramhals mit Kindern Heinz-Dieter und Christa. Düsseldorf, Wallgraben 61.«
Es gab zittrige Schriften und feste, große und kleine. Am Schluß jeder Eintragung stand die genaue Adresse des Verfassers. Auf jeder vierten Seite des Buches fand ich einen Rundstempel der Krankenhausverwaltung, ein Datum und immer die gleiche präzise Unterschrift: Angelika Meuren, Oberin.
»Der Pneumothorax war Dein Wille, Herr. Mach, daß ich mit ihm arbeiten kann wie bisher, ich muß für sechse sorgen. Zivilingenieur Robert Anstand, Düsseldorf-Lohausen, Flughafenstraße 44/III, linke Stiege.«
»Herrgott im Himmel, gib mir die Kraft, bei meiner Rosemarie zu bleiben. Sie ist seit zehn Jahren gelähmt, die Ärzte sagen, es ist nichts zu hoffen. Verzeih mir sündhafte Gedanken und schenke mir Weisheit. Amen. Hans H., Düsseldorf, Färberweg 14.«
Auf einer Seite hatten Kinderhände einen Blumenstrauß gemalt: »Für den lieben Gott, weil Er gemacht hat, daß meine Mami nicht mehr Weh im Magen hat, von Seinem Liebknecht Rudi, Düsseldorf, Weymayrstraße 1 ...«
Ein Geräusch ließ mich aufblicken.
Julius Brummer hatte die Kapelle betreten. Er schwankte zu dem großen Altar an der Stirnseite. Er sah mich nicht. Ich hatte den Eindruck, daß er überhaupt nichts sah. Er bewegte sich stolpernd und unsicher wie sein Hund. Über das rosige Gesicht strömten Tränen. Krachend fiel er auf der Betbank vor der Madonna in die Knie. Es klang, als würde das Holz zersplittern. Eine erste Reaktion, mich bemerkbar zu machen, wurde von unwiderstehlicher Neugier verdrängt. Gebannt sah ich den massigen Mann an, der vor mir zusammengebrochen war. Das Licht der Kerzen spiegelte in seiner Glatze. Er stöhnte jetzt laut und undurchdringlich. Danach schlug er mit der Stirn gegen das Brett der Bank. Er wand den Körper hin und her und richtete sich auf. Er zerrte die Krawatte herunter, öffnete den Hemdkragen und starrte die Madonna mit dem Kinde an.

Ungeschickt wie ein kleiner Bauernjunge faltete Julius Brummer die rosigen Hände vor der Brust. Er wähnte sich allein. Schwerfällig begann er laut zu beten:
»Bitte, laß meine Nina nicht sterben. Hilf ihr jetzt. Mach, daß die Bluttransfusion wirkt und auch das Veritol ...«
Sein Atem ging keuchend. Er erhob sich und trat taumelnd an den Altar. Die Hände stützte er auf den Brokat. Sein kleiner Mund zuckte ...
»Wenn du sie leben läßt, will ich auch büßen ... für alles ... ich gehe ins Gefängnis ... ich nehme jede Strafe an ... ich wehre mich nicht gegen die verfluchten Hunde ... ich schwöre es ... ich schwöre es bei ihrem Leben ... ich *fahre nicht in die Zone* ...«
Er packte die Heiligenfigur mit beiden Händen, sein Körper sackte vor, und die Madonna drohte umzustürzen.
»... ich bleibe hier und warte, daß sie mich verhaften«, keuchte Julius Brummer, »aber laß sie nicht sterben ... bitte, laß sie nicht sterben ...«
Mit einem leisen Aufschrei ließ er die Madonna los und griff sich nach dem Herzen. Dann drehte er sich um sich selber und fiel auf das Gesicht. Im Sturz bereits folgte ihm die Steinfigur. Mit einem dumpfen Geräusch traf sie Brummers Rücken, prallte ab und brach entzwei.
Ich stürzte vor und drehte den Reglosen auf den Rücken. Seine Augen standen offen, aber ich sah nur das Weiße. Er roch nach Pfefferminz. Ich eilte auf den Gang und rief nach der hübschen Nachtschwester.
Sie tauchte aus ihrem Stationszimmer auf.
»Herr Brummer«, sagte ich. »In der Kapelle. Schnell.«
»Was ist mit ihm?«
»Ohnmächtig. Er muß nicht wissen, daß ich ihn gefunden habe.«
Sie sah mich nachdenklich an, dann griff sie nach dem Hörer des Telefons auf ihrem Schreibtisch: »Geben Sie mir Doktor Schuster, bitte ... es ist dringend ...«

Kapitel 9

Sie legten ihn in ein freies Zimmer und gaben ihm Bellergal, als er wieder zu sich kam, und er verlangte ein Glas Kognak und die Rechnung für die zerbrochene Madonna: »Kaufen Sie eine größere und schönere. Ich bezahle alles.«
Sie sagten ihm wirklich nicht, wer ihn gefunden hatte. Er verlangte zu wissen, wie es seiner Frau ginge, und sie erklärten ihm, daß sie noch immer am Leben sei. Da begann er zu weinen, und sie gaben ihm noch einmal Bellergal und drehten das Licht im Zimmer aus und rieten ihm, ruhig zu atmen und auf dem Rücken zu liegen.
Es wurde eine lange Nacht. Ich half der hübschen jungen Schwester, die Unordnung in der Hauskapelle zu beseitigen, und dann kochte sie starken Kaffee für uns beide. Sie war jetzt sehr nett. Sie sagte, bevor sie dem Orden beitrat, habe sie einen Mann gekannt, dem ich ähnlich sah. Er war Pilot. Die polnische Flak schoß ihn über Warschau ab, gleich im September 1939 ...
Ich hörte sehr unaufmerksam zu, als sie mir aus ihrem Leben erzählte, und ich sah sehr unaufmerksam hin, als sie mir alte, abgegriffene Fotografien des Piloten zeigte, der mir wirklich ein wenig ähnlich sah. Ich mußte dauernd an das seltsame Gebet des Julius Brummer denken ...
(... wenn du sie leben läßt, will ich auch büßen ... ich gehe ins Gefängnis, ich nehme jede Strafe an ...)
»Ich korrespondierte noch lange mit seiner Mutter«, erzählte die hübsche Schwester. »Die Mutter hat mich sehr gern gehabt, von Anfang an. Im Oktober wäre die Hochzeit gewesen ...«
(... ich wehre mich nicht gegen die verfluchten Hunde ... ich schwöre es ... ich schwöre es bei ihrem Leben ...)
»Ich hatte schon mein Brautkleid und die Aussteuer und alles. Wir wollten in Hamburg leben. An der Innenalster. Die Wohnung hatte einen Balkon ...«

(... ich schwöre es ... ich schwöre es bei ihrem Leben, ich fahre nicht in die Zone ...)
»Manchmal, wenn ich die Augen schließe, sehe ich noch sein Gesicht.« Die Schwester drehte den Kopf fort. »Aber nicht mehr immer. Früher habe ich es immer gesehen ...«
Um halb vier Uhr morgens fühlte Julius Brummer sich dann besser und klingelte und verlangte nach mir. Ich ging zu ihm. Er saß auf dem Bett und kaute wie immer: »Tut mir leid, Holden, daß Ihre Arbeit bei mir gleich so anfängt. Sind Sie müde?«
Ich schüttelte den Kopf.
»Was ist los? Was machen Sie für ein Gesicht?« Er musterte mich scharf. »Haben Sie was gehört über mich?«
»Gehört, Herr Brummer?«
»Daß ich schlappgemacht habe in der Kapelle ... Reden die Nonnen? Wird gequatscht?« Nun verteidigte er sein Ansehen, seine Würde. Ich dachte an das verzerrte Gesicht vor dem Altar, an die gelallten Schwüre ...
»Niemand redet, Herr Brummer. Man hat mir gesagt, daß Sie sich nicht wohl fühlten. Ich ... ich habe Ihnen etwas auszurichten ...«
»Was?«
»Während ich im Wagen wartete, kam ein Mann zu mir.«
»Was für ein Mann?«
Ich erzählte ihm von meiner Begegnung.
Er saß da, ohne sich zu rühren. Der Fenstervorhang hinter ihm begann zu leuchten. Das Licht der aufgehenden Sonne färbte sich rosig. Einmal beleckte Brummer seine Lippen. Dann fuhr er fort zu kauen. Zuletzt sagte er: »Das wäre heute nachmittag, wie?«
»Ja. Um 17 Uhr. Abfahrt nach Dresden. Am Hermsdorfer Kreuz.«
»Wissen Sie, wo das ist, Holden?«
»Natürlich«, sagte ich. Absichtlich fügte ich hinzu: »In der Zone.«

»In der Zone«, wiederholte er.

(... ich schwöre es ... ich schwöre es bei ihrem Leben, ich fahre nicht in die Zone ...)

Es war schon lange her, daß ich einen Sonnenaufgang miterlebt hatte, und es überraschte mich, wie schnell das Ganze vor sich ging. Nun war der Vorhang bereits blutig rot und leuchtete so stark, daß Brummer als Silhouette erschien – ein fetter, vorgebeugter Affe. Goldene Lichtbahnen flammten an der Zimmerdecke auf. Sie kamen durch die Vorhangspalten.

»Haben Sie das alles sonst noch wem erzählt?«

»Nein, Herr Brummer.«

Ein Kruzifix hing über der Tür. Er sah es an. Dann ging er zum Fenster und zog die Vorhänge zurück. Blendend traf ihn das Sonnenlicht. Er öffnete das Fenster und sah in den Spitalgarten hinaus, der still und naß im Dämmerlicht des Morgens lag. Kühle Luft drang zu mir, sie roch nach feuchtem Gras. Ein Vogel begann zu singen. Wir lauschten ihm beide. Ich sah, wie Brummer den Schädel schüttelte, beharrlich und langsam.

Die Tür ging auf.

Die hübsche Nachtschwester sagte ernst: »Gott hat ihr verziehen.«

Heiser fragte Brummer: »Ist sie tot?«

»Sie wird leben«, antwortete die Nonne und lächelte. »Die Bluttransfusion hatte Erfolg. Der Puls ist wieder regelmäßig. Wir spritzen nur noch Strophantin.«

Drei Sekunden verstrichen.

»Nein«, sagte Brummer, zerrissen zwischen Angst und Hoffnung.

»Doch!«

»Es ist nicht wahr ...« Furcht schüttelte ihn immer noch.

»Es *ist* wahr. Doktor Schuster schickte mich. Er würde mich nicht schicken, wenn es nicht ganz sicher wäre. Ihre Frau wird leben, Herr Brummer. Gott ist voller Großmut.«

Noch drei Sekunden verstrichen, dann begann Julius Brummer zu lachen. Er lachte dröhnend. Wie ein Wesen der Vorzeit, wie ein Titan aus einer Steinhöhle erschien er mir. Mit beiden Fäusten trommelte er sich gegen die Brust, während er lachte.
»Sie lebt!« Er spie den Gummi aus. »Sie lebt, die Süße lebt!« Er schlug mir auf die Schulter. Dann umarmte er die junge Nonne. Er lachte immer weiter.
»Doktor Schuster erwartet Sie«, sagte die Nonne betreten.
Brummer ging zur Tür. Als er an mir vorbeikam, sagte er grinsend: »Hauen Sie sich aufs Bett, mein Lieber. Pennen Sie ein paar Stunden. Und lassen Sie zur Sicherheit noch mal das Öl wechseln.«
»Öl wechseln?«
»Ist ein langer Weg durch die Zone«, meinte Julius Brummer sachlich. Die Tür fiel hinter ihm und der Nonne ins Schloß.
Das Sonnenlicht erfüllte nun den ganzen Raum. Im Garten sangen viele Vögel. Ich trat ans Fenster. Leichter Ostwind wehte. Der Himmel sah sehr sauber aus.
Ich legte meine Jacke ab und öffnete mein Hemd. Dann legte ich mich auf das fremde Bett und verschränkte die Arme unter dem Kopf.
Sie wird also leben, und ich muß also gehen.
Warum also muß ich gehen?
Margit ist tot. Ich liebe sie nicht mehr. Sie hat mich betrogen. Es macht mir nichts aus, eine Frau zu sehen, die ihr gleicht. Nichts macht es mir aus, es war nur der Schock, vorhin, nur der Schock.
Ich werde bleiben. Lächerlich, einer fremden Frau nicht gewachsen zu sein. Ein paar Tage, dann ist es zur Gewohnheit geworden.
Im Gegenteil: Ich *muß* bleiben und damit fertig werden. Denn schlimmer wäre es, zu gehen und zu wissen, fern von ihr, daß es sie gibt.

So, Herr Kriminalkommissar Kehlmann, für den ich diese Seiten fülle, dachte ich an jenem Morgen zur Rechtfertigung des Umstandes, daß ich blieb.
Meine Gedanken waren sehr durchsichtig, nicht wahr? Sie sind ein Mann, Sie werden wissen, was von diesen meinen Gedanken zu halten war ...

Kapitel 10

An diesem Tage wurde es schon nach dem Frühstück heiß. Ich erinnere mich noch genau daran, weil eigentlich die mörderische Hitze schuld an allem war, was zuletzt passierte. Die Luft flimmerte über dem Asphalt. Das Metalldach des Wagens glühte, als ich in die Stadt zum Ölwechsel fuhr. Die Frauen trugen weiße Blusen, Shorts und bunte Kleider. Sie zeigten Arme und Beine und viel Busen. Die meisten Männer gingen im Hemd. An manchen Stellen gab es noch Pfützen vom Regen der Nacht. Die Pfützen dampften.
Während die Mechaniker in der Goethe-Garage den Wagen abschmierten und das Öl im Motor und im Getriebe wechselten, ging ich zur Grupellostraße 180 hinüber und läutete meine Wirtin heraus. Sie war eine männerlose, verbitterte Frau mit strähnigem Haar und hungrigen Augen.
»Hören Sie mal, Herr Holden, jetzt reicht's mir aber! Keine Miete zahlen ist wohl nicht genug, was? Muß ich Ihnen auch noch die Türe öffnen, weil Sie zu fein sind aufzusperren?«
Ich gab keine Antwort, sondern ging in mein häßliches Zimmer und nahm den alten Koffer vom Schrank und packte die wenigen Dinge ein, die mir gehörten.
»Was soll denn das?« Sie schlurfte heran und stemmte die mageren Arme in die knochigen Hüften: »Sie glauben doch nicht

etwa, daß Sie einfach abhauen können! Ich muß wohl 'n' Schupo holen, wie?«

»Ich kündige, Frau Meise. Schreiben Sie mir die Rechnung bis zum nächsten Ersten. Alles, was ich Ihnen schulde. Beeilen Sie sich.«

»Sie haben kein Geld! Sie wollen bloß, daß ich aus'm Zimmer gehe, damit Sie flitzen können.«

Ich holte die zehn Fünfzigmarkscheine aus der Tasche und hielt sie ihr unter die Nase. Sie starrte mich an und lief dann fort. Ich schloß den Koffer. Er fühlte sich feucht an, wie alles in diesem Zimmer sich stets feucht angefühlt hatte.

Es war ein feuchtes, dunkles Zimmer gewesen, mit dem Ausblick auf eine Feuermauer, deren Verputz abblätterte. Das Bettzeug war ständig feucht gewesen, und meine Hemden im Schrank, und alle meine Papiere. Aber es war ein billiges Zimmer gewesen, fünfunddreißig Mark hatte es gekostet, und ich hatte eigentlich nur in ihm geschlafen. Im Bett hatte ich immer ein getragenes Hemd und meine Strümpfe anbehalten, denn ich besaß keinen Pyjama und die Feuchtigkeit hatte mich gestört.

Die Wirtin kam mit der Rechnung zurück, und ich bezahlte, und sie nahm das Geld wortlos in Empfang und ging stumm davon. Ich legte die Wohnungsschlüssel auf den Tisch, nahm den Koffer und verließ das Zimmer, in dem ich vier Monate meines Lebens geschlafen und viele Alpträume geträumt hatte.

In der Garage waren sie mit dem Wagen fertig. Ich ließ ihn volltanken und warf den häßlichen Koffer in den Fond. Er sah besonders häßlich aus auf dem roten Leder.

»Kann ich mal telefonieren?« fragte ich den Tankwart. Er wies mit dem Kinn zu der gläsernen Kabine neben den Benzinsäulen. Dort stand ein Telefon. Ich rief Julius Brummer in seinem Büro an, er hatte mir die Nummer gegeben. Der Schweiß trat mir auf die Stirn, während ich auf die Verbindung wartete. In der Glaskabine war es heiß wie in einem Dampfbad.

»Holden?«

»Jawohl, Herr Brummer. Ich bin fertig.«
»Gut.« Es klang sachlich wie immer. »Ich habe hier noch zwei Stunden zu tun. Dann holen Sie mich ab. Fahren Sie heim. Der Diener soll mir einen Koffer packen.«
»Jawohl.«
»Kennen Sie die Blumenhandlung Stadler auf der Königsallee?«
»Nein. Aber ich werde sie finden, Herr Brummer.«
Im Schatten der Garagenwand spielten ein paar Kinder. Sie trugen Badetrikots. Ein kleiner Junge bespritzte die anderen mit einem Schlauch. Sie lachten und schrien durcheinander, hüpften auf und nieder und waren vergnügt.
»Fahren Sie hin, und holen Sie die Blumen ab, die ich bestellt habe. Die Blumen sind für meine Frau. Bringen Sie sie ins Krankenhaus.«
»Jawohl, Herr Brummer.«
Jawohl, Herr Brummer. Nein, Herr Brummer. Sofort, Herr Brummer. Wie schnell man den Ton annahm, wie schnell man sich wieder an ihn gewöhnte. Jawohl, Herr Leutnant. Nein, Herr Leutnant. Sofort, Herr Leutnant. Das hatte mir damals nichts ausgemacht, und es machte mir heute nichts aus. In Brummers Haus gab es ein Zimmer für mich, dessen Bett gewiß nicht feucht war. Ich hatte Geld in der Tasche, ich hatte Arbeit, ich hatte einen Chef, der keine Fragen stellte.
Nein, Herr Brummer. Ja, Herr Brummer. Sofort, Herr Brummer. Na und? Im Krieg war außerdem geschossen worden.
»Was ist mit der Rechnung?« fragte ich den Tankwart.
»Schicken wir Herrn Brummer immer monatlich.«
»Fein«, sagte ich und setzte mich hinter das Steuer. Der Ventilator begann zu summen, als ich den Motor anließ. Luft strömte durch den Wagen. Leise glitt er auf die Straße hinaus. Wenn wir von unserer Fahrt in die Zone zurückkamen, hatte Brummer mir erklärt, würde ich auch eine schicke Uniform erhalten, nach Maß, von einem schicken Schneider.
Uniform war Uniform.

Jawohl, Herr Leutnant. Jawohl, Herr Brummer. Ich hatte Arbeit. Ich hatte Ruhe. Keine Fragen. Keine schiefen Blicke. Das war eine Menge für einen Mann, der aus dem Zuchthaus kam.

Ich hielt und stieg aus und holte den alten Koffer aus dem Fond und stellte ihn nach hinten, in den großen Gepäckraum. Es war ein so schöner Wagen und ein so häßlicher Koffer. Der Kalfaktor Hirnschall hatte ihn mir geschenkt, als ich entlassen wurde ...

Kapitel 11

Einunddreißig dunkelrote Rosen.
Sie hatten sie bereits doppelt in Cellophanpapier verpackt, als ich ankam. Es war ein mächtiger Strauß, richtig schwer zu tragen.
»Und bitte die Stiele schneiden, bevor sie ins Wasser gesteckt werden.«
»Ist gut.«
»Holländische Ware. Beste Qualität. Herr Brummer wird zufrieden sein.«
»Die Rechnung –«
»Herr Brummer hat ein Konto bei uns. Vielen Dank. Guten Tag, mein Herr ...«
Langsam erfuhr ich, wie die reichen Leute lebten. Sie hatten Konten. Sie rechneten monatlich ab. Sie besaßen Kredite, weil sie Vertrauen besaßen. Das war der Unterschied.
Zur Feier des Tages trug ich noch immer meinen blauen Anzug. Aber im Sonnenlicht glänzte der Stoff an den Ellbogen und Knien doch schon bedenklich. Auch der Dame im Blumensalon fiel es auf. Sie sah schnell weg, als hätte sie etwas Ekelhaftes gesehen, einen Epileptiker vielleicht, einen Mann, der sich

erbrach. Es war ein sehr feiner Blumensalon, und Düsseldorf war eine sehr feine Stadt, und Julius Brummer war einer ihrer feinsten Bürger. Im übrigen, dachte ich, zu dem feinen Cadillac zurückgehend, konnte ich mir jetzt jederzeit einen neuen Anzug machen lassen. Und eine Uniform bekam ich auch ...
Im Marien-Krankenhaus saß eine andere Nonne in der Portiersloge, und eine andere Nonne machte in der Privatabteilung Dienst. Die hübsche Nachtschwester, die ihren Verlobten über Warschau verloren hatte, war verschwunden. An ihrer Stelle arbeitete in dem heißen, kleinen Stationszimmer jetzt eine ältere Dame. Sie betrachtete ernst, was zutage kam, als sie das Cellophanpapier entfernte.
»Sollen noch mal geschnitten werden, bevor sie in die Vase kommen«, sagte ich.
Sie sagte entrückt: »Kostet doch sicher jede eine Mark fünfzig.«
»Sicher.«
»Sündhaft. Viele Familien müssen davon eine Woche leben.«
Von den fünfhundert Mark, die mir Brummer gegeben hatte, waren hundertfünfundsiebzig bei der Witwe Meise geblieben. Aber auch mit dreihundertfünfundzwanzig Mark in der Tasche kam ich mir bereits vor, als wäre ich ein naher Verwandter Brummers, ein Teilhaber seiner Geschäfte, ein Mitglied der herrschenden Klasse. Ich nickte der Nonne zu und ging.
Im Stiegenhaus überlegte ich, daß ich mir zuerst einen grauen Freskoanzug machen lassen wollte. Einen einreihigen. Vielleicht mit Weste. Ich konnte weiße Hemden und schwarze Krawatten dazu tragen. Schwarze Schuhe, schwarze Socken. Eigentlich konnte man zu Grau alles tragen. Ich –
»Warten Sie bitte!«
Ich drehte mich um. Die ältliche Nonne kam mir nachgeeilt.
»Frau Brummer möchte Sie sprechen.«
»Mich? Warum?«
»Das weiß ich nicht. Sie ist noch gar nicht richtig bei sich. Aber ich soll Sie zu ihr bringen. Kommen Sie mit.«

Also folgte ich ihr zurück in die Privatabteilung, und die Nonne ließ mich in Nina Brummers Zimmer treten und sagte laut: »Die gnädige Frau ist noch *sehr* schwach. Es ist *sehr* schlecht für sie, wenn sie spricht.« Dann verschwand sie.
Auch in diesem Zimmer war es heiß. Nina Brummers Kopf lag auf dem schräggestellten Kissen. Sie war jetzt gewaschen und gekämmt, aber das Gesicht sah noch immer bläulichweiß, blutleer und erschöpft aus, und es sah aus wie Margits Gesicht, die Ähnlichkeit war unfaßbar. Doch jetzt schien die Sonne, ich hatte den ersten Schock überwunden, ich hielt den Anblick dieses Gesichtes aus. Auf der Bettdecke lagen die einunddreißig Rosen. Mit zitternden Händen strich sie über die Blüten. Die grauen Lippen bewegten sich. Sie sprach, aber sie sprach so leise, daß ich sie nicht verstand. Ich trat an das Bett. Sie flüsterte qualvoll: »Der ... neue ... Chauffeur ...?«
»Ja, gnädige Frau.«
Sie holte rasselnd Atem. Es schien ihr noch gewaltige Mühe zu bereiten zu atmen. Die Brust hob sich unter der Decke. Die großen blauen Augen waren milchig-verglast, die Pupillen schwammen hin und her. Diese Frau war noch nicht ganz bei Besinnung. Sie lebte – aber sie lebte kaum. Blutverlust. Schwäche. Herzmittel. Die Vergiftung. Nein, diese Frau wußte nicht, was sie tat, was sie sprach. Diese Frau bewegte den Kopf nun ruckweise wie eine mechanische Puppe und lallte flehend: »Helfen ...«
Ich neigte mich über sie.
Wenn sie den Mund öffnete, roch ich immer noch Leuchtgas. Mir war heiß. Mir war übel.
»... müssen ... mir ... helfen ...«
Natürlich trat im nächsten Moment, ohne anzuklopfen, die ältliche Nonne ein. Sie kam zum Bett und nahm die Rosen. »Ich habe jetzt eine Vase gefunden.« Sie ging zur Tür zurück. Sie sagte scharf: »Herr Doktor hat *ausdrücklich* angeordnet, daß Frau Brummer *keinen* Besuch empfangen und *nicht* sprechen soll. Es ist *sehr* schlecht für sie.« Die Tür fiel laut ins Schloß.

Nina Brummer stammelte mit verzerrtem Mund, aus welchem Speichel rann: »Hassen ... mich ... alle ...«
Das glaubte ich aufs Wort. Gewiß liebte man sie hier nicht: eine reiche, verwöhnte Nichtstuerin, eine Sünderin, die sich das Leben hatte nehmen wollen.
Nein, niemand liebte Nina Brummer hier.
»... kann ... keiner ... trauen ...« Der Kopf fiel auf die Schulter. Sie atmete rasselnd, um ihr Leben.
Gas ... Gas ... es roch nach Gas ...
Ich hielt den Blick dieser verdrehten Augen nicht mehr aus. Ich kam mir vor, als würde ich ihren Schlaf belauschen, das Narkosegestammel einer Fremden.
Ich sah zu dem Tischchen neben dem Bett. Hier stand ein weißes Telefon. Daneben lag etwas Schmuck: ein Ring, ein breites, goldenes Armband, eine zierliche Uhr mit blitzenden Steinen.
»... darf niemand ... wissen ... auch ... nicht ... Mila ...« Ihre rechte Hand glitt unter die Bettdecke, kam wieder hervor, hielt einen Brief.
Ich rührte mich nicht.
»Nehmen ... Sie ...«
In die schönen, milchig getrübten Augen trat ein grausiger Ausdruck von Selbstaufgabe.
»Bitte ...«
Die Hand mit dem Brief streckte sich mir entgegen.
Diese Frau war nicht bei Besinnung, dachte ich. Nicht bei Besinnung, überhaupt nicht bei Besinnung.
Ich nahm den Brief.
Ich las, was auf dem Umschlag stand.

Herrn Toni Worm
Düsseldorf
Stresemannstraße 31 A

Die Buchstaben waren windschief und groß. Sie lagen auf dem Umschlag wie bizarres Spinngewebe. Die Buchstaben sahen nach Irrsinn aus, nach Nachtmahr, Fieber.
Ich legte den Brief dorthin auf die Bettdecke, wo diese zwischen Nina Brummers Brüsten eine kleine Vertiefung bildete, und schüttelte den Kopf.
»Er ... muß ... den Brief ... bekommen ...« Sie versuchte sich aufzurichten und fiel auf das Kissen zurück.
Sie wußte nicht, was sie tat. Sie lieferte sich mir aus. Sie riskierte Erpressung, ihre Ehe, ihre Zukunft. Sie riskierte alles – unter dem Einfluß von Cardiazol, Veritol, Schwäche, Blutverlust, Vergiftung. Diese Frau war nicht bei Besinnung.
»... Ich tu' ... alles ... was ... Sie ... wollen ...«
Ich konnte diese ächzende Stimme nicht mehr hören. Ich wollte sie nicht mehr hören. Ich schüttelte den Kopf und wies zum Telefon. Ich konnte nicht sprechen, denn ich roch wieder Gas, und der Ekel würgte mich hoch oben in der Kehle.
»Er ... hat ... kein ... Telefon ...«
Ich weiß nicht mehr, wann ich anfing, Nina Brummer zu lieben. An diesem Morgen bestimmt noch nicht.
Man kann sich nicht in eine Fremde verlieben, in eine Frau am Rande des Todes. Das kann man nicht. Das ist unmöglich. Aber auf eine besondere Weise war Nina Brummer keine Fremde für mich, ich kannte sie in einer besonderen Weise seit Jahren, vielen Jahren. Ihr Gesicht kannte ich, ihre Haut, die Augen, das Haar. Denn es war Margits Haut, Margits Haar, Margits Gesicht, es waren Margits Augen. Ich bin ein Realist. Jede Art von Metaphysik ist mir widerlich. Aber es scheint doch, daß es für Liebende den Tod nicht gibt. Meine Liebe zu Margit war noch nicht zu Ende, als ich sie tötete. Im Gegenteil, ich tötete sie, weil ich sie so liebte. Darum konnte ich nicht ertragen, daß sie mich betrog. Und nun stand ich vor einer Frau, die ihr in unbegreiflicher Weise glich. In ihr war Margit wieder lebendig geworden. Meine Liebe zu ihr konnte weiter-

gehen. Vielleicht ist das die Erklärung für das, was ich tat: *Ich nahm den Brief.*
»Na schön«, sagte ich.
In Nina Brummers verglaste Augen trat ein Ausdruck grenzenloser Erleichterung.
»Warten Sie … auf … Antwort.«
»Ja.«
»Rufen Sie … mich an …«
Die Tür flog auf.
Die Nonne sagte: »Wenn Sie jetzt nicht sofort gehen, muß ich den Herrn Doktor rufen.«
Nina Brummers Kopf fiel zur Seite. Sie schloß die Augen.
»Ich gehe schon«, sagte ich.

Kapitel 12

Das Haus Stresemannstraße 31 A war alt. Es stand hinter zwei verkrüppelten Bäumen, grau, einstöckig und düster. Es mußte um die Jahrhundertwende entstanden sein. Massige Karyatiden aus Sandstein trugen den Balkon über dem Eingang. Neben dem Tor stand ein blasses junges Mädchen in einem schwarzen Kleid. Sie trug einen schwarzen, tortenförmigen Hut und eine dicke Brille. Mit beiden Händen hielt sie Zeitschriften erhoben.
»Gott lebt«, sagte das Mädchen.
»Was ist los?«
»Sein Reich ist nahe herangekommen. Die Zeugen Jehovas predigen in aller Welt.« Sie hob die Zeitschriften noch höher, ich las einen Titel: »DER WACHTTURM«.
»Wieviel?« fragte ich.
»Sie müssen nichts kaufen, was Sie nicht wollen«, sagte das Mädchen. Es lächelte mutig: »Der Tag des großen Gerichts

steht unserer Generation bevor. Die Bösen werden verderben in diesem Gericht, aber die Zeugen Jehovas und alle, die die Gerechtigkeit lieben wie sie, werden bewahrt bleiben, wie einst Noah und seine Familie bewahrt wurden vor der Sintflut. Die Überlebenden werden in Gottes neuer Welt die Erde zu ihrem Besitztum machen. So steht es zu lesen bei Petrus und Matthäus.«

Ich gab ihr eine Mark, und sie gab mir ein Exemplar der Zeitschrift und erklärte: »Es kostet nur fünfzig Pfennig.«

»Schon gut«, sagte ich und ging in das dämmrige, kühle Stiegenhaus hinein. An einer Mauer hing ein Klingelbrett mit den Namen der Mieter. Es gab vier, zwei zur ebenen Erde, zwei im ersten Stock. Ich las:

Toni Worm
Musiker

Er wohnte im ersten Stock. An der Wohnungstür gab es ein Guckloch, und nachdem ich geklingelt hatte, erschien in diesem Guckloch ein menschliches Auge, das mich musterte.

Ich erschrak ein wenig über das Auge, denn ich hatte keine Schritte jenseits der Tür gehört. Das Auge blickte mich unverwandt an.

Unsichtbar fragte der Mund des Gesichtes, zu dem dieses Auge gehörte: »Was wollen Sie?«

»Ich habe einen Brief. Für Herrn Worm. Sind Sie Herr Worm?«

»Ja.« Er sprach undeutlich. Entweder war er erkältet, oder er war betrunken.

»Dann öffnen Sie.«

»Werfen Sie den Brief in den Briefkasten.«

»Ich soll auf Antwort warten.«

»Der Briefkasten. Werfen Sie den Brief hinein.«

Ich schüttelte den Kopf.

Das Auge musterte mich zornig.

Die Stimme sagte zornig: »Dann lassen Sie's bleiben.«
»Der Brief ist von Frau Brummer.«
Die Wohnungstür flog auf.
Ein junger Mann von höchstens fünfundzwanzig Jahren stand in ihrem Rahmen. Er trug einen dunkelblauen, glänzenden Schlafrock mit schmalen silbernen Verzierungen. Es war ein außerordentlich hübscher junger Mann, und er war nicht erkältet, sondern nur außerordentlich betrunken. Die großen schwarzen Augen glühten. Das kurze, gekräuselte Haar hing in die bleiche, schweißfeuchte Stirn. Der sinnliche, volle Mund war schlaff geöffnet. Er besaß auffallend lange, seidige Wimpern und ausdrucksvolle, feingliedrige Hände. Er war wirklich ein attraktiver Junge, mit breiten Schultern und schmalen Hüften. Er war barfuß. Darum hatte ich ihn nicht gehört. Er lehnte an der Wand.
»Sind Sie von der Polizei?«
»Nein.« Ich ging an ihm vorbei, in die Wohnung hinein, und dachte an die blauäugige Nina und ihren vollen, weißen Körper. Der schwarze Toni mit den seidigen Wimpern. Die blonde Nina. Ein schönes Paar. Gewiß hatten sie sich eine Menge zu sagen gehabt. Und zu schreiben ...
Im Wohnzimmer waren die Fensterläden geschlossen. Das elektrische Licht brannte. Es roch nach Kognak und nach Zigaretten. Auf einem geöffneten Flügel lagen viele Notenblätter, ein Hemd, eine Hose und eine Krawatte.
Es gab ein Regal mit vielen Büchern und Zeitschriften, die sehr ungeordnet durcheinanderlagen. Es gab eine breite Couch mit einem niederen Kacheltisch und drei Stühlen davor. Auf der Couch lag zerwühltes Bettzeug. Auf dem Kacheltisch lagen vier Morgenzeitungen. Zwischen ihnen stand eine halbleere Flasche Asbach-Uralt und ein Glas. Überall gab es schmutzige Aschenbecher.
Hart fiel das elektrische Licht einer Deckenlampe auf uns, während durch die Ritzen in den Fensterläden grelles Sonnenlicht von draußen seine Strahlen schoß.

Ich setzte mich auf das unordentliche Bett und entdeckte dabei eine Fotografie Nina Brummers auf einem Wandbord. Es war ein großes Bild: Nina Brummer am Strand, lachend und winkend, in einem engen schwarzen Badeanzug. Sie sah sehr attraktiv aus. Viel attraktiver, als sie im Augenblick aussah.
Schwankend kam der junge Mann auf mich zu.
Ich gab ihm den Brief, und er sank ächzend in einen der drei Sessel und riß das Kuvert auf. Seine Hände zitterten so sehr, daß ihm der Briefbogen entfiel. Er hob ihn auf und begann zu lesen. Als er den Bogen umdrehte, stöhnte er. Mit einer zitternden Hand fuhr er durch das kurze schwarze Haar. Er trank. Er mußte seit Stunden trinken. Ich sah mir die Zeitungen auf dem Kacheltisch an und zählte die Worte, die ich in den Überschriften fand. Ich zählte viermal das Wort »Nina« und viermal den Buchstaben »B«, dreimal das Wort »Selbstmordversuch« und dreimal das Wort »Affäre«.
Dann bemerkte ich, daß der hübsche Junge den Brief zu Ende gelesen hatte und mich anstarrte. Er stach mit einem Zeigefinger nach mir.
»Wer sind Sie?«
»Der Chauffeur von Herrn Brummer.«
Worm fiel in seinen Sessel zurück und wiederholte: »Der Chauffeur von Herrn Brummer ...« Er schloß die Augen. »Sie muß den Verstand verloren haben ... wo hat sie Ihnen diesen Brief gegeben?«
»Im Krankenhaus.« Ich sagte: »Ich bin ein Freund. Sie können sich auf mich verlassen. Ich habe kein Interesse daran, etwas über Ihre Beziehung zu verraten.«
»Was für eine Beziehung?« Er richtete sich mühsam auf. »Ich weiß nicht, wovon Sie sprechen.«
»Na, na, Herr Worm!«
»Gehen Sie weg«, lallte er, versuchte, sich zu erheben, und fiel in den Sessel zurück. Der Morgenrock öffnete sich. Toni Worm war wirklich ausgezeichnet gewachsen.

Ich ging zur Tür. Irgendwo zog jemand die Wasserspülung eines Klosetts. Es rauschte in der Mauer.
»He! Sie!«
Ich drehte mich um. Er tat mir leid. Ein so hübscher Junge. Ich konnte auch Nina verstehen.
Er kam mit großen Schwierigkeiten auf die Beine, schwankte mir entgegen und fiel auf den Drehsessel vor dem Flügel. Die beiden Ellbogen trafen die Tasten. Es gab einen hohen und einen tiefen Mißton. Er rutschte seitlich ab, und ich fing ihn eben noch mit meinem Körper auf, bevor er auf den Teppich fiel.
Er sagte: »Ich kann das nicht tun, hören Sie?«
»Na schön, tun Sie es nicht.«
»Was stellt sie sich vor?« Er erhob sich wieder. Mit dem Rücken gegen den Flügel, konnte er ganz ordentlich stehen. Sein Atem roch nach Kognak. Das war ein Morgen der Gerüche.
»In allen Zeitungen steht es ... die Polizei untersucht den Fall ... was passiert, wenn es rauskommt? Ich muß in Ruhe arbeiten. Ich habe einen guten Job. Kennen Sie die Eden-Bar?«
»Nein.«
»Guter Job, wirklich. Ich fange gerade an. Ich muß auch an mich denken. Schauen Sie mal, diese Wohnung ... die Möbel ... die Bücher ... habe ich mir alles selber gekauft. Von meinem Geld ... Ich ... ich hab' einen Preis gewonnen ... am Konservatorium ... hier ...«, er schlug kraftlos auf einen Haufen loser Blätter, »... meine Rhapsodie! Zwei Drittel fertig. Nächstes Jahr wollte ich mir einen Volkswagen kaufen. Ich habe ihr gesagt, daß ich sie nie heiraten kann ... ich habe sie nie angelogen ... warum tut sie jetzt so etwas? Warum?«
Ich zuckte die Schultern.
»Der Brummer macht mich fertig, wenn es rauskommt! Was heißt denn fliehen? Wohin fliehen? Ich frage sie, *wohin* sollen wir fliehen?«
»Fragen Sie mich nicht«, sagte ich.
Er schlug mit der flachen Hand auf den Brief: »Air France.

Buchen für Paris. Sofort buchen. Was ist das für ein Quatsch? Sie liegt doch im Krankenhaus! Wie kommt sie da raus?«
»Fragen Sie mich nicht.«
»Sie braucht einen Paß. Wo ist ihr Paß?«
»Fragen Sie mich nicht.«
»Was machen wir in Paris? Ich spreche nicht Französisch. Ich habe kein Geld. Sie hat kein Geld.« Er packte mich an den Jackenaufschlägen: »Warum hat sie überhaupt versucht, sich das Leben zu nehmen?«
»Nicht«, sagte ich.
»Was?«
»Greifen Sie mich nicht an. Ich mag das nicht.«
Er ließ mich los.
»Was ist so grauenhaft, daß sie es nicht ertragen kann?«
»Keine Ahnung.«
»Sie schreibt es aber.«
»Das ist Ihr Problem.«
»Wieso meines? Sie ist doch verheiratet!«
Von ihrer Fotografie strahlte Nina Brummer uns beide an, üppig und blond, verführerisch und begehrenswert – aber doch anscheinend nicht begehrenswert und verführerisch genug.
»Ich kann ihr nicht helfen ...«, Toni Worm torkelte zum Tisch zurück, füllte sein Glas und verschüttete Kognak dabei, »... ich will nichts damit zu tun haben. Ich habe ihr immer gesagt, daß meine Arbeit mir über alles geht!« Er rief mit seltsamem Stolz: »Ich habe nie Geld von ihr genommen! Niemals ein Geschenk! Ich bin fast zehn Jahre jünger als sie!« Seine Stimme überschlug sich. »Es war ein völlig klares Agreement zwischen uns beiden – von dem Tag an, da sie mich ansprach.«
»Sie hat Sie angesprochen?«
»Na ja doch, in der Eden-Bar ...« Er fuhr sich über den Mund. »Sie ist so nett. So schön. So großartig. Wir ... wir hatten feine Zeiten miteinander, wirklich ...« Er schlug auf den Packen

Notenpapier. »Aber hier! Zwei Drittel fertig! Ich habe ihr nie Theater vorgemacht!«
»Ich muß gehen, Herr Worm.«
»Sagen Sie ihr, ich kann nicht. Sie soll mir nicht mehr schreiben. Sie soll sich ruhig verhalten. Dann können wir uns auch wieder treffen. Später. Ich wünsche ihr alles Gute.«
»Aber Sie buchen keine Passage nach Paris.«
»Nein! Und ich schreibe ihr nicht! Und ich rufe sie nicht an!«
»Okay«, sagte ich. »Hören Sie jetzt auf zu saufen, und versuchen Sie zu schlafen.«
»Ich kann nicht schlafen ... Sie dürfen mich nicht falsch sehen ... ich habe sie gern ... sehr gern ... es ist furchtbar für mich, was sie getan hat ... aber wie soll ich ihr helfen, wenn sie mir nicht sagt, *warum* sie es getan hat? Etwas *Grauenhaftes!* Was war so grauenhaft?«
»Ich weiß es auch nicht«, sagte ich und verließ ihn.
Als ich aus dem dunklen Stiegenhaus in die Hitze der Straße hinaustrat, hörte ich eine freundliche Stimme:
»Guten Tag, mein Herr.«
»Guten Tag.«
»Gott lebt«, sagte die Zeugin Jehovas. Sie stand noch immer in der Sonne, von ihrer Sendung erfüllt.
»Ja, ja«, sagte ich und ging zu dem rot-schwarzen Cadillac, »wir haben uns schon vorhin unterhalten.«
»Oh, entschuldigen Sie«, sagte das Mädchen und lächelte. An dieses Lächeln sollte ich noch denken ...

Kapitel 13

Glitzernd und durchsichtig, erbaut aus Glas, Beton und Stahl, lag das Bürohaus neun Stockwerke hoch im Stadtkern von Düsseldorf. Auf dem Dach erhoben sich Antennenmasten. Die Glastüren des Eingangs öffneten sich von selber, wenn man auf sie zukam. Eine Selenzelle betätigte die Angeln. Über dem Portal waren zwei vergoldete Buchstaben von einem Meter Höhe in die Hausfassade eingelassen ...
Die riesige Halle besaß eine Klimaanlage. Ein Springbrunnen plätscherte. In seinem Bassin schwammen kleine Fische. Sie wurden von Lampen abwechselnd rot, grün und blau angestrahlt. Die Farben der Halle waren Stumpfgelb und Grau. Geschäftige Menschen eilten hin und her, ich sah viele hübsche Mädchen.
Es gab drei Aufzüge. Vor ihnen standen Männer in blauen Uniformen. Sie trugen die goldenen Buchstaben auf den Jackenrevers ...
An der Breitseite der Halle gab es ein buntes Mosaikbild zu betrachten: Bauern pflügten Felder; Kumpel arbeiteten im Schacht; Frauen ernteten Weintrauben; Maurer errichteten Mauern; Piloten saßen in ihren Kanzeln; Gelehrte beugten sich über Folianten und Retorten; Matrosen standen am Steuer von Schiffen, die einen stilisierten Ozean durchquerten. In Gold waren über dem imposanten Bild diese Worte zu lesen:

Mein Feld ist die Welt

Darunter saßen sechs Angestellte hinter einer mit Mahagoniholz verkleideten Barriere, drei Männer, drei Mädchen. Sie trugen alle blaue Uniformen, und alle trugen die goldenen Buchstaben.
Eine Rothaarige lächelte, als ich herantrat.
»Ich soll Herrn Brummer abholen, ich bin sein Chauffeur.«

Die Rothaarige telefonierte mit einer Sekretärin, dann reichte sie mir den Hörer. Ich hörte Brummers Stimme: »Alles okay, Holden?«
»Jawohl. Ihr Diener hat einen Koffer gepackt. Hemden. Waschzeug. Den schwarzen Anzug.«
»Gut.«
»Der Hund liegt im Wagen. Die Köchin hat Brötchen gemacht.«
»Ich bin in fünf Minuten bei Ihnen.«
»Ist recht, Herr Brummer.«
Ich gab der Rothaarigen den Hörer zurück, und sie legte ihn in die Gabel. Sie war gut gelaunt. Alle Menschen in der Halle waren gut gelaunt, weil es so kühl war. Ich fragte: »Was ist das hier eigentlich für ein Laden?«
Sie sah mich an.
»Ich bin neu. Ich fahre Herrn Brummer erst seit heute«, erklärte ich. Und lächelte.
»Export«, sagte die Rothaarige. Und lächelte.
»Was exportieren wir?«
»Viele Dinge. Holz und Stahl. Maschinen und Kunststoffe.«
»Wohin?«
»Überallhin. In die ganze Welt.«
»Hm.«
»Wie?«
»Nichts«, sagte ich. »Ich muß noch einmal telefonieren. Privat.«
»Münzfernsprecher gibt es dort drüben.«
Ich ging zu der Wand gegenüber, in der sich sechs Telefonzellen befanden. Über den Zellen zeigten sechs Uhren an, wie spät es war – in Düsseldorf und in der Welt. In Düsseldorf war es zwei Minuten vor elf. In Moskau war es zwei Minuten vor eins. In New York war es zwei Minuten vor fünf. In Rio de Janeiro war es zwei Minuten vor sieben. Ich trat in eine Zelle, öffnete das Telefonbuch und fand die Nummer, die ich suchte.
Ich wählte.
»Marien-Krankenhaus!«

»Frau Brummer bitte.«
»Bedaure. Ich darf nicht verbinden.« Das hatte ich erwartet. Und auch dies: »Herr Doktor Schuster hat es verboten. Die Patientin ist noch sehr schwach. Sie darf nicht sprechen.«
Ich sagte: »Hier ist Brummer. Wollen Sie mich sofort mit meiner Frau verbinden, oder muß ich mich über Sie beschweren?«
»Ich bitte um Verzeihung, Herr Brummer. Ich handle auftragsgemäß. Ich konnte nicht wissen –«
»Meine Frau«, sagte ich. *»Bitte!«*
Dann hörte ich von weit her Nina Brummers Stimme: »Ja ...?«
»Hier ist der Chauffeur ...«
»Ja ... und ...?«
Und warum sagte ich nun nicht die Wahrheit? Warum belog ich Nina Brummer? War das Mitleid? Oder war das schon Liebe? Lächerlich. Das ist undenkbar, so etwas gibt es nicht. Nein, es war wohl Margit, immer noch Margit, die ich liebte. Ihr verdankte Nina Brummer diese tröstliche Lüge.
»Herr Worm wird tun, was Sie vorgeschlagen haben. Er bittet Sie nur um Geduld.«
»Geduld ...?«
»Polizei war bei ihm.«
Schweigen.
»Es gelang ihm, die Beamten zu beruhigen. Er kann im Augenblick nur nichts unternehmen, ohne Aufsehen zu erregen.«
»Ja ... ja ...« Und würgender Husten.
»Darum wird er Sie auch nicht anrufen.«
Schweigen.
Durch die Glastür der Zelle sah ich Julius Brummer aus einem der drei Aufzüge treten. Er ging zur Rezeption. Die Rothaarige wies auf mich. Ich sprach in den Hörer: »Ich soll Ihnen sagen, daß er Sie liebt.«
Es war eine barmherzige Lüge, sonst nichts. In zwei, drei Tagen war diese Frau sicherlich soweit erholt, daß ich ihr alles sagen konnte.

Ich log weiter: »Er ist mit seinen Gedanken bei Ihnen. Immer.«
Julius Brummer kam auf meine Zelle zu. Er winkte. Ich nickte.
»Sie müssen Geduld haben. Ein wenig Geduld.«
»Danke ...«, ächzte die Stimme.
»Auf Wiedersehen«, sagte ich, hängte den Hörer in die Gabel und trat aus der Zelle. Julius Brummer trug jetzt einen beigefarbenen Sommeranzug, gelbe Sandalen und ein offenes gelbes Sporthemd.
»Mußten Sie sich noch schnell von Ihrem Mädchen verabschieden?«
Ich nickte.
»Hübsche Schwarze?«
»Hübsche Blonde«, sagte ich.
Er kicherte.
In Moskau war es vier Minuten nach eins.
In Rio de Janeiro war es vier Minuten nach sieben.
In Düsseldorf war es vier Minuten nach elf und sehr warm.

Kapitel 14

Es wurde immer noch wärmer.
Wir fuhren auf der Autobahn südwärts über Bonn und Koblenz bis Limburg. Hier nahm ich die Bundesstraße 49 nach Gießen und Lich. Damit schnitt ich den Winkel über Frankfurt ab. Die Bundesstraße 49 wurde repariert. Es gab drei Sperren und zwei Aufenthalte.
Julius Brummer beobachtete mich.
»Macht Ihnen Spaß, der Wagen, wie?«
»Jawohl, Herr Brummer.«
»Sie fahren gut. Wenn man denkt, daß Sie eigentlich gar kein Chauffeur sind.« Ich schwieg, denn ich wußte schon, worauf er

hinauswollte. Ich entdeckte eine neue Seite an ihm: Das machte *ihm* also Spaß.

»Lange nicht gefahren, was?«

»Nein, Herr Brummer.«

»*Wie* lange, Holden?«

Ich machte ihm den Spaß: »Seit ich ins Zuchthaus kam, Herr Brummer.«

Er grunzte. Ich trat auf das Gaspedal. Er hatte mir zuvor schon anvertraut, daß er gerne schnell fuhr.

Im Wald war es kühler. Einmal hielten wir. Der alte Hund, der zwischen uns gelegen hatte, sprang aus dem Wagen und lief ins Gras.

Ich holte den Bastkorb mit den Brötchen und einen großen Thermosbehälter aus dem Kofferraum. In dem Behälter lagen zwischen eiskalter Holzwolle vier eiskalte Bierflaschen. Ihr grünes Glas beschlug sich sofort an der Luft, und das Bier schmerzte auf den Zähnen, so kalt war es.

Wir saßen am Ufer eines Baches, der neben der Straße floß. Ich sah die Kieselsteine auf seinem Grund und ein paar kleine Fische, und ich dachte an die Fische in dem erleuchteten Bassin in Düsseldorf. Die Fische im Bach machten einen vergnügteren Eindruck.

Es war sehr still im Wald, irgendwo in der Ferne schlugen Männer einen Baum um. Das Geräusch ihrer Äste klang trocken. Es gab dreierlei Wurst auf den Broten Mila Blehovas, Käse, Radieschen, Paprikaschoten und Tomaten. Über dem Bach tanzten Libellen. Der alte Hund legte Brummer seine Schnauze auf das Knie. »Jetzt hat es wieder Hunger, das Puppele.« Brummer verfütterte ein Sandwich an das Tier, das ihm sabbernd aus der Hand fraß. »Weil unser Frauchen überm Berg ist.« Er sah mich an. »Lebe mit dem Tier wie mit einem Menschen. Schläft sogar bei mir in meinem Bett.« (Wo schläft Frau Brummer? dachte ich.) »Ja, mein Altes, ja, bist die Schönste von allen, auch wenn sie dir nicht die Ohren abgeschnitten haben ...« In seiner

Stimme klang ehrliche Entrüstung. »Verstehen Sie das, Holden? Da gibt es Leute, die stutzen ihren Boxern die Ohren. Weil das schick ist. Sauerei, so etwas. Wenn ich etwas zu sagen hätte, das würde ich mit Zuchthaus bestrafen!« Er begann dröhnend zu lachen. »Hoho, das Wort, was? Hören Sie nicht gerne!«
Ich dachte, daß ich mir das nicht gefallen lassen mußte, und nahm ein Käsesandwich und fragte: »Werden Sie etwas gegen den ›Tagesspiegel‹ unternehmen, Herr Brummer?«
»›Tagesspiegel‹, wieso?«
»Der ›Tagesspiegel‹ schreibt, Sie wären in geschäftlichen Schwierigkeiten. Darum hätte Ihre Frau versucht, sich das Leben zu nehmen.«
Sein Gesicht verdüsterte sich. Er sagte: »Die Schweine.« Er sprach mit vollem Mund: »Da sind Schwierigkeiten, ja. *Gewisse* Schwierigkeiten. Meine Frau hat sich Sorgen gemacht. Zuviel Sorgen.« Seine Augen schlossen sich zu Schlitzen, und er flüsterte kaum hörbar: »Aber ich wehre mich ... lassen Sie mich nach Düsseldorf zurückkommen! Sie wollen mich fertigmachen, die Schweine ... lassen Sie mich aus der Zone zurückkommen, Holden! Dann rechne ich ab, mit allen!« Er warf den Rest seines Brotes in den Bach. »Meine arme Frau. Es geht ihr alles so nahe, weil sie mich liebt. Ich habe nur drei Menschen auf der Welt, die mich lieben, Holden ...« Er zog die Hose hoch und ging zum Wagen zurück. »Meine Frau, die alte Mila und mein Puppele. Räumen Sie die Flaschen und das Papier fort.«
»Jawohl, Herr Brummer«, sagte ich und dachte, daß Julius Brummer zu den drei Menschen, die ihn liebten, einen alten Hund zählte, und dachte an den jungen Herrn Worm mit den seidigen Wimpern.
Die Libellen tanzten auf dem Wasser, und durch die alten Bäume fiel schräg das Sonnenlicht. Ich hatte es hübsch gefunden, am Bach zu essen. Die Brote waren so appetitlich gewesen und das Bier so würzig. Pilsner. Originalabfüllung.

Kapitel 15

Die Autobahn glühte.
Nach Alsfeld fuhr ich einen Durchschnitt von hundertdreißig. Der Wind sang um den Wagen. Der alte Hund schlief zwischen uns. Julius Brummer rauchte eine schwere Zigarre.
Wir jagten die Kurven des Knüllgebirges zwischen Niederjossa und Kirchheim hinauf und wieder hinunter in das flache Land vor Bad Hersfeld. Am Horizont im Osten stiegen kleine weiße Wolken auf. Man sah sehr weit nach allen Seiten. Es gab grüne Felder und gelbe und braune Äcker dazwischen. Viele Dörfer lagen im Land, mit weißen Mauern und roten Ziegeldächern und vielen Kirchen. Es gab eine Menge Kirchen in der Gegend.
Hinter der Ausfahrt nach Bad Hersfeld und Fulda stieg die Autobahn wieder an. Der Wald trat an die Straße heran. Seine Bäume waren dunkelgrün, manchmal sahen sie schwarz aus. Es roch gut in den Wäldern, und es wurde wieder kühler.
Nun überholten wir lange Kolonnen amerikanischer Militärfahrzeuge. Wir überholten Zweieinhalbtonnenlaster mit offenem Verdeck und schwere Panzer und Jeeps und Panzerspähwagen. Auf den Lastern saßen Soldaten mit Stahlhelmen und Uniformen in Tarnfarben. Aus den Luken der Panzer sahen Soldaten mit Lederhelmen und Kopfhörern. In den Jeeps saßen viele Offiziere. Am Steuer saßen meistens Neger.
An allen Ausfahrten der Autobahn sah ich bunte Fähnchen und einsame Soldaten mit Maschinenpistolen. Ich zählte einmal siebzig Panzer und über hundert Laster. Die Jeeps zählte ich nicht, es waren zu viele.
»Manöver«, sagte Julius Brummer und streifte die Asche von seiner schwarzen Zigarre. »Machen große Manöver, die Amis.« Er kurbelte sein Fenster herab und steckte eine rosige kleine Hand ins Freie.
Ein paar Soldaten auf den Lastern winkten zurück.

Andere winkten nicht.
»Wenn ich ein hübsches Mädchen wäre, würden alle winken«, sagte Julius Brummer.
Wir jagten an den Lastkraftwagen entlang, und nach einer Weile überholten wir wieder eine Reihe von Tanks. Sie waren grün und braun gestrichen und trugen Antennen, und rund um den Turm waren Stahlhelme und Decken befestigt. Die Tanks und die Jeeps und die Lkws bewegten sich alle gegen Osten.
»Waren Sie Soldat, Holden?«
»Jawohl, Herr Brummer.«
»Welche Waffe?«
»Panzer.«
»Was sagen Sie zu den Dingern, imposant, was?«
»Imposant.«
»Obwohl das natürlich alles ein bißchen lächerlich ist, wenn man sich vorstellt, daß es Wasserstoffbomben gibt.«
»Ein bißchen lächerlich, jawohl.«
»Wollen Sie eine Zigarre?«
»Danke, nein, Herr Brummer.«
Am rechten Straßenrand tauchten Schilder in englischer und deutscher Sprache auf. Ich las:

Achtung!
Nur noch 150 Meter bis
zur Zonengrenze!

Die Autobahn lief wieder talwärts. Man sah weit nach Osten. Es waren Dörfer mit weißen Mauern und roten Dächern zu sehen und viele Kirchen. Die Felder waren grün und goldgelb, und es gab braune Äcker dazwischen. Ich sah eine größere Stadt mit vielen Schornsteinen. Die Schornsteine rauchten.
»Eisenach«, sagte Brummer. »Das ist schon drüben.«
»Jawohl«, sagte ich.
Aber eigentlich gab es gar keinen Unterschied in der Land-

schaft. Es sah drüben alles ähnlich aus. Am Rand der Autobahn erschienen nun Türme aus Holz und ein paar Bunker. In den Wiesen unter uns sah ich Männer in grünen Uniformen. Sie trugen Gewehre. Manche schoben Räder, manche gingen mit Hunden, und manche standen still und hielten Ferngläser an die Augen und sahen zu der Stadt mit den rauchenden Schornsteinen hinüber, die Eisenach hieß und schon »drüben« lag.
Unvermittelt schloß die Autobahn – vor einer gesprengten Brücke. Hier gab es Tafeln in drei Sprachen, die besagten, daß es zum Zonenkontrollpunkt Herleshausen-Wartha noch 25 Kilometer waren, auf einer Nebenstraße.
Über Schlaglöcher holperte der Cadillac in ein Tal hinein, in welchem viele Kühe weideten. Es war in der letzten halben Stunde immer stiller geworden. Nur noch wenige Autos begegneten uns. Manche trugen schon die weißen Nummerntafeln der Zone. Die Straße war sehr schmal und sehr staubig. Wir mußten die Fenster schließen. Die Gegend wurde immer armseliger. Die Menschen auf den Feldern sahen traurig aus und ernst.
»Arsch der Welt«, sagte Brummer.
Ein Wald mit verkrüppelten Bäumen. Ein Dorf im Dreck. Benzinstation. Kaufmannsladen. Nasenbohrende Kinder. Sand und Staub. Häuser aus rohen Ziegeln.
»Hier investiert keiner was. Straßen beschissen. Alles schon für den nächsten Krieg.«
»Jawohl, Herr Brummer.«
»Haha! Was für ein Glück, an dem werden wohl einmal die andern schuld sein!«
»Jawohl, Herr Brummer«, sagte ich.
Es war wirklich eine scheußliche Straße, mit Kurven und abgefahrenen Banketten und Schlaglöchern.

Kapitel 16

Die Dörfer wurden immer kleiner. Einmal, in einem Ort namens Eschwege, ließ mich Brummer vor einem Kaufmannsladen halten.

»Kaufen Sie Bonbons und Schokolade.« Er gab mir Geld. »Das Billigste, damit Sie viel kriegen. In der Zone stehen immer Kinder an der Bahn. Was können schließlich die Kinder dafür?« Also ging ich in den kleinen, niederen Laden und kaufte Schokolade und Bonbons für dreißig Mark. Ich bekam eine Menge, sie legten alles in einen großen Karton.

Als wir an der Kirche von Eschwege vorbeikamen, begannen die Glocken zu läuten. Es war 15 Uhr. Ein Totenwagen stand auf dem Platz vor der Kirche, und ich sah viele Bauern mit ihren Frauen. Sie waren alle schwarz gekleidet, und sie standen auf dem roten Sand und sahen zu, wie vier Feuerwehrleute in Uniform nun den Sarg vom Wagen hoben und in die Kirche transportierten. Die Feuerwehrleute schwitzten. Sie trugen schwarze Hosen und schwarze Stiefel, rote Jacken mit goldenen Tressen und silberne Helme auf dem Kopf. Nun läuteten die Glocken nicht mehr. Es wurde still auf dem Platz, und wir hörten die Frauen beten, als wir vorüberfuhren.

»Begräbnis bringt Glück«, sagte Julius Brummer und griff an einen Knopf seiner Jacke. Der rote Staub setzte sich im Wagen fest, ich fühlte ihn im Hals und zwischen den Fingern auf dem Lenkrad. Der alte Hund schlief. Er atmete schwer in der Hitze, und die Schokolade für die Kinder in der Zone wurde weich.

Der letzte Ort vor der Grenze hieß Herleshausen. Hinter ihm lief ein gewaltiger Viadukt über die Straße. Er trug eine Brücke der Autobahn. Dann hörte die Straße auf. Ein Feldweg führte zum westdeutschen Zonenkontrollpunkt. Hier standen ein paar Lastzüge und ein paar Personenwagen. Es gab eine kleine Gaststätte mit einem Musikautomaten und giftig bunten Tortenstücken unter Glas. Es gab eine Tankstelle, rot und gelb bemalt, und es gab viele Fliegen. Aus der Gaststätte drang Musik. Frank Sinatra sang: »Hey, jealous lover ...«

Die Grenzbeamten waren sehr freundlich.

Sie trugen erbsenfarbene Hosen und grüne Hemden und schwitzten. Wir wiesen unsere Pässe vor. Die Beamten salutierten und wünschten uns eine gute Reise. Der Schlagbaum unter der schwarzrotgoldenen Fahne hob sich, und wir fuhren aus dem einen Deutschland über eine schlechte Straße hinüber zu dem anderen Deutschland.

In dem anderen Deutschland waren die Grenzbeamten gleichfalls sehr freundlich, und es gab auch hier eine schwarzrotgoldene Fahne über dem Schlagbaum. Die Volkspolizisten trugen erdbraune Uniformen und waren jünger als die Grenzbeamten des Westens. Es gab auch Mädchen in Uniform. Die Mädchen trugen blaue Hosen und Blusen und schwitzten wie die Männer in den braunen Uniformen und wie die älteren Männer drüben im Westen.

»Wohin, meine Herren?« fragte der junge Sachse am Schlagbaum.

»Berlin-West«, sagte Brummer. (Man konnte nicht einfach bis zum Hermsdorfer Kreuz fahren und dann umdrehen. Man mußte schon bis Berlin reisen.)

»Erste Baracke«, sagte der Volkspolizist.

Rechts von der Straße lag ein Bahnhof mit vielen Geleisen. Im Schatten des Stationsgebäudes saßen Menschen. Sie warteten auf einen Zug. Die Station hieß Wartha. Große Kohlenhaufen lagen zwischen den Geleisen und glitzerten in der Sonne. Es war auch in Wartha sehr ruhig an diesem Nachmittag.

Ich zog meine Jacke an, und wir gingen in die Paßbaracke, bezahlten die Benützungsgebühr für die Autobahn nach Berlin und bekamen eine Quittung.

Sie fragten mich, wieviel Westgeld ich bei mir hätte, und trugen die Zahl 325 auf dem Passierschein ein, und dann fragten sie

Brummer, und der wußte nicht auswendig, wieviel Geld er bei sich trug.
»Na, holen Sie mal Ihre Brieftasche raus, Herr Direktor«, sagte der Volkspolizist. Ich sah mir die großen Bilder an, die an den Barackenwänden hingen. Es waren Bilder von Pieck und Grotewohl, Arndt und Lessing, Joliot-Curie und von anderen Männern, die ich nicht kannte. Unter den Bildern standen Aussprüche und Gedichte. Ich las ein paar von ihnen und ging dann ins Freie zurück. Aus Lautsprechern erklang Musik: Das Unterhaltungsorchester des Senders Leipzig brachte ein Potpourri von alten Peter-Kreuder-Melodien.
Die Bäume hinter dem Kontrollpunkt standen dunkel vor dem hellen Himmel. Vier Volkspolizisten spielten Skat. Ein Tenor sang aus dem Lautsprecher: »... ich brauche keine Millionen, mir fehlt kein Pfennig zum Glück ...«
Ich ging zum Wagen, neben dem ein junger Volkspolizist stand. Der Vopo war blond und sehr mager und höchstens zwanzig Jahre alt. Ich zeigte ihm meinen Passierschein und öffnete den Wagenschlag. Der alte Hund hob den Kopf.
Ich zog wieder meine Jacke aus, um sie an einen Haken der Wagenwand zu hängen. Dabei glitt die Broschüre aus einer Tasche und fiel dem Vopo direkt vor die Stiefel. Ich hatte die Broschüre schon ganz vergessen gehabt.

Kapitel 17

Es war nur die Hitze, ich sagte es schon.
Wenn es an diesem Tag nicht so unmenschlich heiß gewesen wäre, hätten wir alle anders reagiert – auch der Hund. Es war die Hitze, sonst nichts.
»Was ist das?« frage der blonde Vopo. Er bückte sich und hob das dünne Heft auf. »Zeugen Jehovas. Sind Sie ein Zeuge?«
»Nein.«
Er las stumm den Titel eines Artikels, und ich las stumm mit: »*Der Kommunismus kann wahre Christen nicht mundtot machen*!« Leise fragte der blonde Vopo: »Was wollen Sie damit?«
Er sah aus, als wünschte er, daß mir die Broschüre nicht aus der Tasche geglitten wäre, und wahrscheinlich sah ich auch so aus.
»Nichts«, sagte ich. »Schmeißen Sie das Zeug weg.«
»Wo haben Sie es her?«
»Aus Düsseldorf.« Ich dachte an das schwarze Kleid, das bleiche Gesicht, den Tortenhut. Die dicke Brille. Die mutige Stimme: »Guten Tag, mein Herr. Gott lebt …«
Julius Brummer kam wippend heran. Er blinzelte jovial: »Schwierigkeiten?«
»Ihr Chauffeur –«, begann der blonde Vopo, doch er sprach den Satz nie zu Ende. Vielleicht bewegte er sich zu unruhig, vielleicht hatten seine Stiefel einen Geruch an sich, der dem Hund mißfiel. Aber ich glaube, es war einfach zu heiß.
Der alte Hund heulte plötzlich auf, sprang aus dem Wagen und schnappte zu. Die gelblichen Zähne vergruben sich in der Cordhose des Vopos.
»Puppele!« schrie Julius Brummer entsetzt. Aber der Hund knurrte nur heimtückisch. Stoff riß knirschend. Das linke Hosenbein des Vopos teilte sich. Haut wurde sichtbar, eine Unterhose, kein Blut. Der blonde Vopo fluchte erbittert. Er trat nach dem Hund und traf ihn in die Flanke. Das Tier flog fort, über-

schlug sich in der Luft und landete neben der Baracke, wo es stöhnend liegenblieb.

Zwei Mädchen in Uniform eilten herbei. Die vier Vopos, die Karten gespielt hatten, eilten herbei. Andere Menschen folgten. Sie standen alle um uns herum im Sonnenschein, und niemand sprach. Der magere blonde Vopo betrachtete seine zerrissene Hose. Den *Wachtturm* hielt er noch immer in der Hand.

Julius Brummer atmete hastig. Er hatte Angst, das fühlte ich, und die anderen fühlten es genauso. Man konnte Brummers Angst beinahe riechen. Er stammelte: »Entschuldigen Sie ...«

Der blonde Vopo sah ihn stumm an, wie er da stand, groß und schwer, vor dem rot-schwarzen Cadillac mit den weißen Reifen.

»... bitte, entschuldigen Sie. Mein Hund ist alt. Er sieht nichts mehr. Manchmal erschreckt ihn etwas. Irgend etwas ...«

Es kamen immer neue Menschen herbei. Niemand sprach. Aus den Lautsprechern jubelte der Tenor: »... ich brauche weiter nichts als nur Musik, Musik, Musik ...«

»Ein ganz alter Hund«, sagte Julius Brummer flehend. »Fast blind, wirklich, beinahe ganz blind ...«

Sie sahen ihn an wie einen Besucher von einem andern Stern. Sie waren alle noch sehr jung, aber ihre Gesichter waren alt, und niemand war so dick wie Julius Brummer.

»Die Hose ist hin«, sagte der blonde Vopo.

»Ich ersetze sie. Ich ersetze alles. Zum Glück sind Sie nicht verletzt. Sagen Sie mir, was die Hose kostet.«

»Das weiß ich nicht.«

»Ich lasse Geld hier. Ich deponiere jeden Betrag, den Sie verlangen. Meine Versicherung bezahlt alles, was mein Hund anrichtet.«

»Nicht bei uns.«

»Was?«

»Da hätte Ihr Scheißköter meine Hose schon im Westen zerreißen müssen.«

Das stimmte. Fünfhundert Meter weiter westlich wäre seine Hose kein Problem gewesen. Brummer verlor den Kopf: »Herrgott, ich *schenke* Ihnen das Geld! Wir müssen weiter! Auf mich wartet eine dringende geschäftliche Besprechung!« Er beging einen Fehler nach dem andern. Nun holte er auch noch seine dicke Brieftasche hervor und entnahm ihr Scheine und hielt sie dem blonden Vopo hin, der sie ablehnend und stumm ansah und sich nicht rührte und die Scheine nicht nahm.

»Na, los, los!«

Aber der blonde Vopo schüttelte bloß den Kopf und stand aufrecht in der Sonne, blaß und mager, lächerlich in der zerrissenen Hose, durch welche graues Fleisch und weiße Unterhose schimmerten, und der alte Hund kam herangekrochen und beleckte Brummers Schuhe.

Der blonde Vopo sagte zu einem andern: »Hol den U.v.D.«

»Wozu?« rief Brummer verzweifelt. »Nehmen Sie doch das Geld! Ich habe es eilig, mein Gott.«

»Muß ein Bericht gemacht werden.«

Julius Brummer schrie mich an: »Stehen Sie nicht da wie ein Idiot! Reden Sie mit dem Mann! Wenn Sie dieses Dreckheft nicht verloren hätten, wäre alles gutgegangen!«

»Es wäre auch alles gutgegangen, wenn wir hier mit einem alten Volkswagen angekommen wären und nicht mit einem Cadillac«, sagte ich, um Julius Brummer zu helfen, und grinste den blonden Vopo mit der Vertraulichkeit der Marke ›Kleine Leute unter sich‹ an. »Hab' ich recht, Junge?«

»Tut mir leid«, sagte er freundlicher. »Muß wirklich ein Bericht gemacht werden.«

»Ach, Mensch, laß doch das Geschisse. Der Chef hat's eilig!«

»Bricht mir 's Herz.«

»Hör mal, wir kommen auf dem Rückweg wieder durch. Nimm doch sein Geld. Als Sicherheit.«

»Muß ein Bericht gemacht werden«, sagte er.

Die anderen standen stumm in der heißen Sonne, und niemand

sprach, aber alle sahen Julius Brummer an, ausdruckslos, stumpf und ohne Sympathie. Und er stand in ihrer Mitte, in der Hand die Brieftasche mit dem vielen Westgeld, das ihm seit einem halben Kilometer nichts mehr nützte ...
Der Unteroffizier vom Dienst kam gleich darauf. Wir folgten ihm in ein kleines Büro, in welchem viele Fliegen brummten. Der Unteroffizier vom Dienst setzte sich an eine alte Schreibmaschine und begann langsam seinen Bericht zu tippen, und langsam kamen alle zu Wort, der blonde Vopo und Julius Brummer und ich.
Wir schwitzten in dem kleinen Büro. Brummer schwitzte am meisten. Nun waren wir wieder sehr höflich zueinander. An der Wand hing eine Uhr, und ich sah, wie es 16 Uhr wurde und 16 Uhr 30 und 16 Uhr 45. Um 17 Uhr sah ich Julius Brummer an, und er zuckte die Schultern. Ich dachte an das blasse, schwarzgekleidete Mädchen in Düsseldorf und hörte die leise, mutige Stimme, die vom Untergang der Welt erzählte und von Noah und seiner Familie. Auch von den Menschen, welche die Gerechtigkeit liebten, hatte die Stimme gesprochen, aber daran erinnerte ich mich nicht mehr.

Kapitel 18

Um 17 Uhr 15 durften wir endlich weiterfahren. Die Sache hatte Julius Brummer zuletzt doch noch achtzig Westmark gekostet – zwanzig Westmark Strafe und sechzig Westmark für die Hose. Aber er besaß nun zwei Quittungen dafür, und alles hatte seine Ordnung. Auch die Publikation der Zeugen Jehovas war beschlagnahmt worden, wie es sich gehörte.
»163 Kilometer bis zum Hermsdorfer Kreuz«, sagte ich, als wir den zweiten Schlagbaum passiert hatten und an einem Wegwei-

ser vorbeikamen. »Wenn ich auf das Gas trete, schaffen wir es in siebzig Minuten.«

»Fahren Sie niemals mehr als achtzig«, sagte Brummer. »Ich will nicht noch einmal Krach kriegen.« Er rauchte jetzt wieder eine dicke Zigarre. »Der Kerl am Kreuz wird auf mich warten. Schließlich bezahle ich ihn.« Es schien tröstlich für ihn, daß es noch immer Leute gab, die sich von ihm bezahlen ließen.

Die Straße, die zur Autobahn zurückführte, war so schlecht wie die Straße im Westen, die Häuser waren ebenso windschief, und die Menschen in den Feldern waren ebenso arm.

Dann erreichten wir die Autobahn.

Sie lief hoch über Eisenach und war zum Teil zerstört. »*Überfuhr*«, warnten immer wieder Tafeln ...

Die Schornsteine von Eisenach rauchten. Viele Fensterscheiben leuchteten im Licht der Sonne, die jetzt im Westen stand. Auf den Bergen hinter der Stadt gab es weiße Felsen über dem schwarzen Wald, und auf manchen Felsen standen Burgen.

Nach einer halben Stunde war die Autobahn auf beiden Seiten intakt und führte schnurgerade über eine mächtige Hochebene ostwärts. Wir begegneten nun langen Kolonnen sowjetischer Militärfahrzeuge. Es gab schwere Panzer und offene Zweieinhalbtonnenlaster und Jeeps. Auf den Lastern saßen viele russische Soldaten in erbsengelben Uniformen, in den Jeeps saßen Offiziere mit roten Kappen, und aus den Turmluken der Panzer sahen Soldaten mit Lederhelmen und Kopfhörern. Die Kolonnen, denen wir begegneten, rollten alle nach Westen.

Ich begann wieder die Panzer zu zählen, und Julius Brummer steckte eine Hand aus dem Fenster, und ein paar der Soldaten auf den Lastern winkten zurück.

»Müssen hier auch Manöver haben.«

»Jawohl, Herr Brummer.«

Es kamen immer neue Panzer und immer neue Laster mit Soldaten, und auf den Berghängen sah ich immer neue Burgen.

Manche waren schwarz und ausgebrannt, andere waren rot und machten einen bewohnten Eindruck.
»Ist aber ein Haufen Panzer unterwegs! Mensch, Maier, hoffentlich bricht der Krieg nicht aus, bevor wir in Berlin sind. Das wäre ein Spaß, was, Holden, hahaha!«
»Jawohl, Herr Brummer, das wäre ein Spaß.«
Gotha. Erfurt. Weimar. Jena.
17 Uhr 45. 18 Uhr. 18 Uhr 30.
Das Licht der Sonne war jetzt rot geworden. Die Farben aller Dinge veränderten sich ununterbrochen.
Der alte Hund lag im Fond. Er fühlte, daß sein Herr mit ihm böse war. Er hatte den Kopf zwischen den Pfoten vergraben.
»Wenn der Mann intelligent ist, setzt er sich in den HO-Laden und trinkt ein Bierchen«, sagte Brummer. Es sollte beiläufig klingen, aber es klang nicht so. Er drehte das Autoradio an, das noch auf den Nordwestdeutschen Rundfunk eingestellt war. Eine Sprecherstimme klang auf: »... so mancher Filmstar würde sich glücklich schätzen, wenn er innerhalb kürzester Zeit neun Pfund abnehmen könnte. Für Montgomery Clift dagegen bedeutet es eine Katastrophe! Ohnehin durch Filmverpflichtungen überanstrengt und in schlechter körperlicher Verfassung, hat der beliebte Darsteller nun einen Spezialisten konsultiert, der eine Delikatessendiät, bestehend aus Hummer, Kaviar –«
Julius Brummer drehte das Radio wieder ab. Die Felder sahen jetzt aus wie rotes Gold, die Wiesen waren violett, und der Himmel im Osten verlor mehr und mehr an Farbe.
Um 18 Uhr 45 erreichten wir das Hermsdorfer Kreuz. Unter den grauen Bögen der Bahnen, die einander hier begegneten, sah ich viele Menschen. Vopos dirigierten den Verkehr. Eine Ambulanz stand im Gras ...
Ein Vopo hielt uns an. Er sagte höflich: »Sie müssen den Umweg über die HO-Gaststätte machen, mein Herr.«
»Warum?« fragte Julius Brummer.

»Ein Unfall«, sagte der Vopo. »Vor zwei Stunden. PKW fuhr einen Mann um. Fahrerflucht.«
Julius Brummers Gesicht wurde aschgrau.
Der Vopo sagte: »War gleich tot. Komische Geschichte. Riecht sauer, wenn Sie mich fragen.«
»Wieso?« fragte ich.
»Na hör mal, Kumpel! Der Mann steht am Rand der Bahn. Heller Sonnenschein. Wird angefahren und zwanzig Meter durch die Luft geschleudert. Der Saukerl am Steuer bleibt nicht einmal stehen. Wie findest du denn so was?«
»Weiß man, wer der Mann ist?«
»Hatte keine Papiere bei sich. So ein älterer. Mit einem schwarzen Gummimantel. Bei dieser Hitze! Verrückt, was?«

Kapitel 19

Hinter uns hielten andere Autos. Sie hupten. Der Vopo winkte uns weiter. Als der Wagen anrollte, bemerkte ich, daß Julius Brummer seltsam verkrampft dasaß, die Beine von sich gestreckt, die Hände auf dem Sitz. Das Gesicht war weiß, die Lippen zuckten. Er lallte: »Weiter ...«
Also fuhr ich von der Autobahn herunter und hielt auf dem großen Parkplatz vor dem Rasthaus, das noch aus der Zeit des Dritten Reiches stammte und in dessen typischem Stil erbaut war: mit endlosen Fensterfluchten, riesenhaften Quadern und Säulen.
Julius Brummer rührte sich nicht mehr. Sein Gesicht war jetzt blau, der Mund stand offen, die Zunge lag in einem Winkel. Ich riß sein Hemd auf und sah, daß er eine dünne goldene Kette trug. An ihr hing eine goldene Plakette von der Größe eines Fünfmarkstücks. Eingraviert las ich darauf die Worte:

Ich habe gerade einen schweren Herzanfall. Bitte greifen Sie in meine rechte Jackentasche, und stecken Sie mir eine der Kapseln, die Sie dort finden, in den Mund. Danke.
Julius Brummer

In der rechten Tasche seiner Jacke fand ich eine Schachtel. Ich entnahm ihr eine weiche, durchsichtige Kapsel mit roter Flüssigkeit und legte sie Brummer in den Mund. Dann preßte ich seine Kiefer zusammen. Ein kleines Geräusch zeigte an, daß die Kapsel sich geöffnet hatte. Ich wartete eine Minute. Er begann wieder zu atmen, das Gesicht verlor die blaue Färbung, er öffnete die Augen.
»Kann ich etwas für Sie tun?«
»Schon wieder in Ordnung. Das passiert mir manchmal.« Er knöpfte schamhaft sein Hemd zu. »Jetzt kennen Sie sich wenigstens aus – für die Zukunft. Ich muß ein paar Minuten Ruhe haben. Gehen Sie zu der Unfallstelle. Versuchen Sie herauszufinden, was aus der Aktentasche geworden ist, die der Tote bei sich trug. Es ist sehr wichtig für mich. Ich muß unbedingt wissen, wo die Tasche hingekommen ist!«
»Jawohl, Herr Brummer.«
Ich stieg aus und ging zur Autobahn hinüber. Hier standen noch immer viele Neugierige. Der Tote und die Ambulanz waren verschwunden, aber die Vopos gingen umher und fotografierten die Blutlache auf der Bahn, den Grünstreifen, Fußspuren.
Ich blieb neben zwei kleinen Jungen stehen und lauschte diesem Dialog:
»Keine Bremsspuren. Toll, was? Der ist dem Ollen richtig so mit hundert Sachen in den Arsch gefahren.«
»Politisch.«
»Was?«
»War was Politisches. Wahrscheinlich 'n Ami.«
»Ach Quatsch, Mensch!«

»Sagst doch selber, keine Bremsspuren. Und keine Papiere hat er bei sich gehabt. Nischt.«
»Ich hab' auch nischt bei mir.«
»Du bist noch 'n Kind. Wenn ein Erwachsener nischt bei sich hat, dann ist es was Politisches!«
»Ach Quatsch, Mensch!«
»Sehen Sie mich nicht sofort an«, sagte eine wehleidige Stimme. »Zeigen Sie nicht, daß Sie mich kennen.«
Ich zündete eine Zigarette an, und dann drehte ich mich um und hielt dem Mann hinter mir das Päckchen hin. Es war Herr Dietrich, der schwermütige Agent mit dem schadhaften Gebiß, den ich in der vergangenen Nacht kennengelernt hatte, als er Julius Brummer suchte. Im Licht des Tages sah er noch beklagenswerter aus. Auf der bleichen Stirn stand Schweiß, während die Nase durch die Erkältung angeschwollen und gerötet war. Die Augen tränten. Resigniert und glanzlos lagen sie hinter den blitzenden Brillengläsern. Dietrich trug verbeulte graue Hosen, vertretene Schuhe und ein altes braunes Jackett. Er setzte sich auf die Erde. Ich setzte mich neben ihn. Es roch nach Salbei und Kamille. Die beiden kleinen Jungen liefen den Vopos nach, die nun Magnesiumpulver auf die Bahn streuten, um weitere Spuren zu finden.
Durch seine Zahnlücken Speichel versprühend, sagte Dietrich: »Ich war dabei. Um Viertel vor fünf ist es passiert.« Seine Hände waren schmutzig und zitterten. »Ein Opel-Kapitän. Drei Leute. Ich kann den Wagen beschreiben. Ich habe die Nummer. Ich habe alles genau gesehen. Sie blieben stehen. Aber langsam, darum finden die Vopos keine Bremsspur. Einer stieg aus und lief zurück.«
»Weshalb?«
Dietrich lachte meckernd: »Die Tasche! Er holte die Aktentasche ... Wo ist Ihr Chef?«
»Auf dem Parkplatz.«
»Sagen Sie ihm, ich will ihn sprechen.«

»Kommen Sie doch mit mir.«
»Zu viele Vopos. Ich muß vorsichtig sein. Er soll noch eine Viertelstunde warten. Ich gehe zu Fuß los. Am rechten Straßenrand. Richtung Eisenberg. Wenn Sie mich einholen, steige ich ein. Aber nicht, wenn außer Ihnen beiden noch jemand im Wagen ist. Er soll keine krummen Sachen versuchen. Wir sind in der Zone.«

Kapitel 20

Die Sonne war untergegangen.
Der Abend kam, es wurde kühler. Im Westen leuchtete der Himmel rot, im Osten war er farblos. Ich fuhr in die Wälder vor Eisenberg hinein.
»Da ist er«, sagte Brummer. Er hatte sich erholt.
Am Rand der Bahn vor uns wanderte Dietrich nordwärts, gleich einem Tramp, die Hände in den Taschen der verbeulten Hose. Ich trat auf die Bremse. Der Hund knurrte, als Brummer die Wagentür öffnete und den Agenten einsteigen ließ.
»Ruhig, Puppele!«
Wir saßen jetzt alle nebeneinander. Die Wälder traten von der Bahn zurück, vor Zeitz öffnete sich eine weite Ebene. Dietrich sprach unterwürfig, und doch klang seine Stimme frech und seltsam höhnisch: »Tut mir leid, was da passiert ist, Herr Brummer!«
»Wie kommen Sie überhaupt hierher?«
»Ich habe einen Tip gekriegt. Gestern nacht. In Düsseldorf.«
Brummer wandte sich an mich: »Beim nächsten P bleiben Sie stehen. Wir beide steigen aus und unterhalten uns dann weiter.«
»Jawohl, Herr Brummer.«
»Kommt ja überhaupt nicht in Frage«, sagte Dietrich. Er grinste

plötzlich. »Jeder Wagen, der jetzt hält, ist den Vopos verdächtig. Besonders jeder Wagen mit einer Westnummer. Glauben Sie, ich will noch hopsgehen bei der Sache?«

»Glauben Sie, ich unterhalte mich mit Ihnen vor meinem Chauffeur?«

»Dann lassen Sie es bleiben!« Der kleine, traurige Dietrich war nicht wiederzuerkennen. »Ich steige nicht aus. Ich unterhalte mich mit Ihnen im Fahren oder überhaupt nicht!«

Ein Schweigen folgte: Brummer streichelte den alten Hund und sah nach vorne, auf den weißen Mittelstreifen der Bahn, die uns entgegenflog.

Die erste Runde gegen Dietrich hatte er verloren. Seine Niederlage ließ er nun mich fühlen: »Holden!«

»Herr Brummer?«

»Sie werden dauernd Zeuge meiner privaten Angelegenheiten!« Er hob die Stimme: »Sie kommen aus dem Zuchthaus, Holden! Mir macht das nichts. Ich gebe Ihnen Arbeit. Aber wenn Sie quatschen, wenn Sie ein einziges Wort verlieren über das, was Sie hier sehen und hören, fliegen Sie und sind erledigt im Westen, dafür sorge ich! Ich kenne genug Leute. Kann ich einen Mann erledigen, wenn ich will, Dietrich?«

Der Agent nickte.

»Sagen Sie es ihm!«

»Herr Brummer kann jeden Mann erledigen, wenn er will. Also halten Sie die Schnauze, Kamerad!«

»Klar, Holden?« Nun war er wieder der starke Mann. Brummer, der Boß. Brummer, der keinen Widerstand duldete. Brummer, der Titan.

»Klar, Herr Brummer!« sagte ich.

Seine Stimmung hob sich sofort nach diesem Sieg über mich: »Nun zu Ihnen, Dietrich. Was war das für ein Tip, den Sie bekamen?«

»Daß sie hinter unserm Mann her sind. Hinter den Papieren.«

»Von wem kam der Tip?«

»Ich bin ein armer Mensch, aber ich habe Freunde. Von Freunden kam der Tip.«
»Warum haben Sie mich nicht verständigt?«
»Ich konnte Sie nicht mehr erreichen. Ich rief noch mal im Krankenhaus an. Ehrenwort.«
»Sie lügen.«
»Ich bin ein armer Mann.«
»Sie sind ein Schwein.«
»Ein armes Schwein, Herr Brummer. Ein armes Schwein muß sehen, wo es bleibt. Ich habe es auf der Lunge.«
»Ja, Scheiße«, sagte Julius Brummer. Die Bahn stieg wieder an. Im Norden wurde der Horizont violett und rauchig. Das Licht verfiel. »Mir ist die Sache völlig klar. Sie fuhren zum Kreuz und warteten. Ihren Kameraden haben Sie nicht gewarnt.«
»Er war nicht mein Kamerad.«
»Sie dachten: Mal sehen, wer es schafft, der Brummer oder die anderen. Die andern schafften es. Also warteten Sie auf mich. Hätte *ich* es geschafft, dann hätten Sie mir die andern auf den Hals gehetzt.«
»Ein armer Mensch hat keine freie Wahl, Herr Brummer. Wenn man reich ist wie Sie, sieht alles anders aus.« Dietrich nieste, und der Hund knurrte.
»Ruhig, Puppele. Ich könnte Sie anzeigen. Beim nächsten Kontrollpunkt. Wissen Sie das?«
»Ja, Herr Brummer. Natürlich, Herr Brummer. Man würde mich verhören. Ich müßte aussagen. Alles, was ich weiß. Wäre das ein Spaß, Herr Brummer, o Gott, o Gott!«
»Mein Chauffeur sagt, Sie kennen die Nummer des Wagens.« Das war seine zweite Niederlage. Automatisch zog er mich in sie hinein.
»So ist es.«
»Wer garantiert mir, daß Sie nicht lügen?«
»Niemand, Herr Brummer. Der Wagen ist noch auf der Bahn. Aber schon bald erreicht er den Berliner Ring. An der Zonen-

grenze sitzen Freunde von mir. Wenn wir einig werden, steige ich in Schkeuditz aus. Da steht so ein HO-Laden. Ich telefoniere mit meinen Freunden. Die hängen sich an den Wagen, sobald er eintrifft. Denken Sie daran, die Papiere sind in dem Wagen. Wenn wir nicht einig werden, fliegen die Papiere morgen früh zurück in den Westen.«
»Vielleicht ist das alles Schwindel. Ich habe die Papiere nie gesehen.«
»Aber ich.«
»Sie sind ein Lügner.«
Dietrich sagte mit dem Stolz des Proletariers: »Ich lasse mich von Ihnen nicht beschimpfen, Herr Brummer.«
»Hören Sie mal, das ist doch immerhin eine Erpressung!«
»Jahrelang habe ich die dreckige Arbeit für Sie gemacht. Sie haben mich schlecht bezahlt. Warum? Sie wissen was von mir, darum! Wahrscheinlich wissen Sie von vielen Leuten was. Jetzt weiß *ich* mal etwas von *Ihnen.*«
»Nichts wissen Sie!«
»Lassen Sie die Papiere in den Westen kommen, Herr Brummer.«
Er zog ein schmutziges Taschentuch hervor, blies hinein und betrachtete voll Mitleid mit sich selber das Ergebnis. »Ich habe dieses Leben satt. Ich bin vierzig Jahre alt ...«
Der auch, dachte ich.
»... mit vierzig fängt ein Mann an nachzudenken ...«
Nanu, dachte ich.
»Es heißt, daß jeder im Leben einmal eine Chance hat. Das hier ist *meine.* Ich gehe nach München. Da mache ich ein Espresso auf. Ich war mal Kellner. Ich verstehe etwas davon ...«
Eine Tafel glitt vorbei:

HO-Gaststätte Schkeuditz – 17 km

»Schauen Sie, Herr Brummer, auch die kleinen Leute müssen an die Zukunft denken. Sicherheit – das ist ein Wort für alle!«
»Wieviel?«
»Zwanzigtausend.«
»Verrückt.«
»Ich habe Spesen. Ich muß meine Freunde in Berlin bezahlen.«
Es wurde nun dämmrig. Ich schaltete die Scheinwerfer auf Standlicht.
»Wissen Sie was, Dietrich? Sie können mich am Arsch lecken!«
»Fünfundzwanzigtausend, Herr Brummer. Fünftausend für das, was Sie eben sagten. Ich bin arm. Aber ich bin genauso ein Mensch wie Sie! Ich lasse mich nicht von Ihnen beleidigen.«
»Und ich lasse mich nicht erpressen. Von so einem Saukerl wie Ihnen schon gar nicht. Holden!«
»Herr Brummer?«
»Bleiben Sie stehen. Werfen Sie den Kerl hinaus.«
Ich lenkte den Wagen an den Rand der Bahn. Die Luft war feucht geworden, und ich glitt im nassen Gras aus, als ich um den Wagen ging und den Schlag jener Seite öffnete, an welcher Dietrich saß.
»Sparen Sie sich die Mühe, Kamerad«, sagte er und stieg aus. »Wenn die Papiere erst einmal in Düsseldorf sind, können Sie sich auch nach einer neuen Stellung umsehen!« Er steckte die Hände in die Jackentaschen und ging los.
Vier Schritte. Sechs Schritte. Sieben.
»Fünftausend«, sagte Brummer.
Der Mann mit der Stahlbrille humpelte die Bahn entlang davon, in die Dämmerung hinein.
»Zehntausend!«
Es kam keine Antwort.
»Fünfzehn, das ist mein letztes Wort.«
Der Mann mit der verbeulten Hose ging immer weiter. Ein Wagen mit Westnummer raste an uns vorbei. Der Fahrer hupte.
»Herr Brummer, ich darf hier nicht stehenbleiben.«

»Dietrich!« schrie er. So schrie man einen Hund an.
Dietrich reagierte nicht. Er war nun schon ziemlich weit entfernt, eine graue Gestalt, halb von der Nacht umfangen. Aus dem Wald kamen Nebel gekrochen, milchig und dünn.
Wieder raste ein Wagen an uns vorbei.
Wieder hupte der Fahrer, lange und wütend.
»Ich darf hier nicht –«, begann ich.
»Fahren Sie dem Schwein nach, schnell!«
Also kroch ich wieder hinter das Steuer und schaltete das Fernlicht ein, und die Lichtbahnen der Scheinwerfer zerschnitten den Dunst und trafen die alte Hose, die fleckige Jacke, das stumpfblonde Haar. Ich holte Dietrich ein. Er sprang ins Gras und rannte auf den nahen Wald zu. Er hatte eben erlebt, was passieren konnte, wenn ein Wagen Jagd auf Menschen machte. Ich hielt.
Brummer riß die Tür auf und brüllte: »Kommen Sie her!«
Der Mann lief stolpernd weiter auf die Bäume zu.
»Sie kriegen das Geld!«
Der Mann blieb in kniehohem Gras stehen. »Fünfundzwanzigtausend?«
»Ja. Fünfundzwanzigtausend!«
»*Wie* bekomme ich das Geld?«
»Scheck ...«, ächzte Brummer. Ich dachte, daß er vielleicht einen neuen Anfall bekommen würde. »... auf eine Bank im Westen. Verrechnungsscheck ... den ich drei Tage lang sperren lassen kann, wenn sich herausstellt, daß Sie gelogen haben ...«
»Schreiben Sie ihn aus«, kam die Stimme des Mannes aus der Wiese, des häßlichen, erkälteten Mannes inmitten von Salbei, Kornblume und Distel. Julius Brummer holte ein Heft hervor. Auf dem Knie schrieb er den Scheck aus.
»Hier, Dietrich!«
Durch kniehohes Gras, durch Distel, Kornblume und Salbei kam der Agent zurück.

Brummer hielt den Scheck aus dem Wagenfenster. Dietrich prüfte ihn gewissenhaft. »Wenn Sie mich belogen haben, lasse ich ihn sperren«, sagte Brummer.
»Wenn ich bei der Einlösung verhaftet werde, packe ich aus«, sagte der andere. Danach wurde er exakt und nannte die Nummer des Wagens, der den Mann am Hermsdorfer Kreuz getötet hatte, und seine Farbe und die Namen seiner Freunde am Kontrollpunkt vor dem Westsektor Berlins.
Julius Brummer notierte alles. Er hatte sich zum Ausfüllen des Schecks eine Hornbrille aufgesetzt und schrieb die Informationen Dietrichs nun mit präziser Vorzugsschülerschrift in sein Notizbuch ein. Dann sah er mich über die Brille an wie eine fette Eule. »Machen Sie schnell bis Schkeuditz. Der Mann muß telefonieren.«
»Jawohl, Herr Brummer!«
Die Nebel, die aus den Wäldern gekrochen kamen, wurden dichter. Sie überfluteten die Autobahn, aber noch lag das Fernlicht der Scheinwerfer über ihnen. Ungeachtet der Geschwindigkeitsbestimmungen fuhr ich nun hundertvierzig Stundenkilometer. Der Himmel wurde schwarz.
Vor uns im Nebel schwammen Lichter.
»Das ist Schkeuditz«, sagte der Agent.
»Bleiben Sie bei der Gaststätte stehen«, sagte Brummer.
»Nein, etwas früher bitte.«
»Okay.«
Dietrich sagte zu Brummer, indessen die Lichter aus dem Dunst heraustraten: »Dreilinden, Zonenpunkt West. Neben der Zollbaracke. Der Mann wird auf Sie zukommen und Sie mit Ihrem Namen anreden. Mit Ihrem vollen Namen.«
Ich hielt. Dietrich stieg aus.
»Jetzt lasse ich mir auch neue Zähne machen«, sagte der Agent. Er nickte uns zu und ging schnell in den Dunst hinein.
»Scheißnebel«, sagte Julius Brummer. »Hoffentlich wird er nicht schlimmer!« Ich dachte, daß unsere Sicherheit manchmal

von Papieren abhing, manchmal von Autonummern und manchmal vom Nebel. Es war eine ziemlich armselige Welt.

Auf der anderen Seite ...

Vor drei Wochen war ich einmal mit einem Straßenmädchen gegangen. Sie besaß eine kleine Wohnung. Hinterher unterhielten wir uns über das Leben. Es war ein sehr pessimistisches Mädchen. Sie sagte: »Mir macht es keinen Spaß! Das bißchen Glück. Und wieviel *trouble?* Ich danke für Obst!«

»Möchtest du sterben?«

»Lieber heute als morgen«, sagte sie. »Mir kann man es schenken, das Leben!«

Das war ein Standpunkt.

Aber dann stellten wir in jener Nacht plötzlich fest, daß es in ihrer kleinen Wohnung nach Gas roch, und wir liefen in die Küche, voll Panik und nackt, und sahen, daß der Gashahn offenstand. Wir hatten Tee gekocht, und während wir im Bett lagen, war das Wasser übergelaufen und hatte die Flamme verlöscht.

»O Gott«, sagte das Mädchen, »stell dir bloß vor, wir wären eingeschlafen, Süßer. Mir ist ganz schlecht. Das hätte uns doch glatt das Leben kosten können!«

Kapitel 21

Vor der Elbe wurde der Nebel so dicht, daß ich auf dreißig Kilometer heruntergehen mußte. Zeitweilig kurbelte ich mein Fenster herab und steckte den Kopf ins Freie, denn die Scheiben beschlugen dauernd. Der Nebel roch nach Rauch, die Luft roch nach Wasser. Ich sah nur noch den Mittelstreifen und manchmal auch diesen nicht mehr. Es gab dauernd Umleitungen auf die zweite Bahn. Nach einer Weile verlor ich jede Orientierung und hatte Angst, eine Rückführung übersehen zu haben und auf der falschen Autobahn zu fahren. Mir wurde richtig schwindlig vor Unsicherheit, obwohl ich ab und zu an den Lichtern entgegenkommender Wagen erkennen konnte, daß ich mich auf der rechten Bahn befand.

An der Elbebrücke arbeiteten Monteure in Nachtschicht. Ihre Acetylenlampen strahlten den großen Turm an. Hinter Coswig überfuhr ich einen Hasen. Es gab das übliche ekelhafte Geräusch, und der Wagen schleuderte in der üblichen Weise, und es war danach, daß Julius Brummer zu sprechen begann. Er hatte nicht mehr gesprochen, seit Dietrich ausgestiegen war. Nun sprach er wieder ...

»Ich habe Ihnen vorhin gedroht, Holden. Das tut mir leid. Verzeihen Sie mir.«

»Ja, Herr Brummer«, sagte ich. Der Nebel kam jetzt in Bewegung. Ostwind trieb seine Schwaden über die Bahn. Brummer sprach bedächtig wie ein Mann, der sein Testament machte. Ob er bald stirbt, dachte ich. Wie seltsam, wenn er stirbt und ich mich dann erinnere. In dieser Nacht sprach er zu mir ...

»Sie haben viel erlebt, seit Sie bei mir sind. Das waren böse Stunden ...« Ich starrte auf den weißen Mittelstreifen, und allmählich begann mein Rücken zu schmerzen. Es war ein langer Tag gewesen.

»Nun wird noch mehr passieren, Holden. Vielleicht brauche ich Sie. Wollen Sie mir helfen?«

Ich schwieg. Es war 20 Uhr 30. Seit einer halben Stunde hatte uns kein Wagen überholt, keiner war uns begegnet. Wir schwammen im Nebel, als wären wir die letzten Menschen auf der Welt.

»Sie kennen mich nicht. Ich verlange keinen Freundschaftsdienst, keine Sentimentalität. Ich *bezahle*. Helfen Sie mir, wenn ich bezahle?«

»Ich muß doch wissen, was hier vorgeht, Herr Brummer. Sehen Sie, ich komme –«

»– aus dem Zuchthaus«, sagte er. »Eben, Holden.«
»Bitte?«
»*Warum* kommen Sie aus dem Zuchthaus?« Er antwortete sich selber: »Weil Sie im Zuchthaus gebüßt haben. Was haben Sie gebüßt? Eine Schuld Ihrer Vergangenheit.« Er steckte einen Kaugummi in den Mund und hustete. »Sehen Sie, Holden, die meisten Menschen, die heute leben, haben eine unangenehme Vergangenheit. Die einen waren Nazis, die andern waren Kommunisten. Die einen waren Emigranten. Die andern hätten aus dem Land gehen sollen und gingen nicht. Die einen können nicht mehr an den lieben Gott glauben. Die andern haben ihre Ehe versaut. Wenn da doch einer wäre, der das alles ungeschehen machte! Die kleinen Leute haben Zores. Ihre Familien fallen auseinander. Mit den Kindern hat man alles falsch gemacht. Die Politiker schlafen schlecht. Wie kann man heute noch das vertreten, was man vor einem Jahr gesagt hat? Die Männer, welche die Atombombe konstruierten – gänzlich appetitlos! Wäre hübsch, wenn man behaupten könnte: Das waren gar nicht wir, meine Herren, das waren andere …«
Nun begann es zu regnen. Eine Tafel glitt vorbei. Wir hatten Treuenbrietzen erreicht.
»Nehmen Sie, wen Sie wollen, große Leute, kleine Leute … sie haben alle ihre Vergangenheit, große Vergangenheiten, kleine Vergangenheiten, sie haben Angst, sie haben ein schlechtes Gewissen. Wissen Sie, was sie alle brauchen, Holden?«
»Was, Herr Brummer?«
»Einen Doppelgänger! Bei Gott, das wäre die Erfindung des Jahrhunderts! Ein zweites Ich, das alles auf sich nimmt, was man getan hat – die Gemeinheiten, die Fehler, die Irrtümer! Die Idee müßte ich mir patentieren lassen! Ein Doppelgänger fürs Gewissen ist ein sanftes Ruhekissen!«

Kapitel 22

Ein Doppelgänger ...
Ich weiß nicht, ob Sie das kennen – dieses Gefühl, wenn eine Idee von einem Besitz ergreift; wenn sie sich festsetzt im Gehirn und im Blut; ich weiß nicht, ob Sie das kennen.
Ein Doppelgänger ...
So ein Mensch spricht einen ganzen, langen Tag mit Ihnen. Aber ein einziger Satz bleibt haften. Ein paar Worte nur. Sie lassen Sie nicht mehr los. Kennen Sie das?
Ein Doppelgänger ...
Keine Schuld gäbe es mehr, keine Sühne.
Die Tat habe nicht ich begangen, hohes Gericht. Die Tat hat einer begangen, der aussieht wie ich; der spricht wie ich; der wohnt wie ich; der lebt wie ich. Aber er ist böse. Ich bin gut. Ihn müssen Sie bestrafen, hohes Gericht. Ihn, nicht mich ...
So einen Doppelgänger gibt es nicht.
Was heißt das eigentlich?
Eine Sache, die es nicht gibt, nennen die Menschen eine Sache, die sie noch nicht entdeckt haben. Die Sache selber hat gar nichts dagegen, daß man sie entdeckt.
So einen Doppelgänger gibt es also *noch* nicht.
Ich weiß nicht, ob Sie das kennen – dieses Gefühl, wenn eine Idee von einem Besitz ergreift, wenn sie sich festsetzt im Blut und im Gehirn; ich weiß nicht, ob Sie das kennen.
In dieser Regennacht wurde eine Idee geboren. Zwischen Treuenbrietzen und Berlin-Ring entstand sie, diese Idee, er selbst ließ sie entstehen in mir, er selbst, ihr spätes Opfer – Julius Brummer.

Kapitel 23

Aus dem Rauschen des Regens kehrte seine dozierende Stimme zurück.
Wie eine weiche Filmblende brachte sie mir wieder die Gegenwart: »... auch meine Vergangenheit, Holden! O ja, gewiß! Ich muß ganz offen sein zu Ihnen. Nicht, weil ich Ihr Verständnis haben will. Nein, ich bezahle Sie doch. Aber weil Sie genau Bescheid wissen müssen, wenn Sie mir helfen sollen ...«
Zerstörte Brücke über der Autobahn.
Tafeln im Regen.
Der *Volkseigene Betrieb Zeiss-Jena* empfahl seine Produkte. Leipzig lud zur Messe ein.
»Ja, auch ich habe eine Vergangenheit, und auch ich habe keinen Doppelgänger, der sie mir abnimmt ...«
Keinen Doppelgänger.
»... keinen bösen Julius Brummer II, auf den ich alles schieben kann ...«
Ich muß nachdenken. Über alles muß ich nachdenken, später, wenn ich allein bin.
»Sie sind hinter mir her, Holden. Sie wollen mich vor Gericht stellen ...«
»Wer, Herr Brummer?«
»Feinde. Ich habe Erfolg. Also habe ich Feinde. Sie tragen eine Anklage gegen mich zusammen, seit Monaten. Ehrenwerte Herren, propre Kaufleute, bekannte Bürger. Wissen Sie, was ich dagegen getan habe?«
»Was, Herr Brummer?«
»Ich habe mir gesagt: Diese Herren müssen *auch* ihre Vergangenheit haben! Meine Theorie. Jeder hat eine. Hat mich viel Geld gekostet, aber jetzt habe ich sie.«
»Haben Sie was?«

»Die Vergangenheit meiner Ankläger. In Fotos und Dokumenten, in Wort und Bild. Wissen Sie, wo?«
»In der gestohlenen Aktentasche.«
»Richtig.«
»Also haben Sie sie *nicht*.«
»Ich bekomme sie *wieder,* verlassen Sie sich darauf! In Dreilinden, am westlichen Schlagbaum, wartet ein Freund von Herrn Dietrich auf uns. Herr Dietrich ist mein Freund, weil ich ihm Geld gegeben habe. Der Freund von Herrn Dietrich ist mein Freund, weil Herr Dietrich ihm Geld geben wird. Ich bekomme die Aktentasche wieder, ich habe noch mehr Geld, ich werde noch mehr Freunde haben, unter anderem Sie, Holden.« Seine Stimme sank zu einem Flüstern herab: »Wer diese Aktentasche besitzt, ist der mächtigste Mann in der Stadt. Vielleicht der mächtigste Mann im Land. Keiner darf wagen, ihn vor ein Gericht zu stellen! Es gibt keinen Prozeß gegen ihn! Es gibt kein einziges böses Wort! Was war das? Wieder ein Hase?«
»Das war die Schokolade, Herr Brummer. Sie fiel vom Sitz.«
»Welche Schokolade?«
»Für die Kinder in der Zone.«

Kapitel 24

21 Uhr 10
Berliner Ring.
Durcheinander von Ein- und Ausfahrten, Abzweigungen nach Frankfurt an der Oder, Küstrin und Potsdam. Dreißig Kilometer Höchstgeschwindigkeit für Militärkonvois. Die Autobahn beschrieb einen mächtigen Bogen.
Hinter Babelsberg erschienen neue Tafeln. Gerade Pfeile wiesen den Weg zum *Demokratischen Sektor,* gewinkelte Pfeile den

zum *Westsektor Berlin*. Lichter huschten vorüber. Es regnete jetzt heftig. Der Himmel vor uns wurde immer heller.
Der Zonengrenzpunkt Dreilinden tauchte unvermittelt hinter einer Kurve auf, angestrahlt von vielen Scheinwerfern. Es waren wenige Autos unterwegs an diesem Abend, vor den Abfertigungsschaltern stand kein Mensch. Ich sah wieder Bilder und las wieder Gedichte und Inschriften, und alle Polizisten waren freundlich.
Wir fuhren um 21 Uhr 35 weiter.
Nach einem Kilometer Dunkelheit tauchte der westliche Zonengrenzpunkt auf, eine einzige langgezogene Baracke mit Laderampen in der Autobahnmitte. Ein Berliner Polizist winkte uns heran. Er notierte die Wagennummer und war so freundlich wie seine Kollegen im Osten: »Über Töpen?«
»Über Wartha«, sagte ich.
Am Ende der Rampe stand ein schwarzer Opel-Rekord. Zwei Männer in Regenmänteln saßen darin. Der eine stieg nun aus und kam langsam näher, die Hände in den Manteltaschen, den Hut ins Gesicht geschoben.
»In Ordnung, fahren Sie weiter«, sagte der freundliche Westpolizist. Ich trat leicht auf das Gaspedal. Der Wagen rollte auf den Mann im Regenmantel zu.
»Das ist er«, sagte Brummer. Es klang glücklich. »Sehen Sie, Holden, wie die Chose funktioniert?«
»Jawohl!«
Der Mann stand nun vor uns. Brummer kurbelte ein Fenster herab. Der Mann war jung. Er neigte sich in den Wagen: »Julius Maria Brummer?«
»Ja.«
»Aus Düsseldorf?«
»Ja.«
»Wir haben Sie erwartet, Herr Brummer.«
»Ja.«
»Ist das Ihr Chauffeur?«

»Ja.«

»Gut. Dann kann er den Wagen nach Düsseldorf zurückfahren.«

Brummer fragte tonlos: »Was soll das heißen?«

»Julius Maria Brummer«, sagte der junge Mann langsam, »mein Name ist Hart. Ich bin Kriminalbeamter. Ich verhafte Sie im Auftrag der Staatsanwaltschaft Düsseldorf.«

Der Regen trommelte auf das Wagendach, und im Dunst funkelten viele Lichter, rote und weiße.

Hart sagte: »Als heute vormittag bekannt wurde, daß Sie Düsseldorf in Richtung Berlin verlassen hatten, informierte die Staatsanwaltschaft Düsseldorf uns durch Fernschreiber, mit dem Ersuchen, Sie am Zonengrenzpunkt festzunehmen, da Fluchtgefahr besteht.«

Brummer fragte ruhig: »Wie lautet die Anklage?«

»Die Anklage«, erwiderte der Kriminalbeamte Hart, »lautet auf Urkundenfälschung, Scheinfirmengründung, Wechselreiterei, Nötigung, Steuerhinterziehung und Verstoß gegen Devisengesetze. Steigen Sie aus.«

In seinem zerdrückten Sommeranzug trat Brummer in die Regennacht hinaus. Er fragte schwach: »Was geschieht mit mir?«

»Sie bleiben bis morgen früh im Präsidium. Dann fliegen wir Sie nach Düsseldorf.«

»Ich darf nicht fliegen. Ich habe ein krankes Herz.«

»Besitzen Sie ein ärztliches Attest?«

»Natürlich.«

»Dann transportieren wir Sie mit dem Interzonenzug.« Der alte Hund heulte auf.

»Ja, Puppele, ja ...«

»Das Tier bleibt beim Chauffeur«, sagte Hart.

Brummer schrie plötzlich: »Das Tier ist an mich gewöhnt! Es läßt sich nicht von mir trennen!«

»Herr Brummer, bitte! Sie kommen in Untersuchungshaft!«

»Ich sage Ihnen, mein Chauffeur wird mit dem Hund nicht fertig!

Er reißt ihm aus! Er fällt Menschen an! Ich lehne jede Verantwortung ab!«
»Sie können den Hund nicht mit ins Gefängnis nehmen!«
In der Dunkelheit vor mir flammten Autoscheinwerfer auf und verlöschten wieder. Ich sah es, Brummer sah es. Hart sah es nicht. Er stand verkehrt. Der Streit um den Hund ging weiter.
»Wenigstens zurück nach Düsseldorf lassen Sie mich das Tier bringen!«
Wieder flammten die Scheinwerfer auf und ein drittes Mal. Wir wurden hier auch noch von anderen Leuten erwartet ...

Kapitel 25

Sie stritten eine ganze Weile, dann hatte Brummer seinen Willen durchgesetzt. Der alte Hund folgte ihm in den schwarzen Opel-Rekord. Ich trug den kleinen Koffer hinüber. Brummer saß im Fond. Ich stellte ihm den Koffer vor die Füße.
»Danke, Holden. Nehmen Sie ein Zimmer im Hotel. Fahren Sie morgen früh zurück.« Er nickte mir zu. »Und machen Sie sich keine Sorgen. Es wird alles nicht so heiß gegessen. Denken Sie an unser Gespräch.«
»Jawohl, Herr Brummer.«
»Sie dürfen sich nicht mehr unterhalten«, sagte Hart.
»Gute Nacht, Herr Brummer«, sagte ich. Der Schlag flog zu, der Opel-Rekord fuhr an. Ich wartete, bis die roten Schlußlichter verschwunden waren, dann ging ich zu dem Cadillac zurück und setzte mich hinter das Steuer und wartete. Der Regen trommelte auf das Dach. Ab und zu fuhr ein aus der Zone eintreffender Wagen an mir vorüber. Ich wartete elf Minuten. Dann trat ein Mann aus der Dunkelheit am Ende der Laderampe und kam auf mich zu. Er trug schwarze Cordhosen und eine braune Leder-

jacke und sah aus wie ein Freistilringer. Er war sehr groß und ging vorgeneigt. Der brutale Schädel saß ihm direkt auf den Schultern, es gab keinen Hals. Das stumpfblonde Haar war kurz geschnitten. Die winzigen, wäßrigen Augen saßen in fettgepolsterten Höhlen. Er ging wippend. Er war so etwas wie die Volksausgabe von Julius Maria Brummer. Wortlos öffnete er den Schlag und ließ sich neben mich fallen. Ich roch das Leder der Jacke und den nassen Stoff der Hose. Ich sah ihn an, und er sah mich an. Nach einem langen Schweigen fragte er mit hoher, schriller Stimme: »Wollen Sie nicht endlich fahren?«
»Wohin?«
»Rein nach Berlin, Mensch!«
»Sind Sie –«
»Na klar! Ich bin der Bruder.«
»Bruder von wem?«
»Bruder von Dietrich. Regen Sie sich nicht künstlich auf. Es ist alles in Ordnung. Zwei von den Kameraden betreuen die Herren. Den Brummer haben sie hochgenommen, was?«
»Ja.«
»Wird schnell genug wieder draußen sein. Na, nun *fahren* Sie schon endlich, Kollege!«
Ich fuhr los. Die Lichter blieben zurück. Die Scheibenwischer schlugen. Der Riese sagte: »Ich heiße Kolb.«
»Ich dachte, Sie wären der Bruder von –«
»Bin ich.«
»Aber –«
»Verschiedene Väter, junger Mann, verschiedene Väter.«
Ein roter Sockel mit einem verrosteten sowjetischen Tank glitt vorbei. Zwei durchnäßte Soldaten hielten vor ihm Wache. Das war das Denkmal, das in Berlin immer wieder den Standort gewechselt hatte, mir war im Zuchthaus ein Artikel darüber in die Hände geraten. Nun stand der Tank also hier …
»Habt lange gebraucht, Kameraden, mächtig lange.«
»Nebel.«

»Na ja, aber trotzdem! Die andern waren schon vor zwei Stunden da. Sie heißen Holden, nicht?«
»Ja.«
»Waren im Zuchthaus, was?«
»Wieso –«
»Bruder. Am Telefon.« Er seufzte. »Beim einen ist es der Knast, beim andern ist es was anderes. Sehen Sie mich an. Wissen Sie, was es bei mir ist?«
»Was?«
»Leistenbruch. Tragisch, nicht? Eine falsche Bewegung – und Sense! Wissen Sie, was ich war?«
»Was?«
»Mal von den fünf Arturos gehört?«
»Ja«, log ich.
»Sehen Sie! Prima Nummer. In ganz Europa. Dreimal in den USA. Ich war der Untermann. Falsche Bewegung. Leistenbruch. Sense. Tragisch, nicht?«
Wir erreichten die Avus. Die roten Positionslampen der Sendemasten von RIAS-Berlin funkelten im Regen.
»Darf nicht mal klagen«, sagte Kolb. »Habe einen Bruder – treu wie Gold. Unterstützt mich, wissen Sie. Na, jetzt hat er ja endlich einen richtigen Point geschossen. Gönne ich ihm. Nein, also wirklich. Es gibt noch einen Herrgott. Der vergilt's ihm jetzt, was er für mich getan hat, der Otto.«
»Hören Sie mal, Kolb, wohin fahren wir denn jetzt eigentlich?«
»Na, Mensch, nach Hause. Heia machen. Sind sie gar nicht müde?«
»Doch, aber –«
»Hasenheide.«
»Was ist das?«
»Eine Straße. In Neukölln. Pension Rosa.«
»Aber hören Sie –«
»Was wollen Sie? Amerikanischer Sektor! Telefon im Zimmer. Das ist wichtig.«

»Wichtig, warum?«

»Na, Mensch, ich muß Sie doch noch anrufen und Ihnen sagen, wo Sie die Tasche mit dem Zeug holen können.«

Nun tauchten neue Lichter vor uns auf. Die Avus ging zu Ende. Wir hatten Charlottenburg erreicht.

Ich sagte: »Sind Sie denn so sicher, daß Sie die Tasche wiederbekommen?«

»Mensch, die Tasche, die ich nicht wiederbekomme, gibt es nicht!«

»Na, na!«

»Gar nichts na, na. Alles so gut wie geritzt. Gibt noch eine einzige kleine Schwierigkeit. Der eine von den drei Kerlen hat sich die Tasche ans Handgelenk gemacht. Mit einer Kette. Aus Silber. Ist ein Schloß an der Kette, wir haben es gesehen. Wie ich die Brüder kenne, hat ein anderer den Schlüssel zu dem Schloß.«

»Na und?«

»Hören Sie mal, wollen Sie mich beleidigen? Den Leistenbruch habe ich nicht in den Flossen. Ist eine Spezialität von mir. Sehen Sie doch mal, der olle Funkturm. Also wissen Sie, jedesmal, wenn ich die Lichter sehe, werde ich richtig sentimental. Nee, wirklich – ich bin doch in der ganzen Welt rumgekommen! So was gibt's nirgends. Ich finde, ich rede jetzt auch schon richtig, als wäre ich in Berlin geboren. Und nicht in Dresden. Oder?«

»Nein, wirklich.«

»Mein Bruder hat es hier nicht ausgehalten. Dem war es zu ruhig. Na ja, Kellner, wissen Sie. Die wollen immer Jubel, Trubel, Heiterkeit. Aber ich – nee danke! Nun sehen Sie doch bloß die Lichter auf dem Turm! Da oben können Sie auch essen. Ich war nie da. Soll aber prima sein!«

Kapitel 26

Mein Zimmer in der Pension Rosa war klein wie das Zimmer bei Witwe Meise in Düsseldorf und genauso geschmacklos eingerichtet. Aber es war nicht feucht, und tatsächlich stand ein Telefon neben dem Bett. Auf einem Bücherbord lagen eine Bibel, ein Ratgeber für Kleintierzüchter und drei französische Magazine. Das eine hieß »Regal«, das andere »Sensation«, das dritte »Tabou«. In »Regal« gab es nackte Mädchen zu sehen, in »Sensation« nackte junge Männer. In »Tabou« gab es beides.

Ich legte mich ins Bett und sah mir die Magazine an, und dann las ich, daß zahme Kaninchen ungeheuer fruchtbar waren: Sie vermochten zwischen März und Oktober alle fünf Wochen vier bis zwölf Junge zu werfen, die bereits nach sechs Monaten selbst wieder zeugungsfähig, wenn auch erst nach zwölf Monaten ausgewachsen waren. Schließlich suchte ich in der alten Bibel die Geschichte von Noah und der Sintflut, aber ich war schon zu müde und fand sie nicht.

Das Telefon weckte mich um halb drei Uhr morgens. Ich war eingeschlafen, ohne das elektrische Licht ausgedreht zu haben.

»Holden?«

»Ja.«

»Hier ist Kolb.« Die Kastratenstimme klang vergnügt. »Habe ich Sie geweckt, Kamerad?«

»Ja.«

»Prima. Prima. Alles in Butter. 6 Uhr 30 Flugplatz Tempelhof. Restaurant. Seien Sie pünktlich. Dann kriegen Sie das Ding.«

»Haben Sie es schon?«

»Na hören Sie, so schnell schießen nicht mal Preußen! Der Herr liegt jetzt im Hotel und pennt sich aus.«

»Aber –«

»Mensch, sind Sie ungeduldig! Bayer, was?«

»Ja.«

»Dachte ich mir. Ich sage Ihnen doch, Flughafenrestaurant. Bestellen Sie ruhig Kaffee. Ich komme hin. Er kommt auch hin. Er fliegt. Um sieben. Das heißt, für sieben Uhr hat er gebucht. Sie müssen mich nicht unbedingt begrüßen, wissen Sie. Wenn ich aufs Klo gehe, zahlen Sie und fahren den Wagen vor. Zum Eingang von der Halle, kapiert?«
»Und wenn Sie nicht aufs Klo gehen?«
»Verlassen Sie sich drauf, ich gehe.«
Am Morgen schien die Sonne. Es war so heiß wie am Tag vorher. Ich fuhr zum Flughafen, setzte mich in das Restaurant und bestellte Kaffee. Unter mir, auf dem Flugfeld, rollten silberne Maschinen heran. Sie wurden aufgetankt, Lautsprecherstimmen riefen Abflüge aus. Ich sah Menschen auf die Maschine zugehen. Es gab viel Betrieb, das Restaurant füllte sich.
Um 6 Uhr 25 erschien Kolb. Er trug jetzt einen zweireihigen blauen Anzug mit lauter weißen Streifen und ein offenes weißes Hemd. Er setzte sich neben den Eingang und kannte mich nicht, und ich kannte ihn nicht, und wir tranken beide Kaffee.
Um 6 Uhr 40 trat ein Mann ein, der eine große schweinslederne Aktentasche in der rechten Hand trug. Die Tasche war mit einer Silberkette an dem rechten Handgelenk befestigt. Der Mann war groß und schlank und trug eine schwarze Hornbrille. Er sah aus wie ein Gelehrter. Ein blonder Kellner nahm seine Bestellung um 6 Uhr 42 entgegen. Der ehemalige Untermann der Artistengruppe »Arturos« las den »Tagesspiegel«.
»Achtung«, sagte eine Lautsprecherstimme, »Air France gibt Abflug ihres Clippers 546 nach München bekannt. Passagiere werden durch Flugsteig III an Bord gebeten. Wir wünschen Ihnen einen angenehmen Flug.«
Um 6 Uhr 48 brachte der blonde Kellner dem Mann mit der Hornbrille ein Kännchen Kaffee. Es war ein sehr ungeschickter Kellner. Knapp vor dem Tisch stolperte er. Die Kaffeekanne fiel um. Ihr Inhalt ergoß sich über den grauen Flanellanzug des Mannes mit der Hornbrille.

Nun gab es eine kleine Szene.
Der Mann mit der Hornbrille regte sich auf. Der blonde Kellner entschuldigte sich. Andere Gäste mischten sich ein und bestätigten dem Mann mit der Hornbrille, daß der blonde Kellner in der Tat fahrlässig ungeschickt war.
Der Mann mit der Hornbrille versuchte, seinen Anzug mit einem Taschentuch zu reinigen. Es gelang ihm schlecht, denn er konnte nur die linke Hand dazu verwenden. Der ungeschickte Kellner empfahl den Besuch des Waschraums. Der Mann mit der Hornbrille stand wütend auf und verließ das Restaurant. Nach ihm erhob sich Kolb. Nach Kolb erhob ich mich ...
Die Toiletten lagen links vom Eingang zum Restaurant. Als ich an dem Waschraum für Herren vorüberging, hörte ich von der anderen Seite der Tür ein häßliches Geräusch. Ich ging durch die Schalterhalle zum Ausgang und auf den Parkplatz hinaus, um den Wagen zu holen. Der riesige Radarschirm des Flughafens kreiste langsam in der Morgenluft ...
Als ich den Cadillac vor dem gläsernen Hallenportal ausrollen ließ, trat Kolb ins Freie. In der Hand hielt er die schweinslederne Aktentasche. Er stieg zu mir, und ich fuhr wieder an. Die Tasche lag nun zwischen uns. Ihre Metallkette war aufgebrochen. Die silbernen Glieder waren blutig.
»Sie können mich am Kurfürstendamm absetzen«, sagte Kolb, während er seine Hände an einem unsauberen Taschentuch trockenrieb. Die Hände waren gleichfalls ein wenig blutig gewesen. »Sie müssen sowieso über den Kurfürstendamm, wenn Sie zur Autobahn wollen, und ich muß zur Wohle.«
»Wohin?«
»Zur Wohlfahrt. Jetzt heißt es ja Sozialamt. Meine Unterstützung holen.«
»Bißchen früh, nicht?«
»Ach, dann bin ich wenigstens der erste. Warten macht mir nichts. Ich lese Zeitung. Was sagen Sie zu diesem Chruschtschow, Kamerad?« Also nahm ich ihn mit bis zum

unteren Ende des Kurfürstendamms, und hier verabschiedete er sich: »War mir ein Vergnügen, Holden. Freut mich, Sie so glatt bedient zu haben. Machen Sie ein bißchen schnell raus aus der Stadt. Nachher können Sie sich Zeit lassen.«
»Keine Sorge.«
»Grüße an Herrn Brummer. Immer zu seinen Diensten.«
»Ich werde es ausrichten.«
»Sagen Sie mal ...« Sein Blick richtete sich begehrlich auf den Karton mit Süßigkeiten, der noch immer im Fond lag. »... da ist doch Schokolade drinnen, nicht?«
»Ja.«
»Was machen Sie denn mit der?«
»Nichts.«
»Kann ich sie mitnehmen? Ich habe zwei Jungens. Die sind ganz meschugge nach Schokolade. Ich denke, es ist im Sinne von Herrn Brummer.«
»Das denke ich auch«, sagte ich, und er holte den Karton aus dem Fond. Ich sah ihn noch eine Weile im Rückspiegel winken. Er stand mit dem Karton am Straßenrand und machte einen vergnügten Eindruck.
Ich beeilte mich, aus Berlin herauszukommen. An der Zonengrenze war wieder alles ruhig. Die Kontrolle verlief ohne Zwischenfall. Ich fuhr bis zu einem verlassenen Parkplatz in der Nähe von Brück, dann blieb ich stehen und holte die Aktentasche unter meinem Sitz hervor.
Es war sehr still auf dem morgendlichen Parkplatz, in der Entfernung weideten schwarze Kühe, und ich sah eine Windmühle, deren Flügel sich langsam drehten.
Ich öffnete den Wagenschlag und ließ die Beine ins Freie hängen. In der Aktentasche gab es Fotografien und Dokumente und Briefe und Fotokopien von Dokumenten mit den Bemerkungen von verschiedenen Notaren. Ich sah mir die Fotografien an, und ich las alle Briefe und alle Dokumente und alle Fotokopien.

Die Sonne stieg höher, es wurde wärmer. Ab und zu fuhr ein Wagen vorüber. Die Kühe standen mit gesenkten Köpfen im Gras und fraßen.

Nachdem ich alle Schriftstücke gelesen und alle Bilder angesehen hatte, verpackte ich sie wieder in der Aktentasche und steckte diese wieder unter meinen Sitz. Dann fuhr ich weiter. Die Sonne stand links von mir. Ich drehte das Radio an und hörte ein Morgenkonzert des Deutschlandsenders. Ich dachte an Julius Brummers Worte. »Wer diese Aktentasche besitzt, ist der mächtigste Mann in der Stadt. Vielleicht der mächtigste Mann im Land.«

Ich wußte nicht, wie mächtig der mächtigste Mann in der Stadt und der mächtigste Mann im Land waren. Doch die Aktentasche, von der Julius Brummer gesprochen hatte, lag nun unter meinem Sitz. Manchmal rutschte sie ein wenig hin und her, und manchmal klirrte die geborstene Silberkette, und die ganze Zeit dachte ich an meine Mutter ...

Der schönste Tag für meine Mutter war immer der Samstag gewesen und seine schönste Zeit der Samstagmittag. Unsere Familie war arm, und wir hatten viele Schulden. Aber einmal in jeder Woche zeigte meine Mutter dennoch ein fröhliches Gesicht, und immer wieder hörte ich sie dann sagen: »Robert, Liebling, jetzt haben wir Ruhe bis zum Montagmorgen! Kein Gerichtsvollzieher kann mehr kommen, keine Gasrechnung, nicht einmal den Strom absperren können sie uns heute nachmittag und morgen. Also für mich ist ja der Samstag der schönste Tag von der Woche!«

Ich fragte: »Warum nicht der Sonntag, Mami?«

Sie antwortete: »Am Sonntag fürchte ich mich schon wieder vor dem Montag, mein Schatz. Aber am Samstag ist da immer noch ein Tag dazwischen!«

Diese Logik beeindruckte mich in meiner Kindheit so sehr, daß ich sie mir für mein Leben zu eigen machte. Sie verließ mich nie. Das kam allerdings auch daher, daß ich in meinem Leben

niemals aufgehört habe, mich zu fürchten – wenn schon nicht länger vor dem Gaskassier und der Stromrechnung, so doch jetzt vor schlimmeren Mächten, wenn schon nicht länger vor Schulden, so doch vor anderen Menschen, denn alle Menschen konnten einem Böses tun und taten Böses.
Auch der 23. August 1956, an welchem Julius Maria Brummers Cadillac durch die sowjetische Zone Deutschlands westwärts fuhr, war ein Samstag, und in der armseligen Landschaft der Mark Brandenburg – denn ich wählte an diesem Tage die kürzere Zonenstrecke nach Helmstedt – dachte ich lange an meine Mutter.
Die Sonne stieg höher, die Schatten der verkrüppelten Föhren auf dem stumpfgelben Sand wurden kürzer, und ich dachte, daß dies ein besonderer Samstag war, einer, der das Ende aller Samstage brachte. Oder nein: das Ende aller Montage und der Furcht vor ihnen.
Ich weiß nicht, ob Sie das kennen: dieses Gefühl, Macht zu besitzen. Bis zu jenem 23. August 1956 hatte ich niemals Macht irgendeiner Art besessen, niemals in meinem Leben. Und niemand, den ich gekannt hatte, war mächtig gewesen. Eben deshalb hatte ich immer wieder versucht, mir vorzustellen, wie den Mächtigen wohl zumute war, den großen Volksverführern, den Millionären und Schlachtenlenkern.
Die Macht, die ich nun besaß, war nicht einmal im eigentlichen *meine* Macht, und doch war ich entschlossen, an ihr teilzuhaben auf bescheidene, stille Art. *Ich* konnte zur Not noch immer ohne Julius Brummer auskommen, *er* keinesfalls mehr ohne mich. Man durfte hoffen, daß er kein Snob war und es unerträglich fand, mit seinem Chauffeur Geheimnisse zu teilen. Es sah nicht so aus. Er hatte einen demokratischen Eindruck auf mich gemacht.
Nein, ich denke nicht, daß Sie das kennen, dieses Gefühl, Macht zu besitzen, Herr Kriminalkommissar Kehlmann aus Baden-Baden, an den diese Zeilen unter Umständen gerichtet sind. Nicht

wirkliche Macht. Nicht *echte* Macht, Macht jener Art, wie sie am 23. August des letzten Jahres in Form von Urkunden und Fotos unter meinem Wagensitz lag. Es ist ein berauschendes Gefühl, Herr Kommissar. Ich bin sicher, daß Sie es niemals verspürt haben, ebensowenig wie meine arme Mutter, deren ich gedachte an jenem 23. August zwischen Magdeburg, Eichenbarleben und dem Zonengrenzpunkt Helmstedt, deren ich gedachte, während ich in den Westen fuhr und hinein in einen jener sonnigen Samstagmittage, die Mama stets so geliebt hatte ...

Zweiter Teil

Kapitel 1

Der Sturm riß Nina Brummers Rock hoch, als sie aus dem Taxi stieg, ich sah die schönen Beine. Sogleich begann ihr blondes Haar wild um den Kopf zu fliegen. In ihrer Schwäche taumelte sie zurück und fiel gegen die Wagenwand. Der Chauffeur sprang ins Freie und stützte sie. Dann holte er Nina Brummers Gepäck aus dem Fond: einen kanadischen Naturnerzmantel und einen würfelförmigen schwarzen Schmuckkoffer. Das war alles. Er trug die beiden Stücke in die gläserne Halle des Flughafens Düsseldorf-Lohausen hinein.
Nina Brummer folgte ihm auf unsicheren Beinen. Der Sturm riß und zerrte an ihr. Sie trug ein enges schwarz-weißes Pepitakostüm, hochhackige schwarze Schuhe und schwarze Handschuhe. Ihr Gesicht war weiß wie Schnee, der rotgeschminkte Mund leuchtete grell.
Ich hatte den Cadillac ein Stück vom Halleneingang entfernt geparkt. Seit einer Viertelstunde wartete ich hier auf Nina Brummer. Ich hatte eigentlich angenommen, länger warten zu müssen, sie kam zu früh. Es war 18 Uhr 35 am 27. August 1956. Vor vier Tagen war ich aus Berlin zurückgekehrt. Es hatte sich viel ereignet in diesen vier Tagen. Ich trug einen breiten Kopfverband. Mein linkes Auge war noch blutunterlaufen. Und meine ganze Körpermitte brannte wie nach einer Operation. Es hatte sich eine Menge ereignet in diesen vier Tagen, ich werde in Kürze darauf zu sprechen kommen.
Nina Brummer verschwand nun im Eingang des Flughafens. Ich

stieg aus und folgte ihr. Der Sturm wurde mit jeder Minute stärker. Hinter schwarzen, wild zerklüfteten Wolkengebirgen ging die Sonne unter. Der Himmel glühte schwefelgelb und kupfergrün, violett und scharlachrot. Tafeln klapperten im Sturm, Zeitungsfetzen flogen mir um die Beine, Staub wirbelte empor. Ich hinkte, denn ich war noch halb gelähmt von den Prügeln, die ich bekommen hatte.
In der Flughafenhalle brannten viele Neonröhren. Ihr Licht mischte sich mit dem des Sonnenuntergangs, das durch die riesenhaften Fenster fiel, und es entstand so eine wesenlose, kalte Atmosphäre. Es gab viel Licht – doch kein lebendiges. Dinge und Menschen warfen keine Schatten. Wie eine Stimme aus dem Reich der Toten mahnte es hallend aus verborgenen Lautsprechern: »Herr Engelsing aus Wien, soeben eingetroffen mit KLM, kommen Sie zum Schalter der Gesellschaft! Herr Engelsing aus Wien bitte!«
Die Menschen in der Halle sprachen gedämpft. Draußen vor den Fenstern flog der Staub in Schleiern hoch.
Ich trat hinter einen Zeitungskiosk und beobachtete Nina Brummer. Sie stand beim Abfertigungsschalter der »Air France« und ließ sich in die Passagierliste eintragen. Ihr Ticket wurde gestempelt, sie erhielt eine Kontrollkarte. Über ihr hing an Kettchen eine Messingtafel. Sie verkündete:

Nächster Abflug: 20 Uhr 00
AF 541 nach Paris

Ohne Unterlaß sah Nina Brummer sich in der Halle um. Sie erwartete jemanden, ich wußte, wen. Sie wartete vergebens ...
»Achtung bitte!« erklang von neuem die Stimme aus den Lautsprechern. Sie wurde verzerrt von einem Mißton, der klang wie das Rascheln toten Laubes. »Pan American World Airways geben Ankunft ihres Clippers 231 aus Hamburg bekannt. Passa-

giere kommen durch Sperre IV.« Ich sah auf das Flugfeld hinaus. Eine viermotorige Maschine hielt, staubumwirbelt, vor dem Kontrollturm. Die Propeller blieben stehen. Mit dem Sturm kämpfend, rollten die Mechaniker die Gangway heran. Nina Brummer nahm ihren Nerzmantel und den Schmuckkoffer und ging die breite Treppe zu dem Restaurant im ersten Stock empor. Ich folgte ihr langsam ...
Das Lokal war verlassen.
An eine Wand malte die untergehende Sonne noch ihre phantastischen Zeichen: Scharlachrot in Schwefelgelb, Violett in Kupfergrün. Nina Brummer setzte sich an einen Tisch beim Fenster. Licht fing sich in ihrem Haar und ließ es golden aufglühen. Ich war beim Eingang stehengeblieben und beobachtete sie. Zuerst war sie ganz allein. Dann erschien ein Kellner und nahm ihre Bestellung entgegen. Dann war sie wieder allein. Sie blickte auf den Platz vor dem Kontrollturm hinunter. Schräg gegen den Sturm gestemmt, wanderten die Passagiere der eben gelandeten Maschine auf die Flughafenhalle zu. Dickbäuchige Tankwagen rollten heran. Mechaniker zogen Metallschläuche zu den Tragflächen des Clippers empor. Maschine und Menschen, Tankautos und Gangway waren nur noch als graue Silhouetten zu erkennen. Ich trat an Nina Brummers Tisch. Ich sagte: »Guten Abend.«
In den riesigen blauen Augen saß Angst. Nina Brummer war bleich und schön. Sie starrte mich an und sagte heiser: »Guten Abend ...«
Ich fühlte eine seltsame Enttäuschung wie einen Stich durch meinen wundgeschlagenen Leib zucken. »Erkennen Sie mich nicht mehr?«
Die blutleeren Hände ballten sich zu Fäusten. Die kleinen Fäuste preßten sich gegen die schwarz-weiße Pepitajacke. »Ich ... nein ... wer sind Sie?«
Darauf schwieg ich, denn der Kellner kam zurück und stellte ein Glas Kognak auf den Tisch. Er sah mich neugierig an und

entfernte sich wieder. Nina Brummer flüsterte: »Sind Sie ... von der Polizei?«
»Ich bin der neue Chauffeur.«
»Oh.« Die Fäuste fielen herab. Die Nasenflügel zuckten. Später entdeckte ich, daß das eine Angewohnheit von ihr war. Sie konnte sich gut beherrschen – nur ihre Nasenflügel nicht. »Entschuldigen Sie, Herr –«
»– Holden.«
»Herr Holden. Der Verband. Sie sind verunglückt?«
»In gewisser Weise.«
»Was ist geschehen?« Sie wartete meine Antwort nicht ab, sondern fragte weiter: »Und wie kommen Sie hierher?«
»Ich wußte, daß ich Sie hier treffen würde.«
»Aber wieso? Niemand konnte das wissen ... ich ... ich bin heimlich aus dem Krankenhaus fortgegangen ...«
»Ich weiß.«
»Woher, woher?«
»Ich weiß alles«, sagte ich und setzte mich. Nun flammten auch im Restaurant Neonröhren auf, und draußen auf den fernen Startbahnen glühten rote, blaue und weiße Lichter. Der Horizont im Westen nahm rapide die Farbe von schmutziger Asche an. Schneller und schneller jagten schwarze Wolkenfetzen über den Himmel einer neuen Nacht.
Nina Brummers Augen lagen in blauen Höhlen. Das Gesicht war weiß. Doch noch in Furcht und Schwäche war es schön. Ich dachte an die Worte der alten tschechischen Köchin: »Wie ein Engel ist sie, Herr, wie ein leibhaftiger Engel. Allen bewegt sie das Herz.«
»Reden Sie«, flüsterte die Frau. Goldene Ketten klirrten an ihren Handgelenken, als sie das Glas nun hob und trank. Sie verschüttete die Hälfte des Kognaks. Seine braunen Tropfen fielen auf das weiße Tischtuch. »Gut, ich ... ich gebe Ihnen ein Armband ...«
»Ich will kein Armband.«

»... oder Geld ...«
»Ich will kein Geld.«
»Was ... dann?«
Ich sagte: »Ich will, daß Sie mit mir kommen.«
»Das ist doch Irrsinn!« Sie lachte hilflos. Draußen wurde das Licht des Tages plötzlich für Sekunden meergrün. Durch Nina Brummers weiße Haut sah man die Schädelknochen schimmern. »Wohin soll ich mit Ihnen gehen?«
»Nach Hause«, sagte ich. »Oder zurück ins Krankenhaus. Wir finden eine Ausrede. In einer Stunde liegen Sie in Ihrem Bett. Niemand erfährt davon.«
Sie preßte beide Hände an den Kopf und stöhnte, denn sie begriff nichts mehr: »Welches Interesse haben Sie daran, daß ich hierbleibe? Sie wissen alles, sagen Sie. Dann wissen Sie doch auch, daß ich von meinem Mann fortwill ... und warum ...«
»Es hat sich viel ereignet, seit wir uns gesehen haben. Ihr Mann —«
»— sitzt im Gefängnis.«
»*Noch.*«
Sie fuhr herum und flüsterte: »Noch ...?«
»Nicht mehr lange. Sie können nicht nach Paris. Es wäre Wahnsinn. Ich ... ich ...«, plötzlich versprach ich mich, denn ich sah sie nackt vor mir, sah den schönen weißen Körper, der sich mit jeder Faser nach einem sehnte, der nicht kommen würde. »... ich erlaube es nicht!«
»Sie müssen verrückt sein! Was heißt erlauben? Sie sind unser Chauffeur!«
»Herr Worm kommt nicht.«
Nun traten Tränen in die schönen Augen, und ich empfand Mitleid, wirkliches Mitleid, keine Begierde mehr.
»Er ... kommt ... nicht?«
»Nein.«
»Ich glaube Ihnen nicht! Ich habe ihm seinen Flugschein ge-

schickt. Ich bin mit ihm verabredet. Unsere Maschine fliegt erst in einer Stunde ...«
Ich legte etwas auf den Tisch.
»Was ist das?«
»Sie wissen, was es ist«, sagte ich.
Klein und blaßblau lag das Heft zwischen uns. Wir sahen es beide an. Sie flüsterte: »*Sein* Flugschein?«
»Ja.«
»Wie kommen Sie dazu?« Nun war sie in Panik. »Ist ihm etwas zugestoßen?«
»Nein.«
»Aber der Flugschein –«
»Wollen Sie mir zuhören, gnädige Frau? Wollen Sie mir *ruhig* zuhören? Ich habe Ihnen etwas zu erzählen.«
Sie biß sich auf die Lippen. Sie nickte. Sie sah mich an.
Ich begann: »Vor fünf Tagen wurde Ihr Mann in Berlin verhaftet. Das wissen Sie.«
»Ja.«
»Vor vier Tagen, am Samstag, kehrte ich gegen 18 Uhr nach Düsseldorf zurück ...«

Kapitel 2

Vor vier Tagen, am Samstag gegen 18 Uhr, war ich mit dem Wagen nach Düsseldorf zurückgekehrt. Ich nahm ein heißes Bad und rasierte mich. Danach setzte ich mich in die Küche und aß mit Appetit ein delikates Kalbsgulasch, das Mila Blehova für mich gekocht hatte. Sie war auf mein Eintreffen vorbereitet gewesen. Aus Braunschweig hatte ich sie angerufen. (»Jetzt ist es elf. Ich komme zwischen fünf und sechs, Frau Blehova.« – »Is' gut, Herr Holden. Und bittschön, nennen mich Mila. Nennen mich alle Mila, die alte Mila.« – »Dann müssen Sie mich Robert nennen.« – »Nein, bittschön, nicht.« – »Warum nicht, Mila?« – »Sind ein Mann, Herr Holden, und soviel jünger. Leute möchten reden.«)

Ich hatte mir Zeit gelassen mit dem Nachhausekommen an diesem sonnigen Samstagnachmittag, ich hatte in der Badewanne die Abendzeitung gelesen, ich hatte am Fenster meines Zimmers über der Garage gesessen, eine Zigarre geraucht und in den Park hinausgesehen, der langsam unterging in Dunkelheit. Dann saß ich bei Mila in der Küche und aß das delikate Gulasch und trank das delikate Pilsner Bier. Die beiden Stubenmädchen waren in die Stadt gefahren, um zu tanzen, der Diener war im Kino.

Der alte Hund schlief neben dem Herd. Julius Brummer hatte ihn also doch zu Hause lassen müssen. Mila Blehova bereitete einen Kuchenteig. Sie schlug zwei Eier in den weißen Mehlhaufen, streute Staubzucker darauf und verteilte kleine Butterstücke über die Masse. Sie sprach: »War ich bei meiner Nina, heute nachmittag, Herr Holden. Haben mich zu ihr gelassen.«

»Wie geht es ihr?«

»Gott, schwach ist sie noch, mein Ninale. Aber rote Lippen hat sie sich schon gemalt gehabt, und gesagt hat sie, siehst du, Mila, weil ich gefürchtet habe, daß etwas passiert mit meinem Mann, *darum* hab' ich das getan.« Mila Blehova begann, die Teigmasse vorsichtig durchzukneten. Von Zeit zu Zeit blies sie nervös ein wenig Luft aus. »Und ich sag' zu ihr, Ninale, mein Dummes, was ist bloß in dich gefahren? Unser gnädiger Herr ist doch *unschuldig,* das wissen wir doch. Sie sind ihm nur neidig, weil er soviel Geld verdient, und darum haben sie aus Gemeinheit eine Anklage, eine falsche, erhoben gegen ihn. Aber freisprechen werden sie ihn müssen, und selber wird man sie verurteilen, schon bald! Und Ninale fragt: Woher weißt du das? Und ich sage, no, der gnädige Herr hat es mir selber gesagt!«

»Wann?« fragte ich.

»Heute zu Mittag. Da ist er noch einmal nach Hause gekommen mit zwei Herren von der Polizei und seinem Anwalt und hat sich Wäsche geholt und so verschiedene Papiere, und da hat er gesagt: ›Reg dich nicht auf, Mila, das Ganze ist ein Mißverständnis, sonst nichts. Krieg nicht wieder dein Schlucken, es steht nicht dafür.‹ So ist er, der gnädige Herr, immer nur denkt er an andere, niemals an sich!«
»Ja«, sagte ich und goß mein Glas wieder mit Bier voll, »das ist ein wundervoller Mensch.«
»Nicht wahr, Herr Holden? Also, ich bin ja so froh, daß Sie das auch fühlen! Für mich ist der gnä' Herr der wunderbarste Mensch von der Welt! So gütig. So großzügig. Und von Ihnen hat er auch eine so gute Meinung, Herr Holden!«
Sie blies ein wenig Luft aus. »Ach Gott, ach Gott, das Aufstoßen!« Nun walkte sie den Teig mit einer Rolle dünn. »Alles wird gut werden«, sagte sie optimistisch. »Ich hab' *gar* keine Angst. Der gnädige Herr ist *gut,* und darum ist alles, was *böse* ist, gegen ihn. So habe ich es mir überlegt.« Sie bettete den dünnen Teig in eine Springform aus Metall und ging daran, ihn liebevoll mit Apfelscheiben zu belegen. »Wird ihn freuen, der Kuchen.«
»Der Kuchen ist für Herrn Brummer?«
»No freilich. Lieblingskuchen, wissen Sie. Ganz dünn der Teig, ganz dick die Äpfel. Hab' ich die Herren von der Polizei gefragt. Ist in Ordnung, haben sie geantwortet, kann ich ihn morgen ins Untersuchungsgefängnis bringen, den Kuchen. Hat er doch immer Kuchen gekriegt am Sonntag. War der schönste Tag für ihn ...«
Mila lächelte. »Also eine Zeitlang, ja eine *Zeitlang* haben auch die Bösen die Macht, nicht wahr, Herr Holden? Schauen Sie zum Beispiel der Hitler, ganze Welt hat gezittert vor ihm, so mächtig ist er gewesen. Aber wie lange, und zugrunde gehen hat er müssen mit all seiner Macht, und das *Gute* hat gesiegt! Oder der Napoleon mit allen seinen Siegen, zuletzt haben sie ihn doch eingesperrt auf dieser Insel, Sie wissen schon. Sogar der Cäsar!

Also, der hat doch bestimmt viel Macht gehabt! Und trotzdem, hör' ich, haben sie ihn erstochen zum Schluß in ihrem Parlament in Rom. Nein, hab' ich zu meiner Nina gesagt, zuletzt siegt *immer* das Gute. Und darum müssen wir keine Angst haben um den gnädigen Herrn. Hab' ich recht?«

»Mila?«

»Ja?«

»Wollen Sie mir einen Gefallen tun?«

»Jeden, Herr Holden.«

Ich griff in die Tasche und holte einen kleinen, bizarr gezackten Schlüssel hervor. »Als ich Sie heute mittag aus Braunschweig anrief, da hatte ich eine Reihe von Papieren im Wagen. Es waren Papiere, die beweisen, daß Herr Brummer vollkommen unschuldig ist.«

»Ach, liebes Herr Jesulein, ich hab' es ja gewußt!«

»Bei einer Bank in Braunschweig mietete ich eine Stahlkammer und legte alle Papiere hinein. Nur ich kann sie wieder herausholen, ich und mit diesem Schlüssel und einer Code-Zahl.«

»Ach, wie recht hat der gnädige Herr! Sie sind ein guter Mensch, haben wir Glück gehabt mit Ihnen!«

»Nehmen Sie den Schlüssel, Mila. Heben Sie ihn auf. Sagen Sie keinem Menschen, daß Sie ihn besitzen. Kennen Sie ein gutes Versteck?«

»Hab' ich einen Neffen. Wohnt in der Nähe. Da trage ich Schlüssel hin, heute abend noch.«

»Niemand kann etwas anfangen mit dem Schlüssel, verstehen Sie. Nur *ich* kann mit ihm das Safe öffnen. Aber ich will ihn trotzdem nicht bei mir haben.«

»Mach' ich Kuchen fertig, und geh' ich zu meinem Neffen, Herr Holden.«

»Danke, Mila.«

»Ach, eh' ich es vergesse, hat jemand paarmal angerufen.«

»Für mich?«

»Ja, ein Freund. Er muß Sie dringend sprechen.«

»Wie heißt er?«
»Hat er nicht sagen wollen, war er bissel schüchtern. In der Eden-Bar ist er. Sie wissen schon, wer es ist, wenn ich sage Eden-Bar. Wissen Sie's?«
Ich nickte und dachte an seine langen, seidigen Wimpern und seine unvollendete Rhapsodie ...
»Vielleicht gehe ich heute einen Sprung hin. Das war ein wundervolles Gulasch, Mila, das beste, das ich je gegessen habe!«
»Werd' ich ganz verlegen, Herr Holden!«
»Nein, wirklich. Und danke für den Schlüssel«, sagte ich.
Während sie das Ofenrohr öffnete und nach dem Apfelkuchen sah, erschien mir vor der weißgekachelten Mauer schemenhaft meine Mutter. Von fern, sehr fern erklang die unverzagte Stimme einer Frau, die ein Leben lang gejagt worden war von Schulden und Krämern, Steuerbeamten und der wiederkehrenden Notwendigkeit, warme Mahlzeiten für ihre Familie herzustellen: »Der Samstag ist der schönste Tag der Woche ...«

Kapitel 3

Er sah im Smoking fabelhaft aus, und er spielte ausgezeichnet, eine wirkliche Begabung.
Viele Frauen bekamen etwas Hungriges im Blick, wenn sie ihn scheinbar zufällig betrachteten. Ein hübscher Junge, dieser Toni Worm.
Die Eden-Bar war bis zum letzten Platz gefüllt. Am Samstagabend gingen viele Menschen aus. Ich setzte mich an die hufeisenförmige Theke. Es gab viele Kerzen und viel roten Samt und ein paar Nutten. Die Nutten waren sehr bescheiden.
Es gab einen älteren Eintänzer und drei ältere Barfrauen. Ich trank Whisky zur Feier dieses Samstags und fühlte mich ein

wenig müde von der Fahrt, aber nicht sehr. Es war zu lange her, daß ich in einer Bar gesessen und Whisky getrunken hatte.
Ich sah Toni Worm zu, und er nickte hinter seinem Flügel. Das bedeutete, daß er zu mir kommen wollte, sobald er Zeit hatte. Ich nickte gleichfalls, und das bedeutete, daß ich keine Eile empfand, keine Eile.
Der Whisky wärmte und beruhigte mich, und ich dachte an einen Garten meiner Kindheit, in dem ich gespielt und rote Herzkirschen vom Baum geholt hatte. Wir waren arm, aber immer noch war ein Garten dagewesen, in dem ich spielen konnte.
»Noch einen Whisky?« fragte die Barfrau. Sie war nicht mehr ganz hübsch, aber ihre Figur war noch in Ordnung. Vielleicht war sie etwas üppig. Seit ich aus dem Zuchthaus kam, hatte ich ein Faible für üppige Frauen. Sie trug ein schwarzes, schulterfreies Abendkleid, viel falschen Schmuck und zuviel Make-up. Das rotgefärbte Haar war straff zurückgekämmt. Die Barfrau lächelte, aber sie öffnete nicht den Mund dabei. Wahrscheinlich waren ihre Zähne nicht in Ordnung.
»Ja«, sagte ich. »Trinken Sie einen mit mir?«
»Gerne.« Sie füllte mein Glas. Das ihre füllte sie unter der Theke. Sie sah mich an und lächelte mit geschlossenen Lippen.
»Tee«, sagte ich.
»Wieso?«
»Natürlich füllen Sie Tee in Ihr Glas. Das geht auch unmöglich, daß Sie mit jedem Gast Whisky trinken. Sie müssen schließlich um zwölf noch rechnen können.«
»Sie sind nett«, sagte die rothaarige Barfrau und prostete mir zu.
»Es ist wirklich Tee. Mit Eis drin schmeckt er gar nicht schlecht. Ich habe übrigens eine Tochter.«
Im Lokal erlosch das Licht. Ein Scheinwerfer konzentrierte sich auf die Gestalt eines schwarzhaarigen Mädchens, das nun neben das Klavier trat und sich langsam zu entkleiden begann. Die Kapelle pausierte, nur Toni Worm hatte zu tun.

»No, no, they can't take that away from me ...«, sang das Mädchen und zog seine Kostümjacke aus. Der Kostümrock folgte.
»Meine Tochter heißt Mimi«, erzählte die Barfrau. »Ich heiße Carla.«
»... the way you wear your hat, the way you sip your tea ...«, sang das Striptease-Mädchen.
»Blond. Gewachsen wie ich. Nur jünger. Sehr süß. Ich lasse sie Theatergeschichte studieren.«
»... the memory of all that – no, no, they can't take that away from me ...«
Das Hemdchen. Der Büstenhalter. Der rechte Seidenstrumpf. Der linke Seidenstrumpf. Den Halter ließ das schwarzhaarige Mädchen sich von einem exemplarisch betrunkenen Gast öffnen.
»Prost, Carla!« sagte ich. »Ich heiße Robert.«
»Prost, Robert. Wirklich ein bezauberndes Mädchen. Der Vater hat uns verlassen. Aber Mimi und ich halten zusammen. Sie hat gestern bei Gründgens vorgesprochen. Vielleicht geht's als Bühnenbildnerin.«
»Hm.«
»Eben neunzehn geworden. Würde dir gefallen. So zärtlich. Lebt bei mir.«
»Hm.«
»Bleib doch noch ein bißchen. Ich mache um drei Uhr Schluß. Komm mit. Mimi freut sich!«
Das schwarzhaarige Mädchen ließ das letzte Kleidungsstück fallen. Der Scheinwerfer erlosch, und Toni Worm beendete sein Spiel. Das Mädchen war verschwunden, als das Licht wieder aufflammte. Toni Worm kam zu mir geschlendert. Er hatte jetzt Zeit. Ein komischer Mann mit vielen Bällen erschien auf dem Parkett und zeigte, wie komisch man mit vielen Bällen sein kann. Die Gäste lachten sehr. Toni Worm setzte sich neben mich. Barfrau Carla zog sich zurück.

»Gut, daß Sie kommen, Herr Holden.«
»Was ist los?«
»Hier.« Er griff in die Tasche und holte ein schmales blaues Heft hervor. »Warum schickt sie mir das?«
Ich sah das Heft an. Es war ein Flugbillett der »Air France« nach Paris, ausgestellt auf Toni Worm, gebucht für einen Flug am 27. August um 20 Uhr 00 ab Düsseldorf-Lohausen.
»Haben Sie ihr nicht gesagt, daß ich nichts damit zu tun haben will?«
Mir wurde warm. »Doch, natürlich.«
»Flucht nach Paris. Ein Irrsinn! Jetzt haben sie auch noch den Alten eingesperrt.«
»Wie konnte sie den Flugschein besorgen? Sie liegt doch noch im Krankenhaus ...«
»Das weiß ich auch nicht. Muß es telefonisch gemacht haben. Reiche Leute haben Kredit.«
Ach ja, dachte ich.
»Sie schickten mir das Ticket in die Wohnung. Mit einem Zettel. Ich soll im Flughafenrestaurant warten. Um 19 Uhr ...« Er neigte sich vor: »Ich will Ihnen mal was sagen: *Ich haue ab.* Schon morgen früh ...«
»Wohin?«
»Gibt eine zweite Eden-Bar. In Hamburg. Gehört demselben Mann. Habe mit ihm gesprochen. Gebe hier alles auf.«
»Solche Angst?«
»Ja«, sagte er. Die langen Wimpern bebten. »Ich weiß nicht, was für eine Rolle Sie in der Familie spielen. Ist mir egal. Ich sage Ihnen nur, die Frau ist gefährlich.«
»Ach, Unsinn.«
»Lebensgefährlich.« Er winkte. »Carla!« Sie kam heran.
»Schau dir das an, was habe ich hier?«
»Einen Flugschein. Nach Paris. Warum?«
»Was mache ich mit ihm?«
»Du steckst ihn Robert in die Tasche.«

»Merk dir, daß ich's getan habe.« Er glitt von seinem Hocker.
»Vielleicht fragt dich bald wer danach.«
Der komische Mann mit den vielen Bällen verneigte sich. Die Gäste klatschten. Toni Worm sagte zu mir: »Sie werden an mich denken!« Er verließ uns.
»Netter Junge«, sagte die Barfrau. »Völlig durchgedreht seit Tagen. Keiner weiß, warum. Geht morgen.«
Toni Worm setzte sich hinter seinen Flügel und begann wieder zu spielen. Ein blondes Mädchen mit einem freundlichen Schimpansen kam auf das Parkett. Der Affe zog das blonde Mädchen aus. Das blonde Mädchen erinnerte mich an Nina Brummer, ich dachte an Toni Worms Warnung, und ich erinnerte mich daran, wie Nina Brummer nackt aussah.
»Deine Tochter ist auch blond?« fragte ich die Barfrau. »Ja, Schatzi. Aber eine echte Blondine, nicht so gefärbt wie die da!«
»Kannst du nicht sehen, daß du hier schon früher fortkommst?« fragte ich und schob eine Geldnote unter mein Glas.

Kapitel 4

Von dieser Barfrau Carla und ihrer Tochter Mimi erzählte ich Nina Brummer nichts, denn es war nicht wichtig. Aber sonst erzählte ich alles am Abend jenes 27. August, als ich ihr im Restaurant des Flughafens gegenübersaß, alles, was ich eben niederschrieb.
Während ich sprach, wurde es draußen ganz dunkel. Der Sturm steigerte sich zum Orkan. Ich sah vor dem Kontrollturm viele Lampen tanzen, es war ein richtiges Ballett. Zwei Maschinen landeten, während ich erzählte, eine flog ab. Sieben Menschen und ein kleiner Junge saßen nun im Restaurant.
»... und so«, beendete ich meinen Bericht, »kam der Flugschein

in meinen Besitz. So wußte ich, daß ich Sie heute abend hier erwarten konnte.«

Sie sah mich still an. Ihr Gesicht war weiß und maskenhaft. Die Augen glänzten fiebrig. Nur die Augen lebten.

»Glauben Sie mir *jetzt?*«

»Nein«, sagte Nina Brummer. »Ich kann es nicht glauben. Es darf nicht wahr sein. Es wäre ... zu schrecklich.«

»Lassen Sie uns gehen.«

»Ich muß bleiben.«

»Wie lange noch?«

»Bis die Maschine abfliegt.«

Es war 19 Uhr 25.

»Glauben Sie doch, es ist umsonst ...«

»Ich warte.«

»Man wird Sie rufen ... Sie beide ... seinen Namen, Ihren Namen ...«

»Ich warte.«

»Vielleicht sind Freunde hier ... Bekannte Ihres Mannes ...«

Aus Nina Brummers Augen rannen Tränen. »Verstehen Sie nicht, es ist mir *gleich!* Ich bleibe hier. Ich warte.«

»Ober!« rief ich nervös.

Er kam herbei.

»Der Herr wünscht?«

»Whisky«, sagte ich. »Einen doppelten. Machen Sie schnell.«

Plötzlich bemerkte ich, daß meine Hände zitterten. Wie seltsam, dachte ich, es war doch Nina Brummers Schicksal, nicht das meine ...

Kapitel 5

An die nächste halbe Stunde werde ich noch lange denken. Vielleicht vergesse ich sie nie. Ich wurde Zeuge eines gespenstischen Vorgangs. Eine junge Frau wurde alt. Eine schöne Frau wurde häßlich. Von Minute zu Minute verfiel sie mehr.
Nina Brummer drehte den Kopf fort. Ich sollte nicht sehen, daß sie weinte. Alle sahen es, alle Menschen im Restaurant. Ich trank meinen Whisky und fand, daß er ölig und bitter schmeckte. Aber ich bestellte dennoch einen zweiten.
»Ist der gnädigen Frau nicht gut?« fragte der Kellner.
»Gehen Sie weg«, sagte ich grob. »Verschwinden Sie! Alles ist in Ordnung.«
Beleidigt verschwand er.
»Hat Toni das gesagt, hat er das wirklich gesagt, daß er nichts mehr mit mir zu tun haben will?«
»Versuchen Sie ihn zu verstehen. Ein junger Mann. Voll Angst. Er –«
»*Hat* er es gesagt?«
»Ja.«
»Hat er gesagt, ich haue ab?«
»Ich habe Ihnen alles erzählt, was er gesagt hat.«
Der kleine Junge trat heran, bohrte in der Nase und starrte Nina Brummer an.
»Siegfried!« rief seine Mutter. »Kommst du sofort zu mir?«
Um 19 Uhr 35 begann zum erstenmal die Lautsprecherstimme zu mahnen: »Herr Toni Worm, mit Air France nach Paris, bitte kommen Sie zum Abfertigungsschalter!«
»Da haben Sie es«, sagte ich.
»Egal!« flüsterte sie.
Der Kellner brachte meinen zweiten Whisky. Ich schwitzte jetzt. Die Menschen beobachteten uns.
Um 19 Uhr 40 forderte die unreine Lautsprecherstimme wieder

nach Toni Worm und wieder um 19 Uhr 45. Sie klang ungeduldig und verärgert.

»Zahlen«, rief ich. Der beleidigte Kellner nahm das Geld wortlos in Empfang. Ich sagte: »Lassen Sie uns wenigstens hinuntergehen, gnädige Frau.«

»Ich bin *hier* verabredet. Ich muß *hier* bleiben.«

»Er kommt nicht.«

»Es ist erst drei Viertel.«

Die Lautsprecherstimme: »Achtung bitte! Air France gibt Abflug 541 nach Paris bekannt! Passagiere werden durch Flugsteig III an Bord gebeten. Meine Damen und Herren, wir wünschen Ihnen einen angenehmen Flug!«

19 Uhr 48.

Die ersten Fluggäste verließen unter uns die Halle und wurden über das sturmgepeitschte Feld zu der wartenden Maschine geführt.

19 Uhr 50:

»Frau Nina Brummer und Herr Toni Worm, gebucht mit Air France nach Paris, bitten kommen Sie umgehend zur Paß- und Zollkontrolle. Ihre Maschine wartet auf Sie.«

»Gehen Sie doch endlich«, flüsterte Nina. »Lassen Sie mich doch allein.«

»Ich bin nicht aus Nächstenliebe hier. Ich kann jetzt keinen Skandal brauchen.«

»*Sie* können keinen Skandal brauchen? Was heißt denn das?«

»Es ist noch mehr geschehen seit Samstag abend. Schauen Sie mein Gesicht an!«

»*Was* ist geschehen?«

»Kommen Sie, und ich erzähle es Ihnen.«

»Nein, ich bleibe.«

19 Uhr 54:

»Achtung bitte, Herr Toni Worm und Frau Nina Brummer, mit Air France nach Paris, bitte kommen Sie sofort zur Paß- und Zollkontrolle. Ihre Maschine ist startbereit!«

Plötzlich erhob sie sich, schwankte und fiel auf den Sessel zurück.
»Würden ... Sie ... mir ... helfen?«
Ich legte den rechten Arm um sie. Mit dem linken hielt ich den Nerz und ihren Schmuckkoffer. So führte ich Nina Brummer zur Treppe. Alle Menschen sahen uns nach. In der Halle kam ein Beamter des Flughafens auf uns zu.
»Sind Sie Herr Toni Worm?«
»Ja«, sagte ich. Mir war jetzt vieles gleichgültig – wie ihr.
»Was hat die gnädige Frau?«
»Sie ist krank. Sie kann nicht fliegen. Bitte helfen Sie mir.«
»Soll ich einen Arzt –«
»Zum Wagen«, sagte ich, »nur zum Wagen. Ich bin Arzt.«
Zwischen uns führten wir Nina Brummer zum Ausgang. Ein paar Menschen liefen zusammen. Plötzlich schrie sie laut und voller Hysterie auf: »Toni ...« Und noch einmal: »Toni, o Gott!«
»Ja«, sagte ich und fühlte, wie der Schweiß mir über den Rücken rann, »ja, Liebling, ja ...«
Dann hatte ich sie endlich im Wagen. Dem Beamten gab ich Geld. So schnell ich konnte, fuhr ich los. Pneus kreischten in der ersten Kurve. Am Wagen rüttelte der Sturm. Erst auf der Chaussee sprach sie wieder: »Herr ... Holden ...?«
»Was ist?« Ich war jetzt wütend.
»Bitte, fahren Sie mich zu ihm.«
»Er ist nicht mehr in Düsseldorf.«
»Ich will nur noch einmal die Wohnung sehen. Nur die Wohnung.«
»Die ist abgesperrt.«
»Ich habe Schlüssel.« Plötzlich klammerte sie sich wild an mich. Ich war darauf nicht vorbereitet. Der Wagen sauste auf die linke Straßenseite. Ich riß das Steuer zurück. Der Cadillac tanzte. In der Reflexbewegung schlug ich mit dem rechten Ellenbogen seitlich und traf Ninas Brust. Sie flog in ihre Ecke und schrie auf vor Schmerz.

Ich dachte: Wie lange hält sie das noch aus? Gewiß bricht sie mir bald zusammen, und ich kann sie zurück ins Krankenhaus bringen. Ich sagte: »Also gut. Zur Wohnung. Wenn Sie ruhig bleiben.«
»Ich bleibe ruhig. Ich tue, was Sie wollen, Herr Holden. Nur zur Wohnung. *Bitte.*«
»Okay«, sagte ich, »okay.«
Danach schwieg sie, bis wir die Stadt erreichten. Sie weinte vor sich hin, aber erst in der City murmelte sie: »Erzählen Sie mir, was noch geschehen ist ... erzählen Sie mir, warum Sie das alles tun ...«
Ich schwieg.
»Sie sagten mir, Sie würden es erzählen ...«
»Nun gut«, sagte ich. »Dann hören Sie zu. Ich blieb noch eine Weile bei ... in dieser Bar. Es war schon hell, als ich am Sonntag morgen heimkam ...«

Kapitel 6

Es war schon hell, als ich am Sonntag morgen heimkam, die Sonne schien, im Park der Villa sangen viele Vögel. Die Wiese war noch naß vom Tau, aber die Blumen öffneten bereits die Blüten. Ich war ein wenig betrunken, aber nicht sehr. Mutter und Tochter hatten zuletzt noch Kaffee gekocht.
Ich brachte den Wagen in die Garage. Carlas Tochter Mimi war nicht neunzehn, sondern mindestens fünfundzwanzig, dachte ich, und wahrscheinlich war Mimi auch gar nicht Carlas Tochter, aber sie war eine echte Blondine, das wußte ich nun.
Über der Garage lag die Chauffeurwohnung. Sie bestand aus einem Zimmer, einer Kammer und einem Badezimmer. Das alles gehörte jetzt mir, ich wohnte allein über der Garage. Die

Villa stand zweihundert Meter entfernt im Park. Ich stieg die kleine Treppe empor und freute mich auf mein Bett. Nun war ich müde. Sie warteten auf mich in meinem Zimmer.
Es waren drei.
Ich habe keine Erinnerung mehr an sie. Sie waren sehr groß, und sie trugen Hüte, das weiß ich noch. Sie waren größer und stärker als ich, und sie waren zu dritt.
Der erste stand hinter der Tür, die beiden andern saßen auf dem Bett.
Der erste schlug mir sofort, als ich eintrat, mit der flachen Hand ins Genick. Ich war plötzlich ganz nüchtern, und während ich in das Zimmer flog, dachte ich, daß die Boxer diesen Schlag einen »rabbit punch« nannten. Der zweite trat mir in den Bauch.
Ich brach zusammen. Sie machten den Fehler, mich gleich von Anfang an viel zu brutal zu schlagen.
Nun lag ich auf dem Teppich. Morgensonne erhellte den Raum, und sie stürzten sich alle drei auf mich und schlugen mich eine Weile.
Ich schrie, aber das Fenster war geschlossen, und ich sah ein, daß Schreien keinen Sinn hatte. So ließ ich es.
Zwei rissen mich hoch und hielten mich fest, und der dritte legte alles, was er in meinen Taschen fand, auf den Tisch. Zu dieser Zeit hatten sie mich noch nicht blutig geschlagen, ich konnte noch alles ordentlich sehen, und es fiel mir auf, daß sie noch immer ihre Hüte trugen.
»Wo ist die Tasche?« fragte der erste.
»Und lüg nicht«, sagte der zweite, »wir *wissen,* daß du sie hast.«
»Man hat dich gesehen«, sagte der dritte, »in Berlin. In dem Scheißcadillac.« Jetzt bemerkte ich, daß sie schon das ganze Zimmer durchsucht hatten. Alle Laden standen offen, meine Wäsche lag auf dem Fußboden, das graue Jackett hatten sie vollkommen aufgerissen. Das erbitterte mich, und ich antwortete. »Ich habe die Tasche nicht mehr.«
»Wo ist sie?«

»Ich brachte sie sofort zu einem Anwalt in Berlin.«
»Wie heißt er?«
Ich dachte, daß ein falscher Name so gut wie der andere war, und antwortet: »Meise.«
Darauf spuckte mir der erste ins Gesicht, und sie fuhren fort, mich zu verprügeln. Der erste und der zweite bogen meinen Körper rückwärts über die Tischplatte, und der dritte schlug mir mit den Fäusten in den Magen und anderswohin.
Ich brach ein bißchen Galle, aber nicht sehr viel, und sie wechselten sich ab, und der zweite schlug mich in den Magen und dann der erste. Dem ersten fiel dabei der Hut vom Kopf. Sie fragten immer dasselbe, und ich antwortete immer wieder, ich hätte die Tasche einem Anwalt namens Meise in Berlin gegeben.
Sie gerieten in Schweiß und pausierten, und der erste nahm die Wagenschlüssel und ging hinunter in die Garage und durchsuchte den Cadillac und kam zurück und sagte: »Nix.«
Dann setzten sie mich auf einen Sessel und hielten mich fest und schlugen mir ins Gesicht, und ich begann zu bluten. Ich blutete meinen Anzug voll und das weiße Hemd und eine silberne Krawatte mit blauen Karos.
Dann boten sie mir Geld und zeigten mir Banknoten und gaben mir eine Zigarette, doch sie hatten mir einen Zahn ausgeschlagen, und auch meine Lippen bluteten.
Mehr und mehr Sonne fiel in mein Zimmer, aber ich konnte jetzt nur noch die Wärme des Lichtes wahrnehmen, denn mir rann dauernd Blut über die Augen. Sie rauchten, und ich roch den Rauch, und während sie mich festhielten, damit ich nicht vom Sessel fiel, dachte ich daran, daß mein Vater oft gesagt hatte, gerade Dinge, die man nicht besaß, könnten einem viel Kraft geben.
Die Sentenz war dazu bestimmt, meine arme Mutter mit dem Hinweis auf metaphysische Glückseligkeiten über unsere materielle Misere hinwegzutrösten, aber an diesem Sonntagmorgen

legte ich sie anders aus. Ich dachte daran, daß ich den Schlüssel zum Safe nicht mehr besaß ...

»Du dummes Schwein«, sagte der erste zu mir, »warum führst du dich so auf? Geht es *dir* an den Kragen? Sitzt *du* im Knast?«

»Der Brummer kriegt jetzt nur, was er verdient«, meditierte der zweite. »Sag, wo die Papiere sind.«

»Ich habe sie nicht mehr.«

»Sag, was der Brummer dir bezahlt«, empfahl der dritte.

»Wir bezahlen mehr.«

»Er bezahlt überhaupt nichts.«

Der erste spuckte mich wieder an und sagte: »Dann hilft es wohl nichts, Kollegen, wir müssen kräftiger zufassen.«

Ich will nicht aufschreiben, was sie mit mir machten. Es tat sehr weh, und sie taten es zu schnell. Ich kann nur schlecht Schmerzen ertragen, und schon nach einer Minute war es mit meinen klugen Vorsätzen vorbei, und ich wollte alles sagen; ich wollte den drei Kerlen anbieten, mit mir nach Braunschweig zu fahren und die Dokumente zu holen; ich wollte ihr Geld nehmen; ich war kein Held, ich wollte keiner werden; ich wollte alles erzählen. Aber ich kam nicht mehr dazu, denn ich verlor die Besinnung. Das war ihr Fehler: Sie taten es zu schnell. Das letzte, woran ich mich erinnere, war das heisere, aufgeregte Bellen eines Hundes im Park.

Kapitel 7

Mila Blehova saß an meinem Bett, als ich wieder zu mir kam. Sie rang die Hände: »Jesusmariaundjosef, Herr Holden, was habe ich mich aufgeregt! Herz, hab' ich geglaubt, bleibt mir stehen!« Der alte Hund schnupperte an meiner Bettdecke, beleckte meine Hand und jaulte laut. Ich sah, daß man mich

verbunden hatte. Es war sehr hell im Zimmer, das Licht tat mir in den Augen weh. Mein Gesicht war geschwollen, und viele Stellen meines Körpers schmerzten.
»Ich hörte den Hund«, sagte ich.
»Ja, also das Puppele, das alte, is' ja auf einmal ganz verrückt gewesen. Hat bei mir geschlafen, und auf einmal bellt der Hund und winselt, und ich muß ihn runterführen in'n Garten, und da stürzt er gleich los auf die Garage. Hat einen sechsten Sinn, unser Puppele. Ich renn', so schnell ich kann, hinterher – aber zu spät. Gesehen habe ich die drei Mörder noch, die verfluchten. Übern Zaun und davon. Dann habe ich Sie gefunden, ohnmächtig und im Blut, hab' ich geglaubt, Sie sind tot. Bin ich zu alt für diese Aufregungen, Herr Holden. So was von Aufstoßen hab' ich nicht mehr gehabt seit dem Hitlerkrieg.«
»Sie wollten die Papiere haben, Mila.«
»Hab' ich mir gedacht, ja ...«
»Wer hat mich verbunden?«
»Hab' ich Doktor Schneider gerufen. Kommt wieder, zu Mittag. Polizei war hier. Kommen wieder um elf.«
»Fein.«
»Anwalt vom gnädigen Herrn hab' ich auch angerufen. Bittet er, Sie sollen nichts sagen, niemandem.«
»Hm.«
»War ich auch schon beim Maurer. Kommt er heute noch und fängt an mit Arbeit. Is' Sonntag, aber is' ihm egal. Lassen wir machen Gitter vor alle Fenster.« Sie hatte einen Zettel und setzte eine Brille mit Stahlfassung auf. »Hab' ich mir alles notiert. Können Sie noch zuhören?«
»Nicht mehr lange.«
»Sobald es geht, sagt der Anwalt, sollen Sie ins Untersuchungsgefängnis kommen, zum gnä' Herrn. Hat er Sprecherlaubnis gekriegt für Sie. So eine Gemeinheit!« Sie schluckte entrüstet.
»Was, Mila?«
»Stellen sich vor, gnä' Herr hat ein Gesuch eingereicht bei der

Verwaltung: Bitte, er möchte sein Puppele bei sich haben, der Hund ist so gewöhnt an ihn. Er bezahlt auch dafür. *Abgelehnt!* Kanarienvogel, haben sie gesagt, ist das Äußerste!«
»Allerhand.«
»Sollen wir nicht der gnädigen Frau erzählen, was Ihnen passiert ist, meint der Anwalt. Regt sie zu sehr auf.«
»Richtig.«
»Gut, daß er es mir gesagt hat, hat nämlich meine Nina angerufen vor einer Stunde.«
»Was wollte sie?«
»Hat sie Angst, daß Polizisten kommen und Sachen vom gnädigen Herrn beschlagnahmen – und Sachen von ihr.«
Es tat weh, wenn ich grinste.
»Sagte sie, ich soll Schmuck ins Krankenhaus bringen. Und Aufbewahrungsscheine für Pelze. Haben wir doch alles in Konservierung im Sommer.«
Es gefiel mir, daß Frauen bei aller Leidenschaft stets einen Sinn für Realität bewahrten. Auch in Paris mußte man von etwas leben …
»Und Dokumente und Briefe. Möchte sie alles bei sich haben. Warum lachen Sie, Herr Holden?«

Kapitel 8

Die Polizisten kamen um elf, und ich sagte ihnen, die drei Unbekannten hätten mich nach Papieren gefragt.
Was für Papieren?
Keine Ahnung.
Aber ich mußte doch irgendeine Ahnung haben.
Nein, ich hatte überhaupt keine Ahnung, nicht die geringste. Ich nahm an, es hing mit Herrn Brummers Verhaftung zusammen.

Herr Brummer schien viele Feinde zu haben. Ich war erst seit kurzer Zeit Chauffeur bei Herrn Brummer. Ich hatte keine Ahnung. Den Polizisten folgte der Arzt, der mich verbunden hatte. Er erneuerte die Verbände und gab mir eine Injektion, nach der ich sehr müde wurde. Ich schlief ein und träumte von Nina, und plötzlich vernahm ich ein donnerndes Toben, das mich außer Atem hochfahren und erwachen ließ. Mit rasend pochendem Herzen dachte ich ein paar Sekunden lang, ich wäre wieder in Rußland und die russischen Panzer kämen, dann öffnete ich die Augen.

Ein bärtiger Mann mit nacktem Oberkörper sah zum Fenster herein. Das Fenster befand sich neben meinem Bett. Es stand offen, und der Mann draußen mußte in der Luft schweben, denn er hielt sich nicht am Gesims an. Ich habe oft in meinem Leben die Angst gehabt, den Verstand zu verlieren. Jetzt hatte ich sie wieder.

Der Bärtige sah mich stumm an. Plötzlich war es ganz still.

»Habe ich Sie wach geklopft?« fragte der Bärtige und steckte neugierig den Kopf ins Zimmer. Der Himmel hinter ihm war honigfarben.

»Wer sind Sie?«

»Maurer. Mach' die Gitter an.«

Ich fiel auf mein Kissen zurück und war kraftlos vor lauter Erleichterung. »Sie stehen auf einer Leiter?«

Er grinste mich an und sagte: »Na klar! Denken Sie, ich habe Flügel?«

Kapitel 9

»Er grinste mich an und sagte: Na klar! Denken Sie, ich habe Flügel«, erzählte ich, während ich auf die Bremse trat. Wir hatten das Haus Stresemannstraße 31A erreicht. Ich zog den Schlüssel aus dem Zündschloß. »Wir sind da.«
Nina Brummer schrak auf. Beklommen sah sie die düstere Fassade an, die Sandsteinkaryatiden, den alten Eingang, die verkrüppelten Bäume davor. Hoch oben schwankte eine Straßenlaterne im Sturm. Die Schatten der toten Äste flogen über die Mauer und die lichtlosen Fenster.
»Kann ich meinen Mantel haben? Mir ... ist so kalt ...«
Ich legte ihr den Nerz um die Schultern. Sie stieg aus und fiel sogleich hin. Ich half ihr wieder auf die Beine. Nina Brummers Gesicht war schmutzig. Ich wischte es mit meinem Taschentuch sauber. Ihr Körper zitterte, die Lippen bebten.
»Führen ... Sie ... mich ... hinauf ...«
Ich stützte sie wieder, und wir traten in den finsteren Hausflur.
»Der ... Lichtknopf ... ist ... links.«
Ich fand ihn und drückte darauf, aber es blieb finster.
»Kaputt.« Ich knipste mein Feuerzeug an und führte die Frau im Nerz auf einer knarrenden Holztreppe in den ersten Stock hinauf. Der schwache Lichtschein huschte über fleckige, von Nässe kranke Wände. Nina Brummer wurde schwer in meinem Arm. Einmal blieb sie stehen und rang nach Luft.
Mir fiel ein Satz von Léon Bloy ein, den ich irgendwo gelesen hatte: »Im Herzen des Menschen gibt es Winkel, die zunächst nicht bestehen, und in diese dringt das Leid ein, auf daß sie Bestand haben mögen.«
Während ich Nina Brummer auf Toni Worms Wohnungstür zu führte, dachte ich, daß jetzt und hier in ihrem Herzen ein Winkel dieser Art seinen beständigen Bewohner erhielt. Sie lehnte sich keuchend gegen die Mauer und begann in ihrer

Handtasche zu kramen. Das Messingschild mit seinem Namen war noch da. Nur Toni Worm war nicht mehr da. Weil mich ihr Suchen nervös machte, drückte ich auf den Klingelknopf. Drinnen läutete es, laut und hallend. Sie murmelte: »Warum tun Sie das?«

»Und Sie, Madame, warum tun Sie das alles?«

Darauf antwortete Nina Brummer nicht. Sie hatte die Schlüssel gefunden und sperrte die Tür auf, die sich mit einem langgezogenen Klagelaut öffnete. Nina Brummer trat ein und drehte das elektrische Licht an. Ich folgte ihr.

Das Wohnzimmer war leer geräumt. Die Möbel waren verschwunden. Auf dem Fußboden lagen Zeitungen und Notenblätter. Zwei offene Kisten standen da. Holzwolle quoll aus ihnen. Ein schmutziges Hemd. Drei Bücher. Ich hob eines auf und las den Titel. Marcel Proust: »Auf der Suche nach der verlorenen Zeit«.

Ich ließ das Buch fallen. Nina Brummer stand mitten im Zimmer, das Licht der kahlen Birne an der Decke fiel auf sie. Sie sah alles, was es zu sehen gab, genau an. Dazu murmelte sie dauernd vor sich hin, aber ich konnte nicht verstehen, was sie sagte. Mit schleppenden Schritten und hängenden Schultern ging sie ins Badezimmer.

Im Badezimmer gab es leere Rasiercremetuben zu sehen, ein Stück Seife, eine Rolle Klosettpapier, einen alten Schlafrock. Nina Brummer ging in die Küche. In der Küche stand nur noch ein Kochherd. Auf dem Boden vor ihm lagen viele leere Flaschen. Ich begann, die Flaschen zu zählen, und bei der vierzehnten sagte sie tonlos: »Das ist komisch, nicht? Ich habe ihn wirklich geliebt.« Sie sagte es der Wasserleitung.

»Lassen Sie uns gehen«, sagte ich.

»Sie glauben es nicht, ich weiß. Für Sie bin ich eine reiche Hysterikerin, die sich einen schönen Jungen genommen hat. Einen schönen, jungen Jungen.«

»Sie haben jetzt alles gesehen. Kommen Sie, bitte.«

Sie drehte die Wasserleitung auf. Wasser begann zu fließen.
»Und wissen Sie, was das komischste ist? Ich habe gedacht, er liebt mich auch ...« Sie lachte. »... er hat mir gesagt, ich wäre die erste Liebe seines Lebens. Die erste richtige. Vor mir gab es keine. Das ist doch sehr komisch, oder?« Sie drehte die Wasserleitung wieder zu. »Wie viele Flaschen sind es?«
»Bitte?«
»Sie zählen doch die Flaschen, während ich spreche.«
Ich ging zu ihr und drehte sie um, und sie fiel gegen meine Brust und begann zu weinen.
»Ich ... ich wollte mich scheiden lassen ... und dann wollten wir gleich heiraten. Wissen Sie, daß er eine Rhapsodie für mich geschrieben hat?«
»Wir müssen gehen.«
»Ich kann nicht ... ich muß ... mich einen Moment setzen ...«
»Die Wohnung ist leer.«
»Ich kann nicht mehr stehen ... ach, Mila, mir ist so schlecht«, rief sie mit der Stimme eines unglücklichen Kindes.
Ich führte sie vorsichtig ins Badezimmer und setzte sie auf eine Ecke des Wannenrandes. Sie weinte noch ein wenig, dann verlangte sie eine Zigarette. Wir rauchten beide. Die Asche streiften wir auf den Kachelboden. Ich sagte ihr, was ich ihr noch zu sagen hatte.
»Ich habe die Dokumente und Fotografien gesehen. Ich kenne die Menschen nicht, die durch sie belastet werden. Aber ich kenne die Größe der Belastung. Ihr Mann hat sehr viel Macht, seit er die Dokumente hat.«
»Er hat sie nicht. *Sie* haben sie.«
Das war ein seltsames Gespräch, wenn ich daran zurückdenke. Zwei fremde Menschen in einem fremden Badezimmer. Die Frau im Nerz auf dem Wannenrand. Ihr Chauffeur davor. Und der Nachtsturm rüttelte an den Fenstern ...
Ich antwortete so: »Es stimmt, daß ich die Dokumente habe. Und ich will sie auch behalten, das ist mein Plan.«

»Aber –«
»Aber ich werde Herrn Brummers Anwalt erlauben, mit mir nach Braunschweig zu fahren und im Tresorraum der Bank Fotokopien der Dokumente herzustellen«, sagte ich mit einer Selbstgefälligkeit, an die ich schon bald denken sollte. »Ich behalte selbstverständlich die Originale.«
»Nein!« Sie preßte beide Hände an die Schläfen.
»Doch. Morgen früh fahre ich nach Braunschweig.«
»Tun Sie es nicht!«
»Warum nicht?«
Mit großem Ernst antwortete sie: »Mein Mann ist ein sehr schlechter Mensch.«
»Sie haben trotzdem lange mit ihm gelebt. Gut gelebt.«
»Ich wußte nicht, *wie* schlecht er ist. Als ich ... als ich es begriff, versuchte ich, mir das Leben zu nehmen ...« Ihre Zigarette war zu Boden gefallen. Ich trat auf den Stummel. Indessen sprach sie weiter. Und es schien, als hätte sie für Sekunden ihre eigene Misere vergessen. »Tun Sie es nicht, Herr Holden. Ich weiß, was geschieht, wenn mein Mann die Fotokopien bekommt.«
»Was?«
»Furchtbare Dinge werden geschehen. Niemand wird sie verhindern können. Ich sage viele Worte, die Ihnen nichts bedeuten.«
»Ich war im Gefängnis«, sagte ich. »Ich bin vierzig Jahre alt. Mir ging es lange schlecht. Jetzt geht's mir gut. Und es wird mir noch viel bessergehen. Wer würde es mir danken, wenn ich Ihrem Mann die Fotokopien *nicht* lieferte?«
»Andere Menschen.«
»Mir sind andere Menschen gleichgültig.«
Sie fragte leise: »Haben Sie jemals einen Menschen geliebt?«
»Lassen Sie die Liebe! Wo ist denn Herr Worm?« rief ich erregt.
»Er hatte Angst ... er ist so jung, Sie sagten es selber ...«
Ich stand auf und begann hin und her zu gehen.
»Nein, ich will nichts mehr riskieren. Bei Ihrem Mann, da bin

ich sicher. Seien Sie klug. Ihr Mann ist unbesiegbar geworden durch mich. Halten Sie jetzt bei uns aus.«
»Das kann ich nicht.«
»Haben Sie Vermögen? Haben Sie einen Beruf? Was wird geschehen, wenn Sie Ihren Mann verlassen? Skandal. Er läßt sich scheiden. Er wird freigesprochen in seinem Prozeß. Nicht einen Groschen bekommen Sie von ihm. Sie werden Ihren Schmuck verkaufen müssen, um zu leben. Stück um Stück. Und eines Tages wird aller Schmuck verkauft sein. Ich weiß, wie schlimm die Armut ist.«
»Ich auch.«
»Nun, und?«
»Was Sie sagen, überzeugt mich nicht. Dann verkaufe ich eben meinen Schmuck. Dann bin ich eben arm. Wie kann man weiterleben mit einem Menschen, den man haßt und verachtet?«
»Viele tun es«, sagte ich. »Es ist nicht schwer. Frauen haben es sogar besonders leicht.«
Sie schüttelte den Kopf und schwieg. Sie sah sehr schön aus in diesem Augenblick, und sie rührte mich sehr. Das war der Tag, an dem unsere Liebe, unsere seltsame Liebe begann, dieser sturmgepeitschte Abend des 27. August.
Ich sagte: »Kommen Sie jetzt, *bitte.*«
Sie bewegte sich nicht. Sie flüsterte. »Sie ... Sie waren auch einmal arm?«
»Ja.«
»Und warum ... warum machen Sie sich solche Sorgen um mich?«
»Sie sehen aus wie jemand, den ich kannte.«
»Wer war das?«
»Meine Frau«, sagte ich leise.
Ihre Augen wurden plötzlich sehr dunkel, die Lippen bebten, als wollte sie wieder anfangen zu weinen. Aber sie weinte nicht. Sie trat zu mir, und auf eine unwirkliche, unmögliche Weise hatte

ich wieder das Gefühl, daß Margit, meine tote Frau, auf mich zutrat. Ich starrte sie an. Sie flüsterte: »Wo ist Ihre Frau?«
»Sie ist tot«, antwortete ich tonlos. »Ich habe sie ermordet.«
»Warum?«
»Weil ich sie liebte«, sagte ich. »Und weil sie mich betrog.«
Ninas Augen schwammen.
Ihr Atem traf mich.
Drei Sekunden. Fünf Sekunden.
Plötzlich taumelte sie wie in einem Anfall von Schwäche.
Ich nahm sie in die Arme und küßte sie auf den Mund. Sie ließ es wie selbstverständlich geschehen. Ihr Mund blieb geschlossen, und es war, als würde ich eine Tote küssen. Ihre Lippen waren eiskalt.
Ja, so begann unsere Liebe.
Wir hielten uns aneinander fest, und es war so still, daß man meinen konnte, wir wären die einzigen Menschen im Haus, die einzigen Menschen auf der Welt vielleicht. Zuletzt sah sie zu mir auf, und aus ihrem Gesicht war der letzte Blutstropfen gewichen.
»Ich kann nicht mehr«, flüsterte sie. »Bringen Sie mich zurück ins Krankenhaus.«

Kapitel 10

Im Wagen schlief sie ein. Ihr Kopf lag an meiner Schulter, und ich fuhr sehr vorsichtig, um sie nicht zu wecken. Trotzdem erwachte sie einmal in einer Kurve für ein paar Sekunden. Bevor sie wieder einschlief, lächelte sie mich an, aber sie erkannte mich nicht.
Sie war einmal so arm wie ich gewesen, dachte ich. Das half natürlich. Sie war so geldgierig und skrupellos wie ich. Das kam hinzu. Sie war vernünftig und ergab sich sogleich, wenn Wider-

stand sinnlos wurde. All das hatte ich gefühlt. Ich überlegte, daß ich auch nur zum Flughafen hinausgefahren war, weil ich es gefühlt hatte. Sonst wäre es mir doch gleich gewesen, was mit ihr geschah.

Im Marien-Krankenhaus kam Nina überhaupt nicht mehr richtig zu sich. Sie war am Rande eines völligen Zusammenbruches angelangt und sprach im Halbschlaf wirres Zeug, nannte mich Toni und rief nach Mila.

»Herr Holden, was ist geschehen?« wollte Oberin Angelika Meuren wissen – die nämliche, die von Zeit zu Zeit das seltsame Buch in der Hauskapelle signierte. Sie war rundlich, rosig und voller Güte.

Ich log also. »Die gnädige Frau rief mich an. Aus einem Espresso.«

»Wie kam sie dahin?«

»Sie wollte zu ihrem Mann, Oberin. Sorge und Angst um ihn trieben sie auf die Straßen. Dann überkam sie Schwäche, und sie konnte nicht weiter.«

»Ich habe natürlich schon zu Hause angerufen, Herr Holden.«

Das war unangenehm.

»Es meldete sich aber niemand.«

Das war angenehm.

»Mila! Hilf mir, Mila!« rief Nina, während man sie auf eine Bahre hob.

»Haben Sie Nachsicht mit ihr«, sagte ich. »Sie trägt ein schweres Schicksal. Der Gatte, den sie über alles liebt, sitzt unschuldig im Gefängnis.«

Darauf sah sie mich schweigend an, und ich befürchtete schon, zu weit gegangen zu sein. Es schien, als wäre Oberin Meuren wie viele andere der Ansicht, daß Julius Maria Brummer nur endlich erhalten hatte, was er schon lange verdiente.

Indessen wurde Nina in den ersten Stock hinaufgetragen, vorbei

an den Nischen mit den bunten Heiligen und den kleinen Blumentöpfen. Sie hatten eine graue Decke über sie gebreitet, nur eine Locke blonden Haares lugte unter ihr hervor.
Ich sah ihr nach. Ich ging sogar ein paar Schritte zur Seite, um ihr länger nachsehen zu können. Ich erblickte sie in ihrer großen Schönheit deutlich, obwohl die graue Decke sie ganz verbarg, ich verspürte den Duft ihres Parfüms, obwohl sie nicht mehr bei mir war, und ich dachte, wie gut es sich fügte, daß sie einmal in meiner Armut gelebt hatte. Dann bemerkte ich, daß der Blick der Oberin nachdenklich auf mir ruhte, und beeilte mich mit der Anfrage, ob ich wohl Nerzmantel und Schmuckkoffer im Tresor des Krankenhauses verwahren könnte. Das erwies sich als möglich. Den Schlüssel zum Schmuckkoffer behielt ich.
»Von nun an wird Tag und Nacht eine Schwester bei Frau Brummer wachen«, versprach die Oberin. Und mit einem Lächeln, das mir nicht gefiel, fügte sie hinzu: »Sie müssen sich keine Sorgen machen, Herr Holden.«
»Guten Abend«, antwortete ich, während ich überlegte:
Sieht man es mir bereits an?
Eilig verließ ich das Krankenhaus.
Daheim erfuhr ich, warum sich niemand am Telefon gemeldet hatte.
»Haben wir alle aufs Revier kommen müssen, Herr Holden, Mädeln, Diener und ich. Nix Besonderes. Noch einmal wegen dem Selbstmordversuch von meinem Ninale. Habe ich schon auf Sie gewartet. Waren Sie im Kino?«
»Ja.«
»So ist recht. Lenken sich bissel ab. Trauriger Film oder komischer Film?«
»Komischer«, sagte ich.
»Also meiner Seel, in so einer Zeit, da schau' ich mir am liebsten komische Stückeln an. Heinz Rühmann. Kennen S' ihn?«
»Ja.«

»Das ist mein Liebling. Und dann der mit der großen Nase. Fernandel, glaub' ich. Tut Ihnen der Kopf noch weh?«
»Nicht mehr. Können Sie morgen früh mit mir zu Ihrem Neffen fahren?«
»No natürlich. Schlüssel holen, gelt?«
»Um sieben? Ist das zu früh? Ich habe einen weiten Weg.«
»In Ordnung«, sagte sie, »um sieben. Heute wer'n wir alle ruhiger schlafen. Haben s' jetzt Gitter gemacht vor alle Fenster.«
Tatsächlich schlief ich tief und traumlos. Am Morgen holte ich den weißen Mercedes aus der Garage und fuhr mit Mila los. Der Himmel leuchtete tiefblau, kein Windhauch regte sich. Es war noch kühl. Der Rhein glänzte im Licht. Der alte Hund saß zwischen uns. Mila erzählte: »... is' er einziger Verwandter von mir, wo noch lebt. Sohn von meiner Schwester. Der Bub – Gott, ich sag' immer noch Bub, achtundzwanzig is' er schon –, der Bub wird Ihnen gefallen, Herr Holden. Is' er Reporter, wie man so sagt.«
»Aha.«
»Ja. In Lokalredaktion. Schreibt er ›Der Polizeibericht meldet‹ und Selbstmorde, alles, was Sie wollen. Hat er ein besonderes Radio laufen in seiner Wohnung, ich versteh' ja nichts davon, bin ich dummes Weib, aber alles hört er gleich, wenn wo was passiert in Düsseldorf – und mit'm Volkswagen fährt er hin und fotografiert und schreibt dafür. Da vorn is' es, Nummer vierzehn.«
Ich hielt vor einem Neubau. Die Straße war menschenleer. Schräg schien die Sonne durch die Bäume. Mila Blehova stieg aus. »Warten S' einen Moment, kommt er herunter, hat er gesagt.«
Ich sah ihr nach, wie sie schwerfällig zum Eingang schlurfte und klingelte. Im fünften Stock öffnete sich ein Fenster. Mit ihrer zitternden, hohen Altfrauenstimme rief sie hinauf: »Butzel?«
»Sofort«, antwortete eine Stimme.
Daraufhin trat Mila, gefolgt von dem alten Hund, den Rückweg

an. Sie blieb neben dem Wagen stehen. »Is' gleich da, Herr Holden.«
»*Wie* heißt er?«
Sie kicherte. »Peter Romberg. Aber wir haben ihn immer nur Butzel genannt.« Sie dehnte das u. »Solange ich denken kann, hat er Butzel geheißen.«
Gleich darauf trat der Lokalreporter Peter Romberg aus dem Haus und in mein Leben – und mit diesem Augenblick, so glaube ich heute, war alles unabwendbar geworden, was geschah und geschieht und noch geschehen wird. Am frühen Morgen des 28. August bereits hatte Julius Maria Brummer sein Leben verwirkt. Es ahnte nur noch niemand zu dieser Zeit.

Kapitel 11

Peter Romberg war mager und schüchtern und trug eine Hornbrille. Er besaß rotblondes Haar, das ihm vom Kopf abstand wie eine Bürste. Das Gesicht war von Sommersprossen übersät, die Nase groß. Er lachte. Wann immer ich Peter Romberg traf – er lachte immer. Nur zuletzt lachte er nicht mehr.
In grauen Flanellhosen und einem offenen grauen Hemd kam er zum Wagen und küßte seine Tante auf die Wange: »Entschuldige, ich habe dich nicht gleich erkannt!«
»Macht nix, Butzel. Das ist Herr Holden!«
»Hallo«, sagte ich.
»Hallo«, sagte er und gab mir die Hand. »Ich bin nämlich kurzsichtig. Fünf Dioptrien links, sechs rechts. Blind wie eine Eule.« Er hatte unregelmäßige Zähne, aber er sah nett aus, wenn er lachte. »Toi, toi, toi, seit meinem zwanzigsten Lebensjahr hält sich die Dioptrienzahl konstant.«
Mila kicherte: »Soll ich's ihm sagen, Butzel?«

»Sagen, was?« fragte ich.
»Ist er erst achtundzwanzig. Aber ist er schon verheiratet. Hat kleines Kind.«
»Nein!« Ich staunte ehrlich. »Wie alt?«
»Sechs Jahre, Mickey heißt sie.«
»Sie haben früh angefangen, Herr Romberg!«
»Ist ein guter Bub, Herr Holden. Hat er aber auch nette Frau! Kriegt er es mit mir zu tun, wenn er sich was anfängt mit einer anderen! Mit'm Nudelwalker komm' ich!«
»Mila!« sagte er geniert.
»Ach, Herr Holden, müssen Sie seine Frau kennenlernen, die Carla, und die Kleine, bin ich ja ganz verrückt mit der Mickey, so was Süßes ...« (Sießes sagte sie.)
»Herr Romberg, meine Hochachtung!«
»Danke.« Er lachte. »Hier ist der Schlüssel.«
Ich steckte ihn in die Tasche.
Er sagte einfach: »Wissen Sie, zuerst, da hielt ich Herrn Brummer für einen Schieber – wie wir alle. Aber wenn es einen Menschen auf der Welt gibt, dem ich vertraue, dann ist es die Mila. Und die Mila sagt mir seit Jahren, der Herr Brummer ist der beste und anständigste Mensch von der Welt!«
»Und sie hat recht«, sagte ich.
»Sie müssen uns wirklich einmal besuchen, Herr Holden.«
»Gerne, Herr Romberg!«
»Wir haben noch keine anständigen Teppiche, und die Küchenmöbel sind nur geborgt. Meine Frau wird sich vielleicht genieren, Sie wissen ja, wie Frauen sind, aber ich finde, die Wohnung ist auch schon jetzt prima, was, Mila?«
»Also prima, meiner Seel!«
»Und dann zeige ich Ihnen meine Fotos.«
»Ist es mein Neffe, aber ich kann sagen mit gutem Gewissen: Er hat wunderschöne Bilder, der Butzel!«
»Wissen Sie, Herr Holden, alle diese Blutverbrechen und den Polizeifunk – das mache ich, weil wir leben müssen. Einmal,

wenn ich unabhängiger bin, werde ich andere Sachen machen. Interessantere!«
»Was interessiert Sie, Herr Romberg?«
»*Tiere!*«
»Sie möchten Tiere fotografieren?«
»Und über sie schreiben!« Jetzt lachte er mich wieder an. »Ich finde Tiere viele Male interessanter als Menschen!«
»Sie müssen die Bildeln anschauen, Herr Holden«, sagte Mila Blehova. »Die von den Pelikanen sind die schönsten, die ich in meinem Leben gesehen habe! Einmal wird er berühmt werden damit, mein Butzel! Ach du lieber Gott, schon wieder das Aufstoßen!«

Kapitel 12

Julius Maria Brummer hatte seine Verteidigung einem Anwalt namens Zorn anvertraut. Er fuhr an diesem Morgen mit mir nach Braunschweig. Der Doktor Hilmar Zorn war ein winziges Männchen mit einem gewaltigen Gelehrtenkopf. Wenn er sich erregte oder wenn er müde war, geschah etwas mit seinen Augen. Die Pupillen schoben sich aus ihren Achsen. Dadurch entstand der Eindruck des Schielens. Hinzu gesellten sich leichte Sprachstörungen und ein unermüdliches Bedürfnis des Doktors, mit einem Finger in den Hemdkragen zu fahren und an diesem zu zerren. Er trug stets bunte Westen, auch bei heißem Wetter, einfarbige und karierte.
An diesem Morgen ließ er mich zunächst eine halbe Stunde lang im Schritt durch die stillen Straßen des Stadtteils Rungsfeld fahren. Erst als er absolut sicher sein konnte, daß uns niemand folgte, schickte er mich zur Autobahn hinaus. Er sagte: »In unserer Situation müssen wir bei allem, was wir unternehmen,

immer *absolut* sicher sein. Nur so können wir hoffen, Erfolg zu haben.« Er sprach mit großem sittlichem Ernst, man konnte, wenn man es nicht besser wußte, glauben, daß er sich anschickte, kreuzfahrergleich abendländische Kultur gegen kriegslüsterne Barbaren aus fernen Steppen zu verteidigen. Später begriff ich, daß diese Ernsthaftigkeit seine größte Stärke war. Sie wirkte suggestiv. Ein Mensch, den Zorn verteidigte, erschien sogleich im milderen Licht eines vielleicht doch unschuldig Verfolgten.

Auf der Autobahn herrschte enormer Verkehr. In beiden Richtungen waren die Betonbahnen zur Linken und zur Rechten der weißen Mittelstreifen besetzt. Mit einem Abstand von nur wenigen Metern rasten die Wagen nordwärts und südwärts. Wir fuhren alle eine einheitliche Geschwindigkeit von hundert Stundenkilometern, an Überholen war nicht zu denken.

Es wurde furchtbar heiß an diesem Tag. Zuletzt war es kühler im Wagen, wenn man die Fenster geschlossen hielt. Der Wagenstrom riß nicht ab. Schrill sangen erhitzte Pneus auf erhitztem Beton. Der Doktor Zorn saß reglos neben mir von 8 bis 11 Uhr 30. An diesem Tag trug er eine rote Weste mit sieben silbernen Knöpfen. Er öffnete nicht einen einzigen davon. Sein Hemd war weiß, die Krawatte silbern, der einreihige Anzug war grau. Ich fuhr im Hemd, mit hochgeschlagenen Manschetten und geöffnetem Kragen. Als die Uhr auf dem Armaturenbrett genau 11 Uhr 30 zeigte, begann Zorn zu sprechen. Er sagte: »Sie transpirieren.« Das mußte ich zugeben.

»Sehen Sie mich an«, sagte er. »Transpiriere ich? Nicht im geringsten. Und warum nicht? Weil ich nicht transpirieren *will*. Es ist eine Frage des Wollens. Wissen Sie, daß ich ohne Weste eher transpirieren würde? Warum? Die Weste hilft, Haltung bewahren. Haltung ist alles. Herr Holden, wir gehen schwierigen Zeiten entgegen«, erklärte er mir übergangslos.

»Pardon?«

»Bona causa triumphat – Sie verstehen?«

»So weit reicht's noch.«
»Gut. Aber immerhin. Wir werden viele Aufregungen erleben. Herr Brummer ist eine, hm, Person der Zeitgeschichte, man kann es nicht anders nennen. Es geht um sehr viel Geld. Da kommen die Menschen auf die seltsamsten Ideen.«
»Wie darf ich das auffassen, Herr Doktor?«
»Ich könnte mir denken, Herr Holden, daß auch Sie bereits ein Opfer derartiger Ideen geworden sind. Ich könnte mir zum Beispiel vorstellen, daß Sie unter der Vorstellung leben, ich wollte die Dokumente in Braunschweig nur fotografieren und die Originale im Safe zurücklassen.«
»Das ist die Vorstellung, unter der ich lebe«, sagte ich. »Sie fotografieren, die Dokumente bleiben im Safe, und der Schlüssel bleibt bei mir.«
Er seufzte tief, begann ein wenig zu schielen und sagte, an seiner Krawatte rückend: »Ich fotografiere, die Dokumente bleiben im Safe. Und Sie geben mir den Schlüssel dazu. Jetzt gleich.«
»O nein«, sagte ich.
»Tck, tck, tck«, machte er. »Dann sehe ich Sie allerdings wieder in Stadelheim.«
»Wo?«
»Wenn Sie freundlicherweise das Steuer des Wagens fester in den Händen hielten, Herr Holden. Bei dieser Geschwindigkeit kann so leicht ein Unglück geschehen. Ich sagte Stadelheim, und ich meinte die bayrische Strafanstalt, die sich dort befindet. Ohne Zweifel ist Ihnen die Lokalität geläufig. Sie haben sich immerhin neun Jahre daselbst aufgehalten.«
Ich öffnete das Fenster an meiner Seite ein wenig und atmete tief, denn ich fühlte, wie mir übel wurde.
»Schließen Sie bitte das Fenster, Herr Holden, ich vertrage keine Zugluft.«
»Es kann keine Zugluft geben, wenn nur ein Fenster geöffnet ist«, sagte ich störrisch. Aber ich schloß das Fenster wieder.
Der kleine Anwalt zog ein Blatt Papier aus der Tasche und setzte

schulmeisterlich eine Brille auf: »Herr Holden, es ist doch klar, daß wir uns, wenn es um so viel wie bei dieser Causa geht, über die Beteiligungen erkundigen, nicht wahr. Sie erklärten Herrn Brummer seinerzeit, Sie hätten in München ein Stoffgeschäft geführt.«
»Das habe ich auch«, log ich.
»Sie haben ihm weiter erklärt, Sie wären im Zusammenhang mit dem betrügerischen Bankrott dieses Geschäftes zu einer Zuchthausstrafe verurteilt worden.«
»Ich bin auch zu einer Zuchthausstrafe verurteilt worden.«
»Aber nicht wegen betrügerischen Bankrotts, Herr Holden.« Er bekam jetzt die gewissen Sprachstörungen. Er sagte: »Ich bitte Sie zum le-letztenmal, behutsamer zu fahren. Nach Auskunft der Staatsanwaltschaft München verurteilte Sie ein Schwurgericht am 13. April 1947 zu zwölf Jahren Zuchthaus als Sühne für die Ermordung Ihrer Ehefrau Margit.« (Er sagte: »Ma-Margit«.) »Das Gericht billigte Ihnen bei seinem Urteil mildernde Umstände zu. Sie waren immerhin fünf Jahre Soldat und zwei Jahre in Gefangenschaft. Als Sie am – hm – 1. September 1946 nach Hause kamen, fanden Sie Ihre Ehefrau –«
»Hören Sie auf!«
»– in einer unmißverständlichen Situation mit dem Schriftenzeichner Leopold Hauk –«
»Sie sollen aufhören!«
»– und schlugen darauf in einer solchen Weise mit einem herausgebrochenen Stuhlbein auf Ihre Ehefrau Margit Holden, eine geborene Reniewicz, ein, daß die Genannte ihren Verletzungen noch im Laufe der Nacht er-erlag.«
Ich schwieg und hielt beide Hände fest am Steuer, denn ich hatte tatsächlich einige Mühe, den Wagen ruhig zu halten. Ein Lied aus der »Dreigroschenoper« fiel mir ein: »Ja, mach nur einen Plan, sei nur ein großes Licht, und mach noch einen zweiten Plan, gehn tun sie beide nicht.«
Der Anwalt sprach, seinen Zettel konsultierend: »Die Sympa-

thien der Geschworenen waren auf Ihrer Seite, Herr Holden. Sie gaben verschiedentlich an, Ihre Frau sehr geliebt zu haben. So etwas macht immer einen guten Ein-Eindruck.«
Eine blauweiße Tafel flog vorbei. Sie teilte mit, daß wir von der Grenzgemarkung der Stadt Braunschweig noch 1500 Meter entfernt waren. Der Anwalt sprach: »Sie waren ein ordentlicher Gefangener, wie mir die Gefängnisverwal-waltung mitteilt. Darum wurden Sie am 11. Jänner 1956 wegen guter Führung auch in Freiheit-heit gesetzt. Sie wissen, daß Sie die gesamte Reststrafe absitzen müssen, wenn Sie sich eine neuerliche Verfehlung im Sinne des deutschen Strafgesetzbuches zuschulden kommen lassen.« Der Doktor zerrte an seinem Kragen.
Mir rann der Schweiß von den Haarwurzeln über die Stirn, geriet in die Augenbrauen und tropfte auf die Wangen. Er lief mir in den Mund und schmeckte bitter.
»Sie haben in West-Berlin bereits verschiedene ungesetzliche Handlungen begangen«, sagte Zorn. »Ich könnte mir vorstellen, daß auch das Zurückhalten von fremdem Eigentum einen sehr schlechten Eindruck auf einen Revisionsrichter machte. Ich sehe Sie vor meinem geistigen Auge überhaupt bereits wieder in Ihrer kleinen Zelle.«
»Was wollen Sie?«
»Den Schlüssel, Herr Holden.«
Ja, mach nur einen Plan ...
»Und wenn ich Ihnen den Schlüssel gebe, was geschieht dann?«
»Ich weiß noch nicht, was dann geschieht, Herr Holden. Ich weiß nur, was geschieht, wenn Sie ihn mir *nicht* geben.«
... sei nur ein großes Licht ...
»Da vorne, neben der Tankstelle bei der Ausfahrt ist ein Parkplatz. Dort werden Sie halten.«
... und mach noch einen zweiten Plan ...
»Andernfalls ich gezwungen wäre, sofort Strafanzeige wegen Untreue, Erpressung und Nötigung gegen Sie zu erstatten.«

... gehn tun sie beide nicht.

Ich lenkte den Wagen auf den Parkplatz vor der Tankstelle. Hier blühten blaue, weiße und rote Blumen. Es lagen Papiere, Zeitungen und Orangenschalen herum. Als ich hielt, lag vor den Vorderrädern eine Ausgabe der »Westdeutschen Allgemeinen«. Die Schlagzeile lautete: »*Bundesrepublik erreicht internationale Exportspitze 1956*«.

»Den Schlüssel«, sagte Zorn und fuhr sich mit dem rechten Zeigefinger in den Hemdkragen.

Ich gab ihn ihm, und meine Hand war feucht, und seine Hand war trocken. Er steckte den Schlüssel ein und sagte: »Denken Sie nicht, daß es mir unmöglich wäre, mich an Ihre Stelle zu versetzen. Sie müssen allerhand mitgemacht haben.«

»Waren Sie in Rußland?« fragte ich.

»Ich war in Stalingrad. Sie können jetzt weiterfahren«, sagte er und rückte an seiner Krawatte. »In einer halben Stunde sind wir in Braunschweig.« Er steckte den Safeschlüssel in die kleine Tasche der Weste, und seine Bewegungen erschienen mir bei dieser Tätigkeit graziös und schnell.

»Es ist für mich schrecklich zu sehen, wie Sie transpirieren, Herr Holden.«

Gehn tun sie beide nicht.

Kapitel 13

Danach existierte ich nicht mehr für den kleinen Anwalt.

Er sah wieder starr geradeaus, die Hände auf den Knien, aufrecht und würdevoll. Ich fuhr sehr langsam, denn mir war noch immer sehr übel. Ich atmete tief, und nach ein paar Minuten wurde mir besser, aber ich war unfähig, auch nur einen einzigen vernünftigen Gedanken zu fassen, so sehr hielt mich die Furcht gepackt. Aus, aus, aus, pochte der Motor des schweren Wagens, und aus, aus, aus, hämmerte das Blut in meinen Schläfen.

»Ich möchte Sie ersuchen, etwas schneller zu fahren, Herr Holden«, sprach der kleine Mann neben mir. »Ich habe mindestens zwei Stunden in der Bank zu tun.«

Ich war stärker. Ich konnte ihn niederschlagen. Den Tresorschlüssel nehmen. Zorn aus dem Wagen werfen. Zur Bank fahren. Ja, und? Es gab Telefone, er würde schneller sein. Es sei denn, ich schlug ihn tot. Um Gottes willen, welch ein Wahnsinn, welch ein Wahnsinn ...

Ich fuhr schneller.

»Dies war einmal eine kultivierte Stadt«, sagte der kleine Doktor. »Zu 72 Prozent durch Luftangriffe zerstört. Alles verbrannt und in Trümmern, die schönsten Fachwerkhäuser, die lieblichsten Palais. Während ich in der Bank arbeite, würde ich einen Besuch des Domes empfehlen. Er stammt aus dem zwölften Jahrhundert. Heinrich der Löwe liegt dort begraben.«

Tatsächlich fuhr ich zum Dom, nachdem ich Zorn bei der Bank abgesetzt hatte, betrachtete die gotischen Heiligen und stand lange vor dem großen Steinlöwen, unter welchem ein Mann namens Heinrich lag.

Ich war vierzig Jahre alt. Wenn Brummer gegen mich eine Anzeige wegen versuchter Erpressung erstattete, kam ich noch einmal Jahre hinter Gitter.

Ich setzte mich auf den Sockel des Grabmals, denn mir wurde wieder übel. Ich dachte an meine tote Frau Margit, die ich geliebt und die mich betrogen hatte. Jetzt war sie tot, und ich liebte sie nicht mehr. Schon lange nicht mehr.

Ein Kirchendiener ging vorüber und sagte: »Sie können hier nicht sitzen.«

Also stand ich wieder auf.

Lieber Gott, hilf, mach, daß –

– aber ich hörte mitten im Beten auf, denn ich war mir plötzlich selber widerlich dafür. Ich hatte etwas versucht, und es war mißglückt. Brummer mußte mir von Anbeginn mißtraut und seinen Anwälten schon *vor* der Fahrt nach Berlin den Auftrag gegeben haben, sich für meine Vergangenheit zu interessieren. Vergangenheiten waren seine Spezialität, daran hätte ich denken müssen.

Es wäre auch zu einfach gewesen, viel zu einfach. Er besaß zuviel Macht und zuviel Geld. Ich besaß nichts. Es konnte nicht gutgehen. Und wenn ich versuchte, ins Ausland zu kommen? Ich hatte den Wagen, ich hatte einen Paß ...

Nein, unmöglich.

Wenn ich Zorn nicht pünktlich abholte, war überhaupt alles aus. So hatte ich noch immer die kleine Chance, daß Brummer *keine* Anzeige erstattete. Wenn ich ihn um Verzeihung bat. Und mich recht unterwürfig zeigte. Es war mir klar, daß ich mich unterwürfig zeigen mußte. Dann konnte ich noch eine kleine Chance haben. Komisch, daß der Mensch immer noch an eine kleine Chance glaubt ...

Und Nina?

Nein, ich konnte jetzt nicht auch noch an Nina denken! Ich hatte genug mit mir zu tun.

So sah das also aus, wenn ich einen Menschen liebte.

»Ziegel, mein Herr?« fragte eine dünne Stimme. Vor mir befand sich plötzlich eine alte Dame in einem schwarzen Kleid. Ihr Rücken war verkrümmt. Sie stand, auf einen Stock gestützt, in qualvoll verdrehter Weise da, der kleine, magere Körper beschrieb einen richtigen Halbkreis. Die alte Dame besaß ein runzeliges, blutleeres Gesicht, in welchem dunkle Augen glühten. Sie lächelte scheu. In der Linken hielt sie einen Pappkarton, darin lagen viele bunte Papiere. Die Dame versprach: »Der Allmächtige wird es Ihnen lohnen.«

»Was wird der Allmächtige mir lohnen?«

»Unser Domdach muß neu gedeckt werden«, erklärte sie geduldig. »Wir brauchen dazu viele Ziegel. Einer kostet fünfzig Pfennig. Darf ich Ihnen einen verkaufen, mein Herr?«

Ich gab ihr eine Mark.
»Welche Farbe?«
»Bitte?«
»In welcher Farbe wünschen Sie die beiden Ziegel? Es soll ein Dach mit verschiedenen Farben werden. Oder wollen Sie fünfzig Pfennig zurück?« Das kam ein wenig atemlos.
»Nein. Und die Farbe ist mir gleich.«
»Dann gebe ich Ihnen zwei braune.« Sie beleckte die Finger und suchte in der Schachtel. Dabei entglitt ihr der Krückstock. Ich hob ihn auf. Die alte Dame überreichte mir zwei braune Karten, auf denen ein Bild des Domes zu sehen war. Darunter bedankte sich ein Erzbischof für die Spende. »Gottlob, jetzt kann ich endlich nach Hause gehen.«
»Seit wann sind Sie denn hier?«
»Seit heute früh.« Die alte Dame erklärte: »Ich muß jeden Tag zehn Ziegel verkaufen. Mit diesen beiden sind es heute sogar elf.«
»Sie müssen? Wer zwingt sie?«
Die Dame senkte den gesenkten Kopf noch tiefer und flüsterte. »Ich habe ein Gelübde getan. Auf daß Gott mir eine Sünde vergeben möge.« Damit schlurfte sie davon. Rücken verkrümmt, Kopf schief, lächelnd und freundlich. Das Mädchen in Düsseldorf von den Zeugen Jehovas hatte auch so gelächelt.
Ob die alte Dame wohl schwer gesündigt hatte? Was konnte ein alter Mensch überhaupt noch für Sünden begehen? Aber vielleicht hatte sie die Sünde in ihrer Jugend begangen. Und nun verkaufte sie Ziegel, zum Ruhme des Herrn und zur Zufriedenheit eines Erzbischofs. Den ganzen Vormittag war mir heiß gewesen. Nun fror mich. Also trat ich wieder in den Sonnenschein hinaus. Die Stadt glühte. Der Staub blendete im Licht wie Schnee, und alle Dinge hatten harte, scharfe Umrisse. Ich fuhr zur Bank zurück.
Zorn wartete schon. Zierlich und korrekt stand er am Straßen-

rand, die Aktentasche in der Hand. Ich hielt, und er stieg ein und sagte vorwurfsvoll: »Sechs Minuten zu spät.«
»Ich habe den Weg nicht gleich gefunden.«
»In weiteren vier Minuten wäre ich zur Polizei gegangen«, erklärte er. Ich schwieg.
»Ich habe übrigens ein zweites Safe gemietet. In diesem liegt der Schlüssel des ersten. Den Schlüssel des zweiten habe ich beim Direktor der Bank deponiert. Das ist ein Bekannter von mir. Ich sage Ihnen das, damit Sie unterwegs nicht auf dumme Ideen kommen.«
Über der Autobahn kochte die Luft. Hundert Kilometer lang sprach der kleine Mann kein Wort, aber ich bemerkte, daß er mich immer wieder aufmerksam von der Seite betrachtete. Zuletzt fragte ich: »Warum sehen Sie mich an?«
»Interesse«, sagte er. »Ich studiere Typen. Sie sind kein Erpressertyp.«
»Nein?« fragte ich hoffnungsvoll.
»Nein«, sagte er, »viel eher der Typ des Mörders.« Und danach schwieg er, bis wir in Düsseldorf waren. »Sie werden von mir hören«, sagte er, als ich ihn vor seiner Kanzlei aussteigen ließ. Ich war sehr müde und fuhr sofort nach Hause. Mila Blehova berichtete. »Mein Ninale hat angerufen. Sie möcht' Sie sprechen, Herr Holden.«
»Morgen«, sagte ich, »morgen.«
»Haben S' Hunger?«
»Mir ist nicht gut. Gibt es wohl ein Schlafmittel im Haus?« Sie brachte mir ein Präparat, und ich las, daß man ein bis zwei Pillen beim Zubettgehen nehmen sollte. Ich nahm vier, aber sie wirkten nicht, und ich lag schlaflos und lauschte den Fröschen, die am See quakten. Ich sah den Himmel bleifarben werden, dann hellgrau, dann rosenrot und zuletzt golden. Mein Kopf schmerzte, und ich fürchtete mich sehr.
Dann stieg die Sonne über den Bäumen empor, und die Frösche verstummten. Es kamen Stimmen von der Straße, Geräusche

von Fahrradklingeln und Automobilen, und das ferne Brausen der erwachenden Stadt. Um acht Uhr läutete das Haustelefon in meinem Zimmer. Mila meldete sich: »Herr Holden, grad hat einer angerufen aus'm Gefängnis. Der gnä' Herr muß Sie unbedingt sprechen. Hat er eine Erlaubnis gekriegt, daß Sie ihn besuchen dürfen heute vormittag, aber es muß bis elf sein. Sollen gleich kommen.«
Ich dachte, wie gut es manche Menschen hatten. Zum Beispiel alte, verkrüppelte Damen, die nach dem Begehen einer schweren Sünde ein Gelübde ablegten und so nichts mehr zu fürchten hatten von Gott und den Menschen, nein, nichts zu fürchten.

Kapitel 14

Der Raum war groß. Er lag im vierten Stockwerk des Untersuchungsgefängnisses, und seine vergitterten Fenster ließen sich nicht öffnen. Darum war es sehr heiß im Raum. Zwei feinmaschige Drahtgitter, die vom Fußboden bis zur Decke reichten, teilten ihn. Die Drahtwände standen in einigem Abstand parallel zueinander. Zu beiden Seiten der Gitter gab es Tische und Sessel. Zwischen den Gittern gab es nichts.
Ich saß unter einem geschlossenen Fenster und wartete und schwitzte. Die Kopfschmerzen waren noch ärger geworden. Nach zehn Minuten öffnete sich in der anderen Hälfte des Raumes eine Tür, und ein Beamter in einer schwarzen Uniform erschien. Er hinkte. »Bitte, Herr Brummer.«
Ich stand auf.
Julius Maria Brummer trat in die andere Hälfte des Raumes. Er trug ein weißes Hemd und eine blaue Hose. Die Schuhe besaßen keine Senkel, und der Hemdkragen stand offen. Brummer trug

keine Krawatte. Ich erschrak über sein Aussehen. Das runde Gesicht war leichenblaß, unter den in Fett gebetteten wäßrigen Augen lagen violette Schatten. Von Zeit zu Zeit hob Brummer die linke Schulter gegen die linke Kopfseite und vollführte mit der Schulter sodann eine waagerecht kreisende Bewegung, bevor er sie wieder sinken ließ. Es sah aus, als wollte er sich mit der Schulter hinter dem Ohr kratzen.
»Herr Brummer, die Sprechzeit beträgt zehn Minuten«, sagte der hinkende Justizbeamte. Er setzte sich. Brummer trat an sein Maschengitter und sah mich an. Ich trat an mein Maschengitter und sah ihn an.
»Sehen Sie mich an, Holden«, sagte Julius Maria Brummer. Ich zwang mich dazu. Ich sah in diese winzigen, tückisch-sentimentalen Augen eines Haifisches, sah den blaßblonden Schnurrbart, die leichengrauen Hamsterbacken, die niedere Stirn, den weichen Mund mit dem Mäusegebiß. Er hielt sich an seinem Gitter fest, und in dem teigigen Gesicht zuckte es. Aber er sagte nichts, kein einziges Wort.
»Zehn Minuten, Herr Brummer«, erinnerte der Beamte.
»Holden«, sagte Brummer. Seine Stimme kam flüsternd, fast unhörbar durch die Gitter. »Mein Anwalt war hier. Gestern abend noch. Er hat mir alles erzählt.«
»Herr Brummer«, begann ich, »bevor Sie weitersprechen, erlauben Sie, daß ich –«
»Wir haben nur zehn Minuten«, unterbrach er mich. »Für das, was Sie getan haben, gibt es keine Worte –«
»Herr Brummer, Herr Brummer –«
»– Sie kannten mich vor ein paar Tagen überhaupt noch nicht. Sie wußten nichts von mir. Sie hatten keinen Grund, meine Interessen wahrzunehmen. Und doch«, sagte Brummer und hob jetzt die Stimme, »und doch taten Sie das. Und halfen mir, Sie wissen, wie. Und ließen sich zusammenschlagen. Drehen Sie sich nicht um, ich will Sie ansehen können, während ich spreche. Das Schicksal prüft mich hart im Augenblick, da er-

schüttert und beglückt es mich besonders, einen Freund da zu finden, wo ich keinen Freund vermuten konnte.«

Also sah ich ihn weiter an, und während der Kopfschmerz Julius Maria Brummers Bild vor meinen Augen flackern ließ, hörte ich ihn sagen: »Sie haben meinen Besitz beschützt und genial in Sicherheit gebracht. Sie haben alles sogleich freiwillig meinem Anwalt übergeben. Wissen Sie, was mich am meisten erschüttert hat, Holden? Was Sie sagten, als Sie ihm den bewußten Schlüssel gaben.«

»Ich kann mich nicht daran erinnern.«

»›Möge es Herrn Brummer helfen‹, sagten Sie. ›Das ist alles, was ich wünsche.‹ Niemals, hören Sie, Holden *niemals* werde ich das vergessen. Ich kann Ihnen nicht die Hand geben, denn ich bin noch ein Gefangener. Aber fahren Sie gleich zu meinem Anwalt. Er erwartet Sie. Ich bitte Sie, im Sinne der aufrichtigen Freundschaft, die ich für Sie empfinde, anzunehmen, was er Ihnen geben wird. Holden, Sie sind ein anständiger Mensch.«

»Herr Brummer«, sagte ich, »was ich getan habe, hätte jeder andere auch getan.«

Er schüttelte den schweren Schädel, und ein Hauch von Pfefferminz wehte durch die Gitter, als er ausrief: »Keiner hätte es getan. Ich selber nicht! Was denn? Ich konnte nicht mehr schlafen, seit ich Sie verlassen habe, weil ich davon überzeugt war, daß Sie ... daß Sie etwas anderes tun würden, Sie wissen, was ich meine. Gestern war der glücklichste Tag meines Lebens, Holden. Er hat mir das Vertrauen in die Menschen wiedergegeben.«

»Noch drei Minuten«, sagte der Beamte.

»Holden, ich vertraue Ihnen hiermit das Liebste an, das ich auf dieser Welt besitze, meine Frau.«

»Aber –«

»Wem könnte ich sie anvertrauen, der würdiger wäre, sie zu beschützen, Holden«, sprach Julius Maria Brummer bewegt.

»Morgen wird sie aus dem Krankenhaus entlassen. Sie werden sie von da an begleiten auf Schritt und Tritt. Sie werden sie niemals allein ausgehen lassen. Sie haben am eigenen Leib erlebt, wozu meine Gegner fähig sind. Holden, ich betrachte Sie als meinen ersten Vertrauten.«
»Noch eine Minute.«
»Ich bin fertig, es ist alles gesagt.« Brummer verneigte sich tief. »Ich verneige mich vor Ihnen, Holden. Ich verneige mich in Dankbarkeit.«
»Die Zeit ist um«, sagte der Wärter.
»Wollen Sie meiner Frau sagen, daß ich sie liebe?«
»Jawohl, Herr Brummer, ich will Ihrer Frau gerne sagen, daß Sie sie lieben.«
»Und daß alles gut wird.«
»Und daß alles gut wird.«
»Und grüßen Sie die Mila. Sie soll meinem armen Puppele ein feines Stück Fleisch kaufen.« Er nickte mir zu und verließ den Raum. Ich setzte mich und wartete eine Weile darauf, daß mir besser würde. Dann ging auch ich, aber sehr langsam und vorsichtig, denn der Fußboden unter mir schwankte und rollte, und die Wände um mich rollten und schwankten, und in der Luft flimmerten kleine Punkte.
Ein feines Stück Fleisch.
Für sein armes Puppele.

Kapitel 15

»Sie haben Herrn Brummer nicht die Wahrheit gesagt!«
»Sind Sie gekommen, um mir dafür Vorwürfe zu machen?« fragte Doktor Zorn. Heute trug er eine grüne Weste zu einem hellbraunen Anzug. Er saß hinter seinem Schreibtisch, rauchte

eine Zigarre. Die Fenster waren auch hier geschlossen. Blauer Rauch erfüllte das Zimmer mit dichten Schwaden.
»Warum haben Sie mich geschützt?«
»Darauf möchte ich Ihnen keine Antwort geben«, sagte er. Seine Krawatte an diesem Tag war etwas zu bunt, sie trug ein auffallendes Schottenmuster.
»Sie haben doch in Herrn Brummers Auftrag Nachforschungen angestellt –«
»Ich tat es von mir aus. Herr Brummer weiß nichts vom Resultat der Recherche.«
»Sie haben ihm also auch nichts von meiner Vergangenheit erzählt?«
»Wäre das Ihren Intentionen entgegengekommen, Herr Holden? Nun also, warum regen Sie sich dann darüber auf?«
»Weil ich nicht begreife, warum Sie das alles tun!«
»Um Sie festzulegen und zu verpflichten«, sagte er still. »Außerdem könnte ich mir vorstellen, daß Sie einmal in der Lage wären, auch mir einen – hm – Gefallen zu erweisen.« Er begann jetzt wieder an seinem Kragen zu zerren.
»Was für einen Gefallen?«
»Darauf möchte ich Ihnen keine Antwort geben«, sagte er zum zweitenmal. Er sah auf die Uhr. »Es tut mir leid, aber draußen wartet der nächste Mandant. Wollen Sie das hier bitte unterschreiben.«
»Unterschreiben?«
»Eine Empfangsbestätigung. Über dreißigtausend Mark. Aus begreiflichen Gründen möchte Herr Brummer Ihnen keinen Scheck geben. Unterschreiben Sie, damit ich Ihnen das Bargeld auszahlen kann.«
Ich unterschrieb.
Zorn nahm die Quittung, sah sie genau an und öffnete danach die Schreibtischlade. »Es macht Ihnen hoffentlich nichts, wenn Sie alles in Fünfzigmarkscheinen bekommen.« Er zählte sechshundert violette Fünfzigmarkscheine der Bank Deutscher Län-

der vor mich auf die Schreibtischplatte. Von Zeit zu Zeit beleckte er die Finger. Er zählte die Scheine in kleine Haufen zu jeweils tausend Mark ab. »Sie dürfen dieses Geld auf kein Bankkonto einzahlen. Sie dürfen, solange Herr Brummer sich in Haft befindet, keine auffälligen Käufe tätigen. Sie versprechen, Ihren bisherigen Lebensstil in jeder Weise beizubehalten.« Er schob mir einen Bogen Papier über den Tisch. »Das versichern Sie mir schriftlich.«
Ich versicherte es schriftlich, indem ich die vorbereitete Erklärung unterzeichnete.
»Es werden in den nächsten Tagen verschiedene Menschen an Sie herantreten, die Sie nicht kennen«, sagte der kleine Anwalt mit der weißen Haarmähne. »Jeden einzelnen Annäherungsversuch werden sie mir sofort me-melden. Sie erhalten dann weitere Weisungen. Und nun entschuldigen Sie mich.« Er stand auf und gab mir eine kühle, trockene Hand. »Haben Sie sich übrigens in Braunschweig den Do-Dom angesehen?«

Kapitel 16

Der Sonnenschein schlug mir auf den Kopf wie ein Hammer, als ich ins Freie trat. Das Licht stach mir in die Augen. Dieser Sommer begann unmenschlich zu werden, die Tage wurden immer noch heißer. Ich zog meine Jacke aus und ging an einem Autogeschäft, einem Juwelierladen und einem Herrenschneider vorbei und dachte, daß ich mir jetzt jedes Auto kaufen konnte, das ich wollte, die feinsten Uhren, die besten Anzüge. Das hieß, ich konnte es, aber ich durfte nicht. Ich hatte versprochen, meinen bisherigen Lebensstil beizubehalten. Das war eine seltsame Situation. Meinem bisherigen Lebensstil gemäß setzte ich mich in die schattige Ecke eines kleinen Trottoir-Espressos und bestellte ein Glas Limonade mit viel Eis darin. Es standen sechs kleine Tischchen mit zwölf bunten Stühlen auf dem Gehsteig, aber ich war der einzige Gast. Ich holte die Banknoten hervor und sah sie an. Zuerst sah ich das Bündel an und danach einzelne Scheine.

Das also war der Lohn der Angst, dafür erhalten, daß ich versucht hatte, jemanden zu erpressen, und dafür, daß Doktor Zorn Herrn Brummer belogen hatte. Dafür besaß ich jetzt dreißigtausend Mark. Wenn ich meine Erpressung nicht versucht hätte, wäre ich arm geblieben. Ich wäre auch arm geblieben, wenn Herr Zorn Herrn Brummer die Wahrheit gesagt hätte. Es mußten demnach zwei unmoralische Handlungen zusammenkommen, damit ich Geld erhielt, eine allein hätte nicht ausgereicht. Ich begann zu ahnen, wie Vermögen erworben wurden.

Der Kellner erschien mit meiner Limonade, und ich steckte die Scheine ein und trank vorsichtig, in kleinen Schlucken, denn ich wollte mir nicht den Magen erkälten und krank werden mit soviel Geld in der Tasche, mit soviel Geld.

Die Eisstückchen klirrten im Glas, das sich an der Außenseite mit winzigen Tröpfchen beschlug. Limonade ist mein Lieblingsgetränk. Als ich ein kleiner Junge war, bereitete meine Mutter im Sommer immer große Krüge voll, die wurden in den Keller gestellt, denn wir hatten keinen Kühlschrank.

Ich hielt das Glas in einer Hand, die andere Hand lag auf meiner Jacke, dort, wo die Scheine steckten, und ich dachte an meine Mutter und an einen vergangenen Sommertag, der heiß gewesen war wie dieser heute. Damals kam der Gerichtsvollzieher, um bei uns zu pfänden ...

Ich spielte im Garten, als er kam, und ich sah, daß er ganz blaß war. Er litt furchtbar unter der Hitze. Herr Kohlscheit war ein alter Mann in einem glänzenden schwarzen Anzug. Er trug stets eine defekte Aktentasche, wenn er zu uns kam, und er kam häufig.

Meine Mutter empfing ihn und war sogleich von großer Herz-

lichkeit. »Mein Gott, Herr Kohlscheit, was tun Sie mir leid, der weite Weg zu uns heraus, bei diesem Wetter, nein, das ist arg!«
»Das Herz«, sagte Herr Kohlscheit, »es ist das Herz, wissen Sie. Und dann der Ärger. Was glauben Sie, was ich heute schon erlebt habe? So ein Mensch ist auf mich losgegangen mit den Fäusten.«
»Du liebes bißchen«, sagte meine Mutter.
»Die Aufregungen, Frau Holden. Man ist nicht mehr der Jüngste.«
»Weiß Gott«, sagte meine Mutter. »Setzen Sie sich doch ein wenig auf die Terrasse, da ist es schattig. Und trinken Sie ein Glas Limonade.«
»Ich danke, nein –«
»Eiskalt, aus reinen Zitronen, Herr Kohlscheit! *Natürlich* trinken Sie ein Glas. Robert, Liebling, lauf und hol den Krug herauf!«
»Sofort, Mami! Sagen Sie doch, Herr Kohlscheit, was geschah, als der Mann mit den Fäusten auf Sie losging?«
»Ach, es ist immer dasselbe, weißt du, immer dasselbe. Polizei und Gebrüll und abgeführt haben sie ihn, und seine Frau, das arme Luder, hat mich verflucht und mir nachgeschrien, ich soll Brustkrebs kriegen und verrecken daran, aber langsam! Wie finden Sie denn das, Frau Holden? *Ich* kann doch nichts dafür! Mich schickt das Finanzamt los und sagt: Geh pfänden. Und die Leute glauben, es macht mir Spaß!«
»Mir würde es Spaß machen«, sagte ich. »Mami, wenn ich groß bin, werde ich Gerichtsvollzieher. Das ist ein aufregender Beruf.«
»Du bist ein Kind und verstehst das nicht. Rede nicht immer dazwischen, wenn Erwachsene sprechen! Hol den Krug.«
Ich lief in den Keller und kehrte mit der Limonade zurück, und Herr Kohlscheit trank durstig und sagte: »Es ist nicht die Limonade, für die ich danke, Frau Holden, es ist Ihre Güte. Sie haben ein Herz. Und jetzt an die Arbeit.« Damit klebte er, mehrmals seufzend, eine Pfändungsmarke auf das einzige wertvolle Mö-

belstück, das wir noch besaßen, einen großen Schrank aus der Zeit der Kaiserin Maria Theresia. Dazu sagte er: »Wenn ich es schon tun muß, gebe ich Ihnen wenigstens einen guten Rat: Zahlen Sie ab und zu ein paar Mark. Ganz wenig. Dann holen wir den Schrank *nie* ab! Denn, unter uns, wir ersticken an Möbeln. Die Depots sind übervoll. Wir werden die Sachen nicht mehr los!«
»Das ist ein guter Rat«, sagte meine Mutter.
Herr Kohlscheit küßte ihr zum Abschied die Hand. »Und nichts für ungut.«
»Aber ich bitte Sie«, sagte meine Mutter. Noch auf der Straße drehte der alte Mann sich immer wieder um und winkte, und wir winkten gleichfalls, und meine Mutter sagte: »Schau doch, einen zerrissenen Strumpf trägt er. Sicherlich hat er selber Schulden.«
»Wenn ein Gerichtsvollzieher Schulden hat und kann sie nicht bezahlen, muß er dann bei sich selber pfänden, Mami?« fragte ich damals, und heute, so viele Jahre später, erinnerte ich mich daran, ein Glas Limonade in der einen Hand, die andere Hand auf meiner Jacke, dort, wo dreißigtausend Mark steckten.
Dreißigtausend Mark, du lieber Gott!
Ich trank das Glas leer und bezahlte und ging in die Blumenhandlung nebenan. Hier bestellte ich dreißig rote Rosen. »Bitte schicken Sie die Blumen sofort an Frau Nina Brummer. Sie ist Patientin im Marien-Krankenhaus.«
»Wollen Sie ein paar Zeilen dazuschreiben, mein Herr?«
»Nein.«
»Wen dürfen wir als Absender nennen?«
»Niemanden. Schicken Sie die Blumen, wie sie sind«, sagte ich. Nina.
Jetzt konnte ich wieder an sie denken, jetzt war ich wieder in Sicherheit. Das hatte nichts mit meiner Liebe zu tun, entschied ich, während ich durch die Hitze zum Wagen zurückging. In meiner gestrigen Lage hätte jeder nur an sich gedacht.

Oder *doch* nicht?

Ich setzte mich auf das heiße Lederpolster und startete den Wagen. Ich dachte dauernd an Nina. Ich wurde traurig dabei, so fröhlich ich eben noch gewesen war.

Nina.

Nein, wahrscheinlich war es doch nicht Liebe. Keine gute Liebe jedenfalls. Sonst *hätte* ich gestern an sie gedacht, an sie *zuerst*. Ich wollte wahrscheinlich doch nur mit ihr schlafen.

Aber warum empfand ich dann dieses Schuldgefühl? Warum wurde ich traurig, wenn ich an Nina dachte? Warum war mir nicht alles egal, und ich versuchte nur, sie möglichst schnell herumzukriegen?

Ach, Nina.

Ich mußte versuchen, die Fahrt nach Braunschweig zu vergessen. Auf keinen Fall wollte ich Nina davon erzählen. Wenn sie davon hörte, bekam sie vielleicht Angst vor mir. Und ich wollte, daß sie mir vertraute. War das nicht Liebe, wenn man das Vertrauen eines anderen wollte?

Als ich beim Rotlicht einer Verkehrsampel hielt, trat ein Zeitungsverkäufer heran und reichte mir ein Mittagsblatt in den Wagen. Ich gab ihm zwei Groschen und las die Schlagzeile. Sie ging über vier Spalten und lautete:

Brummer erklärt: Ich bin völlig
unschuldig!

Ich starrte die Buchstaben an und dachte an Nina und an alles, was geschehen würde, und mir wurde wieder ein bißchen schwindlig.

Hinter mir hupten andere Autos. Das Licht der Ampel war auf Grün gesprungen. Ich fuhr weiter und überlegte, ob Nina wohl wissen würde, von wem die Rosen kamen, und plötzlich glaubte ich, ihr Parfum zu riechen, ja ihr Parfum, ganz deutlich.

Vielleicht war es doch Liebe.

Kapitel 17

Meine Schritte hallten, als ich in die Halle der Villa trat. Fenster und Vorhänge hatte man geschlossen, um die Hitze draußen zu halten, und so war es dunkel und kühl im Haus, es roch nach Bodenwachs. Auf dem Tisch vor dem Kamin lagen viele Briefe.
»Mila?«
Es kam keine Antwort.
Ich ging in die Küche. Sie war sauber aufgeräumt. Der Wasserhahn tropfte. In der Stille klang das Geräusch sehr laut.
»Mila!«
Ein dünnes Jaulen erklang. Die zweite, angelehnte Tür der Küche, die zu Milas Zimmer führte, wurde aufgestoßen. Der alte Boxer kam herein. Halbblind und hilflos, stieß er wie stets gegen den Herd, winselte traurig und rieb seinen mißgestalteten Körper an meiner Hose.
»Kommen S' herein, Herr Holden!« hörte ich Mila rufen. »Hab' mich nur ein bissel hinlegen müssen.« Ich hatte ihr Zimmer noch nie gesehen. Es war klein und besaß ein Fenster zum Park hinaus. Davor stand ein Schaukelstuhl. Auf dem Tisch daneben standen Fotografien von Nina, große und kleine, mindestens ein Dutzend. Sie zeigten Nina als kleines Mädchen im kurzen Kleidchen, mit einer Schleife im Haar, Nina als Backfisch, Nina als junge Frau zu Pferd.
Die alte Köchin lag auf einem weißgestrichenen Eisenbett, über welchem ein Bild der Madonna hing. Ich erschrak, als ich Mila erblickte. Ihr Gesicht war grau und glänzte.
Die Lippen hatten sich bläulich verfärbt. Mila hielt beide Hände gegen den Leib gepreßt. Sie trug ein schwarzes Kleid, altmodische Schnürstiefel und eine weiße Schürze. Das Häubchen war verrutscht, doch es saß noch auf dem Haar.
»Um Gottes willen, Mila, was ist geschehen?«

»Gar nix, Herr Holden, regen S' sich nicht auf, gleich geht es vorüber, es ist meine Schilddrüse, das hab' ich manchmal.«
»Sie brauchen einen Arzt!«
»Aber woher! Hab' ich schon Tropfen genommen. Noch eine Stund, und ich bin wieder in Ordnung! Es ist überhaupt nur passiert, weil ich mich so furchtbar aufgeregt hab' vorhin.«
»Worüber?«
»Herr Holden, alle sind sie weg! Der Diener, die Mädeln, der Gärtner! Alle auf einmal, wir sind allein im Haus!«
Der Hund winselte.
»Und natürlich das Pupperl, das alte.«
»Was heißt weg? Weg wohin?«
»Einfach weg. Haben Sachen gepackt und sind verschwunden. Gärtner hat sie aufgehetzt. Daß alle anderen Dienstboten in der Gegend schon reden. Und daß es unmöglich ist, daß sie bleiben, wo der gnä' Herr sitzt.« Sie schluckte schwer, und der Schweiß lief ihr über ihr gütiges Altfrauengesicht. »War das eine Schreierei, Herr Holden! Bedroht hab' ich sie, daß wir sie verklagen werden, wenn sie gehen ohne Kündigungsfrist, aber gelacht haben sie nur. Ist ihnen egal! Sollen wir verklagen. Es wird ihnen nichts passieren, warum, der gnädige Herr ist selber verklagt als ein Schieber, ein riesengroßer. Da habe ich dann meine Zustände gekriegt, natürlich. Aber ich spür' schon, wie mir besser wird.«
Ich setzte mich in den Schaukelstuhl und sah die Fotografien an. Die alte Köchin betrachtete mich gespannt: »Aber *Sie* werden nicht gehen, Herr Holden!«
»Nein«, sagte ich.
Und sah die Fotografien an.
»Das hab' ich gewußt, Sie halten zum gnädigen Herrn.«
»Ja«, sagte ich.
Und sah die Fotografien an.
»Morgen kommt mein Ninale. Fein kochen werd' ich für uns drei. Gemütlich werden wir es uns machen. Und bis daß

der gnädige Herr freigesprochen wird, nehmen wir uns nur eine Zugehfrau. Das ist alles, was wir brauchen, gelt, Puppele?«

Der alte Boxer winselte.

»Freuen sich auch, daß die gnä' Frau nach Haus kommt, Herr Holden?«

Ich nickte und blickte schnell in den Garten hinaus, denn ich konnte die Fotografien nicht mehr sehen. Ein reifer gelber Apfel fiel gerade von einem alten Baum. Ich sah ihn fallen und bergab rollen, dem glitzernden See entgegen.

Kapitel 18

»Ich danke Ihnen für die Rosen«, sagte Nina Brummer. Sie saß auf dem Bett des Krankenzimmers. Ein Hausdiener brachte gerade ihr Gepäck zum Wagen hinunter. Wir waren allein. Nina trug an diesem Morgen ein weißes Leinenkleid, auf welches, ohne Zweifel mit der Hand, phantastische Blumen in den Farben Blau, Rot, Gelb und Grün gemalt waren. Nina war sehr blaß und sehr schön. Sie sprach, wie sie mich ansah – freundlich und besorgt.

»Woher«, erwiderte ich, vor ihr stehend, meine Chauffeurmütze in der Hand, »wußten Sie, daß die Rosen von mir waren?«

»Weil kein Brief bei ihnen lag, kein Absender, nichts.« Sie sah zu den Blumen, die in einer Vase beim Fenster standen. »Herr Holden, ich muß etwas klarstellen, bevor wir heimfahren. Es fällt mir schwer, die richtigen Worte zu finden, denn ich möchte Sie nicht verletzen. Sie waren um mich besorgt. Sie haben mir geholfen ...« – da sie den Kopf bewegte, fiel Sonnenschein auf ihr Haar und ließ es aufleuchten –, »... sehr geholfen, ja. Ich bin Ihnen dankbar. Ich habe jetzt wenig Freunde. Ich wäre glück-

lich, wenn Sie mein Freund blieben. Aber ich bitte Sie, mir keine roten Rosen mehr zu schicken.«
Ich sah sie an. Sie wich meinem Blick aus und ging hin und her, während in der Nähe die kleine Glocke der Kapelle zu bimmeln begann. Das Leinenkleid modellierte ihren Körper, die roten Schuhe besaßen hohe, dünne Absätze. In Ninas blasses Gesicht kam etwas Farbe, während sie stockend sagte: »Ich bitte Sie, vernünftig zu sein.«
»Das bin ich.«
Jetzt sah sie mich jäh an, die großen blauen Augen wurden plötzlich dunkel, beinahe schwarz. Das faszinierte mich. Sie hatte in diesem Augenblick die Schönheit eines jungen, unschuldigen Mädchens. »Ist es vernünftig, einem Menschen zu sagen, daß man ihn liebt, wenn man ihn eben kennengelernt hat und nichts von ihm weiß?«
»Ich weiß genug von Ihnen«, erwiderte ich, »mehr will ich nicht wissen. Außerdem haben Vernunft und Liebe miteinander nichts zu tun.«
»Für mich schon, Herr Holden. Sie wissen, was ich eben erlebt habe. Ich werde jetzt sehr vernünftig sein und darum niemanden mehr lieben, niemanden. Ich kann nicht mehr.«
»Sie können es wieder lernen«, sagte ich, »es besteht keine Eile.«
»Und wenn ich es lerne, Herr Holden, und wenn ich es lerne?«
»Dann werde ich Sie bitten, sich scheiden zu lassen und mit mir zu leben.«
»Vor ein paar Tagen noch haben Sie mich beschworen, meinen Mann nicht zu verlassen.«
»Vor ein paar Tagen hatte ich noch kein Geld.«
»Das war eine sehr unglückliche Antwort, Herr Holden«, sagte sie bebend. »Ich kann mir vorstellen, woher Sie inzwischen Geld bekamen.«
»Es verhält sich nicht ganz so, wie Sie es sich vorstellen ...«, sagte ich.

»Ich will nicht wissen, wie es sich verhält. Mein Mann hat jetzt die Fotokopien, ja?«
»Ja.«
»Das genügt. Sie wissen, daß ich mir das Leben nehmen wollte, als ich erfuhr, wessen man meinen Mann anklagt. Ihnen ist es gelungen, aus der Affäre mittlerweile Geld zu ziehen. Das ist Ihre Privatsache. Aber ich muß darauf bestehen, daß Sie auch mein Privatleben respektieren, sonst –«
»Sonst?«
»Sonst müßte ich Sie bitten zu kündigen.«
»Das ist eine Zwickmühle«, sagte ich. »Jetzt, da ich Geld genommen habe, kann ich überhaupt nicht mehr kündigen. Jetzt braucht man mich. Und was die Respektierung Ihres Privatlebens betrifft, gnädige Frau –«
»Verzeihen Sie, ich habe die falschen Worte gewählt. Es ... es ist schwierig für mich ...« Wie ein Kind, das hofft, seinen Lehrer mit einem plötzlichen Einfall zu überwältigen, rief sie schnell: »Sie sagen, Sie lieben mich. Dann lassen Sie mir aus Liebe meinen Frieden!«
»Ich finde, daß es Sie überhaupt nichts angeht, ob ich Sie liebe.«
Sie lächelte: »Das bedeutet, daß wir nicht mehr darüber reden müssen?«
»Wir werden nicht mehr darüber reden, wenn Sie es nicht wünschen.«
»Sie sind nett, Herr Holden.« Impulsiv streckte sie mir die Hand hin. Ich ergriff sie.
»Ist das ein Friedensschluß?« fragte sie.
»Im Gegenteil«, antwortete ich, »das ist eine Kriegserklärung.«
»Herr Holden!«
»Haben Sie keine Angst, gnädige Frau. Es wird ein sehr sanfter Krieg werden. Denn es ist Ihnen doch klar, daß wir beide nicht sehr vornehm gehandelt haben, Sie nicht und ich nicht. Wir sitzen im gleichen Boot. Darum müssen wir miteinander auskommen.«

Ihr Lächeln schwand.
Sie wandte sich abrupt ab und ging zur Tür. »Wollen Sie bitte meinen Schmuckkoffer nehmen.«
Ich rührte mich nicht.
»Nun?« Bei der Tür drehte sie sich um und versuchte, mich hochmütig anzusehen, denn es war uns beiden klar, daß dieser Schmuckkoffer eine erste Kraftprobe bedeutete.
»Und die Rosen?« fragte ich.
»Ich kann nicht mit dreißig roten Rosen nach Hause kommen, Herr Holden, seien Sie nicht naiv.«
»Mit dreißig nicht, aber mit einer.«
»Eine wäre noch schlimmer. Denken Sie an mein Personal.«
»Das Personal hat gekündigt. Es ist nur noch die Mila da.«
»Ich habe Sie gebeten, mir meinen Schmuckkoffer zu tragen.«
»Ja«, sagte ich, »das habe ich gehört.«
Danach verstrichen fünf Sekunden, in denen wir einander in die Augen sahen. Ninas Pupillen wurden wieder dunkel, und ich fühlte mein Herz schlagen. Als Kind hatte ich auf dem Schulweg immer Spiele wie dieses gespielt: Wenn ich bis zur nächsten Laterne nur vier Schritte benötige und dabei immer nur auf die Pflastersteine steige und niemals auf die Ritzen zwischen ihnen, dann werde ich nicht in Rechnen drankommen. An diesem Sommermorgen spielte ich ein anderes Spiel: Wenn Nina eine Rose nimmt, wird sie mich lieben, ja, lieben, einmal.
Sechs Sekunden. Sieben Sekunden. Acht Sekunden. Dann ging Sie langsam, ganz langsam zu der Vase beim Fenster. Ihr Gesicht hatte dabei die Farbe der Rose, die sie knapp unter der Blüte brach und auf das Gold, das Platin und die edlen Steine in dem kleinen Koffer legte.
Klick, machte das Schloß, da sie den Deckel fallen ließ. Noch einmal sah Nina mich an. Ich hatte das Gefühl, daß die Szene sie erregte. Die Lippen klafften, die Augen waren halb geschlossen.
»Nehmen Sie jetzt den Koffer?«

»Ja«, sagte ich, »jetzt nehme ich ihn.«
Neunundzwanzig rote Rosen blieben zurück, aber was machte das? Die eine, die sie mit nach Hause nahm, war mehr wert als alle.
Im Treppenhaus, an den kleinen Heiligen in ihren Nischen vorbeigehend, bemerkte ich, daß mir der Schweiß über das Gesicht lief. Leichter Schwindel überfiel mich, wenn ich Nina ansah, die vor mir ging, auf hohen Stöckeln, in dem hautengen bunten Kleid; wenn ich ihr Haar betrachtete; wenn mich der Duft ihres Parfums umwehte; wenn ich die zarten Handgelenke sah, die schmalen Fesseln. Einmal drehte sie sich um und sah mich hochmütig an.
Ich lächelte.
Darauf wandte sie mir jäh den Rücken, und ihre Absätze hämmerten wütend über den Boden der Halle; und in ihrem Takt hämmerte mein Herz.

Kapitel 19

Rot glühte das Beet mit den Rosen im Sonnenschein, weißblau, gelbblau und weißgelb standen Schwertlilien im hellgrünen Gras. Vögel sangen in den alten Bäumen, ein Specht klopfte emsig, und über dem silbernen See tanzten flirrend Libellen. Während ich Ninas Koffer über den breiten Kiesweg zum Haus trug, dachte ich an jene Regennacht, in welcher ich zum erstenmal über diesen Kies gegangen war. Damals standen hier fremde Menschen herum, Funkwagen der Polizei parkten im Gras, und in der Villa roch es nach Gas. Damals. Es kam mir vor, als lägen Jahre zwischen jener Nacht und diesem Morgen.
Nina ging vor mir, und wenn ich die Augen schließe, sehe ich noch heute, Monate später, deutlich ihr Bild, die blonde Frau in

dem bunten Kleid, strahlend eingehüllt in goldenen Sonnenschein, und die Erinnerung erregt mich noch heute, so wie mich damals ihr Anblick erregte, an jenem Sommermorgen.

Wir waren bis auf etwa fünf Meter an die Villa herangekommen, als sich die Eingangstür öffnete und ein kleines Mädchen ins Freie und unter die protzigen Buchstaben J und B trat. Es war ein winziges kleines Mädchen in einem hellblauen Kleidchen. Sie hielt einen Strauß weißer Nelken in den winzigen Händen, sah uns todernst an und ließ die Zungenspitze eilig über die Lippen gleiten. Danach wandte sie sich hilfesuchend um und sah in den dunklen Spalt der offenen Tür. Dahinter hörte ich Stimmen.

Die Kleine nickte heroisch und lief uns entgegen. Dabei stolperte sie und wäre beinahe gefallen. Im letzten Moment kam sie wieder auf die Beine und erreichte uns, vollkommen außer Atem. »Ja, Mickeylein«, rief Nina, die Arme ausbreitend, und da ich den Namen hörte, fiel mir auch wieder ein, wer dieses kleine Mädchen wohl vermutlich war: die Tochter von Mila Blehovas einzigem Verwandten, dem Polizeireporter Peter Romberg.

»Guten Tag, Tante«, sprudelte Mickey. Sie hatte sichtlich den Auftrag, Nina die Nelken zu überreichen, und zunächst auch sichtlich noch die Absicht, ihn auszuführen. Indessen geschah etwas Unerwartetes. Mickey blieb stehen. Wir blieben alle stehen. Das kleine Mädchen hatte schwarze Augen. Diese vergrößerten sich nun in phantastischer Weise. Ernst sah mich das kleine schwarzhaarige Mädchen an, und ich erwiderte den Blick geniert. Mickeys Haut war seidig hell, das Haar sehr fein und kurz geschnitten.

»Das ist Herr Holden, Mickeylein«, erklärte Nina, »den kennst du noch nicht. Du wirst jetzt oft mit ihm Auto fahren.«

»Guten Tag, Herr Holden«, sagte Mickey feierlich.

»Guten Tag, Mickey.«

Das Kind begann zu lächeln, scheu zuerst, dann mutiger, und zuletzt lachte es. Der kleine Mund stand weit offen, ich sah die

winzigen, unregelmäßigen Zähnchen. Mickey lachte mich strahlend an, trat zu mir und hielt mir die Nelken hin: »Für dich, Herr Holden!« Danach wandte sie sich zu Nina, knickste und sagte eingelernt: »Sei willkommen daheim, Tante Nina, wir freuen uns alle schrecklich, daß du wieder bei uns bist!«
Im nächsten Moment ertönte ein kleiner Aufschrei. Aus der Villa kam Mila Blehova gestürzt. Ihr folgten Peter Romberg und der Anwalt Zorn, der heute einen beigefarbenen Anzug mit gelbgrün karierter Weste trug. Während die beiden Männer lachten, jammerte Mila verzweifelt: »Jesusmariaundjosef, Mickeylein, was machst du denn für Geschichten? Die Nelken sind doch nicht fürn Herrn Holden, sondern für die gnä' Frau, das haben wir dir doch noch *extra* gesagt!«
Darauf antwortete Mickey: »Ich möchte sie aber lieber dem Herrn Holden geben!«
Ich stand da wie ein Idiot, die Koffer neben mir, die Nelken in der Hand. Jetzt lachte auch schon Nina.
»Aber warum willst du denn ihm die Blumen geben, Mickeylein?« Mila rang die Hände, während der kurzsichtige, sommersprossige Peter Romberg an einem Fotoapparat herumschraubte und anfing, Aufnahmen von uns zu machen.
»Weil er mir gefällt«, sagte Mickey. Sie schmiegte sich an mich. »Spielst du wohl auch mit mir, Herr Holden?«
»Na klar.«
»Du mußt mich fragen. Nach Städten und so. Ich weiß schon viel. Sogar die Hauptstadt von Warschau.«
»Sie haben eine Eroberung gemacht, Herr Holden«, sagte Nina.
»Eine, ja«, sagte ich. Darauf wandte sie sich schnell ab und umarmte Mila.
»Meine Gute, Alte ...«
»Ach gnä' Frau, seien S' dem Kind nicht bös!«
»Tiere kannst du mich auch fragen«, murmelte Mickey, an meiner Brust.
»Meine herzlichsten Glückwünsche zur Genesung.« Doktor

Zorn verneigte sich tief. Das weiße Haar stand ihm wie die Samenwolke eines erblühten Löwenzahns um den Kopf. »Ich überbringe die innigsten Grüße des Herrn Gemahls. In Gedanken ist er in dieser Stunde bei uns.«
»Vati!« rief Mickey, »jetzt mußt du aber auch noch mich und den Herrn Holden knipsen.«
Peter Romberg kniete im Gras nieder, und Mickey hängte sich in mich wie eine erwachsene Frau, und wir lachten beide in den Apparat. Zwischen Blumen standen wir, von der Sonne beschienen, und niemand ahnte, welchem dunklen Terror, welchem Nachtmahr dieses Bild, das da entstand, bald dienen sollte, bald schon, bald ...

Kapitel 20

In der Halle gab es Blumen in Vasen und Töpfen, es gab große Körbe und kleine Schalen. Die Blumen stammten von Brummer und anderen Leuten. Ich trug das Gepäck nach oben, und Doktor Zorn zog sich sofort mit Nina zurück: »Ich habe dringende Fragen mit Ihnen zu besprechen, gnädige Frau.«
»Es ist gut, Herr Holden«, sagte Nina, kalt wie ein Fisch. »Ich brauche Sie jetzt nicht mehr.«
So ging ich in die Küche. Hier verabschiedete sich Peter Romberg. Er mußte in die Redaktion.
Mickey begann zu jammern: »Ach, Vati, bitte laß mich dableiben! Ich will mit dem Herrn Holden spielen!«
»Herr Holden hat zu tun, du darfst ihm nicht lästig fallen.«
»Er hat's mir doch versprochen! Fall' ich dir lästig, Herr Holden?«
»Lassen Sie Mickey ruhig hier«, sagte ich. »Ich habe es wirklich versprochen. Mickey kann mir die Wagen waschen helfen.«

»Au ja!«
Mila schüttelte den Kopf. »Meiner Seel, nein, Herr Holden, die Kleine ist sonst so scheu, mit niemandem redet sie, und mit Ihnen ...«
»Komm schon, Herr Holden, komm schon, Wagen waschen!«
So holte ich den Cadillac heraus und fuhr ihn unter einen großen Kastanienbaum. Hier war es kühler. Der Mercedes parkte auf der Straße, vor dem Eingang. Ich stieg in einen alten Monteuranzug, und Mila gab Mickey entsprechende Anweisungen: »Zuerst das feine Kleidel ausziehen, die Schuhe und die Strümpf', sonst möcht' die Mami mich fein ausschimpfen, wenn du alles verdreckst!«
Mickey zog sich folgsam nackt aus bis auf ein rosafarbenes Höschen. Der kleine Körper war weiß, die Schulterblätter stachen unter der Haut hervor, und auf der linken Achsel besaß Mickey einen Leberfleck.
Sie durfte den Cadillac abspritzen. Das war vielleicht ein Spaß! Denn natürlich spritzte sie von Zeit zu Zeit »versehentlich« auch mich an, und ich erschrak dann jedesmal entsetzlich und rang die Hände und beklagte den Zustand meines Herzens, und Mickey wollte beinahe ersticken vor Lachen. Dann seiften wir den Cadillac ein, und dabei bewies Mickey ihren Bildungsgrad.
»Frag mich nach einem Eisberg, Herr Holden!«
»Was ist los mit einem Eisberg?«
»Neun Zehntel sind unter Wasser, nur eines ist drüber. Drum fahren die Schiffe auch immer darauf!«
»Donnerwetter!«
»Frag mich noch was! Städte und Länder!«
»Was ist die Hauptstadt von Österreich?«
»Wien!«
»Na, prima.«
»Noch was, noch was, bitte!«
»Wer war Adolf Hitler?«
Sie sah mich traurig an.

»Hast du noch nie von ihm gehört?«

Mit der Gereiztheit des überfragten Experten erklärte sie: »Man kann nicht *alles* wissen.« Und mit der Neugier des Kindes: »Wer war denn das, der Adolf Hitler?«

Ja, wer war das?

Ich überlegte, aber ich kam nicht weit, denn im nächsten Augenblick gab es draußen auf der Straße einen mächtigen Krach. Bleche kreischten über Bleche, und Glas zersplitterte auf Steinen.

»Au, himmlisch«, rief Mickey entzückt, »es ist wer in dich hineingefahren, Herr Holden!«

Wir rannten zum Parktor. Ein blauer BMW hatte Brummers weißen Mercedes gerammt. Mit der Motorhaube steckte er tief im Kofferraum. Die Straße lag verlassen in der Hitze des Mittags. Neben den beiden Wagen stand eine junge Frau, was sage ich, ein junges *Mädchen,* noch kaum der Schule entwachsen. Sie trug ein weiß gesäumtes rotes Leinenkleid, rote Schuhe und rote Handschuhe. Das Haar war schwarz und jungenhaft geschnitten, die Haut sehr weiß, der große Mund sehr rot. Das Mädchen erschien mir schön, aber von einer Schönheit jener Art, die auf armselige Jugend, Armut und Entbehrung schließen läßt. Sie hätte, wie sie aussah, selbstbewußter sein müssen, sicherer, sie hätte sich aufrechter halten müssen. Sie wirkte aber geduckt und demütig. Sicher hatte man sie oft angeschrien und herumgestoßen. Es war eine Schönheit aus einem fernen Keller.

Ich sah zweimal hin, denn ich konnte es zuerst nicht glauben, sie war so jung, höchstens zwanzig Jahre alt – aber es gab keinen Zweifel: Dieses Mädchen war schwanger. Blendend gewachsen, wie sie da stand, trat der Bauch deutlich empor.

»Wie konnte denn das nur passieren?« fragte ich.

Das Mädchen antwortete nicht. Sie sah mich an, und mir wurde es ungemütlich. Ich hatte noch niemals soviel Angst in Menschenaugen gesehen. Oder nein, es war nicht Angst. Was war es bloß, verflucht noch mal? Tragik. Jetzt hatte ich das Wort, tragisch waren diese Augen, tragisch war alles an dem jungen Mädchen.

»Auwei, auwei, auweia«, sagte Mickey. »Das wird dich aber eine Kleinigkeit kosten!« Das Mädchen schloß die Augen. Ihr Mund zuckte. Sie hielt sich an dem BMW fest.

»Mickey, geh sofort in den Park zurück. Nun geh schon!«

Sie entfernte sich unzufrieden und blieb dicht hinter dem Gitter stehen, um nicht ein einziges Wort unseres Gespräches zu verlieren. Ich sagte zu dem jungen Mädchen: »Beruhigen Sie sich doch. Schließlich bezahlt das alles die Versicherung.«

Sie schwankte.

»Wollen Sie ein Glas Wasser?«

»Es geht schon wieder.« Sie lächelte verzerrt, und ihr Gesicht wurde noch tragischer dadurch. »Ich ... mir war plötzlich so schwindlig, ich sah nichts mehr – so muß es passiert sein. Ich bin –«

»Ja«, sagte ich, »das habe ich gesehen. Setzen Sie sich in den Wagen, ich telefoniere schnell nach der Funkstreife.«

Im nächsten Moment hatte ich sie am Hals. Sie hielt mich mit beiden Händen gepackt, und zischend traf ihr Atem mein Gesicht.

»Nicht die Funkstreife!«

Ich versuchte mich freizumachen, aber es gelang mir nicht. In ihrer Panik hatte sie ungeheure Kraft.

»Nicht die Funkstreife!«

»Hören Sie, ich bin Chauffeur, der Mercedes gehört mir nicht!«

»Herr Holden!« schrie Mickey vom Zaun her gellend. »Soll ich Tante Mila holen?«

Darauf ließ mich das fremde Mädchen los. Sie sagte: »Der BMW gehört mir auch nicht.«

»Hast du ihn geklaut?« forschte Mickey begeistert.

»Meinem Freund gehört der Wagen.«

»Wie heißt er?«

»Herbert Schwertfeger«, flüsterte sie. Den Namen hatte ich schon einmal gehört, aber ich wußte nicht, wo und wann.

»Und wie heißen Sie? Reden Sie doch lauter!«

So laut, daß auch Mickey sie hören konnte, antwortete das schwarzhaarige Mädchen: »Ich heiße Hilde Lutz. Ich wohne in der Reginastraße 31.«

»Haben Sie einen Ausweis bei sich?«

Sie schüttelte den Kopf.

»Nichts?«

»Nein. Ich ... ich besitze auch überhaupt keinen Führerschein.«

Danach blickten wir uns an und schwiegen.

Ich weiß nicht, Herr Kriminalkommissar Kehlmann, um Sie, für den ich diese vielen Seiten fülle, wieder einmal namentlich zu erwähnen, denn es scheint mir angebracht, mich gelegentlich daran zu erinnern, welchen Sinn ich mit diesem Bericht verfolge, welchem Ende ich entgegengehe – ich weiß nicht, Herr Kriminalkommissar Kehlmann aus Baden-Baden, ob Ihr Beruf es Ihnen gestattet, gelegentlich Mitleid mit anderen Menschen zu empfinden. Ich weiß nicht, ob Sie arm geboren wurden oder reich. Erwidern Sie nicht, das wäre ohne Bedeutung. Die Tatsache, daß dieses schwangere Mädchen Hilde Lutz ohne allen Zweifel arm geboren wurde, diese Tatsache war es, Herr Kommissar, die mein Mitleid wecken half. Die Armut, Herr Kommissar, verband mich mit ihr. Der Reichtum trennt, er macht exklusiv. Das war mir eben an Herrn Brummer aufgefallen und an seiner schönen, hochmütigen Frau. Der Reichtum entzog die Menschen ihrer Umwelt. Sie waren erlöst, aber auch getrennt vom übelriechenden Gedränge in den Autobussen und Untergrundbahnen, sie waren eingeschlossen, aber separiert in ihren luxuriösen Wagen und bewachten Villen, in Schlafwagenabteilen und Luxuskabinen beschützt, aber abgesondert. Vielleicht wäre ich ohne Mitleid geblieben, wenn der Mercedes mir und der BMW der Hilde Lutz gehört hätte. Sie können hoffentlich verstehen, worauf ich hinauswill, Herr Kommissar. Wenn Sie es nicht verstehen können, dann zählen Sie, was ich tat, der langen Reihe meiner anderen Verbrechen als ein weiteres hinzu.

Ich sagte also zu Hilde Lutz: »In was für eine Situation bringen Sie mich? Wenn ich die Funkstreife nicht rufe, wer bezahlt den Schaden?«

»Mein Freund! Herr Schwertfeger!«

»Ich weiß nicht einmal, wo der wohnt!«

»Und wir wissen nicht einmal, ob das dein richtiger Name ist, Hilde Lutz!« rief Mickey. Sie hatte den Namen also verstanden. Das bedeutete mir damals nichts. Heute, da ich diese Zeilen schreibe, bedeutet es alles. Denn alles wäre anders gekommen, hätte noch gutgehen können, wenn Mickey diesen Namen nicht verstanden hätte.

Hilde Lutz sagte: »Fahren wir in meine Wohnung. Ich zeige Ihnen meine Papiere. Wir rufen Herrn Schwertfeger an. Er bringt alles in Ordnung.«

»Ich sage Ihnen doch, es ist nicht mein Mercedes!«

»Bitte!!!« In ihrem Gesicht war kein Blut mehr.

»Also gut«, sagte ich, mit der anständigen Absicht, diesem armen Mädchen zu helfen, Herr Kommissar Kehlmann. Sie werden sich beim Weiterlesen schon bald, wie ich, Gedanken über die Wirksamkeit von anständigen Absichten machen.

»Ich danke Ihnen so! Sie können in einer halben Stunde wieder hiersein.«

»Gut. Mickey, sag der Tante Mila, was passiert ist.«

»Fahr nicht mit, Herr Holden, ich hab' solche Angst!«

»Du mußt doch keine Angst haben, du bleibst doch hier!«

»Ich hab' nicht um mich Angst! Um dich, Herr Holden!« rief sie, und die schwarzen Kinderaugen weiteten sich riesenhaft, und die Rippen des winzigen Brustkorbs bewegten sich unruhig im Rhythmus des unruhigen Atems. »Bleib da!«

Doch ich blieb nicht, sondern fuhr mit Hilde Lutz davon, der Reginastraße 31 entgegen – und damit dem Unrecht, der Dunkelheit und dem Grausen.

Kapitel 21

»Treten Sie ein«, sagte Hilde Lutz. Sie wohnte in einer Atelierwohnung, hoch über den Dächern der Stadt, in einem modernen Neubau. Wir waren mit dem Lift neun Stockwerke hoch gefahren. Der Raum, in den ich trat, wirkte außerordentlich groß. Es war hier sehr warm und sehr hell. Moderne Möbel standen herum, eine Couch mit bunten Kissen, ein Flügel. Ein dunkler Radioapparat auf dem hellen Linoleum-Fußboden, der noch keinen Teppich besaß. Ein paar Bücher, zwei Landkarten, ein modernes Bild mit scharfkantigen, aggressiven Formen. Es war eine schöne, aber keineswegs fertig eingerichtete Wohnung. Der Besitzerin schien mitten im Einrichten das Geld ausgegangen zu sein. Oder jemand, der diese Einrichtung finanzierte, hatte plötzlich einen Drang zu Sparsamkeit an sich konstatiert. Junge, hübsche Mädchen mit hilflosen Gesichtern leben oft in solchen Wohnungen. Sie haben einen Freund und kein Geld und keinen Beruf. Der Freund hat einen Beruf und Geld. Die jungen Mädchen leben von Liebe und Hoffnung. Der Freund ist häufig verheiratet ...
Während Hilde Lutz in einer Schreibtischschublade zu kramen begann, trat ich auf den Balkon hinaus und sah in die Tiefe. Klein rollten in der Reginastraße die Autos vorüber. Ein silberner Zeppelin schwamm im Sonnenhimmel. Auf seinem Rumpf stand: *Trinkt Underberg*.
»Herr Holden?«
Hilde Lutz stand beim Flügel. Ich hörte, wie ihre Zähne mit

einem scheußlichen Klappern aufeinanderschlugen. »Sie wollten ein ... Dokument sehen. Hier ist es.« Sie legte etwas auf den Flügel.
»Ich ... gehe und rufe meinen Freund.« Damit verschwand sie. Ich ging zum Flügel. Was ich hier fand, war die Fotokopie eines amtlichen Dokuments.
Ich las:

Von: Kommandeur der Sicherheitspolizei und des SD
Weissruthenien an:
Persönlicher Stab Reichsführer SS Akt Nr
Geheim 102/22/43 Nur durch Offizier
Minsk, den 20. Juli 1943
Am Dienstag, den 20. Juli 1943, gegen 7.00 Uhr habe ich befehlsgemäß die beim Generalkommissar Weißruthenien beschäftigten 80 Juden in Haft genommen und der Sonderbehandlung zugeführt. Solche, die Goldplomben besaßen, wurden zuvor ordnungsgemäß Fachärzten vorgeführt ...«

So fing das an, und es ging weiter über eine ganze Schreibmaschinenseite, einzeilig beschrieben. Zuletzt wurde der Munitionsverbrauch angegeben: fünfundneunzig Schuß. Ein paar von den achtzig Juden waren anscheinend nicht gleich tot gewesen. Unterzeichnet war das Schriftstück: Herbert *Schwertfeger,* SS-Obersturmbannführer.
Ich setzte mich auf den Stuhl vor dem Flügel und las alles noch einmal und begann alles zu begreifen. Als ich alles begriffen hatte, öffnete sich eine Tür, und ein Mann von fünfzig Jahren trat ein. Er war untersetzt, rotgesichtig und außerordentlich elegant. Ich habe selten einen eleganteren Mann gesehen. Die hellbraunen Sämischlederschuhe, die beigefarbenen Socken, der sandfarbene Tropenanzug, das cremefarbene Hemd, die Seidenkrawatte von der Farbe der Schuhe – es war alles prächtig aufeinander abgestimmt. Dieser Mann trug das graue Haar

nach hinten gekämmt, kurz geschnitten und pedantisch gescheitelt. Blaue Augen sahen furchtlos ins Leben. Die Lippen waren schmal. Sie wären von der Seriosität dieses Menschen sogleich überzeugt gewesen, Herr Kriminalkommissar Kehlmann.

In der Brusttasche des Anzugs steckte ein weißes Seidentüchlein. Der Mann brachte einen erfrischenden Hauch von Eau de Cologne mit sich. Untersetzt und eher klein, hielt er sich straff und aufrecht. Ohne Zweifel ein geachteter Bürger, der seine Klassiker gewiß ebenso liebte wie seinen Bach, einen guten Tropfen des Abends und den Karneval im Schnee. Dieser Mann sagte mit leiser, angenehmer Stimme: »Ich begrüße Sie, Herr Holden.«

Ich stand auf und erwiderte:

»Herr Schwertfeger, wenn ich nicht irre.«

Darauf traf er behende Anstalten, mir die Hand zu schütteln, was ihm gelang, weil ich zu langsam reagierte.

Ich blickte auf die ohne Zweifel von dem kleinen Doktor Zorn angefertigte Fotokopie und las, mir selbst zur Stärkung, noch einmal jenen Passus, in welchem von dem zweijährigen Judenkind gesprochen wurde, dessen Kopf an einem Baumstamm zerschmettert worden war. Und roch dabei den feinen Duft des Eau de Cologne, der so wohltuend war in der Hitze dieses Mittags.

Ich sagte aufblickend: »Ich wäre niemals hierher gekommen, wenn ich geahnt hätte, was Ihre Freundin bezweckte.«

»Meine Freundin«, erwiderte er, ohne Erregung, immer in dem gleichen, angenehmen, in sich ruhenden Tonfall, »hat gar nichts bezweckt. Sie hat mir nur einen Wunsch erfüllt.«

»Ihre Freundin ist also absichtlich in den Mercedes von Herrn Brummer hineingefahren. Wollen Sie den Schaden bezahlen, oder muß ich zur Polizei gehen?«

»Selbstverständlich bezahle ich. Reden Sie nicht davon. Das ist vollkommen unwichtig.«

»Nicht für mich. Ich denke, die Sache wird zwischen zwei- und dreihundert Mark kosten.«
Er legte drei Hundertmarkscheine auf den Flügel, während er fragte: »Waren Sie Soldat?«
»Ja.«
»Wo?«
»In Rußland«, sagte ich. »Aber hören Sie damit auf. Sonst kotze ich noch.«
»Ich war auch in Rußland«, sagte er laut.
»Ja, das habe ich gerade gelesen.«
»Krieg ist Krieg, Herr Holden. Ich war Offizier. Ich bekam Befehle. Ich erfüllte sie, meinem Eid gemäß. Soll ich mich vielleicht dafür heute, dreizehn Jahre später, zur Verantwortung ziehen lassen von Scheißkerlen, die keine Ahnung haben, wie es damals war?« Jetzt kam er in Fahrt. »Glauben Sie etwa, es ist mir *leicht*gefallen, diese Befehle zu erfüllen? Deutsche Menschen, Herr Holden, sind für so etwas nicht geschaffen!«
»Und das Kind mit dem Kopf an den Baumstamm«, sagte ich.
»Das war ein Betrunkener. Ich mußte meinen Männern Schnaps geben, sonst hätten sie es *überhaupt* nicht getan!« Er betupfte die Lippen mit einem Taschentuch und rückte an der Krawatte. »Man hat seine Augen auch nicht überall. Einmal drehte man sich um, schon ist die Schweinerei passiert. Der Mann wurde von mir natürlich zusammengeschissen. Wir wollen zur Sache kommen, Herr Holden!«
»Leben Sie wohl«, sagte ich, aber er hielt mich fest: »Hören Sie mir zu. Sie sind der Mann, der diesen Dreck —« er sah die Fotokopie an wie ein ekelhaftes Reptil — »aus dem Osten herübergeschafft hat.« Ich sah die Fotokopie auch an, weil ich immer noch lieber sie als Herrn Schwertfeger ansah, und las den Absatz, in welchem der SS-Obersturmbannführer beklagte, daß es bei den achtzig Juden ein »unschönes Übergewicht an Frauen« gegeben hätte.
Indessen sagte er: »Dreizehn Jahre sind vergangen. Man hat

geschuftet. Man hat aufgebaut. Und da kommt so ein Schweinekerl und will alles vernichten?«

»Reden Sie mit Doktor Zorn. Ich nehme an, er hat Ihnen die Fotokopie geschickt. Ich habe mit der Sache nichts zu tun.«

»Sie haben eine Menge damit zu tun, lassen Sie mich sprechen. Ja, soll das denn *ewig* so weitergehen mit Haß und Vergeltung? Soll denn nicht *endlich* einmal Schluß sein? Ich denke doch, es ist hoch an der Zeit, endlich einen Strich unter die Vergangenheit zu ziehen.«

»Doktor Zorn«, sagte ich. »Mit dem müssen Sie reden. Ich bin der falsche Mann.«

»Herr Holden, ich will nicht davon sprechen, daß ich ein blühendes Industrieunternehmen aufgebaut habe, erschuftet und erschwitzt, in dreizehn schweren Jahren, aus Schutt und Trümmern erschaffen! Nein, nichts davon! Nichts davon auch, daß ich vierzehnhundert Menschen Arbeit und Brot gebe. Nichts von meiner Familie –«

»Ach«, sagte ich, »Sie haben auch Familie?«

»Meine Frau ist tot«, erwiderte er. »Aber ich habe viele Verwandte, für die ich sorge. Zwei erwachsene Söhne. Der eine studiert Jus, der andere ist Arzt. Doch nichts von ihnen, nein.«

Ich hörte aufmerksam zu, denn ich war auf die Formulierungen gespannt. »Herr Holden, Ihr Arbeitgeber ist ein Schieber, der hinter Gitter gehört. Er hat mir einen Schaden von über einer halben Million Mark zugefügt. Andere hat er noch mehr geschädigt. Er hat sein Wort gebrochen, er hat gelogen und betrogen und uns übervorteilt in unseren gemeinsamen Geschäften. Wir wollen doch auf dem Boden der Tatsachen bleiben! Herr Brummer gehört ins Zuchthaus! Es wird doch noch erlaubt sein, das Recht anzurufen, wenn einem Unrecht geschieht!«

»Was regen Sie sich denn auf? Sie *haben* das Recht ja angerufen.«

»Und was passiert? Er rückt mit diesem Dokument an. Er will erreichen, daß ich schweige, die Anklage zurückziehe, mich unterwerfe. Sie sind ein normaler Mensch, Herr Holden. Urteilen Sie bitte: Ist das angängig? Hier stehe ich« – er streckte die Linke aus –, »ein Mann, der nichts tat als seine Pflicht, der Befehle erfüllte, die er vor seinem Gewissen verantworten mußte. Und hier steht Herr Brummer« – er streckte die Rechte aus –, »ein gemeiner Betrüger; ein Erpresser übelster Sorte; ein Schwein, ja, ich stehe nicht an, den Ausdruck zu wiederholen, ein Schwein. Und da zögern Sie noch einen Augenblick mit der Entscheidung, auf welcher Seite *Sie* zu stehen haben?«

»Ich zögere gar nicht. Ich stehe auf der Seite von Herrn Brummer.«

Darauf streckte er beide Hände in die Hosentasche und sah mich an und begann zu pfeifen. Ich schwieg. Zuletzt sagte er: »Na schön.« Damit holte er aus der Brusttasche seines Anzugs ein kleines Stück Papier hervor, das er neben die Fotokopie legte.

»Das ist ein Scheck über hunderttausend Mark. Alles, was fehlt, ist meine Unterschrift. Ich weiß nicht, was Sie von Brummer bekommen. So viel bestimmt nicht. Verschaffen Sie mir das Original dieses Briefes – und ich unterschreibe den Scheck. Wachen Sie auf, Mann!«

»Ich kann an das Original nicht heran. Es liegt in einem Banktresor.«

»Für hunderttausend findet sich ein Weg, daß ich nicht lache! Machen Sie meinetwegen halbe-halbe mit dem Anwalt! Machen Sie, was Sie wollen. Ich verlange Ihre Entscheidung bis heute abend. Hilde wird Sie anrufen. Das ist alles.« Jetzt sprach er schnell und hart, ein Mann, für den es keine Schwierigkeiten gab. »Nein nehme ich nicht als Antwort.« Ich konnte mir gut vorstellen, wie er in Minsk gesprochen hatte.

»Hören Sie –«

»Guten Tag«, sagte er und ging.

Ich war allein.

Der Scheck ohne seine Unterschrift lag neben der Fotokopie mit seiner Unterschrift. Ich las auf dem Scheck das Wort »hunderttausend« und auf der Fotokopie das Wort »Sonderbehandlung«.
Dann las ich die Worte »Zahlen Sie aus meinem Konto« und die Worte »ein unschönes Übergewicht an Frauen«. Dann trat Hilde Lutz in den Raum, und wir sahen uns an.
Ich entdeckte plötzlich, daß ihre Haut schon kleine gelbe Pigmentflecken trug. Sie mußte sich setzen. Sie sagte: »Er ist fort.«
Zahlen Sie aus meinem Konto.
»Ich soll Sie anrufen. Heute abend um sieben.«
Hunderttausend Mark. Aus meinem Konto. Zahlen Sie.
»Ich bin jetzt im sechsten Monat. Ich habe nichts von seiner Vergangenheit gewußt. Ich schwöre, nichts.«
»Wie alt sind Sie?«
»Neunzehn. Er hat mich aus einem Espresso weggeholt. Er war immer gut zu mir.«
»Warum heiratet er Sie nicht?«
»Er geniert sich immer. Er hatte Angst vor seinen erwachsenen Söhnen, vor der ganzen Familie. Er ist dreißig Jahre älter. Darum war ich so glücklich, als ich merkte, daß ich schwanger bin ... er ist doch so verrückt mit Kindern ... immer sagte er, wenn du ein Kind bekommst, heirate ich dich.«
»Er heiratet Sie nie«, sagte ich.
Sie begann zu weinen: »Er heiratet mich nur nicht, wenn sie ihn jetzt einsperren.«
»Sonst auch nicht!«
»Doch! Doch! Er hat es mir versprochen! Er liebt Kinder doch so sehr!«
Mit dem Kopf an den Baumstamm.
Arme Hilde Lutz, was konnte sie dafür?
»Sie müssen verhindern, daß er vor Gericht kommt, Herr Holden, bitte, bitte, bitte! Nehmen Sie das Geld!«

»Sie müssen an sich denken, Fräulein Lutz. Sie wissen jetzt etwas von ihm. Lassen Sie ihn schnell noch ordentlich bezahlen. Und hauen Sie ab!«
»Sie meinen, ich soll ihn erpressen?«
»Hier erpreßt ein jeder jeden. Sie sind verrückt, wenn Sie es nicht tun, mit dem Kind im Bauch, ledig, ohne Hilfe. Sahnen Sie den Mann ab, und beeilen Sie sich damit!«
Sie sagte bebend: »Hören Sie auf, sofort! Ich liebe diesen Mann! Ich will nicht wissen, was er getan hat! Ich ... ich liebe ihn mehr als mein eigenes Leben ...«
Munitionsverbrauch 95 Schuß.

Kapitel 22

Eine Minute vor 19 Uhr läutete das Telefon.
Ich aß in der Küche, was Mila für mich gekocht hatte. Die alte Köchin war eben zu mir gekommen, um gleichfalls zu essen, nachdem sie Nina Brummer serviert hatte. Nina speiste allein im ersten Stock. Seit ihrer Heimkehr wich sie mir und Mila aus, wo sie konnte.
»Kaum daß ich mich hinsetz'«, brummte die Mila. Sie stand auf und ging – in letzter Zeit ging sie gebückt und mühsam (»Muß ich Wasser haben in die Fieß'«) – zu dem weißen Telefon, das neben der Tür an der Wand hing. »Bittschön. Ja, er is' hier, gnä' Frau.« Sie winkte mir. »Einen Moment.«
Die Telefonanlage im Hause Brummer war ein wenig kompliziert. Wenn jemand anrief, klingelte zunächst ein Hauptapparat im ersten Stock, der auskapselbar und in die verschiedenen Zimmer zu tragen war. Von diesem Apparat konnte man zu Nebenstellen, wie die in der Küche, verbinden. Ich ging also zur Tür, nahm den Hörer ans Ohr und hörte Ninas kühle Stimme:

»Für Sie, Herr Holden. Eine Dame, die ihren Namen nicht nennen will.«
»Ich bitte die Störung zu entschuldigen, gnädige Frau«, sagte ich, aber sie antwortete nicht mehr. Es klickte in der Leitung, dann hörte ich die leise, verzagte Stimme, die ich befürchtet hatte: »Guten Abend, Herr Holden. Sie wissen, wer spricht?«
»Ja. Es tut mir leid, die Antwort ist nein.«
Stille.
In der offenen Verbindung rauschte der Strom.
»Aber ... was soll ich denn jetzt tun?«
»Was ich Ihnen geraten habe.«
»Und das Kind? Seien Sie barmherzig!«
»Ich muß jetzt auflegen.«
»Ich flehe Sie an, legen Sie nicht –«
Ich legte den weißen Hörer in die weiße Gabel und ging zum Tisch zurück. Hier aß ich weiter, aber was ich aß, schmeckte plötzlich nach nichts mehr. Auch das Bier, das ich trank, war geschmacklos. Mila Blehova sah mich an und begann plötzlich leise zu lachen. Zu dem alten, häßlichen Hund, der neben ihr saß, sagte sie: »Wie findest du das, Puppele, zwei Wochen is' er jetzt hier, und schon verdreht er den Mädeln den Kopf!«
Ich schwieg und aß.
Mila belustigte sich weiter: »Is' ja auch ein hibscher Mann, gelt, Puppele? Und eine stattliche Erscheinung! Also meiner Seel, wenn ich jünger wär', ich möcht' auch ein Auge riskieren, hihihi!« Sie kicherte und klopfte mir voll Sympathie auf die Hand, und das Telefon bei der Tür begann wieder zu schrillen. Diesmal ging ich gleich selbst hin.
Ninas Stimme klang schärfer: »Die Dame, Herr Holden.«
»Wirklich, gnädige Frau, ich –«
Aber da war schon wieder die dünne, verzweifelte Stimme da: »Hängen Sie nicht ein, Herr Holden. *Bitte!* Ich habe mit ihm gesprochen. Wenn es eine Frage von Geld ist –«
»Nein«, sagte ich laut. »Nein, nein, nein! Es geht nicht, verstehen

Sie das endlich. Ich kann nichts tun, hören Sie, ich *kann* nicht! Und rufen Sie hier nie mehr an.« Wieder hängte ich ein. Mir stand jetzt der Schweiß auf der Stirn. Wenn das so weiterging –
»Is' noch so ein junges Ding, gelt?« erkundigte sich die Mila mit der Neugier alter Frauen.
»Was? Ja. Neunzehn.«
»Es ist nicht zu fassen, wie sie sich den Männern heutzutage an den Hals schmeißen!« Die Mila warf dem Hund ein Stück Fleisch hin, trank Bier und wischte sich mit dem Handrücken die Lippen trocken. »Also, wenn ich mich erinner', ich bin ja auch ganz schön wild gewesen in meiner Jugend, ach ja, wenn ich an die Kleinseite denk' in Prag, die Abende an der Moldau ... aber meiner Seel, Herr Holden, *so* hab' ich mich nie aufgeführt! Das is' ja direkt Belästigung! Aber warum, es gibt eben so wenig Männer seit'm Krieg.«
Das Telefon läutete zum drittenmal.
Ich hob ab.
»Herr Holden?«
»Gnädige Frau?«
»Kommen Sie herauf. In mein Zimmer.«
»Sofort, gnädige Frau.«
»Jetzt haben S' auch noch Scherereien mit'm Ninale«, sagte Mila mitfühlend. »Es ist wirklich allerhand, was sich die Mädeln herausnehmen!« Ich zog meine braune Jacke an und knüpfte meine Krawatte.
Nina Brummers Zimmer lag im Ostflügel des Hauses. Es war mit weiß-goldenen Möbeln im Empirestil eingerichtet. Auf zierlichen, geschwungenen Beinen standen Stühle und Tische, ein Sekretär beim Fenster, ein schmaler Schrank. Das Bett war groß, es beherrschte den Raum, ein breites französisches Bett. Weiß und golden gestreift waren auch die Tapeten. Eine offene zweite Tür bot Einblick in ein riesiges Badezimmer. Ein Kronluster brannte, obwohl es noch nicht ganz finster war, und draußen bewegten sich dunkle Baumkronen im Abendwind.

Nina saß vor einem großen Spiegel. Sie trug einen schwarzseidenen Morgenrock und ebensolche Pantoffeln. Das elektrische Licht ließ ihr blondes Haar aufleuchten. Dreimal während unseres Gespräches veränderte sie die Stellung der gekreuzten Beine. Es war dann jedesmal offensichtlich, daß sie im Begriff stand, sich umzuziehen. Jedoch wandte sie während unseres ganzen Gesprächs nicht ein einziges Mal den Kopf. Ich stand hinter ihr bei der Tür, und sie redete in den Spiegel hinein. Sie tat alles, um diese Szene verletzend für mich zu gestalten. Sie war außerordentlich gereizt. Die Nasenflügel bewegten sich unruhig. Auf dem Tischchen vor dem Spiegel stand zwischen Parfumflakons, Puderdosen und Haarbürsten der weiße Hauptapparat.
Und als ich eintrat, klingelte es eben wieder.
In den Spiegel sagte Nina: »Das ist jetzt das vierte Mal. Ich habe der Dame schon beim dritten Mal gesagt, daß das nicht Ihr Anschluß ist, Holden.«
Das Telefon schrillte monoton.
»Was schlagen Sie vor, Holden?«
»Heben Sie bitte ab, und legen Sie gleich wieder auf.«
Das tat sie.
Nun war es still im Raum. Nina kreuzte die Beine zum erstenmal. Ich sah in den Spiegel, und ihr Gesichtsausdruck sagte mir, daß sie es darauf anlegte, mich zu demütigen.
»War das ein privater Anruf?«
»Nein.«
»Das dachte ich mir.« Ihre Augen wurden ganz dunkel, ich sah sie im Spiegel dunkel werden, und es erfüllte mich plötzlich ein irrsinniges Verlangen, zu Nina zu treten und ihr den seidenen Morgenrock von den Schultern zu reißen und sie aufs Bett zu werfen. Aber ich blieb natürlich bei der Tür stehen und hörte sie sagen:
»Es war dieses Mädchen, das heute vormittag in unseren Mercedes hineinfuhr – habe ich recht?«
»Sie haben recht, gnädige Frau –«

»Was will sie noch von Ihnen?«
Ich schwieg und sah ihre Beine und roch ihr Parfum.
Sie sagte eisig: »Glauben Sie um Himmels willen nicht, daß mich Ihr Privatleben interessiert. Ich habe nur das Gefühl, daß es hier um weit mehr als Ihr Privatleben geht. Warum informiert man mich nicht? Holden, finden Sie nicht, daß es für mich unerträglich sein muß, mit anzusehen, wie mein Chauffeur sich in meine Angelegenheiten und die Angelegenheiten meines Mannes drängt und …«
»Ich dränge mich nicht«, sagte ich und wurde jetzt wütend, »ich wurde gedrängt.«
Da begann das Telefon wieder zu läuten.
»Das sehe ich, ja«, sagte Nina. Sie hob den Hörer ab und ließ ihn wieder fallen. »Wie lange soll das noch weitergehen?«
»Das weiß ich nicht. Hoffentlich nicht mehr lange.«
»Ich verlange, daß Sie mir augenblicklich sagen, was heute passiert ist!«
»Ich sagte Ihnen bereits, gnädige Frau, daß Herr Schwertfeger mir dreihundert Mark für die Reparatur des Wagens gab.«
»Das ist nicht alles!«
»Es tut mir leid. Ich war bei Doktor Zorn. Er hat mir verboten, Ihnen mehr zu sagen.«
Jetzt schlossen sich die Augen fast ganz. Zum drittenmal kreuzte sie die Beine, langsam, ganz langsam. Ich hatte sie noch nie böse gesehen. Jetzt sah ich sie böse. Die Lippen klafften, die Brust hob und senkte sich. »Er hat es Ihnen also verboten, so.«
»Ja.«
»Er hat also kein Vertrauen zu mir.«
»Das entzieht sich meiner Beurteilung. Ich empfehle Ihnen, sich mit dem Herrn Doktor auseinanderzusetzen.«
Das Telefon begann wieder zu läuten.
Durch die Zähne sagte Nina: »Das ist unerträglich.« Sie vollführte dieselbe Handbewegung, und der Apparat verstummte wieder. So einfach war das. So leicht bringt man die Hilferufe einer

Armen zum Verstummen, ja, so einfach. Nina atmete jetzt heftig: »Holden, Sie sind mein Angestellter, ich bezahle Sie am Ersten. Ist das klar?«
»Das ist klar, gnädige Frau.«
»Dann *befehle* ich Ihnen, mir zu berichten, was heute passierte. *Vergessen* Sie das Verbot des Anwalts!«
»Das kann ich nicht.«
»Sie können es, ich bezahle auch den Anwalt.«
»Herr Brummer bezahlt ihn«, sagte ich. »Und der Anwalt bezahlt mich. Es tut mir leid, gnädige Frau. Bitte, fragen Sie mich nicht weiter. Es ist besser, Sie wissen nichts, zu Ihrem Schutz.«
Danach sahen wir uns durch den Spiegel schweigend an. Zuletzt sagte sie: »Also gut. Ich dachte, wir würden miteinander auskommen, Holden. Trotz allem, was Sie getan haben und was ich getan habe. Aber Sie wollen nicht. Schön, ich nehme es zur Kenntnis. Ich betrachte Sie von nun an als meinen Feind.«
»Ich bin sehr unglücklich über –«
»Unterbrechen Sie mich nicht, wenn ich spreche. Ich muß Sie überhaupt dringend bitten, nur zu reden, wenn ich das Wort an Sie richte. Ich gebe zu, dies ist Ihre erste Stellung und Sie können sich noch nicht wie ein guter Chauffeur benehmen, aber einmal müssen Sie es schließlich lernen. Sehen Sie mich nicht so an. Ich verbiete Ihnen, mich so anzusehen! Holen Sie den Wagen aus der Garage. Ich fahre in einer halben Stunde in die Stadt. Haben Sie mich verstanden? Warum stehen Sie dann noch herum? Merken Sie nicht, daß ich mich umkleiden will? Sind Sie wahnsinnig geworden, Holden? Ich mache Sie darauf aufmerksam, daß ich mir Ihre Unverschämtheiten unter gar keinen Umständen gefallen lasse. Mir ist völlig gleichgültig, was Sie von mir wissen. Ich weiß auch ein wenig von Ihnen, was meinen Mann interessieren würde. Sehen Sie, jetzt schweigen Sie. Also, in einer halben Stunde. Und, Holden –«
»Gnädige Frau?«
»Ich ersuche Sie, Privatkleidung nur zu tragen, wenn Sie dienst-

frei haben. Sonst haben sie die Chauffeuruniform anzuziehen, ich muß darauf bestehen.«

Ich dachte: Zu ihr gehen. Ihr den Mantel von den Schultern reißen. Sie aufs Bett werfen.

Ich antwortete: »Jawohl, gnädige Frau.«

Das Telefon hatte immerhin nicht mehr geläutet.

Und das war auch schon etwas.

Kapitel 23

»Sonnenblickstraße 67«, sagte Nina Brummer. Sie stieg in den Fond des Cadillac, dessen Schlag ich für sie offenhielt, und sah dabei absichtlich an mir vorbei. Sie trug ihren Nerzmantel, ein kleines silbernes Abendkleid und hochhackige silberne Seidenschuhe.

Ich schlug die Wagentür zu, kroch hinter das Steuer und fuhr los. Auf der Cecilienallee sagte Nina: »Sie fahren zu schnell.«

Das stimmte. Ich war noch immer sehr wütend. Nun nahm ich den Fuß etwas vom Gaspedal. Im Rückspiegel sah ich Ninas weißes Gesicht. Im Widerschein vorübergleitender Lichter glänzte ihr Haar immer wieder kurz auf. Dieses Bild blieb bis heute in meinem Gedächtnis haften. Wenn ich die Augen schließe, sehe ich es sofort vor mir. Ich versuchte, Ninas Blick zu begegnen, aber sie bemerkte es und drehte den Kopf zur Seite.

In der Sonnenblickstraße half ich ihr beim Aussteigen. Dazu bemerkte sie: »Es ist richtig, daß Sie mir beim Aussteigen behilflich sind. Es ist falsch, daß Sie dabei meine Hand ergreifen, um mich zu stützen. Sie haben Ihre Hand nur hinzuhalten, damit ich sie ergreifen *kann,* wenn ich will.«

Darauf gab ich keine Antwort.

»Holen Sie mich um elf hier ab. Wenn Sie wollen, gehen Sie in der Zwischenzeit ins Kino.«
Darauf gab ich wieder keine Antwort, sondern verneigte mich nur. Ich wartete, bis sie im Garten der Villa verschwunden war, dann trat ich in eine Telefonzelle und rief Peter Romberg an. Ich fragte, ob ich ihn besuchen dürfte: »Ich bin ganz in Ihrer Nähe. Sagen Sie es aber unbedingt, wenn ich störe.«
»Keine Spur! Wir freuen uns!«
Es war ein schöner Abend, die Stadt kühlte ein wenig aus nach der Hitze des Tages, und auf den Straßen bummelten noch viele Menschen. Sie sahen Schaufenster an. In einem Espresso kaufte ich eine Bonbonniere für Mickey.
Als ich zu Rombergs kam, wurde die Kleine gerade gebadet. Sie erhob ein mächtiges Geschrei: »Mami, Mami, Tür zu, damit der Herr Holden mich nicht sieht!«
»Mach nicht so ein Theater, Mickey, Herr Holden hat schon einmal ein kleines nacktes Mädchen gesehen!«
»Aber ich geniere mich so!«
Romberg, sommersprossiger denn je, stellte mich seiner Frau vor, die erhitzt aus dem Badezimmer kam: »Ich freue mich sehr. Peter und Mickey haben mir schon so viel von Ihnen erzählt. Besonders Mickey, die ist ja ganz vernarrt in Sie!«
Carla Romberg war eine kleine, zierliche Frau, mit braunem Haar und braunen Mandelaugen. Sie trug eine Brille wie ihr Mann. Man konnte sie nicht schön nennen, aber es ging etwas ungemein Sympathisches von ihr aus. Sogleich, wenn man die kleine Wohnung betrat, merkte man: Hier lebte eine glückliche Familie.
Um nicht in Vergessenheit zu geraten, hatte Mickey im Badezimmer ein Lied zu singen begonnen: »Ich fühl' mich so einsam, mein Herz ist so schwer, hör' ich die Lieder von Mexiko her ...
Mami!«
»Was ist denn?«
»Mach die Tür auf!«

»Eben sollte ich sie schließen.«
»Nicht ganz, nur einen Spalt, damit ich euch hören kann.«
»Du mußt nicht alles hören«, sagte Frau Romberg. Und machte die Tür einen Spalt auf. Kein Zweifel, Mickey beherrschte die Szene! Während sie in der Wanne plätscherte, zeigten mir die jungen Leute stolz ihre Wohnung. Sie bestand aus drei Zimmern und war modern eingerichtet. Im ersten Zimmer stand ein Schreibtisch, vollgeräumt mit Fotos und Papieren. Kameras, Filme und Bücher lagen herum. In einer Ecke stand ein Kurzwellenempfänger. Es war eingeschaltet, und ich hörte ein monotones Ticken.
»Das ist der Polizeifunk. Damit ich immer gleich losfahren kann, wenn was passiert.«
Im Nebenzimmer produzierte ein Radioapparat Tanzmusik.
»Neu gekauft, Herr Holden, schauen Sie mal die Drucktastensteuerung! Und schon ganz bezahlt!«
Im Badezimmer sang Mickey wieder. Es war eine laute Familie. Die drei schienen gegen Lärm völlig unempfindlich zu sein. Es gab noch eine neue Stehlampe zu bewundern, in der Küche einen Eisschrank (»Auf Raten, aber immerhin«) und in der kleinen Diele eine mit geblümtem Chintz überzogene Garderobenwand. »Die hat mir Peter zum Geburtstag geschenkt«, sagte Frau Romberg. »Wir haben noch so viel anzuschaffen.«
»Langsam macht es sich aber«, sagte er stolz und gab seiner Frau einen Kuß. Sie errötete wie ein junges Mädchen.
»Wenn er weiter gut arbeitet, wollen sie ihn nächstes Jahr fest anstellen, Herr Holden, als *Redakteur!*«
»Kriegen nämlich Angst, die Herren, daß mich die Konkurrenz wegschnappt«, erklärte Romberg. Und dann sahen sie sich an, verliebt und einig in ihren Zielen, voll Bewunderung füreinander, beide nicht schön, beide mit freundlichen Augen hinter funkelnden Brillengläsern ...
»Düssel fünf, Düssel fünf«, erklang im Arbeitszimmer eine Männerstimme aus dem Lautsprecher des Kurzwellenempfängers,

»fahren Sie Kreuzung Goethestraße-Elfenstraße. Zusammenstoß von Straßenbahn und LKW.«
»Hier ist Düssel fünf, verstanden«, sagte eine andere Stimme.
Dann tickte wieder die Uhr.
»Na, Herr Romberg?« fragte ich.
»Kleine Fische. Mit so was halte ich mich nicht auf. Kommen Sie, wir trinken ein Glas, und ich zeige Ihnen meine Fotos.«
»Ich bin gleich bei euch«, sagte Frau Romberg. »Ich bring' nur die Kleine ins Bett.« Sie verschwand im Badezimmer, aus dem sofort eine schrille Stimme protestierte: »Ach, Mami, das ist aber schuftig, jetzt, wo Herr Holden da ist!«
Romberg sah mich an, und wir lachten.
»Ein nettes Kind«, sagte ich.
Er holte eine Flasche Kognak und Gläser, und wir setzten uns in sein Arbeitszimmer, an dessen Wänden große Fotos von Tieren klebten. »Wir sind sehr glücklich mit Mickey«, meinte er, »wenn sie nur nicht immer so furchtbar flunkern würde.«
»Flunkern?«
»Um sich wichtig zu machen. Dauernd erzählt sie die phantastischsten Geschichten. Im Zoo ist ein Wolf ausgekommen. Die Mutter ihrer Freundin Lindi ist eine amerikanische Millionärin. Ich bin ein deutscher Millionär. Sie leidet an Asthma.«
»Ich war genauso«, sagte ich.
»*So* arg bestimmt nicht, Herr Holden! Hat der Polizist an der Ecke *Ihnen* die Erlaubnis erteilt, keine Schulaufgaben zu machen?«
»Zentrale, hier ist Düssel fünf, Düssel fünf ... wir brauchen einen Kranwagen. Der LKW hat sich in die Straßenbahn verkeilt, wir kriegen die Kreuzung nicht frei ...«
»Okay, Düssel fünf, wir schicken einen Kranwagen ... Keine Verletzten?«
»Überhaupt nischt. Nur eine Menge Scherben.«
»Sehen Sie«, sagte Peter, »kleiner Fisch. Ich hab' schon einen Riecher dafür.«

Mickey kam herein. Sie trug bunte Pantoffeln und ein langes blaues Nachthemd. Sie gab mir die Hand und knickste und sprach rasend schnell in der gräßlichen Angst, unterbrochen zu werden: »Guten Abend, Herr Holden, ich weiß jetzt, wer das ist, der Hitler. Ich hab' in meinem Jugendlexikon nachgesehen. Das ist ja ein furchtbarer Mensch gewesen. Im Jugendlexikon steht, er hat Leute umbringen und quälen lassen und einen Krieg angefangen und viele Länder kaputtgemacht.« Sie holte eilig Atem, denn sie war am Ersticken, und zitierte aus dem Gedächtnis: »Der Verantwortung für den Zusammenbruch sodann entzog er sich durch Selbstmord. Er hinterließ Deutschland auf das Schlimmste verwüstet, gespalten und ohnmächtig wie nie zuvor!« Sie endete erschöpft: »Und dabei ist er zuerst ein Maler gewesen!«
Ich überreichte die Bonbonniere und bekam einen sehr feuchten Kuß. »Au, Vati, Mami, schaut doch bloß, mit Nuß und verschieden gefüllt! Darf ich noch eines mit Nuß essen, bitte, bitte?«
»Nur im Bett.«
»Herr Holden, ist der Mercedes schon wieder in Ordnung?«
»Jetzt aber marsch«, sagte Frau Romberg. »Das Bonbon, beten und einschlafen.« Sie zog Mickey mit sich fort. In der Tür des Kinderzimmers winkte das kleine Mädchen noch einmal, und ich winkte auch und sah Mickey eingerahmt von vielen bunten Spielzeugtieren, Giraffen und Hasen, Schafen, Pudeln, Hunden, Katzen und Affen ...
Wir tranken Kognak und rauchten, der Polizeifunk lief, und Romberg zeigte mir seine Tierbilder. Und ich fühlte mich so sehr zu Hause in dieser Fremde, so sehr zu Hause. Nicht einmal an Nina dachte ich mehr. Wir zogen unsere Jacken aus und legten die Krawatten ab, und Romberg erklärte seine Bilder. Am schönsten fand ich die Aufnahmen von Schwänen. Er hatte die Tiere beim Starten und Landen am See fotografiert.
»So ein Tier ist manchmal zwanzig Kilo schwer! Was glauben

Sie, was der Schwan an Kraft aufbringen muß beim Start aus dem Wasser! Zwanzig, dreißig Meter ›Rollbahn‹ braucht er, und nur mit der äußersten Anspannung aller Muskeln kommt er hoch. Wenn man den Schwanenflug wie einen Flugzeugflug berechnen wollte, dann dürften Schwäne überhaupt nicht fliegen! Denn als Flugzeug wären sie zu schwer!« Sein Gesicht war jetzt gerötet, er sprach von etwas, das ihn begeisterte. Und er sah plötzlich weniger häßlich aus. Ich dachte, daß alles, was uns wohltut, uns weniger häßlich werden läßt.
»Ich wäre so froh, wenn der Peter *nur* noch solche Bilder machen könnte«, sagte Frau Romberg leise.
»Bloß noch ein bißchen Geduld, Liebling, bis wir unsere Schulden bezahlt haben«, sagte er und strich über ihre von Hausarbeit rauhe Hand. »Dann finde ich auch jemanden, der mir das Geld gibt.«
»Wozu?«
»Ich möchte Tierbücher herausbringen, im eigenen Verlag. Schauen Sie, welchen Erfolg Bernatzik hatte. Oder Trimeck. Alle Menschen interessieren sich für Tiere, es ist bestimmt ein gutes Geschäft, man braucht nur Kapital, um anzufangen.«
»Achtung«, sagte die Männerstimme aus dem Lautsprecher, »Düssel zwo, Düssel zwo ... fahren Sie zur Reginastraße 31, Reginastraße 31 ... wir erhalten eben einen Anruf von Passanten, daß eine Frau aus dem Fenster gesprungen ist ...«
Da begriff ich noch nicht. Da fragte ich noch: »Wieviel Kapital würden Sie brauchen?«
»Na, so zehntausend, fünfzehntausend. Den Rest bekäme ich von der Bank. Warum? Kennen *Sie* jemanden?«
»Ja«, sagte ich. »Da wäre eine Chance. Nicht im Augenblick, aber vielleicht in ein, zwei Monaten ...«
»Ach, Peter, wenn das ginge! Das wäre doch wundervoll!«
»Ja, wundervoll«, sagte er strahlend, während er sich erhob. »Herr Holden, bitte, bleiben Sie bei meiner Frau, ich komme zurück, so schnell ich kann.«

»Wohin wollen Sie?«
»In die Reginastraße. Da ist eine Frau aus dem Fenster gesprungen, haben Sie nicht gehört?« Ich nahm mich zusammen, und es gelang mir, ruhig zu fragen: »Reginastraße, welche Nummer?«
»Einunddreißig. Warum?«
»Nur so. Beeilen ... beeilen Sie sich, Herr Romberg.«
»Wahrscheinlich auch nischt dahinter. Eifersucht oder so was. Aber von etwas muß der Schornstein rauchen. Besser als so ein dämlicher Traumzusammenstoß ist es!«
Dann war er verschwunden, und die Uhr des Polizeisenders tickte monoton weiter, und ich sah wohl und hörte auch wohl, daß Frau Romberg mit mir sprach, eindringlich und lächelnd, aber was sie sagte, konnte ich nicht begreifen.
Denn immerfort und immerfort und immerfort dachte ich nur das eine, wider jeder Vernunft, ohne jede Hoffnung: Eine andere Frau. Nicht sie. Sie ist noch so jung. Sie ist doch unschuldig. Nicht sie. Nicht. Nicht. Nicht.
Frau Rombergs Stimme wurde deutlich: »... wissen ja nicht, was das für Peter bedeuten würde, Herr Holden! Ein Verlag! Seine Bilder! Nicht mehr diese Groschenarbeit, diese Schufterei bei Tag und Nacht!«
Ich nickte.
»Und Sie glauben wirklich, daß Sie die Chance haben?«
Ich nickte.
»Achtung«, sagte die Stimme, »Düssel zwo, Düssel zwo, sind Sie schon in der Reginastraße?«
Es knatterte und pfiff im Lautsprecher, dann kam eine andere Stimme: »Hier ist Düssel zwo. Ziemlich große Schweinerei. Die Frau sprang aus dem neunten Stock ...«
Nein. Nein. Nein.
»... ist noch ganz jung. Wie gesagt, ziemliche Schweinerei.«
»Tot?«
»Sie machen mir Freude, Kollege. Ich sage doch, aus dem

neunten Stock! Schicken Sie mal schnell einen Leichenwagen. Und ein paar Düssel. Wir werden mit den Neugierigen nicht fertig. Jetzt sind auch schon die Pressefritzen da.«
»Wie heißt die Frau?«
»Ist keine Frau, ist ein Fräulein. Schwanger war sie auch. Sagen die Nachbarn. Wahrscheinlich drum. Lutz heißt sie. Hilde Lutz.«
»Buchstabieren Sie.«
Klebrig und langsam tropfte es aus dem Lautsprecher: »Heinrich, Isidor, Ludwig, Dora, Erich, neues Wort, Ludwig, Ulrich, Theodor, Zeppelin ...«
Die Tür des Kinderzimmers flog auf. Mickey stand in ihrem Rahmen, die Augen riesengroß, die kleinen Hände an die Brust gepreßt: »Herr Holden –«
»Was machst du da? Marsch ins Bett!« rief die Mutter.
Aber Mickey kam zu mir gelaufen, ihre Worte überstürzten sich: »Die kennen wir doch!«
»Wen kennst du?«
»Die Hilde Lutz! Die aus dem Fenster gesprungen ist!«
»Warum schläfst du noch nicht? Warum liegst du immer stundenlang wach und hörst den Erwachsenen zu?«
»Die Stimmen waren so laut, Mami! Herr Holden, warum sagst du nichts? Sag doch was! Die Hilde Lutz, das ist doch die, die in den Mercedes hineingefahren ist!«
»Mickey, jetzt werde ich aber böse. Du gehst *augenblicklich* ins Bett zurück!«
Die Unterlippe des kleinen Mädchens zitterte: »Aber ich *kenne* die Frau, Mami, ich kenne sie *wirklich!*«
»*Mickey!*«
»Herr Holden, sag doch, daß es wahr ist!«
Ich erwiderte: »Du irrst dich, Mickey. Die Frau, die du meinst, hieß Olga Fürst, ja, Olga Fürst.«
»Da hast du es!«
Mickeys fassungsloser Blick sagte: Warum verrätst du mich so gemein, so ohne Grund, du, den ich liebe?

»Du gehst jetzt!« rief Frau Romberg und stieß das Kind leicht vorwärts.
Da begann Mickey lautlos zu weinen und schlich in ihr Zimmer zurück. Die Tür schloß sich geräuschlos. Ich nahm mein Glas mit beiden Händen und trank, aber ich verschüttete die Hälfte dabei.
»Entschuldigen Sie, Herr Holden. Es ist wirklich schrecklich mit dem Kind. *Nur,* um sich interessant zu machen.«

Kapitel 24

Um elf Uhr war ich wieder in der Sonnenblickstraße 67. Um Viertel vor zwölf erschien Nina, und ich öffnete den Schlag des Cadillac und hielt eine Hand hin für den Fall, daß Frau Brummer sich entschloß, diese Hand beim Einsteigen als Stütze zu ergreifen, aber sie entschloß sich nicht, und ich fuhr los, doch nicht zu schnell, und sprach nicht, bevor das Wort an mich gerichtet wurde, und es wurde nicht an mich gerichtet.
Die Straßen waren jetzt leer. Nina hing ihren Gedanken nach und ich den meinen. Das waren meine Gedanken:
Arme, dumme Hilde Lutz.
Warum hast du nur nicht auf mich gehört? Du hättest mir folgen sollen. Herr Brummer hat eine Idee gehabt. Mit der Vergangenheit eines Mannes kann man ihn in der Gegenwart beherrschen. Und in alle Zukunft hinein. Das ist eine große Idee, größer als du, Hilde Lutz. Und größer als ich. Für eine so große Idee sind wir alle zu klein. Es sind nämlich lauter böse Vergangenheiten, die wir da ans Licht gefördert haben mit vereinten Kräften. Herr Brummer, Herr Dietrich mit dem schwarzen Gummimantel und sein gewalttätiger Bruder Kolb, der kleine Doktor Zorn und ich. Blut, viel Blut und Gemeinheit kleben an diesen Vergangenhei-

ten, Lüge und Verrat, Betrug und Mord. Böse Taten haben wir mit diesen Vergangenheiten ans Licht gefördert, nun werden sie fort und fort neues Böses gebären. Denn man sieht: Die böse Tat kann nicht vergessen werden, solange sie nicht gesühnt ist. Und wer will all dies Böse sühnen?

Niemand hier, niemand in diesem Land.

Arme, dumme Hilde Lutz.

Jetzt muß Herr Schwertfeger dich nicht mehr heiraten. Ob du ihm nicht vielleicht nur einen Gefallen getan hast? Was wird Herr Schwertfeger nun tun? Er wird schweigen. Mehr verlangt Doktor Zorn nicht von ihm, mehr verlangt er von keinem. Und wenn sie alle schweigen werden, wird ihnen allen nichts geschehen, und ungesühnt wird so das Böse weiterleben. Das Böse ist demnach in diesem Fall zu besiegen. Ein Narr, der sich ihm also in den Weg stellt oder sich das Leben nimmt wie du, arme Hilde Lutz.

Du bist tot. Und die achtzig Juden aus Minsk sind tot. Herr Brummer lebt, und Herr Schwertfeger lebt. Die Lebenden handeln. Die Toten aber halten endlich das Maul. Das ist angenehm für die Lebenden. Untereinander können sie sich gewiß einigen. Und da ist niemand mehr, der sie anklagt, nein, niemand mehr. Leb wohl, dumme, arme Hilde Lutz. Du hast nicht einsehen wollen, worauf es ankommt. Ich habe es eingesehen, o ja, ich habe es eingesehen.

Kapitel 25

In den nächsten vier Tagen, Herr Kriminalkommissar Kehlmann, nahmen die folgenden Herren über Mittelsleute Kontakt mit mir auf: Joachim von Butzkow, Otto Gegner, Ludwig Marwede und Leopold Rothschuh. Die Namen sind Ihnen ohne Zweifel geläufig, handelt es sich doch um prominente Industrielle aus Düsseldorf, Frankfurt am Main und Stuttgart.
Warum man sich stets an mich wandte?
Nun, das erfuhr ich auch in diesen Tagen: Einer der vier Herren hatte jene Männer engagiert, die mich am 23. August zusammenschlugen, um zu erreichen, daß ich verriet, wo die Dokumente lagen. Ich bekam nicht heraus, *welcher* der vier Herren das war, aber heraus bekam ich, daß er die andern drei davon unterrichtet hatte. So entstand denn auch bei ihnen der Eindruck, ich könnte in der Lage und bereit sein, ihnen zu helfen, wenn schon nicht unter dem Eindruck von Prügeln, so doch unter dem Eindruck von Geld. Der Eindruck täuschte jedoch. Ich meldete jede einzelne Kontaktaufnahme sogleich dem Doktor Zorn und lehnte jeden Bestechungsversuch ab, was mir um so leichter fiel, als ich tatsächlich sehr geringe Chancen sah, an die Originaldokumente noch jemals im Leben heranzukommen.
Die Delikte aus der Vergangenheit, für welche die vier Herren nun eine Bestrafung in der Gegenwart befürchten mußten, waren im übrigen unterschiedlich.
Herr Joachim von Butzkow hatte im Dritten Reich als Oberlandesgerichtsdirektor zu verschiedenen Malen übereifrig das Recht gebeugt und damit den Tod von vierzehn deutschen Staatsangehörigen verschuldet.
Herr Otto Gegner hatte in den Jahren 1945 bis 1947 sein Vermögen durch einen schwunghaften Handel mit amerikanischen Zigaretten erworben. Die Zigaretten lud man in griechischen Häfen, weit entfernt von jeder Eingriffsmöglichkeit der amerika-

nischen Behörden, zu Millionen aus und schaffte sie in Lastwagen quer durch verschiedene sowjetische Satellitenländer nach Österreich und Deutschland. Die Transporte wurden von Soldaten der Roten Armee geleitet. Für diesen Freundschaftsdienst revanchierte sich Herr Otto Gegner, indem er den Sowjets in West-Berlin und Wien Menschen in die Hände spielte, die von den Sowjets gesucht wurden.

Die Praxis dieses Menschenraubes auf offener Straße, bei welchem das von einem Spitzel bezeichnete Opfer von »Unbekannten« niedergeschlagen und in ein Auto – gewöhnlich eine schwarze Limousine – gestoßen wurde, erregte seinerzeit viel Aufsehen. Alle Versuche der österreichischen und deutschen Behörden, Belastungsmaterial gegen österreichische oder deutsche Drahtzieher zu sammeln, mißlangen jedoch.

Herr Ludwig Marwede war homosexuell. Einzelne seiner allzu jugendlichen Freunde hatten seine Briefe, andere Fotografien gesammelt.

Herr Leopold Rothschuh hieß in Wahrheit Heinrich Gotthart und stand auf einer polnischen Auslieferungsliste zum Zwecke der Aburteilung für Verbrechen, die er als Wehrwirtschaftsführer im sogenannten Warthegau in den Jahren 1941 bis 1944 begangen hatte. Die Dokumente, die Zorn vorlagen, beschuldigten ihn der Verschleppung, der sadistischen Quälerei, des mehrfachen Mordes und des Diebstahls von Kunstgegenständen.

Die vier Herren lebten in den besten Verhältnissen. Sie hatten – mit Ausnahme von Herrn Marwede – Familie und Kinder, und ihre Heime waren gesellschaftliche Zentren der guten Gesellschaft. Ihre Kinder gingen zur Schule ...

Am 14. September rief der kleine Doktor Zorn an. Er hätte, sagte er am Telefon, mit mir zu reden. Ich war für 17 Uhr bestellt und saß zu dieser Zeit in dem fensterlosen Vorzimmer seiner Kanzlei.

Dann öffnete sich eine Tür, und Doktor Hilmar Zorn geleitete einen Besucher zum Ausgang. Der Anwalt trug an diesem Tag einen blauen Anzug, dazu eine perlgraue Weste, die kleine abgerundete Aufschläge, wie die Jacke, besaß. Sein Besucher trug einen grauen Anzug mit feinen weißen Nadelstreifen, ein weißes Hemd und eine schwarze Krawatte. Herbert Schwertfeger war elegant wie immer. Es verblüffte mich so, ihn hier zu sehen, daß ich grüßte, was mich sofort wütend ärgerte.

Herbert Schwertfeger bewies mehr Haltung als ich, er grüßte nicht, er war überhaupt nicht verblüfft, mich zu sehen, ja mehr, er tat, als hätte er mich nie zuvor im Leben erblickt. Ohne Interesse glitt der Blick seiner furchtlosen blauen Augen über mich hin, so, wie man einen Fremden ansieht. Schwertfeger mußte sich etwas vorneigen, als er seinen Hut vom Haken nahm. »Pardon«, sagte er dazu, wie man sich bei einem Fremden entschuldigt. Er trug eine schwarze Krawatte, der Herr Schwertfeger, und jetzt fiel mir ein, daß dies vielleicht ein Zeichen der Trauer sein sollte.

»Guten Tag, Herr Doktor«, sagte er.

»Meine Verehrung, Herr Schwertfeger.«

Meine Verehrung, Herr Schwertfeger.

Die Tür schloß sich, und Zorn kam händereibend zu mir: »Ich begrüße Sie, mein Lieber. Treten Sie näher.«

In seinem Büro war das Fenster, wie immer, geschlossen und die Luft, wie immer, blau von Zigarettenrauch. »Ist Ihnen nicht gut?«

»Das war Herr Schwertfeger!«

»Ja, warum? Rauchen Sie? Nein? Aber es macht Ihnen doch nichts, wenn ich rauche? Gut.« Er schnitt liebevoll die Spitze einer Brasil ab, lächelte mild, und ich sah, daß er die letzten Ereignisse mit der Nonchalance eines überlegenen Bühnenschauspielers zu bewältigen gedachte.

»Lieber Freund, ich sehe Sie erstaunt. Erstaunt worüber? Daß Herr Schwertfeger mich zu seinem Rechtsbeistand gemacht hat?«

»Sie sind sein Anwalt?«

»Seit heute.« Er strich sich durch die weiße Gerhart-Hauptmann-Mähne. Ein Siegelring glänzte an seinem Finger.
»Moment«, sagte ich, »Sie können doch nicht gleichzeitig Herrn Brummer und Herrn Schwertfeger vertreten.«
»Bis gestern konnte ich es nicht. Da waren die beiden Herren Gegner. Heute sind sie das nicht mehr.« Er lachte triumphierend und war voller Bewunderung für seine Leistung, und ich war auch voller Bewunderung. »Im Gegenteil! Seit heute sind die Herren Verbündete.« Aber er zerrte doch ein wenig an seinem Kragen. »Herr Schwertfeger war zwei Stunden lang bei mir. Ich habe ihn tief erschüttert gefunden. Zum einen über den so völlig unerwarteten Tod eines lieben Menschen, zum anderen darüber, daß er um ein Haar mitschuldig geworden wäre an dem ungeheueren Komplott gegen Herrn Brummer.«
»Ein Komplott, aha«, sagte ich blödsinnig.
»Sie sind ein Laie in diesen Dingen. Ich will es Ihnen kurz erklären: Zusammen mit anderen Herren hat Herr Schwertfeger schwere Anwürfe gegen Herrn Brummer erhoben, weil er – bis gestern – von einem schuldhaften Verhalten des Herrn Brummer überzeugt war. Nun aber mußte er plötzlich feststellen, daß er ein Opfer falscher Informationen und falscher Bilanzen geworden ist.«
»Das mußte er plötzlich feststellen.«
»Ja. Ohne es zu ahnen, hat er monatelang einem mächtigen Feind von Herrn Brummer in die Hände gespielt, dem es gelungen war, ihm und den anderen Herren ein schuldhaftes Verhalten des Herrn Brummer vorzutäuschen. Jetzt aber ist es Herrn Schwertfeger wie Schuppen« – er regte sich auf und bekam seine Sprechhemmungen – »von den Augen gefallen! Jetzt sieht er, wo der wahre Schuldige steht! Darum ist er entschlossen, Seite an Seite mit Herrn Brummer den Kampf aufzunehmen gegen einen Privatbankier namens Liebling. Das ist natürlich eine Sensation allerersten Ranges. Heute abend um 19 Uhr geben wir im Breidenbacher Hof eine Pressekonferenz. Herr

Schwertfeger hat schon alle Urkunden und Schriftstücke bei mir deponiert, die wir brauchen, um den Bankier Liebling bloßzustellen.«

»Bona causa triumphat«, sagte ich.

»Lassen Sie es uns hoffen.«

»Ich verstehe nur eines nicht«, sagte ich, »es können doch nicht *alle* Belastungszeugen gegen Herrn Brummer Butter auf dem Kopf haben. Man kann sie doch nicht *alle* erpressen!«

»Nicht dieses Wo-Wort, Herr Holden, bitte.« Er schüttelte mißbilligend den weißen Schädel und zerrte an seinem Kragen.

»Ich meine: Es muß doch auch noch ein paar *anständige* Leute in diesem Land geben, das ist ja verrückt!«

»Es gibt sehr viele anständige Leu-Leute in diesem Land. Aber es scheint, daß Herr Brummer seine Geschäfte – Gott sei Dank, müssen wir sagen – nicht mit ihnen abgewickelt hat, nein, nicht mit ihnen. Es scheint, daß er seine Theorie von der Nützlichkeit dunkler Vergangenheiten schon sehr früh entwickelte, gleich nach dem Zusammenbruch. Auch heute sind da natürlich ein paar unangenehme Zeugen, gegen die bei uns nichts vorliegt. Aber zum Glück sind es keine bedeutenden Zeugen. Wenn Liebling stürzt, sind wir gerettet. Und damit komme ich zum Thema.«

»Ich habe den Namen noch nie im Leben gehört.«

»Bitte?«

»Hat sich Liebling – persönlich oder durch Mittelsleute – bei Ihnen gemeldet?«

Seine gelehrten Augen wurden plötzlich tückisch: »Ich bekomme es heraus, wenn Sie lügen, Herr Holden, Sie wissen, was dann geschieht. Wieviel hat Liebling Ihnen geboten?«

Ich stand auf. »Diesen Ton lasse ich mir nicht gefallen.«

»Setzen Sie sich«, sagte er laut.

»Entschuldigen Sie sich zuerst.«

Wir sahen uns an, und er nickte plötzlich: »Ich entschuldige mich.«

Ich setzte mich.
Zorn sagte: »Ver-verstehen Sie meine Erregung, Herr Holden. Lothar Liebling ist der einzige, der entschlossen ist, sich zu widersetzen. Ich habe ihm Fotokopien der Dokumente, die ihn belasten, zugeschickt. Während die anderen jedoch ihre Zusammenarbeit versprochen haben, hat Liebling mich wissen lassen, daß er Herrn Brummer vor Gericht auf das schwerste zu belasten gedenkt – ohne Rücksicht auf die Folgen, die ihm erwachsen werden. Sie sehen, dieser Mann ist ein Charakter.«
»Wie Herr Schwertfeger.«
»Herr Schwertfeger wird immerhin den Nachweis erbringen, daß Lothar Liebling die treibende Kraft in dem Komplott gegen Herrn Brummer war.«
»Wird das nicht sehr schwer nachzuweisen sein?«
»Schwer ja, aber nicht unmöglich, wenn alle zusammenhalten. Eines allerdings wäre *äußerst* unangenehm, und darum habe ich Sie hergebeten, Herr Holden. Erforschen Sie Ihr Gedächtnis. Ich habe auch Herrn Brummer gebeten, darüber nachzudenken, aber wir kamen zu keinem Ergebnis. *Was* kann es sein, das Lothar Liebling so viel Kraft verleiht? Welche Beweise besitzt er? Worauf kann er sich stützen?«
»Keine Ahnung.«
»Nicht so schnell, nicht so schnell. Wir müssen die Antwort finden, sie ist lebenswichtig. Liebling *darf* sich auf nichts stützen können, er *darf* nicht mehr wissen als wir, er darf nicht stärker sein als alle andern zusammen, begreifen Sie?«
»Ich begreife es, aber ich habe keine Ahnung.«
»Kann es sein, daß Sie auf der Fahrt von Berlin nach Braunschweig Dokumente verloren haben?«
Darauf gab ich keine Antwort.
»Sie wissen, was ich meine, wenn ich ›verloren‹ sage?«
Ich blieb ruhig: »Wenn ich Dokumente für mich behalten hätte, säße ich jetzt nicht vor Ihnen und ließe mich beleidigen.«

»Das ist eine gute Antwort«, sagte er zufrieden. »Sie überzeugt.«
Er räusperte sich. »Da wäre dann Frau Brummer.«
»Was ist mit ihr?« fragte ich zu laut.
Er lächelte traurig: »Sie hat sich über Sie beschwert, ja, über Sie, sehen Sie mich nicht so erstaunt an. Ich höre, daß Sie die gnädige Frau nicht mit der gebührenden Ehrerbietung behandeln. Sie haben sich zum Beispiel geweigert, ihre Fragen zu beantworten.«
»Ihrem Auftrag gemäß.«
»Ich beglückwünsche Sie zu Ihrem Pflichtgefühl, Herr Holden. Man sieht, Sie waren lange Soldat und lange im Gefängnis. Es wird mich freuen, wenn Frau Brummer sich wieder beschwert. Sie beschwert sich auch über mich.«
»Über *Sie*?« Seit ich Herbert Schwertfeger hier gesehen hatte, kam ich mir vor wie ein lallender Idiot, und wie ein lallender Idiot betrug ich mich.
»Bei Herrn Brummer, ja. Ich bin in einer peinlichen Lage. Herr Brummer verlangt als erstes Sicherheit für seine Frau, er liebt sie, sie ist ihm das Teuerste auf der Welt. Darum hat er verboten, sie in irgend etwas einzuweihen. Er will sie nicht belasten. Aus Liebe wurde dieser Wunsch geboren. Aber Frau Brummer? Sie sehen, wie sie reagiert.«
Worauf lief dieses ganze Geschwätz hinaus, überlegte ich benommen, worauf?
»So geht das weiter: Herr Brummer ordnet an, daß Sie seine Frau überallhin begleiten sollen. Folge: Frau Brummer klagt, ihre Bewegungsfreiheit wäre eingeschränkt. Oder: Herr Brummer ordnet an, daß ich alle persönlichen Dokumente, Wertsachen und den Schmuck der gnädigen Frau auf einer Bank zu deponieren habe. Folge: Frau Brummer beklagt sich, daß sie ihren Schmu-Schmuck nicht tragen kann. Herr Holden, halten Sie es für möglich, daß Frau Brummer in Verbindung mit Lothar Liebling steht?«
Den letzten Satz hatte er übergangslos, ohne die Stimme zu

heben, gesprochen. Gott sei Dank, dachte ich, *darauf* lief also alles hinaus, darauf also. Mein Gehirn funktionierte noch ...
»Das ist eine ungeheuerliche Anschuldigung –« begann ich, aber er unterbrach mich mit einer wegwischenden Handbewegung: »Eine Frage, nichts sonst. Ich bin Herrn Brummers Anwalt. Ich soll ihm seine Freiheit und seinen guten Namen wiederbringen. Dazu ist es nötig, daß ich Liebling kleinkriege. An wen soll ich mich aber wenden, wenn ich Informationen über Frau Brummer brauche? An Frau Brummer? – Also. – An Herrn Brummer? Der liebt seine Frau. Seine Informationen sind wertlos. Bleiben Sie. Sie sind unparteiisch. Sie haben den Auftrag, Frau Brummer auf Schritt und Tritt zu begleiten. Ich bitte Sie *dringend,* mir *sofort* zu melden, was Ihnen an Frau Brummer ungewöhnlich auffällt. Und sagen Sie nicht, Sie könnten das nicht, Sie haben eine Menge Geld genommen.«
»Ich sage gar nicht, daß ich das nicht könnte.«
Darauf erhob er sich und hielt mir die Hand hin: »Ich danke Ihnen!«
»Nichts zu danken«, sagte ich. Und überlegte, daß der kleine Doktor sich einen schlechteren Mitarbeiter nicht hätte aussuchen können. Vor einer Viertelstunde waren er und seinesgleichen mir noch als Übermenschen erschienen. Jetzt dachte ich schon wieder anders über die Herren. Mein Selbstvertrauen kehrte wieder und meine Zuversicht.
Es geht alles noch einmal rund, dachte ich. Noch bin ich mit von der Partie. Meine Lage hat sich gebessert, meine Position gestärkt. Ja, so dachte ich, Narr, der ich war, blinder, eitler, nicht mehr zu rettender Narr.

Kapitel 26

An diesem Tag gab es ein Gewitter, das sehr heftig war.
Ich erinnere mich an dieses Gewitter, weil ich mich an diesen Tag erinnere, ich glaube nicht, daß ich ihn je vergessen werde. Das Gewitter zog stundenlang über Düsseldorf hin und her, ohne loszubrechen. Der Himmel war schwarz, die Luft schwefelfarben von dem Staub, den jähe Windstöße immer wieder wolkenwärts trugen. Aber noch fiel kein Tropfen, noch krachte kein Donner einem zuckenden Blitz nach. Es war sehr dunkel und heiß in den Straßen, in vielen Geschäften brannte schon um drei Uhr nachmittags elektrisches Licht. Auch der Wind war heiß. Und alle Menschen waren gereizt.
Um 15 Uhr 30 sollte ich Nina bei einer Freundin in der Dellbrückstraße abholen. Auf der Fahrt dorthin drehte ich das Autoradio an. Ich hatte das Fenster an meiner Seite herabgelassen, und der heiße, trockene Wind strich über mein Gesicht, während ich einer hohen Frauenstimme lauschte, die, wie zu Kindern, diese Worte sprach: »... als sie aber in der Dunkelheit zu der Brücke kamen, da ließ der ältere Bruder den jüngeren vorangehen, wie es ihm der Teufel geraten hatte, und als sie mitten über dem Wasser waren, gab er ihm von hinten einen Schlag, daß er tot hinabstürzte. Da begrub der ältere Bruder den jüngeren unter der Brücke und nahm ihm den Goldschatz fort, denn so hatte der Teufel es ihm befohlen, und brachte den Goldschatz dem König mit dem Vorgeben, er habe ihn gefunden, worauf er die Tochter des Königs zur Gemahlin erhielt ...«
Ein Rotlicht ließ mich halten. Gelber Staub umwehte den Wagen. Immer mehr verfiel das Licht. Ich dachte, daß in deutschen Märchen viel gemordet und gelogen, betrogen und gefürchtet wurde, wie im Leben, wie im Leben.
Das Licht sprang auf Grün, ich fuhr weiter.
»... weil aber vor Gott nichts verborgen bleibt, trieb nach langen

Jahren ein Hirte seine Herde über die Brücke und sah unten im Sande ein schneeweißes Knöchelchen liegen und dachte, das gäbe ein gutes Mundstück. Da stieg er herab, hob es auf und schnitzte ein Mundstück daraus für seinen Herrn ...«
Jetzt flammten die Straßenlampen auf. Die Menschen hasteten. Die ganze Straße wurde nervös. So waren die Städte nervös geworden, bevor die Sirenen heulten, damals ...
»... als der Hirte zum erstenmal darauf blies, fing das Knöchelchen zur großen Verwunderung des Hirten von selbst an zu singen:

>Ach, du liebes Hirtelein,
Du bläst auf meinem Knöchelein,
Mein Bruder hat mich erschlagen,
Unter der Brück' begraben
Um des Goldes fein
Für des Königs Töchterlein.‹

›Was für ein wunderliches Hörnchen‹, sagte der Hirte, ›das von selber singt. Das muß ich dem Herrn König bringen‹ ...«
Mit heulender Sirene und zuckendem Blaulicht jagte ein Funkstreifenwagen heran, ich sah ihn im Rückspiegel auftauchen und bremste am Straßenrand. Der Wagen raste vorbei. Ich fuhr weiter, der Wind wehte mir Staub ins Gesicht, und ich fühlte, wie meine Augen zu brennen begannen. Und noch immer brach das Gewitter nicht los.
»... als der Hirte vor den König kam, fing das Hörnchen abermals an, sein Liedchen zu singen. Der König verstand es wohl und ließ die Erde unter der Brücke aufgraben, da kam das ganze Gerippe des Erschlagenen zum Vorschein. Der böse Bruder konnte die Tat nicht leugnen, ward in einen Sack genäht und lebendig ersäuft, die Gebeine des Ermordeten aber wurden auf dem Kirchhof in ein schönes Grab zur Ruhe gelegt. Und so, liebe Kinder, endet die Geschichte. Mit dem Teufel hatte sich der

böse Bruder verbündet um des Goldes willen. Er hatte ihm vertraut und mit ihm gegessen und getrunken. Aber wer mit dem Teufel essen will, der muß einen langen Löffel haben.«
Drei Sekunden Stille, dann erklang eine Männerstimme: »Vom Nordwestdeutschen Rundfunk Hamburg hörten Sie die Kinderstunde. Ingeborg Lechner las das Märchen ›Der singende Knochen‹, aufgezeichnet von den Gebrüdern Grimm.«
Im nächsten Augenblick zuckte der erste Blitz über den Himmel. Er blendete mich so, daß ich die Augen schloß und auf die Bremse trat. Sofort knallte der Donner, trocken und hart, wie ein Gewehrschuß in nächster Nähe. Eine Frau schrie auf. Und dann begann der Regen herabzustürzen, endlich, endlich, und das Licht wurde grün.

Kapitel 27

Sie trug ein rotes Wollkleid an diesem Tag, und sie stand schon im Haustor, als ich vorfuhr. Ich kletterte ins Freie, öffnete den Wagenschlag, und sie lief auf hohen Stöckeln, so rasch sie konnte, durch den rasenden Regen, aber die wenigen Schritte genügten: Dunkel klebte die rote Wolle schon an ihrem Leib wie ein zu enges Trikot, als sie sich in den Fond fallen ließ. Auch mir rann das Wasser in den Kragen.
»Nach Hause«, sagte Nina, heftig atmend.
Man sah keine zehn Meter weit. Ununterbrochen zuckten jetzt grelle Blitze, und die Donner krachten hohl. Fußgänger waren von der Straße verschwunden, aber Autos stauten sich zu Dutzenden vor jeder Kreuzung. Viele hupten. Durch das unwirklich grüne Aquariumlicht stürzten grau, weiß und silbern die Ströme des Regens, der auf das Wagendach trommelte.
»Ich habe etwas gesagt, Holden!«

»Ich habe es nicht verstanden, gnädige Frau.«
»Sie sollen *schneller* fahren!«
»Ich kann nicht schneller fahren!«
»Aber ich fürchte mich vor dem Gewitter!«
Darauf gab ich keine Antwort. Sie kroch in eine Ecke, schloß die Augen und hielt sich die Ohren zu, ich sah es im Rückspiegel. Sie tat mir leid, aber ich konnte nicht schneller fahren, beim besten Willen nicht.
Immerhin schaffte ich es in zwanzig Minuten zur Cecilienallee. Über dem Strom bildete der Regen einen kompakten Block, der aussah wie Beton, umbraut von Nebeln. Das Unwetter hatte hier große Äste von den Bäumen gebrochen, sie lagen auf der Straße, über die das Wasser in Bächen rheinwärts schoß. Kanalgitter waren verstopft mit Erde, Blättern, Blumen und Gras, die Wege vermurt. Und noch immer tobte das Wetter weiter, und das Licht blieb grün. Ich hatte die Villa erreicht und wollte eben durch das geöffnete Tor in den Park fahren, als ich einen Schrei hörte:
»Bleiben Sie stehen!«
Ich bremste, und der schwere Wagen glitt zur Seite und hielt vor der großen Eiche neben dem Eingang. Hier stand ein Mann. Nina hatte ihn zuerst gesehen, ich sah ihn erst jetzt. Es war Toni Worm. Das Unwetter mußte ihn überrascht haben, denn er trug keinen Mantel, sondern nur graue Flanellhosen, fleischfarbene Sämischledersandalen, eine blaue Jacke, ein offenes weißes Hemd. Unter der Eiche war er vor dem Regen geschützt. Er war sehr bleich, die schönen schwarzen Augen mit den seidigen Wimpern glühten. Mit katzenhaften Bewegungen der breiten Schultern, der schmalen Hüften und der langen Beine hatte er in drei Sätzen den Wagen erreicht. Nina riß den Schlag auf.
»Toni!«
Er fiel neben sie. Der Schlag flog zu. Ich drehte mich um. Ninas Blick wurde milchig, schwamm fort. Sie griff sich ans Herz. Sie flüsterte: »Was machst du hier?«
Der junge Mann mit dem gekräuselten schwarzen Haar und den

ausdrucksvollen schmalen Händen sagte: »Ich rief an. Es hieß, du kämest in einer Stunde. Da habe ich hier auf dich gewartet. Guten Tag, Herr Holden.«
»Guten Tag, Herr Worm.«
In München hatte ich einmal einen Nachbarn, der besaß einen Hund, ein freundliches Tier mit langen Ohren. Diesen Hund quälte mein Nachbar, der selbst sehr von seiner Frau gequält wurde, wo er konnte. Bei jeder Gelegenheit schlug er mit der Peitsche auf ihn ein, trat ihn und riß ihm das Fressen fort, gab ihm Befehle und schlug, schlug, schlug ihn. Zuletzt schaffte er noch ein Würgehalsband an. Deshalb stellte ich ihn zur Rede, und er sagte: »Dös verstehen S' net, lieber Herr, i' will den Rex doch für die Jagd abrichten, da muß er folgen lernen aufs Wort. Das weiß er selber am besten, gelt, Rex?« Solcherart angesprochen, legte der Hund den Kopf schief, bellte fröhlich, wedelte mit dem Schwanz, und in seine großen Augen trat ein Ausdruck von Ergebenheit und Liebe zu seinem Peiniger, von grenzenloser Bewunderung und grenzenloser Hingabe zu dem Menschen, der ihn mißhandelte, und es war klar: Wenn es *ein* Wesen auf dieser Welt gab, für das der Hund sich blindlings und sogleich in Stücke reißen ließ, dann war das mein Nachbar. Den gleichen Ausdruck, genau den gleichen entdeckte ich nun in Nina Brummers Augen, als sie Toni Worm betrachtete ...
»Was ist geschehen?« flüsterte sie.
»Nicht hier ...«
»Du kannst nicht ins Haus kommen. Mila –«
Worm sagte: »Fahren Sie weiter, Herr Holden.«
Ich reagierte nicht.
Nina schrie plötzlich, wie von Sinnen: »Haben Sie nicht gehört, Sie sollen weiterfahren!«
Darauf sagte Worm vermittelnd: »Wir sind alle nervös.« Draußen blitzte es über dem Wasser, und sofort tobte der Donner hinterher. »Ich *bitte* Sie, hier wegzufahren, Herr Holden.«

Ich saß reglos und sah sie beide an.
»Wenn Sie nicht fahren wollen, steigen Sie aus. Herr Worm wird fahren.«
Die Hundeaugen, dachte ich. Peitsche und Tritte. Diese Hundeaugen. »Wohin soll ich fahren?«
»Den Rhein hinunter«, sagte Worm.
Also fuhr ich den Rhein hinunter. Im Rückspiegel sah ich, wie Nina ihn ansah und wie er sie ansah, und niemand sprach, und der Regen trommelte auf das Wagendach, Blitze zuckten, und Donner tobten. Einmal glitt Ninas Hand über das Leder des Sitzes, ein paar Zentimeter seiner Hand entgegen. Aber die blieb, wo sie war, und er sah sie nur an, sentimental und an eine gemeinsame Erinnerung appellierend.
Was wollte er? Warum war er zurückgekommen? Es machte mich rasend, daß keiner der beiden sprach, daß ich nicht erfahren würde, was er wollte.
»Da vorne«, sagte Worm.
Eine kleine Gaststätte mit einem Biergarten tauchte auf. Unter Bäumen standen Tische. Stühle waren an sie gelehnt. Regen sprühte von ihnen zur Erde.
»Da kann ich nicht hineingehen«, sagte Nina. »Hier kaufen wir oft Bier oder Sodawasser. Die Leute, die die Flaschen liefern, würden mich erkennen.«
»Herr Holden wird hineingehen«, sagte Worm. *»Bitte!«*
Ich schüttelte den Kopf. In Ninas Augen trat ein Ausdruck von nackter Mordlust. »Sie gehen sofort.«
Ich schüttelte den Kopf.
»Sind Sie wahnsinnig geworden, Holden? Was fällt Ihnen ein?«
»Ich gehe nicht.«
Sie riß den Schlag auf und sprang in den Regen hinaus. Mit einem Satz war ich bei ihr und packte sie an den Schultern. Sie flog zurück. Der Regen traf unsere Gesichter wie Hagel. Ich schrie: »Und wenn man Sie erkennt?«
»Das ist mir egal! Mir ist alles egal!«

Toni Worm war im Wagen sitzen geblieben und verfolgte unseren Streit angstvoll.
»Sie machen alles, alles kaputt!« schrie ich.
Nina riß sich los, schlug mich ins Gesicht, so fest sie konnte, und rannte stolpernd auf die Gaststätte zu, und ich dachte, wenn uns nur niemand sieht, und holte sie ein und packte sie wieder und sagte leise: »Es ist gut. Ich lasse Sie allein.«
Darauf rannte sie sofort zum Wagen zurück. Der Schlag fiel zu, die beiden waren allein, und ich stand im Regen ...
Die Gaststätte war leer.
Hinter der Biertheke las eine dicke Frau die Zeitung. Eine Katze schnurrte in ihrem Schoß. Auf den Tischen gab es keine Tücher. Dort, wo die dicke Frau saß, brannte eine kahle Glühbirne. Sonst gab es kein Licht im Raum. Ich zog meine Jacke aus und setzte mich an ein Fenster, und draußen stand der Cadillac im grünen Licht des Gewitters. Man sah nicht die zwei Menschen darin, niemand konnte sie sehen, dazu war es zu dunkel, aber ich, ich wußte, daß sie darin saßen, ich wußte es ...
Die dicke Frau kam heran. Sie hatte ein freundliches Gesicht.
»Das ist ein Wetter, was?«
Ich sah den Cadillac, der draußen stand.
»Wollen Sie was trinken?«
»Einen Kognak, ja.«
»Vielleicht mit'm Stößchen?«
»Ja, mit einem Bier.«
Sie schlurfte fort, und die dicke rosinfarbene Katze kam heran und schnurrte, und ich sah den Cadillac, der draußen stand, ich sah den Cadillac.

Kapitel 28

Sie hat mich geschlagen. Sie hat mich geschlagen. Sie hat mich geschlagen. Es gibt Dinge, die ich eben noch ertrage. Die hat sie sich bisher geleistet. Sie hat mich geschlagen. Das hätte sie nicht tun sollen. Das war zuviel.
»Ein Stößchen, ein Kognak.«
»Noch einen Doppelten.«
»Einen Doppelten noch, jawohl.«
Meine Frau schlug mich auch, damals. Als ich ins Zimmer trat. Da schlug sie mich ins Gesicht, wie ich eben ins Gesicht geschlagen wurde. Danach ... danach tat ich es dann. Alles drehte sich um mich, so wie sich jetzt alles um mich zu drehen beginnt, das Blut hämmerte in meinem Schädel, wie es jetzt zu hämmern beginnt –
»Noch ein Doppelter, bitte sehr.«
Jetzt muß ich die Augen schließen, so sehr dreht sich alles. Und das Blut in meinem Schädel hämmert, hämmert, hämmert. Geschlagen. Geschlagen. Sie hat mich geschlagen.
Draußen steht der Wagen.
Ich will nicht hinsehen. Ich muß hinsehen. Auch draußen dreht sich alles in grünen Regenschlieren. Aber da steht er, der Wagen. Sie sitzen in ihm und reden, ich weiß nicht, was. Sie sieht ihn an mit ihren feuchten Hundeaugen, den schönen Jungen, mit dem sie sich im Bett gewälzt hat, nackt und keuchend. Er ist wiedergekommen, ihr ganzer Körper sehnt sich nach ihm, sie werden es wieder tun, sie werden –
Nein.
Was heißt nein?
Ich werde es verhindern.
Idiot. Wie kannst du es verhindern?
Ich habe schon einmal etwas verhindert. Dafür bekam ich zwölf Jahre, und Margit war tot. Aber sie konnte mich nicht mehr

betrügen, nein. Ich tue es wieder, ja, ich tue es wieder. Diesmal gehe ich nicht mehr ins Gefängnis dafür. Sie hat mich geschlagen. Ruhig. Ich muß mich beruhigen.
Nein, ich will nicht. Nicht mehr. Schluß machen will ich. Alles, was geschieht, ist zuviel für mich. Ich bin dem allen nicht gewachsen. Ich mache Schluß. Mit mir und mit den beiden.
Ich gehe zu ihnen zurück. Der schöne Junge ist schwächer als ich. Und feige. Margit ist nur eine Frau. Nein, nicht Margit. Das war … damals war das. Sie heißt Nina. Margit. Nina. Margit. Nina. Ich werde sie überhaupt nicht beachten. Ich werde losfahren ohne ein Wort. Es regnet noch immer. Es wird wie ein Unfall aussehen. Sie werden auf mich einschlagen und alles versuchen, damit ich stehenbleibe, das ist klar. Aber sie sitzen hinter mir. Man kann einen Menschen nicht sehr schlagen, wenn man hinter ihm sitzt. Einen halben Kilometer noch, dann kommt der Rhein ganz an die Straße heran, ich kenne die Stelle. Eine Menge Warnungsschilder stehen da. Das Wasser ist sehr tief an dieser Stelle. Das Steuer herumgerissen. Quer über die Straße rast der Wagen. Sie schreien. Sie wollen sich befreien aus dem Sarg, der sie hinunternimmt, hinunter, aber es ist zu spät. Wasser schießt durch das offene Fenster, sie krallen sich aneinander, wie ich mich an das Steuer kralle. Margit und Toni. Nina und Toni. Nina und Toni.
Das Blut … das Blut in meinem Schädel …
Ich lege Geld auf den Tisch und ziehe die nasse Jacke an. Ich gehe ganz langsam, denn jetzt ist es gleich, wie naß ich noch werde. Zehn Schritte bis zu dem Cadillac, der da in der Dämmerung steht, massig und dunkel. Und schwankt vor meinen Augen, so wie alles schwankt.
Ich torkele von hinten an ihn heran, damit sie nichts merken, das ist wichtig daß sie nichts merken.
Fünf Schritte. Ich gleite aus. Falle. Erhebe mich wieder. Das Blut. Das Blut in meinem Schädel. Margit und Nina. Margit und Nina …

Drei Schritte noch.
Wie grün das Licht noch immer ist. Grün auch das Wasser. Fische und Pflanzen werden uns begleiten. Nachts wird es dunkel sein und kalt, aber wir werden es nicht mehr wissen. Verfaulen wird ihr schöner Leib, und da werden Algen sein und Tiere in ihrem schönen Haar.
Noch ein Schritt.
Ich denke: Sie hat mich geschlagen. Das ist das Ende.
Dann reiße ich den Wagenschlag auf und lasse mich hinter das Steuer fallen. Im gleichen Moment fühle ich Ninas Hand auf meiner Schulter und höre sie schluchzen: »Holden, Gott sei Dank, Holden, daß Sie kommen!«

Kapitel 29

»Holden, Gott sei Dank, Holden, daß Sie kommen.«
Ich nahm den Fuß vom Gaspedal und drehte mich um, aber ganz langsam, denn meine Glieder gehorchten nicht, und Nina fiel zurück, und über ihr Gesicht rannen Tränen. Da lag sie in ihrem feuchten Wollkleid, die Augen schwammen, die Hände zitterten. Toni Worm saß neben ihr, und da ich ihn ansah, hob er sofort einen Arm vors Gesicht: »Wenn Sie mich anrühren, springe ich aus dem Wagen und schrei' um Hilfe!«
Ich kurbelte das Fenster herunter und atmete tief und fuhr mir mit der Hand über das ganze Gesicht und lallte: »Wer rührt Sie an, Herr Worm, wer rührt Sie an?«
Auf dem Rhein schrie eine Schiffssirene. Das Gewitter verzog sich, nur der Regen strömte noch mit unverminderter Heftigkeit herab.
»Du Schuft«, sagte Nina. »Du gemeiner Schuft.«
Darauf zuckte Worm bloß die Schultern.

»Was ist geschehen?« fragte ich, während ich dachte, daß wir um eine Kleinigkeit jetzt schon alle nicht mehr reden würden.

Nina sank so weit in sich zusammen, daß das blonde Haar auf die Knie fiel, über denen das rote Wollkleid hochgerutscht war.

»Er erpreßt mich«, flüsterte sie.

Ich dachte, daß ich sehr vorsichtig sein mußte. Ich war selbst am Rande eines Zusammenbruchs. Ruhig atmen. Langsam reden. Nicht hinreißen lassen.

Es sprach Toni Worm: »Herr Holden, da Sie nun schon einmal von unserer Beziehung wissen, appelliere ich an Ihren Menschenverstand.«

Nina lachte hysterisch.

Es wurde jetzt so dunkel, daß ich die Gesichter der beiden nicht mehr sehen konnte. Vom Fluß kam Nebel über die Straße gekrochen, das grüne Licht war grauer geworden. Jetzt starb es. Laternen flammten auf im Dunst. Und wieder schrie eine Sirene, draußen auf dem Rhein.

Toni Worm sprach, und seine Worte wurden untermalt vom Trommeln des Regens und dem dünnen Schluchzen Ninas: »Versetzen Sie sich in meine Lage. Ich fahre nach Hamburg. Es stellt sich heraus, daß es mit dem Engagement in der Eden-Bar nichts ist.«

»Wieso nicht?«

»Der Besitzer hier wollte mich nur los sein. In Hamburg hat er schon einen Klavierspieler, im Dreijahresvertrag. Ich liege also auf der Straße. Kaum habe ich mich gemeldet, kommt die Steuer. Rückstände aus Düsseldorf. Ich kann nicht bezahlen. Ich habe nichts zu fressen. Ich sitze in einem unbezahlten Pensionszimmer. Ich habe nicht einmal einen Flügel, um zu arbeiten. Die Rhapsodie, Sie erinnern sich, Herr Holden, meine Rhapsodie!«

Nina lachte wieder.

Ich zog die Handbremse an und nahm den Zündschlüssel her-

aus, denn ich wollte keine Überraschung erleben. Vor allem wollte ich nicht mehr in den Rhein. Schon gar nicht aus Versehen. So komisch ist der Mensch.
Nun, da ich begriffen hatte, daß Nina diesen hübschen Jungen verachtete und haßte, liebte ich das Leben, das ich eben noch hatte wegwerfen wollen, wieder mit aller Inbrunst. *Ich* wollte mir das Leben nehmen?
Idiot.
Das Leben war voller Hoffnung, das Leben versprach mir auf einmal wieder alles, was ich wünschte.
So komisch ist der Mensch.
Toni Worm sagte: »Nina –«
»Nenn mich nicht Nina!«
»Frau Brummer ist ungerecht. Wir liebten uns. Weil wir uns liebten, bin ich überhaupt noch einmal gekommen.«
Der Junge hat gute Nerven, dachte ich.
»*Warum* sind Sie gekommen?«
»Ist es Ihnen schon einmal schlechtgegangen?«
»Ja.«
»Dann werden Sie mich verstehen. Ich hatte plötzlich nur noch Schulden in Hamburg. Ein Zahlungsbefehl nach dem anderen. Irgendwelche Leute müssen gequatscht haben. Denn auf einmal war so ein Gerücht in der Stadt.«
»Was für ein Gerücht?«
»Daß ich ein Verhältnis mit Frau Brummer – ich darf ja nicht mehr Nina sagen – gehabt hätte. Angenehm, so etwas.«
»Du bist so gemein ... so gemein ...«
»Jeden Tag wurde das Flüstern lauter. Worm und die Brummer. Worm und die Brummer. Ich bekam Angst! Ich wollte nichts mit Herrn Brummer zu tun haben. Ist das unverständlich?«
»Weiter«, sagte ich. Nerven. Der Junge hatte Nerven!
»Ich wollte auswandern. Nach Kanada. So weit weg wie möglich. Aber ich hatte kein Geld! Und da kam dieser Mensch zu mir, Held heißt er. Der sagte es mir auf den Kopf zu, daß ich einen

Brief von Nina besäße. Man muß Sie gesehen haben, als Sie mir ihn brachten.«
»Lächerlich«, sagte ich.
»Kein Mensch hat Sie gesehen!« stöhnte Nina. »Er ist ein Schuft, ein gemeiner Erpresser!«
»Lassen Sie ihn sprechen, gnädige Frau«, sagte ich, und etwas in meiner Stimme weckte sein Mißtrauen, das behende Mißtrauen der Ratte: »Wenn Sie die Hand ausstrecken nach mir, springe ich aus dem Wagen!«
»Ich tue Ihnen nichts. Reden Sie weiter.«
»Dieser Mann bot mir Geld, wenn ich ihm den Brief überließ.«
Nina sagte tonlos: »In dem Brief schrieb ich, warum ich versucht hatte, mir das Leben zu nehmen. Mein Mann hatte mir in einem Anfall von Verzweiflung gestanden, welche Verfehlungen er sich zuschulden kommen ließ.«
»Das stand in dem Brief?« sagte ich entsetzt.
»Ja.«
»Sie schrieben, daß Ihr Mann Ihnen alles gestanden hätte?«
»Nicht alles. Aber viel. Ich war wahnsinnig …«
Jetzt begriff ich endlich. Ich fragte Toni Worm, der in der Dunkelheit nur noch ein Schatten war: »Wollte der Mann den Brief für einen Herrn Lothar Liebling kaufen?«
Verblüfft fragte er: »Woher wissen Sie das?«
»Wieviel bot er Ihnen?«
»Zwanzigtausend. Er sagte, Herr Liebling wäre von Herrn Brummer unter Druck gesetzt und müßte selber versuchen, sich zu retten. Ein Brief, in dem Frau Brummer die Schuld ihres Gatten sozusagen mit seinen eigenen Worten bestätigte, würde vor einem Gericht verdammender wirken als –«
»Hören Sie auf zu quatschen«, sagte ich. »Liebling wußte, daß Sie den Brief haben, der ihn rettet? Er kann hellsehen, was?«
»Ich –«
»Sie haben ihm den Brief selbst angeboten!«
»Nein!«

»Warum haben Sie ihn dann nicht längst verbrannt?«
»Hören Sie auf, Herr Holden«, sagte Nina erschöpft, »das hat alles keinen Sinn. Er will Geld.«
Worm rang die schmalen Künstlerhände, er spielt seine Rolle mit großem Ernst: »Ich bin in einer verzweifelten Lage ... ich will den Brief Liebling nicht geben ... darum bin ich hier ...«
»Warum?«
»Er will das Geld von mir«, sagte Nina.
»Nur weil ich es unbedingt brauche! Dir macht es nichts aus ... du bist eine reiche Frau ...«
»Hör auf.«
»Ja«, sagte ich, »es ist besser, Sie hören auf.«
Danach schwiegen wir alle eine Weile.
Dann fragte ich: »Wo ist der Brief?«
»In meinem Koffer. In der Gepäckaufbewahrung auf dem Bahnhof.« Schnell und feige: »Den Aufgabeschein habe ich nicht bei mir.«
»O Gott«, sagte Nina leise. »O Gott. Und deinetwegen wollte ich –« Sie bedeckte das Gesicht mit den Händen.
»Ich bin in einer verzweifelten Lage«, erklärte er, seltsam trotzig, als beharre er auf einem gerechten Anspruch.
»Sie müssen ihn bezahlen«, sagte ich zu Nina.
»Ich habe kein Geld.«
»Verkaufen Sie Schmuck.«
»Meinen ganzen Schmuck hat der Anwalt geholt.«
»Du hast Freunde«, sagte Worm. »Leih dir das Geld.«
»Zwanzigtausend. Sie sind ja wahnsinnig«, sagte ich.
»Das bietet Liebling. Rufen Sie ihn an.«
Nina sagte: »Es hat keinen Sinn. Ich kann nicht einmal die Hälfte auftreiben. Mach, was du willst. Verschwinde.«
»Halt«, sagte ich. »Und Ihr Mann? Und der Prozeß?«
»Herr Holden ist vernünftig, Nina.«
»Halten Sie das Maul«, sagte ich, und sogleich hob er wieder einen Arm vor das Gesicht.

Nina sagte: »Steig aus. Ich ertrage dich nicht mehr. Gib mir ein paar Stunden Zeit. Ich will sehen, was ich tun kann.«
»Mein Zug geht um Mitternacht. Ich muß ihn nehmen. Liebling wartet nur bis morgen mittag. Ich wohne in der Pension Elite.« Damit öffnete Worm den Schlag und ging durch den Regen zu der kleinen Gaststätte hinüber.
Wir sahen ihm nach.
Das Gewitter zog südwärts, der Himmel hellte sich auf.
»Verzeihen Sie mir«, sagte Nina.
Ich nickte.
»Verzeihen Sie, daß ich Sie geschlagen habe. Verzeihen Sie mir alles, Herr Holden. Es tut mir alles leid.«
Ich nickte.

Kapitel 30

Zu Hause ging sie in ihr Zimmer, und ich ging in die Küche, wo Mila für Herrn Brummer wieder einmal einen Apfelkuchen buk. Ich sah ihr zu, und von Zeit zu Zeit schlug die Glocke des Telefons an. Sie schlug jedesmal, wenn Nina in ihrem Zimmer den Hörer abhob, um eine neue Nummer zu wählen.
»Telefoniert was zusammen, mein Ninale«, sagte Mila liebevoll, und liebevoll belegte sie den dünnen Teig in der Springform mit Apfelscheiben. »Wird wegen der Pressekonferenz sein heut abend. Ich habe im Radio gehört, in die Fünfuhrnachrichten, eine sensationelle Wendung soll bevorstehen, herrlich. Was ich Ihnen gesagt hab', Herr Holden, wir müssen keine Angst haben um'n gnädigen Herrn. Zum Schluß siegt *immer* das Gute.«
Ich ging in mein Zimmer und legte mich auf das Bett und überlegte viele Dinge. Um acht Uhr aß ich mit Mila in der Küche. Noch immer schlug die Telefonglocke an. Einmal läutete sie

richtig. Ninas Stimme klang sehr müde. »Bitte, gehen Sie nicht zu Bett, Herr Holden, es ist möglich, daß ich Sie noch brauche.«
So spielte ich mit Mila Canasta, und weil wir nur zu zweit spielten, hatte jeder von uns schrecklich viele Karten zu halten, und ich dachte an viele Dinge und verlor. Um zehn Uhr hörten wir die Abendnachrichten. Von der Pressekonferenz sagte der Sprecher nichts.
»Is' sich noch zu frisch«, meinte die Mila. »No, Herr Holden, wollen S' noch eine Partie riskieren?«
»Nein«, sagte ich, »ich muß ein bißchen an die Luft hinausgehen, sonst schlafe ich ein.«
Im Park war es sehr warm. Am See lärmten viele Frösche. Der Himmel war jetzt klar, ich sah die Sterne. Ich ging auf dem Kiesweg zwischen der Villa und der Straße auf und ab und rauchte. Die Luft war nach dem Gewitter sehr sauber, ich atmete tief und fühlte mich friedlich. So hatte ich mich gefühlt, nachdem das Urteil über mich verkündet worden war, als endlich alles feststand.
Nun stand auch alles fest, dachte ich.
Ich ging ins Haus zurück und über die knarrende Treppe hinauf in den ersten Stock, vorbei an dem Bauern-Brueghel, den Bäumen von Fragonard, der Susanna von Tintoretto.
Nina saß an einem Tisch beim Fenster, den Kopf in die Hände gestützt. Das Telefon stand vor ihr. Alle Lampen brannten im Zimmer, die weiß-goldenen Möbel leuchteten. Nina trug einen sandfarbenen Rock und einen stumpfgelben Pullover. Ihr Gesicht war ohne Schminke, die Lippen waren grau, unter den Augen lagen schwarze Schatten.
»Was wollen Sie, Herr Holden?«
»Ich bitte meine Frage nicht als Unverschämtheit aufzufassen. Ist es Ihnen gelungen, das Geld aufzutreiben?«
»Viertausend Mark. Auf eine Antwort warte ich noch. Aber es ist ja auch erst halb elf.« Sie sagte: »Ich kann nur meine Freundinnen fragen, nicht die Männer. Das ist eine sehr große Sum-

me. Meine Freundinnen bemühen sich wirklich, aber wer hat soviel Geld? Vielleicht –«
Das Telefon läutete.
Schnell hob sie ab: »Ja, Elli?« Sie lauschte. »Da kann man nichts machen. – Um Gottes willen, davon bin ich überzeugt. – Ich danke dir jedenfalls für den guten Willen. – Wie? Ach nein, *so* wichtig ist es auch nicht! Leb wohl.« Sie legte auf. »Es bleibt bei viertausend.«
Ein Fenster stand offen, die Frösche lärmten am See, lärmten sehr laut, der Nachtwind bewegte den Vorhang, und ich sah alle Dinge sehr klar, die goldenen Rosenblätter der Tapete, Ninas kleine Ohren unter dem blonden Haar, den schwarzen Punkt auf ihrer linken Wange, als ich sagte: »Ich habe den Rest.«
Sie schüttelte den Kopf.
»Doch«, sagte ich. »Sie müssen jetzt an sich denken.«
»Es ist Ihr Geld.«
»Ich habe es für eine schmutzige Sache bekommen. Warum soll ich es für eine schmutzige Sache nicht wieder hergeben?«
Sie schwieg.
Ich sagte: »Ich liebe Sie. Ich will nicht, daß Ihnen etwas geschieht.«
»Wie können Sie mich lieben, nach allem ... nach allem, was ich getan habe?«
»Das weiß ich auch nicht«, sagte ich. »Aber ich liebe Sie.«
Sie ging zu dem offenen Fenster und wandte mir den Rücken. »Zuerst habe ich gehofft, Sie würden kommen, Herr Holden, ich gebe es zu. In der Angst wird man skrupellos und unmoralisch, nicht wahr. Ich ... ich dachte, Sie würden etwas dafür verlangen ...«
»Und hätten Sie es mir gegeben?«
»Ja«, sagte sie einfach. »Denn dann wäre es ein Geschäft gewesen, und ich hätte gewußt, daß Sie mich nicht lieben.«
»Ich verlange aber nichts«, sagte ich.
»Das heißt, Sie verlangen viel mehr.«

»Ich würde es verlangen«, sagte ich, »wenn man so etwas verlangen könnte. Wie die Dinge liegen, kann ich es nur hoffen.«
Sie drehte sich um, ihre Augen wurden wieder sehr dunkel: »Nein«, sagte sie. »Es ist unmöglich, daß ich Geld von Ihnen nehme.«

Kapitel 31

Um 23 Uhr 30 waren wir in der großen, windigen Halle der Gepäckaufbewahrung im Düsseldorfer Hauptbahnhof. Tiefgestaffelt standen Hunderte von Koffern auf Holzregalen. Es roch nach Rauch. Die Menschen hatten müde Gesichter. Ein kleines Kind weinte, denn es wollte schlafen. Auf einer Bank saßen, aneinandergelehnt, zwei Betrunkene. Nina trug einen hellen Mohairmantel und flache braune Schuhe. Sie hatte sich nicht mehr geschminkt. Sie stand dicht neben mir.
Fünf Minuten nach halb erschien Toni Worm, den Kragen des weichen blauen Mantels hochgeschlagen, den Hut in die Stirn gedrückt.
Nina stöhnte auf, als sie ihn sah.
»Ich kann nicht. Ich kann nicht ...«
»Sie müssen«, sagte ich. »Ich weiß nicht, ob er mir den echten Brief gibt.« Indessen trat Worm zu einem Beamten und gab ihm den Schein für seinen Koffer. Vor einer dreiviertel Stunde hatte Nina in der Pension angerufen und sich mit Worm hier verabredet. Wir sahen, wie er seinen Koffer erhielt und ihn sofort einem Träger übergab. Der Träger verschwand. Worm kam zu uns. Er verschwendete jetzt keine Zeit mehr mit Heuchelei. Sein Zug ging in zwanzig Minuten, und das Geschäftliche mußte erledigt werden.
»Wir gehen ins Restaurant.«

Niemand antwortete ihm.

Hinter dem riesigen Träger – Worm hatte sich einen besonders großen ausgesucht – gingen wir den langen Gang, der unter den Schienensträngen des Bahnhofs entlangführte, zum Restaurant. Die Luft hier war schlecht, Rauch erfüllte den Raum und ein süßlicher Geruch nach Bier und Essen. Es saßen noch viele Menschen an den Tischen. Müde Kellnerinnen bedienten. Worm winkte dem Träger: »Hierher.« Er setzte sich an einen Tisch beim Ausgang. Am Nebentisch saß ein Polizist und trank Coca-Cola ...

Ninas Gesicht war jetzt ganz ausdruckslos, die Augen waren leer geweint. Sie sprach kein Wort mehr.

»Wo ist das Geld?« fragte Worm.

»Sie bekommen es von mir«, sagte ich. »Aber nicht zwanzigtausend. Zehntausend, das ist das Äußerste.«

»Zwanzigtausend. Soviel bekomme ich von Liebling. Es tut mir leid, aber ich brauche das Geld.«

»Fünfzehntausend«, sagte ich.

»Nein.«

»Kommen Sie«, sagte ich zu Nina. Wir standen auf und gingen zum Ausgang. Worm sagte halblaut: »Einverstanden.«

Wir kamen also zum Tisch zurück und setzten uns wieder. Er öffnete den Koffer und holte den Brief hervor.

»Ist er das?«

Nina nickte, nachdem Worm den Briefbogen aus dem Kuvert gezogen und beides hochgehalten hatte wie ein Zauberkünstler Zylinder und Kaninchen. Ja, es war der Brief, ich erkannte selbst Ninas zittrige Spinnwebeschrift auf dem Umschlag wieder ...

Ich nahm ein Bündel Banknoten aus der Tasche, die violetten Fünfzigmarkscheine, die ich von dem kleinen Doktor Zorn erhalten hatte. Ich begann zu zählen, und bei jedem Schein fühlte ich einen Stich in der Schulter, als stieße mir jemand eine Nadel ins Fleisch, dreihundert Nadeln insgesamt ...

Die Scheine häuften sich vor dem hübschen Jungen, der beim

Mitzählen lautlos die Lippen bewegte. Als ich etwas über zweihundert Scheine gezählt hatte, sagte der Polizist am Nebentisch: »So was sollte unsereinem mal passieren!« Worm nickte ihm leutselig zu, und ich zählte weiter bis dreihundert und paßte scharf auf den Brief auf, der zwischen uns lag. Gleichzeitig griffen wir danach, nach Geld und Brief.
»Achtung«, sagte eine Lautsprecherstimme, »der Fernschnellzug nach Hamburg über Dortmund, Bielefeld und Hannover fährt in fünf Minuten auf Gleis dreizehn ab. Wir wünschen eine gute Fahrt.«
Worm steckte das Geld ein und stand auf, und ich stand auch auf.
»Sie bleiben sitzen«, sagte er leise. Er wandte sich an den Polizisten: »Ach, Herr Wachtmeister, würden Sie den Herrschaften wohl freundlicherweise erklären, wie man von hier zur Kreuzstraße kommt?«
»Aber gerne.« Der Polizist rückte näher.
»Herzlichen Dank«, sagte Toni Worm. Er verneigte sich vor Nina, die zu Boden blickte. Dann ging er eilig zum Ausgang. Es war nicht möglich, ihm zu folgen und ihn draußen in der Dunkelheit niederzuschlagen, was ich mir vorgenommen hatte. Der Polizist saß direkt neben mir und verbreitete sich höflich: »Also, wenn das Bierglas der Bahnhof ist, dann kommen Sie hier raus auf dem Wilhelmsplatz. Den gehen Sie runter bis zur Bismarckstraße. Die gehen Sie drei Block rauf, dann links ...«
Toni Worm hatte den Ausgang erreicht. Das mit dem Polizisten war ein guter Trick gewesen. Die Glasscheiben der Drehtür blitzten auf. Worm war verschwunden. Mit ihm mein Geld.

Kapitel 32

»Ich muß etwas trinken«, sagte Nina. Wir waren aus dem Hauptbahnhof auf den verlassenen Platz davor getreten, und sie schwankte und hielt sich plötzlich an meinem Arm fest. »Ich muß sofort etwas trinken. Mir ist ... so elend ... ich habe das Gefühl, dauernd brechen zu müssen, wenn ich an ihn denke ...«
»Denken Sie nicht an ihn ...«
»Ich muß etwas trinken. Dann werde ich müde und kann schlafen und muß nicht mehr daran denken ...« Sie fiel gegen meine Brust und begann zu weinen. Ich hielt sie fest und sah über ihren Kopf hinweg auf den leeren Platz mit den Regenlachen hinaus, in denen das Licht der Bogenlampen schwamm. Sie schluchzte, und ich hörte sie sagen: »Ich gebe es Ihnen wieder ... irgendwie verschaffe ich es mir ... Sie bekommen alles zurück. Dieser Schuft, dieser Schuft ...«
Ein Straßenmädchen mit grell geschminkten Lippen ging vorüber, schwenkte die Handtasche und drohte mit einem Finger: »Böses Bubi, mach der kleinen Mama keinen Kummer!«
Ich legte meine Lippen auf Ninas Haar und sah auf den weiten Platz hinaus. Es gab noch viele Regenlachen. Das Licht der Bogenlampen spiegelte sich in ihnen.

Kapitel 33

In dieser Nacht waren wir in vielen Lokalen. Keinen ganz guten. In den guten war Nina zu bekannt. Wir tranken überall Whisky, und Nina hielt es nirgends lange aus. Nach kurzer Zeit schon wurde sie unruhig und wollte fort.
»Ich bekomme hier keine Luft, lassen Sie uns gehen«, sagte sie

dann, oder: »Die Musik macht mich wahnsinnig, man versteht sein eigenes Wort nicht.« So zog ich mit ihr durch die Stadt, und wir waren ein seltsames Paar: sie ungeschminkt, mit flachen Absätzen, in Pullover und Kostümrock, ich in Chauffeursuniform. Viele Menschen starrten uns an, um so mehr, als Nina noch ein paarmal weinte. Dann sagte sie: »Nehmen Sie die Buchstaben fort, Holden.«

Also zog ich die Nadeln mit den goldenen Buchstaben J und B aus dem Jackenrevers und ließ die Chauffeurmütze im Wagen, als wir in das nächste Lokal gingen. Das war eine kleine Bar in der City, auf den Tischen brannten Kerzen, elektrisches Licht gab es nicht. Ein Mann spielte Klavier. Und ich war jetzt ein Gast in einem blauen Anzug, mit weißem Hemd und blauer Krawatte, ein Gast wie jeder andere. »Hier ist es hübsch«, sagte Nina. »Hier wollen wir bleiben.« Sie war jetzt ein bißchen beschwipst, aber sie wurde nicht müde.

In dieser Bar bedienten nur Mädchen.

»Whisky bitte«, sagte ich.

»Das ist ein hübsches Mädchen, Holden.«

»Ja.«

»Sie hat Sie mit großem Interesse angesehen.«

»Nein.«

»Doch. Gefällt sie Ihnen nicht?«

»Nein.«

»Ach, Holden.«

Der Whisky kam.

»Sie sind ein hübsches Mädchen«, sagte Nina, »wie heißen Sie?«

»Lilly, gnädige Frau.«

»Das ist ein hübscher Name, Lilly.«

»Danke, gnädige Frau«, sagte das Mädchen.

»Wollen wir nicht nach Hause fahren?« fragte ich.

Sie nahm meine Hand. »Ich fürchte mich so vor zu Hause. Da bin ich allein in meinem Zimmer. Nein, noch nicht nach Hause. Ich bin nicht betrunken, wirklich nicht. Ich ... ich fühle mich

schon viel besser, Holden. Wissen Sie, ich bin froh, daß das passiert ist. Ich sage die Wahrheit. Ich ... ich habe noch immer an ihn gedacht und mich nach ihm gesehnt. Immer noch. Jetzt ist es vorbei.«
»Wirklich?«
»Wirklich, ganz wirklich.«
»Ich liebe Sie.«
»Also wollen Sie doch etwas.«
»Ja«, sagte ich. »Natürlich.«
»Sie sind ehrlich.«
Ich war auch schon beschwipst: »Wir gehören zusammen. Einmal werden Sie das einsehen. Es hat keine Eile. Ich kann warten.«
»Wie lange können Sie warten?«
»Sehr, sehr lange. Auf Sie.«
»So viele hübsche Mädchen, Holden. Sehen Sie Lilly an.«
»Ich will Sie.«
»Verrückt. Das ist verrückt, was wir beide reden.« Aber ihre Hand blieb auf der meinen, und sie sah mich plötzlich fragend an, so fragend, daß mir heiß wurde: »Jetzt haben *Sie* den Brief ...«
Ich holte ihn aus der Tasche und sagte: »Ich würde ihn gerne lesen.«
Sie wurde rot wie ein junges Mädchen. »Nein!« Dann sah sie meinen Gesichtsausdruck und sagte still: »Lesen Sie ihn.«
»Jetzt will ich nicht mehr.« Ich hielt den Brief über die Kerze, und er verbrannte mit gelber Flamme, züngelnd und rußend. Ich wartete, bis er ganz verbrannt war, dann ließ ich die schwarze Hülle in den Aschenbecher fallen und zerstörte diese mit einem Sektquirl. »Und schreiben Sie nie mehr Briefe.«
»Auch Ihnen nicht?«
»Keinem Menschen. Denn alle Menschen können einem Böses tun.«
»Haben Sie viele Frauen gehabt im Leben?«

»Nicht sehr viele.«
»Holden.«
»Ja?«
»Ich habe ziemlich viele Männer gehabt.«
»Wollen wir noch etwas trinken?«
»Ach, Holden, Sie sind so nett.«
»Ich bin verliebt«, sagte ich. »Da ist es kein Kunststück.«

Kapitel 34

In der Bar mit den Kerzen blieben wir.
Der Klavierspieler ließ fragen, ob es Lieder gäbe, die er für uns spielen könnte, und Nina wünschte sich das Lied aus dem Film »Moulin Rouge« und fragte, ob ich mit ihr tanzen wollte.
»Ich tanze sehr schlecht.«
»Das glaube ich nicht.«
»Doch, es ist wahr.«
»Kommen Sie«, sagte Nina. Es war jetzt drei Uhr morgens, und außer uns saßen nur noch vier Paare an den Tischen. Wir waren das einzige Paar, das tanzte. »Sie sollten Ihr Gesicht nie schminken«, sagte ich. »Es ist viel schöner ohne Schminke. Als ich Sie zum erstenmal sah, waren sie ungeschminkt. Und ich verliebte mich sofort in Sie.«
»Wann war das?«
»Sie wissen nichts davon. Sie lagen bewußtlos im Krankenhaus, und ich sah durch die Fensterscheibe Ihrer Zimmertür.«
»Nein.« Sie war entsetzt.
»Der Arzt machte gerade eine Injektion mit einer langen Nadel, direkt ins Herz.«
»Sie haben mich *nackt* gesehen?«
»Ja.«

»Whenever we kiss«, sang der Klavierspieler, »I worry and wonder ...«

»Ich muß schrecklich ausgesehen haben ...«

»Ja«, sagte ich, »schrecklich.«

»... your lips may be near, but where is your heart ...«, sang der Klavierspieler, und wir drehten uns langsam im Kreis.

»Holden?«

»Ja?«

»Haben Sie auch den Leberfleck gesehen?«

»Welchen Leberfleck?«

»Unter der linken ... auf meiner linken Körperseite. Er ist *furchtbar* häßlich. Ich habe schon alles getan, um ihn zu entfernen. Er ist mindestens so groß wie der Nagel meines kleinen Fingers. Sie *müssen* ihn gesehen haben.«

»Ich habe auch einen. An der linken Wade.«

»Ach, Holden ...«

»Ich glaube, Sie sind jetzt über den Berg.«

»Ja, vielleicht. Ich ... ich möchte mir doch die Lippen schminken.«

»Bitte nicht.«

»Ich habe aber einen Lippenstift bei mir.«

»Nein, ich will nicht.«

»Ihre Eltern waren arm, nicht wahr?«

»Ja.«

»Meine auch, Holden.«

»Ja, ich weiß«, sagte ich und trat ihr ungeschickt auf den Fuß. »Verzeihung. Ich kann wirklich nicht tanzen.«

»Es war meine Schuld. Kommen Sie, trinken wir noch etwas.«

Kapitel 35

Also tranken wir noch etwas, und sie fragte: »Wundern Sie sich, daß ich nicht betrunken werde?«
Ich nickte.
»Wenn ich unglücklich bin, werde ich nie betrunken.«
»Ich wünschte, Sie wären schrecklich betrunken.«
»Ach, Holden.«
Es kam eine alte Frau mit Blumen in die Bar, und Nina sagte: »Nicht.«
»Doch«, sagte ich. Und ich kaufte eine einzige rote Rose.
Die hübsche Lilly brachte ein Glas und schnitt den Rosenstil kürzer und stellte die Blume ins Wasser.
»Haben Sie noch die andere?« fragte ich.
Nina begann zu lachen. »Wissen Sie, wo die jetzt ist? In einem Banktresor. Der Anwalt hat doch meinen ganzen Schmuck geholt!«
»Jetzt lachen Sie wieder«, sagte ich.
Um fünf Uhr schloß die Bar. Als wir auf die Straße hinaustraten, schien schon die Sonne. Der Himmel war noch sehr blaß, aber es war schon sehr warm. Auf der Fahrt zum Rhein sahen wir Zeitungsfrauen und Milchjungen. Nina saß neben mir und hielt meine Rose in der Hand. Wir hatten beide Fenster herabgelassen. Die Luft war wundervoll nach dem Gewitter. Lange Zeit sprachen wir nicht. Erst als wir den Strom erreichten, sagte sie: »Ich will nicht nach Hause.«
»Sie müssen.«
»Ich will nicht allein sein. Wenn ich allein bin, muß ich wieder an alles denken. Frühstücken Sie mit mir.«
»Jetzt?«
»Mir ist etwas eingefallen. Fahren Sie stromaufwärts. Da habe ich einmal ein Boot gesehen, mit einem kleinen Lokal. Auf einer Tafel stand, es wäre Tag und Nacht geöffnet.«

Die Chaussee war an vielen Stellen noch naß, aus den alten Bäumen fielen Tropfen auf das Wagendach, und Vögel sangen in den Zweigen. Nach einer Viertelstunde erreichten wir das Boot. Es war weiß gestrichen und besaß einen Aufbau mit großen Glasscheiben, der wie ein Espresso eingerichtet war. Auf dem Deck standen ein paar Tische und Stühle. Die Tische trugen buntkarierte Tücher, die Stühle waren rot gestrichen.

Über einen schmalen Steg gingen wir an Bord und setzten uns in die Sonne. Eine Luke öffnete sich, und ein alter Mann erschien. An diesem Mann war vieles weiß: das Hemd, die Schürze, die Hose, die Haare und die Bartstoppeln. Er trug eine Stahlbrille und lächelte amüsiert.

»Morgen, die Herrschaften.« Er kam heran, betrachtete uns und stellte fest: »Verliebt und übriggeblieben. Kenne ich. Muß man eine feste Unterlage schaffen.« Er ließ uns nicht zu Wort kommen, sondern traf von selber das Arrangement des Frühstücks: »Nehmen wir Bohnenkaffee, Butter, Brot, und jeder drei Eier in der Pfanne mit'm ordentlichen Schinken. Vorher Orangensaft. Ist gut für Sie, meine Dame, hören Sie auf einen alten Mann, man muß eine Unterlage haben.« Damit verschwand er wieder in der Luke. Wir hörten ihn unten in der Küche rumoren.

»Sieht aus wie Hemingway«, sagte ich.

»Kennen Sie seine Bücher?«

»Alle.«

Wir sagten im Chor: »In einem anderen Land.«

Ich sagte: »Haben Sie Liebesgeschichten gern?«

»Ja«, sagte sie leise. »Sehr.«

Und sah schnell auf das Wasser hinaus. Der Strom war eine einzige große Silberfläche. Ein Schlepper mit drei Frachtbooten zog vorbei. Wir hörten das Tucktucktuck seiner Maschine und sahen den schwarzen Rauch aus dem Schornstein schräg zum Himmel steigen. Möwen flogen tief über dem Wasser. Sie bewegten die Schwingen langsam und sahen sehr elegant aus. Unser Boot bewegte sich schwach im Wellengang des Schleppers. Die Haltetaue ächzten. Ich legte meine Hand auf Ninas Hand, und so saßen wir, bis der alte Mann das Frühstück brachte. Der Kaffee roch herrlich, und die Eier brutzelten vergnügt in kleinen Kupferpfannen. Schinken schwamm zwischen ihnen. Der Orangensaft war sehr kalt. Das Brot war dunkel, ganz frisch, in seine Rinde waren Kümmelkörner eingebacken. Und auf dem Butterwürfel saßen kleine Wassertropfen ... Wir aßen hungrig, und jetzt sahen wir uns auch an und lächelten. Der alte Mann kam mit einer neuen Kanne Kaffee und goß die Tassen wieder voll und lächelte gleichfalls.

»Sind Sie allein hier?« fragte Nina.

»Ich habe zwei Angestellte. Die gehen am Abend. Nachts bin ich allein, ja.«

»Aber wann schlafen Sie?«

»Ich schlafe nur ganz wenig, eine halbe Stunde oder so. Mehr kann ich nicht, seit Dresden.«

»Haben Sie den Angriff –«

»Ja. Seither bin ich allein. Hat die ganze Familie erwischt. Ich hatte Glück. Nur daß ich nicht mehr schlafen kann seither. Da habe ich das Boot gekauft. Ist ein gutes Boot. Nachts kommen interessante Leute. Und ich bin gerne am Wasser, ich denk' immer, wenn's mal wieder brennt, wissen Sie ...« Er schlurfte fort, freundlich, unrasiert, entrückt.

»Holden?«

»Ja?«

»Wie soll das weitergehen mit uns?«

»Ich weiß nicht.«

»Aber es ist Wahnsinn ... es ist doch alles Wahnsinn ...«

»Sie haben eine so schöne Haut. Wenn wir einmal zusammenleben, werde ich Ihnen verbieten, sich überhaupt noch zu schminken.«

Gegen sechs Uhr kamen wir nach Hause.

Auf den Stufen vor dem Eingang lag die Morgenzeitung. Ihre Schlagzeile lautete:

Sensationelle Wendung im Fall Brummer:
Herbert Schwertfeger
deckt gemeines Komplott auf

Kapitel 36

14. September.
»Herr Holden, hier spricht Zorn. Ich beziehe mich auf unsere letzte Unterredung. Ich bat Sie damals um etwas, Sie wissen, worum?«
»Ich weiß, worum.«
»Die Sache hat sich inzwischen zu meiner Zufriedenheit erledigt. Der Herr, von dem ich Ihnen erzählte, hat sich eines Besseren besonnen.«
»Das freut mich.«
»Ich sehe noch nicht ganz klar, was vorging – aber es ist schließlich nur das Endresultat wichtig, nicht wahr. Sie können den Auftrag, den ich Ihnen gab, als erledigt ansehen.«
»Ist recht.«
»Noch etwas. Sie werden morgen eine Aufforderung erhalten, Doktor Lofting zu besuchen.«
»Wer ist das?«
»Der Untersuchungsrichter. Die jüngsten Ereignisse haben ihn natürlich verwirrt. Er hat das Bedürfnis, Ihnen Fragen zu stellen.«
»Das ist verständlich.«
»Eben. Sie müssen seine Fragen wahrheitsgetreu beantworten, Herr Holden.«

»Gewiß.«
»Sie müssen sagen, was Sie wissen, alles, was Sie wissen. Haben Sie mich richtig verstanden?«
»Ich habe Sie richtig verstanden, Herr Doktor. Ich muß dem Untersuchungsrichter alles sagen, was ich weiß.«

Kapitel 37

»Ich weiß nichts«, sagte ich. »Es tut mir leid. Ich weiß überhaupt nichts.« Im Zimmer des Doktor Lofting waren die Vorhänge geschlossen, um die Hitze draußen zu halten. Es war kühl und dunkel im Raum, an den Wänden standen Regale mit vielen Büchern. Doktor Lofting, groß und schlank, saß mir in einem altmodischen Lehnstuhl gegenüber. Er sprach leise, hatte ein bleiches Gesicht, große, traurige Augen und schwere, schwarze Hautsäcke darunter. Er sah aus wie ein Nachtarbeiter und besaß einen weichen, schöngeschwungenen Mund, der zu einem Künstler gehörte, einem leidenschaftlichen Liebhaber, und ein Liebhaber war er, der Doktor Lofting, er liebte die Gerechtigkeit.
Still sagte er: »Ich bin davon überzeugt, daß Sie lügen.«
Ich schüttelte den Kopf.
»Hier lügen alle«, sagte Lofting. Vor ihm lag ein halbmeterhoher Stapel von Akten. Auf ihn legte Lofting eine bleiche, langfingrige Hand mit von Nikotin verfärbten Nagelkuppen. »Das hier ist das Belastungsmaterial gegen Herrn Brummer. Er ist schuldig, das wissen Sie, wie ich es weiß.«
»Ich weiß es nicht, ich weiß gar nichts.«
Leise fuhr er fort: »Herr Brummer hat Handlungen begangen, die das Gesetz bestraft. Viele Menschen haben in diesem Zimmer gegen ihn ausgesagt, Herr Schwertfeger, Herr Liebling,

Herr von Butzkow, um nur ein paar zu nennen. Nun widerrufen sie alle. Stück um Stück widerrufen sie ihre Aussagen.«

Ich hob die Schultern und ließ sie fallen.

»Herr Holden, ich arbeite hier seit fünfundzwanzig Jahren. Glauben Sie mir, früher oder später siegt immer die Gerechtigkeit. Manchmal dauert es lange, aber niemals dauert es unendlich lange. Das gibt es nicht, Herr Holden, es ist die List der Vernunft. Das Böse siegt niemals letztlich und endlich.«

Ich dachte, daß der Doktor hierin mit Mila Blehova übereinstimmte, und erwiderte: »Ich weiß nicht, was Sie damit sagen wollen.«

»Sie wissen es nicht, nein. Sie wissen nichts, Herr Holden. Sie haben sich entschlossen, auf die Seite des Unrechts zu treten und nichts zu wissen.«

»Ich muß dagegen protestieren, daß –«

»Nein«, sagte er still, »Sie müssen nicht protestieren, Herr Holden. Nicht vor mir. Ich durchschaue Sie. Ich durchschaue alles, was geschieht in diesem Fall. Man kann nichts tun. Noch nicht, Herr Holden. Einmal wird man etwas tun können, das weiß ich. Und es wird noch zu meinen Lebzeiten sein. Hier geschieht Unrecht. Es kann nicht währen. Frohlocken Sie nicht, wenn es so aussieht, als ob Herr Brummer nun als Sieger aus diesem Kampf hervorgehen würde. Er geht nicht als Sieger hervor – man wird ihn richten, einmal.«

»Es tut mir leid, aber ich kann Ihnen nicht helfen, Herr Doktor. Ich weiß nichts. Und von dem, was Sie sagen, verstehe ich auch nur die Hälfte.«

»Sie waren im Gefängnis –«

»Ich wurde begnadigt. Sie haben kein Recht, mir die Vergangenheit vorzuhalten.«

»Ich halte sie Ihnen nicht vor. Ich appelliere an Ihre Einsicht. Gehen Sie den Weg, den Sie beschritten haben, nicht weiter. Noch ist es Zeit. Wenn Sie aussagen, besitze ich genug Macht, um Sie zu schützen.«

»Ich habe nichts auszusagen.«
»Herr Holden, was geschah am 22. August auf der Fahrt nach Berlin?«
»Nichts. Es war heiß.«
»Was erlebten Sie in Berlin, nachdem Herr Brummer verhaftet wurde?«
»Nichts. Ich ging schlafen und fuhr am nächsten Tag zurück.«
»Kennen Sie einen Mann namens Kolb?«
»Nein.«
Er zeigte mir die Fotografie des gewalttätigen Sachsen.
»Nie gesehen.«
»Wer schlug Sie in Ihrem Zimmer zusammen?«
»Fremde Kerle.«
»Warum?«
»Sie glaubten, ich hätte irgendwelche Dokumente.«
»Was für Dokumente?«
»Das weiß ich nicht.«
»Waren es Dokumente, mit denen Herr Brummer seine Feinde erpressen konnte?«
»Das weiß ich nicht.«
»Sind Sie bereit, diese Aussage zu beeiden?«
»Natürlich.«
»Sie können gehen, Herr Holden, Sie sind unbelehrbar.«
Ich stand auf und verneigte mich und ging zur Tür. Als ich mich umdrehte, sah ich, wie der Untersuchungsrichter das bleiche Gesicht in den bleichen Händen vergrub, mit einer Gebärde der Erschöpfung, der Resignation und des Ekels, und es war dunkel in seinem Zimmer und kühl.

Kapitel 38

17. September.
»Herr Holden, hier spricht Zorn. Es ist jetzt 12 Uhr 30. Fahren Sie zum Flughafen hinaus. Beim Schalter der Pan American liegt ein Ticket für Sie. Nach Berlin. Ihre Maschine geht um 15 Uhr.«
»Die gnädige Frau –«
»Ist von mir verständigt worden. In Berlin steigen Sie im Hotel am Zoo ab. Da ist ein Zimmer für Sie reserviert.«
»Und?«
»Nichts und. Sie fliegen nach Berlin und kommen morgen mit der 13-Uhr-Maschine wieder. Ich wünsche, daß Sie heute abend mehrere Bars besuchen und große Zechen machen. Wir verrechnen das natürlich. Nehmen Sie ein Mädchen mit. Betragen Sie sich auffällig und großzügig. Das ist alles.«

Kapitel 39

Als ich mich von Nina verabschiedete, sagte sie schnell: »Ich bringe Sie hin.« Dann wurde sie rot. »Das ist unmöglich. Was rede ich denn?«
»Ich wäre sehr glücklich«, sagte ich.
Sie überlegte ernsthaft. »Wenn uns jemand sieht, kann ich sagen, ich hätte Sie begleitet, um den Wagen zurückzubringen. Warum sehen Sie mich so an?«
»Sie wären bereit, meinetwegen zu lügen!«
»Bitte nicht. Nicht darüber sprechen. Ich ... ich fahre mit Ihnen – und wir sprechen nicht darüber.«
»Einverstanden.«
Im Wagen saß Nina neben mir.

»Was ist eigentlich der Sinn dieser Reise?«
»Der Untersuchungsrichter bohrt noch immer in Berlin herum. Da ist mittlerweile aber auch *nichts* mehr zu holen. Ich nehme an, Zorn will darum die Untersuchung in eine falsche Richtung lenken. Deshalb soll ich mich auffällig betragen und in Bars gehen.«
»Mit einem Mädchen.«
»Das wünscht der Anwalt.«
»Kennen Sie ein Mädchen in Berlin?«
»Nein.«
»Was werden Sie also machen?«
»Ich werde allein in die Bars gehen und mit den Mädchen trinken, die dort sitzen.«
»Es gibt viele hübsche Mädchen in Berlin.«
»Ich werde allein gehen.«
»Was ist das überhaupt für ein Gespräch? Es geht mich nichts an, was Sie in Berlin tun! Amüsieren Sie sich ruhig, Herr Holden.«
»Ich werde allein gehen und an Sie denken.«
»Bitte nicht. Wir wollten nicht davon sprechen.«
»*Sie* wollten nicht. Ich werde an Sie denken. Ich denke immer an Sie.«
Vor dem Flughafengebäude verabschiedete ich mich. Nina fuhr los, und ich stand in der grellen Sonne und winkte. Sie mußte mich im Rückspiegel beobachten, denn sie winkte auch, so lange, bis der Wagen in einer Kurve verschwand. Ich ging in die Halle hinein und holte mein Ticket. Es war noch Zeit, und so setzte ich mich auf die Terrasse hinaus und trank Kaffee und sah Maschinen starten und Maschinen landen. Alle Menschen hatten fröhliche Gesichter, weil das Wetter so schön war, und alle waren freundlich. Bunte Fahnen flatterten an hohen Masten im Wind, auf dem Rasen graste eine Schafherde. Ich begann die Tiere zu zählen und entdeckte drei schwarze, und dann entdeckte ich, daß eines davon ein schwarzer Hund war.

Ich trank Kaffee und stützte mein Kinn mit der rechten Hand, denn diese duftete noch nach Ninas Parfum, vom Abschied her. Ich schloß die Augen, und sie stand vor mir in verschiedenen Kleidern und lachte und lief, und hörte zu und war ernst, und tat alles, was ich wünschte in meiner Phantasie.

»Achtung bitte. Pan American World Airways bitten alle Passagiere ihres Fluges 312 nach Berlin, zum Schalter der Gesellschaft zu kommen.«

Beim Schalter der Gesellschaft stand eine hübsche Stewardeß, die wartete, bis alle Passagiere eingetroffen waren.

»Meine Damen und Herren, wir bedauern, mitteilen zu müssen, daß sich wegen einer Reparatur an der Maschine der Abflug nach Berlin um drei Stunden verzögert. Wenn Sie es wünschen, bringen wir Sie in einem Omnibus noch einmal in die Stadt. Der Abflug erfolgt also um 18 Uhr. Danke.«

Ein paar Leute waren ungehalten, aber den meisten war es egal, und mit einigen von jenen, denen es egal war, fuhr ich in die Stadt zurück. Ich lief ein bißchen herum und sah Auslagen an, und dann nahm ich ein Taxi und fuhr zum Rhein. Ich dachte jetzt dauernd an Nina, und immer wieder hob ich die rechte Hand zum Mund, aber der Duft verflog, er war schon fast nicht mehr wahrnehmbar. Ich fuhr zu dem weißen Boot. Hier wollte ich in der Sonne sitzen und auf das Wasser hinaussehen, denn ich hatte Zeit, und ich war sehr sentimental.

»Warten Sie«, sagte ich zu dem Chauffeur, als ich ausstieg. Im gleichen Moment begann mein Herz rasend zu schlagen, denn ich sah den schwarz-roten Cadillac, der unter einem alten Baum parkte.

Auf dem Deck des Bootes plauderten fröhliche Menschen an den bunten Tischen. Ich sah Nina sofort. Sie saß am Ende des Bootes, mit dem Rücken zu den anderen, den Kopf in die Hände gestützt, und sah auf das Wasser hinaus.

Ich ging zu ihr, und als sie die Schritte hörte, drehte sie sich um, griff sich ans Herz und öffnete den Mund, aber sie konnte nicht sprechen. Ich setzte mich und erklärte, daß meine Maschine Verspätung hatte, und sie legte eine zitternde Hand auf den Mund.

»Ich ... ich bin so furchtbar erschrocken, als ich Sie sah. Ich dachte, Ihre Maschine wäre abgestürzt und Sie wären tot ... Es war so unheimlich. Plötzlich standen Sie da. Jetzt ... jetzt geht es schon wieder.«

Ihre Augen wurden wieder ganz dunkel. Der Strom glitzerte im Licht, es gab an diesem Tag viele Schiffe auf dem Rhein. Ich sagte: »Sie sind hier.«

»Ja.«

»Ich mußte immer an Sie denken.«

»Nicht.«

Ich neigte mich vor und küßte ihre Hand.

»*Bitte* nicht.«

Ich richtete mich auf.

»Wann geht Ihr Flugzeug?«

»Um sechs.«

»Jetzt ist es vier. Wenn ich Sie bringe, haben wir eine ganze Stunde.«

»Sie wollen mich *noch einmal* zum Flughafen bringen?«

Sie nickte stumm.

Also schickte ich das Taxi fort, und als ich zum Tisch zurückkam, begegnete ich dem alten Mann mit den weißen Hosen und dem weißen Hemd. Er war wieder unrasiert und erkannte mich sofort.

»Ein Augenblickchen, mein Herr. Die Getränke sind schon unterwegs.«

Nina sagte scheu: »Ich habe etwas zu trinken bestellt. Denken Sie, der alte Mann hat Whisky. Und einen Eisschrank.«

»Fein«, sagte ich. »Wir werden Whisky trinken, mit Eis und Soda, und die Eiswürfel werden klirren, und die Gläser werden sich beschlagen, und wir werden in der Sonne sitzen und uns ansehen, eine ganze Stunde lang.«

»Es ist verrückt.«
»Was ist verrückt?«
»Alles, was geschieht. Ihr Flugzeug. Der Whisky. Alles.«

Kapitel 40

In Berlin war es langweilig. Als ich nach der Landung zur Paßkontrolle kam, stellte ich die Richtigkeit meiner Theorie über den Sinn dieser Reise fest. Der Beamte ließ meinen Paß sinken, sah mich an, dann wieder den Paß, und zögerte.
»Etwas nicht in Ordnung?«
»Oh, durchaus, gewiß, ich danke sehr«, sagte er zu freundlich. Ich ging weiter und drehte mich nach zwanzig Schritten schnell um und sah, wie er eben nach dem Telefon griff. Doktor Lofting paßte wirklich auf. Ach, aber wie vergeblich war das doch! Abends ging ich in vier Bars. In der vierten lud ich eine Rothaarige ein und gab viel Geld aus, was nicht schwer war, denn die Rothaarige hielt mich für einen reichen Bürger aus dem Westen und wünschte sich Sekt, aber französischen. Sie war langweilig und sehr erstaunt, als ich sie gegen ein Uhr heimbrachte. Ob ich krank wäre, fragte sie, und ich sagte ja, und sie meinte, das täte ihr leid. Um halb zwei Uhr lag ich in meinem Bett, und am nächsten Tag flog ich zurück nach Düsseldorf. Ich dachte den ganzen Flug lang darüber nach, ob Nina wohl auf mich warten würde, vor der Landung war ich ganz pessimistisch, und als ich sie dann erblickte, war ich darum sehr glücklich.
Wir sprachen überhaupt nicht miteinander. Erst im Wagen sagte sie: »Ich habe mich in meinem ganzen Leben noch nicht so benommen.«
»Wie?«

»So ... so unlogisch ... ich wollte Sie gar nicht abholen. Ich dachte, Sie könnten nur auf falsche Gedanken kommen.«
»Auf falsche?«
»Auf ganz falsche. Aber dann sagte ich mir wieder: Er ist so nett. Er hat dir so geholfen, wir sind beide erwachsen. Warum soll ich ihn *nicht* abholen?«
»Richtig, gnädige Frau.«
»Es ist doch wirklich nichts dabei.«
»Aber ich bitte Sie. Es ist die natürlichste Sache von der Welt, daß eine Dame ihren Chauffeur abholt, wenn er von einer Reise zurückkehrt.«
»Seien Sie nicht frech!« Aber sie lachte.
»Darf ich noch etwas hinzufügen?«
»Nein.«
»Verzeihung.«
»Fügen Sie es hinzu.«
»Sehen Sie bitte darin, daß ich Ihnen Geld gab, keinen Grund, sich nicht in mich verlieben zu können.«
Aber das war kein guter Satz. Sie antwortete nicht, und drei Tage lang blieb sie danach förmlich, unnahbar und fremd. Ich fragte mich, wie lange das weitergehen sollte und konnte. Ich wurde nicht mehr klug aus Nina. Vielleicht war sie wirklich nur dafür dankbar, daß ich ihr das Geld gab, und hatte die Verpflichtung verspürt, nett zu mir zu sein – für eine Weile.
Aber warum war sie dann auf den Flughafen gekommen, und warum, vor allem, war sie allein zu unserem Boot hinausgefahren? Warum, verflucht?
Ich wurde immer nervöser in diesen Tagen. Dann kam der 29. September, und danach begannen die Ereignisse sich zu überstürzen. Es fing damit an, daß Peter Romberg mich einlud, ihn wieder einmal nach dem Abendessen zu besuchen. Ich bat Nina, mir freizugeben, und kaufte wieder eine Bonbonniere für die Mickey und Blumen für Frau Romberg. Das kleine Mädchen lag

schon im Bett, als ich kam. Die Bonbons nahm sie ernst entgegen.
»Danke.«
»Was hast du denn, Mickey?«
»Wieso?«
»Du schaust mich so komisch an. So ... so böse.«
»Du mußt dich irren, Herr Holden, ich schaue nicht böse.« Aber das tat sie. Das schwarze Haar fiel ihr auf die winzigen Schultern, die winzigen Hände lagen auf der Bettdecke, und sie sah mich böse an, während sie sagte: »Außerdem darf ich nicht darüber reden.«
»Nanu«, sagte ich. Peter Romberg, der neben mir stand, nahm mich am Arm und führte mich in sein Arbeitszimmer. Frau Romberg schloß alle Türen und setzte sich zu uns. Der Polizeifunk lief. Romberg stellte den Apparat laut ein, die Uhr des Senders klopfte monoton.
»Damit sie nichts hört«, sagte Romberg.
»Sie lauscht nämlich bestimmt«, sagte seine Frau.
»Bestimmt«, sagte er, »aber so kann sie nichts verstehen.«
»Was ist denn geschehen?« fragte ich.
Die beiden sahen einander an, und ihre freundlichen Augen hinter den starken Brillengläsern wurden verlegen.
»Trinken wir erst mal einen Kognak«, sagte Romberg.
Wir tranken, und der Sprecher des Polizeifunks meldete eine Schlägerei in einer Kneipe am Dom, und Düssel sieben wurde entsandt, um den Frieden wiederherzustellen.
»Es ist eine seltsame Geschichte«, sagte Romberg. »Bitte, bekommen Sie sie nicht in die falsche Kehle.«
»Herrgott noch einmal«, sagte ich, denn ich war schon nervös genug, »nun *erzählen* Sie schon endlich!«
»Kommen Sie einmal zum Schreibtisch«, sagte Romberg. Ich trat neben ihn. Auf dem vollgeräumten Tisch lagen nebeneinander sieben Fotos. Sechs von ihnen zeigten verschiedene Frauen, alte und junge. Das siebente Foto zeigte Mickey und mich im

Park von Brummers Villa. Es war am Morgen von Ninas Heimkehr aus dem Krankenhaus aufgenommen worden. Wir lachten auf dem Bild. Umflutet von Sonnenschein, standen wir zwischen den Blumenbeeten, und Mickey hatte sich bei mir eingehängt.
Von den Frauen auf den sechs anderen Fotos kannte ich eine. Da ich sie erkannte, wurde mir kalt und klebrig, langsam und scheußlich kam die Angst gekrochen. Ich wußte noch nicht, warum ich mich fürchtete und wovor. Sie war auf einmal da, die Angst. Und langsam kroch sie in mir hoch.
»Kennen Sie eine dieser Frauen, Herr Holden?«
»Keine«, log ich.
»Dann begreife ich überhaupt nichts mehr«, sagte Frau Romberg ratlos. Ihr Mann sagte nichts. Er sah mich nachdenklich an. Und ich sah die Fotos an, und besonders das eine, das die Frau zeigte, die ich kannte, die junge, hübsche, dumme Hilde Lutz. Da stand sie, in einem Pelzmantel, ohne Hut, und lachte. Es war ein abgegriffenes Foto, Romberg mußte es irgendwo gefunden haben, er war Reporter, es war sein Beruf, Dinge zu finden ...
»Sie kennen bestimmt *keine* dieser Frauen?«
»Nein. Wer sind sie?«
Frau Romberg sagte seufzend: »Herr Holden, Sie erinnern sich doch daran, wie böse ich mit Mickey war, als Sie das letztemal hier saßen ...«
Ich nickte, und es irritierte mich unendlich, zu fühlen, wie Romberg mich ohne Unterlaß ansah, mit kühlem, wissenschaftlichem Interesse. So betrachtete ein Gelehrter ein seltsames Phänomen, das er sich nicht – noch nicht – erklären konnte. Und ich, das Phänomen, wußte, daß ich durchaus nicht unerklärlich war. Während der Sprecher des Polizeifunks der Besatzung von Düssel sieben einen Arzt und eine Ambulanz versprach, weil es bei der Kneipenschlägerei am Dom zwei Verletzte gegeben hatte, sagte Frau Romberg:

»... damals meldete der Polizeifunk, daß diese junge Frau aus dem Fenster gesprungen sei, wie hieß sie gleich –«

Das ist zu plump, dachte ich und sagte: »Ich erinnere mich nicht mehr an den Namen.«

»Hilde Lutz«, sagte Romberg, der so saß, daß ich ihn nicht sehen konnte.

»Möglich«, sagte ich. »Ich erinnere mich, wie gesagt, nicht mehr.«

»Peter fuhr hin, und Mickey kam plötzlich zu uns und behauptete, diese Hilde Lutz gesehen zu haben, nicht wahr?«

»Richtig«, sagte ich und spielte jetzt den Mann, der sich zerstreut erinnert, »angeblich war es diese Hilde Lutz, die in den Mercedes hineinfuhr.«

Die Angst. Die Angst. Ich hatte nicht um mich Angst, ich hatte Angst, daß diesen Menschen etwas zustieß, ihm, ihr, dem Kind. Sie wußten nicht, auf welchem Boden sie sich bewegten, auf welchem verräterischen, schwankenden Boden eines dunklen Sumpfes ... Ich sagte: »Ja, ich erinnere mich wieder. Mickey muß da etwas verwechselt haben. Die Frau, die den Mercedes beschädigte, hieß Fürst. Olga Fürst.« Ein Glück, daß ich mir diesen erfundenen Namen gemerkt hatte.

Ein Glück?

»Als mein Mann heimkam, erzählte ich ihm die Geschichte. Er sprach am nächsten Tag ernst mit Mickey. Er ermahnte sie, das ewige Flunkern zu lassen. Aber sie weinte und tobte, und es war nichts zu wollen, nein, nein, nein, die Frau hieße Hilde Lutz! Dann gab es Hausarrest. Und Tränen. Am Abend redeten wir noch einmal mit ihr. Aber sie blieb dabei. Sie regte sich so furchtbar auf, die Kleine, daß sie erbrach. Reine Galle, vor Aufregung. Es war ein Problem für uns, Herr Holden, ein echtes Problem ...«

»Düssel elf und Düssel fünfundzwanzig. Nachtwächter meldet verdächtige Geräusche im Warenhaus Storm, Tegetthoffstraße, Ecke Wielandstraße.«

»Tagelang herrschte eine schreckliche Spannung. Das hatte es noch nie gegeben! Wir waren immer so glücklich miteinander gewesen. Wir gaben ihr jede Chance, sich zu entschuldigen, zuzugeben, daß sie geflunkert hatte. Ohne Erfolg. Dann, gestern, machte mein Mann dieses Experiment...« Frau Romberg brach ab und sah zu Boden.

Ich drehte mich um und sah ihren sommersprossigen Gatten an.

Er goß wieder unsere Gläser voll, er sprach stockend, ehrlich verzweifelt über die Situation. »Sie sagen, Sie kennen keine dieser Frauen.«

»*Nein.*«

»Diese hier ist Hilde Lutz.«

»Die aus dem Fenster sprang?« Ich spielte meine idiotische Rolle.

»Ja, die.«

»Woher haben Sie das Foto?«

»Ein Kriminalbeamter hat es mir geschenkt. Ich besorgte es mir, als wir mit Mickey nicht mehr weiter wußten. Um Gottes willen, denken Sie nicht, daß ich spionieren wollte!«

»Wer denkt das?« fragte ich und antwortete mir selbst: *Ich*.

»Aber ich mußte mit Mickey ins reine kommen! So nahm ich denn dieses Foto der Lutz und legte es zwischen fünf andere Frauenfotos, und dann rief ich Mickey ins Zimmer. Du behauptest also, die Hilde Lutz gesehen zu haben, dann sag mir doch, ob ihr Bild unter diesen sechs Bildern ist. Und ohne zu zögern, zeigte Mickey auf eines. Es war das richtige Bild, Herr Holden.«

Jetzt sahen sie mich beide an.

Ich schwieg.

Die Uhr des Senders tickte, und ich hoffte, der Sprecher würde sich melden, aber er meldete sich nicht.

»Wie erklären Sie das, Herr Holden?« fragte Frau Romberg.

»Ich kann es nicht erklären.«

»Aber es *muß* eine Erklärung geben! Es geschehen doch keine Wunder!«

»Nein«, sagte ich, »Wunder geschehen nicht.« Und dachte: Vergeßt doch alles. Denkt nicht mehr daran. Laßt doch die Tote ruhen. Jagt nicht im Dunkeln. Aber dieser Mann war ein Reporter. Es war sein Beruf, im Dunkeln zu jagen. Und wenn er lange genug jagte ...

Ein Riesengerüst hat der kleine Doktor Zorn aufgebaut. Intrigen und Gegenintrigen. Zeugen und Gegenzeugen. An alles hat er gedacht. Nur nicht an das verletzte Gerechtigkeitsempfinden eines Kindes. Ein kleines Kind gefährdet nun die gewaltigen Konstruktionen, die hochfahrenden Pläne, Brummers Freiheit, unser aller Zukunft.

Ein kleines Kind.

»Herr Holden, ich glaube, daß Sie sehr unglücklich sind, weil Sie uns nicht die Wahrheit sagen.«

Ich stand auf.

»Ich muß jetzt gehen.«

»Warum?«

»Weil ich Ihre Frage nicht beantworten kann.«

»Herr Holden«, sagte der sommersprossige Reporter, »ich war auf dem Einwohnermeldeamt. Es gibt in Düsseldorf zweiundzwanzig Frauen, die Fürst heißen. Nur zwei von ihnen heißen Olga. Ich habe beide besucht. Die eine ist fünfundsiebzig und gelähmt, die andere ist Mannequin. An dem fraglichen Tag war sie in Rom.«

»Ich habe Sie gern. Sehr gerne. Hören Sie auf mich. Vergessen Sie das alles. Denken Sie nicht mehr daran. Sie bringen sich ins Unglück, wenn Sie es nicht vergessen. Glauben Sie mir!«

Sie sahen mich an, und dann sahen sie einander an, und zuletzt sagte Frau Romberg mütterlich: »Wir wollen nicht mehr davon sprechen. Aber bitte bleiben Sie bei uns.«

Mit unechter Gleichgültigkeit sagte Romberg: »Es ist ja auch zu

dämlich, das Ganze. Ich habe Ihnen doch neue Bilder zu zeigen. Prost, Herr Holden!«
»Prost, Herr Holden!« sagte auch die kleine Frau.
Ich setzte mich. Über meinen Kopf hinweg sahen die beiden einander an, ernst und traurig. Sie dachten, ich könnte es nicht sehen, aber ich sah es doch, in dem großen Spiegel, der hinter ihnen an der Wand hing.
»Prost«, sagte ich heiser.
Es war sinnlos, soviel Mühe wir uns alle gaben. Die Konversation war qualvoll, die Atmosphäre voll Mißtrauen, bald unerträglich. Nach einer halben Stunde ging ich. Niemand hielt mich zurück.

Kapitel 41

»Holden?«
Ich hatte das Garagenhaus beinahe erreicht, da hörte ich Ninas Stimme. Als Silhouette stand sie im erleuchteten Fenster ihres Zimmers. Ich ging über den Rasen zur Villa hinüber, und sie sagte leise: »Kommen Sie herauf.«
Im Haus brannte kein Licht, aber draußen schien der Mond, und in seinem Widerschein ging ich die knarrende Treppe hinauf. Nina saß auf dem Rand ihres Bettes, als ich eintrat. Sie trug ein rotes, langes Hemd und einen schwarzen Morgenrock darüber. Auf dem Tischchen neben ihr stand ein Aschenbecher. Er war voll.
»Setzen Sie sich.«
Ich setzte mich.
»Doktor Zorn hat angerufen. Er war sehr aufgeregt. Er hat mir gratuliert.«
»Wozu?«

»Mein Mann wird entlassen. Gegen eine Kaution von fünfhunderttausend Mark.«
Mein Mund war trocken, meine Hände waren eiskalt.
»Wann?«
»Morgen nachmittag.«
Ich schwieg. Was konnte ich erwidern?
»Jetzt haben Sie erreicht, was Sie wollten.«
Das hatte ich gerade selber überlegt. Ich hatte es erreicht. Aber es stimmte nicht, daß ich es wollte.
»Ich bat Sie damals, ihm die Dokumente nicht auszuhändigen.«
»Ich war in einer Zwangslage, ich konnte – nein«, unterbrach ich mich, »Sie haben recht, ich hätte die Dokumente nicht ausliefern *müssen*. Da wären allerdings Konsequenzen gewesen, wenn ich mich geweigert hätte. Und die wollte ich nicht auf mich nehmen. Ich wollte meine Freiheit.«
»Und Geld.«
»Und Geld, ja.«
Wir sahen uns an, und wir sprachen miteinander wie Feinde, schlimmer, wie Freunde. Wo war jene Vertrautheit, die uns schon verband? Miteinander gelacht hatten wir schon, uns eins gefühlt im Einverständnis über viele Dinge, wie weit war unsere Beziehung schon gediehen – und jetzt war plötzlich alles aus, vorbei, niemals gewesen?
»Wenn er nun kommt, ist er unbesiegbar, Holden. Sie kennen ihn nicht. Sie wissen nicht, wie er ist, wenn er sich mächtig fühlt und unbesiegbar. Sie werden ihn jetzt kennenlernen.«
»Man muß sich damit abfinden. Leute wie er *sind* eben unbesiegbar.«
»Durch Sie! Durch Sie! Sie erst haben ihn unbesiegbar gemacht, Holden! Sie trifft die Schuld, Sie können sich nicht von ihr befreien!«
»Was heißt Schuld? Was heißt befreien? Ich wollte auch mal ran an den großen Wurstkessel.«
Sie sagte leise: »Ich bin nicht besser. Ich habe ihn geheiratet,

ohne ihn zu lieben. Um reich zu sein. Für Pelze, schöne Kleider, Schmuck. Ich will mich nicht herausreden. Sie und ich, Leute wie wir, machen Leute wie ihn unbesiegbar. Und sind darum ebenso schuldig wie er.«
»Was wird geschehen? Was werden Sie tun?«
»Das weiß ich noch nicht.«
»Sie *wissen* es nicht?«
»Nein. Wir wollen uns doch nichts vormachen. Sie haben sich ihm bereits ergeben, ich stehe noch vor dieser Entscheidung. Lassen Sie mich jetzt allein, Holden.«
»Gute Nacht«, sagte ich unglücklich.
»Gute Nacht«, sagte sie, und dann tat sie das Schlimmste: Sie gab mir die Hand, als wären wir jetzt Kameraden, nicht Liebende, wie ich es ersehnte, nein, Kameraden in demselben Boot, in dem Boot der Verdammten. Trocken und kühl war ihre Hand, kühl und trocken.
Ich konnte nicht schlafen in dieser Nacht. Vom Bett aus sah ich durch mein Fenster das ihre. Das Licht in ihm erlosch nicht. Zweimal erblickte ich ihre Silhouette, als sie in den dunklen Park hinabsah. Um drei Uhr morgens schlief ich doch ein und erwachte schweißgebadet wieder um vier, die Sonne schien schon, und das Licht in Ninas Zimmer brannte immer noch. Viele Vögel begannen zu singen, und ich dachte an das Boot, das Boot der Verdammten.

Kapitel 42

Von Mittag an belagerten Reporter das Grundstück. Vor dem Tor standen drei Polizisten, die verhinderten, daß die Männer in den Park kamen. Wochenschauleute und Fernsehteams bauten ihre Kameras auf. Sie legten Kabel zu den Tonwagen. Sie

waren vergnügt und geschäftig. Neugierige starrten stundenlang durch die Eisenstäbe des Parkgitters, auch kleine Kinder.
Um 2 Uhr 30 fuhr ich mit dem Cadillac los. Als ich durch das Tor kam, wurde ich fotografiert und mit ironischen Zurufen begrüßt: »Holen wir Herrn Direktor aus der Sommerfrische, wie?«
Ich tat, was Doktor Zorn mir telefonisch aufgetragen hatte: Bei unserem Polizeirevier holte ich einen Kriminalbeamten in Zivil ab, dessen Aufgabe es war, Brummers Heimkehr zu sichern. Der Mann wartete schon auf der Straße. Er setzte sich neben mich und war ungemein schweigsam. Nun fuhr ich in die Stadt und holte den kleinen Anwalt ab. Zorn trug einen schwarzen Anzug und eine grasgrüne Weste. Er war sehr nervös, wie ein Mann, der befürchtete, daß das Gelingen seines kühnen Planes in letzter Minute noch durch Dummheit anderer gefährdet werden könnte.
Als wir das Untersuchungsgefängnis erreichten, stieg er aus und sprach mit den beiden Polizisten, die hier Wache hielten. Sie öffneten das große Tor und dirigierten mich mit dem Wagen in einen düsteren Innenhof. Hier warteten etwa dreißig Männer. Ich sah wieder Kameras und Tonapparaturen, Mikrophone und Kabel. Die Männer saßen und standen herum, rauchten und langweilten sich. Es sah aus, als würden sie schon ziemlich lange warten.
Der Tag war trüb geworden, im Hof gab es wenig Licht, darum hatten die Reporter große Scheinwerfer mitgebracht. Der schweigsame Kriminalbeamte und Doktor Zorn gingen fort, und ich entdeckte unter den Reportern den sommersprossigen Peter Romberg. Ich grüßte freundlich. Er verneigte sich ernst, aber er kam nicht heran.
»Romberg!« rief ich.
Man wurde aufmerksam, und das war ihm unangenehm, darum trat er näher. Er war verlegen, aber verschlossen: »Guten Tag.«
»Warum kommen Sie nicht zu mir?«

»Ich wußte nicht, ob es Ihnen angenehm ist.«
»Was ist das für ein Quatsch«, sagte ich hilflos. »Haben Sie die Geschichte noch nicht vergessen, noch *immer nicht*?«
Er schüttelte den Kopf: »Sie sind ein anständiger Mensch, Herr Holden, und ich glaube, Sie wissen, was hier gespielt wird.«
»Gespielt wird?«
»Ich bin auf einer Spur. Ich sehe noch nicht sehr viel. Aber ein wenig sehe ich schon. Sie sind loyal gegen Herrn Brummer, wie die Mila. Darum sprechen Sie nicht alles aus, was Sie wissen. Aber ich finde die Wahrheit, ich finde sie …«
»Sie sind wahnsinnig«, sagte ich erbittert. »Was geht Sie die Wahrheit an?«
»Die Wahrheit geht jeden an!«
In diesem Moment flammten die Scheinwerfer auf und erhellten den düsteren Hof strahlend wie eine Filmdekoration. An den vergitterten Fenstern waren, gespenstisch weiß, die Gesichter von Neugierigen aufgetaucht, von Sträflingen und Beamten, Gerichteten und Richtern. Sie alle starrten auf die drei Männer herab, die jetzt durch eine schmale Stahltür in den Hof traten und nebeneinander stehenblieben: der kleine Anwalt, der schweigsame Kriminalbeamte, Julius Maria Brummer.
»Einen Augenblick!« rief Zorn und hob die Hände. Er reichte Brummer eine große dunkle Brille, die dieser aufsetzte. Massig und fett stand er da, das bleiche Gesicht gedunsen, die Lippen des winzigen Mundes fahl. Auf der rosigen Glatze spiegelte sich das Licht der Scheinwerfer. Brummer trug den blauen Anzug, ein weißes Hemd, eine silberne Krawatte. Er sprach kein Wort.
Zorn rief gereizt: »Es können Aufnahmen gemacht werden!«
Kameras begannen zu surren. Blitzlichter flammten. Die Verschlüsse von Leicas klickten. Vor der Stahltür spielte sich diese Pantomime ab: Zorn schüttelte Brummer die Hand. Brummer schüttelte dem Kriminalbeamten die Hand. Zorn lachte. Der Kriminalbeamte lächelte verlegen. Brummer verzog keine Miene.

Unheimlich sah er aus, wie er da stand. Dieser sonst lächerlich verfettete Koloß eines Mannes, jetzt wirkte er wie ein Sinnbild der Rache. Ich komme, um euch allen alles zu vergelten ...
Weiter surrten die Kameras. Ein Mann mit einem Handmikrophon trat vor. Es wurde still im Hof. Der Mann begann zu sprechen:
»Herr Brummer, im Namen meiner Kollegen von Presse, Funk, Fernsehen und Wochenschau bin ich beauftragt, ein paar Fragen an Sie zu richten.«
Verächtlich schloß sich Brummers winziger Mund. Mit der Hand machte er eine hochmütige, herrische Bewegung zu dem Anwalt hin. Dieser sprach: »Herr Brummer beantwortet keine Fragen. Ich bitte, sich an mich zu wenden, ich bin sein Rechtsvertreter. Sie haben fünf Minuten.«
»Brummer soll reden«, schrie einer.
»Wir haben wenig Zeit«, meinte der kleine Anwalt kalt.
»Herr Doktor Zorn«, sagte der Mann mit dem Mikrophon, »bedeutet die Enthaftung Ihres Mandanten, daß das Verfahren gegen ihn eingestellt wurde?«
»Das Verfahren wurde nicht eingestellt. Noch nicht. Jedoch ist das angebliche Belastungsmaterial so sehr zusammengeschmolzen, daß das Gericht es nicht länger verantworten kann, meinen Mandanten in Haft zu halten.«
»Kann man aus der Tatsache, daß Sie auch die Rechtsvertretung des Industriellen Schwertfeger übernommen haben, ableiten, daß Ihre beiden Mandanten ihre Interessen vereinigt haben?«
»Das kann man daraus nicht ableiten. Ich bin ein Anwalt. Ich habe viele Klienten.«
Jemand lachte.
Der kleine Anwalt sagte, sich in den Kragen des Hemdes greifend: »Wir werden gegen neun Tageszeitungen, eine bekannte Illustrierte und zwei Rundfunkstationen Verleumdungsklage erheben, weil diese alle in unwahrer und gehässiger Form über

meinen Mandanten berichtet haben. Weitere Klagen können folgen.«

»Wodurch schmolz das Belastungsmaterial derart – und derart rasch – zusammen?«

»Kein Kommentar.«

Jemand war neben mich getreten, der Untersuchungsrichter Lofting. Gebückt und mager stand er da, die Hände in den Taschen des zerdrückten Anzugs, bleich und traurig. Die Hautsäcke unter den Augen waren an diesem Tag besonders dunkel. Ich verneigte mich stumm, und auch er verneigte sich. Wir standen im Schatten, hinter den Scheinwerfern, hinter den Kameras ...

»Wurde die Untersuchung unparteiisch und ohne Beanstandung geführt?«

»Vollkommen. Im Namen meines Mandanten und in meinem eigenen möchte ich dem Untersuchungsrichter, Herrn Doktor Lofting, für sein faires, einwandfreies und rücksichtsvolles Vorgehen danken. Ich mö-möchte sagen, daß in diesem Fall gerade der Untersuchungsrichter einer äußerst schwierigen Aufgabe gegenüberstand. Im übrigen bedaure ich, meine Herrschaften. Die fünf Minuten sind um. Der Wagen, bitte!«

»Guten Tag«, sagte ich zu Lofting.

»Auf *Wiedersehen*«, sagte er still, »denn wir werden uns wiedersehen, Herr Holden, verlassen Sie sich darauf!«

Ich fuhr im Schritt in das gleißende Licht hinein, der kleinen Stahltür entgegen. Hier stieg ich aus und öffnete den Schlag.

Aufrecht, massig und gewaltig stand Julius Maria Brummer nun vor mir, als er mir die Hand schüttelte, kräftig und lange. Mich würgte der Ekel hoch oben in der Kehle, aber ärger als der Ekel hielt mich die Angst gepackt. Ich dachte an Ninas Worte. Dieser Mann war jetzt wirklich unbesiegbar geworden, durch mich, durch mich.

Ein Reporter schoß ein Blitzlicht aus nächster Nähe ab, so

daß ich geblendet die Augen schloß. Im nächsten Moment war Peter Romberg wieder in der Menge der anderen verschwunden.

Die drei Männer stiegen nun in den Wagen, ich folgte als letzter. Die Kameras schwenkten uns nach, das grelle Licht der Scheinwerfer traf den Rückspiegel und blendete mich noch einmal, und jetzt traf es auch den Doktor Lofting, an dem wir vorüberfuhren. Der Doktor Lofting lächelte. Und vor diesem Lächeln mußte ich mich abwenden, denn ich ertrug es nicht.

Kapitel 43

»Zu Hause alles in Ordnung, Holden?«
»Jawohl, Herr Brummer.«
Wir fuhren durch die Stadt. Ich war froh, daß Brummer im Fond saß. So konnte er mein Gesicht nicht sehen, ich hatte es nicht sehr in der Gewalt, dieses Gesicht.
»Meine Frau gesund?«
»Jawohl.«
»Mila? Das alte Puppele?«
»Alles in Ordnung, Herr Brummer.«
So hatte ich ihn noch nie sprechen hören: herrisch, fordernd, unerbittlich. Ein Offizier sprach so, irgendein großes Tier im Generalstab. Was diese Stimme befahl, hatte zu geschehen, ohne Widerspruch, nicht weil der Träger dieser Stimme mächtig, nein, weil so mächtig war, was hinter diesem Träger stand.
»Wird viel für Sie zu tun sein in der nächsten Zeit, Holden.«
»Jawohl.«
»Berlin, Hamburg, Frankfurt, Wien. Dauernd auf der Achse.«
»Jawohl, Herr Brummer.«

Jawohl, Herr General. Großer Gott im Himmel!
Der kleine Anwalt sagte: »Herr Holden hat sich in jeder Beziehung vorbildlich betragen. Ich möchte ihm danken.«
»Das möchte ich auch«, sagte Brummer. »Aufrichtig und von ganzem Herzen. Ich werde es nie vergessen.«
Der schweigsame Kriminalbeamte sah mich traurig von der Seite an, aber er sagte kein Wort. Ich erreichte den Rhein und fuhr nordwärts. Das Wetter wurde immer schlechter, Wind kam auf und auf dem Wasser Nebel.
Auch vor dem Eingang zur Villa begannen Kameras zu rollen, als wir eintrafen, und Scheinwerfer blendeten, und Blitzlichter zuckten. Ich konnte nur im Schritt fahren, denn viele Reporter sprangen dicht an den Wagen heran und fotografierten in ihn hinein. Dann drängten die drei Polizisten alle zurück, das Tor wurde geschlossen, und wir glitten geräuschlos über den Kies zum Eingang der Villa.
Auf winzigen Füßen, graziös wie ein tanzender Ballon trotz seines gewaltigen Leibes, schritt Julius Maria Brummer die Stufen empor. In der Halle, in die ich als letzter folgte, kam ihm jaulend der alte Boxer entgegen, er sprang an Brummer empor, immer wieder, leckte ihm die Hände und stieß lange, schluchzende Laute der Freude aus.
»Puppele, mein altes Puppele ...«
Mila trat in die Halle. Sie war ganz in Schwarz gekleidet und sehr bleich. Brummer schloß sie sofort in die Arme und küßte sie auf die Wange. Mila hob eine Hand und schlug auf Brummers Stirn das Zeichen des Kreuzes.
Über die Holztreppe kam Nina.
Brummer nahm die dunkle Brille ab und ging ihr entgegen. Sie trafen einander auf halber Höhe, blieben voreinander stehen und sahen sich lange in die Augen. Nina trug ein grünes Sommerkleid und hochhackige grüne Schuhe. Sie war sehr stark geschminkt und wirkte erschöpft.
Julius Maria Brummer legte einen Arm um ihre Hüfte, und

gemeinsam schritten sie die Treppe empor und verschwanden in dem dunklen Gang, der zu ihren Zimmern führte.
»Missen entschuldigen, wenn ich heul', meine Herren, aber das is' der glücklichste Tag in meinem Leben.«

Kapitel 44

Die nächsten acht Tage waren die schlimmsten in meinem Leben. Ich sah Nina, aber ich konnte nicht mit ihr sprechen. Ich fuhr sie hierhin und dorthin, aber er war dabei, allemal. Ich versuchte, Nina anzusehen, und sie sah weg. Sie redete nicht mit mir, nur er redete. Nina sah schlecht aus. Wenn sie lächelte, bemerkte man, daß sie zu viel Puder aufgelegt hatte. Die Haut war grießig.
Ich hatte wirklich viel zu tun. Brummer war dauernd unterwegs – zu Konferenzen, Ämtern, bei Gericht, beim Anwalt. Er rief nach mir zu den seltsamsten Zeiten, einmal um vier Uhr morgens. Da wollte er zur Hauptpost, einen Brief aufgeben, er selbst, persönlich, so wichtig war der Brief.
Mir war es gleich, wann er mich rief, denn ich konnte ohnehin nicht schlafen in diesen Nächten. Man mußte also nicht Dresden erlebt haben, es gab viele Dinge, die den Schlaf zerstörten. Ich lag auf dem Bett und sah zu Ninas Zimmerfenster hinüber. Manchmal war es bald dunkel, aber oft brannte das Licht lange, und manchmal erlosch es auch früh und flammte spät wieder auf, und ich dachte dann immer dasselbe, denn sein Schlafzimmer lag nebenan.
Ein neuer Diener, ein neuer Gärtner, zwei neue Mädchen wurden in diesen Tagen engagiert, aber ich sah wenig von ihnen, denn ich war dauernd unterwegs.
Am dritten Abend gab Brummer eine Gesellschaft. Dreißig

Menschen waren geladen, er hatte sie mit Umsicht ausgesucht, es waren nur wichtige Männer darunter. Ich stand im Park, als die Wagen vorfuhren, einer nach dem anderen, es war ein warmer Abend. Nina und er empfingen die Gäste vor der Haustür. Sie trug ein silberdurchwirktes Abendkleid, viel Schmuck und eine Orchidee, er einen dunkelblauen Smoking mit einer roten Weste. Es war eine Empfang bei Hofe. Wagen um Wagen rollte an, Paar um Paar stieg aus und begrüßte Hausfrau und Hausherrn. Es war eine Justamenthandlung Brummers, eine Selbstbestätigung, ein gesellschaftlicher Kraftakt, denn es wurde dabei natürlich dauernd fotografiert. Die Presseleute sollten sehen, *wer* seiner Einladung gefolgt war – immerhin nur drei Tage nach der Entlassung aus der Haft. Alle sollten es sehen, das ganze Land!
In der Küche arbeitete ein Koch mit drei Kellnern. Sie waren für den Abend engagiert worden. Die neuen Mädchen halfen ihnen. Es sah aus wie auf einem Schlachtfeld. Brummer hatte für seine Gäste folgendes Menü zusammengestellt: Kaviar Malossol, Schildkrötensuppe, Poularde de Bruxelles mit feinen Salaten, Käse, Kaffee und so weiter. Zu allem Champagner. Mila, die als absolute Chefin den Hexenkessel in der Küche dirigierte, strahlte mich mit schweißglänzendem Gesicht an, als ich eintrat: »Is' das ein Wirbel, also wie in die alten Zeiten, Herr Holden, meiner Seel, erst jetzt fiehl' ich mich wieder ganz richtig wohl! Trinken S' doch ein Glasel!« Sie goß mir und sich selbst Champagner ein, und ich bemerkte, daß sie leicht beschwipst war: »Kaviar soll für jeden dasein, mehr, als er verdrücken kann, hat der gnä' Herr gesagt! Und auch Champagner!« Ich zählte sechs Kilobüchsen Kaviar auf Eisblöcken, die Flaschen waren nicht zu zählen, sie standen über- und nebeneinander auf der Erde. Auch in Milas Zimmer standen sie.
Nina trat ein.
Die Angestellten grüßten, ich auch.
»Alles in Ordnung, Mila?«

»Halbe Stunde, nachher kann's losgehen.«
Ein Blick, ein Blick nur ...
»Dann können jetzt die Martinis serviert werden.«
Nina ging. Sie hatte mir nicht einen Blick gegeben, nicht einen einzigen Blick.
Ich ging auf die Straße hinaus zu den Chauffeuren, die dort bei ihren Wagen standen und rauchten, aber sie waren sehr mißtrauisch, und es wurde nichts aus einer Konversation. Ich ging in mein Zimmer. Alle Fenster der Villa waren strahlend erleuchtet, einige standen offen, ich hörte Gelächter und viele Stimmen, und immer wieder glaubte ich, Ninas Stimme zu hören, und das machte mich zuletzt fast besinnungslos vor hilfloser Eifersucht und Wut.
Dann, gegen zehn, läutete das Telefon. Irgend jemandem, dachte ich, war schlecht geworden, und ich mußte ihn heimbringen, aber es meldete sich nicht Brummer, sondern Mila. »Sollen Ihren blauen Anzug anziehen und herüberkommen.«
»Blauen Anzug, warum –«
Aber sie hatte schon eingehängt. Ich zog mich um und ging hinüber und in die Küche.
Ein Ober im Frack, mit weißen Handschuhen, sagte todernst: »Darf ich bitten, mir zu folgen?« Er schritt vor mir her in die Halle, und aus dem ersten Stock hörte ich wieder Gelächter und Stimmen, aber wir blieben zur ebenen Erde. Der Ober öffnete eine Paneeltür und ließ mich in ein kleineres Speisezimmer treten, das ich noch nicht kannte. Die Wände und die Decke dieses Raumes waren mit dunklem Holz verkleidet. Auf dem Tisch mit dem Damasttuch, dem feinen Silber und dem feinen Porzellan flackerten Kerzen, sonst gab es kein Licht. Mila Blehovas weißes Haar leuchtete im Kerzenschein. Sie trug ein schwarzes Kleid mit weißem Kragen, eine Brosche, einen Ring und ein Armband aus großen Granatsteinen und strahlte mir entgegen: »Fir uns, Herr Holden, nur fir uns zwei. Der gnä' Herr

will, daß wir uns einen feinen Abend machen. Sie können jetzt anfangen, Herr Koller.«

Ich setzte mich. Mila bekam feuchte Augen vor Freude: »Hab' ich selbst nix geahnt, die Ober haben's vorbereitet in seinem Auftrag, als Überraschung! So ist er, der gnä' Herr, eben ein guter Mensch, ein richtiger Sozialist.«

Der Ober kam und ging, er schenkte Champagner ein und brachte eine Kaviardose. Die Mila klatschte die glänzenden, schwarzen Körner in Riesenportionen auf den Teller.

»Mehr Zitrone, Herr Koller, bitte. Mit dem bissel komm' ich *nie* aus!« Also kamen Zitronen in Menge, und die gute Mila aß orgiastisch: »Nein, keinen Toast, ich nehm's mit'm Löffel! Wenn ich viel Geld hätt', *nur* Kaviar! Alles verfressen möcht' ich! Herr Koller?«

»Bitte sehr?«

»Brauchen S' nicht so steif herumstehen. Nehmen S' sich auch ein Glasel.«

»Ich bin so frei.«

Die Mila sah vor dem dunklen Hintergrund der Wandpaneele aus wie eine alte Fürstin auf dem Gemälde eines englischen Hofmalers. Die falschen Zähne funkelten, wenn sie sprach.

»Heut hat der gnä' Herr mit mir geredet über die Zukunft, meine alten Tag. Das Aufstoßen wird nicht besser, auch die Hitze nicht. Ich kann noch arbeiten, aber nicht mehr lang. Bringen S' uns jetzt die Consommé, Herr Koller.«

Er verschwand mit einer Verneigung.

»Verneigt sich, der Tepp. Hat der gnä' Herr mich gefragt, ob er mir eine Wohnung kaufen soll, eine kleine, und mir jeden Monat Geld geben, bis daß ich abnippel'. Ich aber, nein, ich möchte hier bleiben, warum, ich möchte lieber leben bei meinem Ninale, dem Puppele und ihm. Da hat er gesagt: ›Meine Alte, weißt du, dann suchst du dir eben ein Zimmer im Haus und lebst mit uns, aber ohne Arbeit, eine alte Mama.‹ Is' das ein Freudentag, Herr Holden?«

»Ich freue mich für Sie, Mila.«
»Weiß ich doch, wenn es mir einer gönnt, dann *Sie!* So, da kommt die Schildkröten. Und dann die Poularde! Liebe Himmelmutter, hab' ich einen Hunger, es is' nicht zu fassen!«

Kapitel 45

Der vierte Tag. Der fünfte Tag. Der sechste Tag.
Ich konnte mit Nina nicht sprechen. Wann immer ich sie sah, Brummer war dabei. Abends nahm ich Schlafpulver, aber sie wirkten nicht. Da kaufte ich Kognak, und der Kognak wirkte, aber nur für Stunden, dann war ich wieder wach und sah zu dem Fenster hinüber, und ob Licht in ihm brannte oder keines, beides war schlimm.
Am siebenten Tag beschloß ich, Brummer zu bitten, meine Kündigung anzunehmen. Ich wollte versprechen, unsere Geheimnisse zu wahren. Ich wollte ihm sagen, daß ich die Absicht hatte, mir mit dem Geld, das er mir gab, eine eigene Existenz aufzubauen. Er brauche mich jetzt doch nicht mehr.
Ich mußte Nina vergessen, und schnell, denn wenn ich blieb, gab es ein Unglück ... Ich hatte mir das alles zu leicht vorgestellt. Es war wirklich Wahnsinn, Nina hatte recht: Wie sollte, wie *konnte* sie mich lieben, mich, einen Menschen, den sie kaum kannte, von dem sie nichts wußte? Wahnsinn, ja wirklich. Ich mußte verschwinden. Nina war auch nur eine Frau. Brummer schien – beinahe – rehabilitiert. Sie hatte ihn für Toni Worm verlassen wollen, aber sie hatte Toni Worm geliebt.
Warum sollte sie Brummer verlassen, *ohne* einen anderen Mann zu lieben?
Am achten Tag regnete es heftig. Ich brachte Brummer um halb neun in die Stadt, in sein riesiges Bürohaus. »Ach, Holden, ehe

ich es vergesse, wir müssen morgen nach München. Lassen Sie den Wagen abschmieren und das Öl wechseln.«
»Jawohl.«
»Fahren Sie jetzt nach Hause zurück, und holen Sie meine Frau ab. Sie muß irgendwohin. Ich brauche Sie vormittags nicht mehr.«
»Jawohl, Herr Brummer.«
Nina.
Nun würde ich sie sehen, allein. Und allein mit ihr sprechen können, zum erstenmal seit Tagen. Ich war schon überglücklich darüber, sie wiederzusehen. Mit ihr allein zu sein, und wenn auch nur in diesem kalten, großen Wagen, am Vormittag, im Regen ...
Sie trug ein schwarz-weißes Pepitakostüm und Schuhe aus schwarzem Krokodilleder. Eine ebensolche Tasche. Ein kleines schwarzes Hütchen, ziemlich hoch, schief sitzend auf dem blonden Haar. Der neue Diener brachte sie im Schutz eines Regenschirms zum Wagen. Sie sprach nicht, solange er da war. Sie saß im Fond und schwieg, bis ich die Straße erreichte.
»Zum Boot«, sagte Nina scheu. Sie wurde dabei rot. »Nur ganz kurz, Holden. Um zehn bin ich in der Stadt verabredet. Aber ich muß mit Ihnen reden.«
»Ich mit Ihnen, ich mit Ihnen!«
»Nicht im Fahren.«
»Nein«, sagte ich, »das nicht.« Es war auch wirklich ganz unmöglich, ich war zu aufgeregt. Es bereitete mir Mühe, den Wagen ruhig zu halten.
Nina ... Nina ... Nina ...
Diesmal gingen wir in die Kabine mit den großen Glasscheiben hinein. Wir waren die einzigen Gäste, auf das verlassene Deck prasselte der Regen. Der alte, unrasierte Mann erschien händereibend: »Die jungen Liebenden!«
Wir bestellten Kaffee, und er verschwand. Der Strom war grau wie der Himmel und wie die Luft. Der Regen bildete auf dem

Wasser einen Teppich von nervösen Punkten. Leise bewegte sich das Boot. Es war ganz still. Wir sahen uns an, und wenn ich acht Tage lang nicht gegessen hätte, ich wäre satt geworden vom Anblick ihrer Schönheit, so nahe, so nahe ...
»Ich habe meinem Mann gesagt, daß ich ihn verlassen will.«
»*Nein.*«
»Doch. Gestern abend.« Sie sprach langsam und ruhig, wie jemand, der sich endlich, endlich zu etwas entschlossen hat. »Die letzten Tage waren furchtbar.«
»Auch für mich.«
»Sie haben mir einmal gesagt, man könnte mit einem Menschen leben, den man verachtet, Frauen hätten es besonders leicht. Das ist nicht wahr.«
Der Regen trommelte auf das Kabinendach, ich sah sie an und wurde glücklicher mit jedem Atemzug, mit jedem Herzschlag.
»Er ... er ist unmenschlich geworden. Er hält sich für einen Gott, es sind ihm alle untertan. Das Fest, Holden, *wenn* Sie die Menschen gesehen hätten, wie sie ihm schmeichelten, wie sie um seine Freundschaft warben, die Komplimente, die *ich* bekam!«
»Es ist das Geld, das viele Geld ...«
»Ich will nichts mehr davon. Ich will nicht mehr teilhaben an seinem Reichtum und an seiner Schuld. Holden, es ist grauenhaft, er lebt, als ob niemals etwas geschehen wäre. Die Verbrechen, die er selbst mir gestanden hat – sie haben nie existiert! Er *spielt* nicht den Unschuldigen. Holden, er *ist* es, vor sich selber *ist* er unschuldig! Das habe ich ihm gesagt.«
»Was?«
»Alles, was ich Ihnen sagte. Ich bat um die Scheidung. Ich will kein Geld von ihm, nicht einen Groschen. Ich bin jung, ich kann arbeiten, ein Kind ist nicht da, Gott sei Dank! Ich sagte, wenn er es wünschte, würde ich vor Gericht die Schuld auf mich nehmen.«
»Und er?«

Der alte Mann aus Dresden, schlaflos und unrasiert, brachte den Kaffee, und wir warteten, bis er wieder verschwunden war.
»Und *er*?« wiederholte ich.
»Ach, er war wunderbar …«
»Wunderbar?«
»Er tat mir plötzlich leid, so großartig betrug er sich. Wissen Sie, ich bin wahrscheinlich wirklich der einzige Mensch, den er liebt. Er … er sagte, er könnte mich verstehen. Dann weinte er in meinem Arm. Wir sprachen lange, lange Stunden …«
»Ich sah das Licht. Ich stellte mir etwas anderes vor.«
»… er sagte, es wäre schrecklich für ihn, aber *er könnte mich verstehen*. Er wollte mich nicht halten gegen meinen Willen. Ich soll ihm nur Zeit geben, etwas Zeit. Er fährt morgen nach München. Ich soll ihn überlegen lassen bis zu seiner Rückkehr. Ach, Holden, ich bin so froh, daß ich alles ausgesprochen habe. Man muß die Wahrheit sagen, immer, es ist das Beste!«
»Wenn er Sie gehen läßt – was werden Sie tun?«
»Ich weiß noch nicht. Arbeiten. Mein eigenes Leben leben, ganz von vorne.«
»Und ich? Und wir?«
»Ich weiß es nicht, ich weiß nur, daß ich nicht mehr lügen will. Vielleicht, vielleicht daß wir uns einmal lieben – aber dann soll es eine Liebe sein, von der ein jeder wissen darf! Eine saubere Liebe. Ohne Gemeinheit, ohne Betrug. Ich will mir nicht mehr so dreckig vorkommen, so hurenhaft! Holden, es ist mir so wichtig, daß Sie mich verstehen: Ich will *anständig* werden! Das ist mir wichtiger als Liebe …«
»Und weil es Ihnen wichtiger ist, sitzen Sie jetzt hier und erzählen mir alles.«
»Ich verstehe nicht –« Sie sah mich erschrocken an und verstand im Augenblick und errötete wieder heftig. Ich legte einen Arm um sie.
»Nicht –« flüsterte sie.
Ich küßte Nina. Sie wehrte sich, aber nur kurz. Plötzlich hielt sie

meinen Kopf mit beiden Händen fest und preßte sich an mich und erwiderte den Kuß mit einer Wildheit und Leidenschaft, die ich noch nie, noch nie erlebt hatte. Das hohe schwarze Hütchen fiel ihr vom Kopf. Das Boot schwankte unter uns leise, leise, wir hielten uns umklammert wie Ertrinkende, und ich begriff, daß einer der letzte Halt des andern war, der letzte Halt auf dieser Welt.

Kapitel 46

Düsseldorf. Köln. Bonn. Frankfurt. Mannheim. Karlsruhe.
So weit ging alles glatt. Es regnete heftig, aber man konnte gut sehen. Aus Rasthäusern bei Köln und Mannheim telefonierte Brummer mit Düsseldorf. Es war die Nummer seines Anwalts, die er verlangte, beide Male. In der Dämmerung erreichten wir Pforzheim. Hier im Süden bemerkte man den Herbst deutlicher, er kam sehr früh in diesem Jahr. Wir schrieben jetzt Anfang Oktober, aber in den Wäldern gab es schon gelbe, braune und rote Blätter, die Wiesen wurden fahl, und an Flüssen sahen wir lila Herbstzeitlosen zu Hunderten. In den Feldern brannten Kartoffelfeuer, der Regen drückte ihren Rauch herunter.
Gegen fünf Uhr kam der Nebel aus den Wäldern gekrochen, zuerst dünn, in Schlieren, danach in Schwaden. Der Himmel wurde schwarz. Es regnete weiter. Die Nebel fluteten träge über die Autobahn.
»Wollen Kaffee trinken und dann durchfahren bis München«, sagte Julius Maria Brummer. Er war sehr ruhig an diesem Tag, ich erinnere mich, daß ich ihn bewunderte. Wenn dieser Mann unter der Entscheidung seiner Frau litt, dann hatte er sich unerhört in der Gewalt. Er sprach sehr wenig, und ich bin sicher, daß er viel an Nina dachte. Ich dachte die ganze Zeit an sie.

Vor der Autobahnraststätte Pforzheim sprang der alte, lahme Hund, der zwischen uns gelegen hatte, ungeschickt ins Freie und bellte eine Katze an. Durch den Regen gingen wir in das Restaurant hinein. Hier war es warm. Vier Fernfahrer spielten Karten, ein Musikautomat lief. Die Kellnerin, die uns bediente, war hübsch.
»Zwei Espresso und ein Gespräch nach Düsseldorf!« Wieder telefonierte Brummer mit Doktor Zorn. Ich trank den heißen Kaffee und sah in den Regen hinaus. Wenn Nina frei war, würden wir aus Düsseldorf fortgehen. Vielleicht nach München. Oder Hamburg. Wien. Es gab viele Städte. Wir waren zu alt für Kinder, wir würden allein bleiben. Eine Wohnung, später vielleicht ein kleines Haus. Etwas Geld hatte ich noch, für den Anfang ...
Brummer kam zurück.
»Unangenehme Sache.«
»Ist was passiert?«
»Ja. Wir müssen weiter.«
Im Wagen zündete er umständlich eine Brasil an. Der Nebel kam jetzt in Bewegung. Ostwind trieb die Schwaden quer zur Bahn. Ich mußte das Fenster an meiner Seite herunterkurbeln, denn die Scheiben beschlugen sich dauernd. Der Nebel roch nach Rauch und der Regen nach faulem Laub. Es lagen viele Blätter auf der Bahn. In den Wäldern vor Stuttgart sah ich nur noch den weißen Mittelstreifen und manchmal auch den nicht mehr. Ich ging auf dreißig Kilometer herunter. Der Hund schlief ein. Im Schlaf zuckte und stöhnte er manchmal. Vielleicht träumte er von der Katze.
»Kennen Sie Peter Romberg?« Brummer sprach mit der Brasil im Mund, ab und zu glühte die Aschenkrone auf.
»Ja.«
»Das kleine Kind, das er hat, kennen Sie das auch?«
»Ja.«
»Glückliche Familie, wie? Die Eltern sollen ja ganz verrückt sein mit der Kleinen.«

»Das ist richtig.«
»Würden alles tun für das Kind, was?«
»Sie erfüllen Mickey jeden Wunsch.«
»So meine ich es nicht. Ich meine: Um das Kind nicht zu gefährden, würden sie alles tun, was man verlangt – oder?«
Jetzt fuhr ich nur noch zwanzig Kilometer. Der Wald wich zurück, links, auf schemenhaften Hügeln blitzten plötzlich viele Lichter. Das mußte Stuttgart sein. Wir sahen die Lichter eine Minute lang in einem Nebelloch, dann war wieder alles milchig und verhüllt.
»Ich verstehe nicht, was Sie meinen, Herr Brummer.«
»Sie verstehen schon. Warum haben Sie dem Anwalt nichts davon erzählt? Es wäre Ihre Pflicht gewesen«, sagte er weinerlich wie ein gekränktes junges Mädchen.
»Woher wissen Sie –«
»Zorn. Ich habe eben mit ihm gesprochen. Viele Leute arbeiten für ihn, er hat seine Verbindungen überall. Dieser Romberg geht herum und quatscht. Seine Kleine. Hilde Lutz. Der Mercedes. Erzählen Sie mal, was da passiert ist.«
So erzählte ich alles. Er rauchte und hörte zu. Zuletzt quäkte seine hohe Stimme wieder gekränkt: »Und das haben Sie für sich behalten?«
»Ich hielt es nicht für wichtig«, log ich.
»Nicht für wichtig!« Er lachte, es klang wie das Schnauben eines Schweins. »Wenn es Romberg gelingt, den Nachweis zu erbringen, daß Sie an jenem Tag bei dieser Lutz waren, wenn der Untersuchungsrichter etwas davon erfährt – Mann, der Anwalt hat meinen Fall wasserdicht, absolut wasserdicht gemacht! Und jetzt diese Panne. Kann man Romberg kaufen?«
»Ich glaube nicht.«
»Welche Beweise hat er?«
»Mickey. Sie schwört, den Namen Lutz gehört zu haben.«
»Kann man behaupten, das Kind wäre an diesem Tag nicht mit Ihnen zusammen gewesen?«

»Nein.«
»Warum nicht?«
»Ihre Frau, Romberg und Mila haben uns gesehen.«
»Romberg zählt nicht, der klagt an. Mila und meine Frau würden das Gegenteil behaupten.«
»Romberg hat uns fotografiert, Mickey und mich.«
»Wo ist das Foto?«
»Er hat es.«
»Sie müssen das Foto und das Negativ beschaffen.«
»Er wird es mir nicht geben.«
»Sie haben diese Panne verursacht, Sie müssen –«
»Ich kann überhaupt nichts dafür!«
»Widersprechen Sie nicht! Das Foto werden Sie beschaffen, schnellstens, mit dem Negativ. Wenn er sie nicht hergibt – schön, Sie sagen, er hängt so an dem Kind. Wird also dem Kind etwas passieren.«
»Herr Brummer ...«
»Was ist?«
»Ich wollte Sie bitten, meine Kündigung anzunehmen.«
Er nahm die Zigarre aus dem Mund und sah mich an.
»Ich ... ich habe für Sie getan, was ich konnte. Sie haben mir dafür Geld gegeben. Ich möchte mir nun eine neue Existenz aufbauen. Sie müssen das verstehen, ich –«
Er begann zu lachen, lautlos zuerst. Der fette Leib zitterte. Er schüttelte sich vor Lachen. Pfeifend kam der Atem aus dem kleinen Mund, ja, er schnaubte beim Lachen asthmatisch wie ein Schwein, ein tückisches, fettes Schwein. Der Hund erwachte und begann zu winseln.
»Still, mein Puppele, still.« Er sagte grunzend: »Schlechte Nerven, Holden, was? Die Aufregungen. Kann ich verstehen. Wir sind alle nur Menschen. Schauen Sie meine Frau an.« Er lachte wieder, das fette Schwein lachte. »Meine Nina. Weiß Gott, wenn mich *ein* Mensch liebt, dann sie. Völlig verstört. Die Aufregung war zuviel für sie. Hat mir doch tatsächlich vorgeschlagen, sich

scheiden zu lassen! Da staunen Sie, was? Ich meine, daß ich so offen darüber spreche. Warum antworten Sie nicht?«
»Der Nebel, Herr Brummer. Ich muß sehr achtgeben.«
»Geben Sie sehr acht, Holden.« Er grunzte und schnaubte beim Lachen. »Das ist recht, geben Sie nur sehr acht! Ja, ich erwähne das Beispiel meiner Frau, um Ihnen zu zeigen, wie wenig ihr alle im Moment Herr eurer Entschlüsse seid. Sie will sich scheiden lassen, Sie wollen kündigen, man könnte fast meinen, ihr hättet euch verabredet!« Er grunzte lange. »Nichts als Nerven. Nina schicke ich in den Süden zur Erholung. Ich war auch gar nicht aufgeregt, als sie mir den monströsen Vorschlag machte. Nahm sie nicht ernst. Kann sie verstehen, sagte ich. Was hätte ich sagen sollen? War auch bißchen viel. Ich habe ernstere Sorgen. Ich lasse mich nicht scheiden. Um nichts auf der Welt. Ich brauche sie. Beste Frau, die es gibt. Aber eben mit den Nerven herunter. Wie Sie, Holden. Darum nehme ich Sie auch nicht ernst.«
»Ich bitte Sie aber darum, Herr Brummer. Ich will fort von Ihnen.«
»Zurück ins Gefängnis?« fragte er, herzlich grunzend. »Was machen Sie denn, Holden? Mann, halten Sie den Wagen ruhig, wir waren jetzt fast auf dem Grünstreifen.«
»Sie wissen, *warum* ich im Gefängnis war?«
»Selbstverständlich.«
»Seit wann?«
»Schon lange. Warum?«
Meine Lippen klebten aneinander. Ich sagte mühsam, über das Steuer gebeugt: »Zorn behauptete, Sie wüßten es nicht ...«
»Der gute Zorn.«
»Sie haben mir aber doch noch als Belohnung dreißigtausend Mark geschenkt –«
»Sagen *Sie*.«
»Bitte?«
»Ach, Holden, haben Sie uns alle für Idioten gehalten?« Jetzt

nörgelte die wehleidige Stimme wieder. »Haben Sie für die dreißigtausend Mark eine Quittung unterschrieben, ja oder nein?«
»Ja.«
»Das habe ich auch erwartet. Sie sind nicht feiner als ich, Holden. Aber was wäre schon gewesen, wenn ich Sie damals im Gefängnis angeschrien hätte? Einen Mitarbeiter weniger hätte ich gehabt, sonst nichts, einen wertvollen Mitarbeiter, der mir danach weiter wertvolle Dienste leistete. Darum schrie ich nicht!«
Wir schwammen jetzt so sehr im Nebel, daß ich auf zehn Kilometer heruntergehen mußte. Seit einer halben Stunde war uns kein Wagen mehr begegnet.
»Und wie klug war das doch von mir, wenn ich zurückdenke, wie klug! Denn sehen Sie, Holden, wenn Sie jetzt unbedingt abhauen wollen, dann werden wir bekanntgeben, daß Sie uns um dreißigtausend Mark erpreßt haben. Mit der Herausgabe gewisser Dokumente. Sie können dann auch allerhand behaupten. Aber beweisen? Beweisen können Sie nichts. Sie haben die Dokumente nicht mehr. Wir aber, Holden, wir haben noch immer Ihre Unterschrift auf der Empfangsbestätigung.«
Plötzlich hörte ich ein wirres Getön, viele Geräusche und eine Frauenstimme, die langsam und einfach, wie zu Kindern, sprach: »... mit dem Teufel hatte sich der böse Bruder verbündet um des Goldes willen. Er hatte mit ihm gegessen und getrunken. Aber wer mit dem Teufel essen will, der muß einen langen Löffel haben ...«
»Als Sie das Geld nahmen, fragten Sie Doktor Zorn, wofür Sie es bekämen. Er sagte damals, daß er Sie vielleicht einmal um einen Gefallen ersuchen würde.«
Er hatte mit ihm gegessen und getrunken ...
Seinen Kaviar. Seinen Champagner. Seine Poularde de Bruxelles mit feinen Salaten.
»Heute ersucht er Sie um diesen Gefallen. Er ersucht Sie, das

bewußte Foto von Peter Romberg zu beschaffen. Und das Negativ.«
»Das kann ich nicht ... das will ich nicht ...«
»Das müssen Sie. Das werden Sie.«
»Lassen Sie mich gehen, Herr Brummer. Nehmen Sie das Geld zurück. Es ist nicht mehr alles da, nehmen Sie den Rest ...«
»Ich will kein Geld. Ich habe genug. Sie bleiben, so wie meine arme Frau bleibt! Ihr wißt nicht, was gut für euch ist.«
»Wie lange ... wie lange werden Sie mich zwingen, bei Ihnen zu bleiben?«
»Solange ich Sie brauche, Holden. Seien Sie nicht kindisch. Geht es Ihnen schlecht? Na also.«
... aber wer mit dem Teufel essen will ...
Da überfuhr ich ein Tier. Es gab das übliche ekelhafte Geräusch, der Wagen schleuderte in der üblichen Weise, und der alte Hund jaulte aufgeregt.
»Was war das?«
»Ein Hase.«
... der muß einen langen Löffel haben.

Dritter Teil

Kapitel 1

Déjà vu ...
Schon einmal gesehen. Schon einmal gehört. Schon einmal erlebt. Kennen Sie dieses seltsame Gefühl des »Déjà vu«, Herr Kriminalkommissar Kehlmann, für den ich diese vielen Blätter geduldig fülle, kennen Sie es? Sie gehen spazieren, am frühen Morgen, in einem kleinen Kurort. Leer die Straßen. Eine Ente im Sonnenschein. Ein weißes Haus mit bunter Kresse vor den Fenstern. Eine Leiter angelehnt. Ein Mädchen, blond, mit Umhängetuch. Sie fragen nach dem Weg zum Thermalbad. Und plötzlich ist Ihnen, als hätten Sie dieses Mädchen schon einmal gefragt, die Ente, die Leiter, die bunte Kresse schon einmal gesehen – und Sie wissen den Weg zum Thermalbad, bevor das Mädchen noch antwortet. Kennen Sie dieses Gefühl, Herr Kriminalkommissar?
In jener Nebelnacht im Oktober, zwischen Stuttgart und Ulm, auf der Autobahn, da überfuhr ich einen Hasen. Etwas klang an in meinem Gehirn, in meiner Erinnerung.
Déjà vu ...
Ich hatte schon einmal einen Hasen überfahren in einer Nebelnacht, auf einer Autobahn. An der Elbe war das gewesen, hinter Coswig, auf der Fahrt nach Berlin. Damals, als Nina zwischen Tod und Leben schwebend im Krankenhaus lag. Damals, wenige Stunden bevor sie Brummer verhafteten.
Déjà entendu ...
Schon einmal gehört.

Man wirft eine Münze in den Automaten und drückt auf den richtigen Knopf, und alle Münzen fallen heraus. Man überfährt einen Hasen – und alles fällt einem wieder ein, alles, was er damals sagte, Julius Maria Brummer ...
»... nehmen Sie, wen Sie wollen, große Leute, kleine Leute ... sie haben alle ihre Vergangenheiten, große Vergangenheiten, kleine Vergangenheiten, sie haben Angst, sie haben ein schlechtes Gewissen. Wissen Sie, was wir alle brauchen, Holden?«
Worte, gesprochen im Nebel, vor Wochen. Hinter der Elbe, hinter Coswig. Jetzt höre ich sie wieder, Wochen später, wieder im Nebel, hinter Stuttgart, vor Ulm. Und höre sie wieder, die Worte.
»Ein Doppelgänger! Bei Gott, das wäre die Erfindung des Jahrhunderts! Ein zweites Ich, das alles auf sich nimmt, was man getan hat! Ein Doppelgänger! Die Idee müßte ich mir patentieren lassen!«
Ein Doppelgänger ...
Ich weiß nicht, ob Sie das kennen, Herr Kriminalkommissar Kehlmann – dieses Gefühl, wenn eine Idee von einem Besitz ergreift, wenn sie sich festsetzt in Gehirn und Blut, ich weiß nicht, ob Sie das kennen.
Ein Doppelgänger ...
Er gibt Nina nicht frei. Er gibt mich nicht frei. Neues Unglück wird entstehen. Wir werden niemals zusammenkommen, nein, niemals.
Ein Doppelgänger ...
»Ich lasse mich nicht scheiden. Um nichts in der Welt. Ich brauche Nina. Beste Frau, die es gibt ...«
Und wenn Herr Brummer plötzlich stirbt?
Ein schwaches Herz hat Julius Maria. Eine goldene Plakette hängt an seinem bleichen, schwammigen Hals. Und wenn er plötzlich stirbt?
Ein Doppelgänger tut es, nicht ich, beileibe.
Keine Schuld, keine Sühne.

Diese Tat habe ich nicht begangen, Hohes Gericht. Diese Tat hat ein anderer begangen, der aussieht wie ich; der spricht wie ich; der lebt wie ich; aber er ist böse, ich bin gut. Ihn muß man bestrafen, Hohes Gericht.
Ihn. Nicht mich.
So einen Doppelgänger habe ich nicht, es gibt ihn nicht, nein, es gibt ihn nicht.
Was heißt das eigentlich?
Eine Sache, die es nicht gibt, nennen die Menschen eine Sache, die sie noch nicht *erfunden* haben. Die Sache selber hat gar nichts dagegen, daß man sie erfindet!
So einen Doppelgänger gibt es also nur *noch* nicht. Ich weiß nicht, ob Sie das kennen, Herr Kriminalkommissar Kehlmann – dieses Gefühl, wenn eine Idee von einem Besitz ergreift, wenn sie sich festsetzt in Blut und Gehirn, ich weiß nicht, ob Sie das kennen …
Zwischen Coswig und Berliner Ring, im Nebel, ließ Julius Maria Brummer die Idee entstehen. Im Nebel, Wochen später, zwischen Stuttgart und Ulm, nahm sie Gestalt an in meinem Gehirn. Er selber war ihr Vater – ihr Opfer nun, Julius Maria Brummer.

Kapitel 2

Es ist *schwierig,* Herr Kommissar, sich seinen eigenen Doppelgänger aufzubauen, aber es ist nicht *unmöglich*. Es ist eine Frage der Fähigkeit, real zu denken. Das muß man, wenn man ein irreales, grausiges Phantom schaffen will. Man muß klar und vernünftig überlegen, wen man überzeugen will. Man muß den Widerwillen der Menschen vor allen unfaßbaren, metaphysischen Phänomen einberechnen. Dazu ist es nötig, mathematisch vorzugehen. Jede einzelne Phase des Experiments muß exakt vorbereitet werden. Niemals darf der Schatten eines Zweifels an der *Realität* des scheinbar Irrealen, scheinbar Unerklärlichen entstehen. Man kann das Denkvermögen anderer nur in Unordnung bringen, wenn man selber ordentlich zu denken vermag. Es ist schwierig, sich seinen eigenen Doppelgänger aufzubauen, Herr Kriminalkommissar, aber unmöglich ist es nicht ...

Nachdem ich in jener Nebelnacht beschlossen hatte, Julius Maria Brummer zu töten, ohne dabei den Gerichten eine Möglichkeit zu geben, mich zu bestrafen, ging ich ohne Zögern ans Werk. Drei Schwierigkeiten standen der Ausführung dieses perfekten Mordes entgegen.

Erstens mußte ich mein bisheriges Leben in einer Weise fortsetzen, die vollkommen unauffällig war, also so weiterleben, als hätte ich mich Brummer ergeben.

Zweitens mußte ich vor Nina – und das war die schwerste Schwierigkeit – überzeugend die Rolle eines Menschen spielen, der resigniert hat. Es stand dabei natürlich zu befürchten, daß sie mich dafür verachtete, aber es gab keine andere Möglichkeit. Was ich vorhatte, mußte ich allein tun. Ich durfte keine Mitwisser haben.

War diese zweite Schwierigkeit die schwerste, so war die dritte eigentlich die leichteste: das Indieweltsetzen eines erfundenen Doppelgängers.

Kapitel 3

Um allgemein verständlich zu bleiben, Herr Kriminalkommissar, und um Ihnen zu zeigen, nach welchem einfachen System ich arbeitete, will ich zuerst die Tankstellenepisode berichten. Ich denke, Sie werden in der Lage sein, schon hier die Wurzeln meines Unterfangens zu entdecken: die vernünftige Verbreitung von unvernünftigem Schrecken ...
Die Geschichte mit der Tankstelle begann am Mittwoch nach unserer Rückkehr aus München. Ich weiß noch genau, daß es ein Mittwoch war, denn am Mittwochnachmittag hatte ich dienstfrei, und ich brauchte einen dienstfreien Nachmittag für die Geschichte mit der Tankstelle.
Ich verließ mein Zimmer ein paar Minuten vor 16 Uhr. Die drei Autos, die Brummer besaß, standen in der Garage, und die Garagentür blieb am Mittwochnachmittag immer offen für den Fall, daß Nina Brummer selber in die Stadt fahren wollte. Die Wagenschlüssel steckten in den Zündschlössern, die Papiere lagen in den Handschuhfächern.
Ich hatte Nina nach meiner Rückkehr noch nicht wieder zu Gesicht bekommen. Während ich zur Villa hinüberging, sah ich zum ersten Stock empor und hatte das Gefühl, daß der Vorhang eines der Fenster, eben noch seitlich geschoben, plötzlich wieder herabfiel. Aber ich konnte mich natürlich auch geirrt haben. Es war kühl an diesem Oktobertag, die Blätter der Bäume hatten sich braun, rot, rotgelb und schwarz gefärbt, und unten am See schrien ein paar Vögel. Ihr Geschrei klang sehr laut in der Stille dieses Nachmittags, und der Himmel war grau.
Ich ging in die Küche und verabschiedete mich von der alten tschechischen Köchin, denn ich legte Wert darauf, daß sie mich sah, bevor ich fortging.
»Warten Sie nicht auf mich, Mila. Ich werde in der Stadt essen.«
Ich trug einen grauen Anzug an diesem Tag, ein weißes Hemd,

eine blaue Krawatte, und ich war noch einmal in die Küche gekommen, damit Mila sehen konnte, was ich trug ...
Auch das Laub der Bäume in der Cecilienallee hatte sich schon bunt gefärbt. Über dem Rhein lag eine dünne Dunstschicht. Ein Schlepper tuckerte stromaufwärts, sein schwarzer Rauch wurde auf das Wasser herabgedrückt, ich konnte ihn riechen.
Beim Hofgarten nahm ich den Bus und fuhr in die Stadt. In einem Warenhaus am Hauptbahnhof kaufte ich einen braunen Anzug und einen schwarzen mit weißen Nadelstreifen, beide von der Stange. Dazu kaufte ich eine grüne Krawatte mit schwarzen Punkten und eine silberne Krawatte mit schwarzen Streifen. Ich kaufte das Billigste, das es gab, denn ich hatte nicht die Absicht, diese Anzüge und diese Krawatte häufig zu tragen. Schließlich erwarb ich noch den billigsten Koffer, den ich fand, und ließ alles in ihn packen. Dann ging ich hinüber zum Hauptbahnhof und gab den Koffer in der Gepäckaufbewahrung ab. Dafür erhielt ich einen numerierten blauen Schein. Nun war es 17 Uhr 30 geworden, der Abendverkehr hatte eingesetzt, aus Büros und Fabriken hasteten Menschen heimwärts, Autos hupten, Straßenbahnen klingelten, und alle Kreuzungen waren verstopft. Ich nahm ein Taxi und fuhr wieder zum Rhein hinaus. An der Kreuzung Kleverstraße-Schwerinstraße ließ ich den Chauffeur halten und stieg aus. Es war jetzt zehn Minuten vor 18 Uhr.
Es ist klar, Herr Kommissar Kehlmann, daß ich all dies nur so minuziös schildere, damit Sie den Mechanismus des Schreckens jener ersten Episode genau erkennen mögen, denn derselbe Mechanismus lag allen weiteren Episoden zugrunde.
Ich ging nun langsam vor bis zu dem kleinen Kino, das drei Querstraßen weiter nördlich in der Lützowstraße lag. Hier spielte man an jenem Mittwoch »Die Teuflischen«, einen französischen Kriminalfilm, den ich schon gesehen hatte. Es war wichtig, daß ich mir einen Film aussuchte, den ich bereits kannte, denn es war anzunehmen, daß ich später seinen Inhalt würde erzählen müssen. In grauem Anzug, weißem Hemd und blauer

Krawatte betrat ich die Vorhalle des kleinen Kinos und löste eine Karte für den ersten Rang. In dem fast leeren Saal war es schon dunkel, es liefen Reklamen. In der Schwingtür stand die Platzanweiserin. Sie war jung, rothaarig und sehr hübsch. Ich lächelte sie an und drehte mich dabei so, daß noch Tageslicht auf mich fiel und sie mich gut erkennen konnte. Dazu sagte ich: »Na, Süße, wie wär's mit uns beiden?«
Das rothaarige Mädchen verzog die vollen Lippen zu einem eingelernten Brigitte-Bardot-Schmollmund, warf den Kopf zurück, hob die Brust an und ging vor mir her wortlos in die Dunkelheit des Saals hinein. Das Licht ihrer Taschenlampe zuckte dabei über die leeren Sesselreihen. Ich holte sie ein und legte ihr eine Hand auf die runde Hüfte, während ich flüsterte: »Nun sei doch nicht gleich so!«
Sie blieb stehen und schlug mir auf die Hand und winkte mit ihrer Lampe: »Hier hinein.«
»Na schön«, sagte ich, »dann nicht. Hätte ein schicker Abend werden können.«
»Auf so einen wie Sie habe ich gewartet«, sagte die Platzanweiserin. »Da hätte ich was fürs ganze Leben.« Und sie verschwand.
Nach den Reklamen kam die Wochenschau, und nach der Wochenschau wurde es noch einmal hell. Ich drehte mich um und sah nach, wo der Ausgang war, und stellte fest, daß er sich seitlich hinter einem roten Samtvorhang befand. Danach sah ich die Rothaarige an, die beim Eingang stand. Ich winkte ihr zu, und sie drehte mir den Rücken zu. Das Licht erlosch wieder, und der Hauptfilm begann. Ich wartete eben noch die Titel ab, dann zog ich meine Schuhe aus und ging gebückt und auf Strümpfen durch die leere Reihe zum Ausgang. Hinter dem Samtvorhang gab es einen dunklen Gang mit schimmeligen Wänden, dann kam ein Hof, und dann war man auf der Straße.
Und das Feinste an der Sache, dachte ich, während ich schnell meine Schuhe anzog, war, daß man auf dieselbe Weise in das

Kino wieder hineinkommen konnte. Jetzt war es 18 Uhr 26. Die nächste Vorstellung begann um 20 Uhr 15. Also war die laufende sicher schon um 20 Uhr zu Ende. Ich hatte knapp eineinhalb Stunden Zeit. Das war nicht viel. Ich lief die Cecilienallee hinunter. Es wurde schon dunkel, denn das Wetter war schlecht an diesem Mittwoch, und ich war dem Wetter dankbar dafür. In ein paar Fenstern der Villa brannte Licht, und als ich in den Park trat (das Tor hatte ein verstecktes elektrisches Schloß), hörte ich den alten Hund bellen. Nun kamen ein paar unangenehme Minuten: Ich mußte den Cadillac aus der Garage holen. Es war kein Unglück, wenn mich dabei jemand sah, ich konnte immer sagen, daß ich den Wagen eben schnell zum Ölwechsel fahren wollte. Nein, ein Unglück war es nicht, es bedeutete nur, daß ich meinen ganzen Plan vergessen mußte.

Es sah mich niemand. Der Wagen rollte lautlos hinaus auf die Allee, ich schloß das Tor und fuhr los, so schnell ich konnte. Nun war es 18 Uhr 35 geworden. Jede Minute, die ich mit dem Cadillac unterwegs war, brachte mich eine Minute näher an mein Ziel heran – aber auch eine Minute näher an ein Debakel im allerletzten Augenblick. Denn auch wenn mich jemand bei meiner Rückkehr sah, konnte ich den ganzen Plan beruhigt vergessen.

In der City tobte noch immer der Abendverkehr, ich kam schwer vorwärts. Am Hauptbahnhof gab es natürlich keinen freien Parkplatz. Ich ließ den Cadillac neben einer Tafel mit einem Halteverbotszeichen stehen und rannte zur Gepäckaufbewahrung. Wenn ein Polizist mir einen Strafmandatzettel unter den Scheibenwischer steckte, konnte ich immer noch im Laufe des Abends auf irgendeinem Revier zwei Mark Strafe bezahlen. Dann gab es keine Anzeige, und ich mußte meinen Ausweis nicht vorweisen.

In der Gepäckaufbewahrung ließ ich mir den billigen Koffer geben und rannte zurück zum Wagen. Es steckte kein Zettel hinter dem Scheibenwischer. Ich hatte Glück. Hoffentlich hatte ich Glück. Ich dachte an Nina, aber dann dachte ich schnell an etwas anderes, denn ich brauchte jetzt meine Ruhe und meine Nerven für das, was ich vorhatte. Ich durfte nicht an Nina denken.

Nicht jetzt.

Ich fuhr zurück zum Rhein. Es war nun ganz dunkel geworden. In einer stillen Seitengasse zog ich mich im Wagen um. Ich zog den grauen Anzug aus und den billigen braunen an und statt der blauen Krawatte nahm ich die grüne mit den schwarzen Punkten. Dann brachte ich mein Haar etwas in Unordnung, warf Koffer und Anzüge nach hinten und fuhr wieder los. Es war jetzt 19 Uhr 10. Ich hatte noch fünfzig Minuten Zeit. Das Schwerste lag vor mir.

Kapitel 4

Ich fuhr zu der großen Tankstelle in der Xantener Straße. Hier kannten mich alle, ich kam immer hierher. Es war wichtig, daß mich alle kannten. Ich ließ den Wagen neben den roten Benzinsäulen ausrollen und blieb hinter dem Steuer sitzen. Es fiel ziemlich viel Neonlicht auf mich. In der hellerleuchteten Glaskabine vor den Garagen saß ein halbwüchsiger Junge. Er hieß Paul, und auch er kannte mich, ich glaube, daß er mich gern hatte. Oft erzählte er mir von seinem schweren Motorrad. Er hatte es noch nicht, er sparte noch darauf, aber er sprach von dem Rad schon so, als ob er es seit zwei Jahren besäße. Hilfreich hieß er mit dem Familiennamen. Viele Pickel hatte Paul Hilfreich und wahrscheinlich Schwierigkeiten mit den Mädchen. Nun kam er auf mich zugelaufen in einem sauberen weißen Monteuranzug. Er strahlte mich an: »Abend, Herr Holden!«

»Abend, Paul«, sagte ich und schüttelte ihm die Hand. Auf seiner linken Stirnseite blühte eben ein besonders großer Pickel auf. »Mach ihn voll.«

»Okay!« Er hob den Schlauch aus einer Benzinsäule und schraubte die Kappe des Wagentanks auf. Ein Motor in der Säule begann zu summen, das Benzin floß. Behende kletterten die Liter- und Markzahlen des Zählwerks aufwärts. Ich saß still hinter dem Steuer und wartete. Es tat mir leid, was ich Paul antun mußte, aber es ging nicht anders. Ich dachte an Peter Romberg. An die kleine Mickey. An Nina. An mich. Wir alle würden erst in Frieden leben können, wenn Julius Maria Brummer verreckt war, endlich verreckt. Es gab keinen anderen Weg mehr. Es tat mir leid für Paul Hilfreich.

Klick machte es in der Säule. Der Tank war voll. Paul kam zu mir. Durch das offene Fenster fragte er fröhlich: »Öl in Ordnung?«

»In Ordnung, ja.« 19 Uhr 14.

»Luft auch?«

»Auch.« 19 Uhr 14.

»Wasser?«

»Herrgott, alles in Ordnung.« Jetzt schwitzte ich wieder. 19 Uhr 15.

»Dann macht's 24 Mark 30, Herr Holden.«

»Schreib es auf Herrn Brummers Konto.«

»Tut mir leid, Herr Holden, aber das geht nicht mehr!«

»Warum nicht?« fragte ich, obwohl ich genau wußte, warum das nicht mehr ging.

»Herr Brummer hat doch kein Konto mehr bei uns, seit er … seit er wieder zu Hause ist. Er will, daß alle Rechnungen bar bezahlt werden. Aber das *wissen* Sie doch, Herr Holden!«

»Verdammt, natürlich«, sagte ich, schlug mir gegen die Stirn und spielte den Verärgerten. »Das ist ja eine feine Scheiße, ich habe überhaupt kein Geld bei mir. Kann ich bei dir anschreiben?«

»Aber klar!« lachte Paul. »Zahlen Sie, wenn Sie wiederkommen!«
»Danke, Paul.«
»Nichts zu danken! Gute Fahrt!« rief er. Im Rückspiegel sah ich ihn winken, als ich losfuhr. Es war nun 19 Uhr 16. Und die kleine Mickey war ein wenig mehr in Sicherheit. Und ich war ein Stück weiter auf meinem Weg zu Nina. Und Julius Brummer war ein Stück weiter auf seinem Weg zum Tode.
Nun hielt ich wieder in einer Seitenstraße und zog mich noch einmal um. Den billigen braunen Anzug und die grüne Krawatte warf ich zurück in den billigen Koffer. Dann fuhr ich noch einmal zum Hauptbahnhof. Wieder parkte ich neben dem Halteverbot, wieder rannte ich in die Gepäckaufbewahrung, und zum zweitenmal an diesem Tag deponierte ich den Koffer. Mit dem blauen Nummernzettel rannte ich zurück zum Wagen. Es war 19 Uhr 31. In einer halben Stunde mußte ich wieder auf meinem Platz im Kino sitzen, sonst war alles umsonst gewesen. Ich warf mich hinter das Steuer und drückte auf den Starter. Dann drückte ich noch einmal. Ein drittesmal.
Der Motor sprang nicht an.

Kapitel 5

Ich versuchte alles. Ich zog den Choker ganz heraus. Ich trat den Gashebel ganz durch. Ich drehte die Zündung ein, ich drehte sie aus.
Der Motor sprang nicht an.
Ich begann zu beten, während ich an Schaltern und Knöpfen drehte, und meine Hände waren so naß von Schweiß, daß sie überall abglitten. Während ich betete, dachte ich, daß Gott mich nicht erhören würde, denn es war Mord, gemeiner Mord, den

ich da vorbereitete, oder nein, es war kein gemeiner, es war ein notwendiger, ein anständiger Mord. Aber gab es anständige Morde, dachte ich, während ich auf dem Gaspedal herumtrat, nein, es gab sie nicht, und so hörte ich auf zu beten und begann zu fluchen, und da sprang der Motor an.
Ich fuhr wieder hinaus zum Rhein. Die Straßen waren jetzt leer, ich schaffte die Strecke in acht Minuten. Um 19 Uhr 46 hielt ich mit abgedrehten Scheinwerfern vor Julius Brummers schöner Villa. Ich sprang aus dem Wagen. Ich öffnete das schmiedeeiserne Tor. Nun brannte Licht in allen Fenstern, dort, wo die Vorhänge zugezogen waren, schien es durch die Ritzen. Ich fuhr den Cadillac so leise ich konnte über den Kies zur Garage. In den Spalt zwischen Türstock und Tür hatte ich ein Streichholz geklemmt, bevor ich fortfuhr. Als ich die Tür öffnete, fiel es herunter. Also war niemand hiergewesen. Oder es war jemand hiergewesen und hatte das Streichholz bemerkt und es wieder eingeklemmt ... Ich war jetzt am Ende meiner Kraft, ich bekam nicht mehr genug Luft, mein Kopf schmerzte, und vor meinen Augen drehten sich feurige Räder.
Zurück in den Wagen. Den Wagen in die Garage. Die Garagentür angelehnt. Über den Kies zum Tor. Wieder hörte ich den alten Hund bellen. Dann sah ich im erleuchteten Küchenfenster Milas Silhouette auftauchen, und während ich mit bebenden Händen das Parktor schloß, hörte ich ihre dünne Altfrauenstimme: »Ist da jemand?«
Ich rannte los, in die Dunkelheit der Allee hinein. Es machte nichts, wenn Mila einen Schatten gesehen hatte, der meinem Schatten ähnlich war, nein, das machte nichts ...
Ich rannte zurück zu dem kleinen Kino, und das Herz tat mir weh, und mein Kopf schmerzte zum Zerspringen, und es war 19 Uhr 51 und 19 Uhr 52 und 19 Uhr 53. Außer Atem erreichte ich den Hof, der hinter dem Vorführraum lag. In rasender Eile zog ich wieder meine Schuhe aus. Dann sah ich die beiden. Sie standen direkt vor dem Ausgang des Kinos und küßten sich,

junge Leute, verliebte Leute. Da standen sie und küßten sich, und sie umarmte ihn, und er hielt ihren Kopf in beiden Händen. Ich preßte mich an die schimmelige Mauer der Hofeinfahrt, und die beiden küßten sich weiter. Er sagte etwas. Dann küßten sie sich wieder, und sie standen direkt vor dem Kinoausgang ...
»Geht weg«, sagte ich lautlos zu ihnen, »geht weg, geht weg, geht weg.«
Aber sie küßten sich und streichelten sich, und eine Katze lief über den Hof und miaute.
19 Uhr 56. 19 Uhr 57.
»Nein«, sagte das Mädchen. »Das kann ich nicht.«
»Doch«, sagte der Mann, »du kannst. Wenn du mich liebst, kannst du. Sonst liebst du mich nicht.«
»Aber ich habe es noch nie getan«, sagte das Mädchen.
»Wenn du nicht willst, dann sag es«, sagte der Mann.
»Doch«, sagte das Mädchen, »ich will, ich will, ich will.«
Der Mann legte den Arm um ihre Schulter, und sie kamen nun direkt auf mich zu. Ich drückte mich noch tiefer in den Schatten, und sie gingen an mir vorbei, ohne mich zu sehen, und das Mädchen sagte: »Du bist doch der erste ...«
Ich rannte auf Strümpfen über den Hof und durch den kleinen Gang. Der übelriechende rote Samtvorhang berührte mein Gesicht, als ich den Zuschauerraum erreichte. Der Film lief noch – noch lief der Film. Gebückt schlich ich zurück an meinen Platz. Der Sessel knarrte. Ich strich mein Haar glatt, wischte mir den Schweiß aus den Augen und versuchte, ruhiger zu atmen. Auf der Leinwand wurden soeben die Guten belohnt und die Bösen bestraft, und die Gerechtigkeit siegte trotz aller Widrigkeiten.
Dramatische Schlußmusik klang auf, es wurde hell. Die rothaarige Platzanweiserin kam vom Eingang her in den Saal und rief: »Ausgang rechts!« Sie wies den wenigen Besuchern den Weg, und dabei begegnete sie mir noch einmal, und ich fragte: »Wirklich nichts zu machen?« Sie warf den Kopf zurück und sagte zu

dem schmutzigen Samtvorhang: »Die Kerle in diesem Land haben sich eine Überheblichkeit angewöhnt – es ist nicht mehr zu ertragen!« Damit sie mich auch nicht vergaß, legte ich ihr beim Hinausgehen noch einmal die Hand auf die Hüfte, und sie schlug noch einmal darauf, aber natürlich lachte sie diesmal schon dabei.

Ich ging sehr langsam nach Hause. Jetzt hatte ich keine Eile mehr. Ich ging den Rhein entlang und sah die Lichter am anderen Ufer und ein Schiff, das vorüberglitt im dunklen Wasser. Die Leute an Deck sangen ein fröhliches Lied, sie hatten eine Ziehharmonika. Ich atmete die rauchige Herbstluft ein und freute mich auf den Sommer, der diesem Winter folgen sollte, denn diesen Sommer würde Julius Maria Brummer nicht mehr erleben. Es würde ein schöner Sommer werden, dachte ich, ein schöner Sommer für die kleine Mickey und ihren Vater und für Nina und mich. Alles würde gut werden, wenn Julius Brummer erst tot war.

Ich fühlte mich jetzt sehr müde. Meine Beine schmerzten, als ich die Wendeltreppe zu der kleinen Wohnung über der Garage emporstieg. Die Eingangstür hatte ich abgeschlossen. Nun öffnete ich sie wieder. Auf dem Fußboden dahinter lag ein Brief. Jemand mußte ihn unter der Tür durchgeschoben haben. Mir wurde sehr warm, als ich Ninas Schrift erkannte. Ich riß das Kuvert auf. Ein Blatt fiel heraus. Ich las: »Ich muß Dich unbedingt sprechen. Mein Mann ist morgen nachmittag beim Anwalt. Sei um 15 Uhr 30 beim Boot.« Ich setzte mich auf mein Bett und hielt den Brief ans Gesicht, denn ich hoffte, daß er etwas von ihrem Parfum aufgefangen hatte; aber er roch nur nach Papier, und ich dachte, daß Nina schon wieder Briefe schrieb. Dann sah ich durch mein Fenster hinüber zu ihrem. Sie stand hinter dem Vorhang, ich sah ihre Silhouette. Sie mußte auf mich gewartet haben. Jetzt bewegte sie sich. Gleich darauf erlosch das Licht in ihrem Zimmer. Auch ich drehte das Licht aus. Und diese Handlung verband mich mit ihr in inniger Zärtlichkeit, es war, als senke sich die Dunkelheit nun über uns wie die warme Decke eines Bettes, in dem wir beide lagen, einander umarmend und beschützend, für die Nacht vereint.

Kapitel 6

Sie trug flache schwarze Schuhe, einen schwarzen Regenmantel und ein schwarzes Kopftuch, unter dem das blonde Haar hervorquoll. Das Wetter war unsicher an diesem Tag, es hatte schon zweimal heftig geregnet, nun, am Nachmittag, schien wieder die Sonne. Über den blaßblauen Himmel trieb der Ostwind graue Wolkenfetzen. Ihre Schatten segelten auf dem Wasser des Stroms.
Ich erreichte das kleine Restaurantschiff pünktlich um 15 Uhr 30. Nina war schon da. Sie stand auf der Straße, halb hinter einer alten Kastanie verborgen. Ich hatte Brummer bei Doktor Zorn abgesetzt. Um 17 Uhr sollte ich ihn wieder holen.
Eine Stunde, eine einzige Stunde nur – und doch erschien sie mir wie eine Verheißung der Ewigkeit, als ich nun durch die Windschutzscheibe Nina auf mich zulaufen sah. Ich riß den Wagenschlag rechts auf, und sie fiel auf den Sitz. Hinter ihr flog die schwere Tür zu. Ninas Atem kam keuchend, der Wind hatte ihre Wangen gerötet, die weißen Zähne blitzten. Noch nie war sie mir so schön erschienen.
»Wir müssen fort hier!«
»Aber warum –« Ich roch ihr Parfum, den Duft ihres Haars, ich war verrückt nach ihr. Sie sagte schnell: »Ich habe Angst ...«
»Wovor?«
»Vor ihm ... vor ihm ...« Sie schrie mich plötzlich an. »Los, los, mein Gott im Himmel!«
Ich fuhr. Sie saß da und sah mich nicht an, und die Schatten der

Wolkenfetzen glitten über den Strom und über die Chaussee und über uns hin. Ich fuhr zehn Minuten lang, dann sagte Nina: »Hier.«
Ich hielt. Ein kleiner Auwald begann unterhalb der Chaussee, der Rhein entfernte sich etwas, und struppiges Unterholz machte sich breit. Es gab rotgelb gefärbtes Gebüsch, knorrige Weiden, hohes Schilfgras, überwachsene Wege. »Fahr den Wagen von der Straße«, sagte Nina. Ich lenkte den Cadillac über eine Wiese auf das Dickicht zu und parkte unter einem alten Baum. Von der Chaussee her konnte man den Wagen nicht sehen. Nina stieg aus und ging in das Unterholz hinein. Sie ging so schnell, daß ich Mühe hatte, ihr zu folgen. Zweige schlugen mir ins Gesicht, ich stolperte über Wurzeln und glitt in kleinen Grundwassertümpeln aus. Nina Brummer ging immer weiter. Der Auwald wurde dichter. Eine Menge Frösche quakten, und ein paar Vögel lärmten über uns in der Luft. Oben auf der Chaussee raste mit singenden Pneus ein Wagen vorüber.
Auf einer kleinen Lichtung blieb Nina stehen. Rings um sie erhoben sich mächtige alte Bäume, an deren weißgewaschenen Stämmen noch Sand, Algen und Gräser des letzten Hochwassers hingen. Es war dämmrig auf der kleinen Lichtung, man hörte den Strom rauschen. Es roch nach faulem Holz. Nina sah mir entgegen. Ihre Nasenflügel zuckten, die Augen glänzten feucht und auch die vollen roten Lippen. Ich umarmte sie, und sie stöhnte leise. Ich nahm ihren Kopf in beide Hände, und sie legte beide Arme um meinen Leib und preßte sich an mich, und während ich sie küßte, fiel mir das junge Paar beim Hintereingang des kleinen Kinos ein, so unschuldig, so unschuldig ...
Nina schloß die Augen, aber ich hielt meine offen, und ich sah ihre weiße Haut, die seidigen Wimpern und das goldene Haar so nah, so nah, und Wolkenschatten glitten über uns, und ich war glücklich. Dann stieß sie mich zurück, und ihr Gesicht war hart und ihre Stimme heiser, als sie sagte: »Er läßt sich nicht scheiden.«

»Ich weiß«, sagte ich und wollte ihre Hand ergreifen, aber sie trat zwei Schritte zurück. Nun stand sie mit dem Rücken gegen einen Baumstamm. »Du weißt? Wieso?«

»Er hat es mir gesagt. Als wir nach München fuhren. Er hat auch meine Kündigung nicht angenommen.« Sie steckte beide Hände in die Manteltaschen und redete mit mir, als wäre ich ihr schlimmster Feind: »Und du? Was hast du getan?«

Ich sagte: »Nichts.« Ich konnte ihr nicht sagen, was ich inzwischen getan hatte, sie durfte es nicht wissen. Und wenn sie mich verachtete und wenn sie mich haßte ... sie durfte es nicht wissen.

»Nichts«, wiederholte sie darauf kalt. »Das ist schön. Du tust nichts, du sagst nichts, du läßt mich ohne Nachricht. *Ich* muß dir schreiben. Und Sie behaupten, Sie lieben mich!« rief sie, plötzlich in die andere Form der Anrede übergehend. Keuchend kam ihr Atem.

»Nina, ich –«

»Nennen Sie mich nicht Nina! Sie haben kein Recht dazu! Sie haben mich belogen und getäuscht! An Ihnen ist nichts echt! Kein Haar!«

Ich trat vor und wollte sie an mich ziehen, aber sie wich hinter den mächtigen Baumstamm zurück. »Bleiben Sie, wo Sie sind! Ich denke, Sie wollten kündigen, Herr Holden, ich denke, Sie wollten mit mir fortgehen, Herr Holden, und leben – irgendwo, in Armut, wenn es sein muß.«

»Ich kann nicht kündigen. Er weiß zuviel von mir.«

»Was weiß er, was?«

»Daß ich ihn erpressen wollte. Daß ich im Zuchthaus war. Daß ich noch einmal zurück hinter Gitter muß, wenn er mich anzeigt. Er hat mich in der Hand. *Er* hat Sie getäuscht, nicht ich! Ich will nicht noch einmal ins Zuchthaus!«

»Und *ich*?« Nun waren ihre Wangen wieder bleich. Sie preßte beide Fäuste an die Brust. »Und ich? Er kommt zu mir! In jeder Nacht kommt er zu mir! Noch nie war er so zärtlich ... solche

Sehnsucht hat er, sagt er ... er kommt jeden Abend ... er geht nicht weg ... er schläft bei mir ... in meinem Bett ...«
»Hören Sie auf.«
»Warum? Ist Zuhören vielleicht ärger? Wollen Sie hören, was er tut? Wie er mich nennt? Was er sagt? Sie können es nicht hören, nein?«
»Nein!« schrie ich.
»So ist es gut«, flüsterte sie. »Schreien Sie mich an! Dazu gehört viel Mut! Wie mutig Sie doch sind, Herr Holden! Und wie klug! So viele große Pläne, so viele Ratschläge! Und jetzt? Was raten Sie mir jetzt?«
»Sie müssen vernünftig sein. Ich finde einen Weg«, hörte ich mich aus weiter Ferne sagen. »Wir dürfen jetzt nichts überstürzen.«
»Nichts überstürzen, nein!« Ihre Augen waren schwarz. Ihr Gesicht war eine Maske der Verachtung. »Wir haben Zeit, nicht wahr? Soll er doch wiederkommen heute, morgen, übermorgen! Zu seiner kleinen Nina, die ihn so entzückt, die er so liebt!« Jetzt schrie sie: »Gestern nacht, als Sie nach Hause kamen, sahen Sie mich am Fenster stehen, ja? Nun, ich war nicht allein. Er war bei mir. Und er drehte das Licht aus, er, nicht ich!«
Ich durfte ihr nichts sagen. Es war unmöglich. Ich mußte mir jeden Vorwurf anhören, ich mußte ihre Verachtung ertragen.
Ich schwieg.
Sie kam hinter dem Baum hervor und schrie mir ins Gesicht: »Feig sind Sie! Sentimental und feig! An Ihre Frau erinnere ich Sie, sonst nichts. Was Sie Liebe nennen, ist nur Ihr schlechtes Gewissen!«
Und wieder schwieg ich, und das Wasser rauschte, und die Vögel schrien. Außer sich schrie Nina Brummer: »Und *Ihnen* habe ich mich anvertraut! Auf *Sie* verließ ich mich! Mein Gott, da habe ich ja noch mehr Achtung vor *ihm!* Er bekommt, was er will! Er ist konsequent! Ein Mann! *Er ist wenigstens ein Mann!*«
Danach hielt sie sich mit beiden Händen das Gesicht und starrte

mich an wie einen Fremden, und ihre Nasenflügel zuckten wieder. Ich drehte mich stumm um und ging davon durch das Gestrüpp, den schmalen Weg entlang, und die Zweige schlugen mir wieder ins Gesicht und zerkratzten meine Haut.
Fünf Schritte, sieben Schritte, dann hörte ich sie rufen. »Holden ...«
Acht Schritte. Neun Schritte. Zehn Schritte.
»Holden, bitte ... kommen Sie zurück ... es tut mir leid ...«
Aber ich ging nicht zurück. Ich machte, daß ich zum Wagen kam, und kroch hinter das Steuer und fuhr auf die Straße zurück. Als ich wendete, sah ich sie. Stolpernd tauchte sie aus dem Auwald auf, das Tuch war auf die Schultern herabgeglitten, der Mantel klaffte, sie breitete die Arme weit aus in einer flehenden Gebärde: »*Bitte ...*«
Ich trat das Gaspedal herunter. Der schwere Wagen holperte auf die Chaussee, die Hinterräder radierten kreischend, dann schossen sie vorwärts. Ich beugte mich über das Steuer und sah die Nadel des Tachometers nach rechts wandern und sah die Straße mit den alten Bäumen, die auf mich zuflog, sah Vögel über dem Wasser, Wolkenfetzen am Himmel, ein Schiff in der Ferne. Nina sah ich nicht mehr. Ich drehte mich nicht nach ihr um. Ich konnte mich nicht umdrehen, es ging über meine Kraft.

Kapitel 7

Das geschah also am Donnerstag.
Am Freitag begann sich dann das Grausen zu verbreiten, das Grausen, von mir in die Welt gesetzt, von mir ersonnen ...
Am Freitag vormittag um elf fuhr ich Julius Brummer und seine schöne Frau in die Stadt. Niemand sprach. Die beiden saßen hinter mir, ich konnte sie im Rückspiegel betrachten. Nina sah

elend aus, unter den Augen lagen tiefe Schatten, und sie hatte zuviel Rouge aufgelegt. Julius Brummer hielt die kurzen Finger über dem Bauch ineinander verflochten. Manchmal spitzte er die Lippen und pfiff. Wenn er nicht seine Frau ansah, dann sah er mich an, entweder meinen Rücken oder mein Gesicht – im Spiegel. Etwas schien Julius Brummer zu erheitern, er lachte einmal glucksend. Und ich dachte: Jede Nacht. Jede Nacht. Jede Nacht.

Als wir zur Lützowstraße kamen, hörte ich seine Stimme: »Die Luft, Holden!«

»Jawohl, Herr Brummer«, antwortete ich und bog nach links ein. Der rechte Vorderreifen des Cadillac hatte zuwenig Luft. Es war Brummer aufgefallen, als wir abfuhren. Es gab zuwenig Luft im rechten Vorderreifen, weil ich nachts Luft aus ihm herausgelassen hatte.

Die große Tankstelle tauchte vor uns auf. Ich ließ den Wagen ausrollen. Vergnügt kam der kleine Paul angestürzt: »Morgen, die Herrschaften!« Über dem Pickel an der Stirn trug er ein Stück Leukoplast. Es bildete sich schon eine neue Entzündung auf der Nasenspitze.

»Zuwenig Luft. Rechts vorne«, sagte ich. Paul rannte fort und holte ein Gerät, mit dem der Luftdruck in den Reifen reguliert werden konnte. Er kniete nieder und schraubte die Staubkappe des Ventils ab, und nach zwei Minuten war alles vorbei.

»Danke, Paul«, sagte ich und gab ihm zwanzig Pfennig.

Er errötete: »Ach, Herr Holden ...«

Schon im Begriff loszufahren, sah ich ihn an: »Ja?«

Sein Gesicht wurde noch röter. Er war sehr verlegen, die kleinen, schmutzigen Hände öffneten und schlossen sich. Er senkte die Stimme, er senkte den Kopf: »Ich würde nie davon reden, aber der Meister hat gestern abgerechnet, und ich mußte es aus meiner Tasche vorlegen. Könnte ich es bitte vielleicht wiederhaben?«

»Wiederhaben, was?« fragte ich, während ich ihn in Gedanken

um Verzeihung bat und dachte, daß alles für ein unschuldiges Kind geschah, das sich nicht wehren konnte.

»Aber Sie wissen doch, Herr Holden ...« Jetzt war Pauls Stimme kaum noch zu verstehen. »24 Mark 30. Seien sie nicht böse, es ist nur, weil ich spätestens morgen die Wochenrate für das Motorrad bezahlen muß ...«

Aus dem Fond ertönte die gereizte Stimme Brummers: »Was ist los mit dem Jungen?« Ich drehte mich um. Seine Augen funkelten mißtrauisch. Auch Nina sah mich an, erschöpft und traurig. »Keine Ahnung, Herr Brummer. Ich weiß nicht, was er will.«

Behende kurbelte er das Fenster an seiner Seite herab und stach mit einem rosigen Finger in die Luft: »Du – wie heißt du?«

»Paul.«

»Hast du von meinem Chauffeur Geld zu kriegen, Paul?«

»Ja«, sagte der Junge.

»Nein«, sagte ich.

Wir sagten es gleichzeitig. Danach sahen wir einander an. Pauls Mund stand offen, er stotterte fassungslos: »Aber ... aber *Herr Holden*!«

»Was aber?« sagte ich. »Nun reiß dich mal zusammen, Paul. Bin ich schon mal Benzin schuldig geblieben, seit wir direkt bezahlen?«

»Noch nie, nein ...«

»Na also!«

»... bis auf vorgestern. Sie haben gesagt, Sie hätten nichts dabei. Um Gottes willen, Sie müssen sich doch daran erinnern!« Nun nahm ich die Hände vom Steuer und ließ die Schultern hängen und zählte bis sieben. Ich hätte weiter gezählt, aber bei sieben hörte ich Brummers Stimme: »Also, was ist los, Holden?« Ich drehte mich wieder um. »Herr Brummer, Paul und ich, wir kennen uns, seit ich bei Ihnen arbeite. Der Junge ist ehrlich. Das Ganze muß ein Mißverständnis sein. Ich –«

»Hören Sie auf zu quatschen, Mann! Haben Sie vorgestern hier getankt, ja oder nein?«

Ich antwortete lauter: »Wenn ich hier getankt hätte, dann würde ich es sagen. Welchen Grund hätte ich, es nicht zu sagen?«
Der Junge wurde schneeweiß im Gesicht, sogar die Pickel verloren ihre ungesunde Farbe. »O Gott, Herr Holden ... aber Sie *waren* doch hier! Sie haben mit mir geredet! Mir die Hand gegeben! Ich bin doch nicht verrückt!«
»Ich bin auch nicht verrückt. Ich war nicht hier.«
Der Besitzer der Tankstelle, ein hagerer Kriegsinvalide namens Merz, kam heran. Merz besaß nur einen Arm. Er trug einen weißen Mantel. »Schwierigkeiten, Herr Brummer?«
Ächzend ließ Brummer sich ins Freie gleiten. Auch ich stieg aus. Dabei wandte ich mich nach Nina um. In ihren Augen saß die Angst. Lautlos formten ihre Lippen ein Wort ... Ich sah schnell fort.
Nun standen wir zu viert vor dem rot-schwarzen Cadillac. Der Wind trieb raschelndes Laub zur Straße. Paul begann plötzlich lautlos zu weinen. Die Tränen rannen über seine arme, von Akne zerstörte Haut abwärts zum Mund, und er leckte sie fort und schüttelte den Kopf und konnte es nicht fassen. Brummer erklärte die Situation. Merz war ein anständiger Mensch, der sich von niemandem imponieren ließ: »Herr Brummer, für meine Angestellten lege ich die Hand ins Feuer! Der Junge ist ehrlich! Der lügt nicht!«
Nun war es an mir, mich aufzuregen: »Hören Sie mal, Herr Merz, wollen Sie vielleicht sagen, daß ich lüge?«
»Ich will gar nichts sagen«, antwortete er kalt.
Mit der Fünfgroschenlogik, die ihm Millionen eingebracht hatte, dröhnte Brummer: »Aber einer von den beiden *muß* doch lügen!«
Ich wandte dem Wagen den Rücken zu, aber ich fühlte trotzdem Ninas Blick auf mir ruhen. Ich sagte zu Paul: »Wann soll ich hiergewesen sein? Nun antworte schon, ich kann doch auch nichts für die ganze komische Geschichte. Also, wann?«
Er schluchzte: »Vorgestern ... vielleicht Viertel acht war es ...«

Ich sagte zu Brummer: »Da war ich überhaupt im Kino!«
»Herr Holden, Herr Holden, ich will die 24 Mark 30 gar nicht mehr, ich bezahle das Benzin, aber *sagen* Sie, daß Sie hier waren!«
»Jetzt mach aber einen Punkt, Paul. Ich war nicht hier. Das ist ja zu dämlich!«
Eine Pause folgte.
Brummer pfiff plötzlich wieder. Er spuckte auf den Boden und verrieb den Speichel mit dem Schuh. Dann wandte er sich an den Jungen. Auf und nieder wippend, sagte er: »Also, mein Cadillac war hier. Vorgestern nach sieben.«
»Ja, Herr Brummer!«
»Und mein Chauffeur hat Benzin getankt.«
»Ich war im Kino!«
»Seien Sie doch ruhig, Holden. Weiter, Paul. Wie war mein Chauffeur angezogen?«
»Ich weiß nicht mehr ... doch, ich weiß ... er hatte einen braunen Anzug an ... eine grüne Krawatte ... und ein weißes Hemd ...«
»Ich habe überhaupt keinen braunen Anzug!« schrie ich.
»Seien Sie nicht so aufgeregt, Mann! Tut Ihnen doch keiner was!«
»Ich muß darauf bestehen, daß diese Sache sofort aufgeklärt wird.«
»Darauf müssen Sie nicht bestehen. Daran habe ich selber das größte Interesse.« Brummer holte eine dicke Brieftasche hervor und entnahm ihr dreißig Mark. »Erst mal das Geld. Hier. Der Rest ist für dich, Paul.«
»Ich will kein Geld von Ihnen, Herr Brummer! Ich will, daß Sie mir glauben!« rief der Junge verzweifelt.
»Ja, ja, ja, schon gut, natürlich glaube ich dir.« Brummer wandte sich an Merz: »Kann ich mal telefonieren?«
Der Invalide führte ihn zu der Glaskabine. Im Gehen drehte Merz sich um und sah mich unfreundlich an. Er war davon

überzeugt, daß ich log. Alle waren davon überzeugt. Gott sei Dank, dachte ich.

»Paul!« Das war Ninas Stimme. Ich drehte mich um. Sie war an das offene Fenster geglitten und lächelte den vor Erregung bebenden Jungen ermutigend an: »Bist du *sicher,* daß es Herr Holden war? Kann es nicht ein anderer Mann gewesen sein?«

»Es war Herr Holden! Ich schwöre es beim Leben von meiner Mutter!«

Ihr Blick wanderte von ihm zu mir. Ich schüttelte den Kopf.

Paul schrie: »Und wenn Herr Merz mich rausschmeißt, ich sage es immer wieder: Sie waren hier!«

Ich zuckte stumm die Schultern.

Auf den Spitzen seiner Schuhe wippend, kam Brummer zurück. Der Wind wehte bunte Blätter gegen seine schwarzen, scharf gebügelten Hosenbeine. Er pfiff jetzt wieder. Dicht vor mir blieb er stehen und pfiff mir ins Gesicht, eine ganze Weile lang. Dann sagte er: »Nach Hause.«

»Sie wollten doch –«

»Hören Sie nicht? Nach Hause!« Danach spielten wir jenes Spiel, das darauf hinausläuft, wer wen länger ansehen kann, und ich verlor und öffnete den Schlag für ihn. Dann kroch ich hinter das Steuer und sah im Rückspiegel Ninas aufgerissene Augen und sah zur Seite und damit in die tragischen Augen Pauls und dachte, daß ich eine ganze Menge angerichtet hatte, eine ganze Menge für den ersten Anfang. Aber dann sah ich im Rückspiegel Julius Brummer, und sein Anblick richtete mich wieder auf. Denn Brummer pfiff nun nicht mehr, summte nicht mehr, lachte nicht mehr. Bleich und verstört saß er da und hatte Angst – er wußte nur noch nicht, wovor. Bald sollte er es wissen.

Kapitel 8

»Halten Sie sich zu meiner Verfügung«, sagte Brummer. Er stieg aus und ging auf die Villa zu. Nach ein paar Schritten drehte er sich um und herrschte seine Frau an: »Nun komm schon, komm schon!« Nina war vor mir stehengeblieben und starrte mich an, als hätte sie mich noch nie gesehen. Nun zuckte sie zusammen und folgte gehorsam ihrem Mann.

Ich sah beiden nach, bis sie verschwunden waren, dann ging ich in mein Zimmer über der Garage, holte eine Kognakflasche hervor und trank einen ordentlichen Schluck, aber nur einen. Ich setzte mich ans Fenster und wartete. Nach einer halben Stunde kam Doktor Hilmar Zorn. Dann sah ich ihn mit Brummer unten am See auf und ab gehen. Der kleine Anwalt trug einen hellblauen Anzug. Im milden Licht der kraftlosen Herbstsonne leuchtete sein weißes Haar. Von Zeit zu Zeit blieb Brummer stehen und gestikulierte heftig. Der kleine Anwalt redete beruhigend auf ihn ein, und sie liefen weiter am Wasser entlang, durch buntes Laub und Herbstzeitlosen und verfaulendes Gras. Zuletzt fuhren sie beide in Zorns Wagen weg, ganz plötzlich.

Eine Stunde später begann mein Telefon zu schrillen. Es war Mila Blehova: »Essen is' fertig, Herr Holden.«

»Ich komme.«

In der Küche hatte die alte tschechische Köchin für sich und für mich gedeckt. Der halbblinde Hund begann zu winseln, als ich eintrat.

»Ruhig, Puppele!«

Aber er ließ sich nicht beruhigen. Er schnupperte an mir und winselte und bellte. Ich stieß ihn zur Seite, aber er kam immer wieder. Er winselte, als hätte er Angst. Zuletzt schickte Mila ihn in den Garten: »Nicht zum Aushalten bist du heute, mecht wissen, was du hast!« Sie setzte sich zu mir. »Alle wer'n wir hier langsam meschugge. Hab' ich umsonst gekocht für meine Nina,

sie kann nichts zu sich nehmen. Gnä' Herr auch, nein, kein Hunger. Jetzt sagen Sie noch, daß Ihnen schlecht is'!«
»Ich habe Hunger.«
»Na Gott sei Dank, wenigstens einer! Königsberger Klopse hab' ich gemacht, nehmen S' sich ordentlich.« Sie schluckte krampfhaft. »Wieder mein Aufstoßen. Wissen S', Herr Holden, es ist schrecklich, wenn ich das sag', wo ich meine Nina doch so lieb hab' und den gnädigen Herrn so verehr', aber mit alle diese Aufregungen bei uns denk' ich jetzt schon manchmal: Ich möcht' doch endlich für mich sein. Ich halt' das nicht mehr aus mit meiner Schilddrüse. Is' doch *schon wieder* was passiert.«
»Wie kommen Sie darauf?«
»Mein Ninale hat geweint, gnä' Herr hat geschrien. Mir wollen sie nix sagen, warum, ich mecht' mich aufregen. Als ob ich mich *so* nicht aufreg'! Wissen *Sie* was?«
»Nein.«
»Für mich allein sein möchte ich, meiner Seel.« Mila schluckte wieder, und der Schmerz trieb ihr die Tränen in die Augen. Sie schob den Teller weg. »Es ist zu blöd, ich glaub', jetzt kann *ich* nix essen! Ach, liebes Herr Jesulein, und so ruhig ist es früher immer bei uns gewesen, so friedlich.«
Das Haustelefon schrillte.
»Ich gehe schon, Mila, bleiben Sie sitzen.« Ich hob den Hörer ab, während ich Mila stöhnen hörte, und dann war wieder seine Stimme da, diese brutale und gleichzeitig ängstliche Stimme: »Kommen Sie rüber in mein Arbeitszimmer.«
»Sofort, Herr Brummer.«
»So is' es recht«, sagte Mila, »und Ihre Klopse bleiben auch noch liegen. Is' das ein Leben? Das is' kein Leben mehr, nein!«
Zwischen Küche und Halle gab es einen kurzen Gang mit zwei Türen. Wenn beide geschlossen waren, entstand so ein fensterloser Raum. Im Augenblick, da hinter mir die Küchentüre zufiel, roch ich Ninas Parfum. Im nächsten Moment hatte sie die Arme um mich geschlungen und preßte ihre Lippen auf die meinen.

Ich konnte sie nicht sehen, nur fühlen, den ganzen Körper fühlen. Sie küßte mich mit großer Zärtlichkeit. Dann flüsterte sie: »Verzeih mir, wegen gestern.«
Ich hatte das Gefühl, daß der Fußboden unter mir schwankte. Irrsinn war das. Jeden Moment konnten sich die Türen öffnen. Mila konnte kommen, der Diener, eines der Mädchen, Brummer. Ninas geliebte Stimme aus der Dunkelheit: »Ich habe solche Angst. Was geht bei uns vor?«
»Ich weiß es nicht.«
»Wann sehe ich dich?«
»Morgen um drei beim Boot.«
»Ich werde dasein ...« Im nächsten Augenblick entglitt sie meinen Armen. Die Küchentür öffnete sich, schloß sich. Ich war allein in der Dunkelheit. Der Duft, der süße Duft bestand.
Ich trat in die Halle und sah in einen runden Spiegel und wischte mir etwas Lippenstift vom Mund. Dann ging ich zu Brummers Arbeitszimmer, klopfte an die Tür und öffnete sie. Ich sah Brummer, ich sah Zorn, ich sah sechs fremde Männer.

Kapitel 9

Die sechs waren alle etwa so groß und so alt wie ich. Sie standen in einer Reihe beim Fenster. Das Zimmer war groß. Bücherregale liefen um alle Wände. Brummer las viel, er litt unter der Zwangsidee, ungebildet zu sein.
Beim Kamin gab es einen Schreibtisch. Darauf stand eine große Fotografie Ninas. Mir wurde ein wenig warm, als ich sie sah, denn ich kam zum erstenmal in diesen Raum. Die Fotografie zeigte Nina Brummer in einem engen schwarzen Badeanzug am Strand, winkend und lachend. Es war die gleiche Fotografie, die ich in Toni Worms Wohnung gesehen hatte ...

Brummer und Zorn standen nebeneinander. Der kleine Doktor schob mit dem Fuß die Fransen des Perserteppichs gerade. Ich verneigte mich vor ihm.

»Guten Tag. Stellen Sie sich bitte da hinüber, Herr Holden. Zwischen den zweiten und dritten Herrn von links.«

Also stellte ich mich zwischen den zweiten und dritten Herrn von links, und der zweite und der dritte Herr von links sahen weiter starr geradeaus wie alle andern. Der kleine Anwalt – heute trug er eine silberne Weste mit zarten orangefarbenen Karos – ging zu einer Tür im Mahagoni-Wandpaneel und ließ die rothaarige Platzanweiserin eintreten. Sie hatte sich fein angezogen und war sehr aufgeregt. Ein schwarzes Seidenkostüm saß ihr hauteng am Körper und modellierte ihn ebenso ordinär wie provozierend, sie konnte kaum gehen auf überhohen schwarzen Stöckeln. Die Kostümjacke war kurz, der Ausschnitt tief, das rote Haar fiel locker auf die Schultern. Sie sah uns alle an, die wir beim Fenster standen, kicherte und wurde rot. Sie sagte: »Ja, er ist da.«

»Welcher ist es?« fragte Zorn und zerrte an seinem Kragen. Er war auch aufgeregt. Gott sei Dank!

»Der dritte von links«, sagte das Mädchen.

»Sind Sie sicher?«

»Ganz sicher. Darf ich etwas sagen? Er war frech, das schon, aber er machte einen netten Eindruck. Ich glaube nicht, daß er etwas Unrechtes getan hat!«

»Schon gut«, sagte Zorn. »Hier sind zwanzig Mark für Ihre Mühe. Machen Sie sich keine Gedanken. Das Ganze ist nur ein Spiel, wissen Sie.«

»Oh.«

»Ja. Wir haben eine Wette abgeschlossen über etwas.«

»Aha.«

Zorn gab auch den Männern Geld, mit flüchtigen, verächtlichen Bewegungen. Mir gab er nichts. »Ich danke Ihnen, meine Herr-

schaften. Sie können gehen. Durch die Halle, dann links. Das Tor steht offen.«
Die Männer gingen grußlos. Das rothaarige Mädchen sah mich noch einmal neugierig an, dann ging auch sie. Brummer setzte sich auf den Schreibtisch, seine kurzen Beine hingen herab. Zorn setzte sich in einen Ledersessel. Mich ließen sie beim Fenster stehen.
»Herr Holden«, sagte der Anwalt, eine Zigarre beschneidend, »ich ne-nehme an, Sie haben sich auch Ihre Gedanken über das gemacht, was passiert ist.«
Es freute mich, daß er wieder seine Sprachschwierigkeiten bekam. Ich sah die Fotografie auf dem Schreibtisch an und dachte an die samtigen Lippen, die sich eben noch auf meine gepreßt hatten. »Ja«, sagte ich.
»Und mit welchem Resul-sultat?«
Ich drehte mich zu Brummer, der die Beine pendeln ließ und an seinem blaßblonden Schnurrbart zupfte. »Wenn Sie dem Jungen und nicht mir glauben, dann wiederhole ich meine Bitte, kündigen zu dürfen, Herr Brummer.«
»Das könnte Ihnen passen« sagte er grunzend. »Sie bleiben bei mir, oder Sie gehen zurück ins Zuchthaus.«
»Dann werde ich eine Anzeige erstatten.«
»Gegen wen?«
»Gegen den Jungen. Er lügt.«
»Ich glaube nicht, daß er lügt«, sagte Brummer.
»Dann werde ich eine Anzeige gegen den Mann erstatten, der vorgestern abend Ihren Cadillac benützt und Benzin getankt hat – eine Anzeige gegen Unbekannt.«
»Das werden Sie auch nicht tun«, ließ sich Brummer vernehmen.
»Wer wird mich daran hindern?«
»Ich. Wenn *Sie* eine Anzeige erstatten, erstatte *ich* eine Anzeige. Ist das klar?«
Ich schwieg.

»Wir sind natürlich davon überzeugt, Herr Holden«, sagte der kleine Anwalt, »daß *Sie* es waren, der das Benzin getankt hat. Wir wissen nur noch nicht, warum Sie es abstreiten.«
»Ich war im Kino. Das Mädchen hat mich wiedererkannt.«
»Hören Sie mal zu! Herr Brummer und ich, wi-wir waren vorhin auch im Ki-Kino.« Kragenzerren. »In einem Tageskino, nicht wa-wahr.« Zorn paffte heftige Rauchwolken. »Als es dunkel wurde, ging ich raus. Nach einer ha-halben Stunde kam ich zurück. Durch den Ausgang. Herr Brummer hatte es nicht bemerkt. Auch der Platzanweiser nicht. Wenn das Ihr Alibi sein soll, dann können Sie mir leid tun.«
Ich dachte: Du ka-kannst es aber nur stotternd sagen, daß ich dir lei-leid tue. Ich erwiderte: »Und warum sollte ich mir so ein Alibi überhaupt verschaffen? Warum sollte ich den Wagen ausgerechnet zu einer Garage fahren, in der mich jeder kennt? Warum sollte ich mich absichtlich in die Lage bringen, in der ich mich befinde?«
»Vielleicht liegt Ihnen an der Lage«, sagte der kleine Anwalt. »Sie sind doch ein Mann, der immer Pläne macht. Einmal wollten Sie uns erpressen. Dann wollten Sie plötzlich kündigen. Immer neue Pläne, Herr Holden, immer neue Pläne ...«
Und danach lachten sie wieder herzlich und blinzelten sich zu, als hätten sie ein fröhliches Geheimnis mitsammen, ach, ein fröhliches Geheimnis.

Kapitel 10

Am Nachmittag fuhr ich wieder zum Hauptbahnhof. Diesmal fand ich einen Parkplatz. Es war 15 Uhr 15. Brummer und Zorn waren im Untersuchungsgefängnis. Ich sollte sie um 18 Uhr abholen. Also hatte ich eine Menge Zeit für das, was ich nun tun mußte. Ich ging zur Gepäckaufbewahrung, holte den billigen Koffer, ging in die Waschräume und zog wieder meinen braunen Anzug und die grüne Krawatte mit den schwarzen Punkten an. Den Koffer legte ich in den Wagen. Ich nahm ein Taxi und fuhr in den Norden hinauf bis zum Frauenlobweg. Während der Fahrt paßte ich auf, ob mich jemand verfolgte, aber ich konnte niemanden entdecken. Dann nahm ich ein zweites Taxi bis zur Artusstraße. Hier kaufte ich bei einem Optiker eine große schwarze Brille und in einem anderen Geschäft einen weißen Blindenstock. Den Stock ließ ich einpacken. Dann nahm ich ein drittes Taxi und fuhr bis zur Recklinghauser Straße. Und immer paßte ich auf, ob mich jemand verfolgte.

In der Recklinghauser Straße stieg ich aus und wartete, bis das Taxi verschwunden war. Dann trat ich in einen Hausflur, setzte die schwarze Brille auf und wickelte das Papier von dem weißen Blindenstock. Das Papier steckte ich in die Tasche. Danach ging ich unsicher, mit dem Stock auf dem Pflaster klopfend, um die Ecke in die Hattingerstraße. Nun mußte ich über den Damm. Eine alte Frau führte mich. Ich sagte zu ihr: »Vergelt's Gott.«

In Momenten der Einkehr und der inneren Sammlung unterstützte Julius Maria Brummer gemeinnützige Gesellschaften. So spendete er Geld für Krankenhäuser, Waisenheime und eine Organisation zum Kampf gegen die Kinderlähmung. In der Hattingerstraße hatte er ein Ertüchtigungsinstitut für Blinde finanziert. Neben dem Eingang des grauen, baufälligen Hauses hing eine Tafel. Auf ihr stand:

Julius-Maria-Brummer-Stiftung
für Blinde und Sehbehinderte
I. Stock

Ich ging in den Hausflur hinein, in dem es nach Kohl und schlechtem Fett roch. Ein Kind schrie irgendwo, ein Radio plärrte, und die Gangfenster waren zum Teil noch mit Brettern vernagelt. Julius Brummer hatte sich nicht das feinste Haus für seine karitativen Bemühungen ausgesucht und nicht das sauberste. Aber was machte das schon? Die Blinden konnten den Dreck nur riechen.

Im ersten Stock gab es eine schmutzige Tür, die nicht schloß, und dahinter einen schmutzigen Vorraum mit Ausblick auf einen schmutzigen Hof. An einer Wand hing eine Fotografie des Philanthropen. Darunter stand:

Es gibt nur eine Sünde, und das ist:
die Hoffnung verlieren
Julius M. Brummer

Ich überlegte, daß die Blinden Julius Maria Brummers Gesicht nicht sehen und seine Erkenntnis nicht lesen konnten, und wie schade das doch war, beides.

Ich trat in den zweiten Raum, der so schmutzig war wie der erste und in dem wieder eine Fotografie von Brummer an der Wand hing, diesmal ohne Zitat. Es gab einen Tisch, ein paar Stühle, eine Schreibmaschine. Auf dem Boden lagen Dosen mit Bohnerwachs, geflochtene Körbe und Sandalen, Wäscheleinen, Decken und andere Dinge, welche Blinde herstellten oder verkauften. Hinter der Schreibmaschine saß ein junges Mädchen mit schwarzem Rock und weißer Bluse. Sie trug einen breiten goldenen Gürtel. Ein Halter hob die Brust zu einer kriegerisch vorspringenden Bastion, über den Hüften platzte der Rock fast aus dem Reißverschluß. Das Mädchen war geschminkt wie ein Nachtrevuestar, sogar Wimpern hatte sie angeklebt, die Fingernägel waren mit Goldfarbe lackiert. Der Mund flammte. Für wen das alles wohl, überlegte ich, für wen hier oben? Gegen das geschlossene Fenster summten ein paar große Fliegen, sie schienen das Mädchen nicht zu stören. Ich tappte mit meinem Stock näher heran, grüßte demütig, und sie erwiderte meinen Gruß mit einem munteren »Willkommen!«. Ich bemerkte plötz-

lich, daß eine große Hasenscharte ihre Oberlippe spaltete. Die Blinden konnten das nicht bemerken, überlegte ich. Darum wohl ...
»Mein Name«, sagte ich nicht ohne Amüsement, »ist Zorn. Hilmar Zorn. Ich wohne noch nicht lange in Düsseldorf. In Berlin, woher ich komme, habe ich einen Schreibmaschinenkurs genommen. Ich höre, daß es auch bei Ihnen solche Kurse gibt.«
»Das ist richtig«, sagte das Mädchen mit der Hasenscharte. Sie kam auf mich zu, ergriff meine Hand und drückte sie heftig. Ihre Augen glänzten feucht. Sie war vielleicht fünfundzwanzig Jahre alt und sehr parfümiert. »Ich nehme an, Sie sind Mitglied eines Verbandes, Herr Zorn?«
»Natürlich.«
»Wie alt sind Sie, Herr Zorn?« Jetzt ließ sie endlich meine Hand los, aber sie blieb dicht vor mir stehen, und unablässig glitt die Spitze ihrer roten Zunge über die gespaltene Oberlippe.
»Vierundvierzig.«
»Wollen Sie sich gleich einschreiben lassen?«
»Wenn ich vielleicht zuerst feststellen dürfte, wie hier gearbeitet wird.«
»Sind Sie verheiratet, Herr Zorn?«
»Nein.«
»Es gibt viele Männer hier, die nicht verheiratet sind«, sagte das Mädchen. »Übrigens, ich heiße Licht. Grete Licht.«
»Sehr erfreut. Arbeiten Sie schon lange hier, Frau Licht?«
»Fräulein«, sagte sie. »Seit der Gründung. Vorher war ich in einer Filmfirma. Da habe ich gekündigt, weil die Kerle so frech waren. Hier sind alle Männer höflich.« Sie hängte sich bei mir ein und drückte meinen Arm an sich. »Ich habe gern höfliche Männer. Also wirklich, wenn bei mir einer grob ist, dann kann er schon abhauen. Kommen Sie, ich führe Sie in den Unterrichtsraum.«
»Ist es nicht einsam hier für Sie?«

»Überhaupt nicht! Was glauben Sie, was ich für Geschichten zu hören bekomme! Wissen Sie, ich sage das nicht aus Nettigkeit: Wenn ich mal heirate, dann wahrscheinlich einen Blinden. Nicht wegen der Rente, wirklich nicht! Aber die Blinden ... die sind doch anders! Treu. Und aufmerksam. Wirkliche Herren, ja!« sagte Grete Licht mit der Hasenscharte.

Im Nebenraum gab es viele Tische. Die Fenster waren geschlossen, es roch nach Desinfektionsmittel. Fünfzehn Blinde arbeiteten in diesem Raum. Ein paar fertigten Bastmatten und Türvorleger an, andere stickten. Beim Fenster gab es fünf alte Schreibmaschinen. An ihnen tippten Schüler. Sie hatten die Gesichter zur Decke erhoben, die Münder standen offen. Drei trugen dunkle Brillen. Das Mädchen mit der Hasenscharte schob mich an eine freie Maschine, drückte mich auf einen Sessel und zeigte mir, indem es meine Hand führte, wo die Maschine stand, wo das Papier lag.

»Die Lehrerin ist schon fortgegangen. Es gibt jeden Tag Aufgaben. Manchmal aus dem Gedächtnis ein Diktat nachschreiben, manchmal einen Aufsatz erfinden. Sie können auch andere Sachen bei uns lernen. Soll ich Ihnen etwas diktieren?«

»Nein, danke. Ich möchte nur ein bißchen üben. Sehen, ob ich es noch kann.« Ich spannte ein Blatt in die Maschine mit tastenden Bewegungen. Sie legte mir eine Hand auf die Schulter und sagte zu dem Blinden, der neben mir saß: »Herr Sauer, kümmern Sie sich ein bißchen um Herrn Zorn.«

Der Blinde, der Sauer hieß, war ein weißhaariger Mann in meinem Alter. Er sagte: »Ist gut, Fräulein Grete.« Und tippte weiter.

Das Mädchen mit der Hasenscharte ging fort. Im Hinausgehen legte sie noch zwei Männern die Hand auf die Schulter, und die Männer wandten ihr die Gesichter zu und strahlten sie an mit toten Augen.

Ich begann zu schreiben. Ich tippte, mit ein paar Fehlern und schiefen Zeilen, das Alphabet herunter und die Zahlen von 1 bis

10. Dann tippte ich das Vaterunser. Es war eine uralte Maschine, auf der ich schrieb. Nicht eben ein Vermögen hatte Julius Brummer hier verschwendet. Ich sah nach rechts und las den Aufsatz, den Herr Sauer schrieb. »Worin liegt das Glück des Menschen?« lautete der Titel. Ich las: »Das Glück des Menschen liehs darin, daß er einen endonne Menschen hat, der ihn loebt. Ich loebe meine Frau. Meine Frau betrüft mich. Ich wiess es. 3 + –' es seit Wocäden. Ich bin ihr im tadi nachgefahrn und habe sie redjn hern mit dem andern. Es hat vipl Geld geköstet bisher, aber sle hat es bicht gemerkt ünd ich geiss jetlt, dass meine Frau mich betrügt ...«

Er schrieb schon sehr gut, der Herr Sauer.

Ich zog mein Blatt aus der Maschine und spannte ein neues ein, und während die Blinden Körbe flochten und Aufsätze über das Glück des Menschen verfaßten, schrieb ich auf das schlechte Papier der Julius-Brummer-Stiftung: »Sie wissen jetzt, daß es mich gibt. Ich sehe aus wie Ihr Chauffeur. Das ist Pech für Sie. Und Pech für Ihren Chauffeur. Wenn Sie nicht tun, was ich von Ihnen verlange, werde ich Sie töten. Ihr Chauffeur wird dafür ins Zuchthaus gehen. Ihr Chauffeur, nicht ich. Denn wir kennen uns nicht, und ich habe keinen Grund, Sie zu töten. Ich tue nur, was meine Auftraggeber verlangen. Ihr Chauffeur kennt Sie. Er hat mehr als genug Grund, Sie zu töten. Jedes Gericht wird das einsehen.

Es war mir möglich, Ihren Cadillac aus der Garage zu holen und als Ihr Chauffeur Benzin auf Pump zu kaufen. Es werden mir noch ganz andere Dinge möglich sein. Sie werden meine Weisungen befolgen, oder Sie werden sterben. Meine Auftraggeber wollen Sie dort sehen, wo Sie hingehören: im Zuchthaus. Sie versuchen, den Reporter Romberg zur Herausgabe einer Fotografie zu bewegen. Sie werden diese Bemühungen augenblicklich einstellen. Ich werde Sie töten, wenn Sie nicht tun, was ich von Ihnen verlange. Und Ihr Chauffeur wird dafür ins Zuchthaus gehen, Ihr Chauffeur, nicht ich.«

Dann schrieb ich auf ein billiges grünes Kuvert, das ich unterwegs gekauft hatte, die Adresse.
»Sie schreiben ja prima!« sagte Herr Sauer.
»Es geht.«
»Sagen Sie mal, können Sie mir vielleicht fünf Mark leihen? Ich gebe Sie Ihnen wieder, Ehrenwort.«
Ich schwieg.
»*Bitte*. Ich schulde sie einem Taxichauffeur. Er fährt mich nicht mehr, bevor ich bezahle. Es hängt für mich soviel davon ab, daß er mich heute abend fährt!«

Kapitel 11

»Hat er Sie angepumpt?« fragte das Mädchen mit der Hasenscharte. Eine Stunde war verstrichen. Ich hatte noch ein bißchen herumgetippt und meine Tippversuche offen liegen lassen.
»Wer?« fragte ich.
»Herr Sauer. Er pumpt alle an.«
»Ich habe ihm fünf Mark gegeben.«
»Macht sich ganz verrückt! Manche Frauen haben ein Glück! Sie sollten die Alte mal sehen können! Älter als er. Dick und mies. Aber er pumpt sich Taxigelder, um ihr nachzufahren. Der Chauffeur erzählt ihm, mit wem sie sich trifft und wo. Bei mir weint er sich dann aus.« Sie kam zu mir und ergriff wieder meine Hand. »Werden Sie wiederkommen?«
»Ja, gewiß, ich komme wieder!«
»Das wird mich freuen«, erwiderte Grete Licht mit der Hasenscharte und drückte meine Hand an ihre Brust. Im Treppenhaus nahm ich die Brille ab und wickelte das Einpackpapier um den Blindenstock. In der Hattingerstraße fand ich ein Taxi. Ich fuhr

zum Bahnhof. Hier zog ich mich um. Brille und Stock legte ich in den Koffer, den ich wieder zur Aufbewahrung gab.
Auf dem Hauptpostamt schickte ich den Brief an Brummer ab. Es war 17 Uhr 45. Ich fuhr zum Untersuchungsgefängnis. Zehn Minuten nach sechs erschien der kleine Doktor Zorn: »Wir haben hier noch mindestens zwei Stunden zu tun. Fahren Sie nach Hause.« Da kam ich noch nicht auf den Gedanken, daß auch andere Leute ihre Alibis brauchten.
»Gute Nacht, Herr Doktor«, sagte ich und fuhr zum Rhein hinaus. Als ich das Parktor der Villa erreichte, sah ich, daß eine Frau in ihm stand. Das Licht der Scheinwerfer glitt über sie, und mein Herz begann laut zu pochen. Ich hielt. Nina Brummer war außer Atem: »Gott sei Dank, ich warte schon eine Ewigkeit.«
»Was ist geschehen?«
Der Nachtwind wehte ihr das blonde Haar in den Mund: »Mickey ...«
»Was ist mit ihr?« fragte ich, während ich fühlte, wie eine Hand aus Eis nach meinem Herzen schoß.
»Wir müssen zu Rombergs. Mickey ist verschwunden.«

Kapitel 12

Die Nebel kamen vom Rhein heraufgekrochen, die Luft war feucht, der Himmel dunkel. Ich fuhr so langsam, daß die Bäume der Cecilienallee einzeln aus der Finsternis hervortraten, von dem grellen Scheinwerferlicht angestrahlt. Nina berichtete: »Romberg rief Mila an. Die Kleine hatte Unterricht bis eins. Um drei begannen die Eltern sie zu suchen. Die arme Mila! Sie regte sich so auf, daß sie sich hinlegen mußte. Ein Arzt ist jetzt bei ihr.«

Ich zog das Steuer nach links, und der Wagen glitt lautlos westlich, die Parkstraße empor.
»Robert ...«
»Ja?«
»Hat er ... hat mein Mann damit zu tun?«
Ich nickte. »Erinnerst du dich an den Tag, an dem du aus der Klinik kamst? Damals machte Romberg ein Foto von uns allen. Hinter diesem Foto ist dein Mann her.«
»Weshalb?«
»An diesem Tag sprang Herrn Schwertfegers Freundin aus dem Fenster ... das Mädchen, das in euern Mercedes fuhr. Mickey hat sie gesehen. Mickey hat ihren Namen verstanden. Hilde Lutz. Mit dem Foto und mit Mickey kann Romberg beweisen, daß ein Zusammenhang zwischen der Lutz, deinem Mann und Herrn Schwertfeger besteht.«
»Und du glaubst, daß er ... daß er Romberg mit dem Kind erpressen will?«
»Ich weiß es.«
Sie preßte die Hände an die Schläfen und stöhnte: »Du bist schuld daran ... du bist schuld ... du hast ihm die Dokumente gebracht.«
Ich trat auf die Bremse. Nina wurde nach vorne geworfen. Sie schlug mit der Stirn gegen die Scheibe und schrie leise auf. Ich griff nach ihr, aber sie sprang schon aus dem Wagen. Hinter ihr her ging ich auf den Neubau zu, in dem Romberg wohnte. Mit dem Lift fuhren wir in den dritten Stock empor. Nina klingelte. Schritte näherten sich. Dann flog die Tür auf. Bleich und verängstigt stand Carla Romberg da. Das braune Haar hing ihr unordentlich in die Stirn, sie hatte die Brille abgenommen. Die braunen Augen waren von Tränen gerötet. Hinter ihr, im Kinderzimmer, sah ich Mickeys leeres Bett und darüber die bunten Spielzeugtiere, die Katzen und Affen, Schäfchen und Hunde.
Frau Romberg sah uns an und schwieg. Sie preßte eine Hand gegen den Mund.

Nina sagte: »Haben Sie inzwischen etwas gehört?«
Carla Romberg schüttelte den Kopf.
»Dürfen wir hereinkommen?«
»Wer ist das?« erklang Peter Rombergs Stimme aus dem Arbeitszimmer. Gleich drauf kam er selber. Er trug Flanellhosen und eine Lederjacke. Sein Gesicht war so blutleer, daß die Sommersprossen blau erschienen. Ungekämmter denn je stand ihm das rote Haar vom Kopf. Seine Stimme klang voll Haß: »Mach die Tür zu, Carla.«
Sie wollte die Tür schließen, aber ich stellte einen Fuß in den Spalt. »Moment, ich muß Ihnen etwas sagen.«
Romberg konnte kaum sprechen vor Wut. »Verschwinden Sie!«
»Aber um Gottes willen, *wir* können doch nichts dafür, daß Mickey verschwunden ist!« rief Nina.
Der kleine Reporter wies auf mich. »Fragen Sie ihn, wer dafür kann! Es tut mir leid, Frau Brummer, leid für Sie! Sie waren immer gut zu uns!«
Aus dem Arbeitszimmer erklang eine Lautsprecherstimme: »Düssel sieben ... Düssel sieben ... fahren Sie sofort in die Heysestraße. Schlägerei unter Betrunkenen ... Düssel sieben ... Düssel sieben ...«
Ich sagte: »Romberg, nehmen Sie Vernunft an! Wollen Sie warten, bis man Ihre Tochter umbringt?«
Carla Romberg schrie auf.
»Ich habe Ihnen gesagt, Sie sollen die Finger von der Sache lassen, Sie sollen das verfluchte Foto verbrennen und vergessen. Warum haben Sie das nicht getan?«
Er sagte heiser: »Die Gemeinheit, bei der Sie nicht mitmachen, gibt's nicht, was?«
»Ich will Ihnen doch nur helfen! Geben Sie mir das Foto –«
»– und dann bekomme ich Mickey wieder, was? So habe ich mir das vorgestellt!«
»Sie verfluchter Idiot! Dann geben Sie das Foto dem Untersuchungsrichter! *Tun* Sie was damit!«

»Verlassen Sie sich drauf, ich tue was. Meine *Zeitung* wird was tun, wenn wir genügend Material haben. Untersuchungsrichter! Das würde Ihnen passen! Es ist schon mal dem Untersuchungsrichter Material übergeben worden – und? Herr Brummer ist ein freier, ehrenwerter Mann!« Er flüsterte: »Wenn *wir* loslegen, werden es Millionen lesen, Millionen anständiger Menschen in diesem Land – und dann werden wir sehen, was Ihrem Chef passiert. *Und Ihnen!*«

»Und Mickey? Was geschieht Mickey? Ist Ihnen das Scheißfoto mehr wert als das Leben Ihres Kindes?«

Er trat dicht vor mich hin. »Wenn Mickey ein Haar gekrümmt wird, dann gnade euch Gott, euch allen!«

»Dummes Geschwätz! Dann ist es doch zu spät!«

»Sie haben wir für einen Freund gehalten –«

»Ich bin Ihr Freund!«

»– ein dreckiger Lump sind Sie, ein gekaufter Lügner –«

»Herr Romberg!« schrie Nina.

Gegenüber flog eine Wohnungstür auf. Ein dicker Mann mit herabhängenden Hosenträgern erschien. »Schwierigkeiten, Herr Romberg? Was sind das für Leute? Soll ich die Polizei rufen?«

»Ja, bitte«, sagte der kleine Reporter. »Bitte, rufen Sie die Polizei!«

Ich packte Ninas Hand und zog sie mit mir fort, die Treppe hinunter.

Ich hörte den Dicken fragen: »Wer war denn das?«

Rombergs Stimme sagte: »Ratten.«

Dann fielen zwei Türen zu.

Ich ließ Ninas Hand nicht mehr los, bis wir den Cadillac erreichten. Dann setzte ich mich hinter das Steuer. Die Straße lag verlassen. Herbstwind trieb Blätter über den Damm. Das Laub raschelte. »Hast du … eine Zigarette?«

Wir rauchten beide. »Du bist nicht allein schuld«, sagte sie. »Ich bin so schuld daran wie du.«

»Unsinn.«
»Kein Unsinn. Wenn ein Verbrechen geschieht, dann sind nicht nur die daran schuld, die es begehen, sondern auch die, die es dulden.«
»Phrasen. Er ist stark, wir sind schwach. Er hat viel Geld, wir haben keines. *Ich,* ich allein bin schuld! Ich hätte es verhindern können, damals. Ohne die Dokumente hatte er keine Macht. Damals wäre er noch verurteilt worden. Heute lacht er über uns. Heute ist es zu spät.«
Danach schwieg sie, und ich hörte den Nachtwind wehen und das tote Laub rascheln.
Plötzlich flüsterte sie: »Robert ...«
»Ja?«
»Ich glaube, ich habe eben angefangen, dich zu lieben.«
»Ach, Nina.«
»Ich meine es ernst. Zuerst konnte ich dich nicht leiden. Dann hatte ich Angst vor dir. Dann war ich gierig. Aber jetzt ... wenn du mich jetzt anrührst, dann ist es so ... so, wie es noch nie war. Jetzt habe ich angefangen, dich zu lieben.«
»Und warum?«
»Weil du gesagt hast, daß es deine Schuld ist. Weil du dich von Romberg hast beschimpfen lassen. Du bist nicht so klug wie er, nicht so gerissen. Du bist ihm unterlegen wie ich. Du bist nicht mutig, Robert.«
»Nein«, sagte ich, »ich bin nicht mutig.«
Sie umarmte mich und küßte sehr zart meine Wange.
Ich sagte: »Wenn uns jemand sieht!«
»Du Feigling«, sagte sie, »du Feigling.«
Sie küßte mich auf den Mund.
»Ich weiß nicht, was geschehen wird. Aber ich verspreche es, wenn alles vorübergeht, und wir überleben es, und du hast wieder deine Freiheit, und ich habe wieder meine Freiheit, ich verspreche es dem lieben Gott: Ich will dir eine gute Frau sein, Robert.«

Sie küßte mich wieder, und über ihr blondes Haar hinweg sah ich auf die verlassene Straße hinaus, und mir fiel der Anfang eines Gedichtes ein, das ich gelesen hatte, im Gefängnis, einmal, vor langer Zeit: »Feigling, nimm eines Feiglings Hand ...«
Ich richtete mich plötzlich auf. »Was hast du?« fragte sie erschrocken. Dann sah sie, was ich sah: ein kleines schwarzhaariges Mädchen in einem roten Mäntelchen, das todmüde die Straße heraufkam, vorgeneigt, mit dem Wind kämpfend, eine Schultasche auf dem Rücken.
Nina stieg aus, und ich kurbelte ein Fenster herab, um verstehen zu können, was sie miteinander sprachen.
»Mickeylein!« Nina beugte sich tief zu ihr herab. »Was machst du bloß für Geschichten? Wo treibst du dich herum?«
»Wer sitzt da im Wagen?«
»Herr Holden.«
»Den mag ich nicht.«
»Warum nicht?«
»Weil er lügt.«
»Mickey, wo warst du?«
»Vor der Schule standen zwei Männer. Ich habe sie gefragt, wie spät es ist, weil ich hab' wissen wollen, ob ich noch ein bißchen bummeln darf mit meiner Freundin. Es war zu spät. Da haben die beiden gesagt, sie bringen mich nach Hause. In ihrem feinen Auto.«
»Mickey, du weißt doch, daß du nicht mit fremden Leuten gehen darfst!«
»Aber wenn es schon so spät war! Da bin ich mit ihnen gefahren. Und dann ging das Auto kaputt. Und wir haben warten müssen.«
»Wo?«
»In einem großen Haus. Ich weiß nicht, wo. Ich habe Limonade gekriegt und bunte Zeitungen zum Anschauen.«
»Und deine Eltern? Hast du nicht an die gedacht?«
»Doch, freilich! Die Männer haben gesagt, sie haben bei uns angerufen. Auweia, Tante, haben sie *nicht* angerufen?«

»Nein, Mickey, nein!«
»Das verstehe ich aber nicht. Sie waren doch so nett ... Lutschfische haben sie mir gegeben ... und jetzt, als sie mich nach Hause brachten, da *hat* einer mit dem Vati telefoniert, vorne am Eck in der Zelle. Also, das habe ich aber selbst gesehen!«
»Du gehst sofort hinauf zu deinen Eltern!«
»Na freilich«, sagte Mickey, »wohin denn?«
Nina brachte sie ins Haus. Dann kam sie zu mir zurück.
»Ich muß meinen Mann anzeigen!«
»Lächerlich.« Ich fuhr los.
»Er bringt das Kind um! Er schreckt doch vor nichts zurück! Der Anruf aus der Zelle ... kannst du dir vorstellen, was Romberg zu hören bekam? Wenn er das Foto nicht hergibt, verschwindet Mickey noch einmal – aber für immer!«
»Kannst du beweisen, daß dein Mann damit zu tun hat? Er sitzt seit Stunden beim Untersuchungsrichter!«
»Aber wir dürfen doch nicht zulassen, daß ein Mord geschieht!«
»Es wird kein Mord geschehen. Romberg wird ihnen das Foto geben. Er ist kein Idiot«, antwortete ich und schenkte meinen Worten keinen Glauben – und sie auch nicht.
Sturm kam auf. Er orgelte in den Bäumen der Cecilienallee, und ich sah einigen Wellengang auf dem Rhein. Die bunten Blätter tanzten ein gespenstisches Ballett.
Vor der Villa parkte ein Wagen. Ich fuhr in die Garage. Nina blieb sitzen. Sie stieg erst aus, als ich ausstieg. In der Garage war es dunkel. Ich stieß mit ihr zusammen und umarmte sie. Ihre Wange lag an der meinen, wir hielten uns fest, einer am andern. So lauschten wir dem Sturm draußen und dem Knarren eines großen Astes.
»Morgen um drei beim Boot«, flüsterte Nina. »Er muß wieder zu Gericht, du wirst Zeit haben. Ich nehme ein Taxi.«
»Ich werde dasein.«
»Ich will daran denken, Robert ... bis morgen um drei werde ich daran denken. Immer.«

»Ich auch.«
»Schau nicht mehr zu meinem Fenster herüber.«
»Ich muß aber.«
»Wenn ... wenn das Licht ausgeht, dann denk an mich«, flüsterte sie. »Ich werde an dich denken, die ganze Zeit.«
Ich küßte ihre Hand.
»Ich liebe dich«, sagte sie.
»Weil ich feig bin.«
»Gute Nacht, Feigling ...« Sie ging schnell in den Park hinaus. Ich folgte. Im Augenblick, da ich die Garagentür schließen wollte, hörte ich Doktor Zorns Stimme: »Guten Abend, gnädige Frau.«
Er stand auf dem Kiesweg, fünf Meter entfernt, eine kleine, hagere Silhouette. »Wir hörten den Wagen kommen. Herr Brummer bat mich, Ihnen entgegenzugehen. Er möchte Sie sprechen.« Zorn streckte einen Finger aus. »Sie auch, Herr Holden.«
Ich schloß die Tür, und wir gingen zu dritt auf die Villa zu. Im Gehen streifte ich einmal Ninas Hand. Doktor Zorn sagte: »Wir bekommen schlechtes Wetter.«
Niemand antwortete ihm.
»Wie bitte, gnädige Frau?«
»Ich habe nichts gesagt, Herr Doktor.«
»Oh, entschuldigen Sie. Man versteht so schlecht bei diesem Sturm ...«

Kapitel 13

Julius Maria Brummer saß auf dem Rand von Milas weißgestrichenem Eisenbett, als wir in das kleine Zimmer hinter der Küche kamen. Die alte Köchin lag auf dem Rücken. Sie sah schrecklich aus: das Gesicht grau und schweißglänzend, die Lippen bläulich, die Hände an den Leib gepreßt. Ihr Atem ging in flachen, kurzen Stößen. Die Wangen waren eingefallen. Mila hatte ihr künstliches Gebiß herausgenommen, es lag in einem Wasserglas.

Julius Brummer wischte der alten Frau eben behutsam die Stirn mit einem weißen Seidentaschentuch trocken. Er zeigte das Gehaben eines um seine Mutter tief besorgten Sohnes.

»Da sind sie!« Mila fuhr hoch. Keuchend rief sie: »Was is', gnä' Frau? Was ist mit dem Kindel?«

»Mickey ist schon zu Hause, Mila.« Nina eilte zu dem Bett. Sie streichelte Milas eingefallene Wangen. »Vor zehn Minuten ist sie heimgekommen, wir haben sie gesehen, Herr Holden und ich.«

Mila sank auf das Kissen zurück. Sie weinte und lachte. Dazwischen schluckte sie würgend und hielt sich die Hände an den Leib. »Und ist sie gesund? Es fehlt ihr nichts?«

»Gar nichts, Mila.« Nina sah ihren Mann an, sie sprach ihm laut ins Gesicht: »Zwei Männer haben sie im Wagen mitgenommen. Sie wollten sie nach Hause bringen. Dann ging der Wagen kaputt. Die Reparatur dauerte so lange.«

»Jesusmaria, wie oft hab' ich der Mickey gesagt, sie darf mit niemandem mitgehen! Wie finden Sie denn das, gnä' Herr, so ein großes Mädel und so blöd? Also, von *mir* hat sie das nicht!«

Julius Brummers Gesicht war erfüllt von Sanftmut und inniger Zärtlichkeit. Er sagte weich: »Kinder sind Kinder. Danken wir Gott, daß alles so gutgegangen ist.« Milde blickte er zu Nina auf: »Ich danke auch dir, Liebling.«

»Wofür?« Ihre Stimme krächzte, das Wort war kaum zu verstehen.
»Dafür, daß du gleich zu den Eltern gefahren bist.« Er neigte sich vor und küßte ihre Hand. »Ich bin sicher, sie haben sich über deine Anteilnahme gefreut.«
»Sehr«, sagte Nina. Ihre Augen schlossen sich halb, und sie betrachtete ihn mit einer Grimasse des Ekels, aber er lächelte nur und nickte: »Siehst du.« Sodann drehte er sich zu mir: »Auch Ihnen danke ich. Es ist schön zu wissen, daß man sich auf jemanden verlassen kann.«
Es gab ein kleines Geräusch in meinem Rücken. Ich drehte mich um. Zorn hob eben eine der vielen Fotografien von Nina auf, die von dem Tischchen neben dem Fenster gefallen war.
»Ungeschickt. Bin daran gestoßen.«
Und auch Doktor Zorn lächelte freundlich, voller Wohlwollen.
Mila rang plötzlich nach Luft und stöhnte laut:
»Meine Arme ...« Nina neigte sich über sie.
»Geht mir schon wieder besser. Is' nur die Aufregung. Kann ich morgen bestimmt den Rehrücken machen, gnä' Frau.«
»Ausgeschlossen!«
»Aber was denn, natürlich, Rehrücken, warum, wir haben doch Gäste! Wirklich, gnä' Frau, morgen bin ich so fidel wie Fischl im frischen Wasser.«
Brummer stand auf. Er verschränkte die Hände auf dem Rücken. Seine Stimme war wohltönend: »Was du brauchst, ist Erholung, meine Alte. Und *sofort*.«
»Aber ich kann doch hier nicht weg –«
»Und warum nicht? Wenn jemand Anspruch auf Erholung hat, dann du!«
»Nein, Sie, gnä' Herr!«
»Ich bin jünger. Das kann man überhaupt nicht vergleichen. Du hast genug Aufregungen bei uns gehabt. So geht das nicht weiter.«
»Barmherzige Himmelmutter, wo soll ich denn hin?«

»Paß auf, meine Gute. Du bist jetzt elf Jahre bei uns. Treu und ergeben hast du gedient, für uns gekocht, für uns gesorgt. In meinem Haus bist du krank geworden.«
»Aber nein!«
»Aber ja.« Er sah auf zu der Öldruckmadonna über dem Eisenbett. »Es ist eine Schuld, die ich fühle, eine schwere Schuld.«
»Gehen S' weiter, gnä' Herr, sind ja meschugge!«
»Ich weiß, daß du mir nur aus Anständigkeit widersprichst. Ich weiß, wie gern du deine Ruhe haben möchtest.«
»Na ja, schon, aber gerade jetzt –«
»*Gerade* jetzt! Ich habe doch das kleine Haus unten in Schliersee. Mila, ich möchte dir das Haus schenken.«
»Bitte, gnä' Herr, bitte, reden S' nicht so, krieg' ich schon wieder meine Zuständ'!«
»Mila, das Haus gehört *dir*. Ich schenke es dir mit allem, was darin ist. Ich bezahle weiter dein Gehalt. Du kannst uns besuchen, so oft du willst. Aber zuerst fährt dich Holden mal runter! Und du *bleibst* unten, bist du wieder ganz gesund bist, verstanden? Ich werde dem Doktor Schuster schreiben, damit er auf dich aufpaßt.«
»Ach, gnä' Frau, sagen Sie dem Herrn Gemahl doch, daß das eine Verricktheit ist, eine einzige, und daß er nicht so herumschmeißen soll mit seinem Reichtum, ich verdien' es doch nicht!«
»Du verdienst es mehr als jeder andere«, sagte Brummer, und wieder wischte er ihr den Schweiß von der Stirn. Sie ergriff plötzlich seine rosige Kinderhand und drückte die Lippen darauf.
»Nicht doch«, sagte er skandalisiert. »Was soll denn das?«
Mila wischte Tränen fort, aber es kamen immer wieder neue. Mit gichtkrummen Fingern, deren Nägel abgebrochen waren, rieb sie sich die Augen. »Ach, gnä' Frau! Meiner Seel, ist das nicht der beste Mann von der Welt, wo Sie haben?«

Nina Brummer sah ihren Gatten an. Er lächelte sonnig. Doktor Zorn lächelte sonnig. Ich lächelte sonnig. »Ja«, sagte Nina Brummer, sonnig lächelnd, »der beste Mann von der Welt!«

Kapitel 14

Mein Brief kam mit der Morgenpost. Ich war in der Halle, als der neue Diener die Kuverts und Zeitschriften sortierte, die der Postbote gebracht hatte. Da war er, der Brief, den ich bei den Blinden geschrieben hatte ...
Der hochmütige neue Diener legte ihn mit allen anderen Briefen auf einen großen Zinnteller und trug diesen hinein in Brummers Arbeitszimmer. Die schwere, gepolsterte Tür schloß sich hinter ihm. Nun mußte ich auf das warten, was weiter geschah, dachte ich.
Es geschah aber überhaupt nichts weiter.
Neun Uhr. Halb zehn. Zehn. Halb elf.
Nichts geschah.
Ich ging in die Garage und holte den Cadillac heraus und wusch ihn. Es geschah nichts. Ich wusch den Mercedes. Halb zwölf. Es geschah nichts. Ich ging in mein kleines Zimmer hinauf. Es war schlimm, daß ich jetzt schon am Vormittag etwas trinken mußte, um ruhig zu werden – wo doch alles erst begonnen hatte, erst begonnen.
Einen kleinen Schluck nur, und dann Schluß. Aber nach dem kleinen Schluck zitterten meine Hände so sehr, daß ich Kognak verschüttete, und ich mußte noch einen Schluck nehmen, und noch einen.
Dann ging ich wieder hinunter und holte den dritten Wagen heraus und wusch auch ihn. Nun war es zwölf. Um Viertel eins kam Doktor Zorn. Er winkte mir leutselig zu, als er durch den

Park schritt. Um halb eins erschien der hochmütige Diener und teilte mit, daß Herr Brummer mich zu sprechen wünschte.

Ich zog meine Jacke an und ging in die Villa hinüber. In Brummers Arbeitszimmer kam der alte, halbblinde Hund auf mich zugetorkelt und rieb sich an meinem Knie. Zorn stand beim Fenster. Brummer saß hinter dem Schreibtisch. Auf dem Schreibtisch, direkt vor ihm, lag der Brief, den ich bei den Blinden geschrieben hatte.

»Sie haben mich rufen lassen, Herr Brummer?«

»Ja, ich habe Sie rufen lassen.« Er sah mich an. Dann sah er Zorn an. Dann sahen beide mich an. Dann sahen beide den Brief an. Es war ein kalter Tag, die Zentralheizung arbeitete noch nicht, aber obwohl ich eben gefroren hatte, begann ich jetzt zu schwitzen.

»Der Hund«, sagte Brummer.

»Bitte?«

»Der Hund muß raus. Führen Sie ihn zum See hinunter, Holden.«

Danach steckte Brummer einen Kaugummi in den Mund und fing an zu pfeifen.

»Komm, Puppele«, sagte ich. Da war es drei Viertel eins.

Kapitel 15

Um halb drei fuhr ich Brummer in die Stadt zum Untersuchungsrichter. Er wollte Nachrichten hören, ich hatte auf seinen Wunsch das Wagenradio angedreht, und wir hörten, was in Algier los war und in London und in Little Rock. Und was in Deutschland los war ...

»Bonn. In der heutigen Sitzung des Bundestages richtete eine Oppositionspartei die folgende Kleine Anfrage an die Bundesre-

gierung: Welche Schritte gedenkt die Bundesregierung in Zusammenhang mit der Tatsache zu unternehmen, daß der bereits anberaumte Prozeß gegen den Düsseldorfer Kaufmann Julius Brummer auf unbestimmte Zeit verschoben werden mußte, weil alle wichtigen Belastungszeugen aus nicht durchschaubaren Motiven ihre Anschuldigungen vor dem Untersuchungsrichter zurückgezogen haben? Ist der Bundesregierung bekannt, daß Brummer gegen eine Hinterlegung von fünfhunderttausend Mark aus der Untersuchungshaft entlassen wurde, obwohl –«
»Drehen Sie den Scheißer ab«, sagte Julius Maria Brummer. Ich schaltete das Radio ab. Er summte und pfiff. Er sagte: »Um fünf holen Sie meine Frau ab. Sie ist beim Schneider. Bringen Sie sie nach Hause. Ich brauche Sie erst wieder um sechs.«
»Ist gut, Herr Brummer.«
Als er vor dem Untersuchungsgefängnis ausstieg, fragte er noch: »Können Sie Schreibmaschine schreiben?«
»Jawohl.«
»Gut?«
»Es geht.«
»Also dann bis sechs«, sagte er und ging in das große Haus hinein. Jetzt war es drei Viertel drei. Ich fuhr bis zum Grüntorweg. Hier ließ ich den Wagen stehen und nahm ein Taxi zum Rhein hinaus. Etwa einen Kilometer vor dem Restaurantschiff bezahlte ich den Chauffeur. Der Wagen wendete und fuhr in die Stadt zurück. Ich ging die Chaussee entlang, in deren Bäumen der Herbstwind sang, und sah auf das Wasser hinaus, auf dem es viele kleine Wellen gab.
Nina stand wieder im Schatten der alten Kastanie. Als sie mich erblickte, begann sie mir entgegenzugehen. Sie trug beigefarbene Hosen, flache beigefarbene Schuhe, eine kurze Pelzjacke und dunkle Brillen. Um das blonde Haar trug sie wieder ein dunkles Tuch. Wir mußten ein ziemliches Stück gehen, ehe wir einander trafen. Zuerst gingen wir langsam, dann gingen wir schneller, zuletzt liefen wir.

Sie ergriff meine Hand und begann an meiner Seite stromaufwärts zu wandern. Wir sprachen nicht.
Das Restaurantschiff war verlassen, das Deck leer. Der alte Mann, der aussah wie Hemingway, lag auf den Knien und schrubbte die Bohlen. Er bemerkte uns nicht. Die Chaussee war hier an manchen Stellen unter bunten Laubwehen verborgen. Über dem Strom kreischten Möwen.
Wir erreichten die Stelle, an welcher der kleine Auwald begann. Wie schon einmal ging Nina vor mir her in das sandige, warme Dickicht hinein, in welchem Gräser und Algen von den Bäumen herabhingen, vom letzten Hochwasser her. Auf der kleinen Lichtung blieb Nina stehen und wartete auf mich. Der Wind kam nicht durch den Wald, es war still auf der Lichtung und sehr gemütlich.
Ihre Lippen schmeckten salzig, ihr Atem hatte den Geruch von frischer Milch. Wir setzten uns dicht nebeneinander auf einen schmalen Rasenstreifen und hielten uns wieder an den Händen, und über uns, oben in den alten Weiden, orgelte der Herbstwind. Ich dachte, daß ich nie mehr eine andere Frau haben wollte, und ich dachte, wie glücklich wir sein würden, wenn ich Julius Brummer erst getötet hatte. Und ich dachte, wie seltsam es war, daß ich das dachte, denn es gab so vieles, das ich nicht von Nina wußte. Eigentlich wußte ich nur, daß es mich glücklich machte, wenn sie meine Hand drückte. Wie in der Schule, dachte ich, wie in der Schule ...
»Woran denkst du?«
»Daran, daß wir uns benehmen, als wären wir noch in der Schule.«
»Ich habe mich noch nie so benommen.«
»Ich auch nicht.«
»Auch nicht mit deiner Frau?«
»Nein.«
»Doch.«
»Nein, wirklich nicht.«

»Aber deine Frau hast du geliebt.«
»Anders.«
»Du sagst, sie sah so aus wie ich.«
»Sie *war* aber nicht so wie du.«
»Wie war sie? Sag es mir. Ich will es wissen.«
»Warum?«
»Weil ich auf sie eifersüchtig bin.«
»Sie ist tot.«
»Aber ich sehe ihr ähnlich. Vielleicht liebst du mich nur, weil ich ihr ähnlich sehe.«
»Unsinn.«
»Vielleicht liebst du mich überhaupt nicht. Vielleicht liebst du noch immer sie. Ich bin sehr unglücklich darüber, daß ich deiner toten Frau ähnlich sehe.« Ich küßte sie, und sie sank zurück auf den Rasenstreifen und lag nun auf dem Rücken, und ich lag über ihr. Ich öffnete die Pelzjacke und streichelte die Brust, die sich unter einem dünnen Pullover senkte und hob, und Ninas Augen begannen zu schwimmen, und ihre Hände wühlten in meinem Haar. Ich hörte die Möwen lärmen und einen Dampfer näher kommen, langsam, ganz langsam. Meine Hand glitt unter den Pullover ...
»Robert ...«
»Ja?«
»Hast du den Brief geschrieben?«

Kapitel 16

Ich nahm die Hand zurück und setzte mich auf, und sie blieb liegen und sah mich an, sorgenvoll und traurig.
»Was für einen Brief?«
»Lüg nicht, bitte. Meine Männer haben mich immer angelogen. Ich würde es nicht ertragen, daß du mich auch belügst.«

»Ich habe keine Ahnung, wovon du redest!«
»Bitte, Robert!«
»Ich habe keinen Brief geschrieben.«
»Schwörst du es?«
»Natürlich.«
»Bei unserer Liebe?«
»Natürlich.«
»Wir sollen nie glücklich werden, wir sollen nie zusammenkommen, wenn du lügst?«
»Aber natürlich«, sagte ich. Was hätte ich sagen können?
Sie sah mich an. In ihren Augen spiegelten sich Himmel und alte, weiße Weidenäste. Der Dampfer kam immer näher. Tucktucktuck machte seine Maschine. Nina richtete sich auf.
»Was für nette Augen du hast. So nette Lügenaugen.«
Ich sah sie an und schwieg.
»Es ist so leicht zu lügen, Robert. Der andere kann sich nicht wehren. Das ist so feige.«
»Ich lüge nicht.«
Der Schlepper entfernte sich. Wir sahen uns in die Augen, und ich denke, meine Liebe gab mir die Kraft, ihren Blick zu ertragen. Ich denke, meine Liebe überzeugte sie zuletzt. Sie sagte:
»Ich glaube dir. Aber dann ist alles nur noch schlimmer.« Und plötzlich lag sie wieder in meinen Armen.
»Erzähl mir, was geschehen ist«, sagte ich. Der Schlepper entfernte sich, die Stille kam zurück. Nina sprach von dem unheimlichen Brief, den Brummer heute erhalten hatte, und von seinem Inhalt. Brummer hatte ihr den Brief vorgelesen. Er hatte sie gefragt, ob sie sich vorstellen könnte, daß *ich* ihn geschrieben hätte und warum.
»Und was hast du geantwortet?« fragte ich, Ninas Haar streichelnd, sie in meinen Armen haltend.
»Ich habe gesagt, daß ich es mir *nicht* vorstellen kann.« Sie klammerte sich an mich. »Robert, bin ich verrückt? Sind wir alle verrückt?«

»Du kannst es dir also doch vorstellen.«
»Nur *daß* du es getan hast, nicht *warum*. Ich ... ich habe gedacht, vielleicht hast du irgendeinen Plan ... für uns beide ... damit wir endlich zusammenleben können ... irgendeine wahnsinnige Idee ...«
»Ich habe keinen Plan.« Ihr Haar streichelnd, fragte ich: »Und dein Mann? Was stellt *er* sich vor?«
Ihre Antwort erfüllte mich mit wilder Freude: »Er hat Angst, Robert, auf einmal hat er Angst!«

Kapitel 17

Auf einmal hast du Angst, Julius Brummer, Dickwanst mit Millionen. Auf einmal hast du Angst. Und dabei stehen wir erst am Anfang, Julius Brummer, am Anfang eines langen Weges, den wir zusammen gehen werden, hinein in einen Tunnel des Grausens, in eine unvernünftige Unterwelt des Schreckens, aus der es kein Entrinnen geben wird für dich, nein, nicht für dich. Nur *ich*, ich allein werde wieder emporsteigen an das helle Licht einer vernünftigen Welt. Und dann will ich für immer mit Nina leben, mich nie mehr trennen von ihr, nicht für eine einzige Stunde.
Und ein kleines Kind wird dann in Sicherheit sein für immer.
Während ich dies alles dachte, hörte ich Nina sagen: »Er hat versucht, feststellen zu lassen, auf was für einer Maschine der Brief geschrieben wurde.«
»Und?«
»Man kann es nicht mehr feststellen.«
»Warum nicht?«
»Die Maschine, die benützt wurde, ist zu alt und zu schlecht,

ihre Typen sind zu ausgeleiert, um typische Merkmale aufzuweisen.«

Sieh, Julius, dachte ich, hättest du für deine Blindenstiftung etwas mehr Geld ausgespuckt und nicht von allem nur das Billigste, den letzten Dreck erworben, dann hättest du jetzt vielleicht noch eine Chance gehabt, mich zu ertappen. Aber zu geizig bist du, Julius, mit dem Groschen sparst du, wenn es um die Armen geht. Gott segne dich für deinen Geiz, Julius Maria Brummer ...

»Robert?« flüsterte Nina.

»Ja?«

»Sag mir, was dieser Brief bedeutet.«

»Du weißt, was er bedeutet.«

»Aber das gibt es doch nur im Kino oder in Romanen!«

»Es muß kein Doppelgänger sein. Ein Mann, der mir sehr ähnlich sieht, genügt. So etwas gibt es. Ich kam einmal in München in ein Hotel, weil ich jemanden in der Halle treffen sollte, und der Portier winkte mich heran und gab mir eine Menge Post. Sie hätte sich angesammelt, seit ich zum letztenmal im Hotel gewohnt hätte, meinte er. Ich hatte noch *nie* in dem Hotel gewohnt. Der Name auf den Briefen war mir völlig unbekannt, ich gab sie zurück. Der Portier entschuldigte sich. Die Briefe gehörten einfach einem Mann, der mir sehr ähnlich sah. So etwas gibt es – nicht nur in Romanen.«

Nina richtete sich plötzlich auf und sah mich prüfend an.

»Was hast du?« fragte ich.

»Du sprichst so ruhig, so sachlich. Erschreckt das alles dich denn gar nicht?«

»Es hat mich früher erschreckt als euch. Mir war schon bei der Benzinaffäre klar, was da auf uns zukam.«

»Was war klar?«

»Daß sie einen solchen Mann gefunden hatten, der mir ähnlich sieht.«

»Wer?«

»Dein Mann hat viele Feinde. Ich weiß nicht, wer es ist. Liebling vielleicht. Vielleicht auch Herr von Butzkow. Einer, den dein Mann belastet und erpreßt mit seinen Dokumenten. Einer, der genug hat, der sich rächen will – auf meine Kosten.«
»Auf deine Kosten?«
»Natürlich. Der Mann, der mir so ähnlich sieht, kann tun, was er nur immer will. Stets wird es aussehen, als hätte *ich* es getan.«
Sie flüsterte: »Er kann ... alles tun?«
»Ja, alles.«
»Auch ...«
»Auch das. Auch wenn er Brummer *ermordet*, wird man denken, *ich* sei es gewesen. Ich habe ein Motiv. Ich werde von Brummer erpreßt. Und ich liebe dich.«
»O Gott«, sagte sie. Dann sank sie langsam auf den Rücken und lag still auf meinem Regenmantel, den ich ausgebreitet hatte. Ihr Haar umgab den Kopf wie ein blonder Fächer, der Mund stand offen, die Augen glänzten feucht.
»Robert ... ich habe mich schrecklich in dich verliebt ... es war bei keinem Mann wie bei dir ... wenn du mich ansiehst so wie jetzt, dann wird mir schwindlig ... es ist so süß, so von dir angesehen zu werden ... aber wir werden nie zusammenkommen ... etwas wird geschehen ... etwas Schreckliches ...«
»Nein!«
»Wenn zwei Menschen sich lieben, geschieht immer etwas Schreckliches. Einer stirbt. Oder es gibt einen Krieg, und sie werden getrennt. Es wird etwas geschehen. Sie lassen uns nicht glücklich sein ...«
»Ich werde mich wehren gegen diesen Kerl ...«
»Wie willst du dich wehren?«
»Ich finde einen Weg.«
»Du willst mir nur Mut machen. Du hast genauso Angst wie ich.«
»Ja, das ist wahr«, sagte ich.
»Dafür liebe ich dich. Laß deine Hand da liegen. Bitte, laß sie da liegen. Es macht mich glücklich.« Ihre Augen waren jetzt rau-

chig. Ich ließ meine Hand liegen und neigte mich über sie und küßte sie. Dann legte ich meinen Kopf auf ihre Brust und hörte sie sagen: »Ich will deine Frau sein. Jetzt gleich. Ich will, daß du mein Mann bist, Robert.«
Ich richtete mich auf. Sie sah mir in die Augen.
»Ja, bitte. Bitte, ja. *Tu* es. Bitte, tu es. Ich weiß, sie werden uns trennen. Etwas geschieht ... aber ich will deine Frau gewesen sein, wenn es geschieht.«
»Ich liebe dich«, sagte ich. Unsere Hände begannen sich gemeinsam zu bewegen, und unser Atem begann zu fliegen, und unsere Stimmen sprachen Worte von selber. Ihr Körper war schöner als irgendein anderer Frauenkörper, den ich je zuvor gesehen hatte. Ihre Zärtlichkeit war süßer als die irgendeiner anderen Frau zuvor. Und was sie sagte in dieser Stunde, will ich nie vergessen.
Ein neuer Schlepper kam den Strom herauf, lauter und lauter polterte seine Maschine, und kreischend kreisten Möwen über uns am Himmel. Nina war ganz anders als Margit, meine tote Frau. Es bestand nicht die geringste Ähnlichkeit zwischen den beiden. Verrückt, daß ich mir das jemals eingeredet hatte!
Näher kam der Schlepper.
»Bin ich gut für dich?« flüsterte sie. »Bin ich so, wie du willst?«
»Du bist wundervoll, Liebling, du bist wundervoll ...«
Die Maschine des Schleppers wurde überlaut, das Wasser schlug klatschend ans Ufer. Nina schrie leise auf. Und mir war, als ströme mein Leben fort mit den Fluten des Stroms, davon, davon. Ich wäre gerne gestorben in diesem Augenblick. Die Möwen kreischten. Die Maschine des Schleppers wurde leiser. Ich hörte Nina flüstern: »Wenn wir jetzt sterben könnten zusammen, das wäre schön ...

Kapitel 18

Ich weiß nicht, ob Sie so etwas schon einmal erlebt haben, Herr Kriminalkommissar Kehlmann, ob Sie schon einmal sehr lange eine Frau begehrt, sich sehr lange nach ihr gesehnt haben. Manchmal ist es dann gar nicht schön. Zuerst ist es selten schön. Schön wird es bei den meisten Menschen erst später. Bei uns war es schön von Anfang an, das erste Mal schon war es schön. Es dämmerte, als wir die kleine Lichtung verließen. Vom Wasser kamen Nebel, die Wolken wurden dunkelgrau, die Luft wurde blau, und es roch nach Herbst, sehr nach Herbst roch es schon da unten am Wasser.

Auf der Chaussee lagen viele bunte Blätter. Wir gingen langsam und hielten uns an den Händen, und immer wieder sahen wir uns an. Manchmal blieben wir stehen und küßten uns. Aber das waren jetzt andere Küsse.

»Ich bin so verzweifelt«, sagte sie. »So verzweifelt wie noch nie.«

»Ich finde einen Ausweg. Laß mir Zeit. Nur noch ein wenig Zeit.«

»Das hast du schon einmal gesagt.« Wir hatten den Hofgarten und die Rheinterrassen erreicht. »Heute abend muß ich wieder mit ihm reden ... muß ich ihn wieder sehen ... wie soll ich ihn ertragen ... *jetzt*?«

»Noch etwas Zeit ... nur noch ein wenig Zeit ...«

Sie sah mich mit flackernden Augen an. »Du hast *doch* einen Plan.«

»Nein.«

»Nimm mir nicht diese Hoffnung. Da ist etwas, das du vorhast. Da ist etwas, das ich nicht verstehe. Ich will es nicht wissen. Ich will nur wissen, daß du etwas vorhast, Robert, es erhält mich am Leben.«

Ich antwortete, und das Herz tat mir weh dabei: »Nein, ich habe nichts vor, Nina, noch nicht. Geh nach Hause. Es ist fast sechs. Ich muß deinen Mann abholen. Sonst schöpft er Verdacht.«

»Du hast nichts zu tun mit dem Brief?«
Ich durfte ihr nichts anvertrauen, ich durfte sie nicht gefährden. Was ich vorhatte, mußte ich allein vollenden, ganz allein. Und indem ich sie in Gedanken um Verzeihung bat dafür, daß ich ihr so wenig geben konnte, nachdem sie mir so viel gegeben hatte, schüttelte ich den Kopf und küßte ihre Hand und sagte: »Geh jetzt, mein Herz, geh heim.«
Und so ging sie davon mit hängenden Schultern und müden Schritten; in ihren flachen beigefarbenen Schuhen, ihren beigefarbenen Hosen, ihrer kurzen Pelzjacke, den dunklen Brillen und dem schwarzen Tuch über dem blonden Haar. Der Abendverkehr hatte eingesetzt. Pausenlos hielten Autobusse beim Hofgarten. Viele Menschen stiegen aus. Mit einem solchen Autobus war ich selbst zum erstenmal hier herausgekommen, vor langer Zeit. Unter den Menschen, die mit den Bussen ankamen, gab es viele Pärchen. Die Pärchen gingen eingehängt an mir vorbei und sahen einander verliebt an und redeten und lachten.
Ich blickte Nina nach, die weiter und weiter die Cecilienallee hinaufging, ohne sich umzudrehen. Sie so davonwandern zu sehen war das Traurigste, was ich in meinem Leben erlebt hatte. Das kam, weil ich eben noch so sehr glücklich gewesen war.
Ich hielt ein Taxi an, ließ mich in den Fond fallen und sagte: »Grüntorweg.«
Im Grüntorweg stand der Cadillac. Ich machte, daß ich in die Stadt zum Untersuchungsgefängnis kam. Zehn Minuten nach sechs Uhr traf ich dort ein – zu spät. Brummer stand schon auf der Straße.
Er sah mich aufmerksam an, als ich den Schlag für ihn aufriß.
Er sagte: »Unpünktlich, Holden.«
»Es tut mir leid, Herr Brummer. Die gnädige Frau war beim Schneider noch nicht fertig, als ich kam.«

»Noch nicht fertig?« Er grunzte und verzog das rosige Mündchen zu einem Lächeln. »Mußten auf sie warten, was?«
»Jawohl, Herr Brummer.«
»Die Frauen, wie?« Er stieg ein, und ich warf den Schlag hinter ihm zu und fuhr los durch Straßen, in denen schon die Lichter brannten, denn der Herbst kam früh in diesem Jahr.
»Höchste Zeit«, hörte ich Brummer hinter mir sagen.
»Bitte?«
»Ich sage: höchste Zeit, daß meine Frau hier rauskommt. Mit ihren schlechten Nerven auch noch stundenlang warten. Mir kann das ganze Düsseldorf ja gestohlen werden. Wird sich prima erholen auf Mallorca.«
Es gelang mir, den Wagen völlig ruhig zu halten. Ohne zu rucken, hielt ich vor einem Rotlicht.
»Habe heute nachmittag einen Flugplatz reservieren lassen. Sie fliegt übermorgen. Soll sich mal ordentlich von all den Aufregungen erholen. Doktor Zorn hat mir die Adresse von einem erstklassigen Hotel da unten gegeben. Beste Zeit, sagt er. Deutsche Touristen schon wieder fort, das Wetter einmalig. Soll mal ein, zwei Monate unten bleiben, was, Holden?«
»Gewiß, Herr Brummer«, sagte ich und fühlte, wie der Schweiß mir in den Kragen rann.
»Vielleicht länger, werden sehen, werden sehen. Weihnachten fahre ich auch hin. Über Neujahr. Paar schöne Tage. Übrigens, Holden, das habe ich vollkommen vergessen: Morgen bringen Sie die Mila weg …!«
»Mila …«
»Die gute Alte packt schon. Sie fahren sie runter nach Schliersee.« Aus einem Berg von Watte schien seine Stimme plötzlich breiig hervorzuquellen: »Mensch, was ist denn los mit Ihnen? Schlafen Sie am Steuer? Sehen Sie denn nicht, daß die Ampel längst auf Grün steht?«

Kapitel 19

Mila Blehova ging durch die ganze Villa, sie ging noch einmal in jedes Zimmer. Am Abend zuvor hatte die alte Köchin sich von den Rombergs verabschiedet, nun verabschiedete sie sich von dem Haus, in welchem sie so viele Jahre gearbeitet hatte. Sie trug ein schwarzes Kleid und einen schwarzen Mantel an diesem Morgen und einen kleinen schwarzen Hut auf dem weißen Haar. Von Zeit zu Zeit strich sie mit ihren roten, rissigen Händen über ein Möbelstück, und manchmal blieb sie stehen, und in ihre Augen trat jener in ferne Vergangenheiten gerichtete Blick, den alte Menschen haben.

Nina, Brummer und ich begleiteten Mila Blehova. Es war mir unmöglich, ein einziges Wort mit Nina zu sprechen. Brummer machte sich einen Spaß daraus, ständig zwischen uns zu sein. Er betrachtete uns neugierig wie fremde Tiere.

Nina sah elend aus. Dunkle Schatten lagen unter ihren Augen. Sie war schlecht frisiert und schlecht geschminkt. Ich hatte sie nach unseren Stunden am Strom nicht mehr sprechen können, und es stand nun fest, daß ich sie vor ihrer Reise nach Mallorca nicht mehr würde sprechen können. Ich mußte mir immer wieder sagen, daß alles, was ich bisher getan hatte, umsonst war, wenn ich die Nerven verlor.

Von Zimmer zu Zimmer gingen wir mit Mila Blehova, hinauf in den ersten Stock und wieder hinab in die Küche. Alles, was sie auf Erden besaß, war in den drei großen Koffern verpackt. Die standen hier. Mila Blehova streichelte den Herd und den Eisschrank. Mila Blehova sagte: »Is' noch eine Menge Bier im Haus, gnä' Frau. Wird bestimmt reichen, bis daß die Neue kommt. Müssen der Neuen nur gleich den Eisschrank erklären, daß er zu stark vereist, wenn man ihn über fünf stellt. Und Bügeleisen muß gerichtet werden, hab' mich erst vorige Woche wieder elektrisiert wie narrisch.«

»Ja, Mila, ja«, sagte Nina. Sie konnte kaum sprechen. In ihren Augen standen Tränen.
»Aber was weinen S' denn, Jesusmariaundjosef, ich komm' doch bald herauf zu Besuch!«
»Wann du willst, kannst du kommen, meine Alte«, dröhnte Brummer und betrachtete seine Frau mit beinahe klinischem Interesse, »wann du willst!«
»Gnä' Frau verreisen doch jetzt selber«, rief die Mila tröstend, »da könnten S' mich doch nicht mal sehen, wenn ich hier blieb'!«
»So ist es, Mila.« Brummer rieb sich die Hände. »Eine vernünftige Person bist du. Jetzt schicke ich alle meine Weiber weg.«
Jetzt schickte er alle seine Weiber weg ...
Umsichtig ging Julius Maria Brummer zu Werke, es stand auch zu viel auf dem Spiel für ihn in dieser letzten Runde seines großen Kampfes. Alle schickte er weg, deren Kritik er fürchtete, deren Achtung er nicht verlieren wollte. Er machte sich Platz, viel Platz für diese letzte Runde.
Ich hob zwei von den Koffern Milas auf, aber sie hielt mich fest.
»Einen Moment noch, die Minute!«
»Bitte?«
»Müssen uns alle eine Minute niedersetzen, bevor daß ich geh'. Damit wir uns gesund wiedersehen. Haben wir immer so gemacht bei uns zu Haus.«
Bei uns zu Haus ...
Während wir uns auf Küchenstühle setzten und Mila Blehova die Hände faltete, dachte ich, daß alles, was ich an Zuhause hatte, Nina war und daß Nina morgen nach Mallorca fliegen würde. Was am Strom geschehen war, machte unsere Trennung nur noch schlimmer. Aber dann dachte ich, daß diese Trennung von ihr wahrscheinlich doch das beste war für mich und meine Pläne. Denn auch für mich stand viel auf dem Spiel in der letzten Runde dieses Kampfes, auch ich brauchte Platz, viel Platz, Ruhe und Zeit, um fertig zu werden mit Julius Maria Brummer, ein für allemal.

Während ich das überlegte, hörte ich Mila Blehova leise diese Worte sagen: »Allmächtiger Vater im Himmel, behüte und beschütze die Reisenden und alle, die zurückbleiben. Bewahre vor Unheil mein Ninale, den gnädigen Herrn, den Herrn Holden, das Puppele, den Butzel, seine Frau und die Mickey. Laß Deinen Segen mit ihnen sein auf allen Wegen und mach, daß sich wiedersehen die, die sich lieben. Amen.« Sie hob den Blick und sagte mit einem sanften Lächeln: »Jetzt können wir gehen.«
Durch den herbstlichen Park trug ich die Koffer zu dem Cadillac. Viel buntes Laub lag auf dem Rasen, die Blumen in den Beeten waren verblüht und verfault. Es nieselte. Der Himmel war dunkel verhangen, und es war kalt. Der alte Hund trottete hinter der tschechischen Köchin her und winselte traurig. Mila neigte sich zu ihm herab und streichelte ihn. Brummer geriet außer sich vor Entzücken über das Betragen des Tieres: »Weiß genau, daß du wegfährst, Mila, wie ein Mensch kann er es fühlen, wie ein Mensch!« Auch er neigte sich vor, um seinen Hund zu streicheln. Das war der erste und einzige Moment, in dem er uns nicht beobachtete. Nina flüsterte: »Hotel Ritz.« Ich flüsterte: »Ich rufe an. Morgen abend.« Dann war der Moment vorüber. Brummer richtete sich auf und umarmte Mila. Ihr weißes Haar streifte seine goldene Uhrkette. Er küßte sie auf die Wange, sie schlug ein Kreuz auf seiner Stirn. Dann umarmte sie Nina, und dabei begann sie zu weinen. »Is' ja zu blöd, jetzt heul' ich doch noch! Der liebe Gott wird dich behüten, mein Ninale, ich komme wieder, bald schon komm' ich wieder!« Sie strich mit ihren abgearbeiteten Händen immer wieder über Ninas Gesicht. Brummer rief munter: »Jetzt aber Schluß! Marsch, einsteigen, sonst erkältest du dich noch, meine Alte!«
So stieg die Köchin aus Prag denn weinend in den protzigen Cadillac, und ich verneigte mich vor Nina: »Ich hoffe, daß Sie sich gut erholen auf Mallorca, gnädige Frau.«
»Das hoffe ich auch, Herr Holden. Lassen Sie es sich gutgehen.«
»Danke, gnädige Frau«, antwortete ich und dachte an unseren

Nachmittag am Strom, und wußte plötzlich, daß sie auch daran dachte, und das gab mir neue Kraft. Brummer sagte: »Sie können sich Zeit lassen, Holden. Es genügt, wenn Sie übermorgen abend wieder hier sind. Helfen Sie Mila in Schliersee ein bißchen beim Einrichten.«
»Jawohl, Herr Brummer«, antwortete ich mit einer devoten Verneigung. Und dachte voll Freude an das, was Brummer erleben würde, übermorgen abend, wenn ich wiederkehrte, wenn ich wiederkehrte.

Kapitel 20

Dann fuhr ich los. Brummer und Nina winkten, Mila winkte zurück. Ich sah in den silbernen Rückspiegel. Und im Rückspiegel sah ich noch einmal Nina – das letztemal für lange Zeit.
Es regnete überall an diesem Tag. Es regnete in Frankfurt, Mannheim, Heidelberg. Wir fuhren durch Wälder mit schwarzen, kahlen Bäumen, durch dampfende Ebenen mit dunklen Äckern, vorbei an Wiesen mit sterbendem Gras, und auf den Wiesen und Äckern und im Geäst der kahlen Bäume saßen schwarze Vögel, viele Hunderte. Manchmal flogen ein paar von ihnen auf, aber niemals flogen sie sehr hoch und niemals weit.
Mila Blehova beruhigte sich schnell. Bereits als wir Düsseldorf hinter uns ließen, meinte sie: »Is' natürlich immer schrecklich, wenn man sich trennen muß nach so vielen Jahren. Aber ich komm' ja wieder. Und Ihnen sag' ich's ganz ehrlich, Herr Holden, es war mir *wirklich* zuviel in der letzten Zeit, ich will jetzt schon gern für mich sein in Schliersee. Is' auch gut für mein Ninale, daß sie mal rauskommt aus allem!«
»Ja«, sagte ich, »gewiß.«
»Tut der gnädige Herr aber auch alles für sie, kann sie sich

keinen besseren Mann wünschen!« Mila hatte eine große Tasche vor sich auf den Wagenboden gestellt. In der Tasche gab es belegte Brötchen und Bonbons, Kekse und Bullrichsalz, einen Becher und eine Flasche Sprudelwasser. Wenn Mila nicht »von zu Haus« erzählte, knabberte sie Kekse oder nahm Bullrichsalz gegen »mein Aufstoßen«, oder sie lutschte Bonbons. Mila hatte ununterbrochen zu tun. In Frankfurt lud sie mich zu einem pompösen Mittagessen ein. Sie hatte großen Hunger, trotz der Bonbons und trotz der Kekse.
Nach dem Essen erzählte sie mir Geschichten aus der Zeit, da sie ein junges Mädchen war. Sie erzählte nur Geschichten aus fernen Vergangenheiten, den ganzen Tag lang. Als junges Mädchen war Mila zum »Sokol« gegangen, dem nationalen tschechischen Turnerverband. Mit ihm hatte sie 1920 ein großes Turnerfest in Wien besucht. Daran erinnerte sie sich noch in allen Einzelheiten, an die Feiern und die Fahnen, an die schönen jungen Menschen in Weiß, an die Zelte, an die Fackeln, an das Turnen. Und an die Lieder. Ein Lied sang sie mir vor an diesem Regentag auf der Autobahn, mit ihrer dünnen, hohen Stimme. Und dann übersetzte sie mir noch den Text. Es war viel von Freiheit und Kameradschaft die Rede in diesem Text.
Zuletzt schlief Mila ein und sank seitlich und schnarchte ein wenig. Und ich fuhr südwärts durch Wälder, Wiesen und Äcker, der Regen strömte, die Scheibenwischer schlugen, und ich dachte an Nina, an unseren Nachmittag am Strom und an die Zeit, die vor mir lag.
Wir erreichten Schliersee gegen Mitternacht. Es regnete auch in Bayern. Über dem See brauten Nebel, und als ich das Gepäck aus dem Kofferraum holte, hörte ich jenseits des Wassers eine Zugsirene heulen und Wagenachsen schlagen. Brummers Sommerhaus lag direkt am See in einem großen Garten, knapp hinter dem Ortsende von Schliersee, an der Straße nach Neuhaus. Es war im bayerischen Stil eingerichtet. Der Verwalter, der uns wortreich und leutselig empfing, hieß Jakob Gott-

holmseder. Er trug einen grünen Lodenanzug mit Hirschhornknöpfen, eine rote Weste und eine silberne Uhrkette, an welcher Münzen hingen. Herr Gottholmseder war klein, dick und gemütlich. Er hatte alle Öfen des Hauses angeheizt und für mich ein Zimmer in einem nahen Hotel reservieren lassen.
Mila war sehr müde. Zwischen Stuttgart und München hatte sie (»Es is' nur fürs Herz, daß ich munter bleib'!«) etwas Kognak getrunken, denn in ihrer gewaltigen Reisetasche gab es auch solchen in einem flachen Flakon. Darum hatte Mila jetzt einen Schwips. Sie umarmte mich, bevor sie die schmale Holztreppe in den ersten Stock hinaufging: »Dankschön fürs feine Runterfahren. Schlafen S' gut, Herr Holden, ich seh' Sie morgen. Mach' ich uns ein feines Frühstück.«
Ich wanderte durch den Regen zu dem Hotel, in welchem das Zimmer für mich reserviert war, und badete noch und ging zu Bett. Ich war sehr müde von der Fahrt, meine Schultern und meine Halsmuskeln schmerzten. Ich lag still auf dem Rücken und lauschte dem Regen, den Zugsirenen, den schlagenden Achsen und den rollenden Rädern jenseits des Sees. Dann schlief ich ein, und in meinem Traum war ich bei Nina, und Brummer war tot, und wir waren glücklich und verliebt, Nina und ich. In meinem Traum.
Am nächsten Tag schien eine milde, kraftlose Herbstsonne. Ich fuhr den Cadillac in eine nahe Garage und ließ das Öl wechseln und den ganzen Wagen nachsehen und abschmieren. Dann frühstückte ich mit Mila und dem kleinen lustigen Herrn Gottholmseder, der Weißwürste besorgt hatte und nach dem Kaffee gleich einen ordentlichen Schluck Bier zu den Würsten trank, denn es wurde ein großes und langes Frühstück. Auch Herr Gottholmseder war in seiner Jugend Turner gewesen, ein bayrischer Turner, versteht sich, und auch Herr Gottholmseder konnte viele Lieder singen. Das tat er auch im Laufe dieses Vormittags. Ein Lied begann mit einer bemerkenswerten An-

zahl von Genitiven: »Auf den Bergen wohnt die Freiheit, auf den Bergen ist es schön, dort, wo unsres Königs Ludwigs Zweiten alle seine schönen Schlösser stehn!«

Dann half ich Mila beim Auspacken. Herr Gottholmseder, Witwer und seit elf Jahren im Dienste Brummers, dessen er in scheuer Hochachtung des öfteren laut gedachte, bewohnte zwei Zimmer zu ebener Erde, Mila machte es sich im ersten Stock gemütlich. Die Fenster ihres Schlafzimmers gingen zum Garten hinaus, in welchem es viele Gemüsebeete gab. Dahinter lag der blaue See. Und hinter dem See rollten den ganzen Tag lang vergnügt kleine Züge hin und her, mit fetten weißen Rauchfahnen.

In einer alten Schuhschachtel hatte Mila die vielen Bilder Ninas verpackt. Nun öffnete ich die Schachtel, holte die Bilder wieder hervor und stellte sie auf den kleinen Tisch neben Milas Bett.

Am Nachmittag ging ich in den Ort und kaufte bei einem Friseur namens Schoißwohl ein großes Rasiermesser. Es war ein altmodisches Fabrikat, dessen lange, schmale Klinge man in einen weißen Horngriff klappen konnte. Genau so ein Messer brauchte ich für das, was ich nun vorhatte, und ich wollte dieses Messer an einem Ort erwerben, der möglichst weit von Düsseldorf entfernt war. Gegen Abend ging ich in mein Hotel zurück und meldete ein Gespräch nach Palma de Mallorca, Hotel Ritz, an. Ich wartete drei Stunden und trank Kognak, während ich wartete. Dann ließ ich das Gespräch in ein dringendes Gespräch umwandeln. Dann wartete ich noch eine Stunde. Dann wurde ich an den Apparat gerufen.

Der Apparat stand in einer kleinen Zelle neben der Portiersloge. Nachdem ich den Hörer abgenommen hatte, hörte ich viele Mißtöne. Es pfiff, ratterte und dröhnte in der Membran. Eine spanische Stimme fordert mich auf zu sprechen. Kaum verständlich hörte ich eine Männerstimme. Ich verlangte die Señora Nina Brummer. Danach gab es wieder eine Menge Mißgeräu-

sche. Und dann hörte ich, aber so leise, daß ich schon nicht mehr wußte, ob ich mir nicht nur *einbildete,* sie zu hören, die Stimme Ninas: »Hallo, ja?«
»Nina! Hörst du mich?«
»Hallo … hallo …«
»Ob du mich hörst! Sag, ob du mich hörst!«
»Hallo … hallo … hier ist Frau Brummer … hier ist Frau Brummer … wer ist da, bitte?«
»Nina!« schrie ich, und der Schweiß rann mir von der Stirn in die Augen. »Nina! Nina! Nina! Kannst du mich nicht hören?«
»Hallo … hallo … hallo, hier ist Frau Brummer …«
Die deutsche Vermittlung schaltete sich ein: »Können Sie Ihren Partner nicht verstehen?«
»Mein Partner kann *mich* nicht verstehen! Was ist das für eine Scheißverbindung? Ich warte seit vier Stunden!«
»Bitte, mein Herr, sprechen Sie nicht so mit mir. Ich kann nichts dafür. Diese Leitung wurde uns von den Spaniern gegeben. Ich werde mich bemühen, eine andere zu bekommen«, sagte das Fräulein.
Sie bemühte sich, und noch eine halbe Stunde verging, und ich trank wieder Kognak in der Hotelhalle, und draußen begann es wieder zu regnen. Es regnete viel in Bayern, sagte mir der müde Portier, es hätte eben das ganze Oktoberfest verregnet. Dann wurde ich wieder an den Apparat gerufen, und es knatterte und zischte und knallte wieder im Hörer, und wieder hörte ich Ninas nervöse Stimme, und wieder hörte sie mich nicht. Ich versuchte es noch zweimal in dieser Nacht, aber es war umsonst, eine Verbindung kam nicht zustande. Zuletzt war ich betrunken und gab es auf.
Der Portier, der längst zu Bett gehen wollte, zeigte sich darüber glücklich. Er sagte: »Ist ein weiter Weg von uns in Schliersee bis zu denen unten in Mallorca. Da kann fei schon was passieren, Herr Holden.«
Und das war auch ein Trost, dachte ich, als ich wieder unter

meiner klammen Bettdecke lag und dem Regen lauschte und den Zugsirenen und den rollenden Rädern von jenseits des Sees. Da konnte fei schon was passieren.

Kapitel 21

Am nächsten Morgen fuhr ich um sieben Uhr los. Mila und Herr Gottholmseder standen vor Herrn Brummers langjähriger Sommerresidenz, die nun Mila gehörte, und winkten, und ich winkte zurück, bis die Straße die erste Kurve beschrieb. Mila hatte auch mich auf die Wange geküßt und auch auf meiner Stirn zum Abschied ein Kreuz geschlagen, und Herr Gottholmseder hatte gesagt: »Können S' beruhigt sein, Herr Holden, wir Alten werden uns ein feines Leben machen hier herunten. Mal koch' ich, mal kocht die Frau Blehova, wir kennen uns seit langem, und wir sind uns sympathisch. Am Abend hören wir dann Radio, oder wir gehen ins Kino, gibt zwei Kinos bei uns hier in Schliersee.«
In München hielt ich am Hauptbahnhof und schickte Nina ein Telegramm. Ich mußte damit rechnen, daß fremde Leute es lasen, und so schrieb ich nur: »Anruf gestern unmöglich, versuche es wieder heute abend um die gleiche Zeit.«
Bei der Autobahnausfahrt nach Stuttgart kaufte ich in einem Geschäft noch ein paar Flaschen Coca-Cola, und in einem anderen Geschäft kaufte ich Brötchen und Schinken. In dem ersten Geschäft behauptete ich, der Wahrheit entgegen, daß die Verkäuferin mir vierzig Pfennig zuwenig herausgegeben hätte, und machte einen ekelhaften Skandal, damit man sich an mich ganz bestimmt erinnerte. Das war um 8 Uhr 15. Ich fuhr los und hielt einen Stundendurchschnitt von hundertzwanzig Kilometern. Ich blieb nur stehen, um zu tanken. Wenn ich Hunger hatte, aß ich im Fahren, und wenn ich Durst hatte, trank ich im Fahren.

Ich hatte es sehr eilig. Ich mußte unterwegs jene Zeit einsparen, die ich benötigte, um meine nächsten Schritte in Düsseldorf zu tun.

Hinter Heidelberg begann es wieder zu regnen, und es regnete wieder in Mannheim und wieder in Frankfurt. In Düsseldorf, wo es regnete, fuhr ich zum Hauptbahnhof. Aus der Gepäckaufbewahrung holte ich den billigen Fiberkoffer, in dem sich die beiden billigen Konfektionsanzüge und die billigen Krawatten befanden, die ich vor kurzem gekauft hatte. Mit dem Koffer ging ich in die Waschräume. Da trug ich noch meine Chauffeuruniform. Als ich die Waschräume wieder verließ, trug ich einen schwarzen Anzug mit weißen Nadelstreifen, ein weißes Hemd und eine silberne Krawatte. Den Koffer legte ich in den Fond des Cadillac. Danach betrat ich eine Telefonzelle und rief Brummers Nummer an. Es meldete sich der hochmütige neue Diener. Ich legte meine Finger so über das Sprechrohr des Hörers, daß sie ein Gitter bildeten, und sagte mit verstellter Stimme: »Hier Anwaltskanzlei Doktor Dettelheim. Herr Doktor möchte Herrn Brummer sprechen.«

»Bedaure, Herr Brummer ist nicht zu Hause.«

Das hatte ich angenommen und gehofft, denn an diesem Tage war Brummer, wie ich wußte, zu dem Untersuchungsrichter Lofting bestellt worden. Ich wollte aber noch etwas anderes wissen: »Wann wird er nach Hause kommen?«

Die hochmütige Stimme antwortete: »Wohl nicht vor acht Uhr abends.«

»Vielen Dank.« Ich hängte ein. Die Uhr auf dem Platz vor dem Bahnhof zeigte die Zeit: 18 Uhr 34. Nun nahm ich ein Taxi und fuhr zum Hofgarten hinaus. Hier bat ich den Chauffeur zu warten. Es war nicht ungefährlich, was ich nun zu tun hatte, aber es mußte geschehen. Ich ging schnell die Cecilienallee hinauf, deren alte Bäume sich nun rapide entblätterten. In der Tasche trug ich das bayrische Rasiermesser. Und unter der Jacke, mit dem linken Arm an den Körper gepreßt, trug ich die Wagenheberstange des Cadillac. Ich hatte sie mitgenommen, denn mit dem Messer allein konnte ich es nicht schaffen.

Jaulend kam mir der halbblinde Hund durch den herbstlichen Park entgegen. Er schnupperte an meiner Hose, es war eine Hose, die er nicht kannte. Ich ging mit schnellen Schritten auf die Villa zu und klingelte. Es öffnete der Diener. Er hieß Richard. Groß und hager war Richard, sein Haar war grau und kurz geschnitten, das Gesicht sehr schmal und lang, die Oberlippe arrogant gelüpft. Die Brauen waren ironisch hochgezogen. Richard trug schwarz-grau gestreifte Hosen, ein weißes Hemd, eine grüne Samtweste, eine schwarze Krawatte. Er war gerade dabei gewesen, die Kupfergefäße zu putzen, die in der Halle standen.

»Schon zurück?«

»Nein, aber ich muß gleich kommen«, erwiderte ich und ging den Gang entlang, der zu Brummers Arbeitszimmer führte.

»Sehr geistreich«, sagte Richard. Er konnte mich nicht leiden.

»Ich fuhr von der Autobahn gleich zum Untersuchungsrichter und meldete mich bei Herrn Brummer. Er schickt mich her. Ich soll auf seinem Schreibtisch ein paar Briefe suchen und ihm bringen. Der Doktor Dettelheim braucht sie.«

»Ja«, sagte Richard, »die Kanzlei hat angerufen.«

Die Tür zu Brummers Arbeitszimmer öffnend, drehte ich mich um und sah, daß Richard wieder Kupfer putzte. Das war gut so. Aber auch, wenn er es sich anders überlegte und mir in den nächsten zehn Minuten nachkam, war es nicht schlimm. Ich hatte die Wagenheberstange bei mir. Und es ging ohnehin später alles auf das Konto meines Doppelgängers. Ich konnte Richard auch nicht leiden.

Kapitel 22

Die Tür des Arbeitszimmers bestand aus zwei dicken, doppelt gepolsterten Teilen. Sie war absolut schalldicht, und das kam meiner Arbeit sehr zustatten. Ich mußte mich beeilen. So begann ich denn bei den beiden großen Perserteppichen. Mit dem Rasiermesser zerschnitt ich sie unter Aufwendung einiger Kraft in zahlreiche Stücke, die ich durcheinanderwarf. Danach hob ich die drei kostbaren Ölbilder von den Wänden, zerriß das Leinen und zerschlug die goldenen Rahmen mühelos mit dem Wagenheber. Sodann zerschnitt ich die Vorhänge und die Lederbezüge der großen Fauteuils, und zwar so tief und gründlich, daß überall Sprungfedern und die Füllwolle hervorquollen. Den Radioapparat beim Schreibtisch hob ich über den Kopf und ließ ihn sodann fallen. Danach genügten zwei einfache Schläge mit dem Wagenheber. Beim Fenster stand eine alte Glasvitrine mit zerbrechlichen Antiquitäten. Es erstaunte mich, wie leicht sie sich samt Inhalt in Stücke schlagen ließ. Nun nahm ich wahllos Bücher aus den Regalen und zerriß sie. Ich zerriß auch alle Papiere auf Brummers Schreibtisch. Ich zerbrach Ninas gerahmtes Bild. Ich zerschlug einen vielarmigen jüdischen Tempelleuchter. Zuletzt goß ich noch Tinte über die Trümmer, den Schreibtisch und die Wände. Der Anblick des Zimmers war überwältigend, ich konnte zufrieden sein. Ein Wahnsinniger schien hier gewütet zu haben, in einem Rausch der Zerstörungslust.

Es war 19 Uhr 05, als ich wieder in die Halle trat, in der Richard noch immer Kupfer putzte.

»Gefunden, was Sie suchten?«

»Gewiß«, antwortete ich. »Sagen Sie der neuen Köchin, sie möge Herrn Brummers Abendessen für acht Uhr herrichten.«

Er antwortete nicht. Das war ein Tick von ihm. Die letzte Antwort ließ er immer weg, wahrscheinlich fand er das vornehm.

Ich ging durch den dämmrigen Park zur Straße und den dunklen Rhein entlang bis zum Hofgarten. Hier setzte ich mich in mein Taxi und fuhr zurück zum Hauptbahnhof, wo ich mich in den Waschräumen noch einmal umzog. Als ich danach meinen Fiberkoffer in der Gepäckaufbewahrung abgab, trug ich wieder den blauen Chauffeuranzug mit den goldenen Buchstaben J und B und meine Schirmkappe.

Nun ließ ich mir Zeit. Das Rasiermesser hatte ich in den Koffer gelegt. Den Wagenheber legte ich in den Cadillac zurück. Langsam fuhr ich den schwer verstaubten Wagen hinaus zum Rhein. Als ich die Villa erreichte, machte ich absichtlich viel Lärm beim Öffnen des Gittertores, ließ den Motor noch einmal aufheulen und schlug die Garagentür hin und her. Nun war es 20 Uhr 15 geworden und ganz dunkel. In allen Fenstern des Hauses brannte Licht. Wind kam auf. Es orgelte in den kahlen Bäumen des Parks, und ich hörte einen alten Ast knarren, als ich auf die Villa zuging. Ich hatte sie noch nicht erreicht, da flog die Eingangstür auf. Richard, der Diener, erschien in ihrem Rahmen. Er war kalkweiß im Gesicht, seine Hände zitterten, die Stimme flog, und jetzt war sie gar nicht mehr hochmütig: »Herr Holden ...«

»Ja, was ist?«

»Sind Sie das, Herr Holden?« Er sah mich an wie ein Gespenst.

»Wer soll ich denn sein? Sind Sie besoffen, Richard?«

Ach, heute abend war nichts Überhebliches mehr in seinem langen Gesicht, sogar die Augenbrauen strebten nicht ironisch hoch. Der Mann hatte Angst, und das war gut, und das war wundervoll.

Er krächzte: »Woher ... woher kommen Sie?«

»Aus Schliersee. Was ist denn los hier? Wo ist Herr Brummer?«

»In ... in seinem Arbeitszimmer ...« Da ich auf ihn zutrat, wich er vor mir zurück. So ist es gut, dachte ich, so ist es recht. »Sie ... Sie sollen sofort zu ihm kommen ...«

Also ging ich durch den kurzen Gang zur Tür des Arbeitszim-

mers und trat ein, wobei ich meine Kappe abnahm. Hier brannte die Deckenbeleuchtung. Die Schreibtischlampe brannte nicht, denn ich hatte sie zerschlagen. Die Lampe lag auf dem zerschnittenen Teppich, Tinte verschmierte ihren Pergamentschirm. Auf der Armlehne eines Fauteuils, dessen Sitz und Lehne ich kreuz und quer zerschnitten hatte, saß Julius Maria Brummer. Ich sah, daß er sich nur noch mühsam aufrecht hielt. Unbarmherzig zeigte das grelle Deckenlicht seinen schweißglänzenden kahlen Schädel, die blauen Lippen, die schwarzen Tränensäcke. Brummers Atem ging keuchend, er atmete kurz ein und pfeifend aus. Da saß er mit herabhängenden Armen und sah mich von unten an, und um ihn her gab es Trümmer, Splitter, Fetzen, zerbrochene Antiquitäten und zerstörte Bücher, zertrümmerte Bilder und zerrissenes Papier. Im Eintreten hatte ich zu einem Gruß angesetzt, sprach ihn jedoch nicht aus, sondern sagte statt dessen: »Großer Gott im Himmel!«
Brummer schwieg und sah mich von unten her an und pfiff beim Atmen, und da es keine Vorhänge mehr gab, sah ich uns beide in der spiegelnden Scheibe des Fensters noch einmal deutlich vor dem schwarzen Hintergrund des nächtlichen Parks, der draußen stand, jenseits des Glases, unruhig, mit knarrenden Ästen und raschelnden Zweigen. »Herr Brummer!« rief ich, das wahnsinnige Zerstörungswerk mit Blicken überfliegend. »Herr Brummer, es ist doch nicht etwa schon wieder –« Und unterbrach mich selber.
Er sprach mit Mühe, sein fetter Leib sackte dabei zusammen: »Wann sind Sie in Düsseldorf angekommen?«
»Eben jetzt. Ich komme direkt von der Autobahn. Herr Brummer, Sie müssen sich hinlegen ...« Ich eilte zu ihm.
Er trat mit einem sehr kleinen Fuß nach mir. »Rühren Sie mich nicht an! Der Diener wird beschwören, daß Sie schon einmal hiergewesen sind. Sie haben behauptet, Sie müßten Papiere für mich holen ... *Sie* ... *Sie* haben das alles hier getan ... ich werde Sie ...« Die Stimme versagte. Er pfiff, er röchelte. »... ich

werde Sie zur Verantwortung ziehen ... Doktor Zorn ... Doktor Zorn ist schon verständigt ... Sie ... Sie glauben, Sie kommen durch mit diesem dämlichen Scheißtheater ... Sie glauben, wir glauben Ihnen einen Doppelgänger ... aber da irren Sie sich ...«
Ich ging zur Tür zurück.
»Bleiben Sie stehen!«
Ich ging weiter. Ich sagte: »Das war zuviel, Herr Brummer. Das lasse ich mir nicht mehr bieten. Mir ist jetzt alles gleich. Ich gehe zur Polizei.«
»*Sie gehen nicht!*«
»Aber ja doch«, sagte ich, die Hand auf der Türklinke, »aber gewiß doch gehe ich, das ist ja ein Irrenhaus hier.« In diesem Moment hörte ich einen dumpfen Fall. Ich drehte mich um. Da lag er, zwischen zerbrochenem Glas und zersplittertem Holz, auf dem zerschnittenen Teppich, mit dem Schädel in einer Tintenlache. Da lag er auf dem Rücken, den fetten Körper häßlich verkrümmt, die Beine grotesk abgewinkelt, die Hände an die Brust gepreßt. Sein Gesicht war jetzt blau, die Lippen waren schwarz, der Mund stand offen. Und eine schwarze Zunge lag in einem Winkel.
Ich ging zu ihm zurück und kniete nieder und zog ihm langsam und mechanisch die Krawatte herab. Dann öffnete ich seine Weste und sein Hemd und sah die kleine goldene Plakette, die ihm an einer dünnen goldenen Kette an seinem Speckhals hing. Ich kannte die Plakette, ich hatte sie schon einmal gesehen, an einem heißen Sommernachmittag, auf der Autobahn in der Zone, am Hermsdorfer Kreuz. Mechanisch griff ich in Brummers rechte Jackentasche und holte die kleine Schachtel hervor, die ich dort fand. Der Schachtel entnahm ich eine durchsichtige Kapsel. Und dann kniete ich reglos neben dem Reglosen und sah ihn an, die rote Kapsel in der Hand. Und las, was auf der goldenen Plakette stand:

Ich habe gerade einen schweren Herzanfall. Bitte greifen Sie in meine rechte Jackentasche, und stecken Sie mir eine der Kapseln, die Sie dort finden, in den Mund. Danke.
Julius Brummer

Sie haben gerade einen schweren Herzanfall, Herr Brummer. Was soll man jetzt machen? In Ihre rechte Jackentasche soll man greifen und Ihnen eine der Kapseln, die man dort findet, in den Mund stecken. Das soll man jetzt machen. Dafür bedanken Sie sich im voraus, Herr Brummer. In Gold graviert bedanken Sie sich. Das ist nur billig, daß Sie das tun, Herr Brummer. Denn wenn man Ihren Wunsch erfüllt und Ihnen so eine Kapsel in den Mund steckt, dann, Herr Brummer, werden Sie wieder zu atmen beginnen, Ihr Gesicht wird seine häßliche Farbe verlieren, und Ihre Zunge wird dorthin zurückkehren, wohin sie gehört, nämlich in den Mund. Sie werden wieder zu sich kommen und schamvoll das Hemd zuknöpfen wie ein junges Mädchen. Und weiterleben werden Sie, Herr Brummer, wenn man Ihnen Ihren goldenen Wunsch erfüllt.
Jedoch ...
Jedoch, was wird wohl dann geschehen? Wenig Erfreuliches, wenig Erfreuliches für viele Menschen.
Ist es darum klug, Ihren Wunsch zu erfüllen, Herr Brummer, der Sie nun vor mir liegen wie vom Blitz gefällt, ist es wohl klug darum? Ich denke doch, es ist nicht klug, Herr Brummer.
Jedoch ...
Jedoch, wenn man nun Ihren Wunsch gerade nicht erfüllt, dann werden Sie wohl tot sein in ein paar Minuten. Nur noch einem alten Hund und einer alten Köchin leben Sie zur Freude, Julius Maria Brummer. Ist das nicht ein bißchen wenig, wenn man bedenkt, wie vielen Menschen Sie zum Greuel und zum Schrekken leben?
Ich habe gerade einen schweren Herzanfall ...
Tja, und?

Das ist böse für Sie, Herr Brummer. Aber für wen ist es noch böse, für wen noch? Wer wird wohl weinen an Ihrem Grab, wer wohl? Die kleine Mickey wird ohne Furcht zur Schule gehen und die Spiele kleiner Mädchen spielen können, Nina wird ohne Furcht heimkehren können aus Mallorca. Wir müssen nur noch ein bißchen warten, zwei, drei Minuten vielleicht. Das ist eine kurze Zeit, wenn man schon lange gewartet hat und wenn man gedacht hat, noch viel länger warten zu müssen …
Hinter mir öffnete sich die Tür.
Ich fuhr herum.
Richard, der Diener, kam herein. Er sah Brummer, der hinter dem Fauteuil lag, nicht sofort. Im Eintreten begann er: »Herr Doktor Zorn ist eben eingetroffen und –« Dann sah er Brummer, sah er mich. Laut schrie der Diener Richard vor Entsetzen auf. Hinter ihm tauchte schon der weißhaarige kleine Anwalt auf. Schnell ritzte ich die rote Kapsel, die ich in der Hand hielt, mit dem Fingernagel auf und schob sie Brummer in den Mund. Leicht drückte ich die Kinnlade zusammen.
»Ist er tot?« rief Zorn, neben mir in die Knie fallend.
Julius Brummers fette Brust hob sich in einem ersten, schwachen Atemzug.
»Nein«, sagte ich, »er lebt.«
»Danken wir Gott«, sagte der Anwalt laut. Der Diener senkte stumm den Kopf.
»Ja«, sagte ich, »danken wir Gott dafür.«

Kapitel 23

Ein gedämpfter Gong schlug an. Auf einer kleinen Mattglasscheibe flammten Buchstaben und Zahlen auf:

Gespräch 748/Zelle 11

Es war gegen Mitternacht. Seit einer halben Stunde saß ich auf einer langen Bank gegenüber einer langen Reihe von Telefonzellen im Warteraum der Düsseldorfer Hauptpost. Ich hatte ein dringendes Gespräch nach Mallorca angemeldet. Dafür hatte ich dreißig Mark vorausbezahlen müssen und einen kleinen Gesprächszettel erhalten. Er trug die Nummer 748. Also stand ich jetzt auf und trat in die Zelle 11. Auf der Bank saßen nur noch zwei müde Männer.
Ich hob den Hörer ab und hörte eine Mädchenstimme: »Ihre Anmeldung Mallorca, bitte sprechen!«
Diesmal war die Verbindung völlig klar und deutlich. Eine andere Mädchenstimme sprach: »Hotel Ritz, Sie wünschen?«
»Señora Nina Brummer bitte.«
»Einen Augenblick.«
Es knackte in der Leitung. Dann: »Hier ist Frau Brummer!«
Es war, als stünde sie neben mir in der Zelle, so laut, so klar war sie zu hören.
»Nina!«
»Robert!« Ich hörte sie Atem holen. »Ich warte seit Stunden ... ich bin schon halb verrückt ... ich dachte, etwas ist geschehen ...«
»Es *ist* etwas geschehen. Dein Mann hat einen Herzanfall gehabt, den schwersten seines Lebens. Er –«
»O Gott, ist er –«
»Nein, er lebt. Sie operieren seit zwei Stunden.«
Danach sprach niemand. In der offenen Verbindung rauschte

der Strom. Nach einer Weile sagte ich: »Doktor Zorn hat mir verboten, dich zu verständigen. Er will es geheimhalten. Ich habe ihm mein Wort geben müssen, daß ich dir nichts erzähle.«
»Aber warum? Warum?«
»Es hängt mit ... mit diesem Mann zusammen. Er ist wieder aufgetaucht und hat das Arbeitszimmer in der Villa zerstört. Das war der Grund für den Herzanfall deines Mannes.«
»Ich komme sofort nach Hause!«
»Ausgeschlossen!«
»Aber ich habe Angst, ich habe solche Angst! Ich will bei dir sein, wenigstens in deiner Nähe.«
»Das wäre Wahnsinn. Man darf nicht wissen, daß ich dich informiert habe. Du mußt da unten bleiben, Nina. Ich rufe dich wieder an. Ich schreibe dir, täglich. Aber du mußt da unten bleiben.«
»Robert ...«
»Ja?«
»Meinen die Ärzte, daß sie ihn durchbringen werden?«
»Ja.«
»Aber vielleicht ... vielleicht irren sie sich ... Ärzte irren sich manchmal ... er ist wirklich sehr herzkrank ...«
»Ich rufe dich sofort an, wenn etwas geschieht ... ich muß jetzt in die Klinik zurück, Zorn ist dort, er hat mir nur für eine Stunde freigegeben.«
»Robert, denkst du noch daran?«
»Natürlich, Liebling ...«
»Ich denke immer daran. Den ganzen Tag. Nachts träume ich davon.«
»Trink etwas. Trink Whisky.«
»Das tue ich schon den ganzen Abend.«
»Trink noch ein Glas.«
»Hier regnet es. Ich stehe am Fenster und sehe den Regen.«
»Hier regnet es auch.«
»Gibt es ein Fenster, da, wo du sprichst?«

Ich sah die Kabinenwand und den kleinen Apparat an, auf dem eine Leuchtschrift aufgeflammt war, die besagte: »Zeitgrenze überschritten. Bitte nach Gesprächsschluß bei der Anmeldung vorsprechen.« Ich sagte: »Ja, hier ist ein Fenster. Ich sehe auch den Regen.«

»Schau den Regen an. Ich sehe auch den Regen an. Der Regen, das ist alles, was wir haben.«

»Bald sind wir zusammen, für immer«, sagte ich.

»Leb wohl, Robert. Ruf wieder an.«

»Bis morgen, mein Herz, bis morgen.«

»Vielleicht stirbt er ...«

»Ja«, sagte ich, »vielleicht.«

Dann stand ich bei der Anmeldung und bezahlte nach, und dann trat ich auf die Straße hinaus. Ich nahm meine Kappe ab und hob den Kopf und ließ mir den Regen über das Gesicht laufen. Ich stand still, und der Regen gab mir lauter kleine Küsse, viele Hunderte, und es regnete auch in Mallorca, auch in Mallorca.

Kapitel 24

Julius Maria Brummer starb nicht in dieser Nacht. Er starb überhaupt nicht, obwohl es ziemlich lange dauerte, bis die Ärzte ihn endgültig dazu brachten weiterzuleben.

Sie brauchten zehn Tage dazu. Zehn Tage schwebte Julius Brummer zwischen Tod und Leben. Zehn Briefe schrieb ich Nina in diesen zehn Tagen, zehn Briefe schrieb sie mir, Herrn Robert Holden, hauptpostlagernd Düsseldorf. Dreimal rief ich sie an. Ich sagte immer dasselbe. Daß ich sie liebte. Und dann: »Sein Zustand ist unverändert. Nicht schlimmer. Nicht besser. Unverändert.«

»Gestern habe ich etwas Grauenvolles getan. Ich ... ich habe gebetet, daß er stirbt.«
»Ich bete die ganze Zeit darum.«
Jedoch wurden diese Gebete nicht erhört. Am elften Tage mußte ich Nina mitteilen: »Nach Mitteilung der Ärzte ist die Krise überwunden. Es besteht keine Lebensgefahr mehr. Es wird lange dauern, bis er sich erholt hat, aber er wird sich erholen.« In dieser Nacht betrank ich mich. Ich saß in meinem Zimmer beim Fenster und sah hinüber zu der dunklen Villa. Es regnete in Strömen in dieser Nacht, und ich trank stundenlang. Zuletzt schlief ich in meinem Sessel ein. Als ich erwachte, war es schon hell, und es regnete noch immer.
Dann wurde ich zu Doktor Zorn gerufen. Der kleine Anwalt sah schlecht aus, er hüstelte, zerrte an seinem Kragen und hatte wieder Sprechschwierigkeiten. Ich dachte mit freudloser Genugtuung, daß wir uns alle in diesem Herbst zugrunde richteten, einer den andern.
»Herr Holden, ich habe heute mit Herrn Brummer geredet. Fünf Minuten lang. Es wird noch einige Zei-Zeit vergehen, bis Sie ihn sprechen können. Darum bat er mich, Ihnen etwas auszurichten.«
»Ja?«
»Er bittet Sie um Verzeihung für das, was er vor ... vor seinem Zusammenbruch zu Ihnen sagte. Er ... er sprach in großer Erregung.«
»Heißt das, daß er mir endlich glaubt?«
»Ja, das ... das heißt es. Wir ...« Der Anwalt unterbrach sich und zerrte sehr lange an seinem Kragen, er schien sich zweimal jedes Wort zu überlegen, bevor er es aussprach. »... wir müssen uns nach allem damit a-abfinden, daß es einen Menschen gibt, der Ihnen sehr ähnlich sieht. Und daß Herrn Brummers Gegner entschlossen sind, Herrn Brummer mit diesem Menschen zu terror-rorror ...« Donnerwetter, dachte ich. »... risieren.« War das nun wieder Theater? War das echt? Sagte er die Wahrheit,

der kleine Doktor, oder belog er mich – wie er mich schon einmal belogen hatte? Wer konnte es sagen?
»Und Sie wollen keine Anzeige gegen diesen Menschen erstatten?«
»Nein.«
»Warum nicht?«
»Das Verfahren gegen Herrn Brummer ist noch nicht abgeschlossen. Was glauben Sie, was das für einen Skandal gibt, wenn wir eine Anzeige erstatten. Wenn das die Presse erfährt! Auf so was warten die Brüder doch nur! Nein, keine Anzeige, auf keinen Fall. Zuerst muß das Verfahren eingestellt sein. *Dann* werden wir zur Polizei gehen. Früher nicht.« Der kleine Anwalt strich sich durch die weiße Gerhart-Hauptmann-Mähne: »Und darum bittet Herr Brummer Sie, über die letzten Vorfälle zu schweigen. Insbesondere seiner Frau gegenüber.«
»Frau Brummer ist auf Mallorca.«
Er sah mich vollkommen ausdruckslos an. »Es könnte sein, daß sie Ihnen schreibt. Oder daß sie Sie einmal anruft.«
»*Mich?*«
»Um zu erfahren, wie es zu Hause geht. In einem solchen Falle bittet Sie Herr Brummer, seiner Frau zu sagen, daß zu Hause alles gutgeht.«
Ich sagte: »Glauben Sie nicht, daß Frau Brummer Argwohn schöpfen wird, wenn sie so lange nichts von ihrem Mann hört?«
»Aber sie hört von ihm.«
»Bitte?«
»Er kann ihr doch schreiben! Zuerst wird er die Briefe eben diktieren. Außerdem kann er sie jederzeit anrufen, Herr Holden, er hat ein Te-Telefon am Bett.«

Kapitel 25

»Düsseldorf, bitte sprechen, hier ist Ihre Anmeldung Mallorca.«
»Hallo ... hallo ... Hotel Ritz ...«
»Señora Brummer bitte.«
»Einen Moment ...«
»Hier ist Frau Brummer.«
»Nina!«
»Robert! Ich habe so auf deinen Anruf gewartet!«
»Ich konnte nicht früher auf die Hauptpost gehen, ich war bei Zorn, er –«
»Mein Mann hat angerufen, heute nachmittag.«
Ich schwieg.
»Hast du verstanden? Mein Mann hat angerufen.«
»Ja, das habe ich erwartet.«
»Er ... er tat, als spräche er aus seinem Büro! Er tat, als wäre er gesund und munter! Er erzählte mir, daß ... er erzählte mir, wie verliebt er in mich ist ... er konnte kaum richtig reden, ich hörte ihn keuchen und nach Atem ringen ... aber als ich ihn fragte, ob er krank wäre, sagte er, die Verbindung sei schlecht und außerdem wäre er zu schnell die Treppen hinaufgelaufen. Robert, morgen ruft er wieder an! Er wird jetzt jeden Tag anrufen, hat er gesagt! Ich werde verrückt! Ich halte das nicht aus ... seine Stimme, deine Stimme ...«
»Soll *ich* nicht mehr anrufen?«
»Doch, bitte! Bitte, doch! Aber das kann doch nicht so weitergehen ... das wird ja immer schlimmer, immer ärger ...«
»Liebling, noch etwas Zeit ... etwas Zeit nur gib mir noch ...«
»Du hast etwas vor! Sag mir, daß du etwas vorhast, irgend etwas! Sag es mir. Ich verliere sonst die Nerven. Sag mir, daß du etwas tun wirst!«
»Ich werde etwas tun. Es wird alles ein Ende haben. Bald.«

Kapitel 26

Schliersee, 5. Dezember
Lieber Herr Holden!
Jetzt endlich komme ich dazu, Ihnen zu schreiben. Ich habe so viel Arbeit gehabt mit dem Einrichten hier, und eingewöhnen habe ich mich auch erst müssen. Aber jetzt sagt sogar der Herr Gottholmseder, so sauber und so gemütlich ist es noch nie gewesen im Haus! Ich verstehe mich sehr gut mit ihm, und er mag mein Essen. Dafür hackt er mir das Holz für die Öfen und heizt ein. Zuerst sind wir am Abend manchmal in die Flohkinos hier gegangen, aber denken Sie sich, jetzt hat uns der gute gnädige Herr einen Fernsehapparat schicken lassen! Ich war so gerührt, ich habe heulen müssen. Das ist wirklich eine Seele von einem Menschen. Ich bete jeden Tag für ihn, daß er zu seinem Recht kommt in diesem gemeinen Prozeß. Der Fernsehapparat ist montiert. Jetzt sitzen wir immer am Abend davor. Ein paar Kaninchen haben wir uns auch gekauft. Der Herr Gottholmseder hat Ställe gebaut.
Vom gnädigen Herrn und meinem Ninale habe ich Post gekriegt. Sie schreiben beide, es geht ihnen gut. Wie geht es Ihnen, lieber Herr Holden? Ach, oft habe ich Sehnsucht nach Düsseldorf und Ihnen allen. Ich bin aber auch sehr glücklich hier herunten und dankbar.
Ich glaube, ich komme nach Weihnachten zu Besuch. Es ist sehr kalt bei uns, bei Ihnen auch? Auf der Schliersbergalm oben liegt schon ein bissel Schnee. Schreiben Sie mir bitte, lieber Herr Holden, und lassen Sie es sich gutgehen. In diesem Sinne grüßt Sie herzlich

Ihre Emilie Blehova

Kapitel 27

Einen Tag vor Weihnachten ließ Brummer mich kommen. Er lag im Parktrakt einer vornehmen Privatklinik, in einem großen Zimmer, das mit antiken Möbeln und gedämpften Farben eingerichtet war wie ein privates Schlafzimmer. Er saß aufrecht im Bett, als ich eintrat, und sah mir milde entgegen.

Julius Maria Brummers Gesicht hatte die Farbe von schmutzigem Kalk. Unter den glanzlosen Augen gab es schwarze Säcke. Wie Hamsterbacken hingen schlaff die Wangen. Die blutleeren Lippen klafften, man sah die gelben Mäusezähne. Einen rotgold gestreiften Pyjama trug Brummer, er hing über der blond behaarten Brust halb offen, man sah das weiße Fleisch.

Neben dem Bett stand ein großer Tisch. Darauf gab es Aktenordner, Briefe, Bücher, zwei Telefone, ein Radio und ein Tonbandgerät. Es war spät am Nachmittag. Draußen rüttelte heftiger Ostwind an den Ästen der kahlen Bäume. Es dämmerte. Beim Fenster stand ein großer Adventskranz mit vier dicken Kerzen.

Brummer sprach sanft: »Holden, ich freue mich, Sie wiederzusehen.«

»Guten Tag, Herr Brummer.«

»Doktor Zorn hat Ihnen gesagt, daß ich Sie bitte, mir zu verzeihen?«

»Jawohl, Herr Brummer.«

»Verzeihen Sie mir?«

»Jawohl, Herr Brummer.«

»Das beglückt mich, nein wirklich, Holden, Sie können das vielleicht nicht verstehen, aber wenn man, wie ich, unmittelbar an der Schwelle des Todes stand, dann will man in Frieden leben mit seinen Mitmenschen, dann will man Vertrauen, Liebe und Güte empfangen und geben.« Er sprach jetzt mit singender Stimme, leise, leise: »Morgen ist Weihnachten, Holden, das Fest des Friedens. Zünden Sie die Kerzen des Adventskranzes an. Lassen Sie uns in die warmen Flammen sehen und Ruhe finden in dieser Stunde.«

Also ging ich zum Fenster, entzündete die gelben Kerzen und setzte mich ans Bett. Mit gefalteten Händen sah Brummer den Kranz an. Seine Glatze glänzte. Er atmete schwer. Die mächtige Brust hob und senkte sich unruhig.

»Ich habe Zeit gehabt, über alles nachzudenken, Holden. Dieser Zusammenbruch war eine Warnung, die ich nicht übersehen darf. Was soll die ganze Schufterei? Wie lange habe ich noch zu leben? Na also! Nein, nein, wenn ich hier herauskomme, dann will ich nicht mehr kämpfen. Ich habe genug Geld. Ich brauche nichts mehr. Sollen andere sich totrackern. Reisen werden wir machen, Holden, viele Reisen. Ich kaufe ein Haus an der Riviera. Immer, wenn das Wetter hier schlecht wird, fahren wir hinunter.«

»Und dieser Mann, der mir so ähnlich sieht?«

»Machen Sie sich keine Sorgen. Wir werden ihn ertappen, wir werden ihn anzeigen. Wir müssen nur warten, bis die Untersuchung gegen mich völlig eingestellt ist.«

»Wie lange wird das dauern?«

»Haben Sie Angst vor diesem Mann?«

»Ja«, sagte ich.

»Man darf keine Angst haben. Wenn jemand Angst haben müßte, dann bin ich es. Und ich habe keine Angst. Überhaupt keine. Nehmen Sie diese Kuverts, Holden. Es ist Geld darin. Meine Weihnachtsgeschenke für Sie und die andern Angestellten. Grüßen Sie alle von mir. Machen Sie sich ein paar schöne Tage. Ich entbiete durch Sie allen meine besten Wünsche.«

»Danke.«

»Wie geht es meinem alten Puppele?«

»Gut, Herr Brummer.«

»Meiner Frau geht es auch gut, Holden. Sie läßt Sie grüßen.«

»Danke.«

»Ich habe mit ihr telefoniert. Sagte, ich fühlte mich nicht ganz gut und scheute darum die Anstrengungen der Reise zu ihr. Sah sie sofort ein. Wollte heraufkommen. Habe ich ihr aber ausgeredet. Ein Mann, der sich nicht wohl fühlt, ist doch nur eine Belastung für seine Frau. Hat sie sofort eingesehen. Wunderbare Frau, nicht wahr?«
»Jawohl, Herr Brummer, eine wunderbare Frau.«
»Jetzt müssen Sie gehen, ich darf nicht zuviel reden. Ein gesegnetes Fest, Holden.«
»Auch Ihnen, Herr Brummer. Fröhliche Weihnachten!« sagte ich.
Dann steckte ich die Kuverts ein, gab ihm die Hand und ging durch lange, weiße Gänge und ein mächtiges Stiegenhaus hinunter zum Ausgang. Der Cadillac stand unter einer Laterne. Ich öffnete den Schlag und setzte mich hinter das Steuer. Dann hörte ich seine Stimme. »Guten Abend, Herr Holden«, sagte der Untersuchungsrichter Lofting.

Kapitel 28

Groß und schlank saß er hinter mir im Fond. Das Licht der Laterne draußen fiel auf sein bleiches Gesicht mit den großen, traurigen Augen, die heute noch trauriger blickten als sonst.
»Wie kommen Sie in den Wagen?«
»Ich rief bei Ihnen zu Hause an, es hieß, Sie besuchten Herrn Brummer. Da fuhr ich hierher. Es war kalt auf der Straße, die Wagentüren waren unversperrt.«
»Was wollen Sie?«
»Ich möchte Ihnen etwas zeigen.«
»Ich habe keine Zeit.«
»Es ist wichtig.«

»Wichtig für wen?«
»Für Sie. Wollen Sie mit mir kommen?«
»Wohin?«
»In ein anderes Krankenhaus«, antwortete er.
»Was?«
»Fahren Sie los. Ich zeige Ihnen den Weg.«
So fuhr ich los, und er dirigierte mich durch die Stadt, und nach einer Viertelstunde hielten wir vor einem alten, häßlichen Krankenhaus, das ich nicht kannte.
»Ich gehe voran«, sagte Doktor Lofting, nachdem er kurz mit einer Schwester gesprochen hatte. Wieder wanderte ich lange, weiße Gänge entlang. Als wir einmal um eine Ecke bogen, hörte ich viele Kinderstimmen. Die Kinder sangen irgendwo in der Nähe »Stille Nacht, heilige Nacht ...«
»Hier ist es«, sagte der traurige Untersuchungsrichter mit dem Gesicht des Nachtarbeiters. Er öffnete eine Tür und ließ mich eintreten. Das Zimmer hinter dieser Tür war klein. Das Fenster ging in einen Lichtschacht. Ein Bett stand neben ihm. Das Licht einer blauen Nachtlampe fiel darauf. In dem Bett lag die kleine Mickey Romberg. Ihr Kopf war verbunden, und ihr ganzer Oberkörper war eingegipst. An Mickeys Mund klebte etwas getrocknetes Blut. Sie lag da wie tot, winzig klein, man sah nur den Mund, die Nase und die geschlossenen Augen von ihrem Gesicht. Sie atmete unruhig. Mir wurde so übel, daß ich glaubte, mich erbrechen zu müssen, und ich ging zum Fenster und atmete tief die nebelige, feuchte Abendluft ein.
»... alles schläft, einsam wacht nur das traute, hochheilige Paar ...«, sangen die Kinderstimmen in der Nähe. Die Übelkeit ging vorüber. Ich drehte mich um. Doktor Lofting sagte leise: »Sie wird nicht aufwachen, sie hat eine Injektion bekommen.«
»Was ... was ist geschehen?«
»Sie wurde überfahren.«
»Wann?«
»Heute nachmittag. Sie war bei einer Weihnachtsfeier. Die Mut-

ter wollte sie abholen. Das Kind wird seit einiger Zeit überall abgeholt und überall hingebracht. Sie wissen, warum, Herr Holden?«

Ich schwieg.

»... holder Knabe im lockigen Haar ...«

»*Wissen Sie, warum?*«

»Ja.«

»Die Mutter verspätete sich infolge eines anonymen Anrufs, der sie zu Hause festhielt. Zeugen geben an, daß die Kleine am Rand des Bürgersteigs wartete, als sie von einem schwarzen Mercedes überfahren wurde, der mit zwei Rädern auf dem Bürgersteig fuhr. Zeugen berichteten, daß drei Männer in dem Mercedes saßen. Das Kind wurde zehn Meter weit durch die Luft geschleudert. Der Wagen hielt nicht einmal.«

»Seine Nummer ...«

»Der Wagen hatte keine Nummer, Herr Holden«, sagte Doktor Lofting.

»... Chri-ist, der Retter ist da-a ... Chri-ist, der Retter ist da!« sangen die Kinderstimmen. Ein Harmonium ertönte. Dann begannen die zarten Stimmen mit der zweiten Strophe.

»Ist es sehr schlimm?« fragte ich Lofting und sah zu dem unruhig schlafenden Kind herab, das winzig und verloren in dem Riesenbett lag, beschienen von unwirklichem blauen Märchenlicht.

»Gehirnerschütterung, Quetschungen, Rippenbrüche. Keine Lebensgefahr. Sie kennen die Kleine?«

»Ja.«

»Auch die Eltern?«

»Ja, auch.«

»Herr Holden, glauben Sie, daß das ein gewöhnlicher Verkehrsunfall war?«

Ich schwieg.

»Glauben Sie, daß eine Verbindung zwischen diesem Unfall und Herrn Brummer besteht?«

Ich schwieg.

»Wollen Sie jetzt endlich reden, Herr Holden? Wollen Sie mir jetzt endlich sagen, was Sie wissen?«

Ich schwieg und sah die arme kleine Mickey an.

»Sie wollen nicht sprechen?«

»Ich habe nichts zu sagen.«

»Sie sind ein Lügner.«

»Nennen Sie mich, was Sie wollen.«

»Ich nenne Sie einen gemeinen Lügner und einen gemeinen Feigling.«

»Was Sie wollen«, sagte ich, »alle Worte, es ist mir egal.«

Ich sah ihn an und bemerkte, daß seine großen, dunklen Augen voller Tränen standen. Er sagte bebend: »Und trotzdem werden Sie nicht triumphieren, und trotzdem nicht. Leben Sie wohl, Herr Holden, schlafen Sie gut, wenn Sie das noch können. Und verleben Sie ein recht vergnügtes Fest.« Er ging schnell aus dem Zimmer.

Ich setzte mich auf den Bettrand und sah Mickey an und hörte ihren schwachen Atem und hörte sie stöhnen und sah das getrocknete Blut an ihrem kleinen Mund. In der Nähe sangen die Kinder die zweite und die dritte Strophe des alten Liedes von der Stillen und Heiligen Nacht.

Kapitel 29

»Herr Holden?«

»Ja.«

»Hier spricht Zorn. Ich erfahre soeben, daß Doktor Lofting Sie zu der kleinen Mickey Romberg geführt hat.«

»Ja.«

»Das ist ein schrecklicher Unfall, noch dazu gerade vor Weihnachten!«

»Ja.«
»Sie waren gewiß sehr erschüttert.«
»Ja.«
»Hat Doktor Lofting Ihre Erschütterung zu dem Versuch benützt, Informationen von Ihnen zu erhalten?«
»Ja.«
»Haben Sie ihm In-In-Informationen gegeben?«
»Nein.«
»Das ist gut. Vor einer halben Stunde war nämlich Herr Romberg bei mir, der Vater des Kindes.«
»Was ... was wollte er?«
»Er hat mir die Fotografie gebracht, Herr Holden, und das Negativ der Fotografie. Sie wissen, was für eine Fotografie ich meine?«
»Ja.«
»Herr Romberg äußerte die natürlich völlig lächerliche Vermutung, der Unfall seines Kindes hätte etwas mit dieser Fotografie zu tun. Ich versuchte, ihm das auszureden. Je nun – er wollte die Fotografie aber nicht mehr haben. Er ... er machte einen sehr erschöpften Eindruck. Ich hoffe, daß es der Kleinen bald bessergeht. Ich habe Blumen ins Krankenhaus schicken lassen und Spielzeug. Hören Sie mich?«
»Ich höre Sie.«
»Frohe Weihnachten wünsche ich Ihnen, Herr Holden, ein gesegnetes Fest!«

Kapitel 30

Von Mickeys Unfall erzählte ich Nina nichts, als ich das nächstemal mit ihr telefonierte, und ich schrieb auch nichts darüber in meinem nächsten Brief. Ich machte den Versuch, das kleine Mädchen zu besuchen, aber beim Eingang des Krankenhauses schüttelte der Portier den Kopf: »Tut mir leid, mein Herr, das geht nicht.«
»Geht nicht?«
»Ich habe strenge Anweisung von den Eltern und der Polizei, niemanden zu der Kleinen zu lassen.«
»Darf ich wenigstens wissen, wie es ihr geht?«
»Besser«, sagte er.
Als ich auf die Straße hinaustrat, begegnete ich Peter Romberg und seiner Frau. Ich grüßte, aber sie gingen stumm an mir vorbei. Er sah starr geradeaus, Carla blickte mich an, ihre Brillengläser funkelten, und ich sah dahinter Tränen in ihren Augen glänzen. Verzweiflung und Resignation lagen in diesem Gesicht, ungeheuere Schwäche. 1938 hatte ich in Wien Jüdinnen gesehen, welche man mit verdünnter Salzsäure die Straßen waschen ließ, indessen grinsend Arier umherstanden. Diese Jüdinnen hatten so ausgesehen wie Frau Romberg. Auch eine Frau in Berlin, die während eines Luftangriffs in einem überfüllten Keller ihr Kind zur Welt brachte im Angesicht von zweihundert Menschen. In Rußland hatten Bäuerinnen so ausgesehen, wenn sie vor ihren brennenden Höfen standen. Es war immer der gleiche Blick, den diese Frauen hatten. In Peter Rombergs Augen jedoch saß der Haß, ich fühlte es, obwohl er mich nicht ansah. Er haßte mich so sehr, daß er mich nicht mehr ansehen konnte.
Ich rief nun jeden Tag beim Portier des Krankenhauses an und erkundigte mich nach Mickeys Befinden. Es besserte sich ständig.

»Sie ist nur eben so klein und zart. Nach der Geschichte sollte man sie auf Erholung schicken, irgendwohin, wo es warm ist, in den Süden. Aber da müßte zumindest die Mutter mitfahren. Und ich glaube, es ist ein bißchen wenig Geld da in der Familie ...«, sagte mir der Portier am Telefon.
An diesem Tag fuhr ich zu meiner Bank. Als man ihn aus der Untersuchungshaft entließ, hatte Brummer mir erlaubt, ein Bankkonto zu eröffnen. Das hatte ich getan. An diesem Tag trat ich in der großen Schalterhalle an einen der vielen Beamten heran.
»Guten Morgen«, sagte ich. »Ich möchte fünftausend Mark von meinem Konto abheben.«
Der Beamte zog einen Block heran und schrieb eine Kassenanweisung auf fünftausend Mark aus. Er fragte: »Ihre Kontonummer, mein Herr?«
Ich antwortete: »371 874.«
Er schrieb die Nummer auf den Schein, dann schob er mir den Block zu: »Darf ich um Ihre Unterschrift bitten?«
Ich unterschrieb: »Robert Holden.« Ich unterschrieb ein wenig anders als sonst, aber nicht *viel* anders. Die Unterschrift dieses Vormittags war meiner gewöhnlichen Unterschrift sehr ähnlich. Nun riß der Beamte die Anweisung vom Block und klebte auf ihre Rückseite die Hälfte eines blauen Kontrollzettels. Die andere Hälfte gab er mir. Beide Hälften trugen dieselbe Kontrollziffer: 56 745. Ich bedankte mich und ging zur anderen Seite der Halle hinüber, wo andere Beamte in kleinen Kabinen die Aus- und Einzahlungen erledigten. Über ihnen gab es eine große Tafel. Auf der erschienen immer neue Kontrollziffern. Wenn die Anweisungen von der Buchhaltung zu ihnen herüberkamen, drückten die Kassiere in ihren Kabinen auf Knöpfe und riefen mit den Kontrollziffern der großen Tafel die entsprechenden Kunden herbei. Ich wartete sechs Minuten, dann erschien auf der Tafel meine Nummer:

Ich ging zu Kasse 5 und lächelte den Kassier an. Der Kassier lächelte mich an und fragte: »Wieviel?«
»Fünftausend.«
»Wie wollen Sie es haben?«
»In Hundertern.«
Er zählte mir fünfzig Hundertmarkscheine vor, und ich steckte das Geld ein und verließ die Halle. Ich habe vergessen, zu erwähnen, daß ich mich eine Stunde vorher in den Waschräumen des Hauptbahnhofs natürlich wieder umgezogen hatte. Ich trug den billigen schwarzen Anzug mit den weißen Nadelstreifen, den ich für solche Zwecke benützte. Nun ging ich zum Bahnhof zurück und zog mich wieder um und gab den Fiberkoffer wieder auf. Dann ging ich in das Postamt und füllte eine Anweisung über fünftausend Mark aus. Der Empfänger war Peter Romberg. Als Absender setzte ich einen erfundenen Namen ein, mit der Hausnummer einer Straße, die es nicht gab.
Am nächsten Tag erhielt ich von meiner Bank einen Kontoauszug, aus dem hervorging, daß ich gestern persönlich fünftausend Mark abgehoben hatte. Darauf rief ich Doktor Zorn an und sagte ihm, daß ich ihn sofort sprechen müsse.
»Ich habe viel zu tun ... geht es nicht morgen?«
»Nein, es muß sofort sein!«
»Handelt es sich wieder um ... ihn?«
»Jawohl!«
»Kommen Sie sofort«, sagte er.

Kapitel 31

Der Kontoauszug lag zwischen uns auf Zorns Schreibtisch.
Ich sagte: »Hier steht, daß ich gestern auf der Bank war und fünftausend Mark abgehoben habe. Ich war aber nicht auf der Bank!« Ich schrie. »Und ich habe nicht fünftausend Mark abgehoben!«
»Schreien Sie nicht! Regen Sie sich nicht so auf!«
»Was heißt, nicht schreien? Es ist mein Geld! Der Kerl kann jederzeit dasselbe noch mal machen! Wer weiß, vielleicht ist er gerade wieder da!«
»Der Mann muß Ihre Kontonummer kennen.«
»Das sehen Sie ja!«
»Und Ihre Unterschrift nachahmen können!«
»Sie sind sehr scharfsinnig, Herr Doktor!« Ich schrie: »Es ist mir egal, ob Herr Brummer die Polizei verständigt oder nicht, solange es um *ihn* geht! Aber jetzt geht es um mich, und *ich* verlange jetzt nach der Polizei, ich, ich, ich!«
»Keinesfalls.«
»Dann kommen Sie sofort mit auf die Bank! Fragen Sie die Beamten, was da passiert ist! Wie der Mann ausgesehen hat, wie er sich betrug, ich will es wissen!«
»Kommt nicht in Frage.«
»Warum nicht?«
»Weil die Bank sich sofort an die Polizei wenden würde.«
»Und wer gibt mir mein Geld zurück?«
Er sah mich schweigend an. Dann stand er auf. »Warten Sie einen Mo-Moment.« Er ging aus dem Zimmer. Nach fünf Minuten kam er zurück. Er war wieder nervös. »Herr Holden, ich habe mit Herrn Brummer te-telefoniert. Wir ersetzen Ihren Schaden. Ich werde Ihnen einen Scheck über fünftausend Mark ausschreiben unter der Bedingung, daß Sie über die Sache schweigen.«

»Und wenn es wieder passiert?«

»Es passiert nicht wieder. Ich fahre gleich mit Ihnen zur Bank. Wir werden Ihr Konto ändern. Von jetzt an müssen alle Anweisungen und Schecks Ihre Unterschrift *und* die meine tragen.«

So einfach war das, wenigstens zu erreichen, daß Julius Maria Brummer die Erholungsreise der kleinen Mickey Romberg und noch etwas mehr bezahlte ...

Es scheint, daß diese Bankaffäre Brummer in seinem Genesungsprozeß noch einmal zurückwarf, denn er mußte weiter in der Klinik bleiben. Mitte Januar begann es mächtig zu schneien, Tag um Tag, Stunde um Stunde fielen die Flocken, das Land versank mehr und mehr unter einer gewaltigen Schneedecke. Der Eisenbahnverkehr brach zusammen, Autobahnen waren auf vielen Strecken nicht befahrbar, der Flugverkehr ruhte.

Die Postverbindung mit Mallorca riß vorübergehend ab, ich telefonierte darum häufiger mit Nina. Sie war jetzt unglücklich und sehr gereizt: »Ich will nach Hause kommen, Robert. Wie lange soll ich noch hier sitzen? Wenn ich mit ihm darüber spreche, hat er nur immer neue Ausreden. Zuviel zu tun. Muß gerade verreisen. Fühlt sich nicht gut. Ich will nach Hause kommen!«

»Du mußt noch warten, Nina.«

»Aber hat das alles Sinn ... hat das alles *irgendeinen* Sinn?«

»Vertraue mir, bitte.«

»Ich liebe dich, Robert. Und ich vertraue dir. Aber es ist schrecklich.«

Am 20. Februar entließen sie Julius Maria Brummer aus der Klinik. In warme Decken gehüllt, wurde der Rekonvaleszent von mir nach Hause transportiert. Hier mußte er noch fünf Tage lang in seinem Zimmer bleiben. Dann erlaubten die Ärzte, daß ich ihn im verschneiten Park herumführte, vormittags eine halbe Stunde, nachmittags eine halbe Stunde. Er war stark abgemagert, die Anzüge hingen ihm nun vom Leib wie einer Vogelscheuche. Mit den vorsichtigen Schritten eines alten Mannes stapfte er durch den Schnee, sehr blaß und unsicher. Beim Gehen stützte er sich schwer auf mich. Wir wanderten am Ufer des zugefrorenen Sees entlang, als er sagte: »Habe gerade mit meiner Frau gesprochen, Holden. Kommt morgen zurück. Werden sie vom Flughafen abholen.«

Mein Herz tat mir weh, als ich antwortete: »Jawohl, Herr Brummer.«

»Habe ihr am Telefon gestanden, was mit mir los war. Damit sie nicht in Ohnmacht fällt, wenn sie mich sieht. Ist natürlich furchtbar erschrocken. Habe ihr aber gesagt, es sei schon wieder alles gut. Da hat sie sich beruhigt. Übrigens, Holden, in zwei, drei Tagen fahren wir nach Baden-Baden. Muß dort jetzt eine Kur machen.«

Kapitel 32

»Achtung bitte! West German Airlines geben Ankunft ihres Fluges aus Palma de Mallorca bekannt!« rief die helle Lautsprecherstimme. Ich saß neben Brummer im Restaurant des Düsseldorfer Flughafens. Er hatte abgelehnt, seinen schweren Stadtpelz auszuziehen, obwohl es sehr warm im Lokal war. Ihn fror jetzt ständig.

Weit draußen über dem tief verschneiten Flugplatz senkte sich aus dem grauverhangenen Himmel eine viermotorige Maschine herab gleich einem dunklen Schatten, berührte die Landebahn und riß, vorwärts schießend, mächtige silberne Schneewehen Flügeln gleich zu beiden Seiten der Räder hoch.

Das war ein trüber Tag. Während die Maschine einen gewaltigen Bogen beschrieb und langsam auf uns zugerollt kam, dachte ich an jenen Sturmabend im letzten Sommer, an dem ich hier mit Nina gesessen und auf Toni Worm gewartet hatte, auf Toni

Worm, der nicht mehr kam. Später an diesem Abend hatte ich Nina zum erstenmal geküßt. Viel, allzuviel war seither geschehen. Nun kehrte Nina zurück. Die silberne Maschine, die da auf mich zugerollt kam, brachte sie mir wieder.
Mir?
Noch nicht mir, noch immer nicht. Aber nun sollte es nicht mehr lange dauern, bis wir endlich zusammensein durften ohne Furcht und ohne Ende.
»Kommen Sie«, sagte Brummer, »stützen Sie mich.« So führte ich den mächtigen Mann, der eine große dunkle Brille trug, hinunter in die Ankunftshalle, bis zum Geländer des mittleren Flugsteigs. An dieses lehnte ich ihn, mein Opfer, welches ich immerhin schon so weit gebracht hatte, daß es nicht mehr ohne meine Hilfe gehen, nicht mehr ohne Stütze stehen konnte. Ich gab Brummer den Strauß roter Rosen, den ich bisher gehalten hatte, damit er ihn nun Nina geben konnte.
Nacheinander kamen die Reisenden aus Palma de Mallorca durch die Sperre, lachend und vergnügt. Sie winkten. Freunde begrüßten sie mit lauten Zurufen. Eine fröhliche Gesellschaft war das, da am mittleren Flugsteig. Dann kam Nina. Sie trug den grauen Persianermantel, der ihr nach Mallorca nachgeschickt worden war, hochhackige schwarze Schuhe, keinen Schmuck und keine Kopfbedeckung. Das blonde Haar fiel breit und offen auf den schwarzen Pelzkragen. Ninas Gesicht war tief gebräunt, und ich fühlte mein Herz klopfen, als ich sah, daß sie nicht geschminkt, überhaupt nicht geschminkt war.
In diesem letzten Sommer, der so kurz erst vorüber war und doch so ferne schien, hatte ich ihr immer wieder erzählt, wie ich ihre Haut liebte und daß ich ihr verbieten würde, sich zu schminken, wenn wir erst zusammenlebten. Sie hatte sich nicht geschminkt an diesem Vormittag ihrer Heimkehr, und das hieß natürlich: Ich liebe dich.
Brummer umarmte Nina und küßte sie auf beide Wangen. Über seine Schulter hinweg sah sie mich an. Ihre Augen leuchteten

fiebrig. Dreiundneunzig Tage hatten wir uns nicht mehr gesehen, nicht mehr berührt. Ihre Augen glänzten, ich wußte, woran sie dachte, und ich dachte an dasselbe. Das Blut klopfte laut in meinen Schläfen, und jede Faser meines Körpers sehnte sich nach ihr, nach ihr, und ihren Augen sah ich an, daß es ihr ebenso ging.
Brummer richtete sich auf. Er überreichte die roten Rosen und fragte, ob Nina einen guten Flug gehabt habe.
»Ausgezeichnet«, antwortete sie. »Guten Tag, Herr Holden.«
Ich verneigte mich tief, die Chauffeurkappe in der Hand: »Guten Tag, gnädige Frau. Ich freue mich sehr, daß Sie wieder bei uns sind!«
»Ich freue mich auch, Herr Holden.« Ihre Augen, ihre Augen. »Obwohl ich Ihnen *sehr* böse bin, daß Sie niemals angerufen haben, um mir zu sagen, was mit meinem Mann geschehen ist.«
»Ich habe es ihm streng verboten«, erklärte Brummer etwas kurzatmig.
»Trotzdem, es wäre Ihre *Pflicht* gewesen«, sagte Nina ernst. Ihre Augen. Ihre Augen. Ihre Augen. Wir sahen uns jetzt offen an, denn sie hatte mich absichtlich direkt angesprochen, und ich sah sie plötzlich so vor mir, wie ich sie an jenem Nachmittag am Strom vor mir gesehen hatte: nackt. Ich fühlte, wie meine Hände zitterten, und versteckte sie auf dem Rücken, damit Brummer es nicht bemerkte. Unser Blick hielt. Mir wurde heiß. Ich holte Atem, als mir klar wurde, was wir beide taten, Nina und ich: Wir liebten uns mit Blicken.
Da hörte ich Brummer seufzen. Er schwankte. Ich sprang vor, aber er schüttelte den Kopf: »Es ist ... nichts ...« Er nahm sich unmenschlich zusammen, man konnte sehen, wie elend ihm war. Seine Lippen wurden blau. »... nur ... ein ... wenig schwindlig ...« Er lächelte Nina verzerrt an. »Die Aufregung ... und die Freude ... holen Sie ... holen Sie das Gepäck, Holden, wir gehen schon voraus zum Wagen.«
»Jawohl, Herr Brummer«, sagte ich. Und gab Nina einen letzten

Kuß mit meinen Augen. Dann ging ich zur Gepäckausgabe und holte die Koffer und die Taschen und trug alles zu dem Cadillac hinaus, der vor dem Flughafengebäude im Schnee stand. Das Licht verfiel, immer trüber wurde dieser Tag. Neuer Schnee lag in der Luft. Ich fuhr nach Hause. Unterwegs erzählte Brummer Nina von seiner Absicht, in drei Tagen nach Baden-Baden abzureisen. Er sah sie jetzt dauernd aufmerksam an, und darum konnten Nina und ich uns nicht im Rückspiegel lieben.
»Kannst du es schaffen in drei Tagen?« fragte er sie.
»Bestimmt«, antwortete sie ihm, und auch wenn ich nur ihre Stimme hörte, war es, als liebten wir uns. Das kam, weil wir einander so lang nicht gesehen hatten und weil wir solche Sehnsucht hatten nach einander. Darum war es mit ihrer Stimme wie mit ihren Blicken. Als ich Nina dann beim Aussteigen half, durchzuckte mich ein elektrischer Schlag, und ich sah, daß es ihr genauso ging, denn ihr gebräuntes Gesicht wurde plötzlich rot. Der hochmütige Diener erschien und half mir beim Gepäckausladen, und zusammen trugen wir die Koffer ins Haus, hinter Nina her, die dicht vor mir die Treppe hinaufstieg mit langsam wiegenden Hüften. Das war das letzte, was ich von Nina sah, bevor wir nach Baden-Baden fuhren. Drei Tage lang ließ Brummer sie nicht von seiner Seite. Er mußte sich sogleich nach seiner Rückkehr vom Flughafen wieder ins Bett legen, und er bestand darauf, daß Nina stets in seiner Nähe blieb. Er war sehr schwach, und darum machte es mir nichts aus, daß sie immer bei ihm war. Ich fühlte mich nicht übel in diesen drei Tagen, denn nun sollte alles sehr schnell gehen.
Am Nachmittag vor unserer Abreise holte ich aus meinem Koffer in der Gepäckaufbewahrung des Hauptbahnhofs den weißen Blindenstock und die dunkle Brille und fuhr noch einmal zu der »Julius-Maria-Brummer-Stiftung für Blinde und Sehbehinderte« hinaus.
Die allzusehr geschminkte Grete Licht mit der Hasenscharte

und dem provokanten Büstenhalter begrüßte mich erfreut: »Sie sind aber lange nicht hier gewesen, Herr –«

»Zorn«, sagte ich, mit dem Stock durch das schmutzige Büro und zwischen Bastkörben, Türvorlegern und Bohnerwachs näher tappend.

»– Zorn, ja gewiß, ich kann mich an den Namen gut erinnern. Wo waren Sie so lange, Sie kamen niemals wieder!«

»Ich mußte verreisen«, antwortete ich, »und dann war ich krank.«

Sie ergriff meine Hand und preßte sie an ihre Brust wie einst und lächelte, und ihre Hasenscharte klaffte wie einst.

»Wollen Sie jetzt weiterüben?«

»Gerne, ja.«

So führte Grete Licht mich in den Nebenraum, in dem es nach Desinfektionsmitteln roch und in dem viele Blinde arbeiteten. Sie stickten, fertigten Bastmatten oder Türvorleger an, und beim Fenster tippten fünf auf alten Schreibmaschinen. Sie hatten ihre Gesichter zur Decke erhoben, die Münder standen offen. Auch der eifersüchtige Herr Sauer, der von seiner Frau betrogen wurde und mir noch fünf Mark schuldete, saß wieder da.

Ich begrüßte ihn. Er erinnerte sich nicht mehr an mich, sagte er, aber vielleicht wollte er nur die fünf Mark nicht zurückgeben. Nachdem Grete Licht sich entfernt hatte, spannte ich einen Bogen in die alte Maschine, die, wie ich nun wußte, *so* alt war, daß selbst Spezialisten an ihren Typen keine charakteristischen Merkmale mehr feststellen konnten. Ich schrieb diesen Brief:

»Sie haben meine Warnung nicht beachtet. Sie haben veranlaßt, daß ein scheußliches Verbrechen an einem kleinen Mädchen begangen wurde. Versuchshalber habe ich Ihren Chauffeur Holden um Geld betrogen. Er hat keine Anzeige erstattet – ohne Zweifel unter Ihrem Druck. Das zeigt, daß Sie eine Anzeige gegen mich zu verhindern suchen, aus Furcht, es könnte die Untersuchung gegen Sie beeinflussen. Es wird aber überhaupt keine Untersuchung gegen Sie mehr geben, Herr Brummer. Sie fahren nach Baden-Baden. Und in Baden-Baden werden Sie sterben.

Ich werde Sie töten in Baden-Baden.

Ihr Chauffeur wird dafür ins Zuchthaus gehen. *Ihr Chauffeur, nicht ich.* Denn wir kennen uns nicht, und ich habe keinen Grund, Sie zu töten. Ich tue nur, was meine Auftraggeber verlangen. Ihr Chauffeur kennt Sie. Er hat mehr als genug Grund, Sie zu töten. Jedes Gericht wird das einsehen. Es tut mir leid für Ihren Chauffeur, aber ich kann nichts mehr ändern. Es ist alles schon zu weit gediehen. Erwarten Sie also Ihren Tod in Baden-Baden.«

Dann drehte ich den Bogen aus der Maschine, spannte ein billiges Kuvert ein und schrieb darauf Julius Brummers Namen und die Adresse des Hotels, in welchem er in Baden-Baden wohnen sollte.

Den Brief gab ich später am Hauptbahnhof auf. Dann verwahrte ich Brille und Blindenstock in meinem Koffer und fuhr nach Hause. Alles war nun vorbereitet für die allerletzte Szene des Dramas, dachte ich. Und noch ein allerletztes Mal kam alles anders.

Kapitel 33

Die Straßen des Schwarzwalds waren freigeschaufelt, aber in den Wäldern lag der Schnee noch hoch. An den Futterstellen sahen wir im Vorüberfahren Rehe und Hirsche. Die Tiere waren so hungrig, daß sie schon am hellen Tag zu den Krippen kamen. Manche traten bis an den Straßenrand heran, und wir erblickten viele ganz junge Rehe, die in den hohen Wehen fast verschwanden und immer wieder umfielen.

In Baden-Baden war es sehr still. Viele Hotels hatten geschlossen, die Straßen lagen verlassen. Es gab nur wenige Autos. Die Lichtentaler Allee entlang fuhr ich, am Spielkasino vorüber, den Oosfluß aufwärts. Hier, im Talkessel, war es wärmer als in Düsseldorf, und es gab viel weniger Schnee. Es sah so aus, als würde es hier unten schon bald Frühling werden.

Das Hotel, in welchem Brummer Zimmer reserviert hatte, lag abseits der Straße in einem großen Park. Ich hielt vor dem Eingang, Hausdiener eilten herbei und kümmerten sich um das Gepäck. Dann fuhr ich den Wagen auf den Parkplatz und beeilte mich, in die Hotelhalle zu kommen, denn ich wollte dabeisein, wenn Brummer meinen Brief erhielt, ich wollte sehen, wie er reagierte. Ich kam gerade noch zurecht – aber er reagierte nicht. Er riß das billige Kuvert auf, nahm den Briefbogen heraus und überflog den Text. Doch diesmal zuckte kein Muskel in seinem teigigen Gesicht, sein Atem ging um nichts schneller, und seine Augen blieben unsichtbar hinter den schwarzen Brillen. Indem er schon hinter Nina her zum Lift schritt, bat er den Portier: »Geben Sie mir gleich eine Verbindung mit Düsseldorf.« Und er nannte die Telefonnummer des kleinen Doktor Zorn.

»Sofort, Herr Präsident!« rief der Portier mit den Frackschößen und den goldenen Schlüsseln auf den Jackenaufschlägen. Ich weiß nicht, warum, aber in Baden-Baden nannten von da an alle Menschen Julius Brummer »Herr Präsident«. Vielleicht war das in Kurorten so üblich. Ich räusperte mich laut. In der Lifttür, die ein Page für ihn aufhielt, drehte Brummer sich um, als hätte er mich vollkommen aus dem Gedächtnis verloren: »Oh, Holden. Richtig. Ich brauche Sie jetzt nicht. Sie wohnen im Hotel Glokkenspiel. Legen Sie sich ein wenig hin, wenn Sie wollen. Melden Sie sich um 17 Uhr bei mir.«

»Jawohl, Herr Brummer.« Ich verneigte mich vor Nina, die schon im Lift stand. Sie sagte: »Auf Wiedersehen.«

Brummer sah sie schnell an: »Wie? Ach so. Also dann bis nachmittags, Holden.« Der Page schloß die Tür. Summend glitt der Lift nach oben. Ich nahm meinen Koffer, der in der Halle stehengeblieben war, und ging durch den verschneiten Park zur Straße zurück und weiter die Straße entlang bis zum Hotel Glockenspiel. Hier war ein Zimmer im ersten Stock für mich reserviert worden, dessen Fenster in einen stillen Garten hinaussah. Es war ein großes, altmodisch eingerichtetes Zimmer. Das ganze Haus war altmodisch und dunkel, es gehörte zwei alten Damen, die es sehr privat, wie eine Pension, führten. So bekam ich sogleich neben dem Zimmer- einen Haustorschlüssel, es gab keinen Portier, und niemand kümmerte sich anscheinend darum, wann man kam und ging und ob man Besuch empfing und welchen.

Ich zog mich aus und wusch mich. Dann legte ich mich im Morgenmantel auf das große altdeutsche Holzbett und rauchte und überlegte. Ich war fest davon überzeugt, daß Brummer seinen Anwalt nun doch beauftragen würde, die Polizei zu informieren. Den Brief mit der Todesdrohung *konnte* er nicht mehr hinnehmen. Eine polizeiliche Untersuchung war genau das, was ich wünschte. Sie machte es mir noch schwerer zu handeln, aber sie machte meine Position auch noch sicherer. Ich *brauchte* eine polizeiliche Untersuchung. Und zwar mußte die Polizei von den seltsamen Ereignissen der letzten Zeit Kenntnis haben, *bevor* Brummer ermordet wurde, denn die Polizei mußte sich zu diesem Zeitpunkt bereits an den Gedanken gewöhnt haben, daß ein Mann in Deutschland herumlief, der aussah wie ich.

Nach einer halben Stunde kam die Sonne hinter den Wolken hervor, und es wurde sehr hell in meinem Zimmer. Auf dem Dach begann der Schnee zu schmelzen, ich hörte viele Tropfen fallen. Das Geräusch machte mich müde. Ich schloß die Augen und schlief ein und träumte, Nina wäre bei mir. Sie küßte mich in meinem Traum. Plötzlich erwachte ich, und sie war da und küßte mich wirklich, und ihre Hände lagen auf meinen Schultern.

»Nina!«

»Leise ...«, flüsterte sie, »leise, mein Geliebter ...«

Ihr Haar fiel über mein Gesicht. Sie küßte mich wieder, ich roch ihr Parfum und den Duft ihrer Haut. Dann schlang ich meine Arme um sie. Nina trug einen schwarzen Kostümrock und eine dünne weiße Seidenbluse. Der Pelzmantel lag bei der Tür auf dem Teppich. Nun ließ sie sich über mich sinken. Draußen schien die Sonne, die Tropfen fielen, fielen, fielen, vom Dach herab auf das Holz irgendeines Balkons, und durch ihr goldenes Haar sah ich ein Stück blauen Himmel.

»Ich konnte es nicht mehr aushalten«, flüsterte sie, »ich mußte zu dir ... ich wäre sonst verrückt geworden ...«

»Hat dich jemand gesehen ...«

»Nur ein Mädchen draußen auf dem Gang. Ich fragte sie nach deinem Zimmer ...«

»Das war leichtsinnig!«

»Es ist mir egal, Robert, es ist mir egal, ich sterbe, wenn ich nicht einmal mit dir allein sein kann ...«

»Wo ist dein Mann?«

»Im Hotel. Der Kurarzt untersucht ihn. Es dauert mindestens eine Stunde.« Sie preßte sich an mich, ich fühlte ihren Körper.

»Die Tür ...«

»Ich habe abgesperrt«, flüsterte Nina. Und dann war es wieder wie am Strom, wie damals vor langer, langer Zeit am Rhein, unter den alten Bäumen.

Ich ahnte damals nicht, daß es für lange, lange Zeit das letzte Mal sein sollte.

Kapitel 34

Doktor Hilmar Zorn traf am nächsten Morgen in Baden-Baden ein, ich holte ihn am Bahnhof Oos ab. Mit Zorn kamen zwei ernste, unauffällig gekleidete Herren. Die beiden sahen kräftig und intelligent aus. Doktor Zorn stellte uns vor. Der eine Herr hieß Jung, der andere Elfin. Wer die beiden waren und warum sie nach Baden-Baden kamen, sagte Doktor Zorn nicht. Auf der Fahrt zum Hotel wurde kein einziges Wort gesprochen. Zorn ließ sich bei Brummer melden und fuhr mit den beiden Fremden im Lift nach oben. Mich hatte er aufgefordert, in der Halle zu warten.

Ohne Zweifel waren die beiden Kriminalbeamte, dachte ich, in der Hotelhalle auf und ab gehend, es verlief alles so, wie ich erwartet hatte. An diesem Tag war es schon sehr warm, der Schnee schmolz fort, an manchen Stellen des Parks war seine weiße Decke schon ganz dünn geworden. Nach zehn Minuten wurde ich zu Brummer gerufen. Sein Appartement lag im zweiten Stock, er empfing uns in dem großen roten Salon. Auch Nina war da. Sie saß auf einem zerbrechlichen Rokokosesselchen beim Fenster und neigte leicht den Kopf, als ich eintrat. Nina trug ein graues Flanellkostüm und schwarze Schuhe. Ihre Augen leuchteten, und ich wußte, sie dachte an gestern, und ich dachte auch an gestern. Aber sie sah sehr ernst und blaß aus ...

»Holden«, sagte Brummer, der in einem schwarzen, golddurchwirkten Morgenrock vor dem kalten Kamin saß, »Sie wurden mit den beiden Herren schon bekannt gemacht, wie ich höre.«

»Jawohl«, sagte ich und sah die Männer an, die neben Zorn auf einer geschwungenen Récamiere saßen, ernst, intelligent, wachsam.

»Die Herren sind Kriminalbeamte«, sagte Brummer. »Das heißt: Sie *waren* Kriminalbeamte. Nun betreiben sie eine private Detektei.« Ich erschrak und hoffte, daß man nicht sah, wie ich erschrak. »Doktor Zorn kennt die Herren seit langem. Sie genießen unser Vertrauen. Sie werden bei uns bleiben.«

»Bei uns bleiben«, wiederholte ich idiotisch, nur um etwas zu sagen, damit nicht auffiel, wie verwirrt ich war. Ich mußte Zeit gewinnen. Ich mußte überlegen. Also hatte Brummer *wieder* nicht die Polizei verständigt. *Noch immer nicht,* noch immer nicht ...

»Es wird Sie interessieren, Holden, daß unser unbekannter Freund wieder geschrieben hat. Er droht, mich hier in Baden-Baden zu ermorden. Sie werden verstehen, daß ich da ein Bedürfnis nach Schutz empfinde.«

»Die Polizei –«

»Hören Sie mit der Polizei auf, verflucht noch mal!« sagte er laut und wütend. »Ich will das nicht mehr hören von Ihnen. Sie wissen genau, warum ich nicht zur Polizei gehe. Die beiden Herren werden außerdem bedeutend mehr für mich tun können. Bei der Polizei bin ich ein Fall von vielen. Bei den Herren bin ich ein exklusiver Kunde.«

Ich schwieg.

Zorn sprach: »Die Herren werden hier im Hotel wohnen. Weder Herr Brummer noch Frau Brummer wird von nun an einen Schritt ohne ihre Begleitung tun.«

Ich holte Atem.

»Was ist los?« fragte Brummer schnell.

»Bitte?«

»Haben Sie was gesagt?«

»Ich habe mich nur geräuspert.«

»Dann ist es gut. Sie können gehen. Ich brauche Sie nicht, Holden.«

Kapitel 35

Die nächsten vier Wochen waren die Hölle.
Ich konnte Nina in ihnen nicht eine einzige Minute allein sehen oder allein sprechen. Wann immer ich sie sah, war sie von einem der beiden Detektive begleitet. Die Detektive gingen mit ihr spazieren, einkaufen, in den Spielsaal. Ich hatte zuletzt den Eindruck, daß sie sich mehr um Nina als um Brummer kümmerten, aber das war natürlich lächerlich. Sie nahmen einfach ihren Dienst ernst.
Tag um Tag verstrich. Es wurde immer wärmer. Der Schnee schmolz fort, der Frühling kam früh in diesem Jahr. Ich fuhr Brummer und Nina durch den Schwarzwald, nach Herrenalb, nach Wildbad hinüber. Wohin immer wir fuhren – einer der beiden Detektive fuhr mit. Verglichen mit diesen vier Wochen in Baden-Baden war die Zeit von Mallorca ein Paradies gewesen. Damals konnte Nina mir wenigstens noch schreiben, da konnte ich Nina wenigstens noch anrufen. Das alles war jetzt nicht mehr möglich. Die beiden Detektive zerstörten jede Verbindung zwischen uns. Wir konnten uns nur noch ansehen, und auch das bloß Augenblicke lang und stets in Angst, dabei ertappt zu werden.
Ich fühlte, wie mich die Nerven verließen. Es mußte nun schnell gehen, ich konnte das alles nicht mehr lange ertragen. Brummer fühlte sich zusehends besser. Darüber war ich glücklich, denn wenn er sich wieder ganz gut fühlte, dann sollte er Spaziergänge machen, hatte sein Arzt gesagt, lange Spaziergänge in den Wäldern. Ich kannte Baden-Baden, ich kannte alle Wälder der Umgebung und alle Wege in ihnen.
Einen Weg gab es da, der führte am Rande eines Abgrunds an einer kleinen Höhle vorüber. So schmal war dieser Weg, daß immer nur ein Mensch jene vollkommen unübersichtliche Stelle vor der Höhle passieren konnte. An dieser Stelle sollte es ge-

schehen. Auf den Waldspaziergängen brauchte ich ihn nicht zu begleiten, ich würde also Zeit haben zu handeln.

Es war sicher, daß Brummer diesen Spaziergang zur Höhle unternehmen würde, sobald er sich gut genug fühlte, alle Leute gingen einmal zu dieser Höhle, wenn sie in Baden-Baden waren, und Brummer hatte auch schon selbst davon gesprochen.

So verstrich der März. Sehr warm war es bereits in Baden-Baden. Der sanfte, bewaldete Talkessel fing die Kraft der jungen Sonne ein und hielt sie in seiner dunklen, fruchtbaren Erde fest. Kaum konnte man sich noch vorstellen, daß hier vor vier Wochen tiefer Schnee gelegen hatte.

Am Nachmittag des 6. April 1957 fuhr ich Brummer und den Detektiv Elfin zum Bahnhof Oos. Brummer erwartete Besuch, ich wußte nicht, wen. Wir gingen auf dem überdachten Perron hin und her und warteten auf den Schnellzug aus Düsseldorf, der eine Viertelstunde Verspätung hatte.

Als er dann endlich kam, sah ich, wer Brummer da besuchte. Aus einem Wagen erster Klasse stieg er ernst die Stufen herab auf das Klinkerpflaster des Bahnsteigs, untersetzt, rotgesichtig und elegant wie immer. Er trug einen dunkelblauen einreihigen Anzug an diesem Tag, blaue Socken, blaue Sämischlederschuhe, ein weißes Hemd, eine Seidenkrawatte, dezent silbern und matt rosa gestreift. Und wie stets duftete Herbert Schwertfeger, im Jahre 1957 Großindustrieller in Düsseldorf und 1943 SS-Obersturmbannführer in Minsk, erfrischend nach Eau de Cologne.

Seinem neuen Verbündeten Brummer schüttelte er die Hand und sah ihm dabei markig in die Augen. Mir nickte er kurz zu. Vor Elfin verneigte er sich knapp. Mit federnden Schritten ging er sodann an Brummers Seite den Perron entlang, während ich ihm seinen Koffer nachtrug und überlegte: Warum kommt er? Warum kommt er?

Die Antwort erhielt ich gleich darauf. Sobald wir nämlich alle in dem Cadillac saßen und ich losfuhr – Brummer und Schwertfe-

ger saßen im Fond, Detektiv Elfin mit unbeteiligtem Gesicht neben mir –, sagte Brummer, kehlig lachend:
»Übrigens ... zu Ihrer Information, Schwertfeger, unter der rechten Schulter trägt Elfin einen geladenen Revolver.«
»Revolver?« hörte ich Schwertfeger sagen.
»Er ist Detektiv, wissen Sie! Habe mir eine Leibwache zulegen müssen. Da staunen Sie, was? Sie werden sogar noch einen zweiten Herrn kennenlernen, der zu meinem Schutz da ist. Ich werde nämlich bedroht.«
»Von wem?«
»Erzähle ich Ihnen, erzähle ich Ihnen alles.«
»Hören Sie mal, wenn Sie bedroht werden, dann würde ich aber doch die *Polizei* verständigen!«
»Nicht, solange die Untersuchung läuft. Solange komme ich mit den beiden Herren aus.«
»Na«, hörte ich Schwertfegers harte, befehlsgewohnte Stimme, »das sieht dann aber so aus, als hätten Sie da eine *Lebensstellung* gefunden, Herr Elfin.«
Der Detektiv lächelte mechanisch.
Ich hörte Brummers unsichere Stimme: »Wieso? Sie schrieben doch, es ginge alles gut. Ich dachte –«
»Dachte ich auch. Irrtum, mein Lieber. Lofting macht neue Schwierigkeiten.«
»Und die Untersuchung?«
»Mit Einstellung in absehbarer Zeit nicht zu rechnen. Ich erstatte Ihnen im Hotel sofort Bericht.«
Mit Einstellung in absehbarer Zeit nicht zu rechnen.
Jetzt wußte ich, warum Herr Schwertfeger gekommen war. Jetzt wußte ich aber auch noch etwas anderes: nämlich, daß ich jetzt selbst eine Anzeige erstatten mußte, wenn nicht alles umsonst sein sollte, die Höhle, der Abgrund, die Briefe, alles. Ich hatte lange gewartet. Nun hatte das Warten ein Ende. Ich hatte lange gezögert. Nun war es mit dem Zögern vorbei.

Kapitel 36

Viele Blumen blühten in Baden-Baden an diesem 7. April 1957, gelbe, blaue und weiße. Ich sah Primeln und Himmelschlüssel, Krokusse und Veilchen an den Ufern der schläfrig murmelnden Oos, als ich den schweren Cadillac durch die Lichtentaler Allee lenkte.

Alle Menschen auf den Straßen hatten freundliche Gesichter. Die Frauen lächelten mysteriös. Sie trugen bunte, leichte Kleider. Viele trugen verwegene Hüte. Ich sah eine Menge von verwegenen Hüten an diesem Morgen, als ich zum Polizeipräsidium fuhr, um meine Anzeige zu erstatten.

Die Männer trugen graue, hellbraune, hellblaue oder dunkelblaue Anzüge, viele hatten bereits ihre Mäntel zu Hause gelassen. Die Männer sahen die Frauen an und ließen sich Zeit dabei. Sie hatten keine Eile. Niemand hatte an diesem Frühlingstag Eile in Baden-Baden, niemand außer mir. Mich hetzte mein Haß, mich hetzte das unsichtbare, unhörbare Uhrwerk, das ich selbst in Gang gesetzt hatte. Ich fuhr zum Landespolizeikommissariat. Hier sprach ich mit dem diensthabenden Kriminalbeamten. Mit Ihnen, Herr Kriminalkommissar Kehlmann, sprach ich in Ihrem freundlichen Zimmer 31 im ersten Stock, mit Ihnen, für den ich diese Blätter seit Monaten geduldig fülle, mit Ihnen. Ich nannte Ihnen meinen Namen, ich nannte Ihnen den Namen meines Chefs. Und ich sagte Ihnen, daß ich eine Anzeige erstatten wollte.

Weswegen, verlangten Sie zu wissen, Herr Kriminalkommissar Kehlmann, der Sie an diesem Morgen graue Flanellhosen und ein beigefarbenes Sportjackett, senkellose braune Slipper und eine grüne Krawatte trugen. Die Antwort auf Ihre Frage hatte ich mir genau überlegt. Ich hatte sie auswendig gelernt, diese Antwort, so lange und so genau, daß die Worte, die ich nun sprach, mir sonderbar fremd und sinnlos, ohne Bedeutung

vorkamen. Ich sagte Ihnen, dabei in Ihre blauen Augen blickend: »Es ist eine Anzeige wegen Diebstahls, Verleumdung, Hausfriedensbruchs und Bankbetrugs.«
Darauf fragten Sie still: »Richtet sich diese Anzeige gegen einen einzelnen Menschen?«
»Ja«, sagte ich, ebenso still, »gegen einen einzelnen Mann.«
»Ganz hübsch – für einen einzelnen Mann«, sagten Sie. Sie erinnern sich?
»Es ist noch nicht alles«, fuhr ich ernst fort. »Dieser Mann wird in der nächsten Zeit auch noch einen Mord begehen.«
Nun sahen Sie mich lange stumm an. Ich hatte gewußt, daß Sie mich an diesem Punkt meiner Anzeige lange stumm ansehen würden – Sie, oder wer immer meine Anzeige entgegennahm. Ich ertrug Ihren Blick mit ausdruckslosem Gesicht und zählte dabei, mit eins beginnend. Ich kam bis sieben. Ich hatte gedacht, daß ich bis zehn kommen würde.
»Ist es eine Anzeige gegen einen unbekannten Täter, Herr Holden?« fragten Sie.
»Nein.«
»Sie wissen, wie der Mann heißt?«
»Ja.«
»Wie heißt der Mann, Herr Holden?«
Ich dachte daran, daß ich Julius Brummer so sehr haßte, wie ich niemals im Leben fähig sein würde, einen Menschen zu lieben. Ich dachte daran, daß ich entschlossen war, seinen Tod herbeizuführen. Ich antwortete laut: »Der Mann heißt Robert Holden.«
Darauf betrachteten Sie, Herr Kommissar, die Buchstaben auf meinem Jackenrevers. Ich ließ Ihnen Zeit. Ich hatte gewußt, daß Sie an diesem Punkt meiner Aussage Zeit benötigen würden. Sie, oder wer immer meine Anzeige entgegennahm. Ich zählte wieder. Ich kam bis vier. Ich hatte eigentlich damit gerechnet, bis sieben oder acht zu kommen. Ich dachte, daß ich vorsichtig sein mußte, Sie reagierten zu rasch. Ich war eben bei vier

angekommen, als Sie sagten: »Sie heißen Robert Holden, und Sie wollen eine Anzeige gegen Robert Holden erstatten?«
»Ja, Herr Kommissar.«
Unten auf der Straße fuhr ein schwerer Lastwagen vorbei. Ich hörte die Gänge ratzen, als der Fahrer nun zurückschaltete.
»Gibt es einen zweiten Robert Holden?« fragten Sie.
Auch über die Antwort auf diese Frage hatte ich lange nachgedacht. Ich sagte: »Nein, es gibt keinen zweiten Robert Holden.«
»Das heißt, daß Sie eine Anzeige gegen sich selbst erstatten wollen?«
»Ja, Herr Kommissar«, sagte ich höflich, »das heißt es.«

Kapitel 37

Sie hörten mir aufmerksam zu, Herr Kriminalkommissar, drei Stunden lang hörten Sie mir danach zu. Dann forderten Sie mich auf, zurück in mein Hotel zu fahren und das Weitere abzuwarten. Es war mir untersagt, Baden-Baden zu verlassen, ohne Sie vorher verständigt zu haben. Die Ermittlungen würden eingeleitet, sagten Sie.
Man hätte meinen sollen, daß es Ihre Pflicht gewesen wäre, mich sogleich in Haft zu setzen. Doch so einfach war die Geschichte eben nicht, die ich erzählte. Es war eine außerordentlich komplizierte Geschichte, diese Erzählung von dem geheimnisvollen Unbekannten. Und darum wagten Sie nicht, mich sogleich in Haft zu setzen. Sie schickten mich nach Hause, nachdem Sie versprochen hatten, sich um diesen geheimnisvollen Fremden zu kümmern, der mir so ähnlich sah, um dieses unheimliche Phantom, das Julius Brummer mit dem Tode bedrohte.
Zurück in mein Zimmer im Hotel Glockenspiel kehrte ich also.

Und da saß ich dann, angstgeschüttelt, die Hände eiskalt, der Schädel schmerzte zum Zerspringen, und ich überlegte, überlegte immer dasselbe. Im Kreis drehten sich die Gedanken: Hatten Sie, Herr Kommissar Kehlmann, mir meine Geschichte geglaubt? Hatte ich sie überzeugend erzählt? Glaubten Sie nun, daß dieser Doppelgänger existiert?

Wenn Sie es nicht glaubten, war ich verloren, dann war alles umsonst gewesen, alle Umsicht, alle Vorbereitung. Dann war alles aus.

Aber hätten Sie meine Anzeige entgegengenommen, überlegte ich, hätten Sie mich nach Hause gehen lassen, wenn Sie mir *nicht* glaubten? Nein, wohl nicht.

Sie glaubten mir also.

Glaubten Sie mir?

Vielleicht hatten Sie mich *gerade darum* gehen lassen, weil Sie mir nicht glaubten. Um mich in Sicherheit zu wiegen, um mich beobachten zu können, durch Tage, Wochen, vielleicht Monate. Ich mußte mich beruhigen, ganz ruhig mußte ich werden. Keine Unbesonnenheit. Die Gedanken klar fassen, klar ordnen. Dazu sollte diese Niederschrift mir helfen: zu Sammlung und Ordnung. Nur so konnte ich hoffen, das letzte, schwerste Stück meines Weges zu bewältigen.

Zwei Möglichkeiten gab es für die Zukunft dieser Seiten. Zum einen konnte, was ich begann, gelingen. Dann würde die Welt um einen Schurken ärmer sein, und ich und Nina würden wieder frei atmen und in Sicherheit leben können. In diesem Falle wollte ich meine Aufzeichnungen für mich bewahren und von Zeit zu Zeit in ihnen lesen, um daraus die Gewißheit zu entnehmen, daß es auch noch in dieser Welt der entmutigten Richter und bestochenen Zeugen eine Art von unantastbarer Gerechtigkeit gab, die mich zu ihrem Werkzeug gemacht hatte.

Zum andern konnte, was ich begann, mißlingen. In diesem Falle sollten Sie, Herr Kriminalkommissar Kehlmann, mein Manuskript als mein Geständnis werten.

Kapitel 38

Ich schrieb noch lange an diesem 7. April. Und ich schrieb weiter am 8. April und am 9. Ich dachte dabei immer wieder, daß es unsicher war, wie lange ich noch schreiben würde, bevor Julius Brummer mit seinen Waldspaziergängen begann. Seit Herr Schwertfeger ihn besucht hatte, fühlte er sich wieder schlechter, das Herz machte ihm zu schaffen. Ich dachte an Nina, während ich schrieb, und an unsere seltsame Liebe, die so oft traurig und so selten glücklich gewesen war. Ich dachte daran, was geschehen würde, wenn Brummer nun erfuhr, daß ich doch eine Anzeige erstattet hatte. Und plötzlich dachte ich, daß alles reiner Wahnsinn war, was ich vorhatte. Mit Grausen sah ich mich im Spiegel an. Ich wollte einen Menschen töten ... das hatte ich schon einmal getan. Und nun ... es war *Wahnsinn, Wahnsinn, ich durfte es nicht tun ... ich konnte es nicht tun, niemals ...*
Da klopfte es. »Herein.«
Das freundliche Etagenmädchen trat ein. Sie hieß Rosie und sprach schwäbisch. »Da ist ein Herr unten, der möchte Sie sprechen.«
»Was für ein Herr, Rosie?«
»Hat er nicht gesagt. Sie möchten doch bitte einmal runterkommen.«
So zog ich ein Jackett an, verwahrte meine Aufzeichnungen im Kleiderschrank und ging ohne Argwohn durch das düstere Stiegenhaus in die Halle hinunter. Ich hatte den Cadillac zum Überholen fortgebracht und den Mechaniker gebeten, mir zu sagen, ob mit dem Getriebe alles in Ordnung sei. Wahrscheinlich war es der Mechaniker, dachte ich, die Leute hier arbeiteten alle sehr ordentlich und genau.
Es war nicht der Mechaniker.
Sie waren es, Herr Kommissar Kehlmann. Einen grauen Anzug

trugen Sie an diesem 9. April 1957, eine blaue Krawatte, schwarze Halbschuhe.
»Guten Tag, Herr Holden.«
»Guten Tag, Her Kommissar«, antwortete ich Ihnen. »Was bedeutet Ihr Besuch? Gibt es etwas Neues?«
Ruhig erwiderten Sie: »Herr Brummer ist vor einer Stunde ermordet worden.«
»Ermordet …«, würgte ich hervor, denn um mich begann sich alles in widerlicher Weise zu drehen, der ausgestopfte Bär, die altdeutschen Möbel, die Familienbilder, die ganze Halle.
»Vergiftet, ja«, sagten Sie in Ihrer stillen Art. »Herr Holden, ich verhafte Sie hiermit unter dem dringenden Verdacht, Julius Maria Brummer ermordet zu haben.«

Epilog

1

Zwei Tage nach Julius Maria Brummer starb sein Hund; ich erfuhr es von dem Kriminalkommissar Kehlmann. Das alte Puppele war tot. Es hatte einen sanften Tod gefunden, einen sanfteren als sein Herr: Es war einfach eingeschlafen. Den Hund begruben sie in Baden-Baden, im Park jenes Hotels. Der Leichnam Julius Maria Brummers wurde nach Düsseldorf gebracht, nachdem der Gerichtsarzt ihn zur Bestattung freigegeben hatte. Bei den ersten Verhören im Landespolizeikommissariat von Baden-Baden erfuhr ich auch, wie Brummer gestorben war. Er hatte im Schlafzimmer seines Appartements gearbeitet. Nina war mit dem Detektiv Elfin ausgegangen. Detektiv Jung saß nebenan im Salon Brummers und legte eine Patience. Dann hörte er Brummer stöhnen und ein dumpfes Geräusch. Er eilte in das Schlafzimmer. Brummer war vor seinem Bett zusammengebrochen. Er hatte einen schweren Herzanfall. Jung öffnete Brummers Hemd, sah die Goldplakette mit der Inschrift und tat, worum die Inschrift bat. Er holte aus Brummers Tasche eine neue, noch geschlossene Schachtel des Herzpräparats in den weichen roten Gelatinekapseln hervor und steckte eine davon im Brummers Mund, nachdem er sie mit dem Daumennagel aufgeritzt hatte. Sofort verbreitete sich ein starker Geruch nach Blausäure. Entsetzt begriff Jung, was Brummer eben schluckte, doch es war bereits zu spät. Ein fürchterlicher Krampf ging durch den schweren Leib. Dann war Brummer tot.

»Wann haben Sie die Kapseln ausgetauscht?« fragte mich Kehlmann. Ich saß wieder in einem gemütlichen Büro mit dem Teppich und dem Bild der Parforcejagd an der Wand, aber diesmal saß ich nicht als freier Mann hier, der kam, um eine Anzeige zu erstatten, diesmal war ich ein Mordverdächtiger, aus der Zelle vorgeführt, von einem Wachtmeister begleitet.
»Ich habe Brummer nicht ermordet!«
»Wo hatten Sie das Gift her?«
»Ich habe niemals Gift besessen!«
»Sie wollen also nicht gestehen?«
»Ich habe nichts zu gestehen!«
»Ich denke, doch, eine ganze Menge.«
»Aber nicht den Mord! Ich habe Brummer nicht ermordet! Ich war es nicht! Ich war es nicht!«
Er stand auf und ging in ein Nebenzimmer, und als er zurückkam, wurde mir heiß. Kehlmann trug den billigen Fiberkoffer, den ich in der Gepäckaufbewahrung des Düsseldorfer Hauptbahnhofs versteckt hatte. Er legte ihn auf den Tisch und öffnete ihn. Die beiden Anzüge lagen darin, die Krawatten, der weiße Blindenstock, die schwarze Brille.
»Kennen Sie diese Sachen?«
»Nein.«
»Sie gehören nicht Ihnen?«
»Nein.«
»Nach Ihrer Verhaftung durchsuchten wir das Zimmer im Hotel Glockenspiel. Wir fanden dabei Ihre Aufzeichnungen und einen blauen Gepäckschein. Mit dem Gepäckschein bekamen wir auf dem Düsseldorfer Hauptbahnhof diesen Koffer. Aber er gehört nicht Ihnen.«
Der Gepäckschein ... natürlich hätte ich ihn vernichtet, verbrannt, aber später erst, wenn ich Brummer wirklich ermordet hatte. Ich konnte nicht erwarten, daß mir ein anderer zuvorkam. Ich konnte nicht ahnen, daß man mich verhaften würde, *bevor* ich mein Verbrechen beging. Der Gepäckschein ...

»Ich habe gelogen. Es ist mein Koffer.«
»Sie haben also Ihren Doppelgänger markiert?«
»Ja ... ja ...«
»Sie haben also auch gelogen, als Sie am 7. April zu mir kamen und eine Anzeige erstatteten?«
»Ja, das heißt, ich –«
»Warum haben Sie versucht, sich einen Doppelgänger zu schaffen?«
»Um ein Alibi zu haben ...«
»Wenn Brummer ermordet wurde?«
»Nein ... ja ...«
»Sie *wollten* ihn also ermorden!«
»Nein ... das heißt ja ... aber ich *habe* ihn nicht ermordet! Jemand anders ist mir zuvorgekommen!«
»Sie lügen schon wieder.«
»Ich sage die Wahrheit! Sie müssen mir glauben! Ich will Ihnen alles erzählen ...«
»Sie können es Doktor Lofting erzählen«, sagte er kalt.
»Lofting – wieso?«
»Es wird heute die ordentliche Untersuchungshaft über Sie verhängt werden. Die Staatsanwaltschaft Düsseldorf hat Sie angefordert.«

2

»Nehmen Sie Platz, Herr Holden«, sagte Doktor Lofting leise. In seinem Zimmer waren die Vorhänge geschlossen, um die Hitze dieses Maitages draußen zu halten, es war kühl und dunkel im Raum, und ich sah wieder die Regale mit den vielen Büchern an den Wänden. Es war lange her, daß ich sie zum letztenmal gesehen hatte. Groß und schlank saß der Untersuchungsrichter mir in dem altmodischen Lehnstuhl gegenüber. Sein Gesicht war bleich, und seine großen Augen waren traurig. Reglos saß er da mit unter dem Kinn gefalteten Händen, der Doktor Lofting, leidenschaftlicher Liebhaber der Gerechtigkeit. »Wie war die Fahrt?« fragte er, während ich mich setzte.

»Sie wissen, wie die Fahrt war. Haben *Sie* verfügt, daß man mir Handfesseln anlegte?«

»Ja.«

»Warum?«

»Fluchtgefahr.«

»Ich habe Brummer nicht ermordet!«

»Herr Holden«, sprach er leise, langsam und deprimiert, »ich sagte Ihnen einmal, daß früher oder später immer die Gerechtigkeit siegt. Manchmal dauert es lange, aber niemals dauert es unendlich lange. Das gibt es nicht. Das Böse siegt niemals letztlich und endlich. Herr Brummer ist tot. Er hat gesühnt. Sie sind verhaftet. Gestehen Sie endlich ein, was Sie getan haben, und sühnen auch Sie. Sie entkommen uns nicht mehr. Es ist sinnlos, zu lügen.«

Ich nahm mich zusammen. Ich antwortete ruhig. »Ich kann nicht einen Mord gestehen, den ich nicht begangen habe.«

»Warum haben Sie versucht, sich einen Doppelgänger zu schaffen, wenn Sie nicht morden wollten?«

»Ich habe nicht gesagt, daß ich nicht morden *wollte,* ich habe gesagt, daß ich nicht gemordet *habe*!«

Er sah mich lange schweigend an, und wie Trauben hingen schwarze Tränensäcke unter seinen klugen Augen. »Sie lieben Frau Brummer«, sagte er zuletzt ohne besondere Betonung.

»Wie kommen Sie darauf?«

»Frau Brummer wollte sich Ihretwegen scheiden lassen, und ihr Mann ließ sie nicht gehen.«

»Davon weiß ich nichts ...«

»Aber ich.«

»Woher?«

»Frau Brummer. Sie hat es mir gesagt. Gestern.«

»Wie geht es ihr? Darf ich sie sehen?«

»Sie dürfen niemanden sehen. Und niemanden sprechen. Und

keine Briefe von ihr empfangen und ihr keine Briefe schreiben. Nicht, ehe Sie gestanden haben.«
»Ich bin unschuldig!«
»Unschuldig sind Sie niemals – auch wenn Sie Herrn Brummer nicht getötet haben. Denn dann haben Sie zumindest einen Mord bis zum letzten vorbereitet. Wenn ein anderer Ihnen nicht zuvorgekommen wäre, hätten Sie die Tat vollendet.«
»Das ist nicht wahr! Gerade bevor ich verhaftet wurde, gerade an jenem Nachmittag, da wurde mir klar, daß es über meine Kraft ging, die Tat zu begehen, daß ich sie nie vollenden konnte!«
»Sie wären immer bei mir gelandet, immer. Ihre Doppelgänger-Konstruktion leidet an einem logischen Fehler. Wenn Sie nämlich *wirklich* einen Doppelgänger hätten und dieser hätte wirklich den Auftrag erhalten, Herrn Brummer zu töten, dann hätte ein solcher Mann niemals vor seinem Mord immer wieder Dinge getan, die geradezu aufdringlich auf seine Existenz hinwiesen. Im Gegenteil, er wäre unsichtbar geblieben bis zuletzt – denn nur so hätte er sicher sein können, daß aller Verdacht auf *Sie* und nicht der geringste auf *ihn* fiel. Aber was hat *Ihr* Doppelgänger getan? Wie ein eitler Schauspieler betrug er sich. Seht her, da bin ich wieder, es gibt mich, ja, es gibt mich! Konnte *er* daran Interesse haben? Niemals. Sondern wer? Nur *Sie*.«
Das stimmte, dachte ich benommen, das war richtig. Nina ... Nina ... er ließ sie nicht zu mir ... ich durfte sie nicht sehen ... bis ich gestand. Aber wenn ich gestand, war ich verloren. Ich konnte nicht gestehen, es wäre eine Lüge gewesen. Aber wenn ich log, ließ er Nina zu mir.
Und dann?
Ich mußte mich zusammennehmen. Ich mußte ruhig bleiben, ganz ruhig ...
»Ich spreche nicht weiter. Rufen Sie Doktor Zorn.«
»Doktor Zorn hat bereits erklärt, daß er Ihre Verteidigung nicht übernehmen wird.«

Nina ... Nina ... Nina ...

»Herr Doktor, ich will Ihnen alles erzählen ... die ganze Wahrheit ... ich will nichts verschweigen ... es wird lange dauern, aber Sie sollen alles hören.«

»Es macht nichts, wenn es lange dauert, solange es die Wahrheit ist«, sagte er still.

»Man hat in meinem Hotelzimmer Aufzeichnungen beschlagnahmt. Haben Sie die gelesen?«

»Ja.«

»Dann wissen Sie, wie ich in Brummers Haus kam.«

»Ich kenne Ihre Aufzeichnungen darüber.«

»Hören Sie weiter, was geschah«, sagte ich. Und ich erzählte, um Ruhe und Beherrschung bemüht. Ich erzählte ihm alles, ich verschwieg ihm nichts. An diesem Tag erzählte ich zwei Stunden lang. Am nächsten wieder, und am übernächsten auch. Ich brauchte vier Tage, um alles zu erzählen, und es war die Wahrheit, die reine Wahrheit. Als ich zuletzt schwieg, schwieg auch er und sah auf die Tischplatte. Zuletzt ertrug ich das Schweigen nicht mehr und fragte: »Sie glauben mir nicht?«

Unerbittlich und ernst, wie ein Engel des Jüngsten Gerichts, bewegte der bleiche Doktor Lofting den Kopf langsam von rechts nach links und von links nach rechts. Und in seinem Zimmer war es dunkel und kühl.

3

2. Mai 1957
Lieber Herr Holden!
Mein Gott, ist das furchtbar mit Ihnen und dem armen gnädigen Herrn! Ich bin so außer mir, ich kann es noch immer nicht fassen, auch nicht nach all der Zeit. Dieser Mörder, dieser verfluchte Mörder! Wer kann es nur getan haben? Wie ich es in der Zeitung gelesen habe, bin ich gleich auf die Bahn und her nach Düsseldorf zu meinem Ninale. Vollkommen zusammengebrochen war sie, nur

geweint hat sie den ganzen Tag und die ganze Nacht. Auch das Begräbnis vom gnädigen Herrn war furchtbar, wenn auch sehr schön, mit vielen Blumen und vielen Leuten. Mein Ninale ist ohnmächtig geworden am Grab. Jetzt geht es ihr besser. Sie will unbedingt allein sein, sie besteht darauf, daß ich zurückfahre nach Schliersee. Sie läßt Ihnen sagen, daß — — — — — — — — — — — — — — — —
— denn, bester Herr Holden, ich glaube fest daran, daß Sie völlig unschuldig sind! Denken Sie daran, was ich gesagt habe: Das Gute wird siegen. Sie werden den verfluchten Mörder vom gnädigen Herrn finden. Zu Ihrem Trost und Beistand schreibe ich Ihnen einen Psalm aus meinem Gebetbuch auf: »Sei gnädig, Gott, und errette mich. Eile, o Herr, und stehe mir bei. Zu Schanden sollen und schamrot werden, die mir nach dem Leben trachten. Zurück sollen weichen, von Scham zerstört, die sich meines Unglücks freuen. Ja, weichen sollen, von Schande bedeckt, die zu mir sprechen: Recht so, recht! Doch jubeln mögen und Deiner sich freuen alle, welche Dich suchen. Und sprechen sollen: Gepriesen sei Gott, die Deine Hilfe begehren.«
Lieber Herr Holden, ich will jeden Tag beten für Sie, daß sich Ihre Unschuld erweist und daß Sie freikommen. Bleiben Sie tapfer. Es wird vorübergehen. Ihre sehr unglückliche, Ihnen aufrichtig ergebene

Emilie Blehova

4

Aber Nina durfte mir nicht schreiben, und ich durfte Nina nicht schreiben, und man ließ sie nicht zu mir, nicht einmal für jene elenden paar Minuten, die man mich dereinst in diesem Hause zu Julius Brummer gelassen hatte. Erst sollte ich gestehen, sagte der Doktor Lofting, erst sollte ich gestehen.
Die Wochen gingen hin, der Sommer kam, es wurde heiß in meiner Zelle. In Doktor Loftings Zimmer blieb es kühl und

dunkel, und trotzdem saß ich lieber in meiner heißen Zelle als bei ihm. Mir graute vor den Verhören. Ich konnte sagen, was ich wollte, er schüttelte den Kopf. Ich konnte erzählen, was ich wollte, er fragte: »Woher bekamen Sie das Gift? Wer hat es Ihnen verkauft, Herr Holden?«

Um nicht den Verstand zu verlieren, richtete ich ein Gesuch an die Gefängnisleitung, in dem ich bat, mir meine Aufzeichnungen zurückzugeben und mir zu gestatten, sie fortzusetzen. Diese Erlaubnis erhielt ich. Nun schrieb ich weiter. Ich schrieb – wenn ich nicht zum Verhör geführt wurde – täglich von 9 bis 12 Uhr und abends von 19 Uhr bis das Licht ausgemacht wurde um 21 Uhr 30. Es wurde immer heißer.

Im Juli schrieb ich in meiner Zelle nackt. Der Schweiß rann mir über den Körper dabei. Manchmal brachte ein Gewitter Abkühlung, aber nicht häufig. Ich schrieb immer weiter. Es war meine Therapie gegen das Verrücktwerden, mein Schutz gegen das Kopfschütteln des Doktor Lofting. Und sie ließen Nina nicht zu mir, nicht, bevor ich gestand.

In den vier Monaten, die meiner Verhaftung in Baden-Baden folgten, schrieb ich all das nieder, was Sie auf diesen Seiten gelesen haben, Herr Doktor Lofting, Herr Kommissar Kehlmann, die Seiten wurden mir von Zeit zu Zeit fortgenommen und später wiedergegeben. Es ist klar, daß man sie Ihnen zur Lektüre schickte, Herr Kommissar Kehlmann, Herr Doktor Lofting.

In diesen vier Monaten wurde ich in den Anzügen aus dem billigen Fiberkoffer dem Tankwart Paul, der hübschen Platzanweiserin aus dem Kino in der Lützowstraße und Grete Licht aus der »Julius-Maria-Brummer-Stiftung für Blinde und Sehbehinderte« gegenübergestellt. Vor Fräulein Licht trug ich auch die dunkle Brille und den weißen Stock. Nach und nach hatte Lofting alle Zeugen gefunden, die es gab. Und alle Zeugen erkannten mich wieder. Der Doktor Lofting schickte mich immer wieder aus seinem kühlen Zimmer zurück in meine heiße Zelle, und ich schrieb weiter, immer weiter. Ich war zuletzt auf

eine jämmerliche Weise glücklich dabei. Das Schreiben tröstete mich und half mir in diesen Monaten. Und sie ließen mich Nina nicht sehen, sie ließen mich Nina nicht sehen.
Einmal bekam ich eine Karte. Sie zeigte eine farbige Ansicht des Gardasees, auf der anderen Seite standen in ungelenker Kinderhandschrift diese Worte:
»Lieber Onkel Holden!
Wie get es Dir! Mir get es gut. Wir sind seid drei Wochen hir in Desenzano. Ich bin schon gans brauhn. Vati und Mami sind auch da. Wir schwihmen fiel. Es ist ser heis. Sei nicht bös, dahs ich so komisch zu dir wahr. Mahmi hat mir ahles erklärt. Es war ein Misferstendnis. Fiele libe Grüse und ein Küschen schikt dir deine Mickey.«
Darunter stand:
»In Gedanken bei Ihnen. Carla und Peter Romberg.«
Sie hatten mir also vergeben.
Sie glaubten also auch, daß ich der Mörder Julius Maria Brummers war.

5

Im August gab es schwere Stürme. Zweimal wöchentlich wurde ich Doktor Lofting vorgeführt. Er hatte viele Fragen, und bei vielen verstand ich nicht den Sinn. Er sah besonders schlecht aus im August, aber ich sah auch nicht gut aus. Wenn ich zum Rasieren oder zum Haarschneiden geführt wurde und Gelegenheit hatte, in einen Spiegel zu blicken, wurde mir jedesmal leicht übel. Meine Wangen waren eingefallen, die Augen glanzlos, das Haar war stumpf. Die Haut war schmutziggrau geworden, die Lippen waren blutleer. Jeden Tag mußte ich eine Stunde im Hof im Kreis laufen und dabei tief atmen, damit ich gesund blieb für die Verhandlung und für das Urteil. Es machte mir nichts aus, diese Stunde im Freien, aber ich war immer froh, wenn ich in meine Zelle zurückkam und weiterschreiben konnte.

Zuerst träumte ich jede Nacht von Nina und wachte dann immer auf, und das Wachliegen danach war schlimmer, schlimmer als die Verhöre. Aber im August gab es keine Träume mehr, und wenn ich nicht schlafen konnte, wartete ich nur darauf, daß es hell wurde, um weiterschreiben zu können.

In den ersten Septembertagen überkam mich dann eine große Ruhe. Ich war entschlossen, mich meinem Schicksal zu ergeben. Doktor Lofting hatte in einem besonderen Sinne recht, wenn er mir nicht glaubte, wenn er mir vorwarf, der Mörder Julius Brummers zu sein. Denn in einem gewissen Sinne *war* ich das natürlich. Ich war entschlossen gewesen, Brummer zu töten. Auf den Entschluß kam es an, nicht auf die Ausführung. Ein Mord in Gedanken war so schlimm wie ein Mord in der Tat. Ich durfte nicht straflos ausgehen, ich mußte büßen. Und nicht nur für den Gedankenmord an Brummer, nein, ein für allemal dafür, daß die erste Lösung, die mir stets einfiel, wenn ich in meinem Leben einer Schwierigkeit begegnete, die unüberwindlich schien, daß die erste Lösung, die mir dann stets einfiel, eine gewalttätige Lösung war. Ein Mensch wie ich gehörte hinter Gitter, ich sah es ein. Ich hatte einem andern Menschen nach dem Leben getrachtet, ohne Mitleid, ohne Reue. Was konnte man Schlimmeres tun?

Alles sah ich ein zuletzt, alles erschien mir gerecht: daß man mich Nina nicht mehr sehen ließ, daß man mir nicht glaubte, daß man mich auf Grund von Indizien und Zeugenaussagen verurteilen würde – zu lebenslänglichem Zuchthaus, ohne Zweifel. Selbst daß ich nun doch nicht mehr mit Nina würde leben können, erschien mir zuletzt als die gerechte Strafe. Denn es war die schwerste Strafe, und ich mußte die schwerste erhalten, die es gab. Ich hätte gerne gewußt, ob Nina mich auch für den Mörder Brummers hielt. Und ich hätte gerne gewußt, wer wirklich sein Mörder war. Am 14. September 1957 wurde ich ein letztes Mal dem Doktor Lofting vorgeführt.

6

Er wirkte abgespannter als sonst an diesem Morgen, noch blasser und noch trauriger. Mit einer müden Bewegung forderte er mich auf, Platz zu nehmen. Ohne mich anzusehen, mit nikotingelben Fingern in Akten blätternd, erkundigte er sich halblaut: »Wie weit sind Sie mit Ihren Aufzeichnungen, Herr Holden?«
»Fast fertig«, antwortete ich.
»Sie brauchen nicht weiterzuschreiben«, sagte er, in den Papieren kramend, die vor ihm lagen, »ich hebe Ihre Haft auf. Morgen früh können Sie das Gefängnis verlassen. Es steht Ihnen frei, eine Entschädigungsklage einzureichen. Ich würde davon abraten. Unter den Umständen haben Sie wenig Chancen durchzukommen. Die Beweise, die gegen Sie vorlagen, waren so –«
»Einen Moment«, sagte ich mühsam. »Sie ... Sie heben meine Haft auf?«
»Ja.«
»Aber das bedeutet doch ...«
»Das bedeutet, daß ich Sie nicht länger für den Mörder Brummers halte. Da drüben steht ein Krug mit Wasser.«
Also stand ich auf und goß ein Glas voll und verschüttete die Hälfte dabei und trank, das Glas mit beiden Händen haltend. Dann setzte ich mich wieder. Lofting sagte, mit einem Papiermesser spielend: »Sie wissen, wie sehr ich mich in den letzten Monaten bemüht habe, herauszubekommen, woher das Gift stammte, mit dem Brummer getötet wurde. Ich weiß es jetzt. Es stammte von einem verkrachten Düsseldorfer Arzt, dem man vor Jahren wegen zahlreicher Abtreibungen sein Diplom genommen hat. Der Mann war völlig versoffen. In der letzten Zeit fiel seiner Umgebung auf, daß er plötzlich über eine Menge Geld verfügte. Die Kriminalpolizei besuchte ihn. In seiner Wohnung wurden alle möglichen Gifte gefunden – auch Blausäure und Zyankali. Er erhielt zwei Wochen Gefängnis wegen Ruhestörung. Durch einen reinen Zufall hörte ich von dem Fall. Ich

spiele einmal in der Woche Skat mit Kriminalbeamten, wissen Sie. Als ich hörte, daß der Arzt Gift besaß, ließ ich ihn mir kommen. Ich versuchte alles, ich drohte, ich machte Versprechungen – umsonst. Er lachte nur. Er hatte niemals irgend jemandem Gift verkauft, sagte er. Vor drei Tagen ist er dann plötzlich gestorben. Lungenentzündung.«

»Ich verstehe kein Wort ...«

»Zwei Tage vor seinem Tod ließ er mich rufen. Er sagte, er wolle nicht sterben, ohne die Wahrheit zu sagen. Ja, er hatte im April einem Mann Gift verkauft – für viel Geld. Er hatte die Kapseln eines starken Herzmittels damit präpariert, er sagte mir, wie. Er erzählte mir, wann er den Mann getroffen hatte, der ihm den Auftrag gab, und wo und wie er die Packung mit den tödlichen Kapseln dann in einer offiziellen Verpackung aus der Apotheke eines Freundes an Brummer nach Baden-Baden geschickt hatte.«

»Wer war der Mann, der das Gift kaufte?«

»Das wußte der Arzt nicht. Er konnte ihn nur beschreiben. Da legte ich ihm Bilder von allen Männer vor, die mit dem Fall Brummer irgendwie zu tun hatten. Bilder von Ihnen, von den Angestellten, von Doktor Zorn, von allen Feinden Brummers, etwa fünfzig Bilder. Der Arzt zeigte sofort auf eines davon. Bevor er starb, machte er eine beschworene, rechtsgültige Aussage. Er besaß auch noch den Postaufgabeschein für das eingeschriebene Päckchen, in dem er Brummer die Ampullen schickte.«

»Wer war der Mann, der ihm den Auftrag gab?«

»Herbert Schwertfeger«, antwortete er ruhig.

»Herbert Schwertfeger ...« Ich holte Atem. »Jetzt erinnere ich mich ... Brummer erzählte Schwertfeger davon, daß er bedroht wurde ... von einem Mann, der mir ähnlich sah ...«

»Wann?«

»Als Schwertfeger ihn in Baden-Baden besuchte! Ein paar Tage vor seinem Tod ...«

Lofting nickte. »So etwas dachte ich mir. Damals kam Schwertfeger also auf die gute Idee. Er wurde seinerzeit von Brummer erpreßt. Dann wurde er – notgedrungen – Brummers Verbündeter. Aber natürlich haßte er ihn wie die Pest und wollte von ihm frei sein. Angesichts der Dokumente, die Brummer besaß, konnte er aber nie mehr damit rechnen, frei zu sein. Wenn er ihn tötete, würde aller Verdacht auf Sie fallen. Und so handelte er dann.«

Ein Schweigen folgte. An diesem Tag regnete es. Tropfen fielen auf das Fensterbrett, schnell und monoton.

»Ich ließ sofort einen Haftbefehl ausschreiben. Schwertfeger aber war bereits gewarnt worden. Die Beamten, die kamen, um ihn festzunehmen, kamen zu spät.«

»Wer warnte ihn?«

Resigniert sagte Lofting: »Herr Schwertfeger hat viele Freunde, Freunde aus einer Zeit, von der Dummköpfe glauben, daß sie hinter uns liegt. Einer dieser Freunde hat ihn gewarnt.«

»Aber dann muß dieser Freund doch in *Ihrer* Nähe sitzen ...«

»Das fürchte ich, Herr Holden. Die Oberstaatsanwaltschaft hat darum auch bereits eine Untersuchung eingeleitet, um festzustellen, wer daran schuld ist, daß es Herrn Schwertfeger gelingen konnte, nach Ägypten zu fliehen.«

»Nach Ägypten!«

»Er wurde gestern in Kairo gesehen. Wir haben seine Auslieferung gefordert.«

»Aber *wird* man ihn ausliefern?«

Er hob die mageren Hände und ließ sie fallen: »Wir wollen es hoffen. Einmal wird auch Herrn Schwertfeger sein Schicksal ereilen, einmal ereilt es alle. Ich werde allerdings wahrscheinlich nicht mehr hier sitzen, um Herrn Schwertfeger zu verhören.«

»Wieso nicht?«

»Ich bin ziemlich krank. Man hat mir nahegelegt, vorzeitig in Pension zu gehen. Ich quittiere in zwei Monaten den Dienst, er ist zu anstrengend für mich geworden. Nun, Sie werden ja

morgen alles in den Zeitungen lesen, wenn Sie herauskommen.«
Er stand auf, zwang sich zu einem Lächeln und hielt mir die Hand hin. »Ich sehe keinen Grund, mich dafür zu entschuldigen, daß ich Sie so lange in Haft hielt – Sie an meiner Stelle hätten ebenso gehandelt.«
»Bestimmt«, sagte ich und ergriff seine trockene, kühle Hand. Ich drückte sie, aber er erwiderte den Druck nicht, seine Hand blieb schlaff. Er sagte: »Ich habe übrigens vorhin Frau Brummer angerufen. Sie war sehr glücklich. Ich gab ihr zu bedenken, daß sich morgen früh hier eine Menge Journalisten versammeln wird, wenn wir Sie freilassen. Ich glaube, es ist in unser aller Sinn, wenn Frau Brummer Sie darum nicht abholt.«
»Natürlich.«
»Sie sah das ein und bittet Sie, nach Ihrer Entlassung zum Rhein hinauszukommen. Sie wartet dort auf einem Schiff ... Sie wüßten, wo. Warum sehen Sie mich so an, Herr Holden?«
»Ich ... ich bin noch vollkommen verwirrt, entschuldigen Sie. Und dann muß ich immerzu daran denken, daß Sie in Pension gehen. Und was aus Schwertfeger wird. Und aus all den andern.«
»Ja, was wird wohl aus ihnen allen werden?«
»Sie sagten immer, zuletzt siege die Gerechtigkeit.«
Lofting drehte sich zur Seite, als schäme er sich für etwas und wolle sein Gesicht verbergen. »Ach, die Gerechtigkeit«, sagte der Untersuchungsrichter leise.

7

Es regnete auch am nächsten Tag.
Vor dem Tor des Untersuchungsgefängnisses drängten sich viele Reporter, sie fotografierten und stellten Fragen, aber ich beantwortete nur wenige. Dann stieg ich in ein wartendes Taxi und fuhr zum Rhein hinaus. Die Blätter der Alleebäume färbten sich schon wieder bunt, es roch nach Rauch und nach Vergänglichkeit. Das weiße Restaurationsschiff wiegte sich leicht in

einem sanften Wellengang. Das Taxi hielt, ich bezahlte den Chauffeur und sah den Cadillac, der am Straßenrand parkte.
Über das verlassene Deck ging ich auf die Kabine mit den großen Glasscheiben zu.
Nina war der einzige Gast. Sie saß an einem Tisch, der für zwei Personen zum Frühstück gedeckt war. Blumen standen in einer Vase, und neben der Vase lag ein verschnürtes Paket. Als ich in die Kabine trat, erhob sich Nina. Sie trug ihr schwarz-weißes Pepitakostüm und Schuhe aus schwarzem Krokodilleder. Einen kleinen schwarzen Hut hatte sie abgelegt. Das blonde Haar trug sie jetzt kurz geschnitten, wie ein Junge. Sie war sehr bleich, Schatten lagen unter ihren Augen, als hätte sie viel geweint. Sie wirkte abgespannt und erschöpft wie nach einer langen Krankheit. Wir begegneten uns in der Mitte der Kabine und umarmten uns. Ich küßte sie und fühlte leicht den Boden unter uns schwanken und hörte den Regen, der auf das Dach prasselte.
Dann gingen wir langsam zum Tisch zurück, setzten uns nebeneinander und hielten uns an den Händen, und auch ich fühlte mich erschöpft und unendlich abgespannt. Am Ende des Raumes gab es einen schmalen Spiegel. Ich erblickte uns beide darin. Bleich sahen wir aus, übernächtig, ohne Kraft.
Der alte Mann mit dem weißen Haar und den weißen Bartstoppeln steckte den Kopf herein und lachte vergnügt: »Morgen, Morgen, endlich angekommen, was? Dann kann's ja losgehen! Die Dame hat schon ein mächtiges Frühstück bestellt!« Er verschwand. Nina sah mich an. »Ich dachte, du würdest vielleicht großen Hunger haben.«
Meine Glieder waren wie aus Blei, mein Kopf schmerzte, vor meinen Augen tanzten Punkte. Meine Hand lag auf Ninas Hand, und ich empfand ein Gefühl des Friedens, aber keine Freude, nein, keine Freude.
»*Hast* du großen Hunger?«
»Ja«, sagte ich, »ja.« Ich dachte, wie lange alles gedauert hatte,

beinahe zu lange, hoffentlich nicht zu lange, und hörte den Regen trommeln und fühlte den Boden schwanken unter mir.
»Hast du auch geglaubt, daß ich es getan habe?«
»Nie«, sagte sie. »Nein.« Sie schob das kleine Paket über den Tisch. »Das sind meine Briefe. Ich habe dir geschrieben, jeden Tag. Du wirst alle Briefe lesen. Es steht darin, wie sehr ich dich liebe.«
»Steht auch darin, daß du es nicht glaubst?«
»Das steht auch darin. Ja, Robert, ja«, sagte sie lauter, und ich fühlte, daß sie log. »Warum siehst du mich so an?«
»Du hast es doch geglaubt, Nina. Du hast es doch geglaubt.«
Sie preßte die Lippen zusammen. Die Nasenflügel zuckten nervös. Plötzlich nickte sie. Ihre Stimme klang tonlos: »Ich habe es geglaubt ... lies die Briefe nicht, Robert, wirf sie weg ... ich habe auch in den Briefen gelogen ... ja, ich *habe* geglaubt, daß du es getan hast ... ich war verzweifelt. Ich konnte eben noch verstehen, daß ein Mann seine Frau aus Eifersucht tötet ... aber dieser geplante, überlegte Mord ... das war etwas anderes ... Robert, ich hatte plötzlich solche Angst vor dir ... ich ... ich *hätte niemals mehr mit dir leben können, wenn du es getan hättest* ...«
»Hast du noch immer Angst vor mir?«
Sie schüttelte den Kopf, aber ihre Augen konnten nicht lügen.
Ich sagte: »Ich hatte mich damit abgefunden, daß sie mich verurteilten. Ich wollte lieber verurteilt werden, als freikommen und mit dir leben. Ich fühlte mich so schuldig ... so furchtbar schuldig ... auch *meine* Liebe hat nicht ausgereicht.«
»Es hat nichts mit Liebe zu tun«, sagte sie. »Gar nichts mit Liebe.«
Meine Hände begannen plötzlich zu zittern wie in einem schweren Anfall von Schüttelfrost, ich preßte sie aneinander und ballte sie zu Fäusten, aber das Zittern hörte nicht auf.
»Es wird alles vorübergehen«, sagte Nina. »Wir werden es vergessen. *Du hast es nicht getan.* Das allein ist wichtig.«
Ich sah meine Hände an und versuchte, sie stillzuhalten, aber es

gelang mir nicht, und ich dachte: Werden wir es vergessen? Wird es jemals vorübergehen? Ist es wirklich allein wichtig, daß ich es nicht getan habe? Wird es jemals wieder so sein wie einst? *Kann es jemals wieder so sein?*

Nina sagte: »Wir heiraten. Wir gehen fort von hier, in eine andere Stadt. In ein anderes Land. Du mußt dich ausruhen. Du mußt dir Zeit lassen. Und auch mir. Es hat keine Eile. Es hat gar keine Eile. Jetzt haben wir alle Zeit von der Welt.«

Meine Hände zitterten noch immer. »Nerven ... es sind nur Nerven ... es geht gleich vorüber ...«

»Gewiß«, sagte sie, »gewiß.« Und sie streichelte meine zitternden Hände und lächelte. »Siehst du, es hört schon auf. Warte nur, wie gut es dir gehen wird, wenn du erst heißen Kaffee getrunken hast.«

»Ja«, sagte ich, »nach dem heißen Kaffee wird es mir wieder ganz gutgehen.« Und dann rückten wir eng aneinander und sahen in den schweren Regen hinaus, der auf den grauen Strom fiel. Das Boot schwankte sanft, unter uns hörten wir den alten Mann in seiner Kombüse rumoren. Es roch nun schon nach Kaffee und nach Eiern mit Speck. Ich hörte ein paar Möwen schreien. Sie schienen über dem Boot zu kreisen. Nina rückte noch näher. Ich legte meine Wange an ihr Haar. Der Regen wurde immer heftiger.

»Wie fühlst du dich, Liebling?«

»Elend«, sagte ich. »Sehr elend.«

»Es wird vorübergehen. Es wird alles vorübergehen.«

»Ja«, sagte ich. »Sicherlich.«

© 1958 Paul Zsolnay Verlag Gesellschaft m.b.H., Wien/Hamburg

Mich wundert,
daß ich so fröhlich bin

Roman

Für meine Mutter

An Stelle eines Vorwortes

Am 21. März des Jahres 1945, gegen die Mittagsstunde, führten amerikanische Kampfflugzeuge der Basis Mittelmeer einen Luftangriff auf die Stadt Wien, dem umfangreiche Anlagen der südöstlichen Industriegebiete, aber auch mehrere Gebäude in der Stadtmitte zum Opfer fielen. Der Himmel war an diesem Tage bedeckt, und es regnete schwach. Von ihren Zielen durch starkes Artilleriefeuer abgedrängt sowie in dem Bemühen, die tödliche, von Stahlstücken durchsetzte Dunstschicht über den Zielgebieten zu verlassen, lösten die Mannschaften einzelner Flugzeuge ihre Bombenlasten ohne Berechnung und zerstörten so einige Häuser des ersten Bezirks. Zwei der angreifenden Maschinen wurden abgeschossen und zahlreiche Personen getötet.

Kurzes und lokal begrenztes Aufsehen erregte der Fall eines Hauses auf dem Neuen Markt, nahe der Plankengasse, das nach einem Bombentreffer völlig in sich zusammengestürzt war. Da man wußte, daß dieses Haus einen jahrhundertealten Keller besaß, in welchen sich mehrere Menschen zu Beginn des Angriffs begeben hatten, unternahm man sofortige Versuche, diese aus ihrer Gefangenschaft zu befreien, Versuche, die jedoch zunächst vergeblich blieben. Es war unmöglich, den vor den Kellereingang gestürzten Schutt in so kurzer Zeit beiseite zu räumen, daß Hoffnung bestand, die unter der Erde Begrabenen noch lebend zu bergen. Es erwies sich des weiteren, daß der alte Keller zu den Gewölben des anliegenden Hauses keinen Verbindungsgang besaß. Wohl war der Bau eines solchen, Wochen zuvor bereits, in Angriff genommen worden, jedoch unvollendet geblieben. Da man annahm, daß die Verschütteten, so sie am Leben geblieben waren, an seiner Fertigstellung arbeiten würden, entschloß man sich, ihnen von der Mauerseite des benachbarten Hauses entgegenzugraben, ein Unternehmen, das infolge eines schweren Wassereinbruchs, verursacht durch einen weiteren Luftangriff am nächsten Tag, sehr verlangsamt wurde. Die Erschütterungen dieses zweiten Bombardements hatten zur Folge, daß eine große Erdmasse in der Umgebung der Bohrstelle sich verlagerte und so die Bemühungen von vierundzwanzig Stunden zunichte machte. Obwohl unablässig an der Befreiung der eingeschlossenen Menschen gearbeitet wurde, dauerte es aus diesen Gründen noch einen weiteren Tag und eine Nacht, bis eine Verbindung mit ihnen hergestellt werden konnte.

Die Verschütteten, drei Frauen verschiedenen Alters, drei Männer und ein kleines Mädchen, hatten weder unter Luftmangel noch an Hunger zu leiden gehabt, denn der Keller war groß und eine ausreichende Menge von Lebensmitteln war von den Besuchern glücklicherweise mitgebracht worden. Dennoch ereigneten sich im Kreis dieser sieben Menschen Dinge, an die keiner von ihnen dachte, als er den Luftschutzraum betrat; Dinge von tragischer und verhängnisvoller Schwere und auch wieder andere, einmalig schöne Dinge, an denen eine Seele sich aufrichten und stärken konnte. Die Ereignisse, die jener Menschengruppe gemeinsam widerfuhren, entbehrten jeder Willkürlichkeit. Daß ein Konflikt sich zwischen ihnen entwickelte, hatte ebenso seinen Grund in den Gefangenen selbst wie die Tatsache, daß sie unfähig waren, ihn zum Wohle aller zu lösen. Sie versuchten es zwar – ihren Charakteren entsprechend – rein instinktiv, mit Güte, mit Gewalt und mit einfachem Menschenverstand. Mit kindlicher Einfalt. Mit Liebe. Und mit dem Glauben an Gott den Allmächtigen. Der Umstand, daß sie zuletzt doch immer nur auf sich selbst hörten und unfähig waren, sich in die Anschauungswelt der anderen zu versetzen, wurde ihnen zum Verhängnis. Der Zerfall des menschlichen Gemeinschaftsgefühls, der im Gefolge des Großen Krieges einherging, warf seinen Schatten auch auf ihre Beziehungen.

Ein an dem Geschehen gänzlich Unbeteiligter, der ihnen endlich die Befreiung brachte, fand sie in einem Zustand beispielloser Bedrängnis. Ohne zu wissen, was er tat, aber unter dem Eindruck einer dunklen Ahnung, beging dieser Mann eine tief menschliche Handlung. Und selbst sie vermochte nicht mehr ungeschehen zu machen, was sich begeben hatte. Es ereignete sich aber, daß diesen Menschen eine verzehrende Sehnsucht ergriff, zu erfahren, was zwischen den sieben Gefangenen des Kellers vorgefallen war, da er glaubte, in seiner Kenntnis eine Beruhigung des eigenen, arg zerrissenen Wesens zu finden.

Langsam und behutsam brachte er es zuwege, die Schleier von dem Geheimnis zu lüften, das die Verschütteten umgab. Er sprach zu niemandem von seinen Bemühungen und ihren Ergebnissen und fand zuletzt Frieden, als er begriff, daß es nichts gibt auf dieser Welt, das ohne Grund und zufällig geschieht. Daß hinter allen Dingen ein zweiter Sinn steht. Und daß es dieser unsichtbare Sinn ist, der jene Wahrheit sichtbar werden läßt, nach der wir uns alle sehnen.

Kapitel 1

1

Um 10 Uhr 28 Minuten erreichte die erste Formation viermotoriger Kampfflugzeuge, aus dem Süden kommend, bei Mureck die österreichische Grenze. Zu dieser Zeit war der Himmel nur teilweise mit Wolken bedeckt. Auf Klagenfurt schien noch die Sonne. Die Bomber operierten sehr hoch und zogen weiße Kondensstreifen hinter sich her. Sie flogen über den Bereich 103 der amtlichen Luftlagekarte mit Nordostkurs in den Bereich 87 ein und passierten die Stadt Graz. Diese Luftlagekarte war entstanden aus einem über das Land geworfenen Raster von konzentrischen Kreisen, der sich mit Hilfe von Halbmessern in 168 Sektoren unterteilte und Wien zum Mittelpunkt hatte. Nach ihr wurden die Bewohner Niederösterreichs vom Nahen feindlicher Kampfflugzeuge in Kenntnis gesetzt.

Dem ersten viermotorigen Bomber folgten zwei weitere, die über Villach ihren Kurs änderten, Marburg anflogen und dort zu kreisen begannen. Etwa ein Dutzend leichter Jagdflugzeuge eilte ihnen voraus. Die Menschen, die zu dieser Zeit auf den Äckern in der Umgebung der Stadt arbeiteten, sahen kurz auf, indem sie die Augen mit den Händen beschatteten. Dann fuhren sie fort, ihre Felder zu bestellen. Peilgeräte traten in Aktion. Der Kurs und die Höhe der anfliegenden Formationen wurden errechnet und militärischen Radiostationen mitgeteilt, die ihre unsinnig klingenden, verschlüsselten Botschaften an die über das Land verteilten Abwehrbatterien sendeten. Helle Frauenstimmen sprachen auf mehreren Kurzwellenbändern.

Der erste Verband viermotoriger Kampfflugzeuge mit Jagdschutz hatte mittlerweile den Bereich 71 erreicht und flog weiter nach Norden. Hunderte von Menschen verfolgten seinen Weg. Aber noch fielen keine Bomben, noch wurde keine Granate gegen den lichten Himmel gefeuert. Der Sender Wien übertrug ein Schallplattenkonzert moderner Unterhaltungsmusik. Saxophone und ein Schlagwerk begleiteten die Sängerin eines sentimentalen Liedes. In den Fabriken und Werkstätten der Stadt liefen die Maschinen. Vor den Geschäften standen Menschen, um Brot zu kaufen.

Gegen drei Viertel elf Uhr verschwand die Sonne hinter eilig ziehenden Wolken, und es wurde kälter. Der Himmel bedeckte sich völlig. Nach kurzer Zeit begann es leicht zu regnen. Einige der Wartenden vor den Bäckerläden spannten Schirme auf.

Der erste der anfliegenden Kampfverbände hatte die Stadt Mürzzuschlag erreicht, die unter einer dichten Dunstschicht lag. Das Geräusch der schweren Maschinen klang wie ferner Donner und erschütterte die Luft. In allen Dörfern und Marktflecken, welche die Bomber auf ihren Weg berührten, war die Bevölkerung mit Hilfe von Sirenen oder primitiven Lärmgeräten gewarnt worden, aber nur eine kleine Zahl von Menschen hatte Keller und Schutzräume aufgesucht. Die meisten gingen, an diesen Zustand des Überflogenwerdens gewöhnt, ohne sich um den Motorenlärm der unsichtbaren Flugzeuge zu kümmern, ihrer Arbeit nach. Der angreifende Verband ließ Mürzzuschlag hinter sich und erreichte das Gebiet 55. Zu dieser Zeit unterbrach der Sender Wien sein Programm. Ein Sprecher gab bekannt, daß er in Kürze abgeschaltet werden würde, und empfahl den Hörern, ihre Apparate auf eine andere Wellenlänge einzustellen, über die durch einen Lokalsender weitere Nachrichten folgen sollten.

In den Straßen begann sich eine nervöse Bewegtheit bemerkbar

zu machen. Fahrzeuge erhöhten ihre Geschwindigkeit, Menschen eilten ihren Heimstätten zu. Einzelne Geschäfte beendeten den Verkauf. Der zweite Sender der Stadt war in Aktion getreten. Aus offenen Fenstern hörten die Hastenden das monotone Ticken seines Pausenzeichens, das plötzlich abriß. Eine Frauenstimme verlas die erste Mitteilung.
Ein Kampfverband, sagte sie, habe, aus dem Süden kommend, den Sektor 55 erreicht und fliege weiter nach Norden. Sollte er seinen Kurs beibehalten, war in Kürze mit Fliegeralarm zu rechnen. Die Botschaft wurde wiederholt. Dann begann wieder das Ticken. Aus dem grauen, verhängten Himmel fiel feiner Regen auf die staubigen Straßen Wiens.

2

Fräulein Therese Reimann war im Januar 1945 dreiundsechzig Jahre alt geworden. Sie besaß eine kleine Wohnung in einem Haus auf dem Neuen Markt. Von ihren Fenstern vermochte man den Brunnen in der Mitte des Platzes und die zerstörte Fassade des Hotels Krantz zu sehen, an deren Restaurierung man sich bald nach dem Bombardement gemacht hatte. Fräulein Reimann verfolgte die Instandsetzungsarbeiten mit Interesse und Sympathie. Der Anblick der sich langsam wieder erhebenden Mauern bestärkte sie in ihrer Zuversicht und der Überzeugung, daß die ungewisse Zukunft der nächsten Monate schon weniger im Zeichen der Zerstörung als vielmehr, auf wundersame Weise, in jenem des friedlichen Aufbaus stehen würde. Über die Art, in welcher sich diese letzte Phase des Krieges abspielen sollte, machte sich das alte Fräulein grundsätzlich oberflächliche Gedanken. Sie zog es vor, den beruhigenden Botschaften des unerschütterlich optimistischen Rundfunks und den um Vertrauen werbenden Artikeln der Tageszeitungen Glauben zu schenken, in denen beziehungsvoll daran erinnert wurde, daß die Stadt Wien auch in ihrer Vergangenheit dem Ansturm kriegerischer Horden standgehalten hatte und aus Bedrängnis aller Art immer gestärkt und geläutert hervorgegangen war.

Fräulein Reimann hatte sechs Kriegsjahre in liebevoller Selbstpräservation verlebt, ohne an Leib oder Seele Schaden zu nehmen, und sie gedachte mit Gottes Hilfe auch noch jene Periode des Endkampfes zu überstehen, von der allerorten gesprochen wurde. Zwei Charakterzüge gestatteten ihr diese Gläubigkeit. Zum ersten war Therese Reimann seit ihrer Kindheit ein religiöser Mensch gewesen, dem es durch unbedingtes Vertrauen in die Allmacht und Güte des Himmels sowie häufige Kirchenbesuche und ein gottgefälliges Leben gelungen war, das unbeschwerte, wenn schon nicht ereignisreiche Dasein einer gerechten Christin zu führen. Sie hatte sich allen das Herz erregenden Affären mit großer Umsicht ferngehalten und vermochte, im Alter von dreiundsechzig Jahren, mit voller Berechtigung von sich zu sagen, daß sie niemals das willenlose oder schwache Opfer irgendwelcher Leidenschaften gewesen war.

Therese Reimann besaß keine lebenden Verwandten. Sie interessierte sich nicht für Politik. Die Fähigkeit, Menschen um der Taten willen, die sie begingen, zu hassen, war ihr ebenso unbekannt wie jene andere, Menschen um ihrer selbst willen zu lieben. Das einzige Wesen, um dessen Wohlergehen und Seelenfrieden sie ernstlich besorgt schien, war sie selbst. Fräulein Reimann verrichtete ihre religiöse Andacht stets in der uneingestandenen Überzeugung, sich den Allmächtigen auf diese Weise ein wenig zu verpflichten, und sie gab von ihrem Gelde den Armen in der Hoffnung, daß ihr diese Wohltaten dereinst, in Form eines unbeschwerten Lebensabends, vergolten werden würden.

Der zweite Charakterzug, der Therese Reimann Zuversicht verlieh, war ihre ungemeine Vorsicht. Wer sich in Gefahr begibt, pflegte sie zu sagen, kommt darin um. Sie selbst hatte es durch sechs Jahrzehnte erfolgreich verstanden, sich nicht in Gefahr zu begeben, und sie vermochte sich kaum in die Mentalität von

Menschen zu versetzen, denen ebendiese achtlose und hochmütige Bewertung des persönlichen Lebens eigen war.
Ein Mann, mit dem sie eine oberflächliche Bekanntschaft verband, hatte einst in ihrer Gegenwart einen Klassiker zitiert, indem er erklärte, nur der hohe Adel der Menschheit käme in die Hölle. Die anderen stünden davor und wärmten sich bloß. Fräulein Reimann war diese Bemerkung äußerst absurd erschienen. Aus welchem Grunde wohl sollte es erstrebenswert sein, zum hohen Adel der Menschheit zu zählen, wenn man dafür doch nur an eben jener Stelle landete, welche den Gottlosen, den Mördern, Trunkenbolden und Gewalttätern bestimmt war?
Nein, dachte Therese Reimann, nicht die Erlesenen und Auserkorenen wurden dem Fegefeuer überwiesen, sondern nur jene, die nicht verstehen wollten, daß Gott im Himmel unser aller Herr ist, der keine anderen Götter neben sich duldet.
Den Krieg hatte die alte Dame hingenommen als eine Strafe für jene, die persönlichen Götzendienst trieben, und als eine Prüfung für alle Gutgesinnten. Es war der zweite Krieg, den das Fräulein voll Ergebenheit erlebte, und sein Ausbruch hatte ihr wenig wirkliches Herzeleid bereitet. Man mußte versuchen, mit Hilfe von Gebeten und frommen Werken sein Unheil von der Pforte des eigenen Heimes abzuhalten, dachte sie, und pries sich glücklich, niemals den Torheiten der Liebe erlegen und Mutter geworden zu sein. Nur für Menschen, die eine Familie und Angehörige besaßen, war die Zeit voll Verzweiflung und schwer. Wenn man allein in der Welt stand, mußte man es bloß verstehen, sich behutsam aus dem tollen Mahlstrom der Ereignisse zu halten, und es konnte einem kein Unheil widerfahren. Also dachte Fräulein Reimann und dankte in Früh- und Abendandachten ihrem Schöpfer für die Umsicht und Güte, mit welcher er sie behütete.
Als einzige Aufgabe ihres Lebens erschien ihr die Bewahrung von Gesundheit und persönlichem Besitz. Sie lebte gemäß den

Vorschriften eines alten Hausarztes und hatte an keinen Beschwerden zu leiden. Da sie genügsam war, fand sie mit den Lebensmitteln, die sie auf die Abschnitte ihrer Karten erhielt, ein Auslangen und ersparte sogar gelegentlich eine kleine Menge von Mehl, Fett und Zucker, welche sie am Monatsende zur Bereitung eines Kuchens verwendete, den sie dann, an einem stillen Nachmittag und im Rahmen einer privaten Feierstunde, in kleinen Stücken verzehrte, während die Porzellanuhr mit dem vergoldeten Pendel stetig tickte und von der Straße herauf die Stimmen der Bauarbeiter klangen, die sich um die zerstörte Fassade des Hotels Krantz bemühten. Die Beschädigung dieses Gebäudes anläßlich eines schon länger zurückliegenden Angriffes war es auch gewesen, die in dem alten Fräulein den Entschluß hatte reifen lassen, einen Teil seiner Güter, verpackt in Koffern und Kisten, hinunter in den Keller des Hauses zu schaffen. Es war durchaus möglich, daß auch ihre Wohnung eines Tages zu Schaden kommen würde, und obwohl Fräulein Reimann sich ein solches Ereignis in seinen Einzelheiten nicht vorzustellen vermochte, erschien es ihr nur richtig, ihm soviel wie möglich von seiner Schwere zu nehmen. Sie packte ihre dunklen, altmodischen Kleider, ihre vornehmen Schuhe, Bücher und Hausgeräte umständlich ein und ließ nur jene Gegenstände in der Wohnung zurück, deren sie täglich bedurfte. Zu diesen gehörte die Porzellanuhr mit dem vergoldeten Pendel, die ein Geschenk ihres Vaters darstellte und die sie, wenn die Sirenen heulten, stets voll Vorsicht in den Keller hinabtrug. Was die bescheidenen Schmuckstücke des Fräuleins betraf, so verwahrte sie die wenigen Ohrgehänge, Ringe und Ketten in einer silbernen Zuckerdose, an deren Deckel aus unbekannten Gründen ein Schloß angebracht worden war. Den Schlüssel zu ihm trug die alte Dame an einem schwarzen Samtband um den Hals. Die Pendeluhr und die seltsame Zuckerdose wanderten auf diese Weise viele Male hinunter in den dunklen Keller, der für Therese Reimann zum Inbegriff aller Sicherheit geworden war.

Seine außerordentliche Tiefe, in drei Etagen unterteilt, seine meterdicken, von Alter und Nässe schwarzen Mauern und seine bogenförmig gewölbten Decken beeindruckten Therese Reimann mehr als alles, was sie auf ihrer Suche nach einem ratsamen Aufenthaltsort während der Luftangriffe je gesehen hatte. Sobald sie ihn betrat, fühlte sie sich geborgen. Hier konnte ihr nichts geschehen, dachte sie, wenn sie nervös dem Lärm mysteriöser Detonationen lauschte, der in die Tiefe drang. Wenn das elektrische Licht, wie dies fast regelmäßig der Fall war, während des Angriffs zu flackern begann oder gar erlosch, dann entzündete Therese Reimann eine Petroleumlampe, die sie auf eine leere Kiste in die Mitte des fast kreisrunden Bodens der dritten Etage gestellt hatte, faltete die Hände und sprach ein Gebet.

Ihre Besorgnis um persönliche Bequemlichkeit ließ sie nach und nach eine ganze Reihe von Gegenständen in diesen Kellerraum schaffen; einen Korbstuhl, Decken, Polster, Medikamente, eine Reserveflasche mit Petroleum, Lebensmittel und Kochgeschirr sowie schließlich einen Wassereimer, über dessen Funktion im Fall einer Katastrophe sie selbst sich nicht ganz im klaren war. Schließlich erwarb Fräulein Reimann noch eines jener gebrechlichen, für diese Verwendung eigens konstruierten Betten, die zu jener Zeit erhältlich waren, und richtete sich mit den genannten Gegenständen sowie ihrem in Kisten und Koffern verpackten Besitz das ein, was sie freundlich »ihre Ecke« nannte.

In dieser Ecke pflegte sie zu sitzen, eine Decke um die schmalen Schultern geschlungen, die Augen aufmerksam auf die Flamme der kleinen Lampe gerichtet. Meist bewegte sie leise die Lippen. Denn sie fand es beruhigend, in diesen Stunden eines erzwungenen Müßiganges zu beten. Sie betete für die vielen Unglücklichen in den Industriegebieten der Außenbezirke, die über weniger gute oder gar keine Schutzräume verfügten, sie betete für die Männer an den Abwehrgeschützen, für die Soldaten in den großen Flaktürmen und für jene anderen Soldaten in den silbernen Riesenflugzeugen. Sie betete für die Frauen, für die Kinder und für die Tiere. Ihr Herz war erfüllt von Sanftheit und Zuversicht, wenn sie so betete, von schwesterlichem Mitleid für Freund und Feind, und ihre lautlosen Lippen flehten: Laß es vorübergehen, Herr, laß es vorübergehen. Gewöhnlich kamen nur wenige Menschen in diesen Keller, nicht einmal die Bewohner des Hauses, wenn sie es verhindern konnten, denn es hatte sich mit der Zeit der einzige Nachteil dieses hervorragenden Schutzraumes herumgesprochen, nämlich der seiner absoluten Isoliertheit. Es mangelte ihm, eben *infolge* seiner Tiefe, ein Verbindungsgang mit den umliegenden Gewölben, und man war, bei einem Bombentreffer, in ihm gefangen wie in einer Mausefalle. Diese unangenehme Vorstellung hatte den Besitzer des Hauses veranlaßt, einer Baugesellschaft den Auftrag zur Grabung eines Durchbruches zu erteilen, eine Arbeit, die jedoch nur langsam vonstatten ging. Die Mauern des alten Kellers waren von überraschender Stärke und zum Teil aus festem Gestein. Jedes Stück mußte mühsam aus der Wand gebrochen und die entstandene Öffnung immer wieder gegen Einsturz gesichert werden. Fräulein Reimann verfolgte den Bau dieses Ganges mit Interesse, aber ohne Erregung. Ihr schien die relative Verlassenheit des Schutzraumes eher wünschenswert, und ihre Phantasie reichte nicht aus, um sich diesen Zustand des Eingeschlossenseins vorzustellen. Von vertikalen Gefahren aller Art glaubte sie sich bewahrt, an ihre horizontalen Folgeerscheinungen mochte die alte Dame nicht denken. Die Tiefe des Kellers war für sie ausschlaggebend. Um seine Abgeschlossenheit kümmerte sie sich nicht. Als Kind hatte Therese Reimann die Angewohnheit gehabt, sich bei Gewittern ins Bett zu legen in der Überzeugung, die senkrecht zuckenden Blitze könnten ihrem ausgestreckten Körper nichts anhaben. Der Keller des Hauses schien dem Fräulein deshalb eine völlig sichere Stätte, die zudem noch durch geringe Besuchtheit ausgezeichnet war.

Weder bellende Hunde noch greinende Kinder störten die gespannte Ruhe der Stunden, in denen Gott die Sünder heimsuchte mit Feuer und Tod. Solange das elektrische Licht noch brannte, lauschte Fräulein Reimann mit Interesse den Meldungen des lokalen Rundfunks. Sie war die Besitzerin eines jener schwarzen Radioapparate, die von Staats wegen in Serienproduktion hergestellt wurden, und sie trug den kleinen Empfänger zusammen mit der Porzellanuhr und der Schmuckdose sowie ihren Dokumenten, Schlüsseln, Lebensmittelkarten und einer Versicherungspolice stets in den Keller hinunter, wenn die Sirenen heulten. Für den Empfang von Luftlagemeldungen unter der Erde hatte sie sich eine ingeniöse Methode zurechtgelegt, die es ihr erlaubte, den Telephonsender deutlich und klar zu vernehmen. Während sie mit der rechten Hand das blankgescheuerte Ende eines Kupferdrahtes hielt, den sie als Erdung in die hierfür bestimmte Stelle des Apparates gesteckt hatte, streichelte ihre Linke vorsichtig die Seitenwand des Empfängers, da Fräulein Reimann gefunden hatte, daß sich auf diese Weise eine erhöhte Tonstärke erreichen ließ. So verfolgte sie mit der Anteilnahme eines Feldherrn das Abrollen der feindlichen Operationen, wobei sie sich mit der Zeit in die Lage versetzt sah, die Bewegungen und Absichten der Kampfflugzeuge vorherzusagen. Bombengeschwader, die sich bei Mariazell nach Nordwesten wandten, um bei Melk die Donau zu berühren, pflegten überraschend den Kurs zu ändern und über den Wienerwald her die Stadt anzufliegen. Einzelflugzeuge, welche als über Stockerau kreisend gemeldet wurden, waren nicht selten die Vorboten eines schweren Angriffs auf die Industriegebiete des Nordostens. Berichtete die jugendliche Sprecherin des Luftschutzsenders von einer Formation, die entlang der Westbahnstrecke sich der Stadtmitte näherte, dann verzerrte sich das Gesicht Fräulein Reimanns um eine Kleinigkeit, und ihr Magen krampfte sich zusammen. Regungslos saß sie in solchen Fällen so lange da, bis schwere Explosionen und flackerndes Licht

erkennen ließen, daß die Bomber in der Tat sich der Stadtmitte näherten. Therese Reimanns feuchte Finger schlossen sich um den Kupferdraht, und sie begann zu beten. Für die Frauen, die Soldaten, die Kinder, die Tiere, für die Schutzlosen, für die Unbehüteten.
Fräulein Reimann fürchtete sich niemals zu sehr vor dem unbekannten Grauen des Todes, der über ihr in stählernen Kolossen durch die Wolken raste, sie war nur von einem unbändigen Mitleid zu jedweder Kreatur erfüllt, die in solchen Stunden weniger geborgen, weniger in Sicherheit und weniger eins mit Gott dem Herrn war als sie selbst. Der Tod hatte für sie keinen Stachel, sie vermochte nicht, seine Gestalt in ihr Vorstellungsvermögen aufzunehmen als einen anschaulichen Begriff. Solange sie lebte, gab es ihn nicht. Starb sie aber, dann lag es an dem Allmächtigen, dem sie vertraute, sie aus seinen Händen zu nehmen ... Wenn dann, nach den ersten Bombeneinschlägen, in der weiteren Umgebung des Kellers irgendwo ein tiefgelegenes Kabel riß und das Licht erlosch, unterbrach Fräulein Reimann für eine kleine Weile ihre Andacht, um mit weißen Händen die Petroleumlampe zu entzünden, die auf der umgestürzten Kiste stand.
»Und wenn ich auch wanderte im finsteren Tal«, flüsterte sie, »fürchte ich kein Unheil ... der Herr ist mein Hirte, mir wird nichts mangeln. Er weidet mich auf einer grünen Aue und führt mich zum frischen Wasser ...«
Fräulein Reimanns dunkle Augen blickten mutig in das schwache Dämmerlicht des Kellers und sagten den wenigen Menschen, die, gleich ihr, Zuflucht in ihm gesucht hatten: Seid ruhig. Nichts kann uns geschehen. ER behütet uns. Und zu sich selber sagte sie: Sei still, mein Herz.
So war es um das unerschütterte Vertrauen dieser alten Dame beschaffen, der dreiundsechzig Jahre eines ereignislosen Lebens, zwei grauenvolle Kriege, der Tod und das abstoßende Elend ihrer Mitmenschen im Verein mit dem Hunger von Mil-

lionen nichts hatten anzuhaben vermocht, weil sie auf Gott vertraute und niemanden mehr liebte als sich selbst.
Am Morgen des 21. März 1945, nachdem sie von der Frühmesse in einer nahegelegenen Kirche heimgekehrt war, machte sich Therese Reimann daran, in Ruhe ihre kleine Wohnung zu reinigen. Sie kehrte sorgfältig den Fußboden, wischte Staub von den Möbeln und versorgte einige Topfpflanzen mit frischem Wasser. Sie stieg die drei Stockwerke des Hauses hinab, um eine bescheidene Menge von Lebensmitteln einzukaufen und einige Briefe auf das Postamt in der Krugerstraße zu tragen. Fräulein Reimann pflegte Briefmarken stets einzeln oder gerade in jener Zahl zu erwerben, die sie augenblicklich benötigte. Auf dem Rückweg traf sie an einer Straßenecke eine Gruppe russischer Kriegsgefangener, die, geleitet von bewaffneten Soldaten, langsam und mit schleifenden Schritten zur Oper marschierte.
Wie *schmutzig* diese Menschen doch aussahen, dachte Fräulein Reimann, wie schmutzig und wie hoffnungslos müde. Sie würde die Gefangenen in ihre Gebete einschließen, versprach sie sich selbst und schritt rasch weiter, gestärkt durch den frommen Vorsatz. Wieder nach Hause gekommen, verwahrte sie die Lebensmittel in der Küche und warf dann einen Blick auf die Uhr. Es war ein Viertel nach zehn, Zeit, das Radio einzustellen. Fräulein Reimann verabscheute alle Formen moderner Unterhaltungsmusik und schüttelte abfällig den Kopf, als die ersten Synkopen eines populären Liedes an ihr Ohr drangen. Doch da auch dieser allmorgendliche Rundfunkempfang seit einigen Monaten zu ihren lebenerhaltenden Maßnahmen zählte, setzte sie sich, der verhaßten Musik keine Beachtung schenkend, in die Nähe des Fensters und begann aufmerksam ein Paar Strümpfe zu stopfen. Um 10 Uhr 55 vernahm sie unbewegt die Stimme des Ansagers, die eine Abschaltung des Senders ankündigte, und sah sich, mit ein wenig Genugtuung, in ihren Ahnungen bestätigt: Ein Angriff auf Wien stand bevor. Fräulein Reimann unterbrach ihre Arbeit, legte in großer Ruhe alle die

Dinge, die sie in den Keller mitzunehmen gedachte, auf den Tisch und fuhr dann fort, Strümpfe zu stopfen. Etwa zehn Minuten später, als sie hörte, daß in Bälde mit Fliegeralarm zu rechnen sei, löste sie den Kontakt des Radioapparates, verwahrte ihn, zusammen mit der Schmuckdose und ihren Dokumenten, in einer geräumigen Einkaufstasche und verließ, nachdem sie die Porzellanuhr mit dem goldenen Pendel unter den Arm genommen hatte, schwer bepackt ihre Wohnung, deren Tür sie sorgfältig verschloß. Sie ging langsam die Treppe hinunter und begegnete auf ihrem Wege mehreren hastenden Menschen, die an ihr vorübereilten. Fräulein Reimann setzte vorsichtig Fuß vor Fuß. Im Hausflur traf sie den Priester einer nahegelegenen Kirche, einen großen, weißhaarigen Mann mit rotem Gesicht, der den Namen Reinhold Gontard trug und seit vielen Wochen den Keller ihres Hauses besuchte.

»Guten Morgen, Hochwürden«, sagte Therese Reimann. Er nickte und begann an ihrer Seite zu gehen.

»Die Sirenen werden gleich heulen«, erzählte das Fräulein.

»Ja«, sagte der Priester. »Es wurden viele Flugzeuge über Wiener Neustadt gemeldet.« Er griff nach ihrer Tasche. »Erlauben Sie, daß ich Ihnen helfe.«

»Danke«, erwiderte Therese Reimann. Sie hatten den Kellereingang erreicht. Zusammen stiegen sie die schmale Treppe in die Tiefe hinab.

3

Reinhold Gontard war in den Augen vieler Mitglieder seiner Gemeinde ein Mensch, der sich unter dem Einfluß des Krieges zu seinen Ungunsten verändert hatte.

Diese Wandlung konnte allerdings nur Leuten auffallen, die ihn seit längerem kannten, denn sie war sehr allmählich und in feinen Abstufungen vor sich gegangen. Aber er hatte sich verändert. Man vermochte es genau an der unterschiedlichen In-

nigkeit und Konzentration zu bemerken, mit welcher der Priester in letzter Zeit seinen religiösen Pflichten nachkam. In seinen Messen, in der weltanschaulichen Auslegung von Bibelstellen, ja selbst im Beichtstuhl – überall war an seinem Gehabe deutlich eine nervöse Spannung und seelische Zerrissenheit festzustellen, die zu ergründen oder beim richtigen Namen zu nennen freilich niemand vermochte. Es schien, als würde Reinhold Gontard von einem schweren Kummer geplagt, als wäre er in ein tiefes Dilemma geraten, aus dem es keine Rettung gab. Wie ein Träumender durchschritt er das Ritual seines Berufes. Welche Handlung immer er auch im Dienste der Kirche verrichtete – stets hatte man den Eindruck, als wäre er mit seinen Sinnen anderswo, weit fort, beschäftigt mit wenig tröstlichen Problemen. Es besteht kein Zweifel darüber, daß Reinhold Gontard im Frühling des Jahres 1945 ein schlechter Priester war, was manche schmerzlich berührte, die sich in der Not und Ratlosigkeit der Zeit an ihn mit der Bitte um Stärkung wandten.
Reinhold Gontard trank. Er trank seit vielen Monaten, und wenn er es zuerst heimlich und unter Anwendung aller erdenklichen Vorsicht getan hatte, so war es ihm in letzter Zeit sichtlich gleichgültig geworden, was seine Umwelt von ihm hielt. Er brachte es zwar noch immer zuwege, lange nach Mitternacht unter dem Einfluß starker alkoholischer Getränke zu Bett zu gehen und um halb sieben Uhr morgens, obschon mit geröteten Augen und an heftigen Kopfschmerzen leidend, eine Frühmesse zu zelebrieren, aber wer seine Finger ansah, wenn sie ein brennendes Streichholz hielten, der brauchte kein Arzt zu sein, um zu wissen, welchem bürgerlichen Laster Reinhold Gontard verfallen war. Nun trank der Priester beileibe nicht, weil es ihm übergroßen Spaß bereitete, sondern aus einem ganz anderen, wesentlicheren Grund. Ein Mensch, der Geschmack an alkoholischen Getränken findet, der trinkt, weil es ihm Vergnügen macht zu trinken, so wie es einem anderen Vergnügen macht zu essen, wird niemals ein Säufer werden. Dem wirklichen Alkoho-

liker ist die Branntweinflasche im Grunde ein Ekel, sie stößt ihn ab, der Geruch der Flüssigkeit und ihre Konsistenz widerstreben ihm. Für ihn enthält das Glas, das vor ihm steht, Medizin, und zwar Medizin einer unangenehmen Art, wie etwa Lebertran für ein Kind. Er trinkt nicht, um sich zu amüsieren. Er trinkt, um zu vergessen, um nicht erinnert zu werden. Der wirkliche Alkoholiker hat einen Grund für seine Verfehlungen, einen sehr ernsten Grund zuweilen. Mit dem Priester Reinhold Gontard war es so beschaffen: Er haderte mit einem Gott, an den er nicht länger zu glauben vermochte und dem zu dienen er doch verpflichtet war. In dieser für einen Mann seines Standes unerträglichen Lage hatte er damit begonnen, sich zu betrinken.
Um jenen Vorgang zu begreifen, muß man wissen, daß Reinhold Gontard aus einer alten Bauernfamilie in der Umgebung von Kolmar im Elsaß stammte. Seine Mutter wünschte, daß er ein Geistlicher werden sollte. Nach dem Besuch eines humanistischen Gymnasiums trat Reinhold Gontard, vollkommen einverstanden mit der für ihn in Aussicht genommenen Laufbahn, deshalb in eine Klosterschule ein und wurde, dem Wunsche seiner Mutter gemäß, ein Priester. Was ihn bald vor anderen auszeichnete und besonders erscheinen ließ, war die Intensität seines Glaubens an Gott und dessen unergründlichen, gütigen Ratschluß. Reinhold Gontard glaubte an die Worte der Heiligen Schrift und an die Weissagungen der Propheten, er glaubte an das ewige Leben, eine Auferstehung vom Tode, an eine Vergeltung guter Taten und eine Vergebung unserer Schuld, an Gottes Liebe für die Menschen und an eine himmlische Gerechtigkeit. Nach diesen beiden letzten Begriffen, der alles umfassenden Liebe Gottes und der Gerechtigkeit des Himmels, gestaltete Reinhold Gontard sein Leben. Er erzog sich selbst zu Toleranz, Wahrhaftigkeit und einem tätigen Interesse für seine Mitmenschen. Er war stets bemüht, aufrichtig und duldsam zu sein, und da er von Natur eine ausreichende Menge gesunden Menschenverstandes mitbrachte, schien es, als ob die Kirche, die Künde-

rin der Lehre Christi, in ihm einen wertvollen Priester gefunden hätte, der ihr sein Leben widmete. 1939 war Reinhold Gontard achtundvierzig Jahre alt, und seine hellen Augen hatten so viel gesehen, daß sie die aufgefangenen Bilder des Nachts, wenn er die Lider schloß, um einzuschlafen, bunt wie ein Kaleidoskop auf sein Gehirn reproduzierten und ihn quälten. Er hatte Männer unter Galgen gesehen, Frauen mit zertretenen Gesichtern und blutigen Körpern. Brennende Gotteshäuser, bespiene Hostien. Lästerliche Plakate, brüllende Menschenmassen und Fahnen. Fahnen und Fahnen.

In dieser Zeit begann der Priester Reinhold Gontard mit aller Kraft seiner Seele zu beten. Er betete abends, wenn er allein war, und er betete des Tags mit seiner Gemeinde. Er bat um Frieden. Um Gerechtigkeit. Um die Freiheit aller Menschen von Hunger und Furcht. Und wieder um Gerechtigkeit. Und wieder. Um Gerechtigkeit. Der Priester Reinhold Gontard betete sechs Jahre lang. Viele Tausende Menschen beteten mit ihm. 2000 Tage und 2000 Nächte verrichtete Reinhold Gontard seine Andacht, und er wußte, daß sich nicht nur in seiner, sondern auch in allen anderen Kirchen der Stadt Hände falteten, nicht nur in dieser Stadt, sondern im ganzen Lande, in allen Ländern Europas, auf allen Kontinenten, auf der ganzen Welt. Millionen Menschen aller Rassen, aller Nationen baten den Schöpfer des Himmels und der Erde um Gerechtigkeit, um diese allein. Der gewaltige Chor ihrer Gebete stieg auf zu den fernen Sternen, verlor sich im Weltall und kehrte wieder als Echo von den Enden des Kosmos.

Hilf uns, o Herr, beteten die Gläubigen.

Und jene, welche ihren Glauben verloren hatten aus dem einen oder anderen Grund, beteten gleichfalls: Hilf uns, o Herr, so es Dich gibt.

Aber Gott hörte nichts von all dem und half den Gerechten nicht und nicht den Ungerechten.

Es war möglich, sich vorzustellen, dachte Reinhold Gontard,

wenn er manchmal noch über dieses Thema grübelte, daß es zu jener Zeit, da er um Gerechtigkeit betete, in der unendlichen Schöpfung zu Ereignissen kam, von denen er sich zwar keine Vorstellung machen konnte, die jedoch in bezug auf Gewichtigkeit jene seiner eigenen Misere ganz ungeheuerlich überstiegen. Wenn Gott aber wirklich allmächtig war, wenn es eine herrschende Macht des Guten über das Chaos gab, dann war es undenkbar, daß, aus Zeitmangel oder unterschiedlicher Dringlichkeit, der eine Planet neben dem anderen vernachlässigt wurde.

Gottes Mühlen mahlen langsam, überlegte Reinhold Gontard. Geduld ist die größte aller menschlichen Tugenden. Ein Tag wird kommen, der dies alles endet ... aber warum müssen wir sechs Jahre auf sein Kommen warten? Gottes Mühlen mahlen langsam. Warum mahlen sie nicht schneller, wenn damit einigen Millionen Menschen das Leben gerettet werden könnte? Was ist der Sinn dieser chaotischen Welt? Was ist ihr Sinn?

Reinhold Gontard war ein einfacher Mensch. Deshalb verwirrte ihn diese offenbare Sinnlosigkeit des Zeitgeschehens, seine barbarische Zerstörungswut, seine blinde Mordlust, seine Dummheit zutiefst. Was war der Sinn des Krieges? Eine bessere Welt zu schaffen. Aber war es nicht schon der Sinn des letzten gewesen, Kriege für immer unmöglich zu machen?

Wieder und wieder sprach Reinhold Gontard seine Gebete. Manchmal redete er sich in Zorn, häufig weinte er über die eigene Schwäche. Gott der Allmächtige blieb stumm.

Da geschah es eines Nachts, daß der Priester, irgendwo in der Vorstadt, auf dem Heimweg einem Mann begegnete, der betrunken war. Dieser gab ihm im Verlauf einer halben Stunde seine eigene bittere Ansicht über die Person des Herrn der Heerscharen.

»Ein Verbrecher«, sagte dieser Mensch. »Ein Verbrecher – oder ein Idiot.« Er schluckte und hielt sich an der Schulter des Priesters fest, der einen unauffälligen Mantel trug.

»Ich war ein Soldat«, fuhr der Trunkene fort, »verstehst du mich? Ich war in Polen, in Frankreich und schließlich in Rußland. Ich habe in diesem verfluchten Krieg eine halbe Lunge verloren. Deshalb bin ich jetzt hier, zu Hause. Ich hätte ebensogut in Kiew bleiben können, denn in ein paar Jahren liege ich doch unter der Erde. Mir erzählt keiner etwas. Ich habe mehr erlebt, als ich je werde begreifen können, viel mehr. Und ich sage dir: Gott ist entweder ein Verbrecher oder ein Idiot. Denn entweder konnte er diesen Krieg nicht verhindern – dann ist er nicht allmächtig, sondern ein Idiot. Oder er wollte es nicht. Dann muß er ein Verbrecher sein.«

Gottes Mühlen mahlen langsam. Die Mühlen eines Verbrechers, die Mühlen eines Idioten. Eines Verbrechers. Oder eines Idioten. Der Priester Reinhold Gontard stand mit einem betrunkenen Kriegsinvaliden unter den kahlen Bäumen der Grinzinger Allee und lachte. Denn beten konnte er nicht mehr.

Am nächsten Morgen, gelegentlich seines Dienstes als Beichtvater, vernahm er, ins Ohr geflüstert durch einen dünnen roten Samtvorhang, die Sünden des Fräulein Reimann, die von garstigen Gedanken, verwerflichen Handlungen und bösen Wünschen sprach. Die Sünden der alten Dame waren sehr klein, und der Priester begriff an diesem Tage überhaupt nicht, daß es Sünden waren.

»Dir ist vergeben«, sagte er, und Fräulein Reimann entfernte sich, eine fromme Danksagung auf den Lippen, mit trippelnden Schritten. Bald danach begann Reinhold Gontard zu trinken, zunächst in mäßiger Weise, manchmal nur, wenn sein Kummer zu groß für ihn wurde und er ihn vergessen wollte. Wenn er vergessen wollte, daß er an Gott zweifelte. Er lebte nicht zu schlecht in dieser Zeit, denn die veredelten Derivate des Äthylenhydroxyds wirkten auf sein Nervensystem beruhigend und tröstend ein, wie sie es seit Jahrtausenden tun. Erwachte er des Morgens, fiel das Licht der Sonne auf sein Bett und sang ein Vogel in dem kleinen Garten hinter dem Kloster, dann bedurfte

der Priester manchmal einer langen Weile, um sich daran zu erinnern, daß er in Gefahr stand, seine Seele zu verlieren. Doch bald kamen ihm wieder die Worte jenes Mannes ins Gedächtnis, der eine halbe Lunge hergegeben hatte und nicht wußte, für wen, des Mannes, der Gott verfluchte und an nichts mehr glaubte, und er sah sich gezwungen, von neuem zu trinken.
Einige Monate eines solchen von Alkohol bestimmten Lebens brachten Reinhold Gontard die Überzeugung, daß er nicht länger ein Diener Gottes zu sein vermochte, weil seiner Seele der Eifer und seiner Sprache die Kraft der Überzeugung fehlte, weil er bestenfalls lateinische Litaneien singen, Sterbenden Sakramente geben und alte Frauen von ihren lächerlichen Sünden freisprechen konnte, ohne sich dabei etwas zu denken. Das vermochte er noch. Aber den Bedrückten und Unglücklichen, den Kranken und Verzweifelten wirklichen Trost durch die Verkündung und Auslegung göttlicher Wahrheit zu bringen – das vermochte er nicht mehr.
Der Krieg würde zu Ende gehen, die Mächte der Finsternis würden über kürzere oder längere Zeit zu Boden geworfen werden – aber auch ein kommender Friede konnte Reinhold Gontard keine Erlösung schenken. Er war ungeduldig, schrecklich ungeduldig geworden und wollte nicht mehr warten. Ein Gebet, das erst beantwortet wurde, wenn schon alles verloren und nicht wiedergutzumachendes Unheil geschehen war, entbehrte seines Sinnes und konnte ebenso unterbleiben. Reinhold Gontard vermochte Gott dem Allmächtigen nicht zu verzeihen, daß er seinem aus dem Herzen kommenden Flehen nicht rechtzeitig Gehör geschenkt und den Dingen, wie es schien, ihren Lauf gelassen hatte. Er vermochte ihm nicht zu verzeihen, und er vermochte ihm nicht länger in Ergebenheit zu dienen. Es kam ihm, gemäß seiner orthodoxen Erziehung, nicht in den Sinn, aufrührerisch mit seinem Herrn zu Gericht zu gehen, er bekümmerte sich bloß über ihn und fand, daß er ihm viel Schmerzen bereitete. Er grübelte, beklagte die Zeit und ihre

unglücklichen Menschen und verlor seinen Glauben. Sonst tat er nichts.

Allein im Zustand der Trunkenheit fand er noch Ruhe. Dann erschien ihm das Dasein als ein himmlisches Gleichnis, als eine Parabel, die Grenzen zwischen Tag und Traum verschwammen, es gelang ihm, die Schattengestalten seiner Phantasie lebendig werden zu lassen und eine Welt zu bauen, wie sie sein Herz ersehnte. In der Unwirklichkeit solcher Stunden glaubte er manchmal, die überwältigende Größe der Weisheit zu begreifen, die hinter den Vorgängen der Gegenwart stand und ihnen Sinn verlieh. Gleich einem Träumer jedoch, dem sich im Schlaf ein Wunder offenbart, gelang es ihm niemals, seine Erkenntnisse hinüberzuretten in jene andere Metamorphose, das Leben. Aber wennschon sie ihm zu nichts nützten, machten sie ihn doch glücklich für die kurze Zeit seiner Berauschtheit. Deshalb hatte sich der Priester Reinhold Gontard dem Trunk ergeben und irrte verloren durch die Wirklichkeit eines erbarmungslosen Alltags. Deshalb schien es einigen Mitgliedern seiner Gemeinde, als habe der Krieg ihn zu seinem Nachteil verändert.

Monate gingen hin, der Krieg setzte neue Landstriche, blühende Städte und Dörfer in Flammen, ließ Hunderttausende auf häßliche, qualvolle Weise das Leben verlieren – für Reinhold Gontard geschah all dies ohne tieferen Sinn, chaotisch und erschreckend, oder, in seinen Delirien, im Gleichnis.

Als er am 21. März 1945, etwa eine Viertelstunde nach elf, von einem bevorstehenden Luftalarm in Kenntnis gesetzt wurde, verließ er sein Arbeitszimmer ohne jede Bewegtheit, ohne Freude, ohne Furcht, ohne Anteilnahme. Der Krieg spielte sich für ihn nur noch auf einer Bühne ab, nach dem Willen eines unberechenbaren Regisseurs, dessen ergebener Diener er einst gewesen war. Vor dem Portal der Josephskirche traf er auf eine große Menschenmenge, die sich schutzsuchend in die Kapuzinergruft drängte. Frauen, junge Mädchen, alte Männer, Kinder. Geschrei und Lärm, dachte Reinhold Gontard, Dummheit und

Eitelkeit. Warum sollten wir uns bewahren wollen? Es war doch ganz vergeblich. Langsam ging er über den nassen Platz und sah kurz zu den Wolken empor, aus denen feiner Regen floß. Ein Knabe weinte. Menschen liefen an ihm vorüber. Wozu die Eile? dachte der Priester. Wozu die Hast? Jeden von uns wird der Tod ereilen, einmal, irgendwann, zu einer unsinnigen Stunde. Denn auch der Tod steht unter dem Gesetz eines Gottes, der an den Geschehnissen auf dieser Erde keinen Anteil nimmt.

Im Flur des alten Hauses, dessen Keller er seit längerem bei derartigen Anlässen besuchte, begegnete Reinhold Gontard Therese Reimann. Sie stiegen gemeinsam in den von mehreren Glühbirnen erhellten Schutzraum hinab.

»Wer hat hier das Licht angezündet?« wunderte sich die alte Dame.

»Vielleicht ging schon jemand voraus«, meinte der Priester.

»Aber dies war immer ein privater Luftschutzraum«, erwiderte Fräulein Reimann verstimmt. »Es ist doch unmöglich, daß fremde Menschen einfach von der Straße herein zu uns kommen.«

»Warum sollte man es ihnen verwehren«, sagte Reinhold Gontard. »Der Keller ist groß.«

Als sie die dritte Etage des Gewölbes und damit den Grund des Schachtes erreichten, sahen sie in der Mitte des Raumes auf einem gebrechlichen Feldstuhl eine junge Frau sitzen, neben der ein kleines Mädchen stand.

»Verzeihen Sie«, sagte die Fremde, »daß wir hierhergekommen sind. Der Keller ist so tief. Dürfen wir hierbleiben?« In ihren Augen brannte flackernde Angst. Das Kind spielte mit einer Puppe. Fräulein Reimann neigte ergeben den Kopf, und in Erinnerung an eine Stelle der Heiligen Schrift, in welcher es heißt, man müsse denen, die in Not geraten sind, helfen, nicht nur mit Worten, sondern auch mit Taten, erwiderte sie. »Bitte, bleiben Sie bei uns. Es ist Platz für alle.«

4

Von den einunddreißig Jahren ihres Lebens hatte Anna Wagner das letzte in einem Zustand beständiger, nicht enden wollender Furcht verbracht. Seit dem Tag im Mai 1944, da ihr Mann sie verließ, um zu seiner Einheit an die Ostfront zurückzukehren, war dieses lähmende Angstgefühl nicht mehr von ihr gewichen. Die Angst saß auf ihrer Brust wie ein Alp, wenn sie schlief, sie hielt sie am Genick und schüttelte sie wie ein Puppenspieler eine Marionette. Anna Wagner hatte ihr Dasein diesem Furchtgefühl untergeordnet, sie existierte nur wie ein Schatten ihrer selbst, bleich, zitternd und hilflos. Zuerst war es Einsamkeit gewesen und Sehnsucht nach ihrem Mann, die sie die Zukunft fürchten und die Gegenwart hassen ließen. Sie hatten sich ganz auf den Menschen bezogen, der ihr Gatte war und irgendwo, zwischen Cherson und Poltawa, im Schlamm hinter einem Maschinengewehr lag und Menschen erschoß, die er nicht kannte. Der Unteroffizier Peter Wagner pflegte ihr, wenn er auf Urlaub kam, tröstend zu versichern, daß *er* es schon verstehen würde, sich vor den Gefahren des Krieges zu bewahren, aber seine Frau ahnte, daß dies ein leeres Versprechen war. Man konnte sich nicht fernhalten von Vernichtung und Todesgefahr, wenn man in Rußland kämpfte. In der letzten Nacht, die Anna Wagner mit ihrem Mann verbrachte, ehe er über den Ostbahnhof die Stadt verließ, griff die Furcht zum erstenmal nach ihr mit eiskalten Fingern. Sie preßte sich wild gegen den Körper des schlafenden Mannes an ihrer Seite und schluchzte in das Kissen, bis er erwachte und sie streichelte.
»Warum mußt du fortgehen …«, stammelte sie, blind vor Tränen. »… Warum mußt du fortgehen?«
»Ich werde wiederkommen«, sagte der Unteroffizier Peter Wagner, der von Beruf Eisendreher war und den Krieg haßte. »Es kann nicht mehr lange dauern. Sei ruhig, Anna. Ich werde wiederkommen.«
Sie klammerte sich an ihn und preßte ihr Gesicht an das seine.

»Geh nicht fort«, flüsterte sie verzweifelt. »Bleib bei mir. Bitte, bleibe bei mir!«
Er schwieg, und seine schweren Hände glitten über ihren Rücken. Vor den Fenstern, in der Dunkelheit, heulte die Sirene einer Lokomotive, die über den nahen Bahndamm fuhr. Der Mann schloß die Augen.
»Ich komme wieder«, sagte er. »Bald, Anna.«
Am nächsten Morgen fuhr er fort. Seit diesem Tag war Anna Wagner der Furcht verfallen, auf endgültige, beständige Weise. Sie sprach mit niemandem darüber, mit Evi, ihrer kleinen Tochter, nicht und nicht mit ihrer Mutter. Und auch in ihren Briefen an Peter Wagner erzählte sie kein einziges Mal von ihr.
»Lieber Mann«, schrieb sie, »uns geht es allen gut. Wir denken stets an Dich. Hier ist es schon ganz warm, und im Park blühen viele Blumen. Ich liebe Dich sehr. Deine Frau.« Sie verrichtete ihr Tagwerk, brachte die kleine Evi in den Kindergarten und half ihrer alten Mutter bei der Arbeit. Immer aber hielt sie die Furcht an der Kehle. Frühling und Sommer, Tag und Nacht. Aus wirren Träumen fuhr sie schweißgebadet und schreiend empor, weil sie Peter gesehen hatte, blutend, ohne Beine, im Schnee und tot. Wenn sie ein Lichtspieltheater besuchte und die Fanfaren der Wochenschau ertönten, biß Anna Wagner die Zähne in das Fleisch ihrer Lippen, um nicht zu schreien vor Schmerz. Hörte sie die Verlesung des täglichen Heeresberichtes im Rundfunk, klopfte ihr Herz wie ein Hammer, wenn von zähem Hinhalten und von tollen Vorstößen deutscher Truppen im Osten gesprochen wurde. Anna Wagner hatte kein Interesse am Ausgang dieser Unternehmungen, sie kümmerte es nicht, wer diesen Krieg gewann und wie, sie wollte nur ihren Mann bei sich sehen, gesund und unverletzt. Sie lehnte Diskussionen über Recht oder Unrecht, die Notwendigkeit eines Kampfes und die Gewißheit des schließlichen Sieges ab, in der dunklen und gefühlsmäßigen Erkenntnis, daß es all dies nicht gab: daß die Arbeiter aller Länder, die Armen und Mindergeborenen seit Beginn der Zeit

dazu verurteilt waren, für andere zu kämpfen und für andere zu sterben, ohne zu wissen, warum, ohne danach zu fragen. Zu sterben für Menschen, die vor dem Krieg nicht Furcht empfanden wie Anna Wagner, weil sie darauf vertrauten, daß ihrer internationalen, die ganze Erde umspannenden Brüderschaft des Todes niemals etwas geschehen konnte.
Aber wer waren diese Menschen? Wo lebten sie?
Anna Wagner ahnte, daß sie sich gut verbargen hinter tausend Gestalten und Masken, hier und anderswo und doch nirgends erreichbar. Und doch nirgends zur Rechenschaft zu ziehen für diesen Krieg oder den letzten oder einen, der noch kommen sollte. Für sie und ihresgleichen, dachte Anna Wagner, war das Spiel so und so verloren, heute und in alle Ewigkeit. In dieser Resignation, in dieser Abkehr von einem Zustand, der sie eigentlich hätte wenig von ihrem Leben halten lassen sollen, begann Anna Wagner sich seltsamerweise vor dem Tode zu fürchten, als sie im Sommer des Jahres 1944 erkannte, daß sie guter Hoffnung war.
Damals fielen die ersten Bomben auf Wien, und sie fand staunend, daß man so elend nicht sein kann, um nicht das Leben zu lieben von ganzem Herzen.
Anna Wagner wohnte in einem großen Haus nahe der Reichsbrücke. Zwischen dem Strom und der Straße liefen die Geleise der Nordbahn. Endlose Züge mit Kriegsmaterial rollten auf ihnen vorbei, und aus den Schloten der Stahlwerke ringsum stieg trüber Rauch, der des Nachts gemengt war mit feurigen Funken.
Der erste Angriff auf diese Anlagen brachte Anna Wagner, während sie zitternd und halb ohnmächtig vor Angst, gequält von Übelkeit und der schreckhaften Anfälligkeit ihrer Schwangerschaft in dem seichten Keller des Hauses hockte und dem irrsinnigen Toben der einschlagenden Bomben lauschte, den Entschluß, dem Tod, der ihr an diesem Tage gewiß schien, zu entfliehen. Sie wollte sich, beschloß sie, in Sicherheit begeben

mit ihren beiden Kindern, dem lebenden und dem noch ungeborenen, heraus aus dem unheimlichen Hexenkessel der Industriegebiete. Und so machte sich Anna Wagner, wann immer der Anflug feindlicher Flugzeuge gemeldet wurde, von nun an auf, um in die Innere Stadt zu fahren. Zuerst gab es noch Straßenbahnen, die Menschen hatten ein Einsehen mit ihrem Zustand und rückten zusammen, damit sie sich setzen konnte. Auch auf die Meldungen des Rundfunks konnte man sich verlassen. Später, als ganze Schienenstränge verbogen gegen den Himmel ragten und sich in den Trichtern auf der Straße das Regenwasser sammelte, waren die Tausende, die gleich Anna Wagner sich auf derselben Wanderung befanden, auf Motorräder angewiesen, auf Lastkraftwagen und Pferdefuhrwerke. Die Zeit drängte. Eine neue Rücksichtslosigkeit kam auf. Manchmal heulten die Sirenen ohne jede Warnung. Man wußte nicht mehr, ob man die Innenstadt erreichen würde, wenn man seine Heimstätte mit dem Ertönen jenes ominösen Vogelrufes im Rundfunk verließ, der das erste Warnungssignal darstellte.

Da beschloß Anna Wagner, sich täglich, bei gutem und schlechtem Wetter, gegen neun Uhr morgens mit Evi auf den Weg zu machen. Wenn die beiden Glück hatten, nahm ein Wagen sie mit bis zum Praterstern oder bis zur Schwedenbrücke. Meistens mußten sie gehen. Aber das tat nichts. Denn plötzlich gab es kein Hasten mehr. Hatte man sich einmal an diesen neuen Lebensstil gewöhnt, so war alle Eile unnötig. Die Zeiger der Uhr bewegten sich geduldiger, und sogar ein Teil der Angst entfloh, wenn man sich derart umsichtig auf die Begegnung mit dem Tod vorbereitete. Langsam ging Anna Wagner, ihre kleine Tochter an der Hand führend, über die schmutzigen Straßen, um sich zu schonen und nicht zu überanstrengen. Manchmal blieb sie stehen, ruhte sich aus und dachte mit Sehnsucht an ihren Mann, während kleine Schweißperlen von ihrer bleichen Stirn rollten.

Dies war Anna Wagners Tageslauf: Gegen sieben Uhr morgens

weckte sie ihre Tochter, wusch und kleidete sie mit Sorgfalt, reinigte die kleine Wohnung und nahm in Ruhe das Frühstück ein. Sodann füllte sie am Abend zuvor bereitetes Essen in flaches Blechgeschirr und verwahrte dieses, zusammen mit Geld, Dokumenten, einigen warmen Kleidern und Evis Lieblingspuppe, in einem alten braunen Koffer. Alle Fenster wurden geöffnet, die Gashähne geschlossen und die Eingangstür versperrt. Verfolgt von den Blicken der Zurückbleibenden, verließen die beiden dann das Haus: das kleine Mädchen unbekümmert und fröhlich über die zerstörte Fahrbahn hüpfend, die schwangere Mutter aufrecht und etwas hochmütig, da sie ahnte, daß ihre tägliche Wanderung von vielen besprochen wurde.

Auf der Hauptstraße reihten sie sich ein in den Zug der von der Donau kommenden Flüchtlinge: viele Frauen und Kinder mit Rucksäcken, kleinen Wagen, Taschen, Paketen und Koffern. Ohne sich zu empören über das Nomadendasein, das sie seit Wochen führten, wanderten alle diese Menschen in derselben Richtung, so, wie sie gestern wanderten und vorgestern, und wie sie morgen wandern würden und übermorgen und alle Tage. Die Angst vor dem Tod war groß. Größer als sie war die Macht der Gewohnheit, die sie dieses lächerlich unwürdige, häßliche und verächtliche und doch so geliebte Leben ertragen ließ. Sobald Anna Wagner mit ihrem Kind die Schwedenbrücke erreicht und überschritten hatte, glaubte sie sich geborgen. Unter dem ersten Bezirk zog sich ein ausgebreitetes Netz von tiefen Kellergängen hin, in das man an vielen Stellen hinabsteigen konnte. Dort war Raum für Tausende, man fand stets Einlaß. Anna Wagner ging in beschaulicher Ruhe den Franz-Josephs-Kai entlang, bog in die Rotenturmstraße ein und blieb vor den Auslagen der Geschäfte stehen, die ihre Waren zur Schau stellten. Sie betrachtete kostbare, durch kleine Karten als unverkäuflich bezeichnete Pelze, seidene Kleider, Schuhe, Schmuck, Bücher, Bilder und Spielzeug. Langsam wanderte sie in ihrem blauen, nicht mehr ganz neuen Mantel durch die von Menschen erfüllten Straßen, sah die Anzeigekästen der Filmtheater an und fühlte sich wunderbar ruhig.

Da ihre Niederkunft gegen das Ende des Monats März zu erwarten stand, hatte der Arzt, den sie besuchte, für sie einen Platz in einem Entbindungsheim reservieren lassen, das sich auf dem Lande, in der Nähe von Alland, befand. Diese idyllisch gelegene Klinik war eine sichere Stätte des Friedens. Mit großen Kreuzen in roter Farbe auf dem Dach und mehreren Fahnen hatte man sie klar als Spital gekennzeichnet, und da sie überdies fern allen Industrieanlagen stand, war anzunehmen, daß sie keinem Fliegerangriff ausgesetzt sein würde. Frauen, die in ihr entbanden, trafen eine Woche vor der Niederkunft ein und blieben danach noch vierzehn Tage, um sich zu erholen. Anna Wagners Abreise war auf den 22. März festgesetzt worden, und sie erwartete sie mit Ungeduld. Sie hatte die Erlaubnis erhalten, ihre Tochter mit sich zu nehmen, und lebte in der Überzeugung, daß der Aufenthalt in Alland sie, wenn auch nur für drei Wochen, von ihrer Angst befreien und froh werden lassen würde. In dieser Erwartung unternahm sie ihre nun schon sehr anstrengenden letzten Wanderungen und sagte sich, daß jeder Tag sie einen Tag näher an den 22. März heranbrachte.

Auf die eine Seite des Platzes vor der Stephanskirche schien um diese Zeit, wenn das Wetter schön war, die Sonne. Zusammen mit anderen, gleich ihr auf den Beginn eines Angriffs Wartenden, ließ Anna Wagner sich zuweilen hier nieder. Frauen saßen auf niederen Stühlen, lasen oder verzehrten mit ihren Angehörigen ein spätes Frühstück. Für diese Menschen gab es keine Eile, keine Berufspflichten mehr. Ihre einzige Arbeit schien ihnen in der argen Verschrecktheit ihres Herzens die Bewahrung des Lebens, die Überstehung der Heimsuchungen, die jeder Tag ihnen brachte. Es waren wenige Männer unter den Wartenden zu sehen, aber viele Kinder, die, mit einer beinahe feierlichen Unbekümmertheit um ihre Umgebung, sich einfachen Spielen hingaben, wie die Örtlichkeit sie gestattete.

Auf Evi Wagner war wenig von der Furcht ihrer Mutter überkommen. Für sie blieb die alltägliche Reise zur Stadtmitte ein erregendes Ereignis, dessen tieferen Sinn sie nicht verstand. Sie war froh, dem lästigen Zwang des Kindergartens entkommen zu sein, und freute sich der so erstaunlichen Freiheit, in welcher sie nun lebte, ja, sie hoffte im geheimen, daß dieser Zustand seliger Ungebundenheit noch lange währen würde. Evi Wagner war fünf Jahre alt.

Am Morgen des 21. März machte sie, während ihre Mutter mit geschlossenen Augen in der Sonne saß, die Bekanntschaft eines kleinen Jungen, der seine gleichaltrige Umgebung durch Darbietungen akustischer Art in ehrfurchtsvolles Staunen versetzte. Der jugendliche Imitator vermochte auf täuschend ähnliche, wennschon in bezug auf Lautstärke unproportionale Weise das Heulen von Sirenen, das Zischen der fallenden Bomben und den Lärm der Abwehrgeschütze nachzuahmen, wobei er es verstand, all diese Einzelleistungen zu vereinen und so einen höllischen Spektakel zu verursachen, der seinen Zuhörern Schauer des Entsetzens über den Rücken jagte. Evi Wagner betrachtete den Knaben mit großen Augen und beneidete ihn ein wenig um diese seine Fähigkeiten, zu denen es auch gehörte, auf ungemein realistische Art, mit verzerrtem Gesicht, dabei die Arme hochwerfend, plötzlich unter gräßlichem Stöhnen zusammenzusinken, dermaßen einen zu Tode Getroffenen markierend.

Anna Wagner mußte ihren Namen zweimal rufen, ehe Evi sie hörte. Dann verließ sie mit einem letzten faszinierten Blick den genialen Imitator und folgte der Mutter, die, den kleinen zusammenklappbaren Stuhl und den alten Lederkoffer tragend, vorausgegangen war.

»Wir müssen uns beeilen«, sagte Anna Wagner. »Bald werden die Sirenen heulen.«

Sie war plötzlich wieder unruhig und in Eile, obwohl sie ihr Ziel eigentlich erreicht hatte. Ein Keller war in diesem Stadtviertel so gut wie der nächste, überall gab es Abstiege in das große

Schutzraumnetz der Katakomben. Aber nun, in Erwartung des verhaßten Heulens, war in Anna Wagner wieder die Furcht erwacht und machte ihr das Atmen schwer.
Die Sirenen ... ein neuer Angriff ... Menschen würden sterben, bald schon, in einer Stunde vielleicht. Niemand von ihnen wußte, daß er vom Tode gezeichnet war. Du vielleicht, dachte die Frau, an Passanten streifend, oder du ... oder ich ... und Evi ...
Anna Wagner fühlte, wie sich ihr Rücken mit kaltem Schweiß bedeckte. Jeder Fliegeralarm, nein jeder neue Tag, so ereignislos er auch verging, war wie ein wenig Sterben. Und die unendliche Wiederholung dieser Anspannung ihrer Nerven ließ ihr den Tod schrecklicher und schrecklicher erscheinen. Man stirbt, heißt es, nur einmal. Anna Wagner starb tausendmal und lebte immer weiter.
Nur heute noch, heute noch sollte nichts geschehen, dachte sie. Morgen befand sie sich schon in Sicherheit. Nur heute noch sollte Gott gnädig sein und ein Einsehen haben mit ihrer Not ...
Eine große Ratlosigkeit überkam sie, als sie mit Evi so durch die Straßen eilte. Sie brachte es nicht über sich, zweimal den gleichen Keller aufzusuchen, immer war sie auf der Jagd nach einem neuen, besseren Aufenthaltsort. Selbst während der Angriffe irrte sie unter der Erde, bleich, zitternd, erbarmenswert. Sie schob ihre Tochter vor sich her in die Einfahrt eines Hauses, in der viele Menschen standen, änderte dann ihre Absicht und sagte: »Nein, komm. Wir wollen in einen anderen Keller gehen.«
Sie eilten die Spiegelgasse entlang und erreichten den Neuen Markt.
»Werden die Sirenen bald heulen?« fragte das Kind.
»Ja«, sagte Anna Wagner unglücklich, »bald.«
Ein Gebäude mit einem schwarzen, schmiedeeisernen Tor fiel ihr auf. Hier war sie noch nie gewesen ... Sie betrat den Flur.
»Wohin gehen wir?« verlangte Evi zu wissen.
»Hinunter«, antwortete die Mutter. »Vielleicht ist der Keller

tief.« Sie tastete mit der Hand über die feuchte Mauer des dunklen Abstiegs und fand einen Lichtschalter.

»Lauf voraus«, sagte sie zu dem Kind, das singend die Treppen hinabeilte. In der ersten Etage blieb Anna Wagner stehen und sah sich um. »Es geht noch weiter!« rief Evi. Sie stiegen hinunter in die schwach erleuchtete Tiefe. Anna Wagner holte Atem. Ein sonderbares Glücksgefühl überkam sie.

»Hier bleiben wir«, sagte sie laut. »Hier kann uns nichts geschehen.«

»Warum kann uns hier nichts geschehen?«

»Weil der Keller sehr tief ist.«

»Werden wir die Sirenen hören?«

»Nein«, sagte Anna Wagner. »Wir werden gar nichts hören. Es wird ganz still sein.«

»Wie in einem Grab!« rief das Kind und begann, belustigt über diese Vorstellung, fröhlich zu lachen. »Ein Grab, ein Grab! Wir sitzen in unserem Grab!«

Anna Wagner stellte den Koffer nieder und lauschte.

»Sei still«, sagte sie, »es kommt jemand.«

Von oben erklangen Stimmen, die sich näherten und lauter wurden. Zwei Schatten wanderten den Besuchern auf der Wand des Kellers voraus, dann erschienen sie selbst: Fräulein Therese Reimann und der Priester Reinhold Gontard.

5

Der Chemiker Walter Schröder war von der fixen Idee besessen, er könnte durch seine Arbeit den Ablauf des Gegenwartsgeschehens entscheidend beeinflussen.

Diese Absicht hatte sich erst während der letzten Monate in ihm gebildet und war für die Art und Weise verantwortlich zu machen, mit welcher der fünfunddreißigjährige, seiner beruflichen Stellung wegen vom Kriegsdienst befreite Anorganiker sein Privatleben vernachlässigte. Walter Schröder arbeitete in dem

Laboratorium einer großen Fabrik im Süden Wiens, die sich mit der Herstellung von radiotechnischen Apparaten beschäftigte. Schröder war einer der wenigen Chemiker des Werkes. Seiner Abteilung oblag die Produktion von Stromquellen aller Kapazitäten und Formen auf chemischer Basis. Er hatte sich in den acht Jahren seiner Tätigkeit auf diesem Gebiet umfassende Spezialkenntnisse erworben, die es ihm ermöglichten, auch mit minderwertigen Materialien erstaunliche Leistungen zu erzielen. Braunstein beispielsweise, der Hauptbestandteil der gebräuchlichen chemischen Elemente, war nur noch in minimalen Mengen und sehr schlechter Qualität zu bekommen. Schröder hatte in monatelangen Versuchen mit verschiedenen aktiven Kohlen, Graphit und Blattschwarz Ersatzmischungen gefunden, die den Ansprüchen, welche an sie gestellt wurden, vollständig genügten. Salmiak und Magnesiumchlorid, Agenzien, die zur Bereitung der Elektrolyte Verwendung fanden, erreichten die Verarbeitungsstätten in gefrorenem, verunreinigtem Zustand, gemengt mit Erde, Kohle und Eisenpartikeln, Stoffen also, die schwere Störungen in chemischen Elementen hervorgerufen hätten. Walter Schröder konstruierte Klärbecken, in denen sich diese Fremdkörper in kurzer Zeit absetzten. Er fand eine Methode, den Erweichungspunkt der für den Verschluß wichtigen Bitumenmassen zu steigern, es gelang ihm, das weiße Mehl der Elektrolytkleister teilweise durch Kieselgur zu tauschen, und er ersann ein einfaches Verfahren, die Korrosionsgeschwindigkeit der Zinkbecher zu reduzieren. Er tat all dies aus einer einfachen Freude an den Möglichkeiten, die seine Wissenschaft ihm gab, und es erfüllte ihn mit Genugtuung, wenn die Entladekurven seiner Anoden und Elemente über den festgesetzten Normen der Heeresabnahmestellen lagen. Er war ein ruhiger, unauffälliger Mensch, der viele Abende, lange nach Arbeitsschluß, experimentierend in seinem stets von Kohle und Ruß verunreinigten Laboratorium verbrachte, in seiner Freizeit die Werke der klassischen Philosophen las und sich bei der Lektüre Bleistiftanmerkungen in ein Taschenbuch machte. Walter Schröder war groß und leicht untersetzt. Seine Augen lagen hinter den starken Gläsern einer dunklen Hornbrille, und seine hohe Stirn im Verein mit einer geraden schmalen Nase machten sein Gesicht interessant. Das Bemerkenswerte an ihm war die stets untadelig aufrechte Haltung, mit der er sich bewegte. Sie blieb unbetont, aber sie fiel doch jedem, der ihn sah, sogleich auf.

Walter Schröder hatte eine Frau und zwei kleine Kinder, die er zu Beginn des vergangenen Jahres in ein kleines Hotel an einem oberösterreichischen See geschickt hatte, wo er sie gelegentlich besuchte. Seit etwa vierzehn Monaten lebte er allein in Wien, betreut von einer alten Haushälterin. Bis zum Sommer 1944 war er eine völlig alltägliche Erscheinung, durch nichts hervorragend oder absonderlich. Er nahm interessierten Anteil an dem politischen Geschehen der Zeit und trug die feste Überzeugung mit sich herum, daß ein verlorener Krieg das Ende seiner mühsam aufgebauten Existenz bedeuten würde. Aus diesem Grunde verschloß er sich allen Gerüchten, die geeignet waren, einen zersetzenden Pessimismus zu fördern, und verurteilte auf das schärfste jede Form von Schwarzmalerei anderer, ob sie nun durch eigene Erlebnisse oder beeinflußt durch heimlich abgehörte ausländische Sendestationen herrührte. Völlig unverständlich blieb ihm die Mentalität von Menschen, die, im Gegensatz zu ihm, einen ungünstigen Ausgang des Krieges herbeisehnten. Er nannte sie bei sich verantwortungslos und dumm, denn es war ihm klar, daß sie nicht ahnen konnten, was sie erhofften. Auch er bemerkte in der Struktur und dem Wesen des Regimes, welchem er diente, Stellen, die ihm unrecht erschienen. Aber er nannte sie im stillen »extreme Schattenpunkte«, wie sie überall auftreten, wo mit sehr hellem Licht hantiert wird, und erwartete, daß sie sich mit der Zeit neutralisieren und abschwächen würden.

Im übrigen sah er in seiner Furcht vor einer möglichen, alles vernichtenden Zukunft nicht die Ursachen und Hintergründe der Gegenwart und wäre imstande gewesen, jeder Institution von Macht mit Sympathie zu begegnen, welche diesen kommenden Schrecken aufzuhalten vermochte. Er glaubte bedingungslos alles, was ihm von seiten der Parteikollegen mitgeteilt und eingeschärft wurde, und war zudem bereit, jederzeit ihre Anordnungen zu befolgen, so dumm, grenzenlos grausam und destruktiv sie auch sein mochten.

Schröder hatte kein Gewissen. Er war »ein Mann ohne Herz«, wenn es sich um Personen handelte, die er und seinesgleichen als »Feinde des Reichs« bezeichneten. Ein Mann ohne Herz, den es leicht ankam, Unrecht zu tun, weil er an das Unrecht glaubte, weil er selbst ein Teil dieses Unrechts war.

Es mag bei der Schilderung seines Charakters auf dieser und folgenden Seiten der Eindruck entstehen, als wäre Schröders Stärke in eben diesem Umstand gelegen, daß er bedingungslos zu glauben vermochte, daß er auf diese Weise etwas vor seinen Mitmenschen voraushatte und daß dieser sein Glaube als Entschuldigung und Motivierung dienen könnte, als Idealisierungsgrund für alles, was Walter Schröder tat.

Dieser Auffassung zu begegnen liegt zwar zutiefst im Wunsche, aber nur zu einem Teil in der Macht des Autors, zum anderen Teil jedoch in der des Lesers, der selbst erkennen muß, daß eine böse Tat darum nicht gut wird, weil man sie selbst dafür hält; daß es besser ist, an gar nichts als an das Unrecht zu glauben; und daß nicht Herzenskälte und Gefühllosigkeit uns helfen können, sondern Herzenswärme und ein tiefes Erbarmen mit allen Kreaturen dieser seltsamen Erde.

Im August 1944 reiste Walter Schröder nach Berlin, wo er drei Tage verbrachte. In ihrem Verlauf wurde er von einigen Offizieren einer militärischen Sonderstelle mit der raschesten Entwicklung eines Elementes betraut, das bei kleinstem Volumen größte Stromstärken abzugeben vermochte. Es wurde ihm bedeutet, daß man, rückblickend auf seine bisherige Arbeit, großes Vertrauen in ihn setze. Man gab ihm zu verstehen, daß es an ihm lag, ein Gerät zu ersinnen, welches, als Teilstück einer anderen, größeren Erfindung, entscheidend zum Ausgang des Krieges beitragen konnte. Walter Schröder wußte, daß sich in dieser Zeit das System herausgebildet hatte, die Herstellung wichtiger Objekte zu dezentralisieren und Aufträge zur Produktion von Einzelbestandteilen an Firmen in verschiedenen Städten zu verteilen: einerseits der immer gefährlicher werdenden Luftangriffe wegen und andererseits, um es Unbefugten zu erschweren, Einblick in die Entwicklung geheimgehaltener Waffen zu nehmen. Eine Stromquelle, die bei kleinstem Rauminhalt für kurze Zeit stärkste Ströme abzugeben imstande war – Walter Schröder erkannte klar, was das bedeutete. Er hatte genügend über Raketengeschosse und ferngesteuerte Bomben gelesen, um zu wissen, daß diese zu ihrem Antrieb und Flug neben treibenden Kräften noch richtunggebender Impulse bedurften, um ihre Ziele zu erreichen. Als er die exakten Maße des zu ersinnenden Elementes und die technischen Anforderungen, die gestellt wurden, vernahm, bildete sich in ihm die Überzeugung, daß er tatsächlich an einem sehr ungewöhnlichen Projekt mitarbeitete. Dem Auftrag war eine sogenannte Dringlichkeitsstufe niederer Ordnung gegeben worden, die Eingeweihte gleichfalls hinlänglich von seiner Bedeutung überzeugen und viele Türen öffnen sollte.

Versehen mit einem oftmals gestempelten Schreiben, einer Kontoüberweisung der Deutschen Bank und mehreren Lichtpausen, verließ Walter Schröder Berlin über den zerstörten Anhalter Bahnhof in einem Zustand fiebriger Erregung. Im Zug schon begann er Pläne zu schmieden. Nach Wien zurückgekehrt, machte er sich mit einem jungen Assistenten sofort an die Arbeit, indem er diesem zunächst den Auftrag gab, sich in der Bibliothek des Ersten Chemischen Laboratoriums der Universität mit der entsprechenden Fachliteratur und etwa vorliegenden ausländischen Patentschriften vertraut zu machen. Er selbst bemühte sich in der Zwischenzeit, ein organisches Präparat namens Oppanol zu beschaffen, einen Spezial-Ester von unangenehmem Geruch, den gewisse spezifische Eigenschaften für eine Verwendung in dem vorliegenden Fall prädestiniert erscheinen ließen. Er wußte, daß die Belastbarkeit einer chemischen Stromquelle proportional ihrer Gesamtoberfläche anstieg. Dies bedeutete, daß man sehr starke Ströme aus einem kleinen Element nur dann erwarten konnte, wenn man dafür sorgte, daß die Oberfläche der Elektroden auf irgendeine Weise gleichfalls ungewöhnlich groß wurde. Walter Schröder und sein leicht desillusionierter Assistent verbrachten Tage und Wochen über dem Problem der kleinen Elemente. Sie konstruierten eine Vielzahl von Hilfsapparaturen, zeichneten Entladekurven und wiederholten stundenlang die gleichen Versuche. Gegen Abend blieb Schröder allein in dem vollgeräumten, nicht mehr zu reinigenden Laboratorium zurück und bemühte sich, auf unbeschreiblich überladenen Tischen, mit Ohmschen Widerständen, Volt- und Amperemetern sowie einer Menge chemischen Geräts um die Lösung seiner Aufgabe. Manchmal ging er nicht nach Hause und schlief angekleidet in einem hölzernen Liegestuhl, der in einer Ecke des großen Raumes stand. Der Geruch des Benzols, in welchem er die Oppanolsorten auf eine gemeinsame notwendige Viskosität verdünnte, bereitete ihm nach einigen Tagen schon ständigen Kopfschmerz und Magenbeschwerden. Die Ammoniaklösungen, mit denen er stets zu arbeiten hatte, entzündeten seine Hände, die rot wurden, aufsprangen und zu brennen anfingen, so daß er schließlich mit dünnen Gummihandschuhen zu hantieren gezwungen war. In den drückend heißen Nächten des August saß Walter Schröder in Hemdsärmeln und bei elektrischem Licht über Skalen und Zeiger gebeugt, unrasiert, unsäglich schmutzig geworden von der Arbeit mit durchwegs pulverförmigen schwarzen Materialien, das Haar verwirrt, mit schmerzenden Augen und von einer unveränderlichen Übelkeit gequält. Draußen, im Hof, gingen die Nachtportiers ihre Runden durch die tiefe Dunkelheit. Aber

er hörte sie nicht. Sein ganzes Sinnen war auf die kleinen, feuchten und häßlichen Pakete gerichtet, die triefend vor ihm auf dem vollgeräumten Tisch lagen, zusammengeschnürt mit Isolierband, Kunstfolien und Draht. Sie bildeten den Mittelpunkt seines Denkens, sie verdrängten alles andere. Sie tyrannisierten ihn. Sie machten aus dem alltäglichen Betriebschemiker Walter Schröder einen Fanatiker. Er mußte seine Aufgabe lösen, dachte der Mensch mit dem grauen Gesicht und den brennenden Augen, während große Schweißtropfen ihm über die rußbefleckte Stirn rollten. Er mußte. Aber er löste sie nicht. Der Sommer ging hin. Der Herbst folgte ihm, der Winter. Noch immer hockte Walter Schröder über unbrauchbaren, von Kriechströmen und Kurzschlüssen angegriffenen Elementen, die sich in gespenstischem Eigensinn weigerten, die Forderungen zu erfüllen, die er an sie stellte. Man konnte meinen, die Materie selbst hätte sich verschworen gegen seinen Plan, hätte beschlossen, sich nicht zur Zerstörung anderer, aus gleicher Materie gefügter Gebilde mißbrauchen zu lassen ... eine unheimliche Kabbala der toten Dinge.
Aber in der Chemie gibt es keine solchen Verschwörungen. Die Chemie ist eine Wissenschaft. In ihr bestimmen Gesetze, und sie allein, den Ablauf der Ereignisse. Wenn man jene kennt, kann man diese vorhersagen. Walter Schröder kannte die Gesetze. Er wußte, daß seine Idee möglich war. Und also arbeitete er weiter. Weihnachten kam. Er verlebte die Feiertage allein. Am 27. Dezember saß er wieder in seinem Laboratorium und traf neue Versuchsanordnungen. Es bereitete ihm nun schon eine geringe Genugtuung, daß sie alle mißlangen. Mit charakteristischer Ausdauer und Gründlichkeit ertrug er diese Fehlschläge und sagte sich, daß er eben noch nicht den richtigen Weg gefunden hatte. Die Heeresentwicklungsstelle in Berlin glaubte sich von Zeit zu Zeit verpflichtet, lange Telegramme nach Wien zu senden, die in dringlichen Worten einen Abschluß der Versuche forderten und nach greifbaren Resultaten verlangten.

Walter Schröder nahm sie mit einem Gemisch von Hochmut und heimlicher Verschrecktheit zur Kenntnis. Er war lange genug Chemiker, um alle Menschen zu verachten, die einen Vertreter seines Berufes drängten und dauernd schreiend nach Wundern und Sensationen verlangten, ohne sich eine Vorstellung von den komplexen Zusammenhängen und den Schwierigkeit unsichtbarer Vorgänge im Innern der Stoffe zu machen. Andererseits las Walter Schröder aus den telegraphierten Botschaften ein verstecktes Flehen heraus, das, in Worte gekleidet, besagte: Wenn nicht bald etwas Entscheidendes geschieht, ist alles verloren. Das schmutzige Laboratorium in Meidling glich einer Gerümpelkammer. Die Aufräumefrauen, denen es zufiel, den Raum zweimal wöchentlich zu reinigen, sprachen zueinander in Tönen höchster Entrüstung und der ihnen eigenen bilderreichen Sprache von dem tollen Treiben Walter Schröders. Sie standen seiner Arbeit grundsätzlich ablehnend gegenüber und lieferten bei ihren Attacken auf die kleine Versuchsstation erbarmungslos alles, was ihnen an klebrigen, übelriechenden und mißgeformten Gegenständen unter die Hände kam, der Vernichtung aus, ein Vorgehen, das regelmäßig schwache Tobsuchtsanfälle ihres unsauberen, übernächtigten Brotherrn zur Folge hatte. Schließlich wurde an der Eingangstür des Laboratoriums eine Tafel angebracht, die Unbefugten den Eintritt strengstens untersagte. Walter Schröder und sein uninteressierter Assistent übernahmen es, selbst für Ordnung und Sauberkeit zu sorgen. Natürlich mangelte es ihnen an Zeit dazu. Gegen Ende Januar begann Schröder mit einem neuen Kunststoff namens Trolitul zu experimentieren, den er in organischen Agenzien löste und zum Imprägnieren seiner kleinen Batterien verwendete. Diese Arbeiten waren schließlich erfolgreich. Am 28. Januar 1945, spätabends, entluden die beiden Männer, die bei ihrer Beschäftigung erbärmlich froren, das erste brauchbare Element unter den errechneten Bedingungen. Das Wunder, das kein Wunder war, geschah: Die unscheinbare Kassette mit

ihrem unappetitlichen Inhalt lieferte für die Zeitdauer von fünf Minuten eine enorme Strommenge, während die Spannung in Form einer mäßig abfallenden Kurve auf ihren Halbwert sank.
Im Verlauf des Monats Februar konstruierte Walter Schröder nun eine Reihe von einwandfreien Versuchselementen, die mit einem Kurier nach Berlin gesandt, geprüft und geeignet befunden wurden. Wenn man schon in der Entwicklungsstelle des Heeres zu diesem Zeitpunkt mit einiger Bestimmtheit wußte, daß auch die bahnbrechendsten Erfindungen kaum mehr den Ablauf der Geschehnisse beeinflussen konnten, sprach man doch in gewählten Worten Walter Schröder seine Anerkennung aus und bedeutete ihm, nun schleunigst mit der Produktion der Elemente im großen zu beginnen. Niemand wollte militärische Tatsachen wahrhaben. Jedermann war eifrig um einen Eindruck von Optimismus und Zuversicht bemüht, hinter dem sich schwarze Verzweiflung und Schadenfreude breitmachten. Vielleicht kam es doch noch zu der atemnehmenden Wende, von welcher die Zeitschrift »Das Reich« sprach – vielleicht kam es doch noch zu ihr, wenn auch niemand mehr sagen konnte, wie es wohl um sie beschaffen sein mußte.
Walter Schröder beschloß, sich nicht um den drohenden Zusammenbruch zu kümmern. Im Gespräch mit Fremden leugnete er verbissen seine Befürchtungen und schuf eine Atmosphäre ungläubigen Staunens um sich, Fatalisten kam vor diesem gläubigen und unbeirrbaren Arbeiter die eigene Kleinmut beschämend zu Bewußtsein. Jene, die das Ende des Krieges mit Ungeduld erwarteten, zuckten die Schultern. Ein armer Fanatiker, dachten sie, dessen bewundernswerte Zähigkeit verantwortungslos mißbraucht wurde ... ein unglücklicher Idealist, der in Verblendung auf das falsche Pferd gesetzt hatte und nun nicht willens war, seinen Irrtum einzugestehen.
Walter Schröder kümmerte sich nicht um sie. Er war auf endgültige Weise der Überzeugung zum Opfer gefallen, daß er als einzelner durch seine Erfindung entscheidend in den Ablauf des

Krieges einzugreifen vermochte. Seine Wohnung fiel einem Luftangriff zum Opfer. Er rettete einen Bruchteil seines Besitzes aus den Trümmern und übersiedelte zu einem Freund. Arbeitskollegen des Betriebes wurden von ihren Vorgesetzten dazu angehalten, sich an Walter Schröder ein Beispiel zu nehmen. Zwei Tage nach dem Verlust seiner Habe erschien er, aufrecht, eilig und freundlich wie immer, in der Fabrik, um weiterzuarbeiten.

Anfang März waren die einfachen Stanz-, Preß- und Zusammensetzmaschinen für das kleine Element fertiggestellt. Die Produktion begann. Aus Berlin langten weitere Pläne, Anweisungen und Vorschriften ein. Noch funktionierte der Verwaltungsapparat des Deutschen Reiches. Noch arbeiteten im ganzen Lande Wissenschaftler an der Herstellung entsetzlicherer, tödlicherer Waffen. Sie experimentierten in unterirdischen Laboratorien, auf verlassenen Nordseeinseln, in Alpentälern und der märkischen Heide. Sie alle vergaßen über der Spannung und dem persönlichen Interesse an ihren Aufgaben zuweilen deren eigentlichen Sinn. Die Zeit existierte nicht für sie. Tag und Nacht waren ihnen gleich vertraut, und sie lebten in einem fiebrigen Halbschlaf, aus dem sie manchmal, sehr selten, erschrocken auffuhren, um sich zu besinnen, um zu fragen: Wohin treiben wir?

Zu dieser weit aus dem Alltagsgeschehen lebenden Gruppe von Männern, für die der Krieg nicht existierte, für die es weder Recht noch Unrecht, weder Gut noch Böse, sondern allein Retorten, Tabellen, Skalen, Maschinen, ihre fachlichen Probleme und deren Lösung gab, zählte der Chemiker Walter Schröder. Am Morgen des 21. März 1945 traf er zum Zweck einer Besprechung einen Kunstharzexperten in seinem Büro am Kohlmarkt. Um elf Uhr befand er sich bereits auf dem Rückweg zur Oper. Er ging eilig und achtlos durch die schmalen Gassen der Inneren Stadt, völlig desinteressiert an der nervösen Bewegung um sich. In der Hand trug er eine große lederne Aktenta-

sche, die angefüllt war mit Dokumenten und Plänen. Von einem unsichtbaren Lautsprecher kommend, drang das Pausenzeichen des Luftschutzsenders an sein Ohr, dem er eine Weile lauschte, bis ihm die Bedeutung der tickenden Uhr zum Bewußtsein kam. Eine Botschaft wurde verlesen. Er blieb stehen und versuchte, sie zu vernehmen. »... sollte der Verband seinen Kurs beibehalten«, sagte eine Frauenstimme, »ist in Kürze mit Fliegeralarm zu rechnen ...« Er hatte zwei dringende Briefe zu schreiben, überlegte Walter Schröder. Der Alarm würde ihm Gelegenheit dazu geben. Er blickte auf die Uhr. Es war 17 Minuten nach elf.
Ich kann mich ebensogut gleich an die Arbeit machen, dachte er. Weiteres Herumlaufen auf den Straßen hat wenig Sinn. Die Bahnen werden doch in Kürze stehenbleiben ...
Ohne zu zögern betrat er den Flur des Hauses, vor dem er stehengeblieben war, und tastete, während er die ersten Stufen in den erleuchteten Keller hinunterstieg, nach seiner Brusttasche, um sich zu vergewissern, daß er eine Füllfeder bei sich trug. Dabei vernahm er Schritte und gewahrte, sich umwendend, ein junges Mädchen in einem lichten Mantel, das ihm zögernd folgte. »Ist dies ein öffentlicher Luftschutzraum?« fragte die Fremde. Walter Schröder sah sie abwesend an. Hoffentlich bringt jemand im Laboratorium das große Siemens-Voltmeter in Sicherheit, dachte er. Es ist das einzige genaue Gerät, das ich besitze. Sein Verlust wäre nicht wiedergutzumachen ...
»Ist dies ein öffentlicher Luftschutzraum?« fragte das Mädchen. Schröder fuhr auf.
»Wie? Ich weiß es nicht. Ich bin hier selbst fremd«, sagte er. »Aber lassen Sie uns jedenfalls hinuntergehen.«

6

Susanne Riemenschmied erwachte am Morgen des 21. März in der glücklichen Überzeugung, daß dieser Tag der bedeutungsvollste ihres ganzen bisherigen Lebens war, daß er sich heraushob und aufleuchtete aus der Kette aller anderen Tage wie ein seltsamer Edelstein. Während sie sich ankleidete, sang sie ein Lied. Dem Briefträger, der ihr, asthmatisch keuchend, die Post überreichte, schenkte sie ein Paket rationierter Zigaretten. Ihre kleine Katze bekam eine ungewöhnlich große Schale warmer Milch vorgesetzt, und gegen neun Uhr morgens besuchte Susanne Riemenschmied eine nahegelegene Blumenhandlung und kaufte einen blühenden Frühlingskrokus. Auf dem Nachhauseweg lächelte sie fröhlich und winkte einem jungen Mann zu, der auf seinem Rad an ihr vorüberfuhr und durch die Zähne pfiff.

Susanne Riemenschmied hatte mit sechzehn Jahren ihre Eltern bei einem Eisenbahnunglück verloren und war als Vollwaise der Obhut einer exzentrischen Tante anvertraut worden, die durch große Unbekümmertheit um die Gesetze einer konventionellen Moral in ihrer Jugend Gleichaltrigen als warnendes und abschreckendes Beispiel vor Augen geführt worden war, was nichts an ihrem Lebensstil geändert hatte. Sie blieb unverheiratet und verbrachte ihr gesichertes Alter in beschaulicher Ruhe, wobei sie zu ihrem Zeitvertreib unmögliche Bilder malte, Zigarren rauchte und niemals vor Mitternacht schlafen ging. Susanne Riemenschmied wuchs in einer Umgebung von Tänzern, Schriftstellern und beschäftigungslosen Subjekten auf, die sich vor allem durch sinnlose Debatten über die Kunst und das Leben, den Krieg, den Tod und die Wissenschaften wie durch einen unmäßigen Konsum alkoholischer Getränke auszeichneten. Solange Susanne Riemenschmied sich erinnern konnte, waren stets Gäste im Hause ihrer Tante gewesen, die das Alleinsein nur schwer und in den frühen Morgenstunden gar nicht ertrug. Sie tranken, stritten mit großer Entschiedenheit über schwer zu definierende Begriffe und verstummten schließlich, um in feierlicher Stille beispielsweise einem Klavierkonzert von Johannes Brahms zu lauschen, das Susannes Tante auf Grammophonplatten abspielte. Da sie sehr musikalisch war, bereitete ihr diese Form von Hausmusik großes Behagen und bewahrte sie zudem vor der Einsamkeit jener Stunden, die zuvor Erwähnung fanden.

Mit siebzehn Jahren faßte Susanne Riemenschmied den Entschluß, Schauspielerin zu werden, und sah sich in ihm von ihrer einzigen lebenden Verwandten aus ganzer Seele unterstützt. Noch ehe sie die Reifeprüfung ablegte, begann sie Unterricht bei einem bekannten Charakterdarsteller der Stadt zu nehmen. Ein Jahr später trat sie in das Schauspielseminar Schönbrunn ein. Die Jugend Susanne Riemenschmieds verlief glücklich. Umgeben von Musik, Büchern und Bildern, wuchs das junge Mädchen in einer Atmosphäre geistiger Kultiviertheit auf, die neben dem Fehlen eines völligen realen Unvermögens in bezug auf das Zeitgeschehen den Vorzug eines bezaubernden Charmes besaß. »Es gibt nichts Anziehenderes als einen wirklich klugen Menschen«, pflegte Susanne Riemenschmieds Tante zu sagen, während ihre junge Nichte über all dem Geschauten, Gelesenen und vor allem Gehörten eher zu der Ansicht kam, daß es nichts Anziehenderes geben könne als einen wirklich *guten* Menschen. Ihre schauspielerische Entwicklung ließ eine große Begabung vermuten, die allein einer Form bedurfte, um sich darein zu ergießen wie in ein Gefäß. 1942 erlitt Susannes Tante einen Schlaganfall und starb, ohne Schmerzen zu leiden, kurz darauf mit einem sonderbaren Lächeln auf den stark geschminkten Lippen. Die Villa in Hietzing wurde verkauft, und Susanne Riemenschmied übersiedelte in eine kleine Wohnung an der Peripherie. Sie stand nun völlig ohne Verwandte da. Die Veräußerung des Hauses hatte sie in den Besitz einer größeren Summe Geldes gebracht, die ein Bankinstitut für sie verwahrte. In dieser Weise blieb sie von allen Bedrängnissen finanzieller

Natur verschont und vermochte sich ganz ihrem Studium zu widmen. In dieser Zeit spielte Susanne Riemenschmied auf der Probebühne des Schönbrunner Seminars alle Rollen, die sie sich nur wünschen konnte. Ihre Partner bemerkten an dem jungen Mädchen zuweilen eine unendliche Bewegtheit der Seele, die sich für Augenblicke offenbarte, wenn sie über ihrem Spiel sich selbst vergaß.

Sie war mittelgroß, sehr schlank und hatte langes, in den Nakken fallendes dunkelbraunes Haar. Wenn sie sprach, pflegte sie häufig auf freundliche Weise zu lächeln, und ihre Stimme war tief und wohltönend. Sie brachte ihre Ansichten gewöhnlich in einem Ton von Entschiedenheit vor, der vermuten ließ, daß sie sich stets über ihre Wünsche und Ziele im klaren war. Dennoch umgab sie daneben ein Miasma von Unbeholfenheit und Weltferne. Susanne Riemenschmied vermochte sich von ihrer Zukunft keine Vorstellungen zu machen. Sie war sehr zufrieden mit dem einfachen und, für sie, inhaltsreichen Leben, das sie führen durfte, sie liebte ihren selbsterwählten Beruf und war glücklich, wenn sich ihr eine Gelegenheit zu spielen bot. Sie spielte sich selbst zur Freude und bedurfte keines Publikums. Das ungeduldige Warten auf den ersten Erfolg blieb ihr fremd. Ein Regisseur, der sie sah, erkannte diesen sonderbaren Zug des Mangels an Ehrgeiz und übernahm es, Abhilfe zu schaffen. Durch seine Vermittlung erhielt Susanne Riemenschmied eine Reihe von kleinen Rollen in verschiedenen Theatern, welche langsam in ihr die Sehnsucht weckten, größere und große zu erhalten. Ihr Spiel wurde bewußter. Sie selbst veränderte sich. Zu dieser Zeit überquerten russische Soldaten den Dnjepr, und englische Luftlandetruppen kämpften um die Stadt Arnheim. In Wien liefen die Filme »Träumerei« und »Symphonie eines Lebens«. Susanne Riemenschmied sah sie beide und weinte vor Ergriffenheit. Langsam begann sie an dem Geschehen in ihrer Umwelt Anteil zu nehmen und fand, daß es viel Unrecht und Schmerz, viel Furcht und Verfolgung in Europa gäbe. Es schien ihr nicht länger tragbar und zu verantworten, ein Leben im Stil ihrer verstorbenen Tante zu führen und Worte um ihres Klanges willen spielerisch auf Waagschalen zu legen, die überflossen von Tränen. Sie glaubte sich verpflichtet, ihre Kunst wie eine Kerze in das dunkle Chaos der Gegenwart zu tragen, wie ein sehr kleines Licht, dessen Schein einigen Gequälten Ermutigung bringen sollte. Sie ahnte, daß eine gemeinsame Schuld sie mit allen anderen Menschen zu einer verhängnisvollen Gemeinschaft zusammenschloß, deren kollektives Verbrechen es war, zu lange geschwiegen, zuwenig Mut bewiesen und zuviel Angst empfunden zu haben. Von dieser Gemeinschaft vermochte keiner sich auszuschließen und seine Hände wie Pontius Pilatus in Unschuld zu waschen am Blute der Erschlagenen. Es war schwerer als je zuvor, ein aufrechtes Leben zu führen. Aber es war auch wesentlicher als je zuvor.

Susanne Riemenschmied beschloß, sich nicht entmutigen zu lassen durch den nörgelnden Skeptizismus der falschen Gerechten oder die unverhohlene Schadenfreude jener, die, ohne selbst dafür gelitten zu haben, sich höhnisch des unabwendbaren Endes freuten, das nahe herangerückt war. Sie wußte, daß diese geile Schadenfreude nichts gemein hatte mit der unendlichen Hoffnung einzelner, denen der Glaube an den Sieg der Menschlichkeit als letzter Halt ihres Lebens verblieben war. Sie nahm sich vor, dem Opportunismus der Stunde, der eben dabei war, in sein extremes Gegenteil umzuschlagen, nicht Folge zu leisten und weder etwas Altes zu verhöhnen, das sie nie bekämpft, noch etwas Neues zu bejubeln, dessen Früchte sie ernten sollte, ohne seine Samen gesät zu haben. Von lautem Duldertum, von Furcht und Freude frei – so gedachte Susanne Riemenschmied die letzte Phase des Krieges zu ertragen, ungeduldig zwar, aber nicht bereit, in Bälde schon Ansichten zu proklamieren, die sie in der Vergangenheit verschwiegen hatte, erwartungsvoll zwar, aber in dem Entschluß, sich nicht mitreißen zu lassen von der allgemeinen Woge einer billigen Gelegenheit. Sie konnte kaum mehr nachholen, was sie versäumt hatte mit allen andern, aber sie vermochte, auf unauffällige und durchaus nicht unterwürfige Weise, ihren Teil dieser kollektiven Schuld in Würde zu tragen, um damit besser zu werden, als sie gewesen war.

In dieser Erkenntnis ihrer selbst fand Susanne Riemenschmied Frieden. Sie lächelte noch immer häufig, wenn sie sprach, aber das Lächeln saß jetzt in ihren Augen und nicht mehr, wie früher, um ihren Mund. Sie las viel, spielte gelegentlich und bemühte sich um einen persönlichen Stil großer Einfachheit. Zu Beginn des Jahres 1945 trat man von seiten einer kulturellen Vereinigung mit der Bitte an sie heran, vor einer Zuhörerschaft junger Menschen Rilkes »Weise von Liebe und Tod« zu lesen. Sie sagte mit Freuden zu. Hier, dachte sie, war ihre Chance, in den Seelen einiger ein wenig von dem verlorenen Glauben an Wahrhaftigkeit und Güte wieder zu erwecken, den der Krieg in ihnen zerstört hatte. Der Vortragsabend sollte im Festsaal des Industriehauses stattfinden, und man setzte ihn auf den 21. März fest. Je näher dieses Datum rückte, um so glücklicher wurde Susanne Riemenschmied über die ihr zuteil gewordene Aufgabe. Eine heitere Ruhe überkam sie bei dem Gedanken an dieses eigentlich belanglose Ereignis, von dem sie sich kaum große Publizität erwarten durfte. Für sie bedeutete jener Abend mehr als einen möglichen persönlichen Erfolg, und sie erwartete sein Kommen mit Sehnsucht. Bald schon brachte ihr die Vorfreude auf ihn ein unerhört tröstliches Gefühl der Sicherheit. Die Schatten der Verzweiflung über ihre Schwäche wichen zurück, und sie begann sich wie ein Kind auf jene Hoffnung zu freuen, an der sie glaubte bald einen geringen Anteil haben zu dürfen. Als sie am 21. März ihre Wohnung verließ, um den Veranstalter des Abends zu einer letzten Aussprache zu treffen, trug sie nichts als einen kleinen broschierten Band der Inselbücherei in der Hand. Sie ging eilig. Auf ihr bloßes Haar fiel der Regen. Da sie die genaue Adresse des Mannes, den sie aufsuchen wollte, nicht in Erinnerung hatte, betrat sie am Neuen Markt eine öffentliche

Telephonzelle und rief ihn an. Er meldete sich sogleich und teilte ihr mit, daß in kürzester Zeit mit Alarm zu rechnen sei, da amerikanische Bomber sich der Stadt näherten.
»Kommen Sie nach dem Angriff zu mir«, sagte er.
»Aber ist es nicht möglich, Sie gleich zu sehen?«
»Leider nein«, erwiderte er. »Meine Frau erwartet mich in Währing, und ich will versuchen, sie auf die eine oder andere Weise noch zu erreichen.«
»Das ist schade«, sagte Susanne Riemenschmied, und da sie an seinem Tonfall merkte, daß er in Eile war, fügte sie hinzu: »Ich werde Sie also im Laufe des Nachmittags besuchen.«
»Gut«, sagte er. »Leben Sie wohl, Fräulein Riemenschmied.«
Das junge Mädchen trat auf die Straße und sah zu dem trüben Himmel auf. Es regnete jetzt stärker. Bald würden die Sirenen heulen, dachte sie und beschloß, einen Schutzraum aufzusuchen, um dem Wind nicht länger ausgesetzt zu sein und in Ruhe lesen zu können. Sie überquerte die Fahrbahn und erblickte einen Mann mit einer großen Aktentasche, der eben eines der alten Häuser betrat. Als sie dessen Eingang erreichte, sah sie ihn bereits langsam die ersten Stufen in den Keller hinuntersteigen. Susanne Riemenschmied schloß die schmiedeeiserne Tür hinter sich und folgte ihm.

7

Unter den Reisenden, die am frühen Morgen dieses Tages über den Ostbahnhof die Stadt erreichten, befand sich ein Soldat von fünfundzwanzig Jahren, der auf seiner Uniform keinerlei Auszeichnungen oder Embleme trug, die über seine militärische Stellung Aufschluß gegeben hätten. Er besaß einen Brotbeutel, eine Zeltbahn, die er zusammengerollt um den Nacken gelegt trug, und einen Stahlhelm an dem Koppel, jedoch seltsamerweise kein Gewehr. Die Lippen seines Mundes lagen fest aufeinander und bildeten die Mitte eines unrasierten Kinns. Seine Augen waren von sehr lichtem Grau, etwas schwermütig und in den äußeren Winkeln von feinen Faltenkränzen umgeben, die sich vertieften, wenn er lächelte. Das braune, aus der Stirn gekämmte Haar war etwas zu lang und wuchs in den Nacken. Er bewegte sich auf achtlose, leicht nachlässige Weise und rief den Eindruck hervor, sehr müde zu sein. Der Name dieses Soldaten, der den Bahnhof nicht durch den Haupteingang, sondern durch eine von Bomben geschlagene Bresche der Einfriedungsmauer verließ, war Robert Faber. Als er die Straße betrat, blieb er für kurze Zeit stehen und blickte aufmerksam um sich. Er sah die zerstörten Fassaden ausgebrannter Häuser, herabhängende Drähte der elektrischen Straßenbahn und den dunklen Strom der Menschen, die mit ihm den Zug verlassen hatten. Doch es schien, als könnte er das, was er zu sehen erwartete, nicht finden. Er erreichte das obere Ende der Prinz-Eugen-Straße und begann stadtwärts zu gehen. Seine schmutzigen Stiefel traten achtlos über Schlamm, Glas und Steine hinweg. Die zerstörten Gebäude, die lose in ihren Angeln hängenden Eingangspforten und die zerschlagenen Wagen am Rande der Straße machten dem Soldaten ebensowenig Eindruck wie das neue Gras, das zwischen den zertrümmerten Pflastersteinen wucherte. Seine Augen waren überall und nirgends. Sie suchten etwas, das sie nicht fanden, und waren an anderen Bildern kaum interessiert. Entlang der niederen Mauer, die den Belvederegarten abschloß, kam ihm ein Offizier entgegen, der einen Koffer trug. Der Soldat mit den müden Augen zögerte eine Sekunde, dann grüßte er seinen Vorgesetzten sorgfältig und dabei dennoch nicht übermäßig betont, indem er die Hand zum sogenannten »Deutschen Gruß« hob. Die Art, in welcher dies geschah, konnte einen Beobachter vermuten lassen, daß Robert Faber aus irgendeinem Grunde jener Bewegung große Wichtigkeit beimaß und sie mit berechnender Routine ausführte. Er wandte sich kurz um und sah dem Offizier nach, der unentwegt die beschädigte Mauer entlangging. Das schmale Gesicht des

Soldaten war jetzt glatter und jugendlicher geworden. Er überquerte den Schwarzenbergplatz und wurde von einem Passanten um ein Streichholz ersucht. Während er seine Pfeife in Brand setzte, sah der Fremde sich bemüßigt, ein wenig Konversation zu machen. »Auf Urlaub?« fragte er.
»Ja«, sagte Robert Faber.
»Lange?«
Der Soldat erwiderte, er sei eben in Wien angekommen. »So«, sagte der Geschwätzige. »Gerade zurecht, um einen Luftangriff mitzumachen.«
Sie blickten beide einer Kolonne von Heereswagen nach, die über den großen Platz dem Ring zurollten.
»Danke für das Streichholz«, sagte der Fremde. Robert Faber nickte. Die schweren Fahrzeuge waren zum Stehen gekommen. Einige Männer sprangen von ihnen herab und traten zusammen. Der Soldat mit den kotigen Stiefeln wandte sich nach links und begann die Trasse der Stadtbahn entlangzugehen, bis er das Kärntnertor erreichte. Er schlug den Kragen seines Mantels hoch, um sich vor dem feinen Regen zu schützen, der auf die Stadt fiel. An der Opernkreuzung blieb Robert Faber abermals stehen, als überlegte er, was er wohl am besten unternehmen sollte. Schließlich überquerte er die Geleise und begann die Kärntnerstraße entlangzugehen, auf neugierige, teilnehmende Art, als wäre er fremd in Wien und fürchtete, sich zu verirren. Er hatte keine Eile und, wie es schien, kein Ziel. Nur seine Augen waren von ihrer Müdigkeit frei geworden und wanderten unausgesetzt hin und her, von einer Seite der Straße auf die andere, blieben dort für Sekunden haften, interessierten sich flüchtig für einen Menschen und kamen nicht zur Ruhe.
Robert Faber hatte das Hotel Sacher hinter sich gelassen und näherte sich der Malteserkirche, als aus der Johannesgasse eine Gruppe von drei Soldaten mit Stahlhelmen in die Kärntnerstraße einbog. Über den Schultern trugen sie Gewehre. Es handelte sich um eine Streife, deren Aufgabe es war, die Identitätspapiere

von Passanten zu kontrollieren. Robert Faber erkannte sie sofort. Sein Gesicht blieb unbewegt, nur seine Augen verloren ihre Unruhe und wurden hart. Ohne eine Sekunde zu zögern, wandte er sich zur Seite und betrat wahllos das Geschäft, vor dessen Eingang er sich eben befand. In einem Spiegel an der Seitenwand seiner Auslage sah er, da er die Tür hinter sich schloß, die Gestalten der drei Soldaten erscheinen. Sie kamen näher. Zwei von ihnen sprachen miteinander. Der dritte starrte gelangweilt vor sich hin. Ein junges Mädchen, vermutlich eine Verkäuferin, trat auf den Kunden zu.
»Guten Tag«, sagte sie freundlich. Robert Faber schritt in das Innere des Ladens, wobei er erkannte, daß er sich in einem Delikatessengeschäft befand. Bunte Papierattrappen, Flaschen und Konservenbüchsen standen auf hellen Stellagen. Brot, etwas Gemüse, eine Kugel Butter ... das junge Mädchen sah ihn neugierig an.
»Womit kann ich dienen?«
Die Wehrmachtsstreife war direkt vor dem Laden stehengeblieben und untersuchte die Papiere eines Zivilisten. Ihr Bild fiel in den Spiegel beim Fenster. Das Mädchen wiederholte seine Frage.
»Ja«, sagte Robert Faber, »sehen Sie: Ich weiß nicht, ob Sie mir überhaupt dienen können. Es trifft sich, daß ich für heute abend zu einer Feier geladen wurde und gerne etwas zu trinken mitbringen möchte.«
Er sprach jetzt so geläufig, daß es ihn selbst überraschte. Die Soldaten vor dem Fenster rührten sich nicht. Einer stellte dem Zivilisten Fragen, während ein anderer seinen Wehrpaß durchblätterte.
»Ich dachte«, hörte Robert Faber sich aus weiter Ferne sagen, »daß Sie mir vielleicht aus meiner Verlegenheit helfen könnten.«
»Alkoholische Getränke sind rationiert«, meinte die Verkäuferin.

»Ich weiß, aber ich kam erst heute in Wien an und hatte noch nicht Gelegenheit, mich um meine Lebensmittelkarten zu kümmern.« Faber fühlte, wie ihm ein Schweißtropfen über die Stirne lief.

»Spirituosen wurden in der letzten Periode gar nicht aufgerufen«, sagte die Frau, gerne bereit, das Spiel ein wenig in die Länge zu ziehen. »Kognak ist sehr schwer zu bekommen. Früher konnte man ihn aus Frankreich importieren. Aber jetzt –«

Die Lippen des unrasierten Soldaten schlossen sich fest zusammen, doch er lächelte noch immer. Gottverdammter, dreimal verfluchter Kognak, dachte Robert Faber. Vor fünf Minuten schenkte ich ihm noch keinen einzigen dreckigen Gedanken. Ich brauche ihn gar nicht. Es gibt nichts, was ich weniger brauche als Kognak. Ein Fest bei Freunden! Bei wem wohl? Er kannte keinen Menschen in Wien. Sei ruhig, sagte er zu sich, sei ruhig. Es war der einzige Ausweg. Sei ruhig. Vergiß nicht zu lächeln. Sieh zu, daß du das Gespräch in Gang hältst.

»Könnten Sie sich entschließen, bei einem Soldaten eine Ausnahme zu machen und ihm etwas zu verkaufen, was es nicht gibt?« fragte er.

»Es wird teuer sein«, meinte sie und strich sich mit den Händen über ihr Kleid.

»Der Preis spielt keine Rolle«, antwortete der Soldat. Der Preis spielt keine Rolle. Nichts spielt eine Rolle, nichts. Nur das eine … das eine … Er wandte sich um. Der angehaltene Zivilist gestikulierte erregt. Er warf die Hände in die Luft und schüttelte den Kopf. Einer der drei Männer in Uniform begann zu lachen. Faber sah in dem Spiegel mit großer Deutlichkeit seine schadhaften Zähne.

»Ich will den Chef fragen«, meinte die Verkäuferin.

»Gut«, sagte Faber.

»Wieviel Flaschen wünschen Sie?«

»Zwei.« Gott im Himmel, dachte er, laß diese Hunde weitergehen.

»Kognak?« fragte die Frau.
»Ja«, sagte er. »Kognak.« Laß sie weitergehen, lieber Gott. Laß sie weitergehen!
Die Verkäuferin verschwand. Er konnte sie sprechen hören. Eine Männerstimme antwortete. Dann vernahm er das Klirren von Glas. Jemand hustete. Robert Faber las, ohne sie zu begreifen, eine Bekanntmachung der Polizeidirektion über das Mitbringen von Hunden in den Laden. Es war verboten, Tiere aus hygienischen Gründen ... aus hygienischen Gründen ...! Seine Lippen verzogen sich. Er grinste.
»Aus hygienischen Gründen«, sagte Robert Faber leise und lachte. Die Frau kehrte zurück. Sie trug zwei Flaschen in der Hand.
»Hier«, sagte sie. »Ihre Freunde werden zufrieden sein.«
»Bestimmt«, antwortete Faber. Die Soldaten auf der Straße hatten ihre Untersuchung beendet. Der beanstandete Zivilist zog den Hut. Die drei Männer in Uniform setzten ihren Weg fort. Sie wanderten aus dem Spiegel, in dem nur das Bild des nassen Asphalts zurückblieb.
»Haben Sie eine Tasche bei sich?« fragte die Frau.
»Ja.« Er nahm den großen Brotbeutel von der Schulter.
»Es ist besser, wenn man die Flaschen nicht sieht, verstehen Sie?«
»Gewiß«, antwortete er. »Was schulde ich Ihnen?«
Sie nannte einen Preis. Er bezahlte.
»Ich danke Ihnen vielmals«, sagte Robert Faber.
»Bitte. Es freut mich, daß wir Ihnen helfen konnten.«
»Helfen?« wiederholte er. »Helfen! Sie haben mir das Leben gerettet, verehrtes Fräulein.«
»Ach«, sagte sie, »wirklich?« Sie begannen beide zu lachen.
»Auf Wiedersehen!« rief die Frau, als er auf die Straße hinaustrat. Robert Faber sah den Soldaten nach, die langsam zur Oper schritten. Dann überquerte er in Eile die Straße. Weg, dachte er, weg von hier! Schnell. Die beiden Flaschen schlugen ihm

gegen die Hüfte. Er lief über einen Schutthaufen, durch eine Seitengasse und betrat den Neuen Markt. Weg von der Straße, dachte Robert Faber. In ein Café, einen Friseurladen, einen Keller. Weg von der Straße!
Plötzlich fühlte er, wie seine Knie nachgaben. Das Blut an seinen Schläfen begann zu pochen. Ohne zu überlegen, riß er das Tor eines Hauses auf und lief in den stillen Flur. Dann packte ihn von neuem eine Schwäche, und er setzte sich erschöpft auf die steinernen Stufen, die in die Stockwerke hinaufführten. Sein Herz klopfte wie ein Hammer. Er lehnte den Kopf an die Mauer. Mit zitternden Händen nahm er eine der Flaschen in die Hand, riß die Etikette, die den Verschluß bedeckte, herunter und versuchte, mit den Zähnen den Kork herauszuziehen. Die weiche Masse gab nach und brach ab. Er biß sich in die Lippe und spie etwas Blut auf den Boden. Dann sah er sich suchend um. Am Ende des Treppengeländers war ein eiserner Zierknauf angebracht. Er erhob sich und preßte den Flaschenhals gegen das doldenförmige schwarze Ornament. Der Kork glitt mit einem saugenden Geräusch in das Innere der Flasche. Etwas Flüssigkeit spritzte auf seinen Mantel. Der Soldat mit den kotigen Stiefeln und den seltsam irrenden Augen trank lange. Draußen, auf der Straße, liefen Menschen vorüber. Er verstand nicht, was sie riefen. Der Alkohol brachte ihn sofort wieder zu sich und gab seinen Beinen Kraft.
»Ein prächtiger Morgen«, sagte Robert Faber laut. Als er die Flasche zum zweitenmal an die Lippen führte, begannen die Sirenen zu heulen.

Kapitel 2

1

»Der erste Verband viermotoriger Kampfflugzeuge mit Jagdschutz hat den Bereich 22 erreicht und befindet sich gegenwärtig zwischen Pottendorf und Wiener Neustadt«, meldete die Stimme der Ansagerin. »Für Wien wurde Fliegeralarm gegeben. Es ist jetzt 11 Uhr 21. Weitere Nachrichten folgen.« Die sechs Menschen in dem Hause auf dem Neuen Markt vernahmen das Heulen der Sirenen, das schwach zu ihnen drang. Fräulein Reimann war damit beschäftigt, ihren Besitz in gefälliger Weise um sich zu gruppieren. Sie verwahrte die altmodische Zuckerdose liebevoll zwischen den Strohsäcken des gebrechlichen Bettes, stellte die Pendeluhr auf einen umgestürzten Koffer und nahm dann, gehüllt in warme Decken, auf einem Gartenstuhl Platz. Fräulein Reimann war klein und sehr zart. Ihr knochiges Gesicht zeigte in seiner Magerkeit aristokratische Züge, und ihre Hände, die sich jetzt um den Kupferdraht des Radios schlossen, waren weiß und gepflegt. Sie trug ein am Hals geschlossenes schwarzes Kleid, das in starkem Gegensatz zu ihrem glatt zurückgekämmten weißen Haar stand. Ihre schmalen, blutleeren Lippen bewegten sich nur wenig, wenn sie sprach.

»Das Wetter ist sehr ungünstig für die Angreifer«, bemerkte sie leise.

»Auch für uns«, sagte Reinhold Gontard, der in ihrer Nähe auf einer leeren Kiste saß. Er räusperte sich und sah zu den fremden Gästen hinüber. Die Frau mit dem kleinen Kind wühlte nervös in ihrem Gepäck. Der Mann hatte sich auf einem umgestürzten Wassereimer niedergelassen und schrieb einen Brief. Das junge Mädchen stand gegen die Mauer gelehnt. Sie las in einem schmalen Buch. Das Licht der Lampe fiel auf sie, und der Priester sah, daß sie schönes braunes Haar besaß, welches durch den Regen leicht strähnig geworden war. Er fröstelte und zog seine Soutane um sich zusammen. Das Pausenzeichen des Radios brach ab.

»Achtung, Achtung«, sagte die Frauenstimme, »wir bringen eine Luftlagemeldung: Aus dem Süden kommend, erreicht ein zweiter Verband schwerer Kampfflugzeuge den Semmering und fliegt weiter nach Norden. Der erste Verband hat Westkurs genommen und kreist augenblicklich über Berndorf. Einzelflugzeuge im Süden der Stadt.«

Reinhold Gontard wandte sich um. Jemand kam in den Keller herab. Seine Gestalt erschien im Bogen des niederen Eingangs. Er war groß, hager und trug die Uniform eines Soldaten des Heeres. Der Priester sah, daß er eine offene Flasche in der Hand hielt.

»Darf ich bei Ihnen bleiben?« fragte der Soldat.

»Selbstverständlich«, antwortete Reinhold Gontard und kam damit Fräulein Reimann zuvor, die eben zum Sprechen ansetzte.

»Danke«, sagte Robert Faber. Er nahm seinen Proviantsack von der Schulter und hängte ihn an einen Nagel. Dann legte er den Stahlhelm und die zusammengerollte Zeltbahn ab, setzte sich auf die letzte Stufe der Treppe und winkte dem kleinen Mädchen, das seine Mutter verließ und zu ihm kam. »Hast du oben etwas gehört?« fragte Evi.

»Nein, es ist ganz still.«

»Die Sirenen haben geheult!« sagte das Kind. »Fürchtest du dich?«

»Nein«, sagte er und zog sie an sich.

»Ich fürchte mich auch nicht. In der Engerthstraße habe ich immer Angst gehabt. Aber hier gefällt es mir. Ist der Keller sehr tief?«

»Ja«, erwiderte der Soldat. »Es gibt gar keinen tieferen.«

»Kann eine Bombe bis zu uns herunterfallen?«

»Nein, das ist ausgeschlossen.«

»Hast du schon einmal gehört, wie es klingt, wenn eine Bombe kommt?«

»Ja«, sagte er.
»Oft?«
»Ein paarmal«, erwiderte Robert Faber.
»Wie klingt es? Sehr laut?«
»Manchmal«, sagte er, »klingt es sehr laut. Manchmal hört man fast gar nichts.«
»Hat man Angst, wenn die Bomben kommen?«
»Die meisten Menschen«, sagte Faber, »haben Angst.«
»Hast du Angst gehabt?«
»Ja«, antwortete er, »große Angst.«
Das Radio brachte eine weitere Nachricht.
»Ein Kampfverband hat Wien umflogen, erreicht Stockerau und nimmt Südostkurs. Bleiben Sie in den Luftschutzkellern«, warnte die Ansagerin. »Es ist mit einem Angriff auf Wien zu rechnen.«
»Hast du das gehört?« fragte das Mädchen. »Es ist mit einem Angriff auf Wien zu rechnen.«
»Ja«, sagte er.
»Aber wir sitzen in einem sicheren Keller, nicht wahr?«
Der Soldat nickte.
»Wie heißt du?«
»Evi«, antwortete das Kind. »Und du?«
»Ich heiße Robert«, sagte er.
»Du siehst meinem Vater ähnlich«, erklärte das kleine Mädchen. »Der ist auch Soldat.«
»Alle Soldaten sehen gleich aus.«
»Aber manche sind dick, und andere sind dünn.«
»Ja«, sagte Robert Faber. »Das stimmt.« Evi sah ihn an.
»Mein Vater ist in Ungarn«, berichtete sie. »Warum bist du nicht in Ungarn?«
»Ich war auch dort«, sagte er. »Ich bin eben zurückgekommen.«
»Wann?«
»Heute früh.«
»Warum bist du zurückgekommen?« fragte Evi.
»Um meine Eltern zu besuchen.«

»Leben die in Wien?«
»Nein«, sagte er, »weit fort von hier.«
»Wo?«
»In Bregenz«, sagte Faber. »Das ist eine kleine Stadt an einem großen See.«
Der Mann, der unter der herabhängenden Glühbirne einen Brief schrieb, sah zerstreut auf und ließ seine Feder sinken.
»Hast du meinen Vater in Ungarn gesehen?« fragte das Kind.
»Ich glaube nicht.«
»Warum nicht?«
»Ungarn ist groß«, meinte er. »Es gibt viele Soldaten dort.«
»Vielleicht hast du meinen Vater gesehen und weißt es gar nicht.«
»Das ist möglich«, sagte der Soldat.
»Wirst du bei deinen Eltern bleiben?«
»Ich will sie nur besuchen.«
»Und was tust du, wenn du sie besucht hast?«
»Das weiß ich noch nicht«, sagte er.
»Gehst du nach Ungarn zurück?«
»Vielleicht.«
»Wann bleibst du zu Hause?«
»Wenn der Krieg aus ist«, antwortete er.
»Wann wird der Krieg aus sein?«
»Hoffentlich bald«, sagte Robert Faber. Er sah das junge Mädchen an, das an die Mauer gelehnt stand und ein Buch schloß, in dem es gelesen hatte. Sie wandte sich ihm zu, und er blickte in ihre Augen. Sie waren dunkel, und es schien ihm, als lächelte sie leicht. Die alte Dame, die neben dem Radioapparat saß, hielt ruheheischend eine Hand in die Höhe.
»Der Kampfverband über Stockerau hat den Südosten Wiens erreicht und befindet sich im Augenblick in den Bereichen 5 und 6«, sagte die Sprecherin des Luftschutzsenders. »Einzelflugzeuge über der Stadt. Flaktätigkeit im Süden Wiens.«

»Sind sie jetzt über uns?« fragte das Kind.
»Nein«, sagte Faber, »sie sind weit fort ...«
»Wo?« beharrte sie. Ehe er antworten konnte, begann das Licht kurz zu flackern und brannte dann ruhig weiter.
»Wo sind sie?« fragte das kleine Mädchen.
»Vielleicht in Schwechat«, sagte er.
»Bombenabwürfe auf den Südosten der Stadt«, meldete der Telephonsender. »Neuer Anflug auf den Bereich 5. Ein Teilverband zwischen Stockerau und der Donau.«
Einen Augenblick lang war es still im Keller. Nur die Uhr tickte weiter.
»Achtung«, sagte die Frauenstimme, »weitere Bombenabwürfe in den Bereichen 4, 5 und 6. Starkes Flakfeuer im Süden Wiens. Ein Kampfverband kreist über der Stadt Melk.«
Ein langgezogenes, dumpfes Grollen drang in den Keller.
»Was ist das?« fragte das kleine Mädchen.
»Flak«, sagte der Soldat. »Die Flak schießt!«
Wieder begann das Licht zu flackern. Das Radio gab eine Folge schriller Mißtöne von sich. Der Lärm der Detonationen kam näher und entfernte sich wieder.
»Was hast du in der Flasche? Schnaps?«
»Kognak«, sagte Faber.
»Ist das etwas anderes?«
»Ja«, sagte er. »Es schmeckt ähnlich.«
»Was machst du mit dem Kognak?«
»Ich werde ihn austrinken«, antwortete er. »Willst du einen Schluck kosten?«
»Nein«, sagte sie. Das junge Mädchen trat zu ihnen.
»Und Sie?« fragte der Soldat. »Versuchen Sie's doch!«
»Hast du ein Glas?« fragte Evi.
»Nein«, sagte er. »Es geht auch so.«
Susanne Riemenschmied nahm die Flasche in Empfang und setzte sie an die Lippen. Die Haut ihres Halses war sehr weiß. Robert Faber erhob sich.

»Danke«, sagte Susanne Riemenschmied. »Es schmeckt erfreulich.«
Der Soldat lächelte und sah sich um.
»Noch jemand?« fragte er.
Fräulein Therese Reimann schüttelte mißgestimmt den Kopf. Ihre linke Hand streichelte die Seitenwand des kleinen Radios, aus dem in rascher Folge Meldungen kamen. Der erste Verband war nach Süden abgeflogen, ein zweiter erreichte die östlichen Außenbezirke. Bomben fielen in den Bereichen 4 und 5. Ein Einzelflugzeug kreiste über Klosterneuburg ... Es schien Fräulein Reimann verwerflich, zu einem solchen Zeitpunkt Kognak zu trinken. Unwillig betrachtete sie die fünf Fremden, die heute die Ruhe ihres Kellers störten. Warum hatten sie gerade hierher kommen müssen? Therese Reimann ließ ihre Blicke über die Gesichter der Besucher wandern. Der Schreibende trug eine Hornbrille, und seine Umgebung war ihm sichtlich gleichgültig. Fräulein Reimann wäre geneigt gewesen, ihm mit Sympathie zu begegnen, wenn er nicht eine glimmende Zigarette zwischen den Fingern gehalten hätte, deren Rauch zur Decke aufstieg. Es war verboten, in Schutzräumen zu rauchen, auch wenn sie groß und tief waren, dachte die alte Dame. Der Mann verbrauchte entschieden ein zu großes Quantum Sauerstoff. Aber wie sollte man ihm das zu verstehen geben? Die Menschen waren so empfindlich. Ihr Blick glitt weiter. Das kleine Kind redete zuviel und war zu leicht angezogen. Alle kleinen Kinder redeten zuviel. Es war wohl eine Frage der Erziehung. Man mußte die Mutter dafür verantwortlich machen. Obschon man von ihr wahrscheinlich nicht zuviel erwarten durfte. Die Art und Weise, in der sie zusammengekauert auf ihrem Stühlchen saß, den Kopf in die Hände gestützt, mit nervös trippelnden Füßen, verriet nichts Gutes. Es fehlte ihr, dachte Fräulein Reimann, die große Beruhigtheit, der innere Friede, das Gottvertrauen. Schwanger war sie außerdem. Ein armer, unsympathischer Mensch. Die junge Dame, die sich mit dem Soldaten unterhielt, hatte sein Angebot,

aus seiner Kognakflasche zu trinken, angenommen. Darüber konnte man schlecht hinwegsehen. Junge Damen tranken zu Fräulein Reimanns Zeiten keinen Kognak, und schon gar nicht aus Flaschen. Des weiteren trug man, wenn man die Straße betrat, eine Kopfbedeckung und stellte nicht einfach den Mantelkragen auf. Und schließlich war es nicht passend, mit einem fremden Mann ein Gespräch anzufangen, auch nicht, wenn es sich um einen Soldaten handelte, der eben aus Ungarn zurückkam.

Fräulein Reimann vermochte sich nicht zu erklären, was ihr den Mann, der mit dem Vornamen Robert hieß, anziehend erscheinen ließ. Er sah wenig vorteilhaft aus. Seine Wangen waren unrasiert, seine Stiefel schmutzig. Er trug alkoholische Getränke bei sich und saß auf Steinstufen. Und dennoch – etwas an seinem Wesen gab Therese Reimann Vertrauen zu ihm und ein zusätzliches Gefühl der Geborgenheit. Sogar seine taktlose Anfrage konnte man ihm bei längerem Nachdenken verzeihen. Sie war gewiß nicht böse gemeint gewesen. Der Lärm von Detonationen wurde wieder hörbar. Therese Reimann neigte sich vor und streichelte hingegeben den kleinen Apparat. Eine leichte Erschütterung ging durch den Keller. Die traurige Gestalt der jungen Mutter sank noch tiefer in sich zusammen.

»Der zweite Kampfverband«, meldete die Sprecherin des Luftschutzsenders, »hat über den Bereich 6 die Stadtmitte erreicht und fliegt in den Süden Wiens ein. Ein zweiter Kampfverband erreicht mit Westkurs den Bereich 45.«

Jetzt hörte man deutlich, wennschon leise, zahlreiche Explosionen.

»Evi!« rief die nervöse Frau auf dem kleinen Sessel. »Komm zu mir!« Sie preßte ihre Tochter an sich und atmete laut. Der Schreibende hatte seine Tätigkeit endgültig unterbrochen und verwahrte mehrere Papiere in einer Aktentasche, wobei er eine Reihe von Worten murmelte, aus der Fräulein Reimann den Ausdruck »widerwärtig« heraushörte. Der Soldat und das Mäd-

chen standen bewegungslos bei dem Stiegenaufgang und sahen sich an. Er hatte eine Hand auf ihre Schulter gelegt. Sie zuckte zusammen, als eine starke Detonation den Keller erschütterte.
»Das ist nichts«, sagte er, »überhaupt nichts. Die Flak schießt.«
»Es ist immer die Flak, wenn man daran glauben will.«
»Sehen Sie«, meinte Faber, »die meisten Menschen haben eine falsche Einstellung in diesem besonderen Fall. Erschrecken Sie beispielsweise bei Gewittern vor dem Blitz oder vor dem Donner?«
»Vor dem Donner«, sagte sie.
»Und dabei«, erwiderte er, »ist der Donner doch nur die ungefährliche Folgeerscheinung des Blitzes. Wenn Sie ihn hören, kann Ihnen nichts mehr geschehen. Genauso ist es mit den Bomben. Wenn Sie ihre Detonation vernehmen und noch nicht tot sind, dann brauchen Sie dem bloßen Lärm keine Bedeutung beizumessen.«
»Aber die nächste Bombe kann mich treffen«, sagte das Mädchen. »Jene, die noch fällt.« Er bewegte die Hände und hob die Flasche vom Boden auf.
»Versuchen Sie es noch einmal«, schlug er vor. Sie trank.
»Woher haben Sie den Kognak?«
»Gekauft.«
»Eigens für den Angriff?« Er lachte.
»Nein«, sagte Robert Faber. »Wirklich nicht. Ich kaufte ihn gegen meinen Willen. Ich brauchte ihn gar nicht.«
»Kognak kann man immer brauchen«, erklärte Susanne Riemenschmied. Jetzt tönte leise und stetig der Lärm von Flugzeugmotoren an ihr Ohr. Dazwischen klangen Explosionen. Das Mädchen sah in das gleichmütige Gesicht des Soldaten.
»Die Flak schießt wieder«, sagte sie mit einem schwachen Lächeln. Er schüttelte den Kopf.
»Rauchen Sie?«
»Ja«, antwortete das Mädchen. Faber griff in die Tasche seines Mantels und zog ein Paket Zigaretten hervor. Während er ihr

Feuer gab, sprach die Ansagerin des Luftschutzsenders. Sie lauschten der Botschaft.

»Teile des ersten Verbandes weiterhin im Abflug nach Süden. Ein Kampfverband über der Stadt. Bombenabwürfe im Südosten Wiens. Die dritte Formation feindlicher Flugzeuge mit wechselnden Kursen in den Bereichen 42 und 43.« Der Mann, der den Brief geschrieben hatte, stand auf und sagte: »Das ist die Nova.« Er rieb sich die Hände und begann umherzugehen.

»Wie bitte?« fragte Therese Reimann.

»Der Angriff gilt der Nova«, antwortete Walter Schröder. »Der großen Ölgesellschaft.«

»Die wurde doch im Dezember fast ganz zerstört«, sagte Reinhold Gontard. »Damals, als Bomben auf den Zentralfriedhof fielen.«

»Aber sie arbeitet noch immer«, erklärte Schröder. »Ich war vor ein paar Tagen dort.«

Fräulein Reimann schloß die Augen.

»Schrecklich«, meinte sie, »die armen Menschen.«

»Man kann hier und dort sterben«, sagte der Priester, »wenn es so bestimmt ist.«

»Es gibt eine relative Sicherheit«, widersprach der Chemiker. »Die Wahrscheinlichkeit, mit der ein Einzelwesen bei einem Luftangriff das Leben verliert, ist äußerst gering. Hier selbstverständlich noch geringer als in Schwechat.«

»Es gibt keine Sicherheit«, antwortete der Priester aufgebracht. »Man kann sich nicht bewahren.«

»Warum sind Sie dann nicht in Ihrer Wohnung geblieben?« fragte Walter Schröder ruhig. »Warum haben auch Sie einen Schutzraum aufgesucht?«

Der Priester zuckte die Achseln.

»Aus Angst. Glauben Sie, ein Geistlicher ist immun gegen sie?«

»Still!« rief Fräulein Reimann. »Eine Nachricht kommt!«

Sie neigte sich zu dem Empfänger. Die Männer schwiegen.

Aber die Nachricht kam nicht. In diesem Augenblick nämlich erschütterte eine ferne Explosion den Keller, und das Licht erlosch.

»Evi!« rief Anna Wagner. »Bleib bei mir! Sie sind über uns.«

»Nein«, sagte die Stimme des Soldaten aus der Dunkelheit. »Sie sind nicht über uns. Irgendwo ist ein Kabel gerissen, sonst nichts. Hat jemand eine Kerze?«

»Eine Lampe«, antwortete Therese Reimann. »Ich besitze eine Lampe. Kommen Sie, und geben Sie mir ein Streichholz.«

»Sofort«, sagte Faber. Im Gehen stieß er an das Mädchen. »Halten Sie die Flasche«, bat er.

Sie griff mit kühlen Fingern nach ihr, und er fühlte ihren Atem an seiner Wange.

»Hier«, sagte Fräulein Reimann. »Gehen Sie geradeaus, und Sie werden direkt auf mich treffen.«

Robert Faber strich ein Zündholz an. Die kleine Flamme flackerte unruhig. Therese Reimann hatte den Glaszylinder von der Petroleumlampe genommen und schraubte den Docht hoch. Dann stellte sie die Lichtquelle auf den nun verstummten Radioapparat.

»Es lebe die relative Sicherheit«, sagte Robert Faber. Schröder lachte.

»Was sind das«, fragte er, mit dem Finger weisend, »eigentlich für sonderbare Blechkanister?«

Der Soldat sah in die angegebene Richtung und erblickte zahlreiche aufgestapelte Kannen.

»Sieht aus wie Benzin«, meinte er.

»Es *ist* Benzin«, sagte das alte Fräulein. »Ein Garagenbesitzer, der Bruder des Hauseigentümers, hat diese Kannen hier eingelagert.«

»Eine ganze Menge«, sagte Schröder, ging an das andere Ende des Kellers und nahm den Verschluß von einem der Behälter. Etwas Flüssigkeit tropfte auf den Boden und versickerte.

»Genug Benzin, um –«, sagte Schröder und verstummte, ohne zu Ende gesprochen zu haben. Aber es war schon zu spät.
Anna Wagner stand auf und sah die Kannen mit aufgerissenen Augen an.
»Wenn hier ein Feuer ausbricht«, rief sie, »werden wir alle verbrennen!«
»Unsinn«, sagte Schröder. »Wie soll ein Feuer ausbrechen?«
»Die Bomben –«
»Hierher kommen keine Bomben«, erwiderte Schröder. »Beruhigen Sie sich.« Anna Wagner kämpfte mit den Tränen.
»Sie müssen das verstehen«, sagte sie mühsam. Der groteske Schatten ihres unförmigen Leibes fiel auf die feuchte Wand. Ihr glattes, einfaches Gesicht verzerrte sich, das weizenblonde Haar hing ihr verwirrt in die Stirn. »Sie müssen das verstehen ... Ich lebe an der Donau. Wir haben dort viel mitgemacht. Die Siemenswerke wurden getroffen und der Rangierbahnhof. Die Häuser auf der einen Straßenseite sind fast alle zerstört ...
»Gewiß«, sagte Schröder. »Glauben Sie mir –«
»Ich erwarte ein Kind«, sagte die Frau, ohne ihn zu hören. »Morgen soll ich Wien verlassen. Ich fürchte mich sehr. Sie müssen mich begreifen ...«
»Hier wird Ihnen nichts geschehen«, erwiderte Schröder. »Hier sind Sie sicher.«
»Wenn der Angriff nur schon vorüber wäre«, murmelte sie. »Ich habe solche Angst.«
»Es kann nicht mehr lange dauern«, meinte der Soldat. »Ich werde einmal hinaufgehen.« Er tastete sich zur Treppe zurück und sah Susanne Riemenschmied an.
»Kommen Sie mit?«
Sie nickte.
»Dann lassen Sie mich die Flasche tragen«, sagte Robert Faber.

2

Die Straße war fast leer.

Einige Menschen standen vor dem Eingang des Hotels Meissl & Schadn. Ein alter Mann führte einen Foxterrier an einer langen Leine spazieren. Er trug einen Mantel mit einem Pelzkragen und ging in gesetzter Feierlichkeit zwischen zwei Laternenpfählen auf und ab. Der Regen hatte aufgehört, aber der Himmel war noch immer bedeckt. Auf der Kärntnerstraße fuhr ein Wagen vorüber. Das Geräusch seines Motors unterstrich die große Stille, die sich über den Platz gebreitet hatte. Von sehr ferne hörte man ein dumpfes Grollen. Robert Faber blieb in der Einfahrt des Hauses stehen und sah sich nach dem Mädchen um, das ihm gefolgt war.

»Hier gefällt es mir besser. Ich habe Keller nicht gern.«

»Sollen wir auf die Straße hinausgehen?« fragte sie.

Er überlegte, als wäre die Frage für ihn von entscheidender Bedeutung.

»Warum nicht?« meinte er dann. »Es ist noch immer Zeit, wieder hinunterzulaufen.«

Sie überquerten die Fahrbahn und wanderten um den Donnerbrunnen.

»Die Flasche sieht lächerlich aus«, sagte Susanne Riemenschmied. »Warum haben Sie sie mitgenommen?«

»Um daraus zu trinken. Ich kann sie nicht in die Tasche stecken, weil sie keinen Korken mehr hat.«

Der alte Mann mit dem Hund spazierte an ihnen vorüber und sah sie neugierig an. Robert Faber winkte mit der Flasche und fragte: »Trinken Sie mit uns?«

Der andere zögerte, dann erwiderte er ruhig: »Gerne«, setzte die Flasche an die Lippen und schloß die Augen.

»Anis«, sagte er, als er wieder sprechen konnte.

»Wie?«

»Ich schmecke Anis heraus«, erklärte der alte Mann mit dem Stadtpelz.

»Ach so«, sagte Faber, »das kann schon sein.«
»Warum haben Sie den Verschluß in die Flasche gestoßen?«
»Weil ich sie in Eile öffnete. Ich hatte kein Messer.«
Der andere nickte und sah zu den Wolken auf.
»Sehr friedlich heute.«
»Es ist noch nicht vorüber«, meinte das Mädchen. Der alte Mann neigte sich zu seinem Hund.
»Aber hier wird nichts geschehen«, sagte er. »Ich habe ein bestimmtes Gefühl, verstehen Sie? Ein Angriff, der so wie dieser beginnt, endet auch so. Ich spreche aus Erfahrung. Außerdem verlasse ich mich auf den Hund. Er besitzt ein hervorragendes Einfühlungsvermögen. Wenn er nervös ist, weiß ich, daß uns Gefahr droht. Heute ist er die Ruhe selbst.«
»Eine wertvolle Gabe«, sagte Susanne Riemenschmied. »Ich bin ohne sie geboren worden.«
»Ach«, erwiderte der alte Mann, »wer spricht von geboren werden? Unsere Sensibilität ist anerzogen. Wir haben sie erwerben müssen, wie man Sprachkenntnisse oder eine Allgemeinbildung erwirbt. Es war gar nicht so einfach. Wir machten sozusagen eine Spezialschulung mit. Der Gegenstand war obligat.«
Faber nickte. »Lebten Sie in Berlin?«
»Nein«, sagte der alte Mann. »In Köln. Seither beeindruckt uns wenig.« Er zog den Hut. »Ich will Sie nicht länger stören«, erklärte er. »Drüben auf der Kärntnerstraße gibt es einen Lautsprecher, wenn Sie das interessiert. Er wird anscheinend mit einer Anode betrieben und funktioniert daher immer.«
Sie sahen ihm nach, wie er langsam und steif hinter dem Foxterrier herging. Nach ein paar Schritten drehte er sich um. »Der Hund war natürlich auch in Köln«, sagte er.
»Natürlich«, erwiderte Faber höflich. Der alte Mann winkte und ging weiter. Susanne Riemenschmied setzte sich auf eine trokkene Stelle des Brunnenrandes.

»Hoffentlich hat er recht mit seiner Prophezeiung«, sagte sie.
»Bestimmt!«
»Heute, nur heute, soll alles gut vorübergehen. Morgen ist ein ganz anderer Tag. Morgen spielt es keine so große Rolle mehr.«
Faber sah sie an.
»Warum nicht? Wo liegt der Unterschied?«
»Sie werden es lächerlich finden, wenn ich es Ihnen sage.«
»Nein«, antwortete er, »ich werde es nicht lächerlich finden.«
Das Mädchen betrachtete seine Hände.
»Heute abend wird etwas in Erfüllung gehen, das ich mir seit langer Zeit gewünscht habe.«
Er setzte sich neben sie. »Machen Sie eine Reise?«
Sie schüttelte den Kopf.
»Oder kommt Ihr Freund zurück?«
»Ich habe keinen Freund.«
»Ich kann es nicht erraten«, meinte er.
»Kennen Sie das Industriehaus?«
»Ja«, sagte er. »Ich ging daran vorüber, als ich von der Bahn kam.«
»Dort werde ich heute abend Rilke lesen.«
Er verstand nicht gleich. »Heute abend«, wiederholte er, »Rilke ...«
»Vor einer Zuhörerschaft von lauter jungen Leuten«, sagte sie.
»Sie sind Schauspielerin?«
»Ja.«
»Oh«, sagte er, »ein Vortragsabend.«
»Mein erster«, erklärte sie. »Ich freue mich sehr auf ihn.«
»Was werden Sie lesen?«
»Die Weise von Liebe und Tod«, sagte sie. Robert Faber zog die Beine an den Leib.
»Ich habe sie auf meinem Weg aus Ungarn zum letztenmal zufällig gelesen, in einer Feldpostausgabe. Vor ein paar Tagen.«
»Besitzen Sie das Buch noch?«

»Nein«, sagte er. »Ich verlor es nahe der Grenze, als ich –«, er brach ab.

»Als Sie –«, wiederholte das Mädchen. Faber schüttelte den Kopf. »Ich mußte«, sagte er, und sie bemerkte, daß er sich bemühte, nicht zu lügen, »den größten Teil meines Eigentums an einer Landstraße zurücklassen, weil der Lastwagen, auf dem wir fuhren, beschossen wurde. Wir rannten über ein Feld, und da mein Gepäck mir hinderlich war, warf ich es fort.« Er lächelte, da sie ihn unverwandt ansah. »Es war eine ganz billige Ausgabe auf schlechtem Papier und schon sehr schmutzig. Trinken Sie noch?«

»Nein«, sagte Susanne Riemenschmied. »Ich habe genug, danke.« Sie legte ihre Hand auf die seine. »Sind Sie sehr müde?«

»Gar nicht«, sagte Faber. »Ich bin ganz munter.«

»Aber Sie haben in der letzten Nacht wenig geschlafen.«

»Im Gegenteil«, widersprach er, »tief und fest. Wir erhielten einen besonderen Wagen, in dem auch Verwundete fuhren.«

Das Mädchen strich sich eine Haarsträhne aus der Stirn zurück.

»Wann reisen Sie nach Bregenz weiter?«

»Nach Bregenz?« wiederholte er verständnislos.

»Zu Ihren Eltern ... Sie erzählten doch, Sie wären in Bregenz zu Hause. In der kleinen Stadt an dem großen See.«

»Richtig«, sagte Faber. »Ich weiß es noch nicht. Ich habe keine Eile.«

»Was machen Sie heute abend?«

»Gar nichts. Vielleicht halte ich einen Wagen auf, der mich nach Linz oder Salzburg mitnimmt. Warum?«

»Kommen Sie in das Industriehaus«, sagte Susanne Riemenschmied. »Bitte, kommen Sie zu mir.«

»Mit Freuden. Aber ich weiß nicht, ob das möglich sein wird.«

»Warum sollte es nicht möglich sein?«

»Weil –«, er schüttelte den Kopf. »Nein«, sagte er, »ich kann es

Ihnen nicht erklären. Aber ich bitte Sie, mir zu glauben, daß ich nichts lieber tun würde, als dabeizusein, wenn Sie lesen.«
Aus der Ferne drang leiser Lärm zu ihnen.
»Ich werde eine Karte für Sie hinterlegen«, meinte das Mädchen, »und mich freuen, wenn es Ihnen möglich sein sollte, zu kommen. Wie ist Ihr Name?«
»Robert Faber«, sagte er. »Und der Ihre?«
»Ich heiße Susanne Riemenschmied«, antwortete sie. Er sah sie kurz an und sagte dann: »Sie sind sehr schön, Fräulein Riemenschmied. Ich bin froh, Sie getroffen zu haben. Jetzt muß ich gehen. Leben Sie wohl.«
Damit stand er auf, verneigte sich leicht und verließ sie. Sein Gesicht war grau und müde. Als er den Gehsteig erreichte, hörte er Schritte hinter sich und wandte sich um. Das Mädchen war ihm nachgeeilt.
»Ja«, sagte Faber.
»Ich wollte ...« Susanne Riemenschmied suchte nach Worten. »Es war nur ... Sie haben den Kognak vergessen; hier ist die Flasche.«
Er trat zurück.
»Ich brauche sie nicht.«
»Aber was soll ich mit ihr tun?«
Eine Frau ging vorüber und drehte sich neugierig um.
»Das weiß ich nicht«, sagte Robert Faber. »Leer trinken und fortwerfen.« Er lächelte. »Ich muß jetzt wirklich gehen. Auf Wiedersehen, Fräulein Riemenschmied.«
Sie streckte eine Hand aus und hielt ihn am Ärmel fest. »Bitte«, sagte sie, »bleiben Sie noch. Bis die Sirenen wieder heulen.«
»Ich bin in Eile«, sagte der Soldat und wandte sich ab. »Es bleibt nur wenig Zeit, all das zu erledigen, was ich mir vorgenommen habe.«
»Aber Sie sagten doch, daß Sie keine Pläne hätten!« rief sie, neben ihm hergehend. »Sie sagten –«

»Trotzdem. Es fiel mir plötzlich ein, daß ich mich unmäßig verspätet habe. Mein Urlaub ist nur kurz.«
Sie stellte sich ihm in den Weg, ohne seinen Arm freizulassen. Ihre Augen waren groß und dunkel.
»Ich fürchte mich.«
»Lassen Sie mich los«, sagte Faber. »Was wollen Sie denn? Der Angriff, wenn es überhaupt einer war, ist fast vorüber. Ihnen wird nichts geschehen. Gehen Sie zurück in den Keller, wenn Sie Angst haben.«
»Ich fürchte mich nicht vor den Fliegern«, erwiderte sie leise. »Ich will, daß Sie bei mir bleiben. Nur eine kurze Weile.«
»Hören Sie«, sagte der Soldat und schob das Mädchen zur Seite, »ich bin nicht imstande, irgendwelchen Trost zu spenden.«
»Bleiben Sie«, bat das Mädchen. »Für eine Stunde. Sprechen Sie mit mir.«
»Ich bin ein schlechter Gesellschafter«, sagte er. »Sie kennen mich nicht. Wenn ich bei Ihnen bliebe, würden Sie nicht fröhlich werden. Ich bringe Ihnen Unglück.«
»Das ist nicht wahr!«
»Doch, so ist es. Sie wissen nichts von mir.« Er starrte sie an und hob die Hände gegen die Brust. »Ich spreche die Wahrheit«, sagte er. »Deshalb will ich gehen. Wenn Sie wüßten, wer ich bin, würden Sie mir recht geben.«
»Ich will nicht wissen, wer Sie sind«, antwortete das Mädchen. »Ich will, daß Sie bei mir bleiben.«
Er schwieg. Auf der anderen Straßenseite ging der Mann mit dem kleinen Hund vorüber. Der Soldat ließ die Arme sinken.
»Wenn Sie ahnten«, sagte er, »wie gerne ich bei Ihnen bliebe.«
Sie nahm ihn an der Hand und führte ihn langsam zu dem Brunnen zurück.
»Ich ahne es«, sagte Susanne Riemenschmied.
Der Lärm der Geschütze wurde schwächer. Aus den Toren mehrerer Häuser traten Menschen ins Freie und sprachen miteinander. Der Soldat und das Mädchen wanderten um den

langen Platz. Im Keller des Hauses, welches Fräulein Reimann bewohnte, warf die Petroleumlampe die Schatten von fünf Besuchern an die nassen Mauern. Der Priester war eingeschlafen. Anna Wagner hielt ein Buch in der Hand und las dem aufmerksam lauschenden Kind das Märchen vom Froschkönig und dem eisernen Heinrich vor.
»In den alten Zeiten«, erzählte sie, »wo das Wünschen noch geholfen hat, lebte einst ein König, dessen Töchter waren alle schön, aber die jüngste war so schön, daß die Sonne selber, die doch so vieles gesehen hat, sich verwunderte, sooft sie ihr ins Gesicht schien ...«
Wie still es geworden ist, dachte Therese Reimann. Man kann sogar die Tropfen hören, wenn sie von den Wänden fallen. Sie zog die Decke um die Schultern zusammen und faltete die Hände. Als sie noch jung war, dachte sie, als sie noch jung war ... hatte man auch ihr Märchen vorgelesen. Fräulein Reimann erinnerte sich deutlich an diese Zeit und an die Stimme der dicken, gutmütigen Kinderfrau, in deren Obhut sie gegeben war: an die dämmrigen Nachmittage im Herbst, wenn man, fröstelnd und angeregt von einem Spaziergang heimgekehrt, in leichter Benommenheit Erzählungen von Feen, Königstöchtern und bösen Räubern vernahm ... die Geschichte von dem Mädchen, das bei einer Frau namens Holle ihr Brot mit dem Schütteln ungewöhnlicher Kissen verdiente, von Hans im Glück, der einen Goldklumpen, groß wie sein Kopf, wieder und wieder gegen immer minderwertigere Objekte eintauschte und dabei stets fröhlicher wurde, von dem Menschen, der auszog, um auf haarsträubende Weise das Fürchten zu lernen, und dem kleinen, krummen Männlein, das im Walde auf einem Bein stand und so froh, ach so froh darüber war, daß niemand wußte, daß es Rumpelstilzchen hieß.
Therese Reimann erinnerte sich gerne dieser Zeit des zu Ende gehenden 19. Jahrhunderts, in der es noch Gaslicht, Pferdestraßenbahnen und die ersten Telephone gab. Damals, dachte sie,

war das Leben einfacheren Gesetzen gefolgt, die Menschen waren duldsamer und aufrichtiger gewesen. Sie vermochten ihre Affären auf friedlichem Wege zu regeln und besuchten des Sonntags mit ihren Angehörigen ein Gotteshaus. Fräulein Reimann seufzte und lauschte dem Märchen vom Froschkönig und dem eisernen Heinrich. Es schien, daß der König mit den wunderschönen Töchtern, über deren eine sich selbst die Sonne verwunderte, gefährlich erkrankte und kein Arzt ihm mehr helfen konnte. Da begann er mit großer Sehnsucht an einen Brunnen zu denken, der sich in einem Garten befand und durch dessen Wasser er zu gesunden hoffte. Deshalb ging eine seiner Töchter hin, schöpfte ein Glas voll und fand es trübe. Ein Frosch regte sich im Gras und schlug ihr vor, sein Schätzlein zu werden. Dafür versprach er, das Wasser rein zu zaubern. Andernfalls, sagte er, mache er es puttel, puttel trübe. Die erste und zweite Tochter wehrten das Anerbieten des garstigen Kaltblüters ab. Die dritte aber ging darauf ein, erhielt das köstliche Wasser, und der alte König genas. Nun kam der Frosch zum Schloß und begann, vor der Kammer der jüngsten Prinzessin ein Lied zu singen, in dem er sie an ihr Versprechen erinnerte.

»Mach mir auf, mach mir auf, Königstochter, jüngste!« rief der kleine Frosch. »Weißt du noch, was du gesagt, als ich in dem Brunnen saß?«

Die Prinzessin wußte es noch, öffnete die Tür, und der Frosch hüpfte ins Bett zu ihren Füßen, wo er drei Tage liegen blieb, um sich danach in einen wunderschönen Königssohn zu verwandeln, den eine böse Fee verhext hatte. Und nun begann die Liebestragödie der beiden, des Tuches mit den magischen Schriftzeichen wurde Erwähnung getan, das Buch erzählte von der Reise der jüngsten Prinzessin, die sich Manneskleider anzog, um dem Geliebten heimlich hinten auf seinem Wagen zu folgen, während er, ohne Erinnerung an sie, willens war, eine andere zu ehelichen. Vom Herzen der Vergessenen sprangen die Reifen einer unendlichen Sehnsucht.

»Heinrich«, rief der Königssohn, als er das Krachen hörte (denn so nannte sie sich, seit sie Manneskleider trug), »Heinrich, der Wagen bricht!« Und der verkleidete Diener antwortete: »Nein, Herr, es ist der Wagen nicht. Es ist ein Band von meinem Herzen, das da lag in großen Schmerzen ...«
Fräulein Reimann schloß die Augen und glaubte sich aus dem kalten Vormittag im Frühling des Jahres 1945 zurückversetzt in ihre Jugend, da sie eine Reihe von Freundinnen besaß, mit denen sie erste Geheimnisse teilte, einen Operntenor verehrte und unter ihren Besitz ein ledergebundenes Buch für besondere, rankenverzierte Sinngedichte und liebevolle Widmungen zählte, auf dessen Deckblatt in goldenen Lettern das Wort »Souvenir« zu lesen stand; da sie noch Geigenunterricht nahm und auf Redouten ging; da sie den Sommer auf dem Lande verbrachte und ihr Vater zu sagen pflegte: »Ein wohlerzogener Mensch spricht in Gesellschaft ebensowenig über Kunst wie über Politik wie über Religion.« Fräulein Reimann sah still in das gelbe Licht der rußenden Lampe und hatte auf einmal das Gefühl, ungemein verlassen zu sein. Sie begann in ihrer altmodischen, großen Handtasche zu suchen und rief das kleine Mädchen herbei, das einen Knicks vor ihr machte und sie erwartungsvoll ansah.
»Hast du gerne Schokolade?« fragte Therese Reimann.
»Ja, bitte«, antwortete das Kind. Die alte Dame reichte ihm eine in Silberpapier verpackte Rippe, die sie seit langer Zeit mit sich herumtrug.
»Danke«, sagte Evi.
»Ich war auch einmal so klein wie du«, flüsterte Fräulein Reimann. »Alle Kinder haben Schokolade gerne. So ist es doch, nicht wahr?«

3

Um diese Zeit, 12 Uhr 7 Minuten, standen die der Liesing zunächst gelegenen Ölreservoire der »Nova« bereits in Flammen, und das Feuer war im Begriff, auf die nahen Verwaltungsgebäude überzugreifen. Soldaten bemühten sich, von den an der Hauptstraße stehenden Hydranten Schlauchlinien zu den Brandstellen zu legen, andere waren damit beschäftigt, Verwundete aus einem eingestürzten Betonbunker zu bergen. Viele Bomben hatten infolge des starken Flakfeuers und der Wolkendecke ihre Ziele verfehlt und waren auf den Ort Schwechat, die Landstraße und die brachen Felder an ihrer östlichen Seite gefallen.

Die beiden ersten Wellen der Angreifer hatten mit Südkurs den Stadtraum von Wien verlassen und befanden sich auf dem Rückflug. Der dritte Kampfverband kreiste, den Meldungen des Luftschutzsenders zufolge, weiterhin über Krems und schien auf funktelegraphische Instruktionen seines Einsatzhafens zu warten. Kleine Gruppen von Jagdbombern hielten sich seit längerem im ungarischen Grenzgebiet auf und attackierten frisch angelegte Verteidigungslinien, Eisenbahnen und Wagenkolonnen, die auf der Fahrt nach Osten begriffen waren. Vereinzelte Bombenabwürfe wurden aus dem zweiten und fünften Bezirk gemeldet, aber es war klar, daß der Angriff den Anlagen der »Nova« gegolten hatte. Den Männern und Frauen in den unterirdischen Kommandostellen des Luftschutzgebietes Wien, die genug Vergleichsmöglichkeiten besaßen, erschien er nicht besonders schwer. Sie erwarteten, daß der über Krems kreuzende Verband in Bälde seinen Kurs ändern und ein Ziel, möglicherweise wieder die Ölgesellschaft, angreifen würde, um damit die Operation zu einem Ende zu bringen. Der Telephonsender meldete: »Keine unmittelbare Luftgefahr für Wien. Neue Verbände aus dem Süden wurden nicht gesichtet.« Drei Ambulanzwagen rasten mit heulenden Sirenen über das unebene Pflaster der Simmeringer Hauptstraße nach Norden. Ihre Fahrer trugen

Stahlhelme. Sie brachten Verletzte in das Rudolfsspital. Auf den Geleisen standen leere Straßenbahnwagen der Linie 71. Die Luft war erfüllt von dem Geruch des brennenden Öls, dessen schwarzer Qualm gegen den Himmel aufstieg. Polizei sperrte das Gebiet um die Raffinerie ab, da man mehrere Bomben mit auf Zeit gestelltem Zünder gefunden hatte. Durch Schwechat marschierten Soldaten. Sie kletterten über Trümmerhaufen hinweg an die zerstörten Häuser heran und suchten die Kellerabstiege zu gewinnen. Einzelne begannen mit Hacke und Schaufel zu arbeiten. Andere formten kurze Ketten, durch deren Hände hastig fortgeräumte Trümmerstücke wanderten. An Toren, Bäumen und Telegraphenmasten wurden rote Plakate angeschlagen. Sie trugen in vier Sprachen die Aufschrift: »Wer plündert, wird erschossen.«

Am Ende des Dorfes brannte, durch Funken entzündet, in hellen Flammen ein niederes Bauernhaus. Aus den losen Klauenkupplungen der Schlauchlinien spritzte das Wasser und überflutete die Straße. Ein totes Pferd lag im Graben, neben ihm zwei Frauen, die man mit Zeitungspapier zugedeckt hatte. Über die Äcker kamen Menschen mit schwarzen Gesichtern und zerrissenen Kleidern. Sie blieben am Rande der Straße stehen und starrten wortlos in die gelben, züngelnden Flammen. Polen, Ukrainerinnen, Slowaken, Griechen. Manche liefen stadtwärts, um den Schrecken eines neuen Angriffs zu entgehen. Sie schleppten Säcke, Koffer und Bündel mit sich. Einige hatten keine Schuhe an den Füßen, andere waren im Hemd. Der Wind trieb den Rauch des stinkenden Öls nach Nordwesten.

Ein Soldat auf einem Motorrad kam den Flüchtenden entgegen. Die Reifen kreischten, als er bremste.

»Geht zurück in den Keller!« schrie der Soldat und riß die Maschine herum. »Ein neuer Verband fliegt Wien an!«

»Wir gehen nicht zurück!« brüllte ein Mann. »Lieber wollen wir hier verrecken als in dem dreckigen Bunker!«

Der Soldat spie in den Staub.

»Macht, was ihr wollt … auf der Straße werden euch die Tiefflieger sehen!« Er hustete. »Einer kann mit mir fahren. Schnell!« Ein Mädchen sprang auf den Reservesitz des Rades, klammerte sich an seine Schulter und zog die Beine hoch. Die Maschine entfernte sich lärmend. Die schmutzigen Menschen, denen die Furcht in den Augen saß, eilten ihm nach. Einzelne erreichten die Mauer des Zentralfriedhofes, kletterten über sie und ließen sich auf Grabsteinen nieder. Durch die Simmeringer Hauptstraße heulten noch immer die Sirenen der drei Ambulanzen.

4

In der Stille ihres vortrefflichen Kellers las Fräulein Therese Reimann im achten Kapitel der Offenbarung des Johannes, in welchem von der Eröffnung des Siebenten Siegels gesprochen wird: von dem Engel, der da nahm ein Räucherfaß und es füllte mit Feuer von dem Altar, um es auf die Erde zu schütten. Und da geschahen Stimmen und Donner und Erdbeben. Und die sieben Engel mit den sieben Posaunen hatten sich gerüstet zum Blasen.
Und der erste Engel posaunte, und es ward ein Hagel und Feuer, mit Blut gemengt, und fiel auf die Erde, und der dritte Teil aller Bäume verbrannte und alles grüne Gras …
Fräulein Reimann ließ die Bibel sinken und betrachtete den Priester Reinhold Gontard, der zusammengesunken schlief. Sein Atem ging schwer und unregelmäßig. Er hatte den Kopf in die verschränkten Arme gelegt. Die alte Dame bedauerte, mit ihm nicht sprechen zu können. Sie hätte ihn gerne dazu gebracht, ihr von der Apokalypse zu erzählen, von dem rosinfarbenen Löwen, dem Pfuhl aus Schwefel und Feuer und jenen, die das Mal des Tieres auf ihren Stirnen trugen. Aber der Priester schlief. Der Mann mit der Hornbrille ging ruhelos auf und ab. Die junge Mutter unterhielt sich leise mit ihrer Tochter. Fräu-

lein Reimann faltete die Hände im Schoß und sprach ein Gebet für alle, die in dieser Stunde dem Tode begegneten.

»Dein Wille geschehe«, flüsterte sie, »o Gott, der Du diese Erde geschaffen hast nach Deinem Wohlgefallen. Du besitzt die Allmacht und die Gnade, seligzusprechen und uns aus den Händen der Finsternis zu erretten, damit wir eingehen können in Dein Paradies. Beschütze, o Gott, die wahren Kinder Deiner Kirche, die Kranken, Alten, sehr Jungen, die Schwachen und Unschuldigen. Habe Mitleid mit den Lästerern und jenen, die Deinen Namen leugnen, sei großmütig gegen solche, die durch ihre Taten die Worte der Schrift verletzen, und erlöse sie von dem Übel. Stehe jenen bei, die Deiner in dieser Stunde bedürfen, jenen, die schutzlos sind oder sich in Gefahr begeben müssen. Hilf den Soldaten, denn sie sind nur Kinder, denen das Töten keine Freude bereitet. Hilf den Frauen und Mädchen, deren Herzen jetzt voller Furcht sind vor dem Grauen eines zu frühen Todes. Beschütze sie und bewahre sie vor Vernichtung und Schmerzen. Ich habe mein Leben lang getreu Deinen Worten gelebt«, sagte Fräulein Reimann in ihrem Gebet zu Gott dem Allmächtigen, »ich vertraue auf Deine Weisheit und warte auf mein seliges Ende. Ich fürchte mich nicht. Ich bete nicht für mich, sondern für meine Mitmenschen, und ich bitte Dich, o Gott: Bereite dem Morden ein Ende, und gib uns Frieden. Laß die Völker zur Besinnung kommen, und zeige ihnen den Weg aus dem Chaos dieser langen Jahre voller Tod. Erlaube nicht, daß Deine wunderschöne Welt zuschanden wird an dem Hochmut und Stolz von wenigen, denn es gibt neben ihnen noch viele, die nach den Gesetzen der Schrift leben und auf Erlösung warten. Wer immer in dieser Stunde aus dem Leben scheidet, möge eingehen in die ewige Seligkeit, darum bitte ich Dich, o Gott. Darum und um Frieden.«

Fräulein Reimann zögerte einen Augenblick.

»Beschütze die Tiere«, betete sie dann, »die Vögel, die Hunde, Katzen, Pferde und Kühe. Sie haben nicht teil an dem schändli-

chen Treiben der Zeit, sie wurden hineingerissen in diesen tollen Strudel und können sich nicht bewahren vor seinen Schrecken. Auch die Tiere haben eine Seele, sie fühlen wie wir, und sie leiden wie wir. Aber sie leiden stumm, und wenn sie sterben, verscharrt man sie irgendwo auf den Feldern. Erhalte die Tiere, o Herr. Amen.«
Fräulein Reimann begann ein Vaterunser zu beten und fühlte sich erfüllt von lauter Erleichterung. Ihr Gesicht trug einen Ausdruck inniger Hingabe und großer Sanftheit.
Am westlichen Rande des Wienerwaldes hatten zwei Flakbatterien zu feuern begonnen. Der dritte Kampfverband flog das Stadtgebiet an. Seine Motoren sangen ihr tiefes, gleichmäßiges Lied, das gemeinsam mit den Gebeten Fräulein Reimanns aufstieg zu dem verhängten Himmel, in dessen Unendlichkeit, einer alten Legende zufolge, Gott der Allmächtige wohnt.

5

Walter Schröder trat über die ausgestreckten Beine des schlafenden Priesters hinweg und ging durch den dämmrigen Keller zur Treppe. Die schwangere Frau sah auf.
»Ich bin in Eile«, sagte Schröder. »Es erwartet mich viel Arbeit.«
»Aber die Sirenen haben noch nicht geheult.«
Er zuckte die Schultern und legte eine Hand auf die feuchte Mauer.
»Ich weiß. Trotzdem dürfte die Gefahr vorüber sein. Der Angriff hat ohne Zweifel nicht der Stadt gegolten.« Er hob grüßend den Hut. »Seien Sie unbesorgt«, meinte er, »es kann nicht mehr lange dauern. Guten Tag.«
Walter Schröder begann die schmale Steintreppe emporzusteigen, indem er von Zeit zu Zeit Streichhölzer anriß, um sich über den Weg zu orientieren. Natürlich, dachte er, würden die Straßenbahnen noch längere Zeit nicht fahren. Es war immer das gleiche nach diesen Tagesangriffen. Aber vielleicht konnte er

ein Auto anhalten, das ihn über die Mariahilferstraße bis zum Gürtel oder noch weiter mitnahm. Er sah auf die Uhr. Es war 12 Uhr 18. Schröder erreichte den kalten Hausflur. Er hatte sich unmäßig verspätet. Es war dumm gewesen, überhaupt einen Keller aufzusuchen. Kostbare Zeit war damit verlorengegangen, kostbare Zeit.

Er mußte noch einen abschließenden Bericht für Berlin verfassen. Sein Assistent hatte sicherlich verabsäumt, die geforderten Entladekurven zu zeichnen. Um 4 Uhr fand eine Zusammenkunft des Betriebsrates statt, in der endlich das Problem der ungenügenden Materialanlieferungen zur Sprache gebracht werden sollte. Für 5 Uhr war der Besuch eines Mannes der Technischen Hochschule angekündigt worden. Den Abend schließlich wollte Schröder der Untersuchung einer besonders gebauten Kleinanode widmen, die man in den Trümmern eines abgeschossenen Bombers gefunden und seinem Laboratorium eingesandt hatte, da man, ihrer eigenartigen Form wegen, vermutete, daß sie den Bestandteil eines unbekannten Gerätes bildete. Möglicherweise würde er in der Fabrik übernachten, dachte er, um am Morgen länger schlafen zu können. Es war so noch am bequemsten. Er betrat die Straße und begann in der Richtung zur Oper zu gehen, wobei er dem Soldaten und dem jungen Mädchen begegnete, die schon früher den Keller verlassen hatten. Sie kamen ihm langsamen Schrittes entgegen und schienen ein ernstes Gespräch zu führen.

»Ich verabschiede mich«, sagte Schröder. »Ich denke, die Luft ist rein.« Der Soldat sah ihn an. Schröder schüttelte verärgert den Kopf. »Das Ganze ist nichts als ein sehr gelungener Versuch, jede geregelte Arbeit unmöglich zu machen. Kein Tag geht hin, ohne daß wir viele Stunden auf derart sinnlose Art verlieren. Manchmal greifen die Bomber gar nicht an. Sie überfliegen uns bloß, und jedermann läuft in die Schutzräume.«

»Ich kann nicht finden, daß dieser Vorgang sinnlos ist«, sagte Faber. »Wenigstens nicht für die anderen.«

»Denken Sie an die wertvollen Arbeitsstunden«, sagte Schröder verbissen. »Wir verlieren zuviel Zeit.«
»Es ist besser«, erwiderte der Soldat, »Zeit als das Leben zu verlieren.«
Schröder hob seine Tasche unter den Arm.
»Das eine«, sagte er, »könnte das andere in seinem Gefolge haben. Unsere Lage ist ernst. Auf Wiedersehen.«
»Leben Sie wohl«, sagte Robert Faber. In diesem Augenblick kam von der anderen Seite des Platzes der alte Mann mit dem Hund auf sie zu. Er ging schnell und war erregt.
»Bleiben Sie stehen!« rief er Schröder nach, der sich umwandte. »Warten Sie einen Augenblick!«
»Was gibt es?« fragte Susanne Riemenschmied.
»Ein neuer Verband hat Wien umflogen und kehrt jetzt aus dem Südosten zurück.«
»Wieder die Nova«, sagte Schröder gleichgültig. »Es werden noch ein paar Bomben auf die Ölraffinerie fallen. Das Manöver ist durchsichtig. Ich habe nicht die Absicht, sein Ende hier abzuwarten.«
Der kleine Hund begann an der Leine zu zerren und bellte kurz.
»Irgend etwas«, sagte sein Herr mit leichter Nervosität, »beunruhigt mich. Irgend etwas liegt in der Luft.«
»Unsinn«, meinte Schröder. »Ausgerechnet jetzt, eine Stunde nachdem die Sirenen heulten?«
Der alte Mann hob seine Hand. Sie lauschten und vernahmen von fern gedämpfte Detonationen.
»Geschütze«, sagte der alte Mann. »Und Bomben. Gehen Sie zurück in den Keller. Wir sind in Gefahr.«
»Lächerlich!« rief Schröder. »Die Geschütze haben schon früher und weitaus lauter gefeuert.«
»Wir sind in Gefahr«, wiederholte der Fremde und folgte eilig dem Hund, der ihn winselnd über die Straße zerrte. Walter Schröder sah ihm nach, bis er im Eingang des Hotels Meissl & Schadn verschwand, und wandte sich dann zum Gehen.

»Warten Sie«, sagte der Soldat.
»Warum?«
»Warten Sie einen Augenblick, und sprechen Sie nicht. Hören Sie etwas?«
»Nein«, sagte Schröder.
Susanne Riemenschmied hatte den Kopf gehoben.
»Doch«, sagte sie, »ganz leise höre ich Motoren.«
»Ich auch«, erklärte Faber. »Und das Geräusch wird lauter.«
Die Straße war wieder menschenleer. Das Dröhnen der über den Wolken fliegenden Bomber kam näher, auch Walter Schröder vernahm es. Er folgte den beiden andern langsam zu dem schmiedeeisernen Tor und trat in die Hauseinfahrt. Einige Abschüsse der Geschütze vom Turm der Stiftskaserne ließen ihn zusammenzucken. Das Motorengeräusch war sehr deutlich geworden. Plötzlich drang ein dünner, pfeifender Ton an Schröders Ohr, der lauter wurde und sich in ein seltsam rauschendes Getön verwandelte, das unter anderem an jenes von Regen erinnerte, der auf ein Blechdach fällt. Susanne Riemenschmied sah erstaunt auf die Straße.
»Was ist das?« fragte sie. Der Soldat wandte sich auf dem Absatz um, packte sie an der Hand und schob Walter Schröder, der dem Brausen gebannt lauschte, gegen den Kellerabstieg. »Schnell!« schrie er. »Schnell!«
Die drei eilten strauchelnd über die dunkle Stiege hinab und hatten die erste Etage erreicht, als eine gewaltige Explosion sie vorwärts stieß und fallen ließ. Eine Druckwelle flog über sie hin, die Luft war von Staub erfüllt, die Wände des Ganges zitterten. Über der phantastischen Detonation erhob sich schon wieder ein dünnes, zittriges Pfeifen. Robert Faber kam als erster auf die Beine, riß Schröder am Mantel hoch und stieß ihn vor sich her in die Dunkelheit hinunter. Dann fühlte er, wie Susanne Riemenschmied ihre Arme um ihn legte. Er hob sie auf und eilte, ausgleitend und mühsam sein Gleichgewicht bewahrend, tiefer. Aus dem Keller hörte er die

Stimme einer Frau, die hoch und hysterisch schrie. Dann geschah es.
Eine gewaltige Hand schoß vor und schleuderte ihn abwärts. Seine Hände schlossen sich um Susanne Riemenschmied, als er die letzten Stufen in die chaotische Finsternis des Kellergrundes stürzte. Ihr Haar fiel über sein Gesicht. Sie atmete hastig. Ein kalter Luftstrom, gemengt mit Staub und Erde, wurde in den Raum gepreßt. Über sich hörte Faber ein donnerndes Toben und wußte, daß das Haus getroffen war. Der Boden schwankte. Noch einmal erschütterte ein Einschlag das Gemäuer. Dann kam eine Stille. Eine Stille, wie Faber sie nie zuvor erlebt hatte. Kein Windhauch regte sich, kein Geräusch, auch nicht das leiseste, war hörbar. Selbst das Mädchen schien nicht zu atmen. Der Soldat glaubte, taub geworden zu sein, so vollkommen war diese gespenstische Stille, die anhielt, bis die ruhige Stimme des Kindes aus der Dunkelheit fragte:
»Sind wir jetzt tot?«

Kapitel 3

1

Wenn du gestorben bist, wenn deine unsterbliche Seele aus dir ausgetreten ist, bettet man dich nach einigen Vorbereitungen in einen Sarg und trägt dich in einen großen Garten mit alten Bäumen und hohem Gras, in dem die Nachtigallen singen.
Dort senkt man dich in ein Grab, wirft Erde auf deinen Leichnam und errichtet einen Stein, auf dem dein Name steht. Nicht alle Menschen sterben so vornehm, manche bleiben ganz einfach irgendwo liegen, und kein Hund schert sich um sie, andere wieder entziehen sich durch die Art ihres Endes jeder Form posthumer Geschäftigkeit mit ihren Resten, aber die meisten

finden doch ein Grab. Irgendein Priester spricht Gebete, und manchmal weint jemand, bevor du allein bleibst, und sagt, er würde dich nie vergessen, was zwar tröstlich, aber auch ganz lächerlich ist ... denn alle Dinge werden vergessen, nach einer Weile.

Wenn du gestorben bist, wird aus dir dein Paradies. In deinem Grab kann dich niemand mehr stören und du schläfst in Frieden. Der Wind weht, die Wolken ziehen, der Tag vergeht, die Nacht kommt gegangen. Der Sommer scheidet, Schnee fällt auf dich und kalter Regen. Aber all das braucht dich nicht zu bekümmern, denn du liegst tief. Das Jahr wendet sich. Wieder wird es Frühling, wieder kommt der Sommer zurück, es ist dieselbe Sonne, die dein Grab bescheint, immer dieselbe.

Wenn du, wie Fräulein Reimann, ein gottesfürchtiges Leben geführt und viel gebetet hast, dann vertraust du darauf, daß der Allmächtige dich in Seinen Himmel aufnehmen wird, wo die Engel auf Harfen spielen und die ewige Seligkeit dein ist.

Wenn du, wie Walter Schröder, dir ein physikalisches Weltbild geschaffen hast, glaubst du daran, daß die organischen Bestandteile deines Körpers, umgewandelt in Kohlensäure und Ammoniak, sich nach dem Diffusionsgesetz über die ganze Erde ausbreiten und dem Aufbau der Pflanzen und Bäume dienen werden. Deshalb, meinst du, wird jede Blume und jedes Tier einen Teil deines Leibes enthalten. Die anorganische Substanz deines Leichnams, die Kalk- und Phosphorsalze, sollen desgleichen zerfallen und sich lösen, im Regen und dem Wasser der Ströme. Die in deinem Körper enthaltene Energie wird diesen, umgewandelt in Wärme, verlassen und einen Teil der Weltenergie bilden. Das, glaubst du, wenn du wie Walter Schröder ein der Chemie gewidmetes Dasein geführt hast, bedeutet die wahre Auferstehung vom Tode. In dieser Überzeugung lebst du in Frieden mit kommenden Ereignissen und weißt, daß der Tod nichts ist als eine notwendige Folge allen Lebens. Es gibt keinen Anfang, und es gibt kein Ende. Wir verändern uns ständig.

Niemals sind wir die gleichen. Wenn der Tod kommt, erleiden wir unsere größte Verwandlung. Vieles geschieht, wenn wir gestorben sind. Daran glaubt Fräulein Reimann ebenso wie Walter Schröder. Aber man stirbt nicht so leicht.

2

Therese Reimann erwachte aus einer kurzen Ohnmacht mit dem Gefühl, ersticken zu müssen. Sie schluckte krampfhaft, und eine scharf schmeckende aromatische Flüssigkeit rann durch ihre Kehle. Sie hustete, richtete sich auf und rang mit nassen Augen nach Atem. Über sich geneigt gewahrte sie im Licht der wieder brennenden Petroleumlampe den jungen Soldaten, der eine Flasche in der Hand hielt.
»Vorsicht«, sagte Robert Faber. »Spucken Sie den guten Kognak nicht aus. Es ist ohnehin schon viel verlorengegangen. Wir müssen sparsam sein.«
»Was ist geschehen?« fragte Therese Reimann leise.
»Sie sind in Ohnmacht gefallen.«
»Ich weiß«, sagte sie. »Aber vorher ... was war das? Ist ... sind ... wurde das Haus getroffen?«
»Ja«, antwortete der Soldat. Therese Reimann riß die Augen auf und holte pfeifend Atem. Dann sank sie auf das primitive Bett zurück.
»Das Haus wurde getroffen«, murmelte sie. »Mein Haus. Von einer Bombe.«
Sie lag auf dem Rücken und sah schweigend zu der dunklen Decke empor. Ihre Lippen bewegten sich. Aus einem Winkel des Mundes floß ein dünner Speichelfaden. Therese Reimann fragte:
»Ist meine Wohnung zerstört?«
»Ich weiß es nicht«, sagte Robert Faber.
»Meine Wohnung im dritten Stock«, wiederholte die alte Dame, »wurde sie getroffen?«

»Ich habe sie nicht gesehen.«
»Warum nicht?«
»Ich war noch nicht oben.«
Fräulein Reimann erhob sich unsicher und glitt auf den Boden.
»Wohin wollen Sie?«
»Nachsehen. Ich muß nachsehen, was aus meiner Wohnung geworden ist.« Sie stützte sich auf seinen Arm. »Kommen Sie mit.«
»Warten Sie«, sagte er.
»Nein«, rief Fräulein Reimann, »ich will hinauf!«
»Sie können jetzt nicht hinauf.«
»Ich kann nicht? Warum?«
»Weil –«, er geleitete sie zu dem Bett zurück und brachte sie dazu, sich zu setzen, »– weil der Kellereingang verlegt ist.«
Fräulein Reimann sah ihn verständnislos an.
»Was heißt das: Der Kellereingang ist verlegt?«
»Es ist viel Schutt vor ihn gestürzt«, sagte Faber. »Nach dem Bombeneinschlag stürzte ein Teil des Gebäudes zusammen.«
»Wir können nicht hinaus?«
»Im Augenblick nicht.«
»Wir sind hier eingeschlossen?«
»Ja«, sagte Faber. »Aber man wird uns bald ausgraben.«
Fräulein Reimann warf sich auf die beiden Strohsäcke und brach in Tränen aus.
»Verschüttet!« rief sie schluchzend. »Wir sind verschüttet!«
Ihr kleiner, magerer Körper wurde hin und her geworfen, ihre Kleider gerieten in Unordnung. »Verschüttet!« schrie Fräulein Reimann. »Wir sind in diesem Keller verschüttet, und meine Wohnung ist vernichtet ...«
Sie preßte das Gesicht an die feuchte Wand und erhob ihre schrille Stimme.
»Mein Gott, mein Gott«, schrie Fräulein Reimann, mit den Beinen strampelnd, »warum hast Du mich verlassen?« Sie schlug mit dem Kopf gegen die Mauer. »Ich bin Deine treue Dienerin

gewesen«, rief sie in ihrer Verzweiflung, »ich habe zu Dir gebetet und auf Dich vertraut, und nun ist meine Wohnung zerstört, und ich muß hier sterben!«
»Sie werden nicht sterben«, sagte Faber.
»Doch!« rief Fräulein Reimann. »Ich werde hier sterben, ich weiß es.« In einem Anfall von Hysterie krümmte sich ihr Körper zusammen. Die Lippen wurden blau, die Finger verkrampften sich. Dann stieß sie mit den Beinen wild um sich und begann methodisch den Kopf gegen die Wand zu schlagen. »Meine Wohnung!« kreischte sie. »Meine Wohnung! Das einzige, was ich besitze ... o Gott, o Gott, meine Wohnung!«
Robert Faber packte sie an den Schultern und warf die sich Wehrende auf das Bett. Sie stieß mit den Füßen nach ihm und spuckte ihn an.
»Lassen Sie mich los!« schrie Fräulein Reimann. »Lassen Sie mich los! Ich will sterben!«
»Seien Sie ruhig«, sagte er.
»Nein!«
»Seien Sie ruhig«, sagte Faber. »Sie sind nicht allein.«
»Ich will nicht ruhig sein«, kreischte Fräulein Reimann, versuchte, ihn in die Hand zu beißen, und begann gellend um Hilfe zu rufen. Er preßte ihre Hände gegen seine Brust und schlug ihr fest ins Gesicht. Fräulein Reimanns Kiefer fiel herab. Sie starrte ihn entsetzt an und schwieg. Ihr Körper entspannte sich. Sie sank zusammen und begann wieder leise zu weinen. Der Soldat hob die Flasche vom Boden auf und stellte sie vorsichtig beiseite. Dann neigte er sich über die alte Frau.
»Bleiben Sie hier«, sagte er. »Ich komme zurück.«
Als er sich zum Gehen wandte, hielt sie ihn fest.
»Bitte«, flüsterte sie, »schicken Sie den Priester zu mir.«
Er nickte, verließ sie und stieg in die zweite Etage des Kellers hinauf, wohin die anderen vorausgegangen waren. Er fand sie vor dem zusammengebrochenen Bogengang des Aufstiegs. Große Steine, zerfaserte Balken und gelbe Erde bezeichneten

die Stelle, an der er sich befunden hatte. Walter Schröder beleuchtete mit der Taschenlampe des Priesters die Trümmerstätte. Er wandte sich um, als er den Soldaten hörte.

»Es sieht böse aus«, sagte er. »Ich glaube, die ganze Stiege ist eingestürzt. Der Gang war nicht sehr breit. Wenn seine Mauern zusammengedrückt wurden, werden wir hier kaum hinauskommen.«

»Ein Glück, daß die Decke hielt«, sagte Faber. Er sah sich um und wies mit der Hand auf den Priester.

»Die alte Frau möchte Sie sehen.«

»Mich?« fragte Reinhold Gontard.

»Ja«, sagte der Soldat. »Gehen Sie zu ihr.« Der andere zuckte die Achseln und ging. Susanne Riemenschmied kam aus der Dunkelheit in den Lichtkreis der Lampe und blieb vor Faber stehen.

»Der Keller hat keinen zweiten Ausgang. Wir sind verschüttet, nicht wahr?«

Er nickte.

»Aber nicht lange. Die draußen werden uns finden.«

»Bestimmt«, sagte sie leise und sah zu Boden. »Sie werden uns finden.«

»Wir können ihnen entgegengraben. Durch den angefangenen Gang da drüben.« Faber legte seine Arme um Susanne Riemenschmied. Ihr Körper gab nach, und sie lehnte sich an ihn. Schröder ließ den Lichtkegel der Lampe über die Wände gleiten und gewahrte Anna Wagner, die gebückt an der Mauer stand. Das kleine Mädchen war bei ihr.

»Fühlen Sie sich nicht gut?«

»Ich bin so erschrocken ...« Die schwangere Frau zuckte nervös zusammen. »Ich dachte, mein Herz bleibt stehen. Wird es lange dauern, bis man uns findet?«

»Hoffentlich nicht.«

»Mir ist sehr elend«, sagte die Frau. »Morgen früh hätte ich fortfahren sollen, stellen Sie sich das vor! Fort aus Wien, nach

Alland. Ich habe schon eine Karte für den Zug ... in der Entbindungsanstalt wäre ich sicher gewesen.« Sie schüttelte den Kopf und legte die Hände auf den Leib. »Bitte«, sagte sie, »Fräulein, kommen Sie zu mir. Ich möchte mit Ihnen sprechen.«
Susanne Riemenschmied trat von dem Soldaten fort, der Schröder an das andere Ende des Kellergewölbes folgte, um den in Bau befindlichen Stollen zu untersuchen. Eine etwa metertiefe, mannshohe Höhle war aus der Mauer geschlagen worden. Mehrere Balken stützten ihre Decke gegen Einbruch, andere lagen, zusammen mit Schaufeln und Hacken, auf dem Boden.
»Ich denke«, sagte Schröder, »es ist das beste, hier weiterzugraben. Allzu dick kann die Wand ja nicht sein. Außerdem wird man uns wahrscheinlich von der anderen Seite entgegenkommen. Was meinen Sie?«
Der Soldat nickte.
»Zweifellos«, sagte er. »Der Ausgang nach oben ist hoffnungslos verschüttet. Wenn das Nebenhaus nicht auch getroffen wurde, wird uns dieser Weg ins Freie führen.«
»Halten Sie die Lampe«, sagte Schröder, bückte sich und hob eine Hacke auf. »Ich möchte einmal sehen, wie fest das Erdreich hier ist.«
Er trat vor, schwang das Werkzeug über den Kopf nach hinten und schlug es dann schwer gegen die Wand. Die Spitze der Hacke verfing sich, und er bekam sie nicht frei. Schröder fluchte. »Steine«, sagte er, und riß mit einem Ruck die Hacke wieder aus der Mauer. »Steine und Lehm. Das Graben wird nicht so einfach sein.« Faber hob eine Eisenstange auf.
»Wir werden die Felsbrocken aus der Mauer brechen«, sagte er, »und dann in der Öffnung herumbohren.«
»Wie?«
»Hier ist ein Vorschlaghammer.« Der Soldat hängte die Lampe an einen Knopf seines Mantels und gab dem andern die Stange. Schröder stemmte sie gegen die Wand, während Faber auf ihr

stumpfes Ende schlug, bis er fühlte, daß sie sich festfraß und in die Erdschicht eindrang.

»Genug?« fragte Schröder.

»Nein«, sagte Faber, »noch nicht.« Er trat zurück und fuhr fort, wuchtig gegen die Stange zu schlagen. »So«, sagte er, als sie zu etwa einem Drittel eingedrungen war. »Jetzt wollen wir es versuchen.« Sie begannen an dem freien Ende zu rütteln und es hin und her zu bewegen. Faber spreizte die Beine, sprang hoch und stemmte sich auf die Stange, die mit einem Knirschen herabsank. Ein größerer Stein fiel zu Boden. »Ich glaube, so wird es gehen«, sagte er und fuhr sich über die Stirn.

»Ziemlich mühsam«, meinte Schröder und steckte den Kopf in die Öffnung. »Wenn wir tiefer graben, wird einer von uns in das Loch hineintreten müssen, um weiterzuarbeiten.«

»Ja«, sagte der Soldat. »Aber nehmen wir einmal an, die Wand sei einige Meter dick. Dann hat es keinen Sinn, eine so kleine Höhle zu graben, weil wir uns nicht in ihr bewegen können. Wenn sie aber größer ist, müssen wir sie abstützen, sonst fällt uns die Decke auf den Schädel.«

»Balken sind da«, sagte Schröder. »Auch eine Säge gibt es.« Er kratzte sich den Kopf. »Natürlich«, sagte er, »müssen wir versuchen, hier durchzukommen. Aber es wird eine schwere Arbeit werden für zwei Männer.«

»Für drei«, sagte Faber. »Sie vergessen den Priester.«

»Glauben Sie, daß der uns helfen wird?«

»Warum nicht? Wenn er seine Kutte ablegt, sollte dem nichts im Wege stehen.«

»Also gut«, meinte Schröder, »dann sind wir drei. Zunächst einmal brauchen wir mehr Licht. Diese Taschenbatterie wird nicht mehr lange sehr wirkungsvoll sein.« Er knipste sie aus, und der Keller war in Dunkelheit gehüllt. Faber vernahm die Stimmen der beiden jungen Frauen, die sich leise unterhielten. »Unten steht eine Petroleumlampe. Die Frage ist nur, ob wir genügend Brennstoff haben. Eine Lampe können wir uns immer bauen.« Faber dachte nach.

»Wir besitzen eine Menge Benzin. Glauben Sie, daß wir es verwenden können?«

Schröder schüttelte den Kopf.

»Rein nicht. Aber wir werden es mit dem Petroleum mischen.« Er sah sich um. »Groß ist der Keller ja. Luft gibt es genug für ein paar Tage, selbst wenn wir sie mit Benzin verpesten.« Er entzündete seine Lampe von neuem und begann die Wand entlangzugehen.

»Da steht noch mehr Benzin«, sagte er zu Faber, der ihm folgte. Er schraubte eine der Blechkannen auf und roch an der Flüssigkeit. »Ich möchte nur wissen, warum der Durchbruch hier gebaut werden sollte und nicht unten.«

»Wahrscheinlich sind die Keller um uns seichter.«

»Das wird es wohl sein.« Schröder setzte sich auf eine der Kannen und starrte zu Boden.

»Was haben Sie?«

»Es muß einen einfacheren Weg geben, hier herauszukommen, als durch den verdammten Gang«, sagte Schröder. »Es gibt immer einen einfacheren Weg. Man muß ihn nur kennen.«

»Es gibt keinen«, sagte Faber. »Nur den einen. Wir werden den Gang graben.«

»Das ist nicht der einzige Weg«, murmelte Schröder, »es gibt einen zweiten. Immer gibt es einen zweiten Weg. Aber ich kenne ihn nicht. Vielleicht wäre es möglich, in ein paar Stunden hier herauszukommen. Wenn man nur wüßte, welchen Weg man zu gehen hat.«

»Zum Teufel«, sagte Faber nervös, »haben Sie nicht den ganzen Keller durchsucht, jeden Winkel, die letzte Ecke, ohne einen Ausgang zu finden? Je früher wir an dem Tunnel zu arbeiten beginnen, um so eher werden wir frei sein.« Schröder stand auf.

»Gut«, sagte er. »Vorläufig haben Sie recht. Aber geben Sie mir Zeit. Ich werde mir etwas ausdenken. Ich werde einen zweiten

Weg finden. Bestimmt. Lassen Sie uns zunächst noch einmal zu der alten Dame hinuntergehen. Ich glaube, sie wohnt hier.«
»Ja«, sagte Faber, »das stimmt. Wahrscheinlich hat sie ihre Wohnung verloren.«
»Wie benimmt sie sich?«
»Ziemlich hysterisch, verständlicherweise. Der Priester ist bei ihr.« Schröder ging zur Stiege.
»Mein Gott«, sagte er, »gefangen zu sein in diesem finsteren Loch. Es ist zum Verrücktwerden. Ich hätte so viel zu erledigen gehabt. Ihnen ist der Urlaub verdorben worden.«
»Ich bin nicht in Eile«, sagte Faber. Schröder sah sich nach ihm um.
»Man soll immer seinem Instinkt folgen. Ich wollte fortgehen, wenn Sie sich erinnern. Hätte ich es getan, wäre ich jetzt nicht hier.«
»Vielleicht wären Sie tot«, sagte Faber. »Wir können nichts ändern an dem, was geschehen ist.« Er hörte, wie Susanne Riemenschmied seinen Namen rief. »Ja«, antwortete er, »ich komme.« Schröder beleuchtete mit seiner Lampe die beiden Frauen. Die Schwangere hatte sich zu Boden gesetzt. Das Mädchen kauerte neben ihr.
»Werdet ihr den Gang graben?« fragte Susanne Riemenschmied.
»Ja«, sagte Faber.
»Wird es lange dauern?«
»Nicht, wenn man uns entgegengräbt. Oder wenn die Mauern nicht zu dick sind.« Susanne Riemenschmied stand auf.
»Wir müssen uns beeilen, sehr beeilen. Frau Wagner ist schwanger.«
»Ja«, sagte Schröder, »das habe ich gesehen.«
»Ich sollte fortfahren«, erzählte die Sitzende. »Morgen früh, denken Sie ... morgen früh wäre alles vorüber gewesen, die Angriffe, die Angst, alles ... und jetzt bin ich hier ...« Sie begann zu zittern.

»Hören Sie«, sagte Schröder leise zu dem Mädchen, »ist es möglich ... glauben Sie –«
»Ich weiß nicht«, antwortete Susanne Riemenschmied und trat nahe an den Soldaten heran, dessen Hand sie ergriff. »Es kann sein ... ich verstehe nichts davon –«
»Ich fürchtete mich so, als die Bombe einschlug«, sagte Anna Wagner tonlos. »Ich dachte, ich würde sterben.« Sie senkte den Kopf und blickte auf ihre schwerfällig gespreizten Knie. Dann stand sie mit Schröders Hilfe mühsam auf.
»Sie müssen liegen«, sagte dieser, »und sich ausruhen.«
»Aber auf der Erde –«
»Unsinn«, meinte Schröder, »natürlich nicht auf der Erde. Unten gibt es ein Bett, ich habe es gesehen. Ein Bett und Decken. Dort werden Sie sich bald besser fühlen.«
»Das Bett gehört der alten Dame. Ich kann ihr doch unmöglich den Platz wegnehmen.«
»Warum nicht?« fragte Schröder. »Sie ist gesund. Es gibt auch Stühle. Wir werden mit ihr sprechen.« Er führte sie zur Treppe.
»Ich will wirklich niemanden stören«, sagte Anna Wagner. »Ich bin nur so erschrocken. Wenn mein Mann bei mir wäre ... er ist Soldat, wissen Sie, in Ungarn.«
»Ja«, sagte Schröder, »ich weiß.« Er geleitete sie vorsichtig über die Stufen. Das kleine Kind folgte schweigend. Susanne Riemenschmied blieb mit Faber allein. Der Lichtschein von Schröders Lampe entfernte sich.
»Wenn sie nun ihr Kind hier zu Welt bringen muß ... hier, in der Finsternis ...«
»Wir werden uns bald befreien«, sagte er. »Unsere Gefangenschaft ist nur kurz.«
»Und wenn wir befreit sind«, erwiderte sie, »wenn wir befreit sind ... was dann?«
Faber umarmte sie schweigend und küßte sie behutsam auf den Mund.

3

Fräulein Reimann saß mit hochgezogenen Knien auf ihrem Bett und sagte schluchzend: »Ich habe meine Wohnung verloren.« Sie sagte es zum fünftenmal, und Reinhold Gontard, der vor ihr stand, begann nervös zu werden.

»Ich habe meine Wohnung verloren«, wiederholte Therese Reimann und bewegte sinnlos die kalten Hände. »Das einzige, was ich auf Erden mein eigen nannte, meinen ganzen Besitz. Ich habe alles verloren ...« Sie sah klagend zu dem Priester auf. »Ist dies der Wille des Allmächtigen?« fragte Fräulein Reimann.

Reinhold Gontard schwieg. Er zog es vor, auf diese Frage keine Antwort zu geben. Statt dessen griff er nach der offenen Flasche, die der Soldat beiseite gestellt hatte, und führte sie an die Lippen.

»Sie trinken«, sagte Therese Reimann klagend. »Schämen Sie sich nicht?«

»Nein«, sagte der Priester, »ich habe aufgehört, mich zu schämen.«

»Sie sind sehr verändert«, erklärte Therese Reimann. Er zuckte die Achseln und setzte sich auf den Rand des Bettes. Die alte Dame sah mit feuchten Augen um sich. »Was hier steht, ist das einzige, was mir verbleibt«, sagte sie und wies mit dem Kinn auf die wenigen Kisten und Koffer. »Sonst habe ich alles verloren.«

»Vielleicht ist der Wohnung nichts geschehen.«

»Aber das Haus stürzte doch ein!«

»Ja«, sagte er. »Oder nein! Ich weiß nicht. Möglicherweise nur ein Teil.«

Fräulein Reimann legte sich zurück. »Warum?« fragte sie. »Antworten Sie mir, warum?«

»Warum was?«

»Warum mußte gerade mein Haus getroffen werden?«

»Ein Zufall«, sagte der Priester ermüdet. Er hatte es schon einige Male gesagt.

»Aber die Vorsehung«, flüsterte Fräulein Reimann. »Es gibt doch eine göttliche Vorsehung, Hochwürden.«

»Nein«, sagte Gontard, »die gibt es nicht.«

»Hochwürden!« schrie Fräulein Reimann. »Sie versündigen sich!«

Er schüttelte den Kopf.

»Dann nennen Sie mich nicht Hochwürden. Ich heiße Gontard.«

Fräulein Reimann starrte ihn an, und in ihren Zügen malte sich neben persönlichem Kummer noch tiefes Entsetzen.

»Warum sprechen Sie so? Ich ließ Sie rufen, weil ich dachte, Sie könnten mich trösten.«

»Nein«, sagte er, »das kann ich nicht.«

»Aber Sie vermochten es doch bisher, in Ihren Messen, in Ihren Predigten ...«

»Ich vermag es schon lange nicht mehr. Sie glaubten bloß, daß ich es noch könnte.«

»Das verstehe ich nicht.«

»Fräulein Reimann«, sagte der Priester, »ich habe nicht die Absicht, mit Ihnen meine Veränderungen zu besprechen. Sie ließen mich rufen, und ich verstehe vollkommen, wie schwer der Verlust Ihrer Wohnung Sie treffen muß. Ich will alles, was in meiner Macht steht, tun, um Ihnen zu helfen. Sie können darauf rechnen, daß ich in Zukunft bereit sein werde, Sie zu unterstützen in der Beschaffung von allem, was Sie benötigen. Vielleicht wird es möglich sein, einen großen Teil Ihres Besitzes zu retten. Ich will Ihnen gerne dabei helfen. Aber vergessen Sie um alles in der Welt die Zeit, in welcher ich Ihnen Seelenstärke verlieh. Denn die ist vorbei.«

Fräulein Reimann schüttelte ratlos den Kopf und fuhr fort, mechanisch die weißen Hände zu bewegen.

»Sie sind ein Priester der Kirche«, meinte sie, ehrlich betrübt, während Gontard sich protestierend räusperte, »ich sage: Sie sind ein Priester der Kirche und hätten die Verpflichtung, mich, die ich an der Weisheit Gottes schwankend geworden bin, auf den rechten Weg zurückzuführen.«

»Das kann ich nicht«, sagte er, stand auf und begann hastig

zwischen dem Bett und der umgestürzten Kiste auf und ab zu gehen.
»Warum können Sie das nicht?« rief Therese Reimann erregt.
»Weil ich nicht an die Weisheit Gottes glaube. Deshalb, verstehen Sie? Weil ich nicht daran glaube, daß es auf dieser Welt etwas wie Gerechtigkeit oder irgendeinen guten Menschen gibt, der nicht von einem Schuft sogleich erschlagen würde.«
Die Flamme der Lampe flackerte in dem Windzug, den Gontards schleifende Soutane schuf.
»Ich vertraue«, sagte Therese Reimann, »ich vertraue auf das Wort der Heiligen Schrift, und ich vertraue noch immer. Ich war für kurze Zeit meiner Fassung beraubt und redete lästerlich. Jetzt sehe ich klar. Gott will uns prüfen. Er schickt uns Heimsuchungen und Plagen, damit wir beweisen, ob wir Seiner würdig bleiben in den Stunden der Bedrängnis. Sie sind verbittert, Hochwürden, Sie wissen nicht, was Sie tun.« Mit einem heroischen Aufwand an Kraft und einer ganz feinen Bewunderung für die eigene Seelengröße und Haltung, die sie bewies, streckte Therese Reimann die Hände aus.
»Kommen Sie«, sagte sie. »Wir wollen zusammen beten.«
»Nein«, antwortete Gontard. »Ich will nicht beten.«
»Sie müssen«, sagte sie ruhig. »Wir alle müssen beten. Ich will es für Sie tun, wenn Sie sich weigern. Aber es muß geschehen. Gott verlangt es von uns. Dies ist die Stunde unserer Bewährung.«
Er blieb vor ihr stehen und sah sie zornig an.
»Sie schwätzen!« sagte der Priester. »Sie schwätzen! Kein Hund interessiert sich für Ihre Gebete. Gott hört sie nicht. Gott will sie nicht hören. Gebete sind so billig geworden wie Tränen oder der Tod. Sie helfen nichts mehr.«
Therese Reimann, die in der letzten halben Stunde ein Übermaß an Erregung zu bewältigen und mit Fassung zu tragen gehabt hatte, die angesichts des Verlustes ihres geliebten Besitzes mit einer rührenden Anstrengung sich entschlossen hatte, weiter

Gott zu vertrauen und ihn nicht anzuklagen für das, was ihr widerfuhr, war am Ende ihrer Selbstbeherrschung angelangt. Die Blasphemien des Priesters ließen sie neuerlich zusammenbrechen. Sie vergrub das Gesicht in den Händen, schüttelte die Schultern heftig und stieß einen sinnlosen hohen Schrei aus, der anhielt, solange Fräulein Reimann noch Atem in der Lunge hatte. Danach rang sie nach Luft und schrie:
»Sie lügen! Sie lügen! Aus Ihnen spricht der Satan!«
Und dann, mit einem grotesken Kreischen, in welchem die Stimme überschlug und brach: »Mein Gott, mein Gott, warum hast Du mich verlassen?«
»Die Frage ist alt«, sagte der Priester unbewegt. »Sie wurde häufig gestellt. Beantwortet wurde sie nie. Sie werden bei genauerer Studie der Materie feststellen, Fräulein Reimann, daß es die hervorstechendste Eigenschaft des lieben Gottes ist, die Menschen zu verlassen, wenn sie seiner bedürfen. Er erklärte dieses Vorgehen nie. Eine Motivierung dafür überläßt er jenen, die dennoch an ihn glauben.« Er sah auf und bemerkte, daß Therese Reimann krampfhaft die Hände an den Kopf preßte.
»Es hat keinen Sinn, sich die Ohren zuzuhalten«, sagte er. »Gar keinen Sinn. Wenn Sie auch noch die Augen zukneifen und die Lippen schließen, dann sind Sie gerade ein Sinnbild für die Weltanschauung, die Sie besitzen, die wir alle besitzen, die uns hierher geführt hat.«
Therese Reimann rührte sich nicht. Es war anzunehmen, daß sie wirklich nicht verstanden hatte, was er sagte.
Über die Treppe hörte Gontard die anderen herabkommen. Der Mann mit der Hornbrille erschien zuerst, er führte die schwangere Frau am Arm. Das kleine Kind ging an seiner Seite.
»Gnädige Frau«, sagte Schröder, sich an Therese Reimann wendend, »erlauben Sie, daß Frau Wagner Ihr Bett benutzt?«
»Mein Bett?« fragte Fräulein Reimann laut. »Mein Bett? Aber ich bitte Sie – wo soll ich denn selbst schlafen?«

»Es gibt Stühle«, sagte Schröder. »Wir alle werden wahrscheinlich auf der Erde liegen müssen, wenn die Nacht kommt.«
»Auf der Erde!« rief Fräulein Reimann. »Ich bin eine alte Frau. Ich kann mich nicht auf den kalten Boden legen. Wo denken Sie hin? Ich fühle mich sehr schlecht.«
»Frau Wagner ist schwanger«, erwiderte Schröder, »sie braucht das Bett mehr als Sie.«
»Aber es gehört mir! Ich habe es hierher bringen lassen. Dies ist ein privater Schutzraum. Was kann ich dafür«, fragte Therese Reimann, »daß Sie alle ihn benutzen?«
Anna Wagner wandte sich ab.
»Entschuldigen Sie. Ich wollte Sie nicht belästigen. Es wird auch so gehen. Ich habe eine Decke in meinem Koffer.«
»Nein«, sagte Schröder wütend. »So geht das nicht, zum Teufel! Sie müssen das Bett haben, und Sie sollen es bekommen.«
Er trat auf Fräulein Reimann zu, die eine Hand hob und einen Augenblick lang wirklich glaubte, er wollte sie schlagen.
»Sie besitzen keine Kinder, nicht wahr?«
»Nein«, sagte sie und sah ihn fest an. »Gott sei Dank, nein.«
»Dann werden Sie sich wahrscheinlich nur schwer in die Lage von Frau Wagner versetzen können.«
»So ist es nicht. Ich verstehe sie sehr gut. Aber Sie können nicht von mir verlangen, daß ich mich auf die Erde lege.«
»Ich glaube«, rief Schröder, »Sie begreifen noch nicht, was vorgefallen ist! Wir wurden verschüttet. Wir wurden alle verschüttet. Wollen Sie für immer in diesem Keller bleiben?«
»Nein«, sagte Fräulein Reimann.
»Wie stellen Sie sich unsere Befreiung vor?«
»Man wird uns finden«, sagte sie. »Mit Gottes Hilfe.«
Er lachte.
»Mit Gottes Hilfe sind wir hierhergekommen.«
»Sie haben kein Recht –«
»Doch«, sagte Schröder. »Doch, ich habe das Recht. Jeder von uns hat es. Gott wird uns nicht helfen, wenn wir selbst es nicht

tun. Wir selbst müssen uns befreien. Und wir müssen einander helfen. Es gibt keinen privaten Besitz. Frau Wagner braucht das Bett mehr als Sie, deshalb soll sie es haben.«
Fräulein Reimann putzte sich betrübt die Nase. Was sie an diesem Tage an Gotteslästerungen und Feindseligkeiten zu ertragen hatte, überstieg ihr Fassungsvermögen.
»Hochwürden«, sagte sie schluchzend zu dem unbeteiligt lauschenden Priester, »helfen Sie mir! Es ist doch unmöglich, daß ich auf dem nassen Boden schlafe. Was soll ich tun?«
»Sie sind eine gute Christin«, erwiderte Gontard. »Geben Sie der Frau Ihr Bett. Der Himmel wird es Ihnen lohnen.«
Sie sah ihn unsicher an, da sie nicht klar verstand, ob er sie verhöhnte.
»Geben Sie ihr doch das Bett«, sagte Schröder, »und betragen Sie sich nicht, als ob Sie allein auf der Welt wären.«
»Ich bin allein auf der Welt«, antwortete Fräulein Reimann trotzig. Schröder brachte die schwangere Frau dazu, sich in den großen Korbstuhl zu setzen.
»Niemand«, sagte er, »ist allein auf der Welt. Er ist immer das Mitglied einer Gemeinschaft, der menschlichen Gemeinschaft. Wir müssen uns alle helfen.«
»Ich habe meine Wohnung verloren!« rief Therese Reimann und brach über der Erinnerung an diese Katastrophe neuerlich in Tränen aus. »Ich verdiene Rücksicht und keine Vorwürfe.«
Schröder öffnete den Mund, um zu erklären, daß auch die seine in Trümmern lag, aber er überlegte es sich. Das kleine Mädchen trat zu Therese Reimann und sagte: »Bitte, laß meine Mutter hier liegen. Vielleicht ist für euch beide Platz ...«
Fräulein Reimanns Unterlippe begann zu zittern.
»Mein Gott«, sagte sie, »mein Gott, aber was soll das ...«
Sie stand auf und berührte Anna Wagner an der Schulter.
»Es tut mir leid«, sagte sie. »Ich habe es nicht so gemeint. Es war nur, weil ich ... so unglücklich bin.«
»Sie benötigen das Bett selbst.«

»Nein«, widersprach das Fräulein, »legen Sie sich nieder, ich bitte Sie darum.« Sie lief aufgeregt hin und her. »Hier«, sagte sie, »sind zwei Decken. Und hier ist ein Polster. Nehmen Sie das Bett, und entschuldigen Sie mein Benehmen.« Sie hüllte die Zögernde sorgsam ein. »Es wird Ihnen gleich warm werden«, sagte sie. »Liegen Sie weich genug? Die Strohsäcke sind sehr bequem, nicht wahr. Warten Sie, bis ich die Polster zurechtschiebe ...«
Fräulein Reimann sprach schnell und viel. Sie schämte sich.
»Danke«, sagte Anna Wagner.
Fräulein Reimann wandte sich an Walter Schröder.
»Es tut mir leid«, flüsterte sie.
»Vielleicht ist wirklich Platz für Sie beide auf dem Bett?«
»Ich will es gar nicht«, widersprach sie, »ich habe mich an den Korbsessel schon sehr gewöhnt. Wir werden nicht sehr lange hier bleiben, hoffe ich.«
»Nein, aber vielleicht doch eine Nacht.«
»Mit dem Bau des Ganges wurde in der vorletzten Woche begonnen.«
»Wir werden ihn fertiggraben«, sagte Schröder. »Wohin führt er eigentlich? In das Haus in der Plankengasse?«
»Nein«, antwortete sie, »hinüber in die Seilergasse.«
»Wurde an der anderen Seite auch an ihm gearbeitet?«
»Das weiß ich nicht«, sagte Therese Reimann, »aber es ist möglich. Man wird uns entgegengraben.«
»Wenn der andere Keller nicht auch verschüttet ist.«
Sie erschrak.
»Das wäre schrecklich!«
»Es muß nicht so sein«, meinte Schröder, dem es leid tat, davon gesprochen zu haben. »Es schien mir, als wären überhaupt nur zwei oder drei Bomben gefallen. Außerdem, wenn die Leute drüben auch eingeschlossen wären, würden sie doch zu graben beginnen, weil sie von uns ebenso wenig wissen wie wir von ihnen.«

»Damit ist uns aber nicht geholfen«, sagte Anna Wagner leise.
»Haben Sie versucht, durch Klopfsignale mit unseren Nachbarn in Verbindung zu treten?« fragte Therese Reimann, der dieser Gedanke eben gekommen war.
»Unsere Arbeit verursachte mehr Lärm als alle Klopfsignale.«
»Und haben Sie etwas gehört?«
»Nein«, sagte Schröder, »noch nicht.«
Reinhold Gontard, der schweigend auf einer Kiste gesessen hatte, stand auf und trank aus der offenen Kognakflasche.
»Prost«, sagte er zu Schröder.
»Prost«, sagte Schröder.
»Hoffentlich hat der Besitzer dieser hervorragenden Flüssigkeit nichts gegen meine Eigenmächtigkeit.«
»Ich dachte, Priester trinken nicht!«
»Ich bin kein Priester«, erwiderte Gontard. »Lassen Sie sich nicht irreführen durch den schwarzen Kittel, den ich trage.«
»Was soll das heißen?«
»Verstehen Sie nicht?« fragte Gontard und stellte die Flasche zurück. »Ich sage Ihnen, daß ich kein Priester bin. Erkundigen Sie sich bei dem gläubigen Fräulein Reimann.«
»Hören Sie nicht auf ihn«, meinte diese. »Er weiß nicht, was er spricht.«
Reinhold Gontard setzte sich.
»Doch«, behauptete er. »Ich weiß genau, was ich sage. Ich bin kein Priester. Ich glaube nicht an die Tröstungen der Religion. Ich glaube an gar nichts.« Er legte den Kopf in die verschränkten Arme. Das kleine Mädchen betrachtete ihn aufmerksam und fragte: »Was fehlt ihm?«
»Er ist müde«, sagte Schröder. Der Soldat und das Mädchen kamen über die Treppe herab.
»Haben Sie die Lampe gebaut?« fragte Faber. Schröder sah sich um.
»Noch nicht. Ich suche eine leere Flasche.«
»Hier ist eine«, sagte Faber. »Wir fanden sie gerade wieder. Ich

verlor sie, als wir die Stiegen hinunterstürzten. Der Kognak ist ausgeflossen.«
»Wozu benötigen Sie eine zweite Lampe?« fragte Therese Reimann.
»Um oben zu arbeiten. Wir brauchen Licht, und Sie können hier nicht ständig im Finstern sitzen.« Schröder nahm ein Stück Werg vom Boden auf, rollte es zusammen und sah nach, ob der behelfsmäßige Docht durch den Flaschenhals ging.
»Fräulein Reimann, wieviel Petroleum besitzen Sie?«
»Etwa drei Liter.«
»Gut«, meinte Schröder. »Dann werden wir es mit Benzin mischen.« Er ging zu den aufgestapelten Kanistern, öffnete einen von ihnen und ließ die Flasche halb vollaufen. Danach goß er die gleiche Menge an Petroleum hinzu und schüttelte die beiden Flüssigkeiten durch. Schließlich drehte er das Werg in die enge Öffnung des Halses und ließ etwa drei Zentimeter davon herausragen. Der Stoff saugte sich rasch voll.
»Wird es nicht sehr rußen?« fragte Susanne Riemenschmied.
»Doch«, sagte Schröder, »aber es wird auch sehr hell brennen. Der Keller ist groß. Luft haben wir genug.« Er riß ein Streichholz an und hielt es an den feuchten Docht. Eine Flamme stieg empor. Sie war tatsächlich sehr hell.
»Nicht besonders schön«, sagte Schröder, »aber es genügt.«
»Nehmen Sie die andere Lampe mit nach oben«, meinte Anna Wagner. »Es ist nicht nötig, daß wir hier ständig im Licht sitzen. Lassen Sie Ihre Streichhölzer da.«
»Ich bleibe bei Ihnen«, sagte Fräulein Reimann.
»Ich auch!« rief Evi. »Ich bleibe bei dir, Mutti!«
Schröder nahm die Petroleumlampe.
»Gut«, sagte er zu dem Soldaten. »Fangen wir an.« Faber ging zu Reinhold Gontard.
»Kommen Sie mit«, sagte er.
»Wohin?«
»Hinauf. Helfen Sie uns den Gang graben.«

Reinhold Gontard schlug ein Bein über das andere und sagte: »Ich werde Ihnen nicht helfen.«
»Was?« fragte Faber.
»Ich werde Ihnen nicht helfen«, wiederholte der Priester. »Ich denke nicht daran.«
»Sind Sie verrückt?«
»Warum?«
»Wollen Sie denn hier bleiben?«
Reinhold Gontard bewegte den Kopf. Sein schwerer Körper war zusammengesunken. Aus dem großen, offenen Gesicht sahen die hellen Augen mit einem Ausdruck tiefer Hoffnungslosigkeit in die des Soldaten.
»Ja«, sagte er, »ich will hier bleiben. Hier oder anderswo. Es ist mir völlig gleichgültig, wo ich bleibe. Gehen Sie doch, und graben Sie Ihren Gang, meine Herren. Ich wünsche Ihnen Erfolg. Mich lassen Sie gefälligst in Ruhe.«
Faber sah Schröder an.
»Nerven«, sagte dieser.
»Nein!« Der Priester wurde lebhafter. »Nein! Es sind nicht meine Nerven. Ich weiß genau, was ich rede. Der Bombeneinschlag hat damit nichts zu tun. Ich schlief überhaupt, als das Haus einstürzte.«
»Was ist es dann also?« fragte Schröder.
»Sie werden es nicht verstehen«, antwortete Gontard und zog mit steifen Fingern die Soutane um sich zusammen. »Sie haben nicht das rechte Naturell. Für Sie gibt es nur schwarze und weiße Dinge. Sie sind ein Tatmensch.«
»Dummes Geschwätz«, sagte Schröder.
»Sie irren sich sehr«, entgegnete Gontard, »wenn Sie der Ansicht sind, ich wäre ein Hysteriker. Was ich sage, ist auch kein dummes Geschwätz. Mich bewegen gute Gründe, wenn ich erkläre, daß ich genug habe, daß mir das ganze Leben gestohlen werden kann.«
»Wer redet von Ihnen?« fragte Schröder. »Glauben Sie ja nicht,

daß uns Ihr alleiniges Wohlergehen am Herzen liegt. Neben Ihnen existieren noch andere.«
»Ich habe es bemerkt«, sagte der Priester.
»Und Sie wollen ihnen nicht helfen?« fragte Faber.
»Welchen Sinn hätte es? Warum sollten wir nicht hier bleiben? Warum drängen Sie alle so stürmisch zum Bau dieses Tunnels?«
»Weil wir leben wollen«, sagte Susanne Riemenschmied.
»Leben?« wiederholte der Priester. »Was nennen Sie leben? Essen, schlafen und sich vor dem Morgen fürchten, das ist doch alles.«
»Nein«, sagte das Mädchen, »das ist nicht alles.«
»Für mich«, meinte Gontard, »ist es alles geworden. Und es genügt mir nicht. Ich stelle mir da den Tod noch unterhaltender vor.«
»Ach«, sagte Schröder, »ein Mystiker. Wie hübsch, wie ungemein passend. Ich beglückwünsche Sie zu Ihrer Geisteshaltung.«
»Tun Sie, was Sie wollen«, antwortete Gontard. »Mich kümmert es nicht.«
Der Soldat drehte sich um.
»Unterbrechen wir diesen Unsinn«, sagte er. »Wenn Sie nicht mit uns kommen wollen, dann bleiben Sie hier. Ich gehe.«
»Ich komme mit«, sagte Susanne Riemenschmied, den beiden Männern folgend. Therese Reimann sah ihnen kopfschüttelnd nach und streichelte das Haar des kleinen Mädchens.
»Kann ich auf die Straße gehen?« fragte Evi.
»Jetzt nicht.«
»Gar nicht mehr?«
»Doch, bald.«
»Weißt du, ob oben die Sonne scheint?«
»Vielleicht«, sagte Therese Reimann. »Vielleicht regnet es auch.« Sie hob die improvisierte Lampe auf und fragte:
»Sollen wir sie auslöschen? Es wird so weniger Luft verbraucht. Stört Sie die Dunkelheit?«

»Nein«, sagte Anna Wagner.
»Und Sie?«
Reinhold Gontard gab keine Antwort. Therese Reimann blies die Lampe aus.

4

Walter Schröder hatte seinen Mantel und seine Brille abgenommen und schlug mit dem Hammer auf das Ende der Eisenstange los, die der Soldat gegen die Mauer hielt. Sie hatten im oberen Teil der Öffnung zu graben begonnen und brachen Stein um Stein aus der Höhle.
»Wenn wir Glück haben«, sagte Faber, »stoßen wir bald auf Lehm.«
Sie rüttelten gemeinsam an der Stange, die sich nicht bewegte, Schröder fluchte. Er hängte sich an sie, zog die Beine hoch und begann zu wippen. Schließlich gab der Stein nach und fiel zu Boden. Faber nahm einen Spaten und stach in der frischen Grube herum. Er schaufelte etwas Erde aus dem Gang und stieß bald auf einen neuen Stein. Schröder nahm den Hammer.
»Ich hatte ganz recht mit meiner Einschätzung des Priesters«, sagte er.
»Er ist ziemlich alt. Wahrscheinlich fuhr ihm der Schreck in die Glieder. Ich hoffe nur, daß er die Frauen nicht verrückt macht.«
Schröder hielt einen Augenblick inne, zerrte sich die Krawatte vom Hals und öffnete seinen Hemdkragen. Dann schwang er keuchend den Hammer über die Schulter. Im Schein der Petroleumlampe, die hinter ihnen auf dem Boden stand, leuchtete die feuchte Erde schwarz und glänzend.
»Schlagen wir zuerst eine gleichmäßige Steinschicht aus der ganzen Grube«, sagte Schröder. »Vielleicht treffen wir wirklich irgendwo auf weichen Lehm.« Er packte die Stange und gab Faber den Hammer. »Sprengpatronen«, sagte er versonnen,

während dieser den provisorischen Meißel in die Mauer trieb, »es gibt bestimmte Sprengpatronen mit vertikaler Wirkung.«
»Ja«, sagte Faber, »ich kenne sie.«
»Wenn wir ein paar von ihnen hätten«, fuhr Schröder träumerisch fort, »dann brauchten wir die Stange nur weit vorzutreiben, wieder herauszuziehen und ein paar Patronen in dem Loch zu vergraben.«
»Wir haben aber keine.« Faber packte den Spaten.
»Es wäre schön,« sagte Schröder unbeirrt, »es wäre schön, wenn wir sie hätten. Vielleicht würde die verdammte Wand einstürzen!« Er bückte sich und warf die losgebrochenen Steine aus der Höhle.
»Vielleicht würde uns die Decke auf den Kopf fallen«, sagte Faber.
Sie arbeiteten eine Weile schweigend. Dann fragte Schröder: »Wieso haben Sie eigentlich kein Gewehr?«
»Es ging bei einem Tieffliegerangriff auf unseren Zug verloren«, antwortete Faber schnell und wie eingelernt. »Aber ich habe eine Pistole.«
»Welches Kaliber?«
»7,65.«
»Mit Munition?«
Faber hackte in der frischen Mulde herum.
»Ja«, sagte er, »mit Munition.«
Schröder kniete nieder, um die Stange zu halten.
»Warten Sie einmal, wäre da nicht eine Möglichkeit?«
»Welche denn? Wollen Sie Löcher in die Wand schießen?«
»Nein«, sagte Schröder. »Aber wenn wir mit einem Messer die Kugeln aus den Patronen kratzten, hätten wir eine ganze Menge Pulver.«
Faber lachte.
»Wie viele Patronen besitzen Sie?«
»Nicht einmal ein volles Magazin.« Der Soldat war auf Lehm geraten. »Außerdem«, sagte er, »selbst *wenn* wir das Pulver aus

den Hülsen kratzten, könnten wir nichts mit ihm anfangen. Es würde einfach verbrennen.«

»Das wäre auch nicht der richtige Vorgang«, erwiderte Schröder, der methodisch um einen großen Stein herumhackte. »Man müßte es einschließen und dann zur Explosion bringen.«

»Wie denn? Wissen Sie nicht, daß eine Patrone nur auf Schlag reagiert?«

»Auch auf Hitze«, sagte Schröder, dem einige Schweißtropfen von der Stirne rollten. »Wenn Sie eine Patrone in einen Ofen legen, wird sie explodieren.«

»Wir haben keinen Ofen.«

»Aber Benzin«, sagte Schröder. »Wir haben viel Benzin. Vielleicht …«

»Ach«, rief Faber, »das ist doch alles unmöglich! Selbst wenn Sie auf irgendeine Weise die Patronen heiß werden lassen könnten, würden doch nur die Kugeln herausfliegen. Das beste ist, einfach weiterzugraben.«

Schröder antwortete nicht. Er nahm die Hacke und schlug einige Male schwer gegen den nun bloßliegenden Stein, bis er sah, daß er sich lockerte.

»Gut«, sagte er dann, während er niederkniete, »gut, so geht es nicht. Aber irgendwie muß es gehen. Es gibt einen Weg.«

»Wir werden durchkommen«, sagte Faber.

»Bestimmt. Aber wann? Stellen Sie sich vor, wir sitzen noch zwei Tage hier. Die Frau unten kann ihr Kind in diesem Loch nicht zur Welt bringen. Wir müssen uns beeilen. Jede Stunde ist kostbar.«

»Es wird keine zwei Tage dauern«, sagte Faber.

»Hoffentlich haben Sie recht.« Schröder hieb auf die Stange ein. Dann verfluchte er den Priester.

»Sie können keinen Menschen zwingen zu arbeiten«, sagte Faber, der noch immer die Erde schaufelte.

»Doch!« sagte Schröder.

»Hier nicht«, sagte Faber.

»Man sollte es aber können! Schließlich befinden wir uns doch alle in der gleichen Lage. Warum sitzt der da unten und flennt, anstatt uns zu helfen?«
»Ich weiß es nicht«, erwiderte Faber. »Wir stehen sechs Jahre im Krieg. Keiner von uns ist noch ganz normal.«
»Ach was!« Schröder schlug verbissen mit der Hacke gegen die harte Wand. »Wohin kämen wir, wenn sich jeder seinen Launen ergäbe? Sie hat auch keiner gefragt, ob Sie gerne ein Gewehr tragen oder nicht.«
»Das war etwas anderes«, sagte Faber. »Wenn ich mich geweigert hätte, ein Gewehr zu tragen, wäre ich mit einem anderen erschossen worden. Hier, im Keller, kann jeder tun, was ihm paßt. Hier handelt es sich um sein privates Wohlergehen. Wenn es ihm so gefällt, kann er in diesem Gewölbe verrecken. Wer sollte es ihm verwehren?«
»Wir sind nicht allein!« rief Schröder. »Denken Sie an die junge Mutter, denken Sie an die alte Frau ... wir müssen ihnen helfen. Warum graben Sie selbst?«
»Weil ich hinauswill.«
»Aber der Priester wird ebenso durch den Gang kriechen wie wir, auch wenn er nicht an ihm gearbeitet hat.«
»Na und?« sagte Faber. »Wollen Sie ihn zwingen, hierzubleiben?«
»Es wäre die gerechte Strafe.«
»Machen Sie sich nicht lächerlich! Übrigens will er vielleicht wirklich gar nicht heraus. Vielleicht ist es ihm ganz ernst mit seinem Geschwätz.«
Schröder brach wütend einen Stein los. »Dieser verfluchte Hypochonder! Er ist einfach zu faul. Es fehlt nur noch, daß er sich niederlegt und Zahnschmerzen bekommt.«
»Jedes Ding hat zwei Seiten«, sagte Faber. »Mindestens zwei.«
»Jeder«, erklärte Schröder, »muß seine Pflicht erfüllen. Die Pflicht des Priesters wäre es gewesen, mit uns zu arbeiten.«
»Ja«, sagte Faber, »das scheint *Ihnen* so.«

»Das muß jedem so scheinen. Wir hängen voneinander ab. Wir sind nur die Glieder einer Gemeinschaft –«
»Nein«, sagte Faber laut.
»Was?«
»Es gibt keine Gemeinschaft«, antwortete der Soldat. »Jeder ist allein auf der Welt. Glauben Sie, der Krieg hätte ausbrechen können, wenn wir eine Gemeinschaft wären und die Menschen willens, einander zu helfen?«
»Unser Volk ist eine Gemeinschaft«, sagte Schröder. »Wir stehen im Kampf.«
Der Soldat kniete nieder und hielt die Eisenstange, auf die der andere losschlug.
»Eben«, erwiderte er. »Wie viele Gemeinschaften gibt es also? Zwei oder drei? Oder hundertfünfundsechzig? Es gibt überhaupt keine!«
»Warum schießen Sie auf einen Mann, der eine andere Uniform trägt?« fragte Schröder rhetorisch.
»Weil er sonst mich erschießen würde.«
»Nein! Weil er ein Feind der Gemeinschaft Ihres Volkes ist.«
»Ach«, sagte Faber, »ich kenne ihn doch überhaupt nicht.«
Sie gruben schweigend weiter.
Susanne Riemenschmied war unterdessen durch den Keller gewandert. Sie trug Gontards Taschenlampe bei sich und leuchtete mit ihr über die Wände, an denen einzelne Tropfen hingen. Von dem großen, runden Raum führten schmale und gewundene Gänge in kleine Kammern, die an Klosterzellen erinnerten. Sie waren teils leer, teils vollgeräumt mit Körben, Kisten, leeren Dosen und Flaschen, zerbrochenem Hausrat und schmutzigen Säcken. Auf komplizierte Weise kehrten die schmalen Passagen immer wieder in den eigentlichen Keller zurück. Susanne Riemenschmied kam deutlich der sonderbare Geruch zu Bewußtsein, der sich nach dem Einschlag der Bombe in der Luft verbreitet hatte. Es roch nach Staub, hauptsächlich nach Staub und daneben noch nach verbranntem Holz, das eben mit Wasser

zum Erlöschen gebracht wurde. Sie kehrte zu der eingestürzten Treppe zurück und blickte auf die wüste Masse der Trümmer. Ihre Lampe beleuchtete die zerschlagenen Steine, den Schutt und die zersplitterten Balken. Susanne Riemenschmied neigte sich vor und betrachtete ihr feines, zerfasertes Holz. Stücke von Nadelgröße ragten an seinen Rißstellen empor, glatt und weich wie Gras. Sie hatten sich ganz rein erhalten. Dem Mädchen erschien es seltsam, daß sie der gewaltigen Kraft, die rücksichtslos Mauern einstürzen ließ und Menschen tötete, allein durch die Plötzlichkeit, mit welcher sie, sich entfaltend, die Luftschichten bewegte, widerstehen konnten. Auf einem der Balken wanderte in großer Ruhe ein länglicher Käfer, den die Ereignisse der letzten Stunden sichtlich nicht berührt hatten. Sein Reich war nicht von dieser Welt, dachte das Mädchen. Ihn kümmerte es nicht, ob er, am Morgen noch im Dachstuhl des Hauses, jetzt unter dessen Trümmern einherging. Der Lärm der Explosion war für sein Empfindungsvermögen tausendmal zu laut gewesen und der Balken, auf dem er lebte, so groß, daß ihm seine wahnwitzige Reise ebensowenig zu Bewußtsein gekommen war wie uns die Bewegung der Erde um die Sonne.

Für ihn, dem dieser Balken die Welt bedeutete, hatte sich nichts geändert. Er vermochte nach wie vor sein Tagwerk zu verrichten, umherzukriechen, eine Freundin zu finden, andere Insekten zu jagen. Seine Kleinheit, dachte das Mädchen, bewahrte ihn vor der Teilnahme an menschlichen Miseren. Ihre Katastrophen waren zu groß und die Rangordnung zwischen ihnen und den seinen zu verschieden, als daß er sie auch nur erahnen konnte. So gab es, dachte Susanne Riemenschmied, für jedes Wesen vielleicht eine Grenze des Empfindens, und das Unglück, das uns widerfuhr, mußte sich in gewissen Gebieten bewegen, um von uns erkannt und erlitten zu werden. War es klein, dann nannten wir es kein solches, sondern nur eine Belanglosigkeit, einen peinlichen Zwischenfall. Für niedrigere Lebewesen aber war es noch immer eine Katastrophe weit über ihrem Begriffs-

bereich. Und umgekehrt: Es ließ sich vorstellen, daß es irgendwo im Kosmos zu Geschehnissen kam, von denen wir wieder nichts ahnten, weil sie unsere Maßstäbe millionenfach überstiegen. Daß Planeten zusammenstießen, daß flüssige Teile sich von der Sonne losrissen, davon las man in den Büchern und nahm es hin als naturwissenschaftliches Phänomen. Aber vielleicht gab es ein Wesen, dem diese Vorgänge so einschneidend nahegingen wie Menschen ein Luftangriff oder der Tod oder der Krieg. Ein Wesen, zu dem wir uns verhielten wie Ameisen oder Mikroben. Wem sollte man einen solchen Reichtum an Emotion, ein solches unendliches Indikationsgebiet zutrauen? Wie war es wohl um ein Wesen beschaffen, das gleichermaßen mit den Seelennöten und Schmerzen der ganz Kleinen und der Giganten vertraut sein konnte? Dem das Weltall erschien wie uns der zersplitterte Balken und die ganze Menschheit wie der kleine vielbeinige Wurm?
Susanne Riemenschmied erhob sich und wanderte weiter. Aus der Dunkelheit glänzte etwas. Es war ein handgroßer, halb erblindeter Spiegelscherben, scharfrandig gebrochen und auf der Rückseite mit schwarzer Farbe bestrichen. Das Mädchen beleuchtete mit der Lampe sein Gesicht und sah in den Spiegel. Große Augen blickten ihm entgegen, fremd und verschleiert. Das Licht ließ sie in schattigen Höhlen liegen und warf halbe Ringe um sie. Susanne Riemenschmied sah lange in das Glas, um sich selbst zu erkennen. Dann versuchte sie zu lächeln. Aber die Augen in dem blinden Spiegel blieben ernst und unbewegt. Ich lächle doch, dachte das Mädchen. Aber ich lächle doch! Das ist nicht mein Gesicht. Sie hob die Brauen, und auch das Bild änderte sich. Und dennoch blieb es fremd. Susanne Riemenschmied betrachtete ihren Mund, die Lippen, die Zähne. Danach die Wangen, ihre Nase, die Stirn und das feuchte Haar. Eine Spinnwebe hing von einer Kante des Scherbens herab.
Der Spiegel ist schlecht, dachte sie. Vielleicht hat sich die Silberschicht vom Glas gelöst, und er verzerrt die Bilder, die in

ihn fallen. Oder er ist zu lange im Dunkel gelegen und hat nichts gespiegelt als die Finsternis. Ein Spiegel lebt vom Licht. Wo es kein Licht gibt, ist er sinnlos. Sie ließ das Glas fallen und trat mit dem Absatz ihres Schuhes darauf, daß es knirschend brach.

Die Stimmen der beiden arbeitenden Männer drangen zu ihr, und sie sah im Licht der Petroleumlampe die Silhouetten ihrer Gestalten an der erleuchteten Wand. Robert Faber schwang den Hammer über den Kopf. Sein Schatten dehnte sich vom Boden zu der nassen Decke hinauf. Da er zuschlug, flog das Bild des Hammers blitzschnell über das feuchte Gestein. Susanne Riemenschmied folgte ihm mit den Augen, und als das Werkzeug metallisch aufschlug, kam ihr zum erstenmal zu Bewußtsein, was sich ereignet hatte. Sie stand, die verlöschte Lampe in der Hand, reglos und schmal in der Dunkelheit und sah den Männern zu, die Stein nach Stein aus der Mauer brachen.

Es war jetzt drei Uhr. In fünf Stunden sollte sie zu lesen beginnen. In fünf Stunden würden sich Menschen in einem großen Saal versammeln, um die »Weise von Liebe und Tod« zu vernehmen. »Die Weise von Liebe und Tod«, gelesen von Susanne Riemenschmied. So stand es auf dem Programm. So war es verabredet. Verabredet mit wem? Mit Herrn Huber und Herrn Kesselring, den Veranstaltern des Abends.

Aber Susanne Riemenschmied würde nicht im Festsaal des Industriehauses erscheinen, um den »Cornet« zu lesen. Heute nicht und morgen nicht. Denn Susanne Riemenschmied war verschüttet worden von einer ziellos geworfenen Bombe, verschüttet in einem Keller auf dem Neuen Markt. Die Herren Huber und Kesselring hatten keine Chance gegen die Macht des Zufalls. Die Tonnen Schutt vor dem Hauseingang wogen mehr als alle Vereinbarungen. Nein, Susanne Riemenschmied würde heute abend nicht erscheinen. Sie war zu ihrem Bedauern verhindert. Vor ihr entstand das Bild des Raumes mit den wartenden Menschen. Eine Uhr zeigte ein Viertel nach acht. Einzelne Gäste begannen unruhig zu werden. Susanne Riemen-

schmied sah alles mit großer Deutlichkeit auf der erleuchteten Mauer, die von Schatten belebt war, während sie so mit hängenden Armen in der Dunkelheit stand. Jemand trat auf das kleine Podium. Es wurde still, als er die Hand hob.
»Meine Damen und Herren«, sagte der Mann in dem dunklen Anzug, »ich bedauere, Ihnen mitteilen zu müssen, daß der für heute geplante Rilke-Abend nicht stattfinden kann, da Fräulein Riemenschmied aus uns unbekannten Gründen an ihrem Erscheinen verhindert ist.« Er verneigte sich. Als er sich umwandte, sah Susanne sein Gesicht. Es war Robert Faber. Seine Augen lächelten traurig. Dann verschwand das Bild. Das Mädchen atmete tief und ging langsam zu den beiden Männern zurück.

5

Durch die Stille der dritten Kelleretage drang die schwache Stimme Therese Reimanns, die mit gefalteten Händen, sehr aufrecht, in ihrem Korbstuhl am Bette Anna Wagners saß.
»Das Silberbesteck und das kostbare Geschirr meiner Eltern«, sagte sie, »brachte ich noch zur rechten Zeit in Sicherheit. In dieser Kiste liegt ein vollständiges Worcester-Service für sechs Personen und ein weiteres aus Meißner Porzellan. Auch ein Perserteppich«, sagte Fräulein Reimann, »liegt hier, verpackt in Sackleinen. Meine Bibliothek – sie ist nicht sehr groß, aber ich liebe meine Bücher – gelang es mir gleichfalls zu retten. Das Klavier allerdings, ein herrlicher Bösendorferflügel, war zu groß, um transportabel zu sein, und blieb oben. Wahrscheinlich ist er in Stücke geschlagen.«
Fräulein Reimann sprach beherrscht und langsam, bemüht, ihre Haltung nicht wieder zu verlieren. Dennoch sah sie sich gezwungen, aus Gründen der Selbstachtung dem Satz eine kurze Stille folgen zu lassen, da sie fühlte, daß ihr das Weinen in der Kehle saß.
»Mein Vater«, sagte sie dann, »pflegte auf diesem Klavier zu

spielen. Er war sehr musikalisch. Ich erinnere mich noch an einen Abend, da er, allerdings noch in unserer alten großen Wohnung, einigen Herren der Städtischen Oper ein Klavierkonzert von Chopin vortrug und sie zu Äußerungen höchster Anerkennung bewegte.« Fräulein Reimann versank in Erinnerungen.
»Es war ein sehr schöner Flügel«, sagte sie, wobei sie durch die Wahl des Imperfektums zum Ausdruck brachte, daß ihr sein Verlust gewiß erschien. »Schließlich«, sagte sie, »verabsäumte ich es leider, den Inhalt der kleinen Vitrine zu bergen. Diese Vitrine hätte dir Spaß gemacht, Evi.«
»Was ist eine Vitrine?«
»Ein Kasten aus Glas«, erklärte Therese Reimann, »aber es war nicht der Kasten, sondern sein Inhalt, der dein Gefallen gefunden hätte. In diesem gläsernen Schrank bewahrte ich wunderschöne Dinge auf: Puppen, alte Lebkuchenherzen, Armbänder und Medaillons – ohne wirklichen Wert«, erklärte sie, an die Mutter gewandt, »aber doch bezaubernd schön. Ich besaß eine silberne Hirtenflöte aus dem 18. Jahrhundert, ein griechisches Tränenkrüglein aus gebranntem Ton, einen künstlichen Schmetterling, der ganz aus Perlen und Halbedelsteinen hergestellt war, ein Segelschiff in einer Flasche und ein altes chinesisches Spiel mit vielen bunten Steinen. Alle diese Dinge«, sagte Therese Reimann traurig, »wurden mit Gewißheit vernichtet. Sie befanden sich seit langer Zeit in meinem Besitz. Manche von ihnen sind über meine Eltern auf mich gekommen, während diese wieder sie von den ihren erhielten. Es ist schade um meine kleine Vitrine. Ich hätte sie herab in den Keller tragen sollen. Ja, das hätte ich wohl.«
Sie sprach eigentlich zu sich selbst, während sie so, genesen von dem kurzen hysterischen Schwächeanfall, in der Dunkelheit saß. Sie hatte sich mit der bereitwilligen Ergebenheit ihres Alters in das Unabänderliche gefügt und trug ihre Trauer mit Würde, wobei sie sich sogar schon ein wenig für die Art schämte,

in der sie sich hatte gehenlassen. Fräulein Reimann neigte sich in Demut vor dem Schicksal, das hier seine Macht bewies, während es ihr, der Beraubten, allein verblieb, Haltung zu zeigen. Sie streichelte das kleine Kind, das an ihren Knien lehnte, und nahm sich vor, gutzumachen, was sie in einem Anfall von Schwachheit an häßlichen und einer Christin unwürdigen Handlungen begangen hatte.

»Liegen Sie weich?« fragte sie Anna Wagner.

»Ja«, antwortete diese. »Ich bin Ihnen sehr dankbar, gnädige Frau.«

Therese Reimann bewegte abwehrend den Kopf.

»Sie sollten mir nicht danken. Was ich tat, war nichts.« Sie zögerte und sagte dann etwas sehr Sonderbares. »Ich bin nur eine alte Frau«, meinte Therese Reimann, »Sie aber sind eine Mutter. Sie haben einem Kinde das Leben geschenkt. Sie sind fruchtbar gewesen und befinden sich in Not. Ich habe immer nur an mich selbst gedacht. Vielleicht straft mich Gott jetzt dafür.« Fräulein Reimann schwieg beschämt und bedachte bei sich, daß sie kaum imstande gewesen wäre, das eben Gesagte zu wiederholen. Die Dunkelheit verändert die Menschen. Sie meinen, allein zu sein, wenn sie einander nicht sehen, und wagen es, Gedanken Ausdruck zu verleihen, die ihnen im Licht des Tages nicht geheuer erscheinen. Fräulein Reimann war noch nicht sehr vertraut mit der Stimme, die aus ihrem Munde kam.

»Willst du mit mir spielen?« fragte das kleine Mädchen.

»Aber Evi«, sagte die Mutter, »du darfst die Dame nicht belästigen.«

»Das tust du gar nicht«, widersprach Therese Reimann und hob das Kind auf ihre Knie. »Was willst du denn spielen?«

»Kennst du ›Ich seh' etwas, was du nicht siehst‹?«

»Ja«, sagte Fräulein Reimann, »aber wie sollen wir das spielen? Es ist doch so finster hier, daß wir beide nichts sehen!«

»Machen wir Licht!«

»Wir haben eine schlechte Lampe. Sie verbraucht zu viel Sauerstoff.«
»Sauerstoff«, wiederholte das Kind. »Was ist das: Sauerstoff?«
»Was du zum Atmen brauchst.«
»Ich brauche gar nichts zum Atmen.«
»Doch«, sagte Therese Reimann, »du brauchst Luft.«
»Luft?« fragte das kleine Mädchen erstaunt. »Aber Luft gibt es doch überall. Ich kann überall atmen. Mit dem Mund. Oder der Nase. Oder mit beiden.«
»Siehst du«, sagte Fräulein Reimann, »die Luft, das ist ein Gas …«
»Aus dem Gasherd?«
»Nein, nicht gerade ein solches. Wir können die Luft nicht sehen. Aber wir brauchen sie zum Leben … der Sauerstoff ist auch ein Gas, er ist in der Luft enthalten. Wenn du einatmest, kommt der Sauerstoff in deinen Körper, und wenn du ausatmest, bleibt er in ihm. Es wird deshalb hier im Keller immer weniger Sauerstoff geben, weil keine neue Luft hereinkommen kann. Darum wollen wir die Lampe nicht anzünden. Denn auch sie würde Sauerstoff verbrauchen. Hast du mich verstanden?«
»Nein«, sagte Evi. »Was geschieht, wenn es keinen Sauerstoff mehr gibt?«
»Dann schlafen wir ein«, erklärte Fräulein Reimann vorsichtig.
»Tut es weh?«
»Gar nicht!«
»Wir schlafen richtig ein?«
»Ja«, sagte Therese Reimann.
»Aber das tue ich doch jeden Abend, wenn ich müde bin.«
Die alte Dame überlegte, daß ihre Ausführungen nur Verwirrung und späterhin sogar Furcht stiften konnten und außerdem dazu verurteilt waren, nicht verstanden zu werden. Sie beschloß, das Thema zu wechseln.
»Wenn wir schon«, sagte sie, »nicht ›Ich seh' etwas, was du nicht

siehst‹ spielen können, weil es zu finster ist, dann versuchen wir etwas anderes. Du denkst an etwas, das wir beide kennen, und ich muß erraten, was es ist.«

»Ja!« rief das Kind. »Aber was kennst du?«

»Nun«, sagte Fräulein Reimann, »eine Straßenbahn zum Beispiel oder eine Sonnenblume. Und das Christkind ...«

»Kennst du türkischen Honig?« fragte Evi aufgeregt.

»Ich glaube.«

»Er ist weiß und sehr klebrig und süß.«

»Hast du schon oft türkischen Honig gegessen?«

»Einmal«, erwiderte das Kind. »Erinnerst du dich, Mutti? Damals, als der Vater fortgegangen ist, im Prater.«

»Ja«, sagte die Mutter, »ich erinnere mich.«

»Damals habe ich türkischen Honig gegessen«, erzählte Evi, »und auch Schokolade.«

»Wann war denn das?«

»Gestern. Nein, es war nicht gestern. Ich glaube, es war am Freitag ...« Evi schwieg beklommen, da sie sah, daß sie sich auf das ihr unheimliche Gebiet der Zeitrechnung begeben hatte, mit der sie nichts anzufangen wußte. Sie verwechselte noch häufig gestern und morgen und stellte gelegentlich Anfragen wie: Wann habe ich wieder Geburtstag? oder: Hat es morgen geregnet? ... Nein, Fräulein Reimann konnte nicht hoffen, eine Antwort auf ihre Erkundigung zu erhalten. »Wann ist der Vater fortgefahren, Mutti?«

»1941«, antwortete Anna Wagner tonlos. »Im Herbst.«

Das kleine Mädchen wurde lebhafter.

»Im Herbst! Die Sonne hat geschienen. Erinnerst du dich noch?«

»Ja«, sagte Anna Wagner, »ich erinnere mich.« Sie schloß die Augen. Sie wollte gerne weinen. Peters Bild tauchte vor ihr auf, er lachte. Er lachte ... jede Faser ihres Leibes sehnte sich nach ihm, verlangte nach ihm, schrie nach ihm. Sie legte beide Hände fest auf die Brust und stöhnte vor Verlangen, ihn bei sich zu

wissen in dieser Stunde – für eine Sekunde ... für einen Tag ... für immer.
»Ja«, wiederholte Anna Wagner, »ich erinnere mich.«
Das Kind auf Therese Reimanns Knien sagte langsam und feierlich. »Im Herbst neunzehnhunderteinundvierzig.«
»So lange ist dein Vater schon fort?«
»Er ist auf Urlaub gekommen.«
»Dreimal«, sagte Anna Wagner, »jedes Jahr. Nur heuer nicht.«
»Er ist jedes Jahr auf Urlaub gekommen«, sagte das Kind ernsthaft, »aber ich habe keinen türkischen Honig mehr gegessen.«
»Ich glaube, es gibt ihn nicht mehr«, vermutete Fräulein Reimann.
»Warum nicht?« fragte das Kind. »Warum gibt es keinen türkischen Honig mehr?«
»Weil ... wegen –«, Therese Reimann überlegte gewissenhaft: Was war aus dem türkischen Honig geworden? Es gab keinen Zucker ... die Blockade der Alliierten ... nein, dachte sie, das war 1918 gewesen. Heute ...
»Weil wir Krieg haben«, antwortete sie laut. Weil wir Krieg haben. Viel mehr Krieg als türkischen Honig ... welch ein Unsinn.
»Warum haben wir Krieg?« fragte Evi.
»Liebes Kind«, erwiderte Fräulein Reimann, hilflos lachend, »das weiß ich doch nicht.«
»Weißt du es, Mutti?«
»Nein«, sagte Anna Wagner bitter. »Ich weiß es auch nicht.«
»Aber wer weiß es denn?«
Zu ihrem Erstaunen hielt ein schamvolles Schuldgefühl Fräulein Reimann davon ab, den Allmächtigen zu erwähnen.
»Komm«, sagte sie, »wir wollen spielen.«
Das kleine Mädchen war sofort bereit, von seiner Frage Abstand zu nehmen, und preßte die Fäuste an die Augen.

»Was tust du?«
»Ich denke mir etwas«, erklärte Evi. »Bitte, warte. So, ich habe es schon. Du kannst anfangen.«
»Gut«, sagte Therese Reimann. Und sie fing an:
War es ein Mensch? Nein. Ein Tier? Nein. War es ein lebendiges Wesen? Nein. Also ein Ding? Ja, ein Ding. Ein nützlicher Gegenstand? Nein! War es groß? Ja, sehr groß! Ein Haus? O nein! War Evi sicher, daß Therese Reimann es auch wirklich kannte? O ja, gewiß. Konnte man darauf sitzen? Haha! Ja, das konnte man. War es eckig? Nein. Also rund? Ja, es war rund.
»Ein Luftballon?« mutmaßte das Fräulein.
Nein! Ein Luftballon war doch nützlich ...
War es größer als ein Luftballon? Ja, viel größer. Auch schwerer. Und ebenso rund? Nein, nicht ganz so rund. Oder doch, manchmal vielleicht.
Möglicherweise ist es die Erdkugel, dachte Therese Reimann. Wenn das Kind das wußte, daß die Erde rund war, rückte diese Lösung in den Bereich des Möglichen. Aber war die Erde ein nützlicher Gegenstand in den Augen einer Sechsjährigen, besonders, wenn man in Betracht zog, daß es keinen türkischen Honig, sondern nur Krieg gab? Vielleicht nicht. Dennoch: Die Erde blieb größer als ein Haus, das stand fest. Also kam sie nicht in Frage. Fräulein Reimann war bemüht, sich an andere kugelförmige Gegenstände zu erinnern.
»Ich kann es nicht erraten«, sagte sie endlich. »Du mußt mir helfen.«
»Wirklich?«
»Ich werde nie darauf kommen, wenn du es mir nicht sagst.«
»Also«, erklärte Evi, »es macht furchtbaren Lärm. Mehr Lärm als irgend etwas anderes.«
»Auch Luftballons machen Lärm, wenn sie zerplatzen«, argumentierte das Fräulein.
Der Lärm eines zerplatzenden Luftballons, behauptete Evi, war in keiner Weise zu vergleichen mit jenem Lärm, an den sie

dachte, er stünde in keinem Verhältnis zu ihm. Außerdem hatte vor einem Luftballon niemand Angst.
»Oh«, sagte Therese Reimann, »und vor dem Ding, an das du denkst, fürchtet man sich?«
Evi nickte.
»Warte einmal. Es ist rund wie ein Luftballon, nicht so groß wie ein Haus und nicht nützlich. Es macht viel Lärm, und man fürchtet sich davor. Kommt es von oben?« fragte Therese Reimann ahnungsvoll.
»Ja«, sagte das Kind. »Es kommt vom Himmel. Kannst du es schon erraten?«
»Ich glaube«, antwortete Fräulein Reimann bedrückt. »Ja, ich glaube, ich kann es erraten. Eine Bombe, nicht wahr?«
Das Kind nickte heftig.
»Aber ich habe dir helfen müssen, sonst wärst du nie daraufgekommen.«
»Nein«, sagte Therese Reimann. »Sonst wäre ich nie daraufgekommen.«
»Jetzt bist du an der Reihe«, erklärte Evi. »Jetzt denkst du dir etwas aus. Es darf aber nicht schwer sein.«
Beklommen bemühte sich Fräulein Reimann, an etwas zu denken, das nicht schwerer zu erraten war als eine Bombe, etwas, das einem Kind von sechs Jahren, nein, einem Kind von 1945, vertraut sein mußte. Aber es war gar nicht so einfach. Fräulein Reimann kam sich lächerlich vor, als sie endlich beschloß, an die große Puppe des Mädchens zu denken, die auf dem Bett der Mutter lag.
»Fertig?« fragte Evi. Sie nickte.
»Ist es ein Mensch?«
»Nein«, sagte Therese Reimann.
Das Mädchen stellte weitere Fragen. Aus dem oberen Stockwerk vernahm Anna Wagner, die still auf den beiden weichen Strohsäcken lag, die Stimmen der anderen und die Geräusche ihrer Arbeit. Sie lauschte dem gleichmäßigen Schlag des schwe-

ren Hammers, dem Scharren der Schaufel und dem gelegentlichen dumpfen Fall eines Steines.

Wie lange? dachte sie. Wie lange wird es dauern? Einen Tag noch, oder zwei? Morgen um neun Uhr geht mein Zug. Ob ich ihn erreichen werde? Vielleicht gräbt man uns von drüben entgegen. Aber vielleicht ist auch der andere Keller verschüttet. Was dann? Peter, dachte die Frau, Peter, mein Mann, mein Geliebter. Wo bist du? Warum kommst du nicht zu mir? Warum muß ich hier liegen in der Finsternis, ohne zu wissen, ob du noch lebst? Anna Wagner rührte sich nicht. Unbeweglich lauschte sie dem Schlag des Hammers, mit dem Robert Faber die eiserne Stange in die Wand trieb.

Es war halb fünf Uhr nachmittags. Hinter der festen Steinschicht, in der sie zu graben begonnen hatten, fand sich eine größere Menge weicher Erde, die sie ohne besondere Mühe zu entfernen vermochten. Schröder schaufelte hastig, während der Soldat einige Steine lockerte. Das Mädchen hielt die Petroleumlampe. Schröders Gesicht war schmutzig, er schwitzte.

»Die Zeit«, sagte er erregt, »die Zeit ... sie allein ist jetzt maßgebend. Der Krieg ist zu einem Wettlauf mit der Zeit geworden. Wenn wir noch sechs Monate durchhalten, haben wir ihn gewonnen.«

»Wir haben schon sechs Jahre durchgehalten«, sagte Faber. Schröder stieß den Spaten in die Wand.

»Sechs Jahre«, wiederholte er, »sechs Jahre! Wissen Sie, was sich in ihnen vorbereitet hat? Können Sie erahnen, welche Erfindungen in jener lächerlich kurzen Zeitspanne gemacht wurden?«

»Für mich waren diese sechs Jahre keine lächerlich kurze Zeit. Für mich waren sie die längsten meines Lebens.«

»Sie sprechen als Außenseiter«, sagte Schröder. »Ihnen fehlt der Einblick in die großen Zusammenhänge. Ich besitze ihn durch meine Arbeit – zu einem kleinen Teil. Und ich erkläre Ihnen, daß Dinge ihrer Vollendung entgegengehen, die Sie

nicht erträumen würden. Ich habe Patentschriften gelesen. Ich habe mit Wissenschaftlern gesprochen. Kennen Sie ein Instrument, mit dessen Hilfe Sie in tiefster Nacht Ihre Umgebung wie am Tage sehen können?«
»Nein«, sagte Faber.
»Ein Fernglas«, erzählte Schröder, »ein einfaches Fernglas. Am vorderen Ende trägt es einen Selenschirm, der das auftretende infrarote Licht fängt, Elektronen frei werden läßt und diese auf einen zweiten Schirm am anderen Ende des Rohres schießt, der elektrisch geladen und fluoreszierend ist. Auf ihm erscheint so ein völlig exaktes Bild von allem, worauf Sie in der Dunkelheit Ihr Glas richten. Wissen Sie, wie dieses Instrument betrieben wird? Sie wissen es nicht. Aber ich weiß es. Mit einem Generator, der die Spannung einer Taschenlampenbatterie auf 15 000 Volt bringt! Der Motor ist nicht größer als eine ausgewachsene Nuß und macht 10 000 Umdrehungen in der Minute. Vermögen Sie sich das vorzustellen? Wir haben ein besonders chloriertes Paraffinöl gefunden, das ihn 3000 Stunden in Gang hält ...«
»Ja«, sagte Faber, »und?«
Schröder hörte ihn nicht. Er hatte den Spaten sinken lassen und sprach laut. In seinen Augen brannte ein verrücktes Feuer. »Sie denken vielleicht, die fliegenden Bomben seien unheimlich. Sie haben keine Ahnung von dem, was noch kommen soll! Wir besitzen heute mehr als hundert verschiedene Typen von ferngesteuerten Explosivkörpern. Sie operieren mit Radioanlagen, mit Kurzwellengeräten, mit magnetischen Feldern, mit Düsenantrieben ... wir haben Bomben konstruiert, die dreißig Meter lang sind und mehr als zwölf Tonnen wiegen! Sie fliegen mit einer Geschwindigkeit, die dreimal so groß ist wie jene, mit welcher die Erde sich am Äquator dreht. Sie sind schneller als der Schall. Wir werden in kurzer Zeit von Europa Bomben abschießen können, die in vierzig Minuten New York erreichen ... wir haben Torpedos gebaut, die ihr Ziel nicht verfehlen können, weil sie sich nach dem Geräusch der Schiffsschraube

richten und direkt unter ihr explodieren. Wir haben Fieseler Störche konstruiert, deren Düsenantrieb in den Spitzen der Windmühlflügel sitzt! Wir kennen heute Apparate, die in vier Minuten bis in die Stratosphäre steigen können ... ich weiß, Sie glauben mir nicht, aber es ist so. Warten Sie sechs Monate, und Sie werden sehen, wie die Erde vor Schrecken bebt ...« Schröder packte die Schaufel und begann von neuem zu graben. »Der Krieg ist noch nicht zu Ende«, sagte er. »Er hat gerade erst begonnen. Wir brauchen Zeit, das ist alles. Nur Zeit.«
Faber schüttelte den Kopf.
»Und wenn wir sie hätten? Wenn wir noch sechs Monate weiterkämpften?«
»Der Krieg wäre gewonnen«, sagte Schröder und sah ihn aus kurzsichtigen Augen an. »Es gäbe keine Stadt der Erde, die wir nicht in wenigen Stunden zerstören könnten. Es gäbe keine Rettung vor unseren Waffen, keine Abwehr! Niemand könnte ihre Fürchterlichkeit ertragen.«
»Vielleicht doch«, sagte Faber, »der Mensch erträgt viel.«
»Es gibt eine Grenze!« rief Schröder.
»Warum wollen Sie die Erde zerstören?« fragte Faber abwesend.
»Um den Krieg zu gewinnen.«
»Und wenn wir den Krieg gewonnen haben?«
»Es gibt nichts, das wir nicht wieder aufbauen könnten in kurzer Zeit.«
»Nein«, sagte Faber und schlug verbissen auf die Eisenstange los, »nein, so, wie Sie es sich vorstellen, wird es nicht gehen, Herr Schröder. Es wurde noch für jede Waffe eine Gegenwaffe gefunden. Einzelne Überlebende werden Anlagen ersinnen, die Ihre Raketengeschosse unschädlich machen. Die Menschen werden unter der Erde leben. Schiffe werden geräuschlos fahren. Man wird die Dunkelheit künstlich erhellen, um nicht von infrarotem Licht verraten zu werden. Dem Irrsinn sind keine Grenzen gesetzt.«

»Zu alldem«, sagte Schröder, »wird es zu spät sein, wenn wir losschlagen.«
»Woher wissen Sie, daß nicht auch die anderen an Erfindungen wie diesen arbeiten?«
»Sie tun es. Wir müssen schneller fertig sein als sie. Wir müssen arbeiten, arbeiten ... um sie zu schlagen ... um diesen Wettlauf zu gewinnen ... um Sieger zu sein!«
»Es lohnt sich nicht«, sagte Faber.
»Doch!« rief der andere leidenschaftlich. »Es lohnt sich! Wenn wir verlieren, sind wir alle verloren!«
»Und wenn wir gewinnen?« Schröder sah den Soldaten verständnislos an.
»Was soll das heißen?«
»Sie erzählen von infraroten Strahlen«, sagte Faber, »von Düsenflugzeugen, von phantastischen Explosivstoffen ... ist es schwerer, den Frieden zu konstruieren als eine Atombombe? Ist es einfacher, daran zu glauben, daß man in vier Minuten die Stratosphäre erreichen kann, als daß wir alle gleich geboren sind?«
Schröder hackte unwillig in der Mulde herum.
»Das klingt sehr hübsch, aber es ist natürlich ganz unsinnig. Es wird immer Kriege geben.«
»Nein«, sagte Faber, »das ist nicht wahr.«
Schröder lachte kurz.
»Doch, es stimmt schon. Nicht etwa, weil wir unterschiedlich geboren wurden, sondern einfach, weil wir uns zu schnell vermehren. Sie können es ein Gesetz der Natur nennen. Oder auch anders. Wenn es keine Kriege gäbe, wäre die Welt in ein paar Jahrzehnten so übervölkert, daß sich Katastrophen noch viel größeren Umfanges ereignen müßten.«
»Immerhin«, sagte Faber, der gebückt arbeitete, »gibt es da noch eine zweite Lösung.«
»Nämlich welche?«
»Dafür zu sorgen, daß weniger Menschen geboren werden.

Gewöhnliche Geburtenkontrolle. Welchen Gefallen tun wir unseren Kindern schon, wenn wir sie zuerst zur Welt kommen lassen, um sie dann doch wieder umzubringen? Dieses Verfahren ist doch ausgesprochen unökonomisch. Es ließe sich enorm vereinfachen und schmerzloser gestalten.«
Schröder wischte sich Schweiß von der Stirn.
»Die Sache hat nur einen Fehler. Sie läßt sich nicht durchführen.«
»Es ließen sich schon ganz andere Projekte durchführen. Aber sie dienten natürlich auch alle destruktiven Zwecken.«
»Wie stellen Sie sich denn ein solches Kontrollsystem vor?« fragte Schröder. »Wie wollen Sie denn ein paar Millionen junge Asiatinnen davon abhalten, Kinder zu kriegen?«
»Wie fangen Sie es denn an, wenn Sie ein paar Millionen jungen Europäerinnen ihre Kinder nehmen?«
»Das ist etwas anderes«, sagte Schröder. »Dieses Gespräch nimmt groteske Formen an. Ihr Projekt ist lächerlich. Es beweist nur, daß auch Sie keinen Ausweg kennen.«
»Es beweist«, sagte Faber, »daß es einfacher ist, einen Krieg zu beginnen, als sich um den Frieden zu bemühen.«
»Der Frieden kann in dieser Welt nur ein vorübergehender Zustand sein.«
»Und der Krieg ein konstanter. So sieht es aus«, sagte Faber. »Wir brauchen uns nichts vorzumachen, Herr Schröder. Sie haben andere Ansichten. Der Unterschied zwischen uns ist der, daß Sie den Krieg sehr gut in Ihrem Glaubensbekenntnis verwenden können, während ich –«
»Ja?« fragte Schröder.
»– während ich mich noch immer nicht an ihn gewöhnen kann.«
»Und wie steht es mit Ihrem eigenen Glaubensbekenntnis? Haben Sie überhaupt eines?«
»Doch«, sagte Faber, »ich habe schon eines, aber ich trage es nicht so deutlich sichtbar mit mir spazieren wie Sie. Es kann

deshalb leicht der Eindruck entstehen, als hätte ich keines, als wären Sie der weit gefestigtere und wertvollere Charakter, weil *Sie* zu *glauben* vermögen und ich nicht.«
»Sie vermögen auch nicht zu glauben!«
Faber kratzte sich am Kopf.
»O ja«, sagte er langsam, »ich vermag schon zu glauben.«
»Woran?«
»An die Wahrheit«, sagte Faber, »und an die Gerechtigkeit. Daran, daß wir gleich geboren sind und daß wir einander helfen müssen wie Brüder.«
»Der Unterschied liegt dann wahrscheinlich darin, daß ich bereit bin, für meine Ideale zu sterben, und Sie nicht ...«
»Ich«, sagte Faber, »bin vor allem bereit, für die meinen zu leben ...«
Schröder schaufelte weiter. Er antwortete nicht. Die Arme schmerzten ihn, sein Atem ging keuchend. Das Hemd klebte ihm am Leib. Schröder stieß den Spaten in die Mauer, wieder und wieder. Der Soldat rüttelte an einem großen Stein. Das Mädchen stand schweigend zwischen ihnen und hielt die Lampe.
Gegen fünf Uhr kamen sie überein, die entstandene Höhle abzustützen. Sie sägten zwei Balkenstücke zurecht und stellten sie aufrecht in die Öffnung. Danach schlugen sie mit dem schweren Hammer einen dritten, rechtwinkelig zu ihnen, in den Raum zwischen der Tunneldecke und dem oberen Ende der Pfosten, den sie mit Absicht zu klein gewählt hatten, damit das Holz sich in die Steinschicht einfressen konnte.
»Herrgott«, sagte Schröder, als er den Hammer sinken ließ »bin ich hungrig!«
»Ich auch. In meinem Sack liegt Brot. Lassen Sie uns hinuntergehen.«
Schröder trat aus der Höhle und warf sich seinen Mantel über die Schultern. Der Soldat legte einen Arm um das Mädchen, als sie zur Treppe gingen.

»Susanne«, sagte er leise, »heute abend ... wollen Sie mir den ›Cornet‹ vorlesen?«
Sie nickte wortlos und griff nach seiner Hand.

6

Die Porzellanuhr mit dem vergoldeten Pendel zeigte ein Viertel nach fünf Uhr. Die Petroleumlampe stand jetzt auf der Kiste neben Anna Wagners Bett. Sechs Augenpaare sahen interessiert auf Robert Fabers Hände, mit denen er seine große Tasche leer räumte. Fräulein Reimann brachte dieser Unternehmung ebensoviel Aufmerksamkeit entgegen wie Walter Schröder und die kleine Evi. Sie war ebenso hungrig. Unglücklichsein regt den Appetit über kurze Zeit ebenso an wie manuelle Arbeit, und auch wenn man gar nichts tut, muß man doch immer noch essen.
Faber legte ein großes viereckiges Brot auf die leere Kiste, dazu ein mächtiges Stück gedörrtes Fleisch, drei Eier und zwei Schachteln mit Fischkonserven.
»Wer Hunger hat«, sagte er, »nehme sich, was ihm gefällt.« Er zog ein Messer aus der Tasche, schnitt eine große Scheibe des Brotes ab, bedeckte sie mit Fleisch und reichte sie Susanne Riemenschmied.
»Bevor wir zu essen beginnen«, sagte Schröder, als er die zweite Schnitte abhob, »müssen wir uns noch etwas überlegen. Es gibt unter uns einige, die keine Lebensmittel mit sich gebracht haben. Ich gehöre selbst zu ihnen. Sie fallen nun den anderen zur Last.«
»Wir werden alle das gleiche essen«, sagte Faber. »Nicht wahr, Fräulein Reimann?«
»Ja«, sagte diese eifrig, in dem Bemühen, nun das Richtige zu tun. Aber der gute Vorsatz verhinderte nicht den kleinlauten Nachsatz: »Wenn nur genug für alle da ist.«
»Eben«, meinte Schröder, der mit einem Taschentuch den Trichter der Petroleumlampe lüftete, um an der Flamme eine

Zigarette zu entzünden, »das wollte ich gerade sagen. Wenn alles gutgeht, sind wir morgen aus dem Keller heraus. Ich glaube nicht, daß es länger dauern wird. Oder?«
»Nein«, erwiderte Faber, »besonders dann nicht, wenn die draußen uns helfen.«
»Es handelt sich also um etwa vierundzwanzig Stunden«, sagte Schröder, »mit denen wir zu rechnen haben. Um sicherzugehen, lassen Sie uns lieber annehmen, daß wir noch sechsunddreißig Stunden hierbleiben müssen. So schützen wir uns vor unangenehmen Überraschungen. Die Frage ist: Wieviel dürfen wir essen?«
»Wenn es Ihnen recht ist«, sagte Fräulein Reimann, »will ich alles, was ich selbst besitze, gleichfalls auf die Kiste legen.«
»Das ist eine gute Idee«, meinte Schröder. »Hat noch jemand etwas zu essen mitgebracht?«
»Ja«, sagte Anna Wagner. »Evi, hol unseren Koffer.« Das Kind trug ihn herbei. »Mach ihn auf«, sagte die Mutter. Das kleine Mädchen öffnete den Verschluß des abgestoßenen braunen Fiberkoffers und stellte zwei Aluminiumgefäße auf die Kiste, die mit Gummiringen und flachen Deckeln verschlossen waren.
»Weißt du, was da drin ist?« fragte sie Schröder.
»Was denn?«
»Kartoffeln mit Bohnen. Schon gekocht. Hast du Bohnen gern?«
»Furchtbar gerne«, sagte Schröder.
»Es sind aber schwarze Bohnen.«
»Die liebe ich besonders.«
Sie sah ihn ungläubig an: »Lügst du auch nicht?«
»Evi«, sagte Schröder, »schwarze Bohnen sind meine Lieblingsspeise.«
Sie lachte geniert.
»Ich mag sie nicht leiden, aber die Mutti will, daß ich sie esse.«
Sie hob eine Thermosflasche aus dem Koffer. »Tee mit Sacharin.«
»Weißt du denn, was Sacharin ist?«

»Das ist auch Zucker«, behauptete Evi. »Nur kleiner und viel süßer. Man kann ihn nicht so essen. Leider. Hier ist Brot«, erklärte sie mit hausfraulichem Ernst, »ein ganzer Laib. Es ist von gestern. Ich habe frisches Brot lieber.«
»Von altem wird man schneller satt«, meinte Schröder.
»Das sagt die Mutti auch immer!« Evi nahm eine Zitrone und legte sie auf die Kiste. »Hier, in diesem Sack, ist Würfelzucker. Die Mutti hat ihn gezählt, weil ich immer stehle. Wieviel Stücke haben wir?«
»Fünfundzwanzig«, sagte Anna Wagner.
»Wir haben fünfundzwanzig Stücke Würfelzucker«, berichtete Evi. »Ist das viel?«
»Das ist enorm viel«, sagte Robert Faber, der mittlerweile weitere Brote belegt hatte. Evi war plötzlich still geworden. Sie hielt ein runde Dose, die mit buntem Papier beklebt war, in der Hand und betrachtete sie voll Wehmut.
»Was gibt's?« fragte Schröder.
Das kleine Mädchen kämpfte mit sich. Sie sah ihn unglücklich an, stand dann auf und ging zu der Mutter.
»Ich will dir was ins Ohr sagen.«
»Wir haben doch keine Geheimnisse voreinander. Sag es nur laut.«
»Ich ... Mutti! Muß ich die Kondensmilch hergeben?«
»Ja«, sagte Anna Wagner, »ich weiß nicht. Eigentlich schon. Du wirst doch auch von den Fischen und dem Fleisch essen wollen.«
»Mutti«, sagte das Kind beschwörend, »ich will gar nichts anderes essen. Ich habe gar keinen Hunger.« Evi drehte sich um und fragte Schröder: »Bitte, willst du etwas von meiner Kondensmilch?«
»Gott bewahre«, sagte dieser. »Um nichts in der Welt. Ich kann sie nicht leiden.«
»Und du?« fragte Evi Therese Reimann.
»Nein«, erwiderte diese. »Ich danke dir.«

Evi holte die gleiche Erkundigung bei den übrigen ein. Susanne Riemenschmied lehnte eine Beteiligung an der Dose mit dem kohlehydratreichen Inhalt ebenso ab wie Robert Faber, der sogar zusätzlich erklärte, nach dem Genuß von gezuckerter Milch stets Leibschmerzen gräßlichster Art zu erdulden. Es blieb Reinhold Gontard, der im Halbdunkel des entfernten Kellerendes schlief oder wenigstens so tat.

»Glaubst du, daß er etwas will?«

»Frag ihn doch.«

»Ich traue mich nicht. Willst du ihn nicht fragen?«

»Hochwürden«, sagte Schröder laut, »wie steht es mit Ihnen?« Der andere gab keine Antwort.

»Nein«, sagte Schröder, »er will deine Milch nicht.«

»Aber er hat doch gar nichts gesagt!«

»Ich weiß, daß er nichts will. Pfarrer trinken keine Kondensmilch.«

»Das stimmt«, murmelte Therese Reimann grimmig, »sie trinken Kognak.«

»O ja?« sagte Faber. »Na, du kannst die Dose behalten, Evi. Soll ich sie dir aufmachen?«

»Nein, danke. Noch nicht. Wenn ich schlafen gehe, dann bitte. Man muß zwei Löcher in die Dose bohren.«

»Ja«, sagte Faber, »damit die Luft hinein kann.«

»Die Luft?« Evi legte einen Finger an die Nase. »Muß der Sauerstoff in die Dose kommen?«

»Ach wo«, sagte Faber, »einfach die Luft, verstehst du?«

»Ja«, sagte Evi in tiefer Verwirrung, »einfach die Luft.«

Und dann wiederholte sie ein paarmal probierend: »Die Luft, einfach die Luft.« Ganz einfach.

»Die Luft«, sagte Evi Wagner. Aber verstehen konnte sie es nicht.

Unterdessen hatte Fräulein Reimann auf die schon leicht überladene Kiste weitere Lebensmittel gehäuft. Einen dritten Laib Brot, weder viereckig noch rund, sondern von vornehm glänzender, weckenförmiger Beschaffenheit, zwei Stück in Silberpapier verpackten Käse, ein Glas mit Marmelade und ein Säckchen mit Würfelzucker.

»Herrschaften«, sagte Faber, »das wird ein Festessen werden. So gut hat es nicht einmal der König von England.«

»Bestimmt nicht?« fragte Evi.

»Meiner Seel«, sagte Faber, »nicht halb so gut.«

»Es tut mir leid«, meinte Susanne Riemenschmied, die das Brot, das Faber ihr gereicht hatte, noch immer in der Hand hielt, »daß ich in keiner Weise zu dieser Mahlzeit beitragen kann!«

»Machen Sie sich nicht lächerlich«, rief Schröder, »mir geht es genauso. Es ist ja nicht Ihre Schuld.«

»Wir haben genug für alle«, sagte Therese Reimann. Schröder stand auf.

»In meiner Aktentasche liegt ein Apfel!« Er holte ihn hervor, rieb ihn an seinem Ärmel blank und reichte ihn dem kleinen Mädchen.

»Da, nimm ihn, bitte.«

»Aber er gehört doch dir!«

»Meine Liebe«, meinte Schröder, »was glaubst du wohl, wie gerne ich ihn essen würde. Aber ich kann einfach nicht. Ich kann nicht.«

»Warum kannst du nicht?« fragte Evi hingerissen.

»Die Kerne«, sagte Schröder jammernd, »sie bleiben mir im Hals stecken, verstehst du, und dann huste ich stundenlang. Es ist entsetzlich. Was machst du mit den Kernen?«

»Ich spucke sie aus«, sagte Evi und biß in den Apfel. Faber legte das Messer auf die Kiste.

»Was meinen Sie? Fangen wir an zu essen.« Er zog zwei Koffer und den Korbstuhl herbei und setzte sich neben Susanne Riemenschmied.

»Ich schlage vor, zunächst einmal die Bohnen, bevor sie sauer werden.«

»Angenommen«, sagte Faber. »Ich habe sogar einen Löffel.«

»Aber Teller«, meinte Fräulein Reimann, »wir besitzen keine Teller. Soll ich vielleicht etwas von meinem Service auspacken?«
»Um Gottes willen«, sagte Schröder. »Wir werden aus den Dosen essen, jeder einen Löffel, immer im Kreis.«
»Geht denn das?« Zum erstenmal an diesem Tag ließ Therese Reimann ein Geräusch erklingen, das eine heitere Note trug.
»Sie werden schon sehen, wie das geht«, sagte Faber. »Ganz ausgezeichnet wird das gehen.«
Er ging zu Reinhold Gontard hinüber und schüttelte ihn.
»Was wünschen Sie?« fragte dieser.
»Kommen Sie essen. Wir warten auf Sie.«
»Ich bin nicht hungrig.« Gontard ließ den Kopf wieder sinken.
»Natürlich sind Sie hungrig.«
Der Priester schlug mit der Faust ins Leere.
»So lassen Sie mich doch in Ruhe!« schrie er. »Hören Sie? Sie sollen mich in Ruhe lassen! Ich will allein sein! Können Sie das nicht begreifen?«
Faber trat zurück.
»Entschuldigen Sie«, sagte er. »Wenn Sie später hungrig werden sollten – es steht alles auf der Kiste drüben.«
»Kommt der alte Mann nicht?« fragte Evi, als er zu den anderen zurückkehrte.
»Nein«, sagte Faber. »Aber wir werden jetzt beginnen.«
»Soll ich beten?«
»Ja«, sagte Therese Reimann.
»Ich werde für euch alle beten«, erklärte Evi, sah Schröder an und fügte hinzu: »Du mußt deine Hände falten.«
»Entschuldige«, sagte dieser und legte die Finger aneinander.
Evi Wagner senkte den Kopf und sprach hastig: »Komm, Herr Jesu, sei unser Gast, und segne, was du uns bescheret hast, amen. Gesegnete Mahlzeit.«
»Gesegnete Mahlzeit«, sagten alle. Dann fingen sie an zu essen.

Die beiden Dosen mit den schwarzen Bohnen wanderten herum, Faber belegte weitere Brote, und jeder bekam ein Stück weißen Würfelzucker. Die Petroleumlampe auf der schwer beladenen Kiste beleuchtete die Gesichter der Speisenden. Fräulein Reimann kratzte mit dem Löffel, wenn die Reihe an sie kam, lärmend in den Blechgefäßen und erklärte, für kurze Zeit herausgehoben aus der eigenen Misere durch ihre erregende Aufnahme in die Gemeinschaft der anderen, noch nie so viel Spaß beim Konsum von schwarzen Bohnen und gekochten Kartoffeln gehabt zu haben. Als niemand mehr Hunger hatte und die Lebensmittel beiseite geräumt waren, erklärte Schröder, eine Mitteilung machen zu wollen.
»Der Augenblick«, sagte er, »scheint günstig, denn was ich zu sagen habe, geht uns alle an.«
»Worum handelt es sich?« fragte Faber, der noch immer neben dem jungen Mädchen saß.
»Um den Tunnel, den wir zu graben begannen. Wieviel Zeit, glauben Sie, werden wir zu seiner Vollendung benötigen?«
»Ich bin ziemlich müde«, sagte der Soldat. »Sie wahrscheinlich auch. Wenn wir heute noch ein oder zwei Stunden arbeiten und morgen zeitig aufstehen, dann sollten wir es bis abends schaffen können.«
»Also noch einen ganzen Tag.«
»Ungefähr«, sagte Faber. »Vielleicht etwas länger. Je nachdem, ob wir auf viele Steine stoßen oder auf Erde.«
Schröder nickte und schraubte den Docht der Lampe höher. »Ein Tag ist eine lange Zeit, nicht wahr? Frau Wagner soll morgen früh ihren Zug erreichen. Auch für Sie –« er wandte sich an Therese Reimann »– ist der Aufenthalt in diesem Keller gewiß nicht bekömmlich. Ich selbst habe viel zu erledigen. Wir alle«, sagte er und sah sich um, »sind ein wenig in Eile.«
»Ich nicht«, meinte Faber. »Ich bin nicht in Eile.«
»Und Sie?«

»Ich war es«, sagte Susanne Riemenschmied. Schröder legte die Hände zusammen.

»Es handelt sich«, meinte er, »in erster Linie um Frau Wagner. Sie muß schnellstens in Sicherheit gebracht werden.«

»Morgen abend wird sie den Keller verlassen können.«

»Ja«, sagte Schröder und stand auf. »Aber warum sollte sie bis morgen abend warten, wenn sie in wenigen Stunden frei sein kann?«

Anna Wagner richtete sich auf.

»Das verstehe ich nicht. Wieso —«

»Es gibt zwei Wege, den Keller zu verlassen«, erklärte Schröder, auf und ab gehend. »Der eine ist, den Gang zu graben. Das wird lange dauern. Der andere Weg —«

»Es gibt keinen anderen«, sagte Faber. »Darüber haben wir uns schon einmal unterhalten.«

Schröder blieb vor ihm stehen.

»Es gibt einen anderen Weg! Während wir arbeiteten, ist er mir eingefallen. Wollen Sie ihn hören?«

»Ja«, sagte Susanne Riemenschmied. Schröder setzte sich wieder. »Wir haben hier im Keller eine große Menge Benzin. Wie Sie wahrscheinlich wissen, ist diese Flüssigkeit sehr feuergefährlich und unter gewissen Bedingungen auch explosiv. Meine Idee war nun folgende: Wir schlagen ein kleines, aber tiefes Loch in die Mauer, graben einige Kannen Benzin in ihm ein und bringen sie zur Explosion. Es ist anzunehmen, daß die Trennungswand einstürzen wird. Was halten Sie davon?«

Eine Weile sprach niemand. Dann sagte Faber: »Mir gefällt die Idee nicht.«

»Warum?« fragte Schröder. »Wir könnten in ein paar Stunden frei sein!«

»Wie wollen Sie die Kannen zur Explosion bringen?«

»Wir gießen eine halbe Kanne in die Höhle«, sagte Schröder, »und leeren einen Teil aus den Kanistern, die wir verwenden wollen, damit sich in ihnen genug Benzindämpfe entwickeln können. Setzen wir das ausgeschüttete Benzin in Brand, dann werden sich die Kannen erhitzen, der Druck des gasförmigen Benzins wird größer und größer werden und schließlich die Behälter zerreißen.«

»Ja«, sagte Faber, »und dann?«

»Dann was?«

»Das ganze Benzin wird in Brand geraten! Der ganze Keller wird brennen ...«

»Nicht, wenn wir die Kannen entsprechend eingraben«, sagte Schröder.

»Wenn wir sie entsprechend eingraben, wird es nicht möglich sein, um sie ein Feuer zu entfachen.«

»Man müßte sich das überlegen«, meinte Schröder.

»Ich bin noch nicht fertig«, sagte Faber. »Wie viele Kannen wollen Sie verwenden?«

»Dem Gefühl nach, drei oder vier.«

»Ja«, sagte Faber, »dem Gefühl nach! Vielleicht genügten zwei, wenn Sie fünf nehmen, und vielleicht benötigten wir zehn.«

»Das ist nebensächlich.«

»Herrgott noch mal, das ist nicht nebensächlich! Wenn die Explosion zu schwach ist, setzen wir den Keller in Brand und sind den Flammen ausgesetzt, ohne sie löschen zu können. Nehmen wir aber zuviel, dann fliegt vielleicht das ganze Gewölbe in die Luft, und wir liegen unter den Trümmern. Wie wollen Sie wissen, wieviel Benzin Sie verwenden dürfen?«

Schröder zuckte ungeduldig die Schultern.

»Natürlich ist ein Risiko mit der Angelegenheit verbunden. Deshalb brachte ich Ihnen allen meinen Plan zur Kenntnis.«

»Außerdem«, sagte Faber, der ihn nicht gehört zu haben schien, »ist es unmöglich vorherzusagen, *wie* sich die Explosion auswirken wird. Vielleicht in die Mauer hinein. Vielleicht aber auch aus ihr heraus, mitten in unseren Keller!«

»Wir werden uns selbstverständlich nicht oben, sondern hier

unten aufhalten, wenn es soweit ist. Wir können sogar hier bleiben, bis der Brand vorüber ist ...«

»Vorausgesetzt, daß uns die Decke nicht auf den Kopf fällt. Vergessen Sie nicht, wie sehr alle Mauern dieses Hauses durch den Bombeneinschlag erschüttert wurden.«

»Das vergesse ich gar nicht. Im Gegenteil. Um so leichter sollte es sein, eine von ihnen zum Einstürzen zu bringen.«

»Nehmen wir einmal an, daß uns ein paar Leute entgegengraben«, sagte Faber. »Die haben keine Ahnung von dem, was wir hier treiben. Wenn Sie die Mauer sprengen, so ist das ein glatter Mord. Die drüben werden keine Zeit haben, sich in Sicherheit zu bringen.«

Schröder antwortete nicht gleich.

»Daran habe ich nicht gedacht«, sagte er schließlich. »Man müßte sich nachts an die Arbeit machen, wenn die drüben ruhen.«

»Vielleicht arbeiten sie unausgesetzt.«

»Ich erklärte schon, daß meine Absicht gefahrvoll ist. Wer nichts wagt, gewinnt nichts.«

»Das ist ein Sprichwort«, sagte Faber.

»Aber es ist wahr!«

»Sie sollten es trotzdem nur anwenden, wenn es sich um eine Affäre handelt, in der Sie allein etwas zu wagen oder zu gewinnen haben.«

»Das Ganze ist möglicherweise völlig gefahrlos!« rief Schröder. »Wahrscheinlich würden die herabstürzenden Erdmassen alle Flammen sofort ersticken.«

»Wahrscheinlich«, sagte Faber. »Und vielleicht doch nicht. Warum wollen Sie nicht sichergehen und den Gang graben?«

»Weil ich hier heraus muß! Weil Frau Wagner heraus muß! Weil mir der Gedanke unerträglich ist, daß wir ein Mittel besitzen, uns sogleich zu befreien, ohne es anzuwenden. Verstehen Sie?«

»Nein«, sagte Faber, »das verstehe ich nicht.«

»Warum, zum Teufel«, fragte Schröder, »haben wir das Benzin im Keller?«

»Weil es irgend jemand hierhergebracht hat.«

»Und das halten Sie für einen Zufall?«

Faber sah ihn erstaunt an. »Natürlich. Wofür denn sonst?«

»Mir scheint sein Vorhandensein symbolisch«, sagte der andere. »Es muß einem ja gerade in die Augen springen! Da stehen die Kannen. Wir alle sehen sie ... sagen sie nicht deutlich: Verwendet uns, wenn ihr euch befreien wollt!«

»Nein«, erwiderte Faber, »das sagen sie nicht.«

»Was sagen Ihnen die Kannen denn?«

»Gar nichts. Blechkannen sagen mir nichts.«

»Seien Sie nicht albern!« Schröder stand verärgert auf. »Mir ist sehr ernst zumute.«

»Ich bin nicht albern. Ich weigere mich nur, Symbole zu deuten. Das ist mir zu gefährlich.«

»Ja«, sagte Schröder höhnisch, »wie ich bemerke. Für Sie gibt es nur eines: den Gang graben. Einen Stein nach dem anderen aus der Mauer brechen. Eine Schaufel Erde nach der anderen, stundenlang. Immer dasselbe. Heute noch. Und morgen wieder. Bis wir verrückt werden.«

»Bis wir durch sind«, sagte Faber.

»Aber begreifen Sie denn nicht«, schrie Schröder, »daß dies eine dumme und geistlose Methode ist?«

»Nein«, sagte Faber, »das begreife ich nicht.«

»Eine unwürdige Methode.«

»Unwürdig wessen?«

»Unwürdig unser«, erwiderte Schröder, »die wir über die technischen Möglichkeiten verfügen, Klügeres zu tun. Jeder Höhlenmensch, jeder Kretin kann einen Gang graben mit seinen Händen. Aber wir sollten das Wagnis auf uns nehmen, das wir kennen, um uns darüber zu erheben und zu beweisen, daß wir neben Verstand noch Mut besitzen.«

»So beweist man nicht Mut«, sagte Faber. »So beweist man

Tollkühnheit. Und diese deutet nicht immer auf ein Übermaß an Verstand.«
»Sie erstaunen mich. Ich dachte, Sie wären ein Soldat.«
»Diese Bemerkung ist geschmacklos, Herr Schröder«, sagte Faber. »Ich bin wahrscheinlich ebenso mutig und ebenso feige wie Sie selbst. Denken Sie nicht?«
»Doch«, meinte Schröder. »Sie haben recht. Ich entschuldige mich. Aber Sie legen zu großen Wert auf Sicherheit, scheint mir, zu großen Wert auf die Bewahrung des eigenen Lebens. Es gibt Wichtigeres.«
»Es gibt nichts Wichtigeres als das menschliche Leben.«
»Wissen Sie das bestimmt?«
»Ja«, sagte Faber. »Das weiß ich bestimmt.«
Schröder begann wieder auf und ab zu gehen.
»Wir sind vom Thema abgekommen. Dies ist nicht die Zeit, weltanschauliche Studien zu treiben. Ich habe Ihnen meine Idee mitgeteilt. Meiner Ansicht nach wäre ich berufen, sie auszuführen – zum Wohl aller.«
»Herr Schröder«, sagte Faber ernst, »in diesem Keller hat jeder von uns genau das gleiche Recht, über seine Zukunft und sein Leben zu verfügen. Das müssen wir uns alle merken. Wenn Sie hundertmal recht hätten mit Ihrer Theorie, sollten Sie doch von ihr Abstand nehmen, sobald Sie auf Widerspruch stoßen.«
»Aber ich *weiß,* daß die Explosion uns befreien würde! Fragen Sie mich nicht, woher ich es weiß. Ich bin mir darüber im klaren, daß es dumm klingt, was ich sage, aber daran kann ich nichts ändern. Ich weiß es! Ich bin ein Chemiker. Ich besitze eine geringe Kenntnis der toten Materie. Aber ich habe eine Art gefühlsmäßiger Vertrautheit mit ihr. Ja, das ist es! Und diese Vertrautheit gestattet mir zu sagen: Ich weiß, daß meine Theorie sich verwirklichen, erfolgreich verwirklichen läßt.«
»Das ist durchaus möglich«, meinte Faber. »Sie sagen, Sie

wüßten es gefühlsmäßig. Aber können Sie es uns versprechen? Können Sie es uns mit aller Bestimmtheit versprechen?«
»Das kann ich natürlich nicht.«
»Sehen Sie«, sagte Faber. »Und dennoch hat ein jeder von uns ein Recht darauf, es in die Hand versprochen zu bekommen, nein noch mehr: Er hat ein Recht darauf, sich vollkommen von den Erfolgsaussichten dieses Unternehmens überzeugen zu lassen, ehe Sie die Erlaubnis besitzen, es auszuführen. Wenn nur einer von uns an Ihrem Plan zweifelt – wie ich es tue –, dann müssen Sie ihn vergessen. Denn wir alle haben das gleiche Recht auf Sicherheit.«
»Aber Herrgott –« Schröder warf die Arme auf, »wenn einer den richtigen Weg sieht, wenn er ihn wirklich sieht wie ich, der ich selbst doch keine Experimente mit unserem Leben unternehmen würde – wenn jemand vollkommen überzeugt ist von der Richtigkeit seiner Ansichten und davon, daß sie besser sind als die anderen, dann muß er sie doch aussprechen dürfen!«
»Aussprechen schon«, sagte Faber, »aber nicht in die Tat umsetzen. Denn wir sind alle nur Menschen. Und das Irren ist eine menschliche Schwäche.«
»Auch ein Sprichwort«, sagte Schröder.
»Aber eines, das auf eine Gemeinschaft anzuwenden ist. Ich würde selbst gerne vor morgen abend diesen Keller verlassen, und ich weiß, daß Frau Wagner auf diesen Augenblick wartet. Aber es ist besser, einen Tag zu warten, als getötet zu werden.«
»Was schlagen Sie also vor?«
»Fragen Sie doch«, sagte Faber. »Fragen Sie jeden einzelnen von uns um seine Ansicht. Die meine haben Sie gehört. Aber begreifen Sie: Dies ist keine Abstimmung! Es kommt nicht darauf an, wer mehr Stimmen bekommt. Wenn Sie alle Stimmen bekämen und die kleine Evi hätte Angst vor Ihrem Plan, dann müßten Sie diese Furcht berücksichtigen.«

»Was hat es dann noch für einen Sinn, zu fragen? Sie selbst sprechen sich ja gegen meine Idee aus, womit sie hinfällig wird.«
»Fragen Sie dennoch. Vielleicht bin ich der einzige. Dann würde ich mir überlegen, ob ich nicht doch im Unrecht bin.«
»Gut«, sagte Schröder. Er wandte sich an Therese Reimann.
»Ich fürchte mich«, sagte diese. »Ich will lieber noch einen Tag warten und dann den Keller sicher verlassen, als mich der Gefahr eines Experimentes aussetzen. Lassen Sie uns zusammenbleiben und in Geduld den morgigen Abend abwarten.«
Fräulein Reimann schwieg und putzte sich die Nase.
»Und Sie, Frau Wagner?« fragte Schröder. Die schwangere Frau griff nach seinem Arm.
»Ich will Sicherheit für mein ungeborenes Kind. Ich muß es zur Welt bringen. Für meinen Mann. Können Sie mir versprechen, Herr Schröder, daß dem Kind nichts geschieht, wenn Sie die Mauer sprengen?«
»Ich kann es beinahe versprechen.«
»Können Sie es mit Bestimmtheit versprechen?«
»Nein«, sagte Schröder, »das kann ich nicht.«
»Dann«, erwiderte Anna Wagner, sich zurücklegend, »will ich hierbleiben und warten.«
»Evi«, fragte Schröder, »hast du verstanden, wovon wir sprechen?«
»Nein«, sagte das Kind. »Aber ich will das tun, was meine Mutter tut. Bist du mir böse?«
»Ich bin nicht böse«, antwortete Schröder. »Fräulein Riemenschmied, ich nehme an, daß Sie sich der Meinung von Herrn Faber anschließen?«
»Ich wünschte sehr«, sagte diese, »heute abend nicht hier sein zu müssen. Das war vor einigen Stunden. Aber jetzt ist alles anders geworden. Es kommt vielleicht –« Susanne Riemenschmied verwirrte sich. Sie stockte. »Ich glaube«, sagte sie, »ich will auch lieber auf den morgigen Abend warten.«

Faber steckte eine Zigarette zwischen ihre Lippen, eine andere zwischen die eigenen und setzte beide in Brand.

»Danke.« Sie sah ihn an und lächelte.

»Mhm«, sagte Faber. Er hob die Hände. »Es scheint, Herr Schröder, daß wir einmütig entschlossen sind, uns in Geduld zu fassen.«

Der andere fuhr auf.

»Es ist mir nicht nach Scherzen zumute.«

»Mir auch nicht«, erwiderte Faber, »aber das ist doch kein Grund, die Dinge ernster zu nehmen, als sie sind. Es hat alles eine gute und eine böse Seite, wissen Sie.«

»Ich rede zu tauben Ohren«, sagte Schröder. »Für Sie ist das Ganze von keiner Bedeutung.«

»Ach, Unsinn!« Faber stand auf und trat neben ihn. »Ich verstehe Sie sehr gut, wirklich!«

»Herr Schröder«, sagte Susanne Riemenschmied, die nachdenklich die beiden Männer betrachtete, »können Sie Ihre Idee nicht vergessen? Müssen Sie immer an sie denken?«

Der Chemiker bewegte den Kopf, und die Lampe ließ in seinen Augen ein Licht aufblitzen, vor dem das Mädchen Furcht empfand. Es war kalt und unmenschlich.

»Ja«, antwortete Schröder mit einer Stimme, die sich bemühte, beherrscht zu sein. »Ja! Ich muß daran denken, immer. Ich kann es nicht vergessen. Ihr alle seid nur zu träge, um mich zu begreifen. Deshalb werden wir eines Tages zugrunde gehen. Deshalb werden wir schließlich doch den Krieg verlieren. Weil wir zu viele Bedenken und zu wenig Mut besitzen.« Er wandte sich ab, verließ den Soldaten, ohne die Zigarette zu nehmen, die dieser ihm anbot, und ging zu dem Priester.

»Und was ist Ihre Ansicht? Was halten Sie von meinem Plan? So reden Sie doch«, sagte er, als Gontard schwieg. »Spielen Sie diese jämmerliche Komödie nicht weiter. Ich weiß genau, daß Sie nicht schlafen.«

Der Priester sah auf.

»Lassen Sie mich in Ruhe! Begreifen Sie nicht, daß ich mit Ihnen nichts zu tun haben will? Muß ich es wirklich erklären? Mir ist es völlig gleichgültig, was Sie tun. Graben Sie den Gang, oder graben Sie ihn nicht. Sprengen Sie den Keller in die Luft. Halten Sie Reden. Beweisen Sie Ihre Stärke. Wissen Sie, was Sie für mich sind?«
»Ich kann es mir denken.«
»Ein Brechmittel«, sagte Gontard, »ein heroisches Brechmittel.«
Schröder lachte.
»Prächtig«, sagte er, »prächtig.« Der Priester legte den Kopf in die Hände, »Gehen Sie«, bat er, »gehen Sie schon. Verstehen Sie endlich: Ich will allein gelassen werden.«
»Hochwürden«, sagte Faber, »die Flasche mit dem Kognak steht drüben auf der Kiste.« Gontard antwortete nicht.
Schröder drehte sich um.
Er haßte sie alle. Sie waren alle seine Feinde. Sie hingen an ihrem jämmerlichen Leben – für ihn war das Leben nichts, ein Dreck. Das fremde Leben. Und das eigene auch. Für Robert Faber war das Leben ein Wunder. Für Walter Schröder war es ein Dreck. Für Robert Faber hatten der Luftangriff und der eingestürzte Keller eine Situation geschaffen, in der man Verantwortlichkeit zu beweisen hatte. Für Walter Schröder gebot dieselbe Situation nichts als ein dummes, herzloses und eiskaltes »Seine-Pflicht-Tun«. Der eine war ein Mensch. Und der andere war ein Maschinenmensch. Maschinenmensch im Dienste einer furchtbaren und negativen Macht, die sich den Untergang der Welt und die Vernichtung aller schönen Dinge zum Ziel gesetzt hatte.
Es war nicht etwa so, daß Walter Schröder auf eine Sprengung des Durchbruchs drängte, weil er seine Mitgefangenen in Sicherheit und sich selbst wieder in Freiheit wissen wollte – auch wenn er das wirklich glaubte. Walter Schröder war durch die Ereignisse der letzten Stunden vielmehr fast zum Prototyp jenes

Menschenschlages geworden, dem er sich selbst verschrieben hatte, jenes Menschenschlages, der den Haß vor die Liebe, die Pflicht vor die Barmherzigkeit, Demagogie vor Vernunft und die Gewalt vor das Recht setzte.
Ihm war es nicht um die Bewahrung von Menschenleben zu tun, diese erschienen ihm höchst gleichgültig. Ihm war es, obwohl er selbst das nicht wußte, wie den Großen, die ihn führten, um nichts zu tun als nur darum: recht zu behalten um jeden Preis, die Macht zu behalten um jeden Preis; und – um jeden Preis, und wenn dabei alle, die auf ihn hörten, verreckten wie Ratten – der *Stärkere* zu sein und zu bleiben. Darum allein.
»Kommen Sie mit!«
Faber sah ihn an.
»Wohin?«
»Weitergraben«, erwiderte Schröder. »Was denn sonst?«
»Bevor wir gehen«, sagte Faber, »wollen wir jeder einen Schluck –« Sie tranken aus der offenen Flasche.
»Les extrèmes se touchent«, sagte Susanne Riemenschmied.
Schröder nickte.
»Am Rande der Schnapsflasche«, sagte er. »Es lebe der Alkohol!«
Als sie zur Treppe gingen, blieb der Soldat stehen und sagte zu dem Chemiker, der die Lampe trug: »Ich komme gleich.« Er kehrte zu dem Mädchen zurück und drückte etwas in dessen Hand.
»Was ist das?«
»Sie werden es herausfinden«, sagte Faber. »Ich habe es für Sie aufgehoben. Stecken Sie es in den Mund.«
Er folgte Schröder, der die Treppe hinaufstieg.
Susanne Riemenschmied hielt den kleinen eckigen Gegenstand dicht vor die Augen. Es war ein Stück Würfelzucker, wie jeder von ihnen eines aus dem Säckchen des Fräulein Reimann erhalten hatte.

7

Gegen acht Uhr abends schlug Schröder sich mit dem schweren Hammer den linken Daumen blutig und erklärte, dabei fluchend ein Taschentuch um die Wunde windend, für den Augenblick genug zu haben. Die Petroleumlampe war fast leer. Faber, dem der Schweiß von der Stirne lief, richtete sich auf und streckte die schmerzenden Arme aus.

»Morgen«, sagte er, »morgen ...« Er trat mit dem Fuß gegen einen losen Stein und stieß ihn beiseite. »Wenn die drüben uns entgegengraben, sind wir morgen mit dem Tunnel fertig.«

Schröder blickte auf die gestapelten Benzinkannen und warf sein Werkzeug fort.

»Herrgott«, meinte er, »bin ich müde.«

»Wir werden schlafen gehen.«

»Ja«, sagte der Chemiker, »und da erhebt sich ein neues Problem: wo werden wir schlafen?«

»Unten liegen ein paar alte Bretter und Kistendeckel.«

»Aber es ist kalt hier. Wir werden Decken brauchen.«

»Ja«, sagte Faber.

»Decken für sieben Menschen. Oder nein, für sechs. Der Priester kann, was mich angeht, ruhig Lungenentzündung bekommen.«

»Es wird sich ja herausstellen«, sagte Faber, »wie viele Decken wir besitzen.«

Es stellte sich heraus. Anna Wagner verfügte über zwei, Fräulein Reimann über drei, Faber besaß seine Zeltbahn. Die anderen hatten nur ihre Mäntel. Da die alte Dame erklärte, um nichts in der Welt ihr Bett gebrauchen zu wollen, kam man überein, die kleine Evi neben ihrer Mutter schlafen zu lassen. Therese Reimann gab ihren unerschütterlichen Entschluß kund, den alten Gartenstuhl zu benützen, wobei sie betonte, daß sie mit einer Decke ihr Auslangen finden würde. Reinhold Gontard erklärte auf Befragen mürrisch, daß Samariterdienste jeder Art ihn anwiderten.

»Gut«, sagte Schröder, »dann erfrieren Sie meinetwegen.«
Der Priester sah ihn an und lachte laut.
»Was gibt es?« fragte Schröder. »Was verursacht diesen überraschenden Heiterkeitsausbruch?«
»Ach«, flüsterte Gontard, geschüttelt von einem hysterischen Schluchzen, »wenn Sie wüßten, eine wie lächerliche Figur Sie in meinen Augen sind! Geradezu pathetisch vor Lächerlichkeit.« Er lachte, bis Tränen in seine Augen traten. Dann schwieg er plötzlich. Aber immer neue Tränen rannen ihm über die Wangen, während er so in die Dunkelheit des Kellers starrte.
»Verfluchter Neurotiker«, sagte Schröder leise, als er ihn verließ. »Fräulein Riemenschmied, nehmen Sie die verbleibende Decke.«
»Was werden Sie selbst tun?«
»Ich habe einen Mantel. Auch Herr Faber besitzt einen. Wir werden ein paar Kisten zusammenstellen und uns darauf legen.«
»Aber es ist doch viel zu kalt«, sagte Therese Reimann. »Es ist doch viel zu kalt! Sie werden nicht schlafen können.«
»Ich habe schon ungemütlicher geschlafen«, sagte Schröder.
»Sie doch auch?«
»O ja«, antwortete Faber abwesend.
Therese Reimann erhob sich aus dem Korbstuhl, streifte die Decke ab und schüttelte den Kopf.
»Nein«, sagte sie. »Daran ist nicht zu denken. Ich habe eine viel bessere Idee. Herr Faber, bitte geben Sie mir Ihr Messer.«
»Was wollen Sie tun?«
»Sie werden es sehen«, sagte Therese Reimann, gleich werden Sie es sehen.« Sie nahm das Messer in Empfang, hob die Lampe auf und ging in jene Ecke des Kellers, in der ihr gerettetes Eigentum lagerte. Schwerfällig kniete sie nieder und zerschnitt hastig die Schnüre, mit denen ihr Perserteppich in Segelleinen verpackt war.
»So«, sagte sie dabei, »so. Hier und hier und hier. Mein Teppich,

wissen Sie, ist sehr groß und dick. Es können sich bequem zwei Menschen in ihn einrollen. Er ist bestimmt warm.«
»Aber wir werden ihn schmutzig machen!«
»Man kann ihn reinigen«, sagte Fräulein Reimann, die fand, daß es sie seltsam glücklich machte, helfen zu können. »Es tut nichts, wenn er schmutzig wird. Gar nichts. Es ist ein Glück, daß wir ihn haben.« Sie erhob sich. »Fräulein Riemenschmied – das ist doch Ihr Name, nicht wahr? – nimmt die Decke und schläft auf den Stühlen. Sie beide rollen sich in den Teppich ein. Dann haben wir alle, was wir brauchen.« Schröder lächelte. Er ging auf sie zu, umarmte sie und küßte sie auf den Mund. Das Fräulein stieß einen hohen Schrei aus. Schröder ließ sie los. Therese Reimann zitterte und stellte sich auf die Zehenspitzen.
»Was ... haben Sie getan?«
»Ich habe Sie geküßt«, erwiderte Schröder. »Aus Freude. Und aus Dankbarkeit. Aber vor allem aus Freude.«
»Freude?« wiederholte das Fräulein, noch immer ein wenig atemlos. »Freude worüber?«
»Über –«, sagte Schröder, »ach, ich kann das nicht erklären. Aus Freude einfach.«
»Oh«, sagte Therese Reimann und fügte mit einem Anflug von Koketterie hinzu: »Sie haben mich sehr erschreckt.« Dann ging sie zu ihrem Stuhl zurück, schlug mit Susanne Riemenschmieds Hilfe die Decke um sich und rutschte zufrieden hin und her wie ein kleines Kind.
Faber schraubte den Docht der Lampe herunter. Er sah das Mädchen an.
»Ich dachte –«
»Ja«, erwiderte sie, »nur –«
»Nur was?«
»Wie?« fragte Schröder, hinzutretend. »Ach so –«, er warf einen Blick auf die alte Frau und schüttelte leicht den Kopf. »So«, sagte er laut, »nun wollen wir Ihre Stühle zusammenstellen, Fräulein Riemenschmied. Vielleicht da drüben, ich glaube, dort ist es

trocken. Wir beide«, meinte er zu Faber, »werden oben schlafen, wenn es Ihnen recht ist. Für den Fall, daß einen von uns die Lust ankommen sollte, aufzustehen und weiterzugraben. Am besten, Sie nehmen den Teppich mit sich.« Er warf die Decke über vier zerbrochene Stühle, die er mit den Füßen vor sich her gestoßen und endlich in eine Reihe gebracht hatte. Das kleine Mädchen war in das Bett der Mutter geklettert und sagte liegend ein Abendgebet.
»Ich bin klein, mein Herz ist rein, soll niemand drin wohnen als Gott allein, amen.«
»Gute Nacht«, sagte Anna Wagner. In dem großen Raum hallte ihre Stimme nach.
»Gute Nacht«, antwortete Therese Reimann schläfrig.
»Haben Sie noch eine Zigarette für jeden von uns?« fragte Schröder. »Ja?« Er setzte sich auf einen der Stühle und lud die beiden anderen durch eine Handbewegung ein, es ihm gleichzutun.
»Fräulein Riemenschmied«, sagte er, eine Rauchsäule gegen die Decke blasend, »was sind Sie von Beruf?«
Sie sagte es ihm.
»Und Sie?« Faber zuckte die Achseln.
»Alles mögliche. Eine Zeitlang war ich Schlosser. Dann malte ich Bilder, weil ich glaubte, Talent zu besitzen, und weil es mir Freude bereitete. Aber es war nicht das Richtige. Schließlich arbeitete ich mit den Fischern am Bodensee. Das war sehr schön.«
»Sie können immer zurück«, meinte Schröder.
»Das weiß ich nicht«, sagte Faber und streifte die Asche von seiner Zigarette, »vielleicht wird es nicht möglich sein.«
Sie rauchten schweigend. Es war fast dunkel, nur die kleine Flamme der Lampe, die Schröder neu gefüllt hatte, erleuchtete schwach ihre Gesichter. Das Kind begann ruhig und tief zu atmen, Susanne Riemenschmied legte ihren Kopf an die Schulter des Soldaten.

»Wir sind alle müde«, sagte dieser. »Ich glaube, auch Fräulein Reimann schläft schon.« Schröder sah ihn kurz an. Dann warf er seine Zigarette zu Boden und trat sie mit dem Fuß aus. Er blickte auf die Uhr.
»Halb neun.«
»Ziemlich spät«, sagte Faber.
»Ja«, sagte Susanne Riemenschmied, wandte den Kopf und bettete ihr Gesicht an seinem Hals. Eine Pause entstand.
»Hören Sie«, sagte Faber schließlich, an Schröder gewandt, »macht es Ihnen etwas aus, hier unten zu schlafen?«
Schröder schüttelte den Kopf.
»Ich wollte es eben vorschlagen.« Er sah Susanne Riemenschmied an, die plötzlich lächelte.
»Ja?« fragte er.
»Sie sind – Sie haben ...«, das Mädchen stand auf und nahm eine Decke unter den Arm. »Ach«, sagte sie, »weshalb sollen wir uns das zu Herzen nehmen?«
»Zu Herzen nehmen?«
»Was andere von uns denken.«
»Die anderen denken gar nichts. Stimmt's, Schröder?«
»Stimmt«, antwortete dieser. Faber ergriff Susanne Riemenschmieds Hand. »Gute Nacht«, sagte er. Schröder nickte. Er legte sich auf die Stühle, breitete die Decke über sich und sah den beiden nach. Unter seinem Kopf ruhte die Tasche mit den Plänen, er spürte das kühle Leder an seiner Wange. Das Licht der Lampe in Susanne Riemenschmieds Hand wanderte über die Wand, wurde schwächer und verschwand. Schröder lag mit offenen Augen in der Dunkelheit.
»Fräulein Reimann?« fragte er laut.
»Ja«, sagte diese.
»Ich dachte, Sie schlafen«, murmelte Schröder verlegen. Therese Reimann ließ eine kleine Pause verstreichen und antwortete dann freundlich: »Ich habe geschlafen.«

8

Etwa eine Stunde später erhob sich Reinhold Gontard von der Kiste, auf welcher er bis dahin reglos gesessen hatte, entzündete ein Streichholz und tastete sich in seinem Schein durch den Keller bis zum Bett des friedlich schlummernden Fräulein Reimann, wo er die behelfsmäßige zweite Petroleumlampe an sich nahm und in die zweite Etage des Gewölbes emporzusteigen begann. Der Priester ging langsam, und sein großer Schatten wanderte über die nassen Mauern vor ihm her. Als er den oberen Teil des Kellers erreichte, hörte er aus der Dunkelheit leise Stimmen, doch er schenkte ihnen keine Beachtung, sondern schritt auf die Stelle zu, an der die beiden Männer zu graben begonnen hatten. Dort stellte er die Lampe zu Boden und hustete lange. Die feuchte schwarze Erde lag beiseite geschaufelt links vor der Höhle, auf sie waren der Spaten, zwei Schaufeln, die Eisenstange und der Hammer geworfen worden. In dem frischen Lehm gewahrte Gontard die deutlichen Abdrücke von drei verschiedenen Schuhpaaren: jene des Mädchens, schmal und mit lächerlich kleinen Absätzen, die klobigen des Soldaten und die breiten, ungenagelten Walter Schröders. Der Priester betrachtete sie abwesend, dann öffnete er die wenigen Knöpfe seiner Soutane und zog sich das lange Gewand eilig über den Kopf, wonach er es achtlos beiseite warf. Sein wirres weißes Haar stand weit ab. Reinhold Gontard trat in den Tunnel und fuhr mit den Händen über dessen unebene Rückseite. Dann hob er die Hacke auf und kniete auf einem Bein nieder, während er das andere in einem rechten Winkel vorsetzte, um Halt zu finden. Sein Gesichtsausdruck war ruhig und verschlossen, als er die Hacke über den Kopf schwang, seine Bewegung gleichfalls beherrscht und eher zögernd, so, als mache er sich an eine unbekannte und neue Aufgabe. Er kniete, weil der Gang schon zu tief geraten war, um eine aufrechte Arbeitsweise länger zu gestatten, und er mit der Lockerung eines Steines beginnen wollte, der etwa in der Mitte der Rückwand lagerte. Als er das

Werkzeug in den erhobenen Händen hielt, holte Reinhold Gontard tief Atem. Und nun geschah das Außerordentliche.
Allen Menschen gemeinsam ist die Erfahrung, manchmal bei dem Bedürfnis, einen tiefen Atemzug zu tun, auf ein unbeschreibliches Hemmnis zu treffen. Der Atmung als solcher steht nichts entgegen, von einem Erstickungsgefühl ist nicht zu reden. Aber eben jene gewisse sonderbare Grenze des Empfindens zu erreichen – und zu überschreiten –, an welcher die eingesogene Sauerstoffmenge sich mit einem unendlich angenehmen Gefühl in der Brust verbreitet und man den Eindruck hat, mit seinem Atem wie über eine Schwelle geschritten zu sein, eben jene sonderbare Grenze zu erreichen bleibt uns versagt. Es ist für unser Wohlbefinden nicht vonnöten, sie zu überschreiten. Manchmal kommt wochenlang keine Sehnsucht danach in uns auf. Aber wenn wir finden, daß es uns aus dem einen oder anderen Grund unmöglich ist, auf diese besondere Weise tief einzuatmen, dann, plötzlich, empfinden wir ein brennendes Bedürfnis nach ihr. Wir versuchen, wieder und wieder, ohne sie zu befriedigen, unsere Bemühungen, die uns zwar lächerlich anmuten, aber hartnäckig sein können. Wir unterbrechen sie vielleicht für kurze Zeit. Aber wir vergessen sie nicht. Und dann, auf einmal, ohne ersichtliche Ursache, gelingt es uns! Es gelingt uns, dieses wunderbare Gefühl eines idealen Atemzuges zu erleben, und eine ganz kurze Glückseligkeit kommt über uns, daß wir vermeinen, das Paradies und die ewige Seligkeit, von denen man uns erzählt, wären nichts anderes als die Aussicht auf einen Zustand, in dem uns diese Möglichkeit des unbehinderten und freien Atemholens jederzeit gegeben ist.
Als Reinhold Gontard die Hacke über den Kopf schwang, atmete er tief, und in dieser Sekunde gelang auch ihm – ohne daß er auf ihn gewartet oder überhaupt an ihn gedacht hatte – ein vollendeter Atemzug. Sein Gesicht belebte sich. Es wurde nicht glücklich. Aber es wurde belebt. Die Lippen öffneten sich, die Brauen stiegen hoch. Dann ließ der Kniende das Werkzeug vorwärts

fliegen mit aller Kraft seiner Arme. Die Luft strömte aus seinem offenen Mund, als die blitzende Hacke, ihren großen Bogen beschreibend, in rasender Eile auf die dunkle Mauer zuflog, auftraf mit einem eiskalten, metallischen Kreischen, das fast klang wie ein menschlicher Schrei, und sich knirschend festfraß in einer Spalte zwischen Lehm und Stein. Ihr Stiel bebte in den Händen des Mannes, der sie hielt, und von dem stählernen Ende stoben Funken. Gontards Atem kam zu Ende in einem absonderlichen Seufzen, das halb rebellisch und halb gramvoll war. Und nun begann der Priester Reinhold Gontard, 54 Jahre alt, weißhaarig und rotgesichtig, dem Trunk ergeben und nach der Untätigkeit eines ganzen langen Tages, angetan mit einem schäbigen schwarzen Anzug, zu arbeiten, wie er noch nie, in seinem ganzen Leben nicht, gearbeitet hatte: ohne Besinnung, in rasender Eile, wild, mit gebleckten Zähnen und verkrampften Muskeln, mit Augen, vor denen ein roter Schleier hing, allein, verlassen und fast tollwütig wie ein Tier in seiner Hast. Die rußende Lampe hinter ihm brannte mit züngelnder Flamme. Gontards Schatten tanzte gespenstisch über die Wand, wenn er sich bewegte, und in ihm gefangen lag auf dem Boden die fortgeworfene Soutane, die aussah wie ein kleiner Haufen Erde. Er riß die Hacke frei, schwang sie empor und ließ sie von neuem niedersausen auf den harten Stein, der sich nicht bewegte. Dreimal, viermal schlug Gontard auf ihn los, dann nahm er die Eisenstange. Der Hammer fiel krachend nieder, jetzt und jetzt, die Stange fraß sich ein, wurde freigerissen, drang von neuem vor, tiefer und tiefer. Und langsam lockerte sich der Stein. Er war sehr groß. Um ihn fiel ein feiner Regen von Erde auf den Boden. Der Priester packte wieder die Hacke und schlug zwei Scharten, wobei er sich bemühte, den Stein mit der Zwinge des Werkzeugs zu umfassen. Es gelang ihm nicht, das Stahlende war zu kurz. Gontard kroch in den Tunnel und fuhr mit den Armen in die beiden ausgeschlagenen Höhlen. Seine Finger legten sich um den Stein und klammerten sich fest. In dieser innigen Umar-

mung begann er, mit dem Stein zu kämpfen. Er stemmte sich gegen ihn, seine Schuhe gruben sich in den Boden, seine Brust preßte sich gegen die rauhe Außenseite des Steins, er bewegte den Körper auf und nieder, ruckweise, immer noch hastig. Sein Anzug beschmutzte sich mit Erde. Seine Finger schmerzten in den Gelenken. Gontard fühlte, wie der Stein sich lockerte. Er holte tief Atem, seine Augen schlossen sich vor Anstrengung, als er ihn aus der Wand herausriß. Er ließ ihn sogleich fallen, trat zurück und stieß ihn mit den Füßen auf den Weg. Ohne zu unterbrechen, griff er danach wieder zu der Hacke und begann, auf den nächsten Stein loszuschlagen. Er arbeitete unentwegt, ohne zu rasten, blind und taub für seine Umgebung. Ein Zug zäher Entschlossenheit verdrängte den des Schmerzes in seinem Gesicht. Die Hacke flog auf den Stein nieder, wurde emporgerissen, kehrte zurück, beharrlich und unbarmherzig, geführt von einem Mann, der wußte, daß der Stein sich nicht nach den ersten Hieben lösen würde, daß er aber aus der Mauer fallen *mußte,* wenn man nur lange genug auf ihn losschlug. Gontard atmete hastig und riß sich den steifen weißen Kragen vom Hals. Sein Gesicht war noch röter geworden, und von der Stirn rann ihm der Schweiß in großen Tropfen. Er allein brachte Lärm in die tiefe Stille. Sonst regte sich nichts. Die Tropfen fielen lautlos von den Wänden, und die rußende Flamme wiegte sich schweigend hin und her. Nur die Hacke schlug gegen das Gestein, trocken und durchdringend, hell und hart. Dann kam die Schaufel, die tief und kratzend scharrte, der Spaten, der sich knirschend in den Lehm grub, und der Hammer, der metallisch und ohne jeden Nachhall auf die Eisenstange fiel. Und wieder die Hacke. Und wieder die Schaufel. Und dann der Hammer ...
Reinhold Gontard warf die Erde achtlos hinter sich in die Dunkelheit, er rollte die losgelösten Steine beiseite, ohne sie anzusehen. Die Höhlung, in der sie lagen, interessierte ihn mehr. Aber auch diese wieder weniger als die Steine, die sie begrenzten ... und selbst die wurden nebensächlich in dem Augenblick,

da er sie beseitigt hatte. Gontards Gedanken bewegten sich nicht um seine Arbeit. Diese geschah instinktiv, er wußte genau, wie er zu graben hatte. Die uralte manuelle Weisheit seiner bäuerischen Ahnen sprach aus den Bewegungen seiner Hände. Seine Gedanken waren wirr und leicht.

Wie ein Tier, dachte der Priester, auf dem schmutzigen Boden kniend, wie ein Tier. Ein Maulwurf, ein Regenwurm, wie ein Marder ... unter der Erde verschüttet in einem engen, dunklen Gang, auf dem Weg nach oben begriffen, nach oben, zum Licht, dorthin, wo der Wind weht und die Sonne scheint. Ich bin nichts anderes. Ein großer Marder, der wühlt und scharrt und kratzt. Aber eigentlich bin ich ein Mensch wie alle, die hier mit mir vergraben sind und schlafen.

Ein Mensch!

Das ist es, was ich sein sollte.

Ein Wesen, das, wie Millionen andere, aufrecht geht, zu sprechen und zu lauschen versteht, das in einer vieltausendjährigen Entwicklung eine Welt von unerhörter Kompliziertheit und gelegentlicher Schönheit gebaut hat. Ein Mensch: nur das mikroskopische Teilstück einer gewaltigen Gemeinschaft von einander Unbekannten, die durch das Geheimnis des Blutes und eine gemeinsame, niemals zu bestimmende Unruhe der Seele verbunden waren auf dieser Welt. Auf dieser einen Welt. Die Kontinente waren nur Inseln und das Meer ein Teich. Der Äquator ging um die ganze Erde und war überall zu Hause. Eine Welt ...

Der Priester zögerte eine Sekunde, als er das Werkzeug über den Kopf schwang, um zu denken: Wir aber, jeder von uns ist schuld, haben viel von dem wenigen Schönen zerstört, das unsere Vorfahren zu überdauern verstand ...

Dann flog die blitzende Hacke vorwärts, und die Luft rauschte an ihr vorbei, nach hinten, in die Finsternis. Der Stahl schlug krachend auf den harten Stein, der fast so hart war wie er, aber doch nicht ganz so hart.

Die Finsternis ist mit der Zeit im Bunde. Sie haben ein Geheimnis und eine schweigende Verabredung zusammen, undurchdringlich, aber gewiß. Es gibt eine Zeit des Tages und eine der Nacht. Das Licht und die Dunkelheit verfahren verschieden mit der Zeit, die sich unserer Vorstellung in dem Augenblick schon zu entziehen beginnt, in dem wir an sie denken. Der Tag unterwirft sie einer gewissen Ordnung und einer Stetigkeit, die ihr, mühsamen Definitionen zufolge, anhaften sollte, aber nicht anhaftet, wie die Dunkelheit zeigt, mit der gemeinsam sie ihre Späße treibt. In der Dunkelheit wird die Zeit unruhig. In der Dunkelheit ist sie nicht länger stetig, auch wenn die Uhren uns einreden, daß sie es sei. Denn die Uhren sind gezwungen, ein hilfloses, mechanisch gebundenes Leben zu führen, sie können nicht tun, was sie gerne täten, um das schamlose Treiben der Zeit aufzudecken. Das weiß diese und benützt die Uhren als ein willkommenes, wennschon eigentlich überflüssiges Alibi, denn wer wollte sich vermessen, mit der Zeit zu hadern, um eine Minute vielleicht oder einen Sekundenbruchteil?

In der Dunkelheit gibt es Perioden, in welchen die Zeit, die wie ein feiner Luftzug an uns vorüberzieht, sich ungebührlich beeilt, und andere, in denen sie sich Zeit läßt. Läuft sie beschleunigt, wenn wir gerade nicht hinsehen, wenn wir schlafen oder nicht an sie denken, dann gefällt es ihr manchmal, sich umzudrehen, eine Schleife zu ziehen im Raum oder einen Achterbogen … alles ausschließlich, um zu beweisen, daß sie sich nach nichts, nach gar nichts zu richten hat. Wenn wir uns dann der impotenten Uhren bedienen, sagen wir vielleicht: Wie, schon so spät? Oder: Noch so früh?

Und die Zeit lacht sich in das Fäustchen der Finsternis. So stehen die Dinge. Niemand wird etwas an ihnen ändern. Reinhold Gontard ahnte nicht, wie lange er schon gearbeitet hatte, als er zum erstenmal jenes feine, leise Geräusch vernahm und sein Werkzeug sinken ließ, um dem seltsamen Ticken zu lauschen. Er stand auf und legte das Ohr an die Mauer. Eine Weile blieb alles still. Dann hörte er es wieder. Leise, sehr leise.

Dreimal, nach einer Pause weitere dreimal. Reinhold Gontards Augen wurden groß, als er begriff, was dieses Geräusch bedeutete, das aus dem toten Gestein kam.

Er bückte sich, hob mit zitternden Fingern den Hammer auf und schlug mit ihm auf einen aus der Wand ragenden Stein. Dann lauschte er. Und aus weiter Ferne antworteten ihm fast unhörbare Klopfzeichen. Der Priester schüttelte den Kopf. Er schlug mit dem Hammer fünfmal an, in regelmäßigen Abständen. Nach einer Weile kam die Antwort: fünf zarte, kaum noch wahrnehmbare Signale. Reinhold Gontard versuchte sechs, dann sieben Schläge. Danach bestand kein Zweifel mehr an der Richtigkeit seiner Vermutung.

Als er sich aufrichtete, taumelte er leicht. Von der zerschundenen Stirn rann ihm ein Streifen Blut, der sich auf der Wange mit Erde zu einem feuchten Brei mischte. Aber Gontard bemerkte ihn nicht. Er war gebannt von dem Wunder der Klopfzeichen, die er vernommen hatte. Sie erfüllten in dieser Minute sein ganzes Bewußtsein so restlos, daß er an nichts sonst mehr denken konnte.

Er mußte die anderen wecken! Er mußte ihnen erzählen, was geschehen war, sie herbeirufen, damit sie selbst es vernehmen konnten … das Wunder. Das Wunder der wiederhergestellten Verbindung mit der Außenwelt, ohne die sie nicht leben konnten. Der Priester Reinhold Gontard war vierundfünfzig Jahre alt. Wild protestierte in diesem Augenblick sein mißhandelter, von Alkohol geschwächter Organismus. Gontards Gesicht lief dunkelrot an, vor seinen Augen bildeten sich Nebelschleier. Ein grenzenloses Schwindelgefühl überkam ihn, er taumelte, er rang nach Luft und fand nur, daß der Raum sich auf unerklärliche Weise um ihn schloß. Dann warf die Schwäche einer schweren Ohnmacht ihn zu Boden. Sein Schatten fiel nieder und verschwand. Die Lampe flatterte verschreckt und erlosch. Die Stille kehrte zurück aus ihrem Exil und machte sich breit. Sie beherrschte den Keller. Nichts regte sich mehr. Reinhold Gontards Haupt lag auf dem festgetretenen Boden, die Füße im weichen Erdreich. Seine Schuhe aber hatten sich neben den Abdrücken der drei anderen Paare deutlich in den weichen Lehm geprägt. Sie standen in der Mitte zwischen denen Walter Schröders und Robert Fabers.

Kapitel 4

1

In der Finsternis des Kellers glühte ein einziger dunkelroter Punkt. Faber rauchte eine Zigarette. Sein Kopf lehnte an der kühlen Mauer, und er hatte einen Arm um die Schulter des Mädchens gelegt. Susanne Riemenschmied erzählte die »Weise von Liebe und Tod«. Sie brauchte das Buch nicht dazu, sie erinnerte sich an jede Zeile, jedes einzelne Wort. An den jungen Grafen mit der verwelkten Rose über dem Herzen, an die Nacht und das Feuer im Schloß, die Trommeln, die Fahne, an die lachende Wasserkunst der Schwerter, die vorsprangen und eindrangen, tödlich und tief, in das Herz des verlorenen Reiters. Susanne Riemenschmied sprach langsam.
Von den Wänden tropfte das Wasser, fiel zu Boden und versikkerte in der schwarzen Erde. Der Priester arbeitete nicht länger, seine Lampe war erloschen. Wahrscheinlich, dachte Faber, war er zu den anderen hinuntergegangen und schlief. Er hörte dem Mädchen zu und erinnerte sich der Stunden an der ungarischen Grenze, da er seine eigene schmale Feldpostausgabe des »Cornet« fortgeworfen hatte mit einem großen Teil seines Besitzes, als er über den hartgefrorenen Acker rannte, während hinter ihm die Wagenkolonne in Flammen aufging. Die Tiefflieger schossen den Flüchtenden nach, aber sie trafen keinen. Nur die Verwundeten, die man in den Wagen hatte liegen lassen, konn-

ten sich nicht retten und brüllten um Hilfe. Am Ende des Ackers lag ein Streifen Wald, an seinem Rande standen ein paar ausgebrannte Häuser mit leeren Dachstühlen und schwarzen Mauern, aus denen Eisentraversen ragten. An einer von ihnen hatte man einen Soldaten erhängt. Die Stiefel waren gestohlen worden, und seine wachsgelben nackten Füße pendelten im Wind hin und her. Hin und her ...

Faber schloß die Augen und zwang sich, nicht weiter zu denken. Das war vorbei. Vorüber. Susanne Riemenschmied sprach leise. Sie war zum Ende der Weise gekommen, zu dem trüben Morgen, an dem ein Kurier des Freiherrn von Pirovano in eine kleine Stadt einritt, um eine alte Frau dort weinen zu sehen.

Sie schwiegen beide. Dann sagte das Mädchen: »Kann ich eine Zigarette haben?«

Während ihr Gesicht für kurze Zeit im warmen Licht eines Streichholzes sichtbar wurde, sprach Faber ihren Namen aus.

»Ja«, sagte sie.

»Du bist sehr schön, Susanne.« Das Streichholz erlosch. »Ich danke dir.«

»Wofür?«

»Daß du für mich die Weise gesprochen hast.«

Sie lächelte und legte einen Arm um seine Hüfte.

»Es war doch gut, daß du bei mir geblieben bist.«

»Ich wollte nicht bleiben. Ich wollte fortgehen.«

»Warum?«

»Weil ich Angst hatte.«

»Angst vor mir?«

»Nein«, sagte Faber, »nicht vor dir. Ich hatte Angst, zu spät zu kommen.«

»Wohin wolltest du denn?«

»Nach nirgends«, sagte Faber, »ich weiß nicht, wohin.«

»Wolltest du nicht nach Hause fahren?«

»Doch«, erwiderte er. »Aber das kann ich nicht. Ich kann nirgends hingehen und nirgends bleiben.«

»So geht es uns allen«, sagte sie, »mehr oder weniger. So wie dem Mann, der das sonderbare Gedicht schrieb.«
»Welches Gedicht?«
»Es steht an einer Kirchenwand, in Stein gehauen«, sagte sie.
»Es heißt:

> Ich bin, ich weiß nicht, wer.
> Ich komme, ich weiß nicht, woher.
> Ich gehe, ich weiß nicht, wohin.
> Mich wundert, daß ich so fröhlich bin.«

»So ähnlich ist es wohl«, sagte er. »Mich wundert auch, daß ich so fröhlich bin.«
»Bist du es überhaupt?«
»Ein wenig«, sagte Faber.
»Und hast du noch immer Angst, zu spät zu kommen?«
»Nein, jetzt ist alles gut.«
»Weil du bei mir bist?«
»Vielleicht, weil ich bei dir bin.« Sie ließ ihre Zigarette sinken und wandte das Gesicht.
»Liebst du mich?«
»Ja«, sagte Faber.
»Liebst du mich wirklich?«
»Ja, Susanne, ich liebe dich wirklich.«
»Aber es ist nicht wahr.« Er schwieg.
»Ich weiß, daß es nicht wahr ist!«
»Ich würde dich gerne lieben, Susanne.«
»Ich dich auch. Ich möchte bei dir bleiben. Für immer.«
»Du kennst mich nicht«, erwiderte Faber leise.
»Ich möchte bei dir bleiben«, wiederholte das Mädchen. »Ich will nicht wissen, wer du bist.«
»Du kannst nicht bei mir bleiben«, sagte Faber, neigte sich vor und küßte sie lange. Ihre Hände schlossen sich um sei-

nen Hals, ihr Körper drängte ihm entgegen. Faber hielt seine Zigarette vorsichtig zur Seite und legte die Lippen auf ihr Haar.
»Woran hast du gedacht?« fragte sie.
»An nichts.«
»Das ist nicht wahr.«
»Doch, Susanne.«
»Sag es mir«, bat sie, »hast du an mich gedacht?«
»Ja«, log er. »Ich habe an dich gedacht, Susanne.« Er sah zu der Decke des Kellers auf. Aber der Gehenkte mit den nackten gelben Beinen hing nicht von ihr herab, so deutlich Faber auch das Geräusch seiner langsamen Pendelbewegung vernommen zu haben glaubte. Der Tote war in Estersom geblieben, falls ihn nicht mittlerweile wieder jemand aus seiner Grube geholt hatte, was unwahrscheinlich schien. Wenn man in Eile ist, hat man wenig Zeit, sich um Tote zu kümmern. Höchstens so viel, ihnen die Schuhe auszuziehen. Faber hielt noch immer das Mädchen in seinen Armen.
»Eines Tages«, sagte sie, »würden wir vielleicht damit beginnen, uns zu lieben. Das wäre schön.«
Er wandte sich ab.
»Wäre es nicht schön?«
»Schöner als alles, was ich mir vorstellen kann. Aber es ist nicht möglich.«
»Warum nicht?«
»Weil ich dich morgen verlassen muß«, sagte er und preßte sein Gesicht an ihre Schulter. Sie fuhr mit den Fingern durch sein Haar.
»Mein Lieber«, sagte sie, »mein Lieber, hör mir zu. Kennst du den Soldatensender Calais?«
Er nickte, ohne den Kopf zu heben. »Wir hörten ihn manchmal an der Front, wenn wir allein waren.«
Sie lehnte sich vor und brachte ihn dazu, sich in ihren Schoß zu legen. Ihre Arme schlossen sich um ihn, und sie zog die Knie

weiter an den Leib, so daß er durch das Kleid die Wärme ihres Körpers spürte. »Hörst du mein Herz?«

»Ja«, sagte Faber, »ich höre dein Herz, Susanne.« Sie schlug das Ende des Teppichs um ihn.

»Was ist mit dem Soldatensender Calais?«

»Ich wurde vor ein paar Wochen eingeladen. Da hörte ich ihn.«

»Warum erzählst du mir das?«

»Warte«, sagte sie. »Zwischen den Nachrichten bringt er doch Tanzmusik, nicht wahr?«

»Ja«, erwiderte Faber, »deshalb hatten wir ihn auch lieber als irgendeinen anderen Geheimsender.«

»Damals, in jener Nacht«, erzählte Susanne, »hörte ich ein Lied. Heute erinnere ich mich daran.«

»Welches Lied?«

»Ein altmodisches«, sagte sie. »Ein ganz lächerliches. Einen englischen Schlager. Vielleicht kennst du ihn auch.«

»Ich verstehe nicht Englisch.«

»Das Lied hieß ›I'm waiting for the man I love‹«, sagte das Mädchen. »Das heißt: Ich warte auf den Mann, den ich liebe. Es ist schrecklich lächerlich, nicht?«

»Ja«, sagte er, »schrecklich. Wie geht es weiter?«

»Someday he'll come along«, sagte das Mädchen, »so fing es an: eines Tages wird er kommen – the man I love. And he'll be big and strong, the man I love. Und er wird groß und stark sein, der Mann, den ich liebe. Heute habe ich wieder an dieses Lied gedacht.«

»Ich bin nicht groß und stark.«

»Doch«, sagte sie.

»Ich bin klein und schwach.«

»Du bist mutig.«

»Nein«, sagte er. »Ich habe Angst.«

»Auch dafür will ich dich lieben.«

»Das sollst du nicht tun.«

»Ich möchte es aber so gerne«, sagte sie und sang leise:

»Maybe I'll meet him some day,
maybe Monday, maybe Tuesday –
but I'll meet him one day ...«

Der Soldatensender Calais, dachte Faber, auf einer Kurzwelle im 31,4-Meterband. Brachte die letzten Nachrichten des Tages, stets zwanzig Minuten vor der vollen Stunde. Zwischen den Meldungen sendete er Tanzmusik. Lili-Marlen und das blonde Käthchen. Damit die Toten in den Schützengräben ein wenig Heimweh bekamen. Amerikanischen Jazz. Damit die Krüppel ihr Vergnügen finden und zeigen konnten, daß sie noch auf Beinstümpfen ihren Mann standen. Damit es den Piloten der Jagdflugzeuge nicht zu einsam in ihren Preßglaskabinen wurde. Damit in den Luftschutzbunkern Berlins die rechte Stimmung aufkam, wenn die Riesenflugzeuge einen Bombenteppich warfen, damit die abgerissenen Köpfe, die man am nächsten Morgen in den Straßen fand, wenigstens vergnügt grinsten.
Zwischen den Nachrichten über den Verlauf der letzten Schlachten brachte der Soldatensender Calais Tanzmusik. Damit die Huren in den Bordellen von Litzmannstadt etwas zu lachen hatten, wenn besoffene Generalstäbler versuchten, einen Foxtrott zu tanzen. Damit die Posten auf den Wachttürmen des Anhaltelagers Auschwitz nicht an ihren Maschinengewehren einschliefen, weil der süßliche Leichengestank aus den Verbrennungsöfen sie benommen werden ließ ...
Faber richtete sich auf.
»Was willst du?« fragte das Mädchen.
»Trinken wir die Flasche leer.«
»Ja, das ist eine gute Idee.« Sie tranken beide.
»Ich glaube, ich könnte dich sehr liebhaben«, sagte Susanne.
»Es ist verboten, mich liebzuhaben.«
»Wer verbietet es?«
»Der Krieg«, erwiderte Faber und preßte sein Gesicht an ihre Brust, »der gottverfluchte Krieg.«

»Der Krieg kann mir nichts verbieten.«
»Er kann dir verbieten zu leben.«
»Wer ist der Krieg?«
»Ich weiß nicht«, sagte er. »Wir alle sind wahrscheinlich der Krieg, jeder von uns zu einem sehr kleinen Teil. Mit ein wenig Dummheit, mit ein wenig Gemeinheit ...«
»Und man kann nur lieben, solange man lebt?«
»Ja«, sagte Faber. »Nur solange.«
»Ich will dich gut lieben, solange ich lebe. Und ich will dich besser lieben nach dem Tod.«
»Susanne«, sagte Robert Faber, »ich werde dich morgen verlassen.«
»Du sollst mich nie verlassen!«
»Ich werde dich verlassen müssen.«
»Das ist nicht wahr.«
»Es ist gewiß«, sagte er.
»Aber warum? Warum?«
Er zuckte die Achseln.
»Wer zwingt dich, mich zu verlassen?«
»Der Krieg«, sagte Faber, »andere Menschen, andere Soldaten.«
»Warum zwingen sie dich?«
Faber preßte das Mädchen an sich.
»Liebste«, sagte er, »weil sie doch selbst gezwungen werden.«
»Und gibt es keinen Ausweg?«
»Nein, es gibt keinen Ausweg. Oder ich kenne ihn nicht. Das ganze Land, die ganze Welt ist ein Gefängnis, und wir sind gefangen in ihm.«
Er fühlte, wie ihr Körper hart wurde.
»Du hättest nicht bei mir bleiben dürfen. Jetzt verstehe ich dich! Du hättest fortgehen müssen.«
»Ja«, sagte er. »Das hätte ich.« Sie schwieg. »Susanne«, sagte Faber, »ich bin sehr froh darüber, daß ich bei dir geblieben bin.«
»Du bist nicht froh darüber. Ich habe dir Unglück gebracht.«

»Nein«, erwiderte er, »all mein Unglück habe ich mir selbst gebracht. Du wolltest mir Glück bringen.«
»Ich wollte es wirklich! Alles Glück, das ich mir denken kann. Glaubst du mir das?«
»Ja«, sagte er. »Ich glaube dir.«
»Was wird jetzt werden?«
»Wir haben viel Zeit«, sagte Faber. »Wenn man sich auf etwas sehr freut, dann wird man enttäuscht. Und wenn man sich vor etwas sehr fürchtet, dann täuscht man sich auch. Es kann alles gut werden.«
»Das glaubst du nicht.«
»Nein«, erwiderte er, »aber ich möchte es gerne glauben.«
Sie begann zu weinen.
»Nicht«, sagte Faber. »Nicht, Susanne. Bitte, sei ruhig.«
»Der Krieg«, stammelte sie, »der Krieg … ich fürchte mich so …
»Ich fürchte mich auch«, sagte er, »es gibt niemanden, der sich nicht fürchtet.«
»Solange wir zusammenbleiben«, sagte sie schluchzend, »weißt du, ich habe gedacht, daß uns nichts geschehen kann, solange wir nur zusammenbleiben …«
»Auch wenn wir zusammenbleiben, kann alles geschehen. Aber dann macht es uns nichts aus.«
»Warum nicht?«
»Weil es uns beiden geschieht.«
»Wirklich?«
»Susanne«, sagte Faber, »würde es dir etwas ausmachen?«
»Nein«, erwiderte sie, »nie.«
»Mir auch nicht.«
»Du lügst!«
»Nein«, sagte er, »das ist wahr.«
»Ich glaube dir nicht«, erwiderte sie leise.
»Glaube mir«, sagte er, »bitte, glaube mir. Ich weiß es. Ich bin alt genug, um dein Vater zu sein. Aber das möchte ich gar nicht.«

Sie versuchte zu lächeln. »Was möchtest du denn?«
»Ich möchte dich lieben können«, sagte Faber.
»Du kannst mich lieben. Du kannst mit mir tun, was du willst.«
»Nein, das kann ich nicht.«
»Du sollst es tun«, flüsterte sie, »ich will es. Hörst du? Ich will es so sehr!«
Faber warf die Zigarette fort. Ihr Körper gab nach, und sie sank auf den Teppich. Er neigte sich vor und legte beide Arme um sie.
»Robert«, sagte Susanne, »du bist aus der Armee desertiert, nicht wahr?«
»Ja«, antwortete Faber.
Sie zog ihn an sich, und ihr Atem klang wie ein Stöhnen.
»Küß mich«, flüsterte sie. »Nicht so ... Küß mich, damit ich denken kann, du liebtest mich.«
»Ich liebe dich«, sagte Faber.
»Erzähl mir nichts«, bat sie. Der Mann wandte den Kopf. Als seine Lippen die ihren trafen und ihre Zähne eindrangen in sie, fühlte er den Körper des Mädchens erzittern und hielt sie fest an sich, während der Raum und die Finsternis in Bewegung gerieten und um sie beide kreisten, während ihre Hände sich gemeinsam bewegten und das Blut an ihren Schläfen ein uraltes Lied zu singen begann.

2

Alles wäre einfacher, wenn wir weniger allein sein müßten. Wir waren sechs Jahre allein, jeder von uns, ganz gleich, wo wir uns befanden. In Afrika, in Norwegen, an der Normannenküste. Du und ich, wir wissen, wie verlassen wir waren: in einem elenden Bunkerloch voll Wasser, des Nachts, wenn die Sterne schienen und der Mond über den Hügeln aufging. Hinter Drehbänken, hinter Schreibtischen, hinter den Steuerrädern der großen Traktoren. An Maschinengewehren. Und an buntbemalten Wiegen. In U-Booten und in Krankenhäusern. In Kampfflugzeugen und auf den Feldern, wenn wir das Korn mähten.

Kein Mensch war da, der uns helfen konnte. Kein Mensch. Wir blieben ganz allein, und wenn wir heulten vor Wut und Einsamkeit, sah es niemand. Die Einsamkeit verging nicht, auch wenn wir uns noch so sehr betranken. Auch wenn wir noch so laut lachten. Auch wenn wir meinten, glücklich zu sein. Die Einsamkeit saß uns am Hals wie ein Gespenst und grinste. Sie blieb kleben. Jeder von uns war allein, hier und auf der anderen Seite. Die Einsamkeit war in der ganzen Welt zu Hause, auch wenn keiner davon sprach. Es war die gleiche Einsamkeit, hier und drüben. Der Sieger fühlte sie und der Besiegte, und keiner konnte froh werden. Nur die Toten hörten auf, einsam zu sein. Die Toten fürchteten sich auch nicht mehr wie die Lebenden. Ihnen war alles eins, und ihre heraushängenden Gedärme störten sie nicht, wenn sie langsam im Schnee steif froren. Ihnen konnte keiner mehr Angst einjagen. Der Tod war ihr Freund. Er tat ihnen nichts. Nur die Menschen waren ihre Feinde. Nicht jene, die man gelehrt hatte, auf sie zu schießen, sondern jene, mit denen zusammen sie durch den Schlamm marschierten, jene, vor denen sie kuschten, jene, denen sie nicht vertrauen konnten und die ihnen selbst nicht vertrauten. Jene, deren Sprache du verstehen konntest, ohne zu begreifen, was sie sagten. Deine eigenen Brüder waren es, vor denen du Angst hattest. Und deine eigenen Brüder hatten Angst vor dir. Du schlugst mir auf die Schulter und nanntest mich Kamerad, wir sprachen nie miteinander und kannten uns doch schon so gut, als hätten wir ein Leben gemeinsam verbracht. Du warst mein Bruder. Du wußtest, daß ich zu dir hielt. Und du wußtest, daß ich dich verraten würde in meiner gottverdammten Scheißangst. Und ich wußte dasselbe, ganz genau dasselbe von dir. Ich war dein Freund. Und ich war dein Feind. Und du warst ebenso hundeelend verlassen und allein auf dich gestellt wie ich oder

der Muschik, auf den wir beide schossen, weil er sonst uns erschossen hätte.

Wir alle wußten, daß es ein Verbrechen war zu schweigen, aber wir schwiegen wie nie zuvor. Wenn wir fünfzig Geiseln an die Wand stellten – wer wußte da nicht, daß die armen Idioten unschuldig waren an dem Verbrechen, um dessentwillen man sie zu Geiseln gemacht hatte? Wenn unsere Bomber eine kleine Stadt verwüsteten vor unseren Augen – wer wußte da nicht, daß nur noch Frauen und Kinder und alte Männer in den Kellern saßen und krepierten? Und wenn die Amerikaner Köln angriffen – wer von ihnen wußte da nicht, daß ihre Bomben auf Wohnhäuser fielen, die mit Industrieanlagen so viel zu tun hatten wie ein Ferkel mit einem Elefanten? Und wenn wir Eisenbahnzüge sahen, aus deren Wagen Menschen quollen, die ebensogut wie wir ahnten, wohin sie fuhren, nämlich in den Tod – warum sagte da keiner ein Wort? Oh, Herrgott, warum nicht? Und wenn wir deutlich sahen, wie uns alle belogen, und wenn wir hörten, wie sie uns mit ihren Lügen verhöhnten, und wenn wir deutlich fühlten, daß doch alles verloren und umsonst war – warum schwiegen wir da? Oh, warum war ich ein so gemeiner, elender, feiger Hund? Und du, Bruder, warum warst du so ein gemeiner, elender, feiger Hund, der sich lieber töten ließ, als Schluß zu machen? Ich will es dir sagen: weil uns die Angst in den Knochen saß. Darum. Weil uns die Angst in den Knochen saß und wir sie nicht loswerden konnten. Wir nicht und die anderen nicht. Wir waren allein, und wir fürchteten uns. Deshalb kämpften wir. Deshalb starben wir. Der liebe Gott segne uns dafür.

Ich will vergessen. Das ist alles, was ich mir wünsche: Vergessenheit. Ich will die Toten vergessen und die Sterbenden, die Hungrigen und die Erschlagenen, meine toten Freunde und meine erschossenen Feinde, die verbrannten Städte, die verwüsteten Wälder, die gesprengten Brücken, die weinenden Kinder. Ich werde vergessen. Es muß vorübergehen. Nichts bleibt zurück. Gar nichts. Eines Tages werde ich alles vergessen haben.

Ich beginne schon damit. O Gott, ich wollte, ich könnte damit beginnen ...
Hier sitze ich in einem verschütteten Keller. Morgen werden sie mich ausgraben. Vielleicht habe ich dann etwas mehr Mut. Das ist meine Chance. Aber ich weiß schon jetzt, wie alles werden wird. Nichts soll geschehen. Nichts, ich weiß es genau. Vor dem Angriff traf ich dich, ein Mädchen. Du warst schön. Wir sprachen miteinander. Und ich wollte fortgehen. Aber du batest mich zu bleiben. Da blieb ich. Warum? Du weißt es nicht, Susanne, deren Lippen ich küsse, deren Körper ich fühle, die ich liebkose mit meinen Händen. Aber vielleicht ahnst du es doch. Ich blieb, weil ich ein wenig hoffte, du würdest mir helfen können. In meiner Einsamkeit. Und meiner Sehnsucht, zu vergessen. Das hoffte ich. Ich habe es schon oft gehofft. In Paris. Und in Brest. In Budapest. Und in Odessa. Ich habe getrunken und mit Frauen geschlafen. Und es hat alles nichts geholfen. Meine Sehnsucht blieb. Und deshalb blieb auch meine Hoffnung. Als ich dich sah, da dachte ich, wie schön es sein müßte, alles vergessen zu können und dich zu lieben und ein einfaches Leben zu führen, ich weiß nicht, wie. Es ist unmöglich. Aber es wäre schön. Ist es denn wirklich unmöglich? Meine Liebe, meine Liebe, es ist ganz unmöglich. Wie sollten wir glücklich sein können, wo alle Menschen unglücklich sind?
Zusammen. Wenn wir zusammenblieben: Das wäre vielleicht eine Lösung. Ich habe mich immer nach dir gesehnt. Ich habe dich nicht gekannt. Aber ich wünschte stets, du würdest eines Tages kommen, um zu bleiben. Jetzt ist es zu spät. Morgen ist alles zu Ende. Ich dachte es besonders schlau anzufangen und bin in die Falle gegangen wie ein Narr. Deine Hände sind weich, deine Hände sind so weich. Deine Stimme sagt Dinge, von denen ich träumte, und dein Mund ist heiß. Wenn ich doch einmal, ein einzigesmal nur, vergessen könnte. Für diese Stunde. Für diese eine Stunde. Ich kann auch lachen. Ich war einmal sehr fröhlich. Wirklich, einmal, da konnte ich lachen wie andere

Menschen – damals hättest du mich treffen sollen, damals am Wasser, in den Fischerbooten. Ich hätte dich lieben können mit meinem ganzen Herzen. Dein Haar ist weich. Küß mich, Susanne, küß mich, und lege deine Arme um mich, damit ich vergessen kann. Nur für diese eine Nacht. Susanne. Susanne. Du fragst mich, ob ich desertiert bin. Ich sage dir die Wahrheit. Sie macht dir nichts aus. Ich küsse dich und rede mir ein, wir wären glücklich. Glücklich für immer. Wir lieben einander. Es gibt kein Morgen, wenn man nicht daran glaubt. Die Stunde wird nie wiederkehren, ob sie schön ist oder häßlich. Wer sagt das? Sei still, Susanne. Der Morgen wird kommen, ob diese Stunde häßlich ist oder schön, und er wird alles enden. Alles.
Vielleicht aber gibt es noch einen Ausweg, den wir nicht kennen, vielleicht geschieht das Wunder, an das ich nicht glaube ... vielleicht kann ich bei dir bleiben.
Komm zu mir. Sag, daß du mich liebst. Sag es noch einmal. Es könnte doch wahr sein. Warum denn nicht? Der Teppich ist groß und weich. Wir können uns zudecken mit ihm. Komm näher, noch näher. Ganz nahe. Dein Körper ist jung, so jung. Du ziehst meinen Kopf an deine Brust, und ich schließe die Augen und lege meine Lippen auf deine atmende Haut. Ich habe dich lieb. Ich habe dich lieb. Es ist nicht wahr? Doch, Geliebte, es könnte wahr sein, es könnte so schrecklich leicht wahr sein. Wie schön wäre das. Sag es noch einmal. Ich liebe dich. Wo du hingehst, da will auch ich hingehen. Ich will bei dir bleiben, bis daß der Tod uns scheidet. Der Tod ... Kann der Tod uns denn scheiden? Ja, Geliebte, der Tod scheidet uns alle. Das glaube ich nicht. Der Tod soll mich nicht von dir scheiden. Ich liebe dich so sehr. Der Tod ist stärker als die Liebe. Unsere Liebe wird stärker sein als der Tod. Der Tod ist billig geworden, Susanne. Jeder kann ihn haben, jeder von uns. Aber die Liebe – wer kann die Liebe haben? Wir beide vielleicht, heute nacht. Wäre es das nicht wert? Du sagst, du hättest mich erwartet, wie das Mädchen in dem

lächerlichen Lied. Some day he'll come along. Some day he'll come along, the man I love ...
Komm zu mir, Susanne. Vergessen wir die Zeit. Sie hat auch uns vergessen. Wir liegen unter der Erde, in der Finsternis. Es gibt kein Licht. Es gibt nur dich und mich und die Sekunden, die vorüberlaufen und zu Stunden werden, die uns entfliehen. Komm zu mir, Geliebte. Ich will vergessen, auch wenn ich verloren bin wie alle andern. Wir können die Zeit anhalten, wenn wir wollen, und versuchen, glückselig zu werden. Öffne deine Arme, laß mich bei dir sein und versuchen, dir zu sagen, daß ich dich liebe. Nicht mit Worten. Laß es mich schweigend sagen. Schließe deine Arme um mich, und halte mich nah, und ich will auch dich halten mit meinen Händen. Ich liebe dich, Susanne. Die Dunkelheit gerät in Bewegung, sie dreht sich um uns und kreist wie im Rausch. Meine Augen sind blind und leer, mein Herz schlägt wie ein Hammer, und dein Atem fliegt an meiner Wange vorbei, Susanne, Susanne. Die Finsternis ist ein Brunnen, ohne Grund fast, endlos tief, und auf seinem Boden, den wir nicht kennen, rauscht Wasser. Wir stürzen. Kralle deine Finger in meinen Rücken, damit wir uns nicht verlieren. Wir fliegen zusammen, und der Raum kreist um uns in riesigen Schwüngen. Das Wasser kommt uns entgegen. Es empfängt uns wie eine unsägliche Liebkosung und schließt uns ein und macht uns taub und stumm und überflutet den Brunnenrand und verströmt sich voll Segen in die Finsternis hinein.
Mein Gott, mein Gott, was ist geschehen?
Ich bin so glücklich ... ich bin glückselig geworden mit dir, Susanne.

3

Im frühen Sommer des Jahres 1939 lebte Susanne Riemenschmied in einem kleinen Haus auf dem Lande. Sie liebte einen jungen Menschen, der seine Ferien mit ihr verbrachte. Die beiden waren Tag und Nacht zusammen, schwammen in dem nahen See, lagen stundenlang in der Sonne und machten weite Spaziergänge. Aus der innigen Vertrautheit ihrer Körper sowie aus einer einfachen Übereinstimmung ihrer Ansichten entsprang ein Gefühl beispielloser Zufriedenheit mit dem Leben und das Bedürfnis, einander wohlzutun. Ihr Verhältnis war deshalb vorzüglich, weil es ganz einfach war. Susanne Riemenschmied liebte den jungen Menschen mit dem lachenden braunen Gesicht, und er liebte sie. Da sie allein und sehr jung waren, fiel es ihnen leicht, einander glücklich zu machen. Sie beschlossen zu heiraten. Der junge Mensch mit den grauen, fröhlichen Augen wurde, als der Krieg ausbrach, sogleich mit einem Kampffliegergeschwader nach Polen gesandt. Es blieb Susanne Riemenschmied nicht viel Zeit, für ihn zu beten, wenn sie des Nachts in großer Sehnsucht an ihn dachte. Er flog nur zwei Angriffe gegen die zurückflutenden polnischen Truppen. Sein Tod wurde Susanne in einem Brief mitgeteilt, den die Eltern des Soldaten ihr sandten. So endete, ganz folgerichtig und gemäß den Gesetzen der Zeit, in der sie lebten, die Beziehung zwischen den beiden, jene Beziehung, die ihre Vorzüglichkeit aus einer tiefen und aufrichtigen Einfachheit geschöpft hatte. Und auch was weiter geschah, lag ganz auf der Linie dessen, was zu geschehen hatte, und brauchte niemanden zu verwundern.
Susanne Riemenschmied lebte weiter. Da sie, ähnlich ihrer exzentrischen Tante, die Einsamkeit plötzlich nur noch schwer ertrug, war ihr Dasein nun bestimmt von einer raschen und verwirrenden Folge gesellschaftlicher Exzesse, wie man sie in Bällen, durchtanzten Nächten, dem Konsum alkoholischer Getränke und dem niemals ernst gemeinten, aus einer verborgenen Verzweiflung geborenen Spiel mit vielen, die alle nichts

bedeuten, zu sehen gewohnt ist. Man kann endlich auch in dem Umstand, daß dem Mädchen mit dem Fortschreiten der Monate der Verlust des Geliebten an Bedeutung und Tragik abzunehmen schien, nichts anderes erblicken als wieder nur die Gesetzmäßigkeit und Logik jener seltsamen Jahre voller Tod. Alles gerät in Vergessenheit, wir bewahren nichts in uns. Denn wie anders können wir bestehen in einem Übermaß an Leid? Die Erinnerung an etwas Verlorenes schwimmt fort auf dem stillen Wasser der Zeit, und wir werden es bald müde, ihr nachzusehen. Es ist uns mittlerweile klargeworden, daß auch die Erfüllung zu jenen Dingen gehört, welche uns versagt sind. Fast erscheint es unnötig, noch hinzuzufügen, daß Susanne Riemenschmied zwar ruhig, aber bei weitem nicht glücklich wurde. Doch dies bedrückte sie nicht sehr. Sie wäre in jener Zeit nur sehr schwer zu lieben gewesen und empfand kein Verlangen nach Zärtlichkeit. Was sie an ihr erhielt, genügte ihr, auch wenn es im Grunde genommen nichts blieb.
Susanne Riemenschmied nahm Schauspielunterricht, sie besuchte das Schönbrunner Seminar, sie spielte. Und über ihren Tagen und nun unerfüllten Nächten, hoch und nicht zu verlieren, stand wie ein blasser Schatten das Gefühl der Sehnsucht. Die Sehnsucht ging mit ihr auf allen Wegen und brachte die seltsame Bewegtheit der Seele zustande, die zuweilen in ihrem Spiel sichtbar wurde und jene aufblicken ließ, die ihre Lehrer waren. Es war eine unbestimmte Sehnsucht, und deshalb war sie allgemein. Es war die Sehnsucht von Millionen jungen Menschen, die, wie Susanne Riemenschmied, in diesem Krieg zuviel allein gelassen worden waren und sich wünschten, jemandem zu begegnen, der ebenso hilflos und ebenso fiebernd, ebenso froh und ebenso traurig zu sein vermochte wie sie selbst, damit ihres Herzens Unrast sich an ihm stillte und sie zufrieden würden. Obwohl das Wort Sehnsucht in diesen Jahren aus dem Sprachschatz der Völker fast verschwunden und nur noch gelegentlich in den Texten ordinärer Schlager aufzufinden war,

wurde es doch zu einem der ersten Gefühle der Zeit. Die Furcht, die Einsamkeit und die Sehnsucht – diese drei Empfindungen wohnten gleichmäßig in den Herzen aller Menschen. Aber die Furcht war die größte unter ihnen.

Susanne Riemenschmied gehörte zu jenen, die mit Erfolg gegen die Trägheit ihres Herzens anzukämpfen verstanden, und es bedurfte einer langen Weile, bis sie begriff, daß sie ihr Leben ändern mußte. Dann aber, als sie dies zu tun begann, wurde die Sehnsucht nach einem Gefährten fast übermächtig in ihr. Sie sah um sich, sie suchte einen, der Frieden in ihre Tage zu bringen verstand und Taumel in ihre Nächte. Sie suchte ihn und glaubte zuweilen, ihn gefunden zu haben in einem ihrer vielen Bekannten. Aber sie fand ihn nicht. Da erkannte sie plötzlich, was die Schuld an diesem erfolglosen Suchen trug: Es war die Intensität ihrer Bemühungen. Es wird uns, dachte Susanne Riemenschmied, niemand helfen, wenn wir auf Hilfe warten. So wir selbst elend und verlassen sind, werden uns nur Menschen begegnen, denen es ebenso geht wie uns. Die Liebe wird uns erst finden, wenn wir schon meinen, gut ohne sie auskommen zu können. Nicht die Starken finden an den Schwachen Gefallen, sondern nur andere Schwache.

In diesen Bahnen bewegten sich die Gedankengänge Susanne Riemenschmieds, und es ist verständlich, daß sie sich in eben jenen Bahnen bewegten. Es war die natürliche Reaktion eines jungen Menschen, der sich bemühte, dem Strudel des Mahlstroms zu entkommen, in den er gerissen worden war. Und wenn sie zuweilen zu erkennen glaubte, daß dieses ganze mühsame Gerüst von Gründen, mit denen sie sich überzeugte, auf wenig sicherem Grund gebaut war, dann verschloß sie sich ihrem Argwohn und fand hundert neue Wege, sich Zuversicht zu verleihen in ihre Theorien.

Daß sie an jenem regnerischen Frühlingsmorgen Robert Faber traf, war nur ein Zufall, ein lächerlicher Zufall. Wennschon er nicht lächerlicher erscheint als der Umstand, daß eben jene

sieben Menschen sich zu eben jener Stunde in dem Keller eben jenes Hauses auf dem Neuen Markt versammelten. Und auch nicht lächerlicher als der Zufall der blind und dumm neben ihr Ziel geworfenen Bombe, die sie alle zu Gefangenen machte für eine Reihe von Stunden.
Vielleicht aber war all dies gar nicht so lächerlich, vielleicht gab es den Zustand, den wir Zufall nennen, nicht. Vielleicht fiel jedem Ereignis, das uns widerfuhr, eine gewisse Wertung zu, ein gewisser Sinn?
Susanne Riemenschmied liebte nicht zum erstenmal. Dennoch betrug sie sich absonderlich an diesem Tag. Aber es machte ihr nichts aus. Von jener Stunde an, da Robert Faber ihr im Keller des Hauses zugelächelt hatte, war etwas wie eine Verzauberung über sie gekommen. Es stand für sie fest, daß sie seit dem Tage, da sie den jungen Flieger, der über Polen abgeschossen wurde, zum letztenmal sah, nicht so glücklich gewesen war, und die besondere Situation, in welcher Faber ihr begegnete, brachte es mit sich, daß sie bedenkenlos und ohne Rückhalt alles tat, um diesen Zustand von Glückseligkeit zu bewahren. Sie ahnte bald schon, wen sie vor sich hatte: einen Flüchtling, einen Gejagten, einen Deserteur. Und selbst dieser Argwohn trug, vielleicht aus einem alten, elementaren Mutterinstinkt heraus, dazu bei, sie ihm noch mehr zugetan werden zu lassen. Sie wußte nicht, wie der nächste Tag sein würde, und daß er selbst es auch nicht wußte, machte ihn zu ihrem Bruder. Sie wußte genau, daß er, ebenso wie sie, unter dem allmächtigen Bann der Sehnsucht, der Furcht und der Einsamkeit stand, und das machte ihn zu ihrem Geliebten. Es rührte sie, daß er stark und dabei doch hilflos verstrickt war in das Geschehen der Zeit, daß er in seinem Dilemma fröhlich zu bleiben vermochte und daß er die Wahrheit ohne Phrasen sprach. Sie meinte ihm mit ihrer Hingabe helfen zu können, wie er selbst ihr half durch sein Dasein.
So kam es, daß sie in jener Nacht, da sie mit ihm und fünf anderen unter einer gewaltigen Schuttmasse begraben lag, zu

seiner Geliebten wurde und ihm alle Leidenschaft und Zärtlichkeit bewies, die in ihr wohnten und die seit langem darauf warteten, sich beweisen zu können. Während sie, sinnlose Worte stammelnd, in seinen Armen lag, während ihre Hände durch sein Haar und über seinen Rücken glitten, glaubte sie sich befreit und glücklich, herausgehoben aus dem Wirbel der Tage ohne Sinn, die sie durchlebte.

Später, in einer Minute der Entspannung, entsann sie sich benommen eines Satzes, in welchem von der Liebe, dem Haß und der Hoffnung gesprochen wurde. Und sie meinte, daß die Liebe vielleicht doch die größte unter ihnen sei.

4

Walter Schröder lag ausgestreckt auf den drei zusammengerückten Stühlen. Seine Augen waren geöffnet, die Hände über der Brust gefaltet. In der Nähe atmeten drei Menschen. Fräulein Reimann und das kleine Kind schienen fest zu schlafen, die junge Mutter bewegte sich von Zeit zu Zeit unruhig und stöhnte leise. Seit etwa einer Stunde hatte der Priester seine Arbeit eingestellt und rührte sich nicht mehr. Schröder, dem das abrupte akustische Ende seiner Bemühungen auffiel, nahm an, daß Reinhold Gontard in einem plötzlichen Anfall von Schwäche oder Müdigkeit zu Boden gesunken und eingeschlafen war. Ein sonderbarer Mensch, dachte er, man konnte nicht klug aus ihm werden. Vielleicht hatte er ihm unrecht getan? Oder war dem Priester die Verächtlichkeit seines Benehmens zu Bewußtsein gekommen? Morgen, dachte Schröder, würde man sehen, wie es sich mit ihm verhielt. Morgen, wenn sie den Gang zu Ende gruben. Zu Ende! Wer sagte, daß es ihnen überhaupt gelang? Kein Mensch wußte, wie stark die Mauer war. Da lagen sie alle und schliefen. Sie konnten schlafen! Sie machten sich nicht, wie er, Gedanken um die Zukunft. Sie sorgten sich nicht.

Unser ganzes Land, dachte der Wachende, schlief, unbeküm-

mert und verantwortungslos. Die wenigen, die anders lebten, konnten der allgemeinen Trägheit nicht Herr werden. Eines Tages mußten sie resignieren. Dann war der Krieg verloren.
Ein bitteres Gefühl stieg in Schröder auf. Warum schuftete er wie ein Kuli, warum war er selbst an der Arbeit, wenn die anderen ihm diese Anstrengung, die er auch um ihretwillen auf sich nahm, nicht einmal dankten? Sie wollten nicht an die Gefahr erinnert werden, in der sie schwebten, an die grauenvolle Gefahr, die sie zu vernichten drohte. Es war im großen ebenso wie im ganz kleinen. Im Leben der Völker ebenso wie hier, in diesem schmutzigen Keller, wo er als einzelner gegen sechs andere stand, die nicht auf ihn hörten. Er wußte mit voller Bestimmtheit, daß es in seiner Macht lag, sie alle zu befreien – aber sie folgten ihm nicht, sie lehnten seinen Plan ab, aus Angst, das Leben zu verlieren.
Als ob, dachte Schröder, das Leben etwas wert wäre, wenn man es nicht gelegentlich aufs Spiel setzte für eine große Idee. Feiglinge und Schwätzer, das waren sie. Feiglinge und Schwätzer. Es gab nichts Wertvolleres als das menschliche Leben ... Jeder von uns hat ein Recht auf Sicherheit ... Man kann niemanden zwingen zu arbeiten ... Dumme Phrasen, bequeme Worte, die einen jeder Verantwortung enthoben. Es war jämmerlich. Von den Frauen konnte man keine andere Geisteshaltung erwarten. Aber wer hatte denn damit begonnen, ihm zu widersprechen? Jener, von dem er es am allerwenigsten erwartete, ein Soldat, ein Angehöriger der Armee. Der Mensch, zu dem Schröder, sobald er ihn sah, sich sonderbar hingezogen fühlte wie zu einem Bruder. Der Mensch, um dessen Anerkennung und Zustimmung es ihm vor allem zu tun gewesen wäre. Was hätten sie zusammen vollbringen können, wenn sie einer Meinung wären! Alles, alles. Es müßte schön sein, dachte Schröder, Robert Faber zum Freund zu haben. Der aber wollte nicht. Der aber ergriff nicht die Hand, die Schröder ausstreckte, und gab zu verstehen, daß eine Welt sie trennte.

Unsere eigene Zerrissenheit, unser eigener Unfrieden, dachte der Wachende, werden uns zum Verhängnis werden, sind uns schon immer zum Verhängnis geworden. Wir marschieren getrennt. Und wir werden vereint geschlagen.

Faber war ein Soldat, er kam von der Front. Er sollte wissen, wie es um Deutschland stand. Wahrscheinlich wußte er es auch. Aber es war ihm gleichgültig. Er sah nicht den Abgrund, dem sein Volk entgegenglitt.

Das kleine Mädchen redete im Schlaf, man konnte die Worte nicht verstehen. Dann bewegte es sich jäh. Schröder lag still und sah in die Finsternis hinein.

»Mutter«, sagte Evi. Anna Wagner erwachte seufzend.

»Was hast du denn?«

Das Kind erhob sich. Seine Stimme war schlaftrunken.

»Es ist gar kein Sauerstoff mehr da. Müssen wir jetzt sterben?«

»Nein«, sagte Anna Wagner, »wir müssen nicht sterben. Es ist noch viel Sauerstoff da.«

»Aber ich bin doch eingeschlafen.«

Die Frau streichelte das Kind. »Ja, du bist eingeschlafen.«

»Warum?«

»Weil du müde warst, mein Liebling.«

»Bist du auch eingeschlafen?«

»Genauso wie du.«

»Weil du müde bist?«

»Ja«, sagte Anna Wagner, »weil ich sehr müde bin.«

»Und wir werden nicht sterben?«

»Nein, wir werden nicht sterben. Morgen früh wachen wir wieder auf, so wie immer.«

»Wann ist es morgen früh?«

»In ein paar Stunden.«

»Bald?«

»Ja«, sagte Anna Wagner. Schröder verschränkte die Arme unter dem Kopf. Die kleine Evi beruhigte sich. Sie war schon wieder dabei, in den Schlaf hinüberzugleiten.

»Ich habe auf einmal solche Angst gehabt, weißt du«, murmelte sie. »Ich habe Angst gehabt, daß kein Sauerstoff mehr da ist und ich sterben muß.«
»Jetzt kannst du ruhig schlafen.«
»Ja«, sagte Evi, »jetzt kann ich schlafen. Ich will nicht sterben. Ich will nie sterben. Ich will immer weiterleben. Vielleicht werde ich hundert Jahre alt. Gute Nacht, Mutti.«
»Gute Nacht«, sagte Anna Wagner. Das Bett knarrte, als sie sich bewegte. Dann wurde es still. Schröders Gesicht sah sehr friedlich aus. Sein Plan stand fest. Wir werden weitergraben, dachte er. Der Soldat, der Priester und ich. Den ganzen Tag werden wir graben. Und wenn wir unser Ziel nicht erreichen, dann will ich *gegen* ihren Willen das einzig Richtige tun. In der Nacht, wenn sie schlafen. Es wird nicht schwer sein. Man muß eine Höhle graben ... und die Kannen einschaufeln ... wenn sie dann aufwachen, wird schon alles vorbei sein. Und sie werden sehen, wie recht ich hatte ... sie werden frei sein und mir dankbar dafür, daß ich gegen ihren Wunsch handelte. Auch der Soldat wird mir danken. Was könnte er anderes tun? Und was könnte ich selbst anderes tun?
Walter Schröder lag reglos ausgestreckt auf den drei schadhaften Stühlen und dachte darüber nach, wie er die Kanister am besten zur Explosion bringen würde. In seiner Nähe atmeten, nun wieder regelmäßig und ruhig, drei schlafende Menschen. Über ihm, in der Dunkelheit der zweiten Kelleretage, flüsterten Faber und Susanne Riemenschmied. Ihre Körper lagen aneinander, und sie streichelten sich. Der große Teppich hüllte sie ein wie eine weiche, warme Decke.
»Du bist mein Herz«, sagte Susanne, »du bist meine Seele. Wenn du mich verläßt, muß ich sterben.«
Ich will bei dir bleiben, meine Geliebte, solange ich es vermag, denn auch ich werde traurig sein, wenn du von mir gehst. Vielleicht haben wir Glück. Es haben schon Menschen vor uns Glück gehabt. Sie sind davongekommen und konnten sich ret-

ten. Wir sind zu zweit. Und wir lieben einander. Vielleicht gelingt es uns, die Menschen zu täuschen, wenn wir es nur klug anfangen. Wenn wir den Keller verlassen haben, ist schon fast alles gut. Bei dir wird mich niemand suchen. Die Russen können Wien in ein paar Wochen erreichen, es gibt keinen geordneten Widerstand mehr in Ungarn. Wenn ich mich verberge, kann nichts geschehen.
Aber ich bringe dich in Gefahr, Susanne, hast du daran gedacht? Das bedeutet nichts, mein Geliebter, nun, da ich ohne dich nicht mehr leben kann. Wenn wir zusammenbleiben und verspielen, können wir immer noch sterben. Da du ihn stirbst, ist auch der Tod ein heiterer Morgen über fremden Meeren, die wir durchziehn in sonnenbeglänztem Boot. Der Tod ist nicht heiter, Susanne. Auch das Leben kann es nur sein mit dir. Ohne dich will ich es nicht. Ich dachte immer, auch das häßlichste Leben sei besser als der schönste Tod. Glaubst du das noch? Ich weiß nicht. Ich weiß überhaupt nichts mehr. Nur, daß ich bei dir bleiben will und das Ende des Krieges erleben, damit wir glücklich sein können. Du wirst bei mir bleiben, immer. Du wirst mich nie verlassen, nicht wahr. Nein, Susanne, ich werde dich nie verlassen. Wir wollen zu mir gehen. Da kennt dich niemand. Ich werde den Leuten sagen, du wärest mein Freund und auf Urlaub gekommen. Hast du nicht sechs Jahre gewartet? Warst du nicht sechs Jahre in Gefahr? Und da sollte dir gerade zuletzt noch etwas geschehen … das wäre doch zum Lachen! Ja, das wäre zum Lachen, zum Totlachen wäre das, Susanne … sag mir, daß du mich liebst. Ich liebe dich. Ich liebe dich sehr. Vergiß den Tod. Wenn ich bei dir bin, habe ich ihn vergessen. Du sollst immer bei mir sein. Ja, Susanne. Küß mich, bitte. Meine Liebe. Meine Liebste. Komm zu mir. Laß uns glücklich sein.

Später, viel später, während sie sanft in seinen Armen lag, erzählte er von seiner Flucht.

5

Als die fünfundzwanzig Mann der brennenden Wagenkolonne sich nach ihrem Lauf über die brachen Felder am Rande des Waldes sammelten, betrachteten sie den Leichnam des erhängten deutschen Soldaten mit den wachsgelben Beinen. Er war schon seit längerer Zeit tot. Einer kletterte zu der Traverse hinauf und schnitt ihn ab. Er fiel zu Boden, und es stellte sich heraus, daß seine Glieder steifgefroren waren. Die gefesselten Hände sahen verschwollen und blau aus. Sie gruben ein Loch unter einem kahlen Baum, legten ihn hinein und schaufelten Erde über den Toten. Unter den Soldaten befand sich ein Offizier. Er gab fünf Mann den Auftrag, zu den Verwundeten zurückzugehen und die nicht zerstörten Wagen des Geleits in den Straßengraben zu fahren. »Tragt die Verwundeten nach vorne«, sagte er. »Wir wollen einmal sehen, ob wir nicht herausbekommen können, wer den armen Kerl hier aufhängte. Dann fahren wir weiter. In Raab gibt es ein Lazarett.« Er schluckte beherrscht und schwankte leicht. Er war seit Stunden betrunken.
»Die Häuser sind alle leer«, sagte ein Soldat. »Es ist kein Mensch hiergeblieben. Schade um jede Minute.«
»Vielleicht sitzen die Schweine in den Kellern.«
»Es ist ja ganz klar, wer den da aufgehängt hat. Die Gegend ist voller Partisanen. Wahrscheinlich leben sie im Wald. Wir sollten machen, daß wir wegkommen. Drüben auf der Straße liegen ein paar Verwundete.«
»Wir werden die Keller durchsuchen«, sagte der Leutnant. »Je zwei Mann auf ein Haus.«
»Scheißkeller«, murmelte der Soldat, der ihm widersprochen hatte, hob eine weggeworfene Maschinenpistole auf und ging fort. Robert Faber folgte ihm. Er trug ein Gewehr. Sie versuchten, die Eingangstür einer niederen Hütte einzuschlagen, und kletterten schließlich durch ein zerbrochenes Fenster in das Innere.
»Glaubt der Idiot wirklich, daß die auf uns gewartet haben?«

fragte der Soldat mit der Pistole. »Ich sage dir, es ist kein Hund hiergeblieben.« Er ging nachlässig durch die schmutzigen, vollgeräumten Zimmer. Faber hob eine offene Flasche vom Tisch auf und roch an ihr. Dann stellte er sie zurück, ohne getrunken zu haben. Die Wände des Hauses waren schwarz, durch einzelne Stellen der Decke sah man, da der Dachstuhl fehlte, in den trüben Himmel. Jemand hatte auf dem Fußboden ein Feuer entzündet und ein Loch in den Dielenboden gebrannt. Der Soldat, mit dem Faber durch das Fenster geklettert war, kehrte von seinem Rundgang zurück.
»Nichts«, sagte er. »Hast du etwas zu essen gefunden?«
»Nein.«
»Ich auch nicht.«
»Drüben steht eine Flasche, ich glaube, mit Wein.«
»Laß sie stehen. Gehen wir in den Keller hinunter.«
Sie stiegen über eine krumme Treppe in die Tiefe. Der mißgestimmte Soldat trat mit dem Fuße eine angelehnte Tür auf, hob die Maschinenpistole und schoß zweimal in die Dunkelheit hinein. Es blieb alles still. Faber nahm eine Schachtel mit Streichhölzern aus der Tasche, riß eines an und trat in den Keller vor. Er war leer. Faber sah sich um. Auf der Erde lagen ein paar aufgerissene Strohsäcke, alte Zeitungen, Blechdosen und deutsche Uniformstücke. Das Streichholz verlosch.
»Kannst du das begreifen?« fragte Fabers Begleiter. »Auf der Landstraße jammern die armen Hunde, die es erwischt hat, und hier suchen wir nach Partisanen. Der Teufel soll den Leutnant holen.«
»Er ist betrunken.«
»Trotzdem!«
Faber entzündete ein neues Streichholz, kniete nieder und hob eine der Zeitungen auf.
»Erfolgreicher Vorstoß deutscher Truppen nordwestlich des Plattensees«, las er laut. Der andere lachte. Faber wendete das Papier. »Die Zeitung ist schon zehn Tage alt.«

»Ach so«, sagte sein Begleiter höhnisch. Er stieß mit dem Fuße nach einer kleinen Schachtel, die einen sonderbaren Ton von sich gab.
»Zünd noch ein Streichholz an«, sagte er, »ich glaube, ich habe etwas gefunden.« Sie knieten nieder. Faber hob die Schachtel auf.
»Weißt du, was das ist?«
»Ja«, erwiderte der andere, »eine Spieldose. Warte, die läßt sich irgendwo aufziehen.« Er legte die Maschinenpistole fort und fuhr mit den Händen über das Holz. »Hier«, sagte er, »hier steckt der Schlüssel.« Er drehte ihn vorsichtig. Faber verbrannte sich die Finger und ließ den Hölzchenrest fallen. »Hör nur«, sagte der Soldat, »die spielt noch! Ich kenne das Lied.«
Aus der kleinen Dose drang leise und zitternd eine Folge von Tönen, die unter viel Schnarren zur Melodie wurde. Die beiden saßen im Finstern und lauschten ihr.
»Das hat meine Mutter gesungen«, sagte Faber. »Es heißt: Du, du liegst mir im Herzen.«
»Ich kenne es auch. Ich kenne das ganze Lied.« Der andere stellte die Schachtel auf eine Kiste und sprach die Worte mit.
»Du, du liegst mir im Herzen. Du, du liegst mir im Sinn.« Die Spieldose schnarrte. Faber schüttelte sie. Das Lied ging weiter.
»Du, du machst mir viel Schmerzen«, sagte der unrasierte Soldat mit der schmutzigen Uniform, »weißt nicht, wie lieb ich dich hab'.«
»Wie gut ich dir bin«, verbesserte Faber, »es heißt: wie gut ich dir bin.«
»Blödsinn«, sagte der andere.
»Doch. Es reimt sich auf Sinn. Weißt nicht, wie gut ich dir bin.«
Die Melodie brach mit einem Schnappen ab.
»Spiel sie noch einmal!«
Faber zog die Schraube auf. Draußen vor den Kellerluken trampelten Stiefel vorüber. Jemand kreischte. Dann schrie die Stimme des Offiziers nach Faber.

»Gehen wir«, sagte dieser. »Ich glaube, sie haben doch irgendwen gefunden.«
Er warf die Spieldose fort, stand auf und kletterte nach oben. Der andere folgte ihm. Sie sprangen aus dem zerbrochenen Fenster auf die Straße hinaus, wo ein Haufen von Männern um einen etwa fünfzehnjährigen, verwahrlosten Jungen versammelt stand, der auf der Erde lag und mit aufgerissenen schwarzen Augen angstvoll um sich sah. Er trug ein zerfetztes Hemd und eine ebensolche Hose. Sein rechtes Bein war mit schmutzigen Tüchern umwunden. Das verfilzte Haar hing ihm über die Ohren und in die Stirn.
»Haben Sie jemanden gefunden, Faber?« fragte der Leutnant.
»Nein«, sagte dieser. Der Offizier trat mit dem Fuß nach dem Liegenden.
»Aber wir. Diesen kleinen Hund da. Er lag unter ein paar Säcken. Ich glaube, er hat sich das Bein gebrochen. Deshalb konnte er wahrscheinlich nicht mit den anderen fort.«
Faber antwortete nicht. Er sah in das Kindergesicht des Jungen, der vor ihm im Schlamm lag und ihn anstarrte. Sein Hals war von einem dunkelroten Ausschlag bedeckt, und sein Zahnfleisch blutete. Er bewegte die Hände und versuchte zu reden. Aber es gelang ihm nicht. Der Leutnant trat vor.
»Steh auf«, sagte er. Der Junge rührte sich nicht.
»Steh auf!« Der Leutnant rülpste und trat dem Liegenden leicht in die Rippen. »Na, wird's bald?«
Der Soldat, der mit Faber den Keller durchsucht hatte, fluchte plötzlich. »Er kann doch nicht aufstehen, wenn sein Bein gebrochen ist.«
»Alles Theater«, sagte der Leutnant. »Der Kerl hat bloß die Hosen voll.«
»Vielleicht versteht er uns nicht«, meinte Faber.
»He«, sagte der Offizier und beugte sich über den Jungen, »verstehst du mich?«
Der Junge nickte. »Ja, Herr Leutnant.«

»Warum stehst du dann nicht auf?«
»Mein Bein«, antwortete der Junge. »Mein Bein gebrochen. Ich kann nicht stehen.«
»Du bist ein dreckiger Lügner. Warum hast du dich im Keller versteckt?«
»Verstehe nicht«, sagte der Junge. Der Leutnant schlug ihn ins Gesicht.
»So, du kleiner Hund, du verstehst nicht, wie?«
»Nein, Herr.«
»Bist du ein Ungar?«
Der Junge nickte.
»Aha«, sagte der Leutnant. »Das war wohl sehr lustig, wie ihr den Soldaten drüben aufgehängt habt, was?«
Der Junge schüttelte den Kopf.
»Soldaten ...«, sagte er, »aufgehängt ... ich sprechen schlecht deutsch, Herr Leutnant.«
Der Offizier fuhr sich mit der Hand um den Hals und stach dann mit einem Finger nach oben in die Luft.
»Partisanen. Deutscher Soldat. Verstehst du?«
»Ja«, sagte der Junge.
»Wer hat das getan?«
»Ich weiß nicht.«
»Aber du hast es gesehen.«
»Ja.«
»Und du weißt nicht, wer es getan hat?«
Der Junge schüttelte den Kopf und biß die Zähne zusammen.
Der Leutnant gab ihm zwei Ohrfeigen.
»Na?«
»Ich weiß nicht.«
»Du kleines Schwein«, sagte der Leutnant und schlug ihn ins Gesicht, »wer war es?«
Der Junge begann zu weinen. Aus seiner Nase rann ein wenig Blut. Er wischte es mit einer schmutzigen Hand ab.

»Wer war es?« fragte der Leutnant und hob die Faust. Der Junge bedeckte das Gesicht mit den Armen.
»Gib die Hände weg, hörst du? Gib die Hände weg!« Der Leutnant riß sie fort. »Wer war es also? Willst du es nicht sagen?«
»Nein«, antwortete der Junge. Der Leutnant schlug ihn wieder ins Gesicht. Diesmal traf er den Mund. Faber fühlte, wie sein Rücken sich mit Schweiß bedeckte. Er steckte die Hände in die Manteltaschen und sagte wütend:
»Herrgott noch mal, das ist doch ein Kind!«
Der Offizier fuhr herum und schrie ihn an: »Halten Sie das Maul, Faber! Das ist ein dreckiger kleiner Partisane, sage ich Ihnen. Wenn er könnte, würde er Ihnen mit Vergnügen eine Kugel in den Arsch schießen! Ich weiß, was ich rede.«
»Mit einem gebrochenen Bein hat er bestimmt niemanden aufgehängt«, sagte Fabers Begleiter und warf die Maschinenpistole über die Schultern. Einige der Umstehenden gaben ihm recht. Der Offizier sah sie wortlos an und beugte sich dann wieder über den Jungen.
»Wo ist dein Vater?«
»Tot.«
»Wo ist deine Mutter?«
»Ich weiß nicht.«
»Und wer hat den Soldaten aufgehängt?«
»Partisanen«, sagte der Junge.
»Wann?«
»Gestern abend.«
»Warst du dabei?«
»Ja«, sagte der Junge.
»War er allein?«
»Waren noch drei andere.«
»Wo sind die?«
»Ich weiß nicht. Partisanen haben mitgenommen.«
»Warum?« fragte der Leutnant.
»Um mit ihnen Ostern zu feiern«, sagte Fabers Begleiter bit-

ter. »Herr Leutnant, drüben auf der Straße liegen die Verwundeten.«

Der Offizier hörte ihn nicht.

»Warum haben die Partisanen die Soldaten mitgenommen?«

»Ich weiß nicht.«

»War dein Vater nicht vielleicht auch dabei?«

»Mein Vater tot«, sagte der Junge trotzig.

»Und dein Bruder?«

»Habe keinen.« Der Junge legte das Gesicht, aus dessen Nase Blut rann, zur Seite und begann zu weinen.

»Warum heulst du?«

»Mein Bein tut weh. Ich habe Hunger.«

Faber griff in die Tasche und zog ein Stück Brot heraus.

»Hier«, sagte er.

Der Junge sah ihn aus dunklen Augen an.

»Danke«, sagte er heiser, packte die Rinde mit beiden Händen und biß hinein. Sein Zahnfleisch blutete stark. Er verschluckte sich, hustete und kaute weiter.

»Faber«, sagte der Leutnant, »nehmen Sie ihm das Brot wieder fort. Sind Sie wahnsinnig?«

»Nein«, sagte Faber.

»Nehmen Sie ihm das Brot fort!«

»Es ist mein eigenes Brot.«

»Sie wollen es nicht nehmen?«

»Nein!« rief Faber.

Der Leutnant sah ihn böse an.

»Gut«, sagte er. »Wir werden darauf zurückkommen.« Er kniete unsicher nieder, um dem Jungen die Rinde aus der Hand zu schlagen, aber er kam zu spät. Dieser hatte sie schon verschlungen. Gleich darauf erbrach er sich heftig. Er brach viel mehr aus, als er gegessen hatte, und stöhnte leise. Sein Magen war zu geschwächt, um feste Speisen behalten zu können. Keiner der Männer sprach ein Wort.

»Die Partisanen sind hier irgendwo in der Nähe«, sagte der Leutnant. »Ich werde es aus dem kleinen Hund schon herausbekommen.« Sein mageres, langes Gesicht sah häßlich aus. Er nahm eine Pistole aus der Tasche.
»Wo sind die Partisanen?«
»Ich weiß nicht«, erwiderte der Junge schwach. Der Leutnant zog den Lauf der Waffe zurück und ließ eine Patrone hochspringen.
»So«, sagte er, »wo sind die Partisanen?«
Der Junge schüttelte den Kopf und schwieg.
»Weißt du, was ich mit dir machen werde?«
»Ja.«
»Nein, du weißt es nicht.«
»Erschießen«, sagte der Junge.
»Richtig«, sagte der Leutnant. »Du bist ein kluges Kind. Ich werde dich erschießen, wenn du mir nicht sagst, wo die Partisanen sind.«
»Ich weiß nicht.«
Der Offizier drückte die Sicherung der Pistole hin und her. »Überleg es dir noch einmal.«
Der Junge wand sich am Boden, und aus seinen Augen liefen Tränen. Er sagte nichts mehr. Der Leutnant hob die Pistole und schoß. Die Kugel schlug etwa einen halben Meter neben dem Liegenden in den Kot und warf etwas Erde auf. Der Junge lag jetzt ganz still.
»Das nächstemal«, sagte der Leutnant, »werde ich nicht danebenschießen. Wo sind die Partisanen?«
Über die Felder kamen mehrere Männer von der Landstraße zurück. Der Leutnant ließ die Pistole sinken und sah ihnen entgegen.
»Wieviel Verwundete haben wir?«
»Nur drei«, sagte einer der Soldaten.
»Was ist mit den anderen los?«
»Sie sind alle tot.«

Der Offizier stand still und betrachtete die Pistole. Es begann leicht zu regnen.
»Wie viele Wagen sind uns geblieben?«
»Fünf. Vier LKWs und ein Opel. Aber wir haben nur wenig Benzin.«
Der Junge auf der Erde redete in seiner Muttersprache.
»Was sagt er?« fragte der Leutnant. »Versteht jemand Ungarisch?«
»Ja«, erwiderte ein Soldat. »Er sagt, daß er Schmerzen hat. Er sagt, daß er nicht weiß, wo die Partisanen sind. Er sagt, er schwört, daß er es nicht weiß. Und er redet von Gerechtigkeit.«
»Von was?« fragte der Leutnant.
»Von Gerechtigkeit. Er sagt, er bittet um Gerechtigkeit.«
»Das dreckige Schwein!« rief der Leutnant. »Als man unsere Leute aufhängte, lachte er sich den Bauch voll. Jetzt bittet er um Gerechtigkeit. Seine Freunde sitzen irgendwo im Wald und warten darauf, uns abzuknallen.«
»Er sagt, er bittet den Herrn Leutnant um Gerechtigkeit«, übersetzte der Soldat, der Ungarisch verstand.
»Wunderbar«, sagte der Offizier langsam, »ganz außerordentlich. Aber es gibt keine Gerechtigkeit, nicht wahr, Faber?« Er hob die Pistole. Der Junge schrie auf und warf sich zur Seite. Doch die Kugel traf ihn nicht. Sie flog irgendwo in den Himmel hinein. Denn Faber hatte den Arm des Offiziers mit der linken Faust hochgestoßen. Mit der Rechten schlug er ihn ins Gesicht. Der Leutnant taumelte zurück, spie Blut und stürzte sich auf Faber. Als dieser ihn zum zweitenmal ins Gesicht traf, strauchelte er, fiel zu Boden und blieb stöhnend liegen. Keiner der Soldaten rührte sich. Faber hob die Waffe auf und steckte sie in die Tasche. Es war eine deutsche Armeepistole. Dann begann er, ohne sich umzusehen, auf die Straße loszugehen. Sein Gewehr ließ er liegen. Er dachte an den Jungen und seine Worte. Gerechtigkeit ... sagten seine Stiefel bei jedem Schritt. Gerechtigkeit ... Gerechtigkeit. Barmherziger Gott, Gerechtigkeit!

Linkes Bein, rechtes Bein, linkes Bein. Rechtes Bein. Es regnete. Faber ging langsam über den Acker. Die anderen blickten ihm nach. Keiner von ihnen sprach. Der Leutnant lag neben dem Jungen mit dem gebrochenen Bein im Dreck und hielt sich den Kopf. Faber erreichte die Landstraße.
Er ging zu dem kleinen mausgrauen Personenwagen, öffnete den Schlag, stieg ein und startete den Motor. Dann trat er die Kupplung hinein, preßte den Handhebel in den ersten Gang, gab Gas, ließ die Kupplung wieder herausgleiten und fuhr aus dem Graben auf die Straße hinauf. Dort schaltete er in den zweiten und dritten Gang hinauf. Die Chaussee war leer. Sie glänzte im Regen. Faber sah sich kein einzigesmal um. Er fuhr schnell. Zwei Stunden später war er in Komorn. Am Nachmittag, gegen fünf Uhr, erreichte er Raab. Faber ließ den Wagen vor dem Bahnhof stehen, ging in den Wartesaal, setzte sich auf eine Bank und schlief ein. Als er erwachte, war es elf Uhr nachts und ihn fror. Eine Rote-Kreuz-Schwester brachte ihm heißen Kaffee und eine Proviantasche mit Lebensmitteln.
»Wohin fahren Sie?«
»Auf Urlaub«, sagte Faber. »Nach Wien.«
»Brauchen Sie Geld?«
»Nein.«
»Doch«, sagte sie.
»Bestimmt nicht.«
»Hier sind 500 Mark«, meinte die Schwester und sah ihn aus übermächtigen, müden Augen an. »Sie werden sie brauchen. Warten Sie, bis der Zug einläuft, dann führe ich Sie in ein Abteil für Verwundete. Dort wird sich kein Mensch um Ihre Papiere kümmern.«
»Was soll das heißen?«
»Sie sind doch desertiert.«
Er lachte.
»Ich habe Sie beobachtet, als Sie schliefen.«
»Und?« fragte Faber. »Habe ich leise geweint?«

»Geweint nicht«, sagte die Schwester. »Sie haben im Schlaf gesprochen.«
Er schwieg, und sie sah ihn besorgt an.
»Wenn Sie am Ostbahnhof ankommen, achten Sie auf die Wehrmachtsstreifen. Hier gibt es keine. Nur im Zug. Und Sie werden bei den Verwundeten liegen, dafür ist gesorgt.«
»Warum tun Sie das alles für mich?« fragte Faber.
»Mein Verlobter ist vor drei Wochen gefallen«, antwortete sie. »Ich habe es heute erfahren.«
»Das tut mir leid!«
»Mir tut es auch leid«, meinte sie und lächelte starr wie eine Maske.
Um ein Uhr nachts lief der Zug ein. Die Schwester führte Faber in einen Krankenwagen und sorgte dafür, daß er einen Platz bekam.
»Gute Nacht«, sagte sie. »Viel Glück.«
»Danke«, sagte Faber und küßte ihre Hand.
»War's schön?« fragte ein Soldat aus einem andern Bett, als sie gegangen war.
Faber sah ihn eine Weile an, ehe er den Sinn der Frage begriff.
»Wunderschön«, sagte er dann. Der andere lachte.
»Glück muß der Mensch haben!«
Faber legte sich auf sein Bett zurück und schloß die Augen.
»Ja«, sagte er, »Glück muß der Mensch haben.«
Der Zug setzte sich wieder in Bewegung. Es regnete noch immer.

6

All dies erzählte in jener Nacht Robert Faber Susanne Riemenschmied, die er durch eine sonderbare Fügung des Zufalls, den es vielleicht gar nicht gab, getroffen hatte, als die Sirenen heulten, und bei der er, gerührt durch die Bewegtheit ihres Wesens, geblieben war, um mit ihr verschüttet zu werden, um sie zu seiner Geliebten zu machen, um an ihrer Schulter Worte zu flüstern, die er schon fast nicht mehr kannte.

Er erzählte noch vieles, während die Zeiger seiner Armbanduhr unablässig weiterwanderten und das Wasser in unsichtbaren Tropfen von den Wänden fiel; während fünf Menschen in dem gleichen Keller ermüdet schliefen, während die Hände des Mädchens durch sein Haar und über seine Wangen strichen. Sie hörte schweigend zu und stellte keine Fragen. Es kam ihr vor, als wüßte sie alles, was er erzählte, schon seit undenklich langer Zeit, als habe sie Jahre mit ihm verbracht und wäre mit seinem Leben vertraut wie mit dem eigenen. So, wie alles seinen Worten zufolge geschehen war, hatte es geschehen müssen, dachte sie; was er erlebte, führte ihn zu ihr. Für das, was er getan hatte, liebte sie ihn schon, als sie noch nichts davon wußte. Sein Mund lag an ihrer Wange, er hatte die Arme um sie gelegt und redete sehr leise. Aber sie verstand ihn genau.

»Dieser Leutnant«, sagte Faber, »war gestern betrunken, weißt du, Susanne. Ich kannte ihn gut. In Kiew hatten wir einmal nichts zu essen. Da fuhr er die ganze Nacht hindurch zurück zu einem Proviantplatz, um Brot zu holen. Als er wiederkam, waren gerade zwanzig Gefangene eingebracht worden. Er teilte das Brot unter uns, jeder bekam gleich viel. Zu Weihnachten verschenkte er Schokolade an Russenkinder und schickte Medikamente in ein Dorf, wo die Ruhr ausgebrochen war. Aber an diesem Morgen war er betrunken. Er hatte früh damit angefangen zu trinken, Wein und Kognak. Ich trank mit ihm, aber mir wurde schlecht, und ich schlief auf dem Lastwagen ein. Als ich erwachte, trank er noch immer und schoß auf Vögel, die in den Feldern saßen. Er war ein ganz gewöhnlicher armer Hund, der zuviel getrunken hatte und nicht mehr wußte, was er tat. Aber er war eben betrunken, und ich war es nicht. Andernfalls hätte vielleicht ich den Jungen mit dem gebrochenen Bein geschlagen.«

»Nein«, sagte das Mädchen.

»Ich habe vieles getan«, sagte Faber, »das ich vergessen möchte. Schlimmeres, als einen Jungen treten, viel Schlimmeres. Ich habe Menschen getötet. Und den Mund gehalten, wenn Unrecht geschah. Sechs Jahre lang. Sechs Jahre lang habe ich den Mund gehalten zu viel schlimmeren Dingen als denen, die gestern geschahen. Ich habe geschwiegen und geschwiegen und geschwiegen. Und dann, gestern früh, auf einmal, da war es zu Ende. Und ich konnte nicht mehr zusehen. Und da lief ich fort, weil ich genug hatte.«

»Du hast versucht, ein Verbrechen zu verhindern.«

»Ich habe gar nichts getan. Ich bin nicht auf den Wagen mit den Verwundeten geklettert und habe geschrien: Nieder mit dem Krieg! Hört auf mit dem Morden! Besinnt euch! Und all den herrlichen Unsinn aus den Lesebüchern. Ich habe nicht versucht, einen der wirklich Schuldigen zu erledigen. Ich bin nur fortgelaufen, weil ich es nicht mehr aushalten konnte.«

»Und du wirst nie wieder zurückkehren.«

»Nein«, sagte Faber langsam. »Ich werde nie wieder zurückkehren!«

»Du wirst immer bei mir bleiben!«

»Ich werde immer bei dir bleiben.«

Ihre Hände streichelten ihn.

»O Gott«, sagte Faber, »ich wollte, ich könnte immer bei dir bleiben.«

»Du kannst es. Ich werde dich verstecken. Niemand soll dich finden. Du gehörst zu mir. Gehörst du zu mir?«

»Ja«, sagte Faber.

»Du bist eingeschlossen in meinem Herzen. Der Schlüssel ist verlorengegangen. Jetzt mußt du immer bei mir sein.«

Sie küßte seine Augen und hob seine Hand.

»Nein«, sagte Faber, »bitte. Du sollst meine Hand nicht küssen.«

»Warum nicht?«

»Weil ich dich liebhabe.«

»Aber dafür will ich dir doch danken.«

»Nicht so«, sagte Faber. »Küß meinen Mund, Susanne.«
Sie wandte sich ihm zu ...
»Ist das deine Pistole?« fragte sie etwas später und legte einen Arm um seine Hüfte.
»Nein. Ich hatte gar keine. Die hier gehört dem Leutnant. Ich nahm sie, ehe ich fortging. Die Tasche dazu fand ich in dem Auto. Aber mein Gewehr habe ich liegenlassen – leider.«
»Wieso leider?«
»Weil ich ohne Gewehr jeder Streife auffalle.«
»Ist das die Pistole, mit der er auf den Jungen schoß?«
»Ja«, sagte Faber.
»Warum hast du sie behalten?«
»Ich weiß nicht, aus keinem besonderen Grunde.«
»Es war tapfer von dir, fortzulaufen.«
»Mhm«, sagte Faber.
»Es war viel tapferer, als zu bleiben wie die anderen. Wenn alle nach Hause gingen, dann wäre der Krieg zu Ende.«
»Ich bin sechs Jahre zu spät nach Hause gegangen.«
»Ich bin nie nach Hause gegangen.«
»Du bist eine Frau.«
»Aber das Nachhausegehen ist doch nur eine Umschreibung für etwas anderes ...«
»Wofür?«
»Ich weiß nicht, vielleicht dafür, daß man etwas Mutiges tut.«
»Ich habe nichts Mutiges getan.«
»Du hast etwas getan, obwohl du Angst hattest.«
»Ich war nur nicht genug betrunken«, sagte Faber. »Das ist alles.«
Susanne legte eine Hand auf die Pistolentasche.
»In ein paar Wochen brauchst du sie nicht mehr.«
»Nein«, sagte er, »in ein paar Wochen werden wir die Pistole in die Donau werfen.«
»Von der Reichsbrücke«, sagte das Mädchen und küßte ihn.
»Wir werden zusammen zur Reichsbrücke gehen, bis ganz

hinaus in die Mitte, und dort werden wir die Pistole ins Wasser werfen. Darauf freue ich mich schon.«
»Ich mich auch.«
»Und dann werden wir zurücklaufen und uns an den Händen halten, und du wirst dich nicht mehr verstecken müssen. Ich werde furchtbar stolz auf dich sein.«
»Weshalb?«
»Weil du so groß bist und weil du so nette Augen hast!«
»Ach so«, sagte Faber.
»Wirst du auf mich auch stolz sein?«
»Ja«, sagte er.
»Oder wirst du dich mit mir langweilen?«
»Nein.«
»Wirst du dich schämen, mit mir herumzulaufen?«
»Was?«
»Wirst du dich mit mir schämen?«
»Natürlich«, sagte er. »In Grund und Boden. Ich werde dich stehenlassen und so tun, als ob ich dich nicht kennen würde.«
»Wirklich?«
»Ja, wirklich!«
»Versprichst du mir das?«
»Das verspreche ich dir. Ich werde dich stehenlassen und fortgehen. Als ob ich nie mit dir gesprochen hätte.«
»Weil ich dich langweile?«
»Weil du mich zu Tode langweilst.«
Sie lachten beide, und er hielt sie nahe an sich und streichelte ihren Körper.
»Mein Lieber«, sagte sie, »mein Liebster, ich bin ja so froh, daß ich dich gefunden habe.«
»Ich auch.«
»Aber du hast nichts dazu getan! Du wolltest fortlaufen. Ich habe dich entdeckt. Ich habe dir gesagt, daß du bei mir bleiben sollst. Du hättest mich gar nicht gesehen. Dir wäre ich gar nicht aufgefallen.«

»O ja«, sagte Faber, »du bist mir gleich aufgefallen.«
»Aber du hast kein Wort gesagt.«
»Wer hat dich aus seiner Kognakflasche trinken lassen?«
»Du.«
»Na also«, sagte Faber, »war das nicht ein vollendeter Sympathiebeweis?«
»Es war eine kleine Aufmerksamkeit.«
»Es war ein Sympathiebeweis.«
»Nein.«
»Doch«, sagte er.
»Was war es?«
»Ein Sympathiebeweis.«
»Ein was?«
»Herrgott«, sagte Faber, »es war eine Liebeserklärung.«
»Ernst gemeint?«
»Nein«, sagte er, »nur im Spaß.«
»Meine war ernst gemeint.«
»Meine auch.«
»Dann sag es noch einmal«, bat sie und bettete ihr Gesicht an seinen Hals. Faber atmete tief. Er sagte: »Ich habe dich lieb.«
»Sag es noch einmal.«
»Ich habe dich lieb.«
»Ich dich auch. Ich habe dich sehr lieb. Weißt du, ich sah einmal einen Film über das Leben Robert Schumanns. Er hieß ›Träumerei‹. Kennst du ihn?«
»Nein«, sagte er.
»In diesem Film gibt es eine Szene, da legt die Frau ihr Gesicht genauso an die Wange des Mannes wie ich jetzt. Sie werden ganz groß photographiert, und sie reden lange Zeit überhaupt nicht. Dann sagt sie: ›Du meine Seele.‹ Und er sagt: ›Du mein Herz.‹«
Susanne richtete sich etwas auf und legte beide Hände um seine Wangen. Faber lag still und hatte die Augen geöffnet. »Du mein Herz«, sagte das Mädchen.
»Du meine Seele«, sagte Faber.

»Ich will dich lieben, bis daß der Tod uns scheidet.«
»Reden wir nicht vom Tod.«
»Wovon willst du reden?«
»Von der Liebe.«
»Was weißt du denn von der Liebe?«
»Nichts«, sagte er, »aber ich rede gerne von ihr.«
»Ich rede gerne vom Tod.«
»Ich nicht«, sagte Faber.
»Weil du zuviel von ihm weißt.«
»Ich weiß nur von ihm, was alle wissen.«
»Was ist das?«
»Daß er zu jedem kommt, daß er weh tut und alles beendet. Daß er meistens erscheint, wenn man ihm nicht begegnen möchte. Und daß er dumm ist. Deshalb entkommt man ihm auch nicht. Das ganze Sterben ist ein Blindekuhspiel. Wir laufen mit viel Geschrei im Kreis herum, und der Tod tappt nach uns, und manchmal streift er den Richtigen und manchmal den Falschen. Aber tot sind alle, die er berührt.«
»Der Tod ist nicht dumm«, sagte das Mädchen.
»Natürlich nicht«, sagte Faber, »ich schwätze auch nur so herum. Ich weiß gar nichts vom Tod. Aber ich mag ihn nicht.«
»Glaubst du, daß der Junge mit dem gebrochenen Bein gestorben ist?«
»Vielleicht«, sagte Faber.
»Glaubst du, daß der Leutnant ihn erschossen hat?«
»Es kann schon sein.«
»Aber dann ist er doch ein Mörder!«
»Mhm«, sagte Faber, »dann ist er ein Mörder. Wir sind alle Mörder, jeder von uns, sechzig Millionen Mörder, eine hübsche Vorstellung.«
»Du bist kein Mörder!«
»O ja«, sagte er, »auch ich.«
»Hast du jemals einen Wehrlosen getötet?«
»Ja«, sagte Faber, »und außerdem muß man kein Gewehr tra-

gen, um ein Mörder zu werden. Man muß nicht dabeisein, wenn man jemanden umbringt. Nur fünfundzwanzig Millionen sind dabeigewesen von den sechzig Millionen. Der Rest blieb zu Hause. Er tat gar nichts. Er mordete mit seinem Schweigen.«
»Auch ich?«
»Ja«, sagte Faber, »du auch. Du und ich. Wir beide. Und die Leute, die unten schlafen. Und sechzig Millionen andere. Wir hielten den Mund. Das war unser Verbrechen. Daß der Leutnant den Jungen erschoß, ist zum Teil auch unsere Schuld. Denn wenn wir nicht geschwiegen hätten, wäre er nie in die Lage gekommen zu töten. Wenn wir nicht geschwiegen hätten, wäre der Krieg unterblieben. Alles wäre anders geworden, wenn wir uns weniger gefürchtet hätten.«
»Hat der Leutnant sich auch gefürchtet?«
»Natürlich«, sagte Faber, »der hat sich manchmal entsetzlich gefürchtet. Sonst hätte er nicht getrunken. Der fürchtete sich vor dem Tod und davor, daß er seine Frau nicht wiedersehen würde, und vor seinen Vorgesetzten und vor seinen Untergebenen und vor der Finsternis und vor allem. Der fürchtete sich genauso wie du und ich und wie alle anderen.«
»Und als er sich betrunken hatte, da benahm er sich wie ein Schuft!«
»Jeder von uns ist ein Schuft«, sagte Faber. »In jedem von uns lebt die Gemeinheit. Sie ist sehr lebendig geworden. Denn wir haben sie gut genährt mit dem, was ihre Lieblingsspeise ist: mit unserer Angst. Sie ist groß geworden, sie ist in der ganzen Welt zu Hause. Darauf werden wir noch kommen. Der Krieg ist nicht zu Ende, wenn wir ihn endlich verloren haben. Dann beginnt erst die Auseinandersetzung unserer Herzen.«
»Wie sonderbar das klingt!«
»Ja«, sagte Faber, »ich weiß, wie es klingt. Es ist ja auch alles Unsinn. In Wahrheit verhält es sich ganz anders.«
»Ich glaube nicht.«
»Keiner weiß es«, sagte Faber.

»Aber die Menschen«, sagte das Mädchen, »die noch immer nicht begreifen, was mit uns geschieht, die uns einreden, wir müßten den Krieg gewinnen?«

»Die fürchten sich davor, ihn zu verlieren«, sagte Faber. »Wie dieser Chemiker.«

»Schröder«, sagte Susanne.

»Ja, wie er. Die einen können nachts nicht schlafen, weil sie fürchten, wir würden den Krieg gewinnen, und die andern liegen wach, weil sie fürchten, wir könnten ihn verlieren.«

»Und deshalb kämpfen sie?«

»Was sollen sie denn tun?« fragte Faber. »Jeder zieht aus seinen Erkenntnissen Schlüsse. Ich bin desertiert. Dieser Schröder bemüht sich, fliegende Bomben zu konstruieren, um New York zu zerstören. Und jeder glaubt, das Richtige zu tun.«

»Und wer hat recht?«

»Ich«, sagte Faber, »ich habe recht. Denn ich will, daß die Menschen leben dürfen. Und Schröder will, daß sie sterben.«

»Damit andere leben können.«

»So ähnlich«, meinte Faber. »Die Überlebenden werden ihm dankbar sein für eine verwüstete Erde, auf der sie, frei von Hunger, Furcht und Not, sich vergnügen können. Wir haben ja alle das gleiche Ziel. Eines Tages werden wir es erreichen. Draußen, in Rußland, da hatten wir einen, der schmiedete immer Pläne. Einmal erklärte er, einen Weg gefunden zu haben, den Militarismus abzuschaffen. Weißt du, wie? Indem er zunächst 10 000 Offiziere erschießen ließ.« Faber lachte über seine eigenen Worte.

»Bitte, sei still.«

»Warum? Es ist doch lustig!«

»Nein, es ist nicht lustig.« Sie legte die Hände auf seinen Mund, und er schwieg.

»Glaubst du, was Schröder erzählte?«

»Von den neuen Waffen?«

Sie nickte.

»O ja«, sagte Faber, »das glaube ich schon. Aber sie werden uns nicht mehr helfen.«

»Sie werden den Krieg verlängern«, sagte das Mädchen. »Verstehst du?«

»Vielleicht«, sagte Faber.

»Das wäre schrecklich ... was würde geschehen, wenn der Krieg noch ein Jahr dauert?«

»Er wird kein Jahr mehr dauern.«

»Aber vielleicht noch sechs Monate. So lange kannst du dich nicht verbergen.«

»Wenn wir es klug anfangen, kann ich es.«

»Nicht sechs Monate!«

Faber bewegte die Schultern.

»Meine Liebe, was sollen wir tun?«

»Ich weiß es nicht. Ich habe Angst, wirklich, ich habe Angst. Dir erscheint es komisch, nicht wahr?«

»Ja«, sagte Faber.

»Es ist aber gar nicht komisch.«

»Nein«, sagte er, »es ist komisch. Es ist sehr komisch, daß ein Herr Schröder zwischen mir und dem Glücklichsein steht mit seinen fliegenden Bomben und stinkenden Gasen. Dabei ist er doch nur ein winziges Zahnrad, das überhaupt nicht weiß, warum es sich dreht.«

»Er weiß, warum er sich dreht! Er hat es uns heute nachmittag gesagt. Er hilft den anderen die Welt zerstören. Er hilft den anderen den Krieg verlängern.«

»Weil er glaubt, daß er ihn gewinnen muß.«

»Aber du hast doch selbst gesagt, daß er im Unrecht ist, weil er die Menschen vernichten will.«

»Ja«, sagte Faber, »das stimmt. Er ist im Unrecht. Aber er weiß es nicht. Weil er nicht mit meinen Augen sehen kann. Und ich nicht mit den seinen.«

»Er ist eine Gefahr für uns«, sagte Susanne, »er kann dich töten.«

»Das kann er nicht!«

»Er kann erraten, wer du bist. Er kann die Polizei auf uns hetzen. Er kann uns Unglück bringen. Er ist viel zu verbohrt in seine Idee, um Rücksichten zu nehmen. Erinnere dich an seinen Plan, den Gang in die Luft zu sprengen.«

»Aber er hat doch nachgegeben!«

»Ja, für heute. Aber was wird er morgen tun?«

»Susanne«, sagte Faber, »ich sehe deutlich, daß es nur eine Möglichkeit gibt, ihn unschädlich zu machen.«

»Welche?«

»Wir müssen ihn ermorden.«

»Ja«, sagte sie ernst. Dann richtete sie sich auf. »Du machst dich über mich lustig!«

»Wo denkst du hin? Ich spreche im Ernst. Wir müssen ihn töten. Am besten, wir schleichen uns gleich zu ihm hinunter und erdrosseln ihn im Schlaf. Oder wir sprengen ihn in die Luft. Ich glaube, das ist eine gute Idee. Die Welt soll zittern bei der Germanen Untergang.«

»Bitte, hör auf«, bat sie. »Er bedroht uns, ich fühle es, ich weiß es. Er wird etwas tun, irgend etwas, und uns in Gefahr bringen damit.«

»Er wird gar nichts tun.«

»Er wird dich der Polizei ausliefern.«

»Susanne«, sagte Faber, »du bist zu müde, um vernünftig zu denken.«

»Ich bin nicht müde. Es ist noch gar nicht spät. Wie spät ist es?«

»Zwei Uhr früh«, sagte Faber.

»Liebst du mich noch?«

»Ja«, sagte er.

»Und du hast keine Angst vor Schröder?«

»Nein«, sagte er, »gar keine. Morgen abend werden wir ihm auf Wiedersehen sagen.«

»Ich habe Angst vor ihm.«

»Susanne«, sagte er, »meine Liebe, rede keinen Unsinn.«

»Ich habe Angst vor ihm!«
»Er hat dir doch nichts getan.«
»Aber er ist mir unheimlich.«
»Er ist ein ganz gewöhnlicher Mensch.«
»Er ist verrückt.«
»Ja«, sagte Faber, »das sind wir alle.«
»Nicht so wie er. Er will die ganze Welt vernichten. Das hat er gesagt. Oder nicht?«
»Doch, das hat er gesagt.«
»Man muß dafür sorgen, daß er es nicht tun kann.«
»Morgen«, sagte Faber, »morgen werden wir dafür sorgen, Susanne.«
»Du wirst gar nichts tun.«
»Nein«, murmelte er, »ich werde gar nichts tun.«
»Warum sprichst du so?«
»Weil ich müde bin.«
»Sehr müde?«
»Ja«, sagte er, »sehr müde.«
»Hast du überhaupt verstanden, was ich sagte?«
»Jedes Wort. Du hast ganz recht, Liebste. Dieser Schröder ist eine Gefahr, eine Krankheit, eine Epidemie. Er muß vernichtet werden. Er bedroht uns alle.«
Sie schüttelte ihn.
»Robert«, sagte sie, »Robert, hörst du mich?«
»Deutlich«, erwiderte Faber und gähnte.
»Warum glaubst du mir nicht?«
»Ich glaube dir doch, Susanne.«
»Aber du wirst nichts tun.«
»Morgen«, sagte er, »werde ich diesen Kerl töten. Mit meiner Pistole. Mit der Pistole des Leutnants. Es wird eine schöne, dramatische Affäre werden. Frage mich nicht, warum ich ihn töten werde. Das würde die Spannung zerstören. Außerdem weiß ich es selbst noch nicht. Es wird sich ein Grund finden. Das ist eine Kleinigkeit. Es findet sich immer ein Grund. Morgen

muß Herr Schröder sterben, es ist alles schon beschlossen. Bist du jetzt zufrieden?«
»Ich bin unglücklich«, sagte sie leise.
Er richtete sich auf und neigte sich über sie.
»Verzeih mir. Ich bin ein Idiot. Ich habe es nicht so gemeint.«
Sie lächelte.
»Ich weiß, du bist müde.«
»Ja«, sagte Faber, »müde bin ich. Du hast ganz recht mit allem, was du sagst. Ich weiß es selbst. Wir werden sehr vorsichtig sein. Er darf nicht merken, was mit mir los ist. Wir werden nett und freundlich zu ihm sein und aufpassen, daß er nichts merkt. Damit wir gut aus dem Keller hinauskommen. Das ist das wichtigste. Alles andere ist leicht. Deshalb werden wir ihn auch gut behandeln und nicht in die Luft sprengen.«
Sie lachte leise.
»Na also«, sagte er.
»Es ist nur, weil ich dich liebhabe.«
»Drei Tage war das Füchslein krank, nun lacht es wieder, Gott sei Dank.«
»Ich bin kein Füchslein.«
»Du bist ein wunderschönes Füchslein«, sagte Faber. »Mit einem schönen, buschigen Pelz. Und mit entzückenden Ohren.«
»Gefalle ich dir?«
»Sehr«, sagte er. »Du bist ein faszinierendes Füchslein.«
»Du auch«, sagte sie.
»Du bist ein kluges Füchslein.«
»Du bist viel klüger als ich.«
»Ich bin ein Idiot«, sagte Faber.
»Nein!«
»Ich bin ein glücklicher Idiot. Ich habe dich gefunden.«
»*Ich* habe dich gefunden. Vergiß das nicht. Ich habe dich entdeckt.«
»Das war lieb von dir.«
»Bitte, es ist gerne geschehen.«

»Susanne«, sagte Faber, »willst du meine Frau werden?«
»Armes Füchslein«, sagte sie, »du bist sehr müde.«
»Ich bin gar nicht müde.«
»Du weißt nicht, was du sprichst.«
»Ich weiß es sehr gut. Willst du meine Frau werden?«
»Mein Liebster«, sagte Susanne, »mein Liebster, ich will deine Frau werden.«
Die Müdigkeit griff nach ihm und ließ seine Stimme leise werden.
»Wir werden ein schönes Leben führen, wenn der Krieg aus ist.«
»Ich bin sehr glücklich.«
»Ich auch«, sagte Faber. Er gähnte und legte den Kopf an ihre Brust. »Alles wird gut werden.«
»Bestimmt«, sagte sie.
»Es dauert nur noch eine kleine Weile.«
»Ein paar Wochen.«
»Dann ist es vorüber.«
»Ja«, sagte er, »dann ist es vorüber. Gute Nacht, liebes Füchslein.«
»Gute Nacht, Robert.«
»Schlaf gut.«
»Du auch.«
»Wir wollen zur gleichen Zeit einschlafen.«
»Ja«, sagte er.
»Und aneinander denken. Küß mich noch einmal.«
Er legte die Arme um sie.
»Ist es so gut?« Sie nickte.
»Und du hast keine Angst mehr vor Schröder?«
»Nein«, sagte sie, »gar keine.«
»Das ist schön.«
»Ich habe überhaupt keine Angst vor ihm.«
»Das sollst du auch nicht.«
»Er ist ein ganz gewöhnlicher Mensch.«
»Ganz gewöhnlich. Wir werden ihn vergessen.«

»Ja, wir werden ihn vergessen. Ich habe gar keine Angst mehr vor ihm. O Gott«, sagte Susanne Riemenschmied, »ich wollte, ich hätte keine Angst vor ihm.«

7

Dann schliefen sie beide.
Die leuchtenden Zeiger auf Fabers Uhr wanderten weiter, sie kümmerten sich nicht um die Dunkelheit und die Zeit, die mit ihr Späße trieb. Sie bewegten sich langsam im Kreis und zählten die Stunden. Das Wasser tropfte von den Wänden und interpunktierte die Stille. Fabers Gesicht lag an dem des Mädchens, er atmete tief. Der Teppich Therese Reimanns hüllte sie ein und hielt sie warm. Susanne lächelte im Schlaf. Einmal bewegte sie sich. Aber sie erwachte nicht.
Auf drei Stühlen lag Walter Schröder und dachte darüber nach, wie er den Gang in die Luft sprengen würde. In seiner Hand verglomm eine Zigarette. Ihre Asche fiel auf den Boden und wurde kalt. Schließlich ließ Schröder sie fallen. Er dachte an den Stollen und die Benzinkanister. Nun würde ihn nichts mehr von seinem Plan abhalten, nichts! Seine kurzsichtigen Augen schlossen sich, Schröder war zufrieden. Morgen, dachte er noch, morgen ... dann schlief er ein.
Gegen vier Uhr früh bewegte sich Fräulein Reimann in ihrem Korbstuhl, erwachte fröstelnd mit einem hohen Seufzer und besann sich nach einer Weile darauf, wo sie sich befand. Sie streifte die Decke ab und blieb aufrecht in ihrem Stuhl sitzen, während sie angestrengt darüber nachdachte, was sie zu tun vergessen hatte. Dann erinnerte sie sich.
Sie tastete mit den Händen über die Kiste, bis sie die Schachtel mit den Streichhölzern fand, riß eines von ihnen an und entzündete mit steifen Fingern die Petroleumlampe. Dann ging sie vorsichtig in jene Ecke des Kellers, in der ihre Koffer lagen. Sie kniete nieder. Mit ernstem Gesicht zog Fräulein Reimann ihre

Porzellanuhr auf. Der Schlüssel drehte sich knirschend. Therese Reimann sah auf das Zifferblatt, aber da sie noch immer halb vom Schlaf umfangen war, konnte sie nicht erkennen, wie spät es war. An dem schnarchenden Walter Schröder vorbei ging sie zu ihrem Stuhl zurück und löschte die Lampe. Mit einem Gefühl der Genugtuung wand sie die Decke um sich, zog die Beine an den Leib und glitt fast augenblicklich in einen tiefen, friedlichen Traum.

Kapitel 5

1

Als Reinhold Gontard erwachte, fror ihn so erbärmlich, daß seine Zähne aufeinanderschlugen. Sein ganzer Körper war steif geworden, er konnte kaum die Beine heben. Gontard tastete um sich und fand, daß er im weichen Erdreich lag. Seine Kleider waren feucht. Er hielt sich den Kopf. Es war völlig finster um ihn. Schließlich griff er in die Tasche, zog ein Feuerzeug heraus und setzte es in Brand. Neben ihm lagen die Spaten und die umgestürzte Lampe. Er hob sie auf und sah, daß ein geringer Rest von Flüssigkeit in ihr verblieben war. Seine Zähne klapperten noch immer, als er die Flamme des Feuerzeuges an den Docht hielt. Er sah auf die Uhr. Es war drei Viertel sieben. Vor ihm erhob sich die dunkle Höhle des Tunnels. Gontard stand auf, gähnte, trat in den Gang und lauschte. Sehr leise, aber sehr deutlich hörte er wieder das Klopfen der arbeitenden Menschen auf der anderen Seite der Mauer. Er nickte zufrieden, hob den Hammer und schlug ein paarmal gegen den Stein. Dann nahm er die Lampe und ging eilig durch den Keller, um die Schlafenden zu wecken.
Ich muß das Bewußtsein verloren haben, dachte Gontard. Mei-

ne Kleider sind schmutzig. Ich bin doch tatsächlich die ganze Nacht auf dem Boden gelegen, ohne es zu wissen. Er schluckte. Seine Kehle war trocken. Im Licht der Lampe sah er ein längliches dunkles Bündel auf der Erde liegen. Irgend jemand schlief dort, vermutlich der Chemiker und der Soldat. Gontard beugte sich nieder, schlug das Ende des Teppichs zurück und erblickte Robert Faber. Er schüttelte ihn. Faber rührte sich nicht.

»He«, sagte Gontard und fuhr fort, den anderen an der Schulter zu rütteln, »Faber, wachen Sie auf!«

Der Soldat öffnete ein Auge und fragte heiser: »Was ist denn los?«

»Stehen Sie auf«, sagte der Priester. Faber drehte sich um, murmelte etwas und schlief weiter.

»Faber!« schrie Gontard und zog ihn an den Haaren. Der Soldat sah ihn verständnislos an. Dann streckte er die Arme unter dem Teppich hervor.

»Wie spät ist es?«

»Sieben«, sagte der Priester.

»Warum ist es noch finster?«

»Wir befinden uns im Keller.«

»Wo?«

»In einem Keller. Wir wurden verschüttet.«

Faber richtete sich schnell auf und streifte den Teppich zurück. Dabei erblickte er Susanne.

»Ach so«, sagte er und deckte sie wieder zu. »Drehen Sie sich um, Hochwürden.«

»Warum?« fragte Gontard.

»Ich bin in Gesellschaft. Haben Sie das noch nicht bemerkt?«

»Es geht mich nichts an.«

»Drehen Sie sich trotzdem um.«

»Gut«, sagte der Priester.

Faber erhob sich.

»Hören Sie«, sagte Gontard, »haben Sie noch etwas Kognak?«

»Nein, er ist ausgetrunken.«

»Alles?«

»Ja«, sagte Faber, »die Flasche ist leer.«

Gontard schwieg bedrückt, und sein abgewandtes Gesicht trug einen enttäuschten Zug. Er beleckte sich die Lippen.

»Es tut mir leid.«

»Schon gut.«

»Es tut mir wirklich leid.«

»Kognak wäre mir lieber«, sagte Gontard. Der Soldat knöpfte sein Hemd zu.

»Weshalb haben Sie mich eigentlich geweckt?«

»Ich kann die Leute auf der anderen Seite graben hören.«

»Nein!« Faber ließ die Hände sinken.

»Doch«, sagte der Priester und sah interessiert die feuchte Mauer an, vor der er stand, »ich kann sie ganz deutlich hören. Ich habe sie schon gestern abend gehört. Aber da wurde ich bewußtlos und fiel um. Ich bin eben aufgewacht.«

»Aha«, wiederholte Faber sinnlos, »Sie sind eben aufgewacht.«

»Kommen Sie mit«, sagte der Priester, »damit Sie das Klopfen selber hören.«

»Warten Sie!« Faber warf seinen Mantel über die Schultern und nahm dem anderen die Lampe aus der Hand. Zusammen liefen sie zu dem Tunnel hinüber. Faber blieb stehen und neigte sich vor.

»Da«, sagte der Priester triumphierend, »hören Sie es?«

»Bei Gott«, sagte Faber, »ganz deutlich.« Er lachte. »Ich höre es!« Er nahm den Hammer und schlug dreimal gegen den Stein. Das Klopfen auf der anderen Seite hörte vorübergehend auf. Dann vernahmen die beiden Männer ein dreimaliges Antwortsignal.

»Es funktioniert«, sagte der Priester, dem das Haar wild vom Kopf abstand.

»Es funktioniert prächtig«, sagte Faber. Er schlug fünfmal gegen die Mauer und zählte die Klopfsignale von der anderen Seite.

»Die hören uns auch!«

»Natürlich«, sagte Gontard, »die hören uns genauso, wie wir sie.«

Faber, der neben ihm niedergekniet war, sah auf.

»Heute abend sind wir frei.«

»Hoffentlich!«

»Bestimmt«, sagte Faber. »Es tut mir leid, daß wir den ganzen Kognak ausgetrunken haben.«

Gontard hob die Hand.

»Das macht nichts. Wenn wir hier herauskommen, gehen wir neuen kaufen. Ich kenne ein Lokal.«

»Abgemacht«, sagte Faber. »Aber mehr als zwei Flaschen.«

»Viel mehr«, sagte der Priester.

»Wir beide werden sie austrinken.«

»Wir beide und Ihr Mädchen, wenn es Ihnen recht ist.«

»Natürlich ist es mir recht«, sagte Faber. »Herrgott, das muß ich ihr gleich erzählen!« Er sprang auf.

»Ich gehe zu den anderen hinunter«, sagte der Priester. »Ich werde sie alle wecken.«

Faber hörte ihn nicht mehr. Er lief zu Susanne zurück und kniete neben ihr nieder.

»Susanne!« sagte Faber. »Susanne! Wach auf, Susanne.« Er küßte ihren Mund. Sie lächelte und nannte seinen Namen.

»Susanne, es ist etwas Unglaubliches geschehen!«

Sie schlug die Augen auf.

»Liebes Füchslein«, sagte sie.

»Wir hören die Leute von der anderen Seite!« Er legte die Arme um sie und zog sie an sich. Sie sah ihn an.

»Von welcher Seite?«

»Aus dem anderen Keller!« rief Faber. »Wir hören sie! Sie haben geklopft.«

Das Mädchen stieß einen glücklichen hohen Schrei aus. »Du hast sie gehört?«

»Ich habe sie gehört, Susanne! Ich habe dreimal geklopft, und

dann haben sie dreimal geklopft, und dann haben wir fünfmal geklopft, und sie haben fünfmal zurückgeklopft. Sie hören uns auch! Genau wie wir sie hören. Der Priester war dabei. Er hat es auch gehört. Erst dreimal und dann fünfmal!«
»Robert«, sagte Susanne, »Robert –«
»Sie müssen schon ganz nahe sein. Heute abend sind wir bei ihnen!«
Sie lachte und weinte zugleich. Faber hob sie auf und trug sie durch den Keller zum Tunnel. Sie hielt sich fest und zitterte vor Kälte und Aufregung.
»Sie haben uns gehört«, stammelte sie, »sie haben uns gehört.«
Faber blieb stehen.
»Da«, sagte er, »wie gefällt dir das?«
Sie umarmte ihn wild und küßte sein Gesicht viele Male.
»Ich höre sie«, flüsterte sie, »Ich höre sie, o Gott, ich höre sie ganz deutlich! Robert, Robert, hörst du sie auch?«
»Ja, Susanne, natürlich höre ich sie auch. Heute abend sind wir frei.«
»Frei«, wiederholte sie, »frei ... oh, ich bin ja so glücklich!«
Faber drehte sich mit ihr im Kreis und tanzte durch den dunklen Keller.
»Mein Lieber«, sagte sie, »mein Lieber ... halt mich fest –« Dann nieste sie heftig. Faber lachte. »Trag mich zurück«, bat sie, »ich friere.«
»Du mußt dich schnell anziehen, ehe die anderen heraufkommen, damit dich niemand sieht.« Er stellte sie auf den Teppich. Sie lehnte sich an ihn und wiederholte ein paar Worte: »Sie hören uns ... sie hören uns ... heute abend sind wir frei ... Mein Liebster, wir hören sie ... Du«, sagte sie plötzlich erschrocken, »wer hat dich aufgeweckt?«
»Der Priester.«
»Aber dann –«
»Ich habe ihn gebeten, sich umzudrehen.« Sie umarmten sich und lachten, bis ihnen die Kiefer weh taten.

»Marsch«, sagte Faber, »zieh dich an. Du kannst nicht so herumlaufen.« Er hob ihr Kleid auf.
»Robert, ich bin so glücklich!«
»Ich auch«, sagte er und streifte das Kleid über ihre Arme. »Steh still!«
»Ich kann nicht still stehen.« Er lachte.
»Heb die Arme hoch! Noch höher.« Sie drehte sich um sich selbst. »Susanne!« rief Faber. »Willst du denn nackt herumlaufen?«
»Ja«, sagte sie, »das will ich. Paßt es dir nicht?«
»Nein, das paßt mir nicht.«
»Du bist süß!«
»Willst du still stehen?«
»Nein!«
»Bei Gott«, rief Faber, »Ich werde dir die Hosen strammziehen, wenn du nicht folgst!«
Sie machte sich ganz weich und kugelte nach vorne.
»Bitte«, sagte sie, »bitte, lieber Robert, tu es doch!«
Er ließ sich neben sie fallen und rollte mit ihr auf dem Teppich herum. Sie lachten beide, bis sie nach Atem ringen mußten. Dann küßten sie sich lange. Als der Priester mit den anderen aus dem unteren Stockwerk heraufkam, war Faber gerade dabei, die Knöpfe von Susannes Kleid zu schließen.
»Wie sehe ich aus?« fragte sie, aufstehend.
»Wunderschön«, sagte Faber.
»Ich schaue entsetzlich aus.«
»Nein!«
»Doch.«
»Also gut«, sagte er.
»Wie sehe ich aus?«
»Wie eine Hexe.«
»Sieht man es mir an?«
»Natürlich«, sagte er, »ganz deutlich sieht man es dir an. Es steht in deinem Gesicht geschrieben.«

»Was steht in meinem Gesicht geschrieben?«
»Daß du mich liebhast.«
»Daß ich dich liebgehabt habe.«
»Das auch«, sagte er.
»Du bist selbst nicht sehr schön.«
»Ich bin so schön wie immer.«
Sie lachten wieder.
»Lieber, lieber Gott«, sagte Susanne, »daß man so glücklich sein kann!«
Sie gingen zu den anderen, die andächtig um die Höhle standen, in welcher der Priester seine Klopfexperimente vorführte.
»Hörst du es?« fragte er die kleine Evi. »Hörst du das Klopfen?«
Sie nickte.
»Ich höre es auch«, sagte Therese Reimann, die eine lange Zipfelmütze trug.
»Ich auch«, sagte Anna Wagner.
»Und Sie?« fragte Gontard und lachte.
Schröder machte ein Gesicht, als traute er seinen Ohren nicht.
»Wahrhaftig, ich höre es auch!«
Faber führte das Mädchen am Arm.
»Guten Morgen allerseits«, sagte er. Susanne blieb im Schatten stehen.
»Das will ich meinen, daß dies ein guter Morgen ist«, sagte der Priester. »Ein ganz hervorragender Morgen ist das. Ich habe schon lange keinen so angenehmen erlebt.«
»Ich auch nicht«, meinte Faber. »Wißt ihr, es ist direkt ein Vergnügen, hier eingeschlossen zu sein. Da kann man sich noch so richtig auf den Augenblick freuen, wo man herausgeholt wird.«
»Wenn es uns sehr schlechtgeht«, erklärte der Priester, »dann geht es uns daneben auch immer sehr gut. Meistens wissen wir es nur nicht. Die ganz häßlichen Dinge gehen mit den ganz schönen einher. Nur wenn wir die einen erleiden, werden wir den anderen begegnen.« Er warf den Hammer fort.

»Hochwürden«, sagte Faber, »Sie sprechen mir aus der Seele. Mit Ihnen will ich noch Schnaps trinken, und wenn es das letzte ist, was ich tue.«
»Ich hoffe«, erwiderte Gontard ernst, »es wird das letzte sein, was *ich* tue.«
Alle lachten, selbst Therese Reimann.
»Heute abend«, sagte der Priester, »werden wir den Keller verlassen. Es ist doch zu lächerlich. Denkt einmal nach. Wir werden den Keller verlassen. Und wohin kehren wir zurück? In unser Leben von gestern, in dieselbe Gefahr, in dieselbe schmutzige Zeit. Ich dachte, ich hätte genug von alldem. Und jetzt freue ich mich so kindisch darauf, wie ich das gar nicht sagen kann.«
»Worauf freuen Sie sich, Hochwürden?« fragte Susanne.
»Auf das Leben«, antwortete Reinhold Gontard, »auf das Leben, mit dem ich nicht fertig werde. Ich glaube, ich bin ein Narr.«
»Wir sind alle Narren«, sagte Faber. »Und jetzt wollen wir frühstücken gehen.«

2

Diesmal saßen sieben Menschen um die vollgeräumte Kiste, auch der Priester. Er hielt das kleine Mädchen auf dem Schoß, und während Faber dafür sorgte, daß jeder genug zu essen bekam, bohrte er mit einem Messer zwei Löcher in die Kondensmilchdose.
»Paß auf«, sagte Evi, die aufgeregt zusah, »du wirst dich in den Finger stechen.«
Gontard drehte das Messer um. »Es geht schon. Ich wollte, es wäre Bier in der Dose.«
»Warum?« fragte Evi erstaunt.
»Weil ich durstig bin.«
»Wir haben Tee mit Zitrone.«
»Was für Tee?«
»Kamillentee!« Der Priester schüttelte sich.

»So«, sagte er und reichte dem Kind die Dose. »Weißt du auch, wie man daraus trinkt?«
Sie nickte.
»Man muß ein Loch an die Lippen halten.«
»Verdirb dir nicht den Magen«, sagte Gontard.
»Es schmeckt fein«, erklärte sie strahlend und fuhr sich mit einer Hand über den klebrigen Mund.
»Laß noch etwas drin!«
»Heute abend bin ich doch schon wieder zu Hause.«
»Freilich«, sagte Gontard, »aber du wirst entsetzliches Bauchweh haben.«
»Ich habe nie Bauchweh!«
»Na«, sagte Gontard, »na, na!«
»Nicht auf Kondensmilch«, behauptete Evi. »Ich kann soviel Kondensmilch trinken, wie ich will, und bekomme kein Bauchweh.«
»Nur auf schwarze Bohnen«, murmelte Faber mit vollem Mund.
Das kleine Mädchen lachte und trank glucksend.
»Herr Faber«, sagte der Priester, »wann haben Sie sich zum letztenmal rasiert?«
»Vor drei Tagen«, erwiderte dieser. »Oder vielleicht vor vieren. Ich weiß es nicht mehr.« Er fuhr sich mit der Hand über das Kinn. »Warum?«
»Sie sehen sehr eindrucksvoll aus.«
»Ich habe beschlossen, mir einen Bart wachsen zu lassen.«
»Einen schönen, buschigen Bart«, sagte Susanne und kniff ihn in den Arm.
»Keine schlechte Idee«, meinte Schröder. »Die Partisanen in Jugoslawien wollen sich so lange nicht rasieren, bis sie den Krieg gewonnen haben.«
»Ja«, sagte Therese Reimann, »das hat in der Zeitung gestanden. Wollen Sie das auch tun, Herr Faber?«
»Was?« fragte der Soldat. »Ach so: nein! Bei mir ist es reine Bequemlichkeit. Ich passe mich den Umständen an. Als ich das

letztemal ein warmes Bad nahm, mußte man noch die Rote Armee besiegen, um von Buda nach Pest zu gelangen.«
»Oder seine Weltanschauung ändern«, sagte der Priester.
Schröder sah plötzlich auf.
»Und was haben Sie getan?«
»Nichts«, erwiderte Faber und legte einen Arm um die Schulter des Mädchens. »Ich war ganz zufrieden in Buda. Ich wollte gar nicht nach Pest.«
Schröder lachte.
»Wissen Sie, was ich an Ihnen bewundere? Ihren Gleichmut! Sie werden noch in der dreckigsten Situation einen Witz machen.«
»Wenn mir einer einfällt.«
»Sie sind ein glücklicher Mensch. Sie nehmen nichts ernst.«
»Nein«, sagte Faber, »ich nehme nichts ernst. Wohin kämen wir denn, wenn wir alles ernst nehmen würden?«
Gontard schnitt schmale Stücke von seiner Brotscheibe ab. »In den Himmel.«
»Eher in die Hölle«, meinte Schröder. »Nicht als Strafe, sondern als logische Folge.«
»Ich bleibe lieber auf der Erde«, sagte Faber. »Wenigstens noch für eine Weile.«
»Ein so einschneidender Unterschied zwischen ihr und dem tiefer gelegenen, wärmeren Etablissement läßt sich eigentlich gar nicht mehr feststellen.«
»Hochwürden«, sagte Faber kauend, »Sie beachten die Reihenfolge nicht genügend. Denken Sie an die ewige Seligkeit und die ewige Verdammnis. Ich glaube an beide nicht. Aber soweit ich verstehe, kann einem die Evakuierung in eine dieser Zonen erst nach dem Tode passieren.«
Der Priester schüttelte den Kopf und legte sein Messer fort. »Sie begehen einen Fehler, wenn Sie annehmen, die Erde, der Himmel und die Hölle wären drei Reiche, die nichts miteinander zu tun hätten. Gerade der Begriff der Ewigkeit sollte Ihnen zu denken geben.«

»Ich bin kein frommer Mensch.«
Der Priester lächelte. »Sie sind religiös.«
»Unsinn«, sagte Schröder, »ich glaube an gar nichts.«
»Oh, verzeihen Sie, es scheint mir, daß wir aneinander vorbeisprechen. Sie glauben an eine ganze Menge.«
»Nicht an Gott!«
»Das macht nichts. Wir wollen uns nicht um einen Namen streiten. Was andere Leute Gott nennen, bedeutet in Ihrem Sprachschatz der Endsieg oder die Arbeit oder das Großdeutsche Reich. Das nenne ich einen religiösen Menschen.«
»Sie brauchen nicht deutlicher zu werden«, sagte Schröder. »Ich verstehe schon, worauf Sie hinauswollen.«
»Aber an diese Dinge glauben Sie doch?«
»Ja«, sagte Schröder, »an diese Dinge glaube ich.«
»Es macht Ihnen daraus niemand einen Vorwurf«, erklärte Therese Reimann, die dem Gespräch interessiert folgte. Gontard zuckte die Schultern.
»Das möchte ich nicht sagen. Ich hatte Gelegenheit, Menschen kennenzulernen, die es taten. Und andere, denen man die Gegenstände ihres privaten und speziellen Glaubens nicht nur zum Vorwurf machte, sondern denen man dafür das Leben nahm. Es wäre vielleicht richtiger zu sagen, daß wir nicht *zuständig* sind, Herrn Schröder daraus einen Vorwurf zu machen.«
»Dazu ist kein Mensch berechtigt«, erklärte dieser.
»Doch«, sagte der Priester. »Ein einziger: man selbst.«
»Das verstehe ich nicht.«
»Es ist auch gleichgültig«, meinte Gontard. »Um aber auf den Himmel und die Hölle zurückzukommen, von denen Sie meinten, daß ihre Ewigkeiten erst beginnen könnten, wenn wir diese Erde verlassen haben: Die Ewigkeit beginnt nicht, wie Sie wissen. Deshalb beginnt sie auch nicht erst nach unserem Tode. Unseren Himmel und unsere Hölle durchschreiten wir schon bei Lebzeiten.«
»Sind Sie sicher?«

»Nicht sehr sicher«, sagte Gontard. »Es ist mir erst gestern abend eingefallen. Ich werde noch ein wenig darüber nachdenken.«
»Ich glaube, es ist richtig«, sagte Susanne.
»Liebes Fräulein«, erwiderte der Priester, »ich habe angenommen, daß Sie meiner Ansicht sein würden.«
Schröder stand auf.
»War es das, worüber Sie nachdachten, als Sie da drüben in der Ecke saßen und nichts von uns wissen wollten?«
»Unter anderem«, sagte Gontard, »war es auch das.«
Schröder schüttelte den Kopf.
»Sie sind der sonderbarste Priester, der mir je begegnet ist!«
»Es werden Ihnen möglicherweise nicht übermäßig viele begegnet sein«, meinte Gontard. »Und gegen diese wenigen nahmen Sie vielleicht eine vorbestimmte Haltung ein, die deshalb verfehlt war, weil sie von vornherein ablehnend blieb.«
»Es gibt viele schlechte Priester.«
»Es gibt viele schlechte Menschen«, sagte Gontard. »Eine Untersuchung würde wahrscheinlich beweisen, daß der Prozentsatz von ihnen in allen Berufsgruppen etwa der gleiche ist.«
»Betrachten Sie Ihre Tätigkeit als einen Beruf?«
»Natürlich«, erwiderte Gontard. »Es ist, oder es war vielmehr mein Beruf, Glauben zu schaffen.«
»An den lieben Gott«, sagte Schröder höflich und zündete eine Zigarette an.
»Auch an diesen. In letzter Zeit aber auch an andere Dinge, die ebenso gefragt werden wie der Allmächtige.«
»Zum Beispiel?«
Der Priester hob verlegen die Hände.
»Es handelt sich durchwegs um abstrakte Begriffe, die sich nur schlecht im Rahmen der totalen Mobilmachung unseres Volkes verwenden lassen. Die Gerechtigkeit gehört zu ihnen. Und die Toleranz. Die Barmherzigkeit. Auch die Liebe.« Er sah Schröder an. »Es gibt nämlich selbst heute noch Menschen, die von

diesen altmodischen Ausdrücken nicht loskommen können und nach ihnen Sehnsucht empfinden.«

»Das bemerke ich«, sagte Schröder, »Ihre Kirchen sind ja jetzt voller denn je.«

»Sie dürfen uns daraus«, erwiderte Gontard mit einem Anflug von Spott, der dem anderen entging, »keinen Vorwurf machen. Die Voraussetzungen für diesen immensen Zustrom an Gläubigen wurden von anderen und sehr gegen unsere eigenen Absichten geschaffen. Es wäre uns lieber, die Kirchen stünden leer und die Menschen suchten weniger nach Gott. Denn da sie ihn nur suchen, weil sie in Not geraten sind, werden sie ihn doch kaum finden.«

Schröder spielte mit dem Messer.

»So daß«, sagte er, »der eigentliche Sinn Ihrer Organisation im Grunde in der Verabreichung starkdosierter Tröstungen liegt, an deren Wirksamkeit Sie selber zweifeln.«

»Wir zweifeln an ihrer Wirksamkeit«, entgegnete der Priester und streichelte das Kind auf seinen Knien, »aber wir zweifeln nicht daran, daß wir sie zu verabreichen gezwungen sind als Mittel gegen jenes Unglück, an dem Sie und Ihresgleichen deshalb Schuld tragen, weil Sie es nicht verhinderten.«

»Wie hätten wir es verhindern sollen?« fragte Schröder zornig.

»Durch eine Revision Ihres Glaubensbekenntnisses«, sagte der Priester, »durch Ersetzung einzelner Begriffe. Deutschland etwa durch Gerechtigkeit. Gewalt etwa durch Toleranz. Und Haß etwa durch Liebe.«

»Ach so«, sagte Schröder, »es trifft uns also die Schuld, wie?«

»An diesem Krieg bestimmt –«

»Und wen trifft die Schuld an uns? An unserer Partei, an unseren Ideen? Herr Gontard, haben Sie schon einmal darüber nachgedacht, wie die Bewegung, der ich angehöre, wohl zustande kam? Gewiß nicht nur, weil ein paar Verbrecher – denn das sind unsere Führer ja zweifellos in Ihren Augen – ein größenwahnsinniges Machtbedürfnis entwickelten.«

»Gewiß nicht«, sagte Gontard. »Es gibt dafür Gründe wirtschaftlicher und politischer Art, das weiß ich.«

»Unsere Bewegung«, rief Schröder leidenschaftlich, »*mußte* entstehen. Sie kam zustande durch die Verbrechen und Fehler anderer. Durch den Ersten Weltkrieg, durch den Vertrag von Versailles, der eine Dummheit war, durch das gewissenlose Betragen der Siegerstaaten. Und auch der Erste Weltkrieg brach nicht aus, weil Wilhelm II. ein Krüppel mit Minderwertigkeitskomplexen war. Auch er hatte seine tieferen Ursachen. Die Geschichte unserer Welt ist die Geschichte einer ununterbrochenen Entwicklung. Es wäre lächerlich, Herr Gontard, unter das Jahr 1933 einen Strich zu ziehen und zu sagen: An allem, was seither geschah, tragt ihr die Schuld. Wenn wir diesen Krieg verlieren, werden Sie noch sehen, daß ich recht habe. Denn dann wird es uns nicht bessergehen. Dann werden dieselben Greuel, deren man uns anklagt, von anderen begangen werden. Und wieder wird man jemanden suchen, der die Schuld an ihnen trägt. Man wird ihn finden. Und man wird vergessen, daß wir die Schuld an seiner Schuld tragen, so, wie man schon vergessen hat, was vor uns geschah.«

»Es wäre aber an der Zeit«, sagte Gontard, »daß jemand diesen kontinuierlichen Prozeß unterbricht und Taten begeht, um derentwillen man ihn nicht anklagen kann. Es wäre an der Zeit, die Diktatur durch eine Demokratie zu ersetzen.«

»Eine Demokratie in Mitteleuropa!« Schröder lachte. »Wir haben schon bemerkt, daß diese Staatsform für uns unmöglich ist.«

»Ich glaube nicht, daß diese Ansicht Ihre eigene ist.«

»Sie werden ja sehen«, sagte Schröder, »wie weit es die Demokratie noch bringt, wenn Ihr Herzenswunsch in Erfüllung geht und wir den Krieg erst verloren haben.«

»Sie wird das Recht an die Stelle der Macht setzen«, sagte Gontard, »womit der erste Schritt getan wäre.«

»Keiner von euch weiß«, sagte Schröder, »was er sich erhofft. Es gibt nichts Wichtigeres als die Macht in diesem Jahrhundert.«
»Das Recht ist wichtiger.«
»Es gibt nichts Schrecklicheres als Recht ohne Macht.«
»Macht ohne Recht ist schrecklicher«, sagte der Priester. »Ich weiß es, ich erlebe diesen Zustand.«
»Aber Sie haben den anderen noch nicht erlebt. Sie können ihn sich nicht einmal vorstellen. Nicht eine Diktatur, sondern eine Demokratie macht die niedrigen Instinkte der Menschen frei. Weil sie sie nicht bestraft.«
»Diese traurige Bilanz können Sie vielleicht in Ihren eigenen Kreisen ziehen.«
»Gerade dort«, sagte Schröder, »kann ich das nicht. Wir leben unter einer Diktatur, zugegeben. Aber urteilen Sie selbst: Hat diese Diktatur die Menschen nicht dazu gebracht, hilfsbereit, kameradschaftlich und gut zueinander zu sein?«
»Nach außen hin«, sagte Gontard.
»Hat sie es nicht verstanden, der Korruption der Ämter, dem Schiebertum und der Gewissenlosigkeit der Wirtschaft ein Ende zu bereiten?«
»Indem sie selbst ein Monopol auf Korruption, Schiebertum und Gewissenlosigkeit errichtete.«
»Nein«, sagte Schröder, »Sie machen es sich zu leicht. Es ist kein Kunststück, einem totalitären Staat Vorwürfe zu machen, die man nicht zu beweisen braucht. Nehmen Sie das Allernächstliegende: Haben wir nicht heute, im sechsten Kriegsjahr, alle unser tägliches Brot?«
»Weil wir es anderen stehlen.«
»Das ist nicht wahr!«
»Glauben Sie, daß die Menschen in Polen und Griechenland spaßeshalber an Hunger sterben?«
»Und sind Sie der Ansicht, daß wir es vor ihnen tun sollten?«
»Es sollte niemand tun«, sagte Gontard. »Daß wir selbst nicht

genug haben, berechtigt uns nicht, anderen etwas wegzunehmen.«
»Wenn die anderen nichts hätten, würden sie dasselbe tun.«
»Sie haben ja nichts!«
»Aber sie sind hilflos. Sie besitzen vielleicht Ihr geliebtes Recht. Aber sie besitzen nicht die Macht. Die Macht besitzen wir. Wir tun, was uns notwendig erscheint. Wir verhindern, daß man uns um die Früchte unserer Siege bringt. Wir halten die Menschen davon ab, gemein zu werden – mit Terror, wenn Sie wollen, mit Drohungen, mit der Angst vor dem Nachbarn, dem Zellenleiter, dem Spitzel.«
»Herr Schröder«, sagte Gontard, »Sie haben die Gemeinheit in den Menschen überhaupt erst groß werden lassen – mit dem Terror, dem Zellenleiter, dem Spitzel.«
»Wir handeln einer Überzeugung gemäß«, sagte dieser. »Da Sie eine andere oder gar keine haben, muß Ihnen, was geschieht, natürlich schlecht erscheinen. Wir gehen unseren Weg, und Sie erklären, er wäre falsch. Aber Sie konnten und können uns keinen besseren zeigen. Nicht einmal einen anderen.«
»Doch«, sagte der Priester, »das kann ich schon.«
»Warum tun Sie es dann nicht?«
Gontard schwieg.
»Aus Angst!«
»Nein«, sagte der Priester, »weil ich erst langsam auf ihn gekommen bin. Einer Ihrer gefälligen Geographen sagte einmal, wir müßten lernen, in Kontinenten zu denken.«
»Wir müssen lernen, in Gemeinschaften zu denken«, erklärte Schröder.
»Sie nehmen mir viel vorweg«, sagte Gontard, »Sie widersprechen mir schon, ohne daß ich Sie darum ersuche. Wer denkt in eurer Gemeinschaft denn? Die tausend Männer, die ihr zu Führern gewählt habt. So sieht es aus. Vielleicht denkt von ihnen auch nur die Hälfte. Die anderen stehen stramm und dienen. Sie

stehen stramm und schweigen. Ein ganzes Volk hält den Mund zu dem, was die Führung sagt.«
»Sie selber auch.«
»Ich auch.«
»Und Sie sollten nicht schweigen!«
»Auch Sie nicht!«
»Ich bin einverstanden mit dem, was ich höre. Aber Sie sind es nicht.«
»Ich begreife kaum«, sagte der Priester, »wie Sie einverstanden sein können.«
»Und ich«, erwiderte Schröder, »begreife nicht, wie Sie schweigen können.«
»Aus Angst«, sagte Gontard, »ich gebe es ruhig zu. Aus Angst vor eurem Terror, eurer Diktatur. Ich will nicht sterben.«
»Unsere Leute *sind* gestorben.«
»Nicht sehr viele.«
»Genug!«
»Es sind viel zu wenig gestorben, wenn wir schon davon reden wollen«, sagte der Priester, »und ihr habt ihren Tod reichlich vergolten.«
»Ich verstehe Sie nicht mehr. Machen Sie mir die Angst zum Vorwurf, unter der Sie selber leiden?«
»Ja«, antwortete der Priester, »dieselbe Angst. Die Angst ist das einzige, was uns verbindet. Die Angst ist noch stärker als Ihre Macht.«
»Wir haben keine Angst!«
»Solange man die Macht hat, braucht man sie nicht zu haben. Ihr fürchtet euch aber, die Macht zu verlieren. Und außerdem fürchtet ihr euch voreinander. Das sagten Sie selbst. Ihr seid anständig aus Angst. Das ist wohl das Äußerste, wozu ihr es bringen könnt.«
»Wie schade«, sagte Schröder langsam, »daß man Ihre Offenheit der außerordentlichen Umgebung zuschreiben muß, in der wir uns befinden.«

»Diese Bemerkung«, erwiderte der Priester, »bestätigt alles, was ich bisher aussprach. Noch haben Sie die Macht, Herr Schröder. Wenn man uns ausgräbt, können Sie mit mir verfahren, wie Sie wollen.«

»Unser Gespräch werde ich selbstverständlich vergessen«, sagte dieser. »Oder ich werde vergessen, daß ich es mit Ihnen führte. Meine Bemerkung sollte Ihnen zu verstehen geben, daß ich der Ansicht bin, Sie hätten zu lange geschwiegen.«

»Und Sie?« fragte der Priester. »Herr Schröder, ich bin überzeugt, daß Sie bei weitem nicht mit allem einverstanden sind, was im Namen Ihrer Partei geschieht.«

»Das stimmt«, sagte Schröder.

»Und warum treten Sie nicht aus ihr aus?«

»Weil die Dinge, die ich gutheiße, in ihrem Programm überwiegen. Weil sie meinen Idealen näher kommt als irgendeine andere Bewegung. Und weil ich weiß, daß sie allein uns jetzt noch vor einem nationalen Untergang bewahren kann.«

»Sie haben Angst«, sagte Gontard, »das ist es.«

Schröder lachte.

»Ich möchte den Menschen sehen, der aus der Partei austritt. Ja, das möchte ich! Sie können hinausgeworfen werden. Aber austreten, das können Sie nicht.«

»Man kann es schon, aber man wagt es nicht.«

»Sie, Hochwürden«, sagte Schröder, »haben leicht reden. Sie wären nie aufgenommen worden. Aber was haben Sie getan? Reden gehalten und Gebete gesprochen. Während andere starben. Andere: Ihre Gegner, die eine Überzeugung hatten, und Ihre Freunde, welche die Ihre vertraten. Ihre Freunde und meine Feinde, meine Freunde und Ihre Feinde. Haben Sie je das Leben riskiert für Ihren Glauben?«

»Und Sie?«

»Ich habe für ihn gekämpft, hier, in der Heimat.«

»Aha«, sagte Gontard, »hier, in der Heimat.«

»Meine Arbeit«, antwortete Schröder, dessen Gesicht um eine Spur dunkler geworden war, »ist ein kleiner Beitrag zu diesem Kampf.«
Der Priester lachte plötzlich.
»Wissen Sie«, sagte er, »daß wir uns eigentlich nur gegenseitig den Vorwurf der persönlichen Feigheit und der Angst vor unseren Mitmenschen machen? Sie fürchten sich, und ich fürchte mich. Und keiner will es wahrhaben. Wenn wir uns weniger fürchteten, wären die Dinge einfacher.«
»Na also«, sagte Schröder. »Da hätten Sie Ihre Chance. Werden Sie mutiger, Hochwürden. Vergessen Sie Ihre Angst.«
»Ich bin dabei.«
»Was werden Sie tun?«
»Ich will mein Leben ändern«, sagte der Priester.
»Das fällt Ihnen spät ein.«
Gontard nickte.
»Ich weiß, es ist spät. Ich muß mich jetzt beeilen.«
Das kleine Mädchen glitt von seinen Knien und ging auf Zehenspitzen zu Robert Faber, der diesem Gespräch wortlos gelauscht hatte.
»Guten Morgen, Evi«, sagte er. Sie nickte, lehnte sich an ihn und fragte flüsternd. »Warum streiten die beiden Männer?«
»Sie haben verschiedene Ansichten über dieselbe Sache.«
»Über welche Sache?«
»Über die Gerechtigkeit.«
»Was ist die Gerechtigkeit?«
»Etwas sehr Wichtiges«, sagte Faber.
»Und deshalb streiten sie?«
»Ja«, sagte Faber, »deshalb streiten sie.«
»Warum streitest du nicht auch mit?«
»Ich mag nicht«, erwiderte Faber. Susanne, die an seine Schulter gelehnt saß, lächelte.
»Warum ist die Gerechtigkeit so schrecklich wichtig?«
»Weil man sie zum Leben braucht.«

Eine dunkle Erinnerung stieg in dem Kind auf. Es zog die Stirn in Falten.
»Wie den Sauerstoff?«
»Ja«, sagte Faber, »fast so sehr wie den Sauerstoff.«
»Kann man sie auch nicht sehen?«
»Nein, das kann man nicht.«
»Aber wie weiß man denn dann, daß sie da ist?«
»Es ist wie mit dem Sauerstoff, weißt du«, sagte Faber. »Solange man atmen kann, ist immer noch ein bißchen Gerechtigkeit da.«
»Überall?«
»Ja, überall.«
»Auch hier im Keller?«
»Sogar hier im Keller«, sagte Faber.
»Das ist aber komisch!«
»Das ist sehr komisch.«
»Und wenn ich atme, dann bekomme ich sie in den Mund?«
»Eine kleine Portion davon«, sagte Faber.
»Und was geschieht mit ihr?«
»Du schluckst sie hinunter.«
»Und dann?«
»Dann atmest du sie wieder aus.«
Evi holte geräuschvoll Atem. »Jetzt habe ich aber viel Gerechtigkeit geschluckt, und jetzt spucke ich sie wieder aus.«
»So ist es recht«, sagte er. »Die andern wollen auch etwas davon haben.«
»Du«, flüsterte sie, »warum hältst du die Frau an der Hand?«
»Pst«, sagte Faber, »weil ich sie liebhabe.«
»Sehr?«
»Ziemlich.«
»So lieb wie ich meine Mutter?«
»Mhm«, sagte Faber, »so lieb wie deine Mutter deinen Vater.«
»Seid ihr verheiratet?«
Faber nickte.
»Ich habe dich auch lieb«, erklärte Evi.

»Danke schön«, sagte Faber.
»Streitet ihr miteinander wie die beiden Männer?«
»Nein, wir streiten nicht.«
»Warum nicht?«
»Weil wir uns liebhaben.«
»Ach so«, sagte Evi. »Und die Gerechtigkeit?«
»Wir streiten nicht einmal über die Gerechtigkeit.«
Susanne Riemenschmied neigte sich vor und hob das Kind auf ihre Knie.
»Stell dir das vor«, sagte sie, »wir streiten nicht einmal über die Gerechtigkeit. So lieb haben wir uns.«
»Meine Mutter hat mit meinem Vater auch nie gestritten.«
»Siehst du«, sagte Faber, »bei denen war es genauso.«
»Warum ist es nicht bei allen Menschen so?«
»Weil sie sich nicht alle liebhaben.«
»Deshalb?«
»Deshalb, Evi.«
»Das wäre schön«, meinte das kleine Mädchen, »das wäre schön, wenn sie sich alle liebhätten, glaubst du nicht auch?«
»Ja«, sagte Susanne Riemenschmied, »das wäre wunderschön.«

3

Kurz nach acht Uhr nahmen die Männer die Arbeit an dem Tunnel wieder auf. Zwei von ihnen gruben, während der dritte sich ausruhte, Erde beiseite schaufelte oder die Lampe hochhielt.
»Sie sind gestern abend hübsch weit gekommen«, sagte Schröder zu Gontard, der neben ihm kniete und auf einen Stein losschlug.
»Ich wäre noch viel weiter gekommen, wenn ich nicht plötzlich das Bewußtsein verloren hätte.«
»Sie haben sich überanstrengt.«
»Nein«, sagte der Priester, »ich habe zuviel getrunken.« Er

bearbeitete den Stein mit der Hacke und fuhr sich mit der Zunge über die trockenen Lippen. »Heute abend«, sagte er, »wenn ich hier heraus bin –«

»Was werden Sie tun?«

»Schnaps trinken und baden«, sagte der Priester.

»Und Sie?«

»Baden und Schnaps trinken«, erwiderte Faber. »Rasieren will ich mich auch. Ich habe eine ganze Menge vor.«

Schröder räusperte sich. »Ich muß in mein Laboratorium. Hoffentlich ist dort nichts geschehen. Ich habe zwei Tage verloren. Das ist viel Zeit.«

Der Priester brach einen Stein los.

»Ich freue mich auf das Bad. Und den Schnaps. Und die Nachtluft. Ich freue mich auf eine ganze Menge von Dingen, die ich vergessen hatte. Beispielsweise auf den Mond. Oder auf Radiomusik. Eigentlich auf mein ganzes Leben.«

»Auf das Leben, von dem Sie gestern nichts mehr wissen wollten«, sagte Schröder. Der Priester nickte. »Das zeigt, wie leicht wir Depressionen erliegen und eine Sache verloren geben, die noch lange nicht verloren ist.«

»Nein«, sagte Gontard, »das zeigt, wieviel der Mensch aushalten kann, ohne die Hoffnung zu verlieren. Was meinen Sie, Faber?«

»Ich weiß nicht«, sagte dieser. »Ich freue mich auch auf die Dinge, die ich tun werde, wenn ich wieder frei bin.«

»Was wollen Sie tun?«

»Wien verlassen und versuchen, gleich nach Hause zu fahren.«

»Viel Glück!«

»Danke«, sagte Faber. »Geben Sie mir jetzt die Hacke.«

»Ich wünsche Ihnen viel Glück«, wiederholte der Priester.

»Das haben Sie schon einmal gesagt.«

Gontard sah ihn an.

»Ich glaube, Sie hätten mich das erstemal nicht verstanden.«

Faber nahm die Hacke und lächelte.

»Doch«, sagte er, »ich habe Sie gleich verstanden.« Er begann zu graben.

»Wissen Sie«, sagte Schröder nach einer Weile, »jetzt, wo wir die anderen schon hören, kann ich Ihnen ja verraten, was ich mir in der letzten Nacht vornahm. Ich wollte den Gang in die Luft sprengen, heute abend, wenn Sie schliefen.« Die beiden Männer schwiegen. »Überrascht Sie das gar nicht?«

»Nein«, sagte Gontard, »ich dachte mir, daß Sie sich das vornehmen würden.«

»Sie hätten es bestimmt nicht getan«, meinte Faber. »Sie wußten doch, daß wir alle dagegen waren.«

»Ich hätte es trotzdem getan«, erklärte Schröder und schaufelte Erde beiseite.

»Ich weiß«, sagte der Priester.

»Sie scheinen mich ja ausgezeichnet zu kennen!«

»Den Typus«, erwiderte Gontard, »ich kenne den Typus.«

»Wieso eigentlich?«

»Reden wir von etwas anderem.«

»Nein, ich möchte gerne wissen, woher Sie diese umfangreiche Kenntnis meines Charakters beziehen.«

»Es ist gar nicht so schwer«, sagte der Priester, »wenn man erst die Formel gefunden hat, nach der man vorgehen muß.«

»Welche Formel?«

»Ich werde Sie mit meiner Antwort verletzen.«

»Das macht nichts aus. Außerdem bin ich schwer zu verletzen.«

»Sie sind ebenso leicht verwundbar wie der gehörnte Siegfried«, sagte der Priester ruhig, »man muß nur die richtige Stelle kennen.«

»Und Sie kennen die Stelle?«

»Ja, ich kenne sogar die Stelle. Die aber will ich Ihnen nicht nennen.«

»Dann sagen Sie mir wenigstens, wie Sie es fertigbringen, über meine Absichten so wunderbar informiert zu sein.«

Gontard sah zu ihm auf. Sein Gesicht war schmutzig und glänzte von Schweiß.

»Ich überlege mir, was ich selbst tun würde, wenn ich an Ihrer Stelle stünde. Und wenn ich dann das Gegenteil annehme, weiß ich etwa, was Sie beabsichtigen. Sie sehen, es ist ganz einfach.«

»Ganz einfach«, sagte Schröder.

»Ich erklärte Ihnen, daß meine Antwort Sie verletzen würde.«

»Sie hat mich nicht verletzt.«

»Ein wenig.«

»Gar nicht«, sagte Schröder, »sie hat mich gar nicht verletzt. Ich weiß, daß Sie in vielen entscheidenden Punkten anderer Ansicht sind als ich. Ich achte Sie dafür, daß Sie offen gegen mich Stellung nehmen.«

»Das ist noch kein Grund, Achtung vor einem Menschen zu haben«, sagte Gontard, »besonders in diesem Falle.«

Schröder lachte.

»Sie entwickeln geradezu eine Manie, mir Freundlichkeiten zu sagen. Übrigens haben Sie Ihre Erklärung, mir einen Weg aus dem Dilemma, in dem wir alle stecken, zu zeigen, noch nicht in die Tat umgesetzt.«

Der Priester sah ihn an. »Interessiert Sie meine Idee wirklich?«

»Natürlich! Glauben Sie, ich mache mir keine Gedanken über die Zeit, in der ich lebe?«

»All unser Unglück«, sagte Gontard, »kommt daher, daß wir nicht allein zu denken vermögen. Damit müßte man beginnen: die Menschen zum eigenen Denken zu bringen. Sie eigene Entschlüsse fassen zu lassen, sie anzuregen, aus dem eigenen moralischen Empfinden heraus zu handeln.«

»Da müßten sie zuerst eines haben!«

»Ja«, sagte Gontard, »dies wäre ein weiterer wichtiger Punkt meines Erziehungsprogrammes: die Wiedererweckung eines natürlichen ethischen Gefühls, das uns Recht von Unrecht unterscheiden läßt. Wir dürfen nicht in Gemeinschaften denken, solange wir nicht jeder für uns selber denken können. Die Meinung eines jeden von uns muß Gewicht haben.«

»Die Meinungen der meisten von uns sind so trostlos idiotisch, daß sie nur Unheil anrichten können. In unserem Jahrhundert heißt es, sich zu entscheiden und zu handeln, und nicht, zu schwätzen und zu zögern.«

»In unserem Jahrhundert«, sagte Gontard, »heißt es, Geduld zu haben und die Wahrheit zu sagen. Erst das viele Lügen hat manche von uns kretinhaft werden lassen.«

»Und diesen Zustand wollen Sie mit vielem Reden bessern?«

»Nicht mit vielem Reden, aber mit ein wenig Denken.«

»Sie sind ein Phantast«, rief Schröder.

»Und Sie«, erwiderte der Priester, »sind, so seltsam dies scheinen mag, in Ihrem Herzen ein unglücklicher Pessimist, dem nichts mehr abgeht als eine Sache, an die er glauben kann, ohne sich für sie von Staats wegen begeistern zu müssen.«

Faber hörte nicht zu. Er dachte an etwas anderes, an etwas, das der Priester gesagt hatte. Als die Reihe an ihn kam, sich auszuruhen, nahm er seinen Mantel und meinte, er wolle einen Augenblick hinuntersteigen, um nach Susanne zu sehen. Er fand sie am Bett Anna Wagners.

»Ja?« fragte sie und sah lächelnd zu ihm auf.

»Kann ich dich sprechen?«

»Natürlich. Entschuldigen Sie, Frau Wagner.«

»Kommen Sie zurück«, bat diese. Faber führte Susanne in eine dunkle Ecke, umarmte sie und küßte sie zärtlich.

»Mein Lieber«, fragte sie, »was ist geschehen?«

»Der Priester weiß, daß ich desertiert bin.«

»Das ist doch nicht möglich!«

»O ja«, sagte Faber, »er weiß es.«

»Hat er davon gesprochen?«

»Indirekt. So, daß Schröder ihn nicht verstehen konnte. Er fragte mich, was ich tun würde, wenn wir frei sind. Ich sagte, ich würde Wien verlassen. Und da wünschte er mir viel Glück.«

»Mein Lieber, du siehst Gespenster!«

»Er wünschte mir zweimal Glück«, sagte Faber. »Er meinte, ich hätte ihn das erstemal nicht verstanden. Und er lächelte. Ich bin ganz sicher, daß er es weiß, was mit mir los ist.«

»Ob er zu uns hält?«

»Ich glaube«, sagte Faber. »Als ich ihn verließ, stritt er mit Schröder. Vielleicht kann er uns helfen. Deshalb kam ich zu dir. Um dich zu fragen, was du davon hältst.«

»Er gefällt mir.«

»Mir auch. Sollen wir ihm die Wahrheit sagen?«

»Wozu?«

»Paß auf, Susanne«, sagte Faber. »Es wird nicht mehr lange dauern, und wir sind frei. Aber ich weiß nicht, wer da auf der anderen Seite gräbt. Vielleicht Zivilisten, vielleicht Gefangene. Und vielleicht Soldaten. Verstehst du? Der schwierigste Schritt wird der aus dem Keller sein. Ich habe mir das schon überlegt. Ich trage eine Uniform. Deshalb werde ich mich im Hintergrund halten, wenn die von drüben zu uns klettern, und versuchen, in einem günstigen Augenblick auszureißen. Dabei könnte der Priester uns helfen. Vor einem Priester haben die meisten Menschen noch immer einen gewissen Respekt. Er könnte mit ihnen reden, er könnte ihre Aufmerksamkeit auf sich ziehen, und wir hätten eine Chance, zu fliehen.«

»Wenn er aber nichts davon wissen will?«

»Dann können wir ihn noch immer bitten zu schweigen.«

»Was hältst du selbst für das Beste?«

»Mit ihm zu reden.«

»Und was willst du ihm sagen?«

»Die Wahrheit.«

»Die ganze Wahrheit?«

Faber lächelte.

»Auszugsweise«, sagte er. »Bist du einverstanden?«

Sie nickte und legte einen Arm um seinen Hals. »Ich möchte dabeisein.«

»Gut«, sagte er, »komm mit.« Sie stiegen in den zweiten Stock hinauf.
»Aber Schröder –«
»Wir werden sehen«, sagte Faber. Im Näherkommen bemerkten sie, daß der Chemiker sich um die Lampe bemühte. »Der Docht ist zu kurz«, sagte Gontard und kratzte sich den Kopf.
»Nein«, sagte Schröder, »es ist kein Petroleum mehr in der Flasche.« Faber drückte Susannes Hand. Schröder stand auf. »Ich gehe hinunter und fülle sie wieder. Sie werden ein paar Minuten im Finstern bleiben.« Er ging pfeifend zur Treppe. Es wurde dunkel. Faber trat neben das Mädchen.
»Hochwürden, wo sind Sie?«
Der Priester legte ihm eine Hand auf die Schulter.
»Hier.«
»Hören Sie«, sagte Faber, »wir haben nur wenig Zeit. Ich muß Ihnen eine Mitteilung machen.«
»Ja?«
»Susanne und ich lieben einander.« Der Priester schwieg. »Haben Sie mich verstanden?«
»Ja«, sagte Reinhold Gontard.
»Ich bin desertiert. Ich bin vor zwei Tagen in Ungarn desertiert.«
»Ja«, sagte Gontard.
»Wollen Sie uns helfen?«
»Ja«, sagte Reinhold Gontard zum viertenmal.
»Danke«, sagte der Soldat. »Wenn die anderen von drüben kommen – dann will ich fliehen.«
»Es wird nicht so schwer sein. Wissen Sie, wohin Sie gehen?«
»Zu Susanne.«
»Ich kann Ihnen Kleider verschaffen«, sagte der Priester. »Und Lebensmittel. Wann immer Sie mich brauchen, kommen Sie zu mir. Ich wohne in dem Kloster in der Annagasse, Annagasse 19. Werden Sie sich das merken?«
»Ja«, sagte Faber. Der Priester nahm die Hand von seiner Schulter.

»Was machen Sie?«
Faber lachte. »Ich habe Susanne geküßt, da Sie für derartige Zärtlichkeiten doch nicht in Frage kommen.«
»Lächerlich«, sagte der Priester, »warum nicht?«
»Warum wirklich nicht?« meinte Susanne, sie tastete sich zu ihm und küßte ihn auf den Mund.
»Fräulein Riemenschmied«, erklärte Gontard, »Sie gefallen mir.«
»Sie gefallen mir auch.«
»Wir sind alle drei reizende Menschen.«
»Ich glaube, Schröder kommt zurück«, sagte Susanne. Gontard räusperte sich und sprach von seiner Sehnsucht nach einem Glas Bier. Seine Worte klangen ergreifend. Faber lachte über sie. Aber Schröder, der mit der brennenden Lampe näher kam, hatte plötzlich ganz klar und stark das Gefühl, daß er in seiner Abwesenheit zu einem Ausgeschlossenen geworden war. Die anderen fingen sogleich ein Gespräch mit ihm an. Aber Schröder wußte: Sie hatten ein Geheimnis miteinander, und er würde es nicht erfahren.
»Haben Sie sich im Dunkeln gefürchtet?« fragte er das Mädchen, als er die Lampe niederstellte.
»Nein, ich war ja nicht allein!«
Schröder sah Susanne nachdenklich an. Auch du, dachte er. Auch du bist gegen mich. Du wirst es mir nicht sagen, aber wir wissen es beide. Du magst mit mir nichts zu tun haben. Und doch grabe ich dich aus diesem Keller aus, ebenso wie die beiden Männer, die deine Vertrauten sind. Du wirst mir nie danken, was ich für dich tue, weder im Keller noch draußen im Leben. Wir kennen uns gar nicht, und trotzdem stellst du dich gegen mich. Warum? Er zuckte die Achseln und griff wieder nach der Schaufel.
»Faber«, sagte er, »Sie sind ein glücklicher Mensch.«
Dieser nickte. »Ja, ich weiß.«
»Sie haben gar keine Ahnung«, sagte Schröder, »wie glücklich Sie sind.«

Susanne erreichte die untere Etage des Kellers und setzte sich wieder an das Bett der schwangeren Frau. Das Kind ließ sich von Therese Reimann ein Märchen erzählen.

»Fräulein Riemenschmied«, sagte Anna Wagner, »ich möchte Sie gerne um etwas bitten. Aber ich weiß nicht, wie ich es anfangen soll.«

»Versuchen Sie es einmal.«

Anna Wagner fuhr mit den Händen über die Decke des Bettes.

»Ich werde jetzt bald mein Kind zur Welt bringen«, sagte sie langsam.

»Nicht hier.«

»Hoffentlich nicht hier. Aber es kann doch sein.«

»Heute abend sind wir frei.«

»Vielleicht«, sagte Anna Wagner.

»Bestimmt!«

»Fräulein Riemenschmied«, sagte die Schwangere, »es ist zu dumm, aber ich habe schreckliche Angst vor dem heutigen Abend.« Sie bewegte hilflos die Hände. »Ich weiß nicht, warum. Ich habe so lange Angst gehabt, daß ich mich schon gar nicht mehr an eine Zeit erinnern kann, in der ich keine hatte. Es ist mir nie etwas geschehen. Aber ich bin meine Angst nie losgeworden. Ich habe sie noch immer. Schreckliche Angst.«

»Es wird alles gut werden«, sagte Susanne und kam sich dumm vor.

»Ich habe Angst vor dem Tod«, flüsterte Anna Wagner, »und deshalb wollte ich Sie um etwas bitten.«

»Sie werden nicht sterben.«

»Vielleicht doch.«

»Heute abend liegen Sie schon im Spital, und in ein paar Tagen ist alles vorüber.«

»Ja«, sagte Anna Wagner, »so wird es sein. Und vielleicht sterbe ich auch. Können Sie dann – würden Sie dann Evi zu meiner Mutter bringen?«

»Natürlich«, sagte Susanne, »aber es wird Ihnen nichts geschehen.«
»Sie wohnt im 16. Bezirk«, flüsterte die Schwangere, »Thaliastraße 45. Ich habe die Adresse aufgeschrieben. Sie liegt in meinem Koffer. Und zwei Briefe an meinen Mann liegen auch in ihm. Es hat keinen Sinn mehr, sie abzuschicken, denn sie würden ihn doch nicht erreichen. Wollen Sie sie behalten und ihm geben, wenn er nach Hause kommt?«
»Liebe Frau Wagner«, sagte das Mädchen, »das will ich gerne tun. Aber Sie werden nicht sterben. Machen Sie sich keine Sorgen. Wir haben gute Ärzte. Und Sie sind jung. Das ist nicht Ihr erstes Kind.«
Anna Wagner schüttelte den Kopf. »Heute nacht, da träumte mir, ich wäre tot.«
»Nein«, sagte Susanne.
»Doch«, sagte die Frau. »Ich war tot. Es regnete, und ich lag in einem Keller und war tot. Zuerst konnte ich nichts erkennen, denn es war finster, und ich wußte überhaupt nicht, wie ich in den Keller gekommen war. Aber dann fiel es mir ein. Ich war verschüttet worden, und als man mich schon fast ausgegraben hatte, fiel noch eine Bombe auf das Haus, und der ganze Gang stürzte wieder ein.«
»Aber das ist doch Unsinn!«
»Ich weiß. Aber ich habe mich sehr gefürchtet. Und deshalb sollen Sie die beiden Briefe an sich nehmen, weil doch keiner sagen kann, was uns noch geschehen wird.«
»Die erste Bombe, die auf das Haus fiel, hat uns nichts tun können, weil der Keller so tief war«, sagte das Mädchen. »Es ist unmöglich, daß noch eine Bombe auf dieselbe Stelle fällt.«
»Es ist nicht ganz unmöglich.«
»Natürlich nicht. Aber wenn einem von uns hier unten etwas geschieht, dann wird allen andern wahrscheinlich dasselbe geschehen, glauben Sie nicht?«

»Ja«, sagte die Frau, »daran habe ich nicht gedacht.«
»Wenn wirklich noch eine Bombe auf das Haus fällt und der Keller einstürzt, können wir alle umkommen.«
»Das ist richtig«, sagte Anna Wagner.
»Aber es wird nichts geschehen. Es kann nichts geschehen. Deshalb sollen Sie keine Angst haben.«
Anna Wagner drehte das Gesicht zur Wand.
»Ja«, sagte sie, »deshalb soll ich keine Angst haben.«

4

Etwa eine Stunde später sägten die drei Männer Balken zurecht, um eine weitere Partie des Ganges abzustützen. Das Klopfen von der anderen Seite war sehr deutlich geworden. Faber pfiff eine Schlagermelodie, während er mit Schröder sägte.
»Wir haben wirklich Glück«, sagte dieser. »Sogar die verdammten Steine werden kleiner. Wenn das so weitergeht, werden wir bald die Erde aus dem Gang herausschaufeln können.«
»Wissen Sie, was wir tun sollten, wenn wir durch sind? Dem Hauseigentümer eine Rechnung präsentieren. Über den Bau eines vollendet schönen Ganges. Feinste Spezialarbeit, von drei Experten ausgeführt.«
»Ja«, sagte Gontard, »das wäre eine Idee. Nennen wir uns ›Erste Wiener Tunnelbaugesellschaft‹. Ein Chemiker, ein Soldat und ein Priester – wir sollten Erfolg haben.«
»Denken Sie allein an die Rekordzeit, in der wir unsere Arbeit erledigen. Man verschütte uns in einem Keller, und wir liefern garantiert und schnellstens einen erstklassigen Durchbruch.«
Der Balken war durchsägt. Schröder spuckte erleichtert auf den Boden. Dann richtete er sich auf. »Wißt ihr, was mir gerade eingefallen ist? Der Besitzer des Hauses hat jetzt einen hervorragenden Keller und kein Haus mehr.«

»Ein sogenannter Kellerbesitzer«, sagte Faber.
»Ob er unsere Arbeit noch zu schätzen weiß? Vielleicht hat er andere Sorgen. Die Leute sind undankbar.«
»Wozu braucht er einen Keller, wenn er kein Haus mehr hat?«
»Immer noch besser ein Keller als gar nichts«, meinte Gontard.
»Ein Keller in der Hand«, sagte Faber grinsend, »ist besser als ein Haus auf dem Dach.«
»Ein Glück, daß wir kein Haus in den Keller bekamen«, sagte Schröder.
»Bei genauerer Überlegung«, murmelte der Priester, »will es mir scheinen, als ob der Baustil der Zukunft den gegenwärtigen Sicherheitsverhältnissen durch eine Verlegung der Wohnräume *unter* die Erde entgegenkommen sollte.«
»Dann werden wir unsere Rechnung auf den Bau einer Haustür umschreiben«, sagte Faber. Er horchte auf. »Nanu, haben die drüben etwa eine Frühstückspause eingelegt?«
»Warum?«
»Ich kann sie nicht hören.«
Der Priester nahm den Hammer und schlug gegen die Wand. Aber es blieb still.
»Na, den Kerlen werde ich etwas erzählen«, sagte Faber.
»Wenn ich sie sehe.«
»Sie können niemanden zur Arbeit zwingen!« rief Schröder und lachte.
»Erinnern Sie sich noch?«
Faber lachte gleichfalls.
»Das habe ich gestern gesagt, nicht wahr?«
Schröder nickte.
»Sehen Sie, wie Sie sich heute darüber ärgern?«
»Ja, aber es stimmt trotzdem.«
»Stimmt es wirklich?«
»Ich weiß nicht«, sagte Faber. »Vielleicht. Lebensregeln sind nicht meine starke Seite.« Sie sägten weiter.
Plötzlich sagte der Priester: »Da sind sie wieder.«

Jetzt lauschten sie alle.
»Ja«, sagte Faber, »sie klopfen wieder.«
Schröder war aufgeregt.
»Sie klopfen jetzt anders! Hören Sie den Unterschied?«
»Nein«, sagte der Priester.
»Ich höre ihn ganz deutlich! Das ist ein anderes Klopfen.«
»Unsinn! Es gibt kein anderes Klopfen.«
»Faber«, sagte Schröder und lief ein paar Schritte auf und ab, »haben Sie kein rhythmisches Gefühl für Töne?«
»Nein!«
»Aber ich, ich habe ein Ohr dafür.« Schröder sah die beiden anderen an. »Wißt ihr, was das ist?«
»Was?«
»Morsezeichen! Das sind Morsezeichen. Irgendeine Botschaft! Die wollen uns etwas sagen ...« Er wandte sich an Faber. »Können Sie Morsetexte lesen?«
»Nein. Und Sie?«
»Ich konnte es einmal ...« Das Klopfen dauerte an. Schröder rieb sich nervös die Hände. »Was wollen die nur?«
Dann begann er in seinen Taschen zu suchen. »Ich habe einen Kalender. Ich glaube, in ihm befindet sich eine Tabelle mit Morsezeichen.« Er zog ein kleines Buch hervor und blätterte. »Hier«, sagte er, »hier ... nein, hier ist es.« Er nahm seine Feder und setzte sich auf den Boden. »Ich werde es versuchen. Vielleicht verstehen wir sie.« Schröder lauschte angestrengt und zeichnete eine Reihe von Punkten und Strichen auf das Papier des Kalenders. Schließlich riß er die Seite heraus. »Nein, das ist falsch!«
Er begann von neuem.
»Lang«, sagte er, »kurz, kurz, kurz, kurz, lang.« Sein Kopf bewegte sich im Rhythmus der Schläge. »Kurz, kurz, lang, kurz. Nein, das ist ein neuer Buchstabe ...« Faber und der Priester sahen ihm zu. Nach ein paar Minuten brach Schröder ab.
»Ich glaube, das ist alles.« Er begann die Botschaft zu entziffern.

»Lang, kurz«, sagte er, »das ist ein N. Punkt, das ist ein E ... N. E. U. E. R., das erste Wort heißt ›Neuer‹«. Er buchstabierte weiter. »L. U. F. T. A. N. B. – das Zeichen ist falsch. Ich kann es nicht finden.«
»Wie heißt das Wort bisher?«
»Luftanb –«, sagte Schröder.
»Luftangriff!« rief Faber. »Das Wort heißt Luftangriff!«
Er kniete neben Schröder nieder. »Weiter. Wie heißt das nächste Wort?«
»A. U. F.«, buchstabierte Schröder. »Auf W. I. –«
»Auf Wien«, sagte Faber ungeduldig. »Neuer Luftangriff auf Wien.« Schröders Finger zitterten. Er suchte.
»Hier«, sagte Faber, »das ist ein S, dann kommt ein T. Dann ein U. Das muß ein E sein ... STUETZET heißt das Wort ...«
Schließlich hatten sie die ganze Botschaft vor sich: Neuer Luftangriff auf Wien. Stützet den Tunnel ab.
Sie sahen sich an. Dann fluchte Schröder. Er fluchte lange. Faber stand auf.
»Schon gut«, sagte er, »wir müssen uns beeilen.«
Sie arbeiteten weiter. Der zweite Balken wurde durchsägt, dann nahmen sie den dritten.
»Schneller«, sagte Faber. Schröder hustete.
»Neuer Luftangriff auf Wien! Diese verfluchten Schweine!«
Faber stemmte einen Stiefel gegen das Holz und zog die Säge an sich, daß das Metallblatt kreischte.
»Ja«, sagte er, »diese verfluchten Schweine.«
Der Priester schleppte die beiden fertigen Balken in den Tunnel.
»Warum regen Sie sich auf? Es ist doch nichts geschehen. Wir haben schon mehrere Luftangriffe erlebt. Oder nicht? Kein Grund zu Hysterie.«
»Wenn alles in Ordnung wäre, hätten die drüben uns nicht verständigt«, sagte Schröder, der leise keuchte. »Irgend etwas geht vor. Da! Haben Sie das gehört?«
Ein leises Grollen drang in den Keller.

»Die Flak schießt«, sagte Faber. »Passen Sie auf, Sie werden sich in den Finger schneiden.«
Wieder drang eine ferne Detonation zu ihnen.
»Vorwärts«, sagte Faber, »wir müssen auf alle Fälle die Balken in den Gang verteilen. Zum Fluchen ist später noch Zeit.« Er fühlte, wie eine leichte Unruhe ihn überkam. Lächerlich, dachte er, ausgerechnet hier soll noch einmal etwas geschehen. Wir sind alle nervös. Wenn wir nur den Balken schon durchgesägt hätten ... sei ruhig, du Trottel, es wird überhaupt nichts geschehen. Laß dich nicht anstecken von diesem Schröder. Es ist nichts. Trotzdem wird mir wohler sein, wenn wir den Gang abgestützt haben ... Er warf die Säge fort. »So«, sagte er und hob den letzten Balken auf. Er versuchte, ihn zwischen den beiden anderen und der Decke zu verkeilen, aber der Zwischenraum war zu klein.
»Stellen Sie die Pfosten schief gegen die Mauer. Dann können wir sie später noch immer senkrecht klopfen.«
Schröder und der Priester folgten seinen Worten. Das Grollen kam wieder näher. Faber schob den waagerechten Balken in die nun vergrößerte Öffnung.
»Ich halte ihn fest. Schlagen Sie die beiden Pfosten gerade.«
Faber hatte die Arme über den Kopf gehoben und stand mit gespreizten Beinen, das Gesicht zur Mauer gekehrt. Der Balken verschob sich leicht, als Schröder ihn festzuschlagen begann.
»Ist es so gut?«
»Nein«, sagte Faber, »das ist noch gar nichts. Schlagen Sie fester auf das Holz.«
Schröder schwang den Hammer wie einen Krocketschläger. Faber fühlte, daß der Balken sich festfraß. Dann, plötzlich, fühlte er etwas anderes. Ein sonderbares Beben ging durch das Holz, es schien Faber, als schwanke der Boden in einer mäßigen Wellenbewegung, und er hörte den Priester Atem holen. Der Balken sank wie unter einem riesenhaften Druck abwärts, die beiden vertikalen Pfosten glitten vor.

»Vorsicht«, sagte Faber sehr leise und stemmte sich gegen das Holz, bis sein Kreuz sich durchbog und seine Knie zu zittern begannen. »Schlagen Sie die beiden Balken zurück!«
Ein heftiger Ruck ging durch die Wand. Erdreich fiel Faber ins Gesicht. Schröder hieb wie von Sinnen auf die stützenden Pfosten ein, aber der Balken glitt langsam weiter. Fabers Stirnadern traten hervor. Er schloß die Augen und hielt den Atem an. Seine gekrümmte Gestalt stand unbeweglich. Ein Stein fiel aus der Decke.
»Helfen Sie mir«, sagte Faber tonlos. Schröder sprang neben ihn. Fabers Arme bogen sich in den Gelenken. Er wandte sich blitzschnell um und fing den sinkenden Balken mit den Schultern auf. Sein Rücken lehnte an der Wand, neben ihm stand Schröder. Er biß die Zähne zusammen. Auch seine Schultern bogen sich unter der Last der sinkenden Decke. Der Priester schlug noch immer mit dem Hammer gegen die unaufhörlich weitergleitenden Pfosten. Der feine Erdregen wurde dichter.
Zu dieser Zeit war es genau sieben Minuten vor elf.

5

Faber fühlte, wie die scharfe Kante des Balkens in die Haut seines Halses eindrang. Schröder keuchte. Seine Brille war ihm von der Nase gefallen. Der Priester trieb hastig zwei spitze Eisenstücke vor den vertikalen Pfosten in den Boden, um sie von weiterem Gleiten abzuhalten.
»Eine Minute«, sagte er dabei, »eine Minute ... warten Sie ... halten Sie es noch eine Minute aus? Ich bin gleich soweit. Eine Minute noch!«
Der Balken schrammte Fabers Hals. Er spürte, wie das Blut ihm langsam über den Rücken lief. Der stechende Schmerz in seinen Schulterblättern wurde stärker. Ein neuer Ruck ging durch die Wand. Seitlich schauend, gewahrte Faber einen Riß im Erdreich. Wieder fielen Steine aus der Decke.

»Gleich«, sagte der Priester, »warten Sie noch einen Augenblick ...«
Schröder stöhnte.
»Halten Sie es noch aus?«
»Nicht mehr lange.« Die Hände des Chemikers waren rot und dick. Er stemmte sie auf die Knie. Gontard hatte den rechten Balken festgeschlagen und bemühte sich um den linken.
»Sofort«, sagte er, »sofort ... der Gang darf nicht einstürzen ... warten Sie ... warten Sie noch ...«
Die beiden vertikalen Pfosten standen still. Statt dessen begann sich ihr oberer Teil aus der Höhle herauszuschieben. Die Männer stemmten sich gegen diese neue Bewegung. Aber auch sie wurden langsam von der Wand abgedrängt. Der Balken wanderte nach vorne. Die Decke des Tunnels wanderte mit ihm.
»Schlagen Sie oben gegen das Holz«, sagte Faber keuchend. Der Priester folgte. Als der Hammer den Balken traf, glaubte Faber, der Kopf würde ihm abgerissen. Er biß sich in die Lippen.
»Noch einmal«, sagte er. Gontard schlug zu. Walter Schröder seufzte schwer und fiel zu Boden. Dann geschah alles sehr schnell.
Der Balken, der nun nur noch auf einer Seite gestützt wurde, kippte, schlug Faber gegen die Schläfe und fiel mit den beiden anderen um. Faber sprang vor, so schnell er konnte, und riß den Priester mit sich. Aus der Wand kam ein tiefer ächzender Ton. Dann begann sie zu stürzen. Zuerst stürzte die Decke ein und begrub Schröder unter sich. Dann brachen die beiden Stirnflächen des Eingangs zusammen. Ein großer Erd- und Steinhaufen verschüttete im Lauf von wenigen Sekunden den vorgetriebenen Gang. Faber packte die Lampe und leuchtete gegen die Kellerdecke, die von einem kurzen Sprung durchzogen war. Aber die Kellerdecke hielt. Nach kurzer Zeit hörte sogar der Erdregen auf. Von dem Durchbruch war nur noch der Eingang zu sehen.

»Es ist alles vorüber«, sagte Faber und griff nach der Schaufel. »Wir müssen Schröder ausgraben, bevor er erstickt.«
Der Priester wühlte mit beiden Händen. »Vorsicht«, sagte er, »Sie werden ihn mit der Schaufel verletzen.«
»Er liegt weiter hinten. Ich passe schon auf.«
»Hier sind seine Füße. Vielleicht können wir ihn herausziehen.«
»Nein«, sagte Faber, der nun auch seine Hände benützte, »es sind zu viele Steine in der Erde. Versuchen Sie, das Gesicht frei zu bekommen.«
Schließlich gelang es ihnen, Schröder auszugraben. Er war bewußtlos, kam aber schon nach kurzer Zeit zu sich. Sein Gesicht blutete an vielen kleinen Stellen. Er schlug die Augen auf und fragte: »Ist der Gang eingestürzt?«
»Zum Teil«, sagte Faber. Schröder betrachtete schweigend den Erdhaufen vor sich. Dann begann er zu weinen. Die Tränen liefen über seine schmutzigen, zerkratzten Wangen und tropften auf den Boden. Schröder weinte geräuschlos und sagte kein Wort. Mit seiner Gebärde vollendeter Hoffnungslosigkeit drehte er sich um und legte sich nieder. Sein Gesicht ruhte in der schwarzen, feuchten Erde. Sie bedeckte seine Augen, seinen Mund und seine Stirn. Aber er merkte es gar nicht. Er lag ganz still und weinte wie ein Kind.
Der Priester stieg vorsichtig über ihn hinweg und räumte ein paar Steine beiseite.
Dann sah er Faber an.
»Wir haben uns zu früh gefreut.«
Faber nahm den Hammer und klopfte. Aber es blieb still. Er versuchte es nochmals. Es kam keine Antwort mehr von der anderen Seite.
»Neuer Luftangriff auf Wien«, sagte der Priester und stocherte mit der Eisenstange in etwas Erde herum. »Wir haben die Botschaft richtig entziffert. Wissen Sie, wo wir jetzt sind?«
»Wo?« fragte Faber abwesend und sah auf den weinenden Schröder.

»Wo wir gestern waren«, sagte Gontard. Der Soldat schüttelte den Kopf.
»Nein, wir sind viel weiter. Die Erde ist locker und leicht. Wir brauchen sie nur beiseite zu schaufeln. Das Hacken hat ein Ende. In ein paar Stunden ist der Gang wieder frei.«
»Faber!«
»Ja«, sagte dieser. »Lassen Sie mich in Ruhe. Glauben Sie, mir ist nicht zum Heulen zumute?«
»Dann heulen Sie doch!«
»Nein«, sagte Faber. »Ich will nicht.«
»Ich will schon«, sagte Gontard. »Aber ich kann nicht.« Er setzte sich und ließ ein wenig Erde durch seine Finger rinnen. Schröders Gesicht war tragisch.
»Wenn ich nicht umgefallen wäre, hätte der Balken gehalten.«
»Nein«, sagte Faber, »die Wand wäre auf alle Fälle eingestürzt.«
»Wir beide hätten den Balken halten können, solange der Priester die Bolzen einschlug. Aber ich war zu schwach. Wir hätten ihn halten können, zusammen!«
»Nein«, sagte Faber, »das war unmöglich.«
Schröder bohrte Lehm aus seinen Ohren.
»Wenn ich nicht umgefallen wäre, stünde der Gang noch.«
»Zehn Männer hätten ihn nicht stützen können.«
»Wir beide«, murmelte Schröder verlegen, »nur wir beide. Und der Priester hätte die Bolzen eingeschlagen ...«
»Die Pfosten wären auf alle Fälle gestürzt!«
»Nein«, sagte Schröder.
»Ja!« sagte Faber.
»Nicht, wenn wir sie zusammen gehalten hätten.«
Faber holte Atem.
»Ich war zu schwach«, sagte Schröder. »Ich fiel um und ließ Sie allein den Balken halten, und so konnte der Gang einstürzen. Wäre ich stehen geblieben, hätte es nicht geschehen können. Ich bin schuld daran. Weil ich umfiel.«

»Schröder!« schrie Faber plötzlich. »Hören Sie auf mit diesem Gerede!«
Der Priester hob eine Handvoll Erde auf und ließ sie langsam zu Boden rinnen. Dann griff er nach neuer.
»Ich war zu schwach«, sagte Schröder. Faber beherrschte sich und schwieg. »Ich bin schuld an allem. Wäre ich stärker gewesen, hätte das nicht passieren können ...«
Faber sagte den gemeinsten Fluch, den er kannte, hob die Schaufel und begann zu graben.
Der Priester warf zwei kleine weiße Steine in die Luft. Wenn er den einen auffing, flog der andere nach oben. Seine Augen verfolgten interessiert den Weg der beiden Kiesel. Niemand wäre auf die Idee gekommen, daß Reinhold Gontard betete.

6

Während ihre Mutter mit Susanne Riemenschmied sprach und Fräulein Reimann in einem Koffer kramte, fiel es Evi Wagner plötzlich ein, daß sie schon lange nicht mehr »Einbilden« gespielt hatte. Heute nicht und gestern nicht – es war so vieles geschehen, daß sie darauf vergessen konnte. Aber nun war es ruhig, nun hatte sie Zeit, nun wollte sie spielen.
»Einbilden« war eine Erfindung, die sie selbst gemacht hatte, ein Spiel, zu dem man keine Freundin brauchte, keinen Ball, keine Wiese, keinen Puppenwagen. »Einbilden« konnte man ganz allein spielen und gerade dann besonders gut. »Einbilden« war ein wunderbarer Spaß, wenn man genug von Bilderbüchern und Märchen hatte. Man bildete sich ein, man wäre irgendwas: ein Segelboot zum Beispiel oder ein Königssohn, ein Schmetterling oder ein Känguruh, das seine Kinder in einem Beutel trug und hüpfte. Man bildete sich ein, man wäre irgend etwas Fremdes, Aufregendes, Ungewöhnliches und betrug sich dann so, als ob der vorgeschützte Sachverhalt dem richtigen, als ob die erdichtete Existenz der wirklichen entspräche. Wenn man ein

Haifisch war, dann schnappte man mit den Kiefern, kroch auf dem Bauch und strampelte in Ermangelung einer Schwanzflosse mit den Beinen. War man ein Flugzeug, dann lief man mit ausgebreiteten Armen (den Tragflächen) in Kreisen und Schleifen durch das Zimmer, brummte tief und landete schließlich voll Vorsicht auf dem Flughafen zwischen dem Schrank und dem Ofen. War man ein Tiger im Dschungel, so wand man sich geschmeidig auf allen vieren zwischen Tisch und Stuhlbeinen hin und her, lag lange Zeit flach unter dem Bett und stürzte sich dann, wild brüllend, auf eine vorüberziehende Ziegenherde, wobei man annahm, daß die europäische Hausziege auch in äquatorialen Gegenden heimisch ist.

Das Vergnügen, in eine fremde Existenz einzusteigen wie in ein sympathisches Vehikel und sie wieder verlassen zu können nach eigenem Ermessen, mit sich selbst ein Geheimnis zu haben vor den Erwachsenen – das war das Spiel »Einbilden«, das Evi, wie Millionen andere Kinder, selbst erfunden hatte.

Sie nahm Gontards Taschenlampe von der vollgeräumten Kiste, knipste sie an und ging zu ihrer Mutter, die noch immer mit Susanne Riemenschmied sprach.

»Ich möchte spielen!«

»Bleib doch bei uns.«

»Aber ich habe schon so lange nicht mehr gespielt.«

Evi kletterte auf das Bett und streichelte die Mutter.

»Darf ich gehen?«

»Wohin?«

»Nur hier im Keller.«

»Gut«, sagte Anna Wagner. »Aber mach dich nicht schmutzig. Es ist überall finster.«

»Ich habe eine Taschenlampe«, sagte Evi stolz und glitt zu Boden. Sie lief fort und wiederholte die Worte ...

Ich habe eine Taschenlampe, sagte der Fahrer des großen dunkelroten Lastkraftwagens, der über die dunkle Landstraße raste. Es war tiefe Nacht. Nicht einmal die Sterne schienen. In den Kurven hieß es vorsichtig sein, denn man wußte nie, was hinter der nächsten Ecke kam. Hier zum Beispiel! O Gott, schnell auf die Bremsen treten … Rrrrrrrrrr, rasseln die Zahnräder. Zitternd bleibt der Wagen stehen. Nur ein paar Zentimeter vor der nassen Mauer. Da hätte das schrecklichste Unglück geschehen können. Wir nehmen die Taschenlampe und leuchten die Wand ab. Nein, hier können wir nicht durch, das ist ganz unmöglich. Wir müssen umdrehen und eine andere Straße wählen. Der Motor fängt an zu brummen, wir schalten die Scheinwerfer ein. Zurückfahren auf derselben Straße, aber vorsichtig, nicht zu schnell und ständig hupend. Tuu-tuu-tu-tuuu! Jetzt läuft die Straße geradeaus, den Weg kennen wir, der führt nach Amerika, an das andere Ende der Welt, dorthin, wo die Kisten der alten Frau stehen, die uns Schokolade geschenkt hat. Zunächst fahren wir nach Amerika, später, wenn wir zurückkommen, nach Floridsdorf und dann in die Engerthstraße. Nach Rußland fahren wir auch und nach Ungarn. Vielleicht treffen wir den Vater dort. Aber zuerst müssen wir nach Amerika, unsere Ware abliefern. Fünfzig Säcke, den ganzen Wagen voll. Fünfzig kostbare Säcke, gefüllt mit feinster Gerechtigkeit. Sie kostet eine Menge Geld, diese Gerechtigkeit, deshalb müssen wir auch besonders vorsichtig sein, damit den Säcken nichts geschieht. Wir beschreiben einen großen Bogen, laufen Amerika, von Osten kommend, an, landen auf einem Wäscheballen und leeren die Gerechtigkeit aus, indem wir uns seitlich neigen. So. So. Ein Sack nach dem anderen. Und hier der letzte. Wie? Nein, leider, wir können nicht bleiben. Wir müssen gleich weiterfahren. Es ist schon spät. Und wir waren noch nicht in Floridsdorf. Auf Wiedersehen, wir kommen bald wieder. Gute Nacht, Amerika! Wir starten den Motor und ziehen die Knie beim Gehen hoch an den Leib, denn die Strecke über den Atlantischen Ozean ist gefährlich, und wir können nicht schwimmen. Unser Scheinwerfer wandert hin und her. Langsam fahren wir in unserem brummenden Auto durch das Meer. Wellen schlagen an uns, der

Wind heult ... und es ist ganz finster. Wir verdienen unser Brot schwer. Mitten in der Nacht sind wir unterwegs für andere Leute. Damit sie zum Frühstück ihre Gerechtigkeit haben. Der Sturm bläst, wir müssen uns vorneigen. Die Wellen schaukeln. Auf und ab. Auf und ab. Das ist aber komisch! Ich glaube, ich schaukle wirklich! Nein, so etwas ... Jetzt ist es ruhig. Aber jetzt, jetzt wackelt es wieder, ich fühle es ganz deutlich. Und irgend etwas knarrt und knistert und fällt von der Decke herunter. Da! Ein Stein ...

Evi stand in der Nähe des Treppenaufstiegs und betrachtete einen Stein, groß wie ihr Kopf, der vor ihre Füße gefallen war. Sie konnte sich nicht erklären, woher er kam. Über sich hörte sie Lärm. Was machten die? Der Pfarrer, der Mann mit der Brille und der Soldat, der das Mädchen liebhatte? Warum wackelten sie mit den Wänden? Evi hielt die brennende Taschenlampe in der Hand und kletterte eilig die Stufen hinauf. Ihre Augen leuchteten. Irgend etwas schrecklich Interessantes ging vor, das war klar. Vielleicht eine Überraschung, vielleicht etwas, das sie nicht wissen sollte. Aber warum hatte der Boden gewackelt? Warum? Gleich würde sie es wissen. Sie erreichte die zweite Etage und marschierte auf den Tunnel los. Dann blieb sie sprachlos stehen.

Wo war der Tunnel? Sie sah ihn nicht mehr. War er verschwunden? Und wo kam die viele Erde her, die da herumlag? Die Mauer sah auch ganz anders aus als früher. Und erst die Männer! Der Soldat schaufelte in dem Erdhaufen herum, und der Mann mit der Brille hatte sich auf den Boden gelegt und versteckte sein Gesicht. Was spielten die beiden? Einschauen? O Gott, und der Pfarrer! Warum warf er zwei Steine in die Luft und fing sie wieder auf? Und warum sprachen die drei nicht miteinander? Was hatten sie vor? Was war das für ein komisches, geheimnisvolles Spiel? Evis Augen wanderten und blieben wieder an dem Priester hängen, der die kleinen weißen Steine in die Luft warf. Den einen, den anderen. Dann beide auf einmal.

Jetzt fiel ihm einer der Kiesel aus der Hand. Gontard starrte ihn abwesend an und rührte sich nicht.

Evi fühlte, wie ein kribbeliges Gefühl in ihrer Brust hochstieg. Sie schüttelte sich. Was war das bloß? Sie mußte lachen. Sie lachte aus ganzer Kehle, mit hoher Stimme, sie lachte über diese lustigen drei Männer. Sie konnte sich nicht helfen. Es war so komisch, so komisch, so komisch ...

Evi Wagner hielt die brennende Taschenlampe in der Hand, und ihr kleiner Körper bog sich in einem herzhaften, befreienden Kinderlachen über die winzige Szene aus der unendlichen menschlichen Komödie, deren unschuldige Zuschauerin sie war.

7

»Wie lange wird es dauern?« fragte Therese Reimann. Sie hatten sich alle vor dem eingestürzten Gang versammelt, selbst Anna Wagner war aufgestanden. »Wie lange wird es dauern?«

»Ein paar Stunden«, sagte der Priester, »vielleicht noch eine Nacht.« Er sah in die Gesichter der anderen. Das kleine Mädchen lächelte ihm zu. Die Mutter hatte die Augen zu Boden geschlagen. Susanne Riemenschmied sprach leise mit dem Soldaten. Schröder klopfte Erde aus seinem Anzug.

»Wir werden mit dem Essen sparsamer sein müssen«, sagte Fräulein Reimann sachlich.

»Auch mit der Luft«, sagte der Priester. »Eine Lampe muß genügen.«

»Warum?« fragte Evi.

»Weil wir noch ein wenig länger hier bleiben werden.«

»Hier bleiben?« Evi zog die Stirn in Falten. »Bin ich heute abend noch nicht zu Hause?«

»Vielleicht noch nicht«, sagte Gontard. »Vielleicht erst morgen früh.«

»Aber du hast doch gesagt, daß es heute sein wird.«

»Ich habe mich geirrt.«
»Hörst du die anderen noch klopfen?«
»Nein«, sagte Gontard, »im Augenblick nicht.«
»Dann müssen sie aber sehr weit fort sein.«
»Es ist nicht so arg, wenn wir die Erde fortgeschaufelt haben, werden wir sie wieder hören.«
»Wer weiß, was in dem anderen Keller passiert ist«, sagte Therese Reimann.
»Nichts«, sagte der Priester.
»Vielleicht ist die Bombe auf das nächste Haus gefallen und hat die Menschen drüben ebenso verschüttet wie uns.«
»Das ist unmöglich.«
»Warum ist es unmöglich?«
»Das gibt es nicht!«
»Ja«, sagte die alte Dame, »das gibt es nicht. Warum eigentlich nicht?«
»Weil ich es nicht glauben will.«
»Ich will es auch nicht glauben«, meinte sie, »aber es könnte doch sein.«
Evi ergriff die Hand der Mutter.
»Hast du gehört? Wir müssen noch dableiben ...«
»Ich weiß«, sagte Anna Wagner ruhig und sah Schröder an, »wir müssen noch dableiben.«
»Was haben Sie?«
»Gar nichts«, sagte die Frau, »ich habe gar nichts. Nicht einmal mehr Angst. Das ist das Sonderbare. Ich weiß jetzt, wie alles kommen wird. Ich habe gar keine Angst mehr, weil ich es weiß.«
»Woher wissen Sie alles?«
»Ich habe geträumt. In der letzten Nacht. Deshalb fürchte ich mich nicht mehr. Es ist schon lange her, daß ich mich nicht mehr gefürchtet habe.«
»Erzählen Sie uns allen, wie es werden wird«, sagte Therese Reimann.
»Das kann ich nicht.«

»Wollen Sie es nicht?«
»Ich kann es nicht.«
»Es wird nicht so kommen, wie Sie es träumten, Frau Wagner«, sagte Susanne.
»Doch, genau so.«
»Ich weiß, daß es nicht so kommen wird.«
»Was heißt das?« fragte Gontard. »Haben Sie denselben Traum gehabt?«
»Nein, aber Frau Wagner hat mir den ihren erzählt.«
Die Schwangere schüttelte den Kopf.
»Ich habe Ihnen nur die Hälfte von meinem Traum erzählt.«
»Warum haben Sie die andere verschwiegen?«
Anna Wagner antwortete nicht.
»Schon gut«, sagte Faber, »lassen Sie sich keine grauen Haare darüber wachsen, Frau Wagner. Seien Sie froh, daß Sie Ihre Angst losgeworden sind. Sie haben Ihren Traum natürlich nur gehabt, weil Sie verschüttet wurden, und nicht umgekehrt.«
»So ist es«, sagte der Priester, »Sie sind nicht etwa verschüttet worden, weil Sie einen Traum gehabt haben.«
»Hinter allen Dingen«, sagte Schröder plötzlich, »steht ein Sinn. Alles, was hier geschieht, geschieht nur im Gleichnis. Jedem von uns bedeutet dieses Gleichnis etwas anderes.«
»Aber wir haben uns doch«, sagte Susanne, »alle mit demselben Erlebnis auseinanderzusetzen.«
»Fräulein Riemenschmied«, erwiderte Schröder, »der Lehre eines Mannes zufolge, der etwa hundert Jahre nach Christus in Griechenland lebte, hat alles, was uns widerfährt, das ganze Leben, einen dreifachen Sinn. Einen historischen. Einen symbolischen. Und einen metaphysischen. Sie werden mir recht geben, wenn ich sage, daß jeder von uns die hinter uns liegenden Stunden, nach diesen drei Gesichtspunkten gewertet, völlig verschieden erlebt hat.«
Gontard hustete.

»Das weiß ich nicht. Wenigstens, was die historische Seite betrifft, dürften wir doch alle das gleiche empfunden haben.«

»Diese Ansicht«, erwiderte Schröder, »ist gänzlich irrig. Denn wir kommen aus verschiedenen Bezirken der menschlichen Gesellschaft. Wir sind unterschiedlich alt. Wir haben entgegengesetzte Weltanschauungen. Wenn wir, in ein paar Jahren, uns an diese Episode erinnern, dann wird ein jeder von uns ihr einen anderen Wert beimessen. Fräulein Reimann wird an das Schicksal und die Allmacht Gottes denken. Fräulein Riemenschmied vielleicht an die Liebe. Und Sie, Hochwürden, an den Tag, da Sie Ihr Leben zu ändern begannen. Eine Bombe hat uns alle zu Gefangenen gemacht. Aber wir sind sehr verschiedene Gefangene. Nie werden wir über gleichen Erlebnissen zu gleichen Gefühlswerten gelangen, und nie wird das Leben, das wir alle gemeinsam führen, uns zu den gleichen Erkenntnissen verhelfen, ob es sich um metaphysische, symbolische oder historische handelt.«

Faber lachte.

»Warten Sie einmal: Wenn diese Theorie wirklich etwas für sich hat, dann müßten wir eigentlich auf drei verschiedenen Gebieten zu einundzwanzig verschiedenen Ansichten gekommen sein!«

Schröder nickte.

»Das ist völlig richtig. Manche von Ihnen werden ähnliche Ansichten gewonnen haben, auf dem einen oder anderen dieser Gebiete.« Er lächelte ein wenig. »Sie und Fräulein Riemenschmied vielleicht auf dem historischen. Sie, Hochwürden, und ich die entgegengesetztesten auf dem metaphysischen. Wenn man sich diese Überzeugung, wie ich, zu eigen gemacht hat, dann ist es ein leichtes, ein wenig von dem Vielen vorherzusagen, das sich ereignen wird. Denn um das Wesen eines Menschen zu begreifen, muß man sich stets indirekter Methoden bedienen. Eine von ihnen ist die Praxis, sich zu überlegen, wie

er ein Erlebnis in der erwähnten dreigegliederten Weise aufnehmen wird.«
»Was wollen Sie eigentlich?« fragte Faber.
»Ich will das gleiche wie Sie, aber ich versuche es auf einem anderen Weg zu erreichen.«
»Das habe ich nicht gemeint. Was wollen Sie mit dieser Theorie?«
»Auch ich«, sagte Schröder, »weiß, wie alles werden wird.«
Der Priester griff nach der Schaufel, die Faber fortgeworfen hatte. »Sie irren sich, Herr Schröder. Es wird nicht so kommen, wie Sie glauben.«
»O ja!«
»Nein«, sagte der Priester.
»Warum nicht?«
»Weil ich es verhindern werde«, erwiderte Reinhold Gontard. Seine Gestalt streckte sich. Er sprach lauter.
»Wir werden ja sehen«, sagte Schröder. Therese Reimann schüttelte den Kopf.
»Wovon sprechen Sie eigentlich? Vielleicht hat einer von Ihnen die Freundlichkeit, mich aufzuklären. Es interessiert mich schließlich auch.«
»Fräulein Reimann«, fragte der Priester ruhig, »glauben Sie an Gott den Allmächtigen?«
»Ja«, sagte die alte Dame.
»Faber«, fragte der Priester, »gibt es etwas Wertvolleres als das menschliche Leben?«
»Nein«, sagte Faber.
»Evi«, fragte Gontard, »was braucht man zum Leben fast ebensosehr wie den Sauerstoff?«
»Die Gerechtigkeit«, erwiderte das kleine Mädchen. »Und etwas zu essen.«
»Fräulein Riemenschmied, gibt es etwas, das stärker ist als die Liebe?«
»Nein«, sagte Susanne.

»Frau Wagner, wissen Sie, warum es zum Krieg gekommen ist?«
»Nein«, sagte diese.
Schröder setzte irritiert seine Brille wieder auf. »Was soll das bedeuten?«
»Das soll bedeuten, daß wir genug geredet haben. Ich weiß jetzt, was ich zu tun habe.«
»Das weiß ich seit langem.« Faber lachte.
»Wie erfreulich. Was halten Sie von meinem Vorschlag, weiterzuarbeiten?«
»Angenommen«, sagte Gontard. Er begann zu schaufeln. Faber rollte die umgestürzten Balken zur Seite. Die Frauen gingen in das untere Stockwerk zurück. Walter Schröder sah ihnen nach. Er hatte die Hände in die Taschen seiner Hose gesteckt, und sein Mund war rund, als wollte er pfeifen. Aber er pfiff nicht. Er wartete auf den Augenblick, da die Reihe an ihn kommen würde, weiterzugraben. Und während er wartete, ballte sich die eine seiner Hände in der Tasche zur Faust.

Kapitel 6

1

Sieben Minuten vor elf zerschlug ein Splitter der Bombe mit dem Kennzeichen US BR 84732519/44 die Wand eines Wasserrohres, das sich unter der Fahrbahn der Plankengasse hinzog. Von diesem Zeitpunkt an verströmte mit großer Gewalt unaufhörlich Wasser in die Umgebung der Bruchstelle. Es kam einen weiten Weg aus den Reservoiren der Wiener Hochquellenleitung am Rosenhügel und drang nach allen Richtungen vor. Ein Teil stieg aufwärts und begann den durch die Explosion der Bombe entstandenen Trichter trüb und schlammig zu füllen. Ein anderer Teil fand seinen Weg durch Erd- und Steinschichten in einen alten Luftschacht, der in die Trennungswand der Häuser Plankengasse 2 und Neuer Markt 13 gegraben worden war, und stieg in diesem langsam empor, wobei es sich nach dem Gesetz der kommunizierenden Gefäße stets auf dem Niveau des Flüssigkeitsspiegels in dem Trichter hielt.

Die Seite der Mauer, die in den Keller des Hauses Plankengasse blickte, war fest und aus Stein gefügt, die andere Seite bestand zum Teil, besonders in ihrer unteren Hälfte, aus Lehm. Dies hatte zur Folge, daß das Wasser aus dem Schacht weiterzusikkern begann.

Etwa fünf Stunden nach der Explosion der Bombe, um vier Uhr nachmittags, stiegen die Arbeiter eines Wagens der Wiener Wasserwerke in der Kärntnerstraße in einen Keller hinab und schraubten das freiliegende Ventil einer tiefen Rohrleitung zu. Das gleiche taten sie in einem Keller der Dorotheergasse, womit sie den ganzen zwischen den beiden Straßenzügen liegenden Sektor blockierten. Sie kamen gerade aus dem einundzwanzigsten Bezirk zurück und waren halb tot vor Überanstrengung. Sie hatten seit vielen Stunden nicht mehr geschlafen. Es war nicht ihre Schuld, daß eine derart lange Zeit zwischen der Katastrophe und ihrem Eintreffen verstreichen mußte.

Das Wasser hatte unterdessen den Trichter völlig gefüllt. Große schmutzige Blasen stiegen an die Oberfläche und zerplatzten. Der Boden des alten Luftschachtes wurde schlammig. An einer Stelle durchbrach das Wasser die Kellerwand des dreistöckigen Gewölbes eines Hauses auf dem Neuen Markt und begann in einem dünnen, aber starken Strahl in die dritte Etage zu strömen. Der Kanal wurde rasch größer. Erde und kleine Steine schwemmten sich vor und fielen in unregelmäßigen Stößen zu Boden. Der Wasserstrahl verbreiterte sich. Eine zweite, etwas später eine dritte Stelle der Mauer wurde undicht. Mit verstärkter Gewalt drückte das Wasser gegen die poröse Wand. Gegen Abend weichte diese so weit auf, daß sie mit einem saugenden Geräusch zusammenstürzte und sich die gesamte Wassermenge des Luftschachtes in den Keller ergoß. Durch diese plötzliche und heftige Entleerung entstand ein Sog, der Wasser aus umliegenden Erdschichten nach sich zog und ihm den gleichen Weg wies. Der Trichter leerte sich langsam. Durch winzige Kanäle und ausgeschwemmte Gänge sickerte das Wasser zurück in die Tiefe, um sich mit dem auf dem Kellerboden zu vereinen in unzähligen einzelnen Tropfen, die ohne Unterlaß wie Schweiß aus den Poren der Mauer traten, langsam in Bewegung gerieten und lautlos einflossen in den dunklen See unter der Erde.

Daß die Bombe US BR 84732519/44 in kein Haus einschlug, war nicht ihre Schuld. Man konnte sie dafür nicht verantwortlich machen. Sie fiel, wie sie fallen mußte, und es traf sich, daß sie in die Mitte der Fahrbahn zwischen die Häuser Plankengasse 1 und 2 fiel. Sie kam von der Kärntnerstraße her, passierte in Leitungsdrahthöhe den Donnerbrunnen und schlug an der erwähnten Stelle auf den Asphalt auf. Sie hätte das Haus Plankengasse 1 oder das Haus Plankengasse 2 treffen können. Sie hätte ein Blindgänger sein können.

Aber sie fiel mitten in die Fahrbahn. Und sie war kein Blindgänger. Sie war eine gewöhnliche, einwandfreie Fünfhundertkilobombe, die über einen Verzögerungszünder verfügte. Aus diesem Grunde durchbrach sie zunächst mit der unerhörten Wucht ihres Aufpralls die Straßendecke, glitt, immer noch mit beträchtlicher Geschwindigkeit, durch feuchtes Erdreich und zerschnitt spielend einige sorgfältig mit Guttapercha isolierte Lichtkabel. Dann explodierte sie. Da sie mehrere Meter tief eingedrungen war, hatte die Explosion eine Erderschütterung zur Folge, die sich weniger nach oben als seitlich auswirkte und umliegende Mauern ruckartig verschob. Nur einzelne Stücke des Stahlmantels der Bombe erreichten wieder die Straße. Der Großteil mengte sich innig mit dem erschütterten Erdreich, wodurch eine nicht unbeträchtliche Menge von pennsylvanischem Eisen unter jenem Boden zu liegen kam, über den, ein paar Jahrhunderte früher, römische Soldaten marschierten.

Ein großer Splitter mit besonders scharfen Rißstellen zerschlug, wie es sich traf, ein Wasserrohr, das unter der Straße lief. Da der Druck der Flüssigkeit in ihm größer war als jener der das Rohr umgebenden Erdschicht, drang mit großer Gewalt dieses aus jenem und begann durch Stein und Lehm zu sickern.

Das Ende der Bombe US BR 84732519/44 ließ sich ausgezeichnet zu demonstrativen Zwecken energetischer, thermodynamischer, elektrochemischer und hydrostatischer Natur verwenden. Es war ein reiner Zufall, daß sich in einem Keller nahe ihrer Einschlagstelle sieben Menschen befanden, die seit vierundzwanzig Stunden das Tageslicht nicht mehr gesehen hatten.

2

Beim Licht einer Kerze hantierte Fräulein Reimann an der mit Lebensmitteln vollgeräumten Kiste. Sie bewegte lautlos die Lippen, als spräche sie zu sich selbst, nickte gelegentlich mit dem Kopf und schüttelte ihn dann wieder, so, als wäre sie mit sich selbst nicht einer Meinung. Es war drei Viertel eins. In dem oberen Stockwerk arbeiteten die drei Männer an der Freilegung des verschütteten Ganges. Sie hatten die gute Lampe mitgenommen, und es war eigentlich vereinbart worden, daß man sich aus Gründen der Luftersparnis mit ihr begnügen wollte.

Aber Fräulein Reimann, die nach einem Besuch der Einsturzstelle wieder in ihren Korbstuhl zurückgekehrt war, hatte es unmöglich gefunden, untätig in der Dunkelheit zu sitzen und der Arbeit der anderen zu lauschen. Sie beschloß, ein Mittagbrot zu bereiten. Dieser Entschluß beruhigte ihre immerhin ein wenig erregten Nerven.

Die Aussicht auf eine Beschäftigung, die ihr und anderen zugute kam, ließ sie munter werden. Während sie die Kerze entzündete und eine Inventur der Nahrungsmittel vornahm, dachte sie kurz daran, daß es eigentlich von Bedeutung gewesen wäre, zu beten. Aber im Augenblick erschien ihr das Mittagmahl wichtiger. Sie schnitt eine Anzahl dünner Scheiben von dem länglichen Brotlaib und begann sie mit Fischen und Fleisch zu belegen. Das kleine Mädchen sah ihr zu.

»Für wen machst du die Brote?«
»Für uns alle. Es ist Zeit, etwas zu essen. Wir sind hungrig.«
Evi hob mit zwei Fingern ein Stück Sardine auf und steckte es in den Mund.
»Ich bin nicht hungrig.«
»Aber die Männer sind es.«
»Warum?«
»Weil sie arbeiten.«
»Werden sie noch lange arbeiten?«
»Nein«, sagte Therese Reimann, »nicht mehr lange.«
»Bleiben wir immer hier?«
Die alte Dame lachte nervös.
»Ach nein, was ist das für eine Frage? Natürlich bleiben wir nicht immer hier. Wir werden sehr bald fortgehen.«
»Wohin?«
»Dorthin, woher wir kamen.«
»Woher sind wir gekommen?«
»Aber«, sagte Therese Reimann, »weißt du das nicht?«
Evi schüttelte den Kopf.
»Du bist doch von zu Hause gekommen. Erinnerst du dich nicht mehr?«
»O ja.«
»Siehst du, dorthin gehst du wieder.«
»Die Mutti auch?«
»Natürlich.«
»Gehst du selbst nach Hause?«
Fräulein Reimann nickte heroisch. »Jeder von uns«, sagte sie, »geht gleich nach Hause, wenn wir hier herauskommen.«
»Ich habe geglaubt, wir wohnen jetzt hier«, sagte das Kind.
»Weil wir hier geschlafen haben. Und weil wir gegessen und gespielt haben, weißt du?«

»Hier können wir nicht wohnen. Hier ist es kalt und finster.«
»Ja«, sagte Evi, »und wenn wir immer hier bleiben würden, hätten wir auch nicht genug zu essen.«
»Siehst du, jetzt verstehst du, warum wir fortmüssen.«
»Jetzt verstehe ich es«, sagte Evi. »Auf diesem Brot ist aber weniger Fleisch als auf den anderen.«
»Das sieht nur so aus.«
»Ich möchte es nicht haben. Es ist weniger Fleisch darauf. Wem wirst du es geben?«
»Ich werde es selber essen.«
»Macht es dir nichts?«
»Nein«, sagte Fräulein Reimann.
»Vielleicht hast du Fleisch nicht gerne«, meinte Evi. »Bei dem gelben Käse mit den vielen Löchern würde es mir nichts machen.«
Sie sah die alte Dame an.
»Hast du gesummt?«
»Ja«, sagte Fräulein Reimann.
»Was war das für ein Lied, das du gesummt hast?«
»Das war kein Lied. Das war eine Melodie.«
»Ich singe auch gerne«, sagte Evi. »Kennst du: Laßt die Räuber durchmarschieren?«
»Nein.«
»Schade. Wir hätten es zusammen singen können. Was für Lieder kennst du denn?«
»Guten Abend, gute Nacht, mit Rosen bedacht«, sagte Therese Reimann.
»Das ist aber ein Lied zum Einschlafen!«
»Ja, das stimmt. Warte, ich kenne auch andere. Zum Beispiel: Hab' mein' Wagen vollgeladen, voll mit schönen Mädchen –«
»Nein«, sagte Evi, »das kenne *ich* nicht. Aber vielleicht können wir ›Oh, wie wohl ist mir am Abend‹ singen.«
»Freilich«, sagte Therese Reimann. Sie legte die Brote auf ein

Brett und gab dem kleinen Mädchen die brennende Kerze. »Jetzt wollen wir den Männern etwas zu essen bringen. Du kannst die Kerze tragen. Aber sei vorsichtig, damit du nicht hinfällst.«

Evi sah aufgeregt in das gelbe Licht der Flamme.

»Werden wir singen?«

»Wir können singen, während wir hinaufgehen«, sagte Therese Reimann. Die beiden erhoben sich und marschierten zur Treppe. Das Kind ging vor der alten Dame, welche das Brett mit den Broten trug. Auf der Wand gingen ihre Schatten mit. Sie stiegen die Stufen hinauf und sangen »Oh, wie wohl ist mir am Abend«. Evis Stimme war laut und hell. Sie sang sehr falsch, aber mit Begeisterung. Fräulein Reimanns dünner Sopran bemühte sich zitternd um die Melodie. Faber ließ die Schaufel sinken, als sie ankamen, und lachte, während Fräulein Reimann die Brote verteilte.

»Warum lachst du?«

»Weil es so lustig geklungen hat.«

»Kennst du das Lied?«

»Ja«, sagte Faber mit vollem Mund.

»Und ihr?« Evi wandte sich an Schröder und den Priester. Sie kannten es gleichfalls.

»Singen wir es alle zusammen«, schlug Evi begeistert vor.

»Es wird sehr schön laut klingen. Singen wir es wie eine Kanone.«

»Wie eine was?«

»Wie eine Kanone. Weißt du nicht, was das ist?«

»O ja«, sagte Faber, »aber wie willst du denn wie eine Kanone singen? Das kann man doch nicht.«

»Das kann man schon! Im Kindergarten haben wir es immer getan.«

»Wie habt ihr das angefangen?«

»Es ist ganz einfach. Ich beginne zu singen, und wenn ich in der Mitte bin, fängst du an, und wenn du in der Mitte bist, fängt der

Herr Pfarrer an, und so weiter. Aber wir alle singen immer weiter. Es klingt sehr laut. Kennst du das nicht?«
»Das ist ein Kanon«, sagte Faber, »weißt du?«
»Ja«, meinte Evi, »das habe ich doch gesagt.« Und sie begann zu singen. »Oh, wie wohl ist mir am Abend, mir am Abend –«, sie gab Faber ein Zeichen, einzusetzen, und ging weiter. Faber sang. Er bedeutete dem Priester seine Stelle, und dessen tiefe Stimme nahm gleichfalls die Weise von der Ruh' am Abend auf. Als Schröder an die Reihe kam, überraschte er sie alle durch einen starken und wohlklingenden Baß. Schließlich fiel Fräulein Reimann ein. Evi stand vor dem eingestürzten Gang auf einem Erdhaufen und dirigierte den Kanon, indem sie beide Hände leidenschaftlich auf und nieder bewegte. Die Kerze hatte sie Fräulein Reimann zurückgegeben. Faber hielt ein angebissenes Brot in der Hand, Schröder und der Priester saßen auf dem Boden. Sie ließen das Lied sehr laut werden, dann hörte auf ein Zeichen Evis Fräulein Reimann zu singen auf, dann Schröder, dann der Priester. Schließlich sang Evi wieder allein und beendete, leiser werdend, die musikalische Darbietung mit einem letzten »Glocken läuten, bim, bam, bim, bam, bim.«
»So«, sagte Faber, »das war ja eine wunderschöne Kanone.«
Evi lachte geschmeichelt.
»Ich bin durstig«, sagte Gontard, »ich glaube, ich bin so durstig geworden, daß ich sogar Kamillentee trinken könnte. Obwohl kaltes Wasser schon besser wäre.«
»Der einzig fehlende Komfort«, sagte Faber. »Fließendes Wasser. Laßt uns nicht unbescheiden sein.«
»Warten Sie«, rief Therese Reimann, »bemühen Sie sich nicht, ich weiß, wo die Thermosflasche steht. Ich werde sie holen.«
Sie entzündete von neuem die Kerze und ging eilig zur Treppe. Auf dem Rückweg nach oben begriffen, vernahm sie ein sonderbares Geräusch. Es kam von der entfernten Kellerseite und klang wie ein dünnes ununterbrochenes Plätschern und Tropfen. Therese Reimann leuchtete die Mauer ab. Ein dunkler,

feuchter Kreis hatte sich etwa zwei Meter über dem Boden an einer Wandstelle gebildet, und aus seiner Mitte drang stoßweise Wasser. Es war, als spuckte die Wand das Wasser aus. Mit einem Glucksen sprang ein dünner Strahl vor, fiel zu Boden und bildete eine Lache. Nach ein paar Sekunden wiederholte sich das Ganze. Fräulein Reimann stand mit der brennenden Kerze vor der lecken Mauer und wunderte sich. Wo kam das Wasser her? Sie drehte sich um, lief wieder zur Treppe und rief laut nach Robert Faber.
Er antwortete.
»Kommen Sie herunter! Ich muß Ihnen etwas zeigen!«
Sie hörte, wie er zur Seite ging.
»Was ist geschehen? Können Sie den Tee nicht finden?«
»Wasser«, sagte Fräulein Reimann, »es rinnt Wasser in den Keller!«
Faber, der die Petroleumlampe hielt, rannte an ihr vorbei. Sie betrachteten schweigend das Phänomen des kleinen horizontalen Springbrunnens.
»Wasser!« sagte Gontard. Er trat in die Pfütze, legte den Mund in die Mitte des dunklen Kreises und versuchte das austretende Wasser zu trinken. »Es ist gut«, sagte er, »herrliches Wasser, ganz kalt und rein.«
Faber sagte nichts. Er sah die Mauer an und kratzte sich am Kopf. Schröder hob die Schultern und sagte: »Sie wissen ja, was das ist?«
»Nein.«
»Wirklich nicht?«
»Was glauben Sie denn?«
»Schauen Sie her«, sagte Schröder, »diese Wand liegt rechtwinkelig zu der, in welcher sich der Tunnel befindet. Der Tunnel wurde von links eingedrückt!«
»Von links und von oben«, sagte Faber.
»Von links und von oben. Also ist wahrscheinlich irgendwo in der Plankengasse eine Bombe gefallen, nicht wahr?«

»Das kann schon sein.«

»Haben Sie einmal etwas von Leitungsrohren gehört?«

»Mhm«, sagte Faber. Schröder nickte und wies auf die Mauer.

»So sieht es aus, wenn eines von ihnen bricht.«

»Glauben Sie, daß das Wasser aus einem Rohr kommt?«

»Natürlich!«

»Aber dieses Haus grenzt doch gar nicht an die Plankengasse, es liegt doch ein Gebäude dazwischen«, sagte Fräulein Reimann mit der brennenden Kerze. »Warum läuft das Wasser in unseren Keller und nicht in den anderen?«

»Das weiß ich nicht«, antwortete Schröder. »Vielleicht läuft es in beide. Aber da ist es.«

»Nicht besonders viel.«

»Warten Sie nur, es hat eben erst angefangen.«

»Wir können es in einem Eimer sammeln.«

»Wozu? Wenn der Eimer voll ist, müssen wir ihn doch ausleeren. Das Wasser kann vorläufig ebensogut einsickern.«

»Wenn das Wasser zu uns in den Keller rinnt«, sagte Faber, »muß es ja auch in den rinnen, von dem man uns entgegengräbt, nicht wahr?«

»Vielleicht«, sagte Schröder.

»Dann werden die drüben wissen, was mit uns los ist, und dafür sorgen, daß die Rohrleitung gesperrt wird.«

»Wenn das Wasser wirklich auch zu ihnen rinnt.«

»Es kann gar nicht zu ihnen rinnen!« rief Therese Reimann plötzlich. »Der Keller drüben ist nur zwei Stock tief.«

»Aber den Trichter in der Plankengasse muß doch jemand sehen oder das zusammengestürzte Haus, oder was immer es ist. Wenn dort auch Wasser austritt, weiß jeder, daß ein Rohr gebrochen ist.«

Schröder sah auf die Uhr.

»Jetzt ist es Viertel zwei. Als die Bombe einschlug, war es ungefähr elf. Wenn wir Glück haben, ist das Wasser schneller nach oben gestiegen als seitwärts, und die Rohrleitung wurde schon blockiert.«

»Auf alle Fälle«, sagte Gontard, der sich den Mund mit dem Handrücken abwischte, »sollten wir schleunigst weitergraben. Wer weiß, was uns in diesem Keller noch alles passiert.«

Schröder kratzte ein paar Schaufeln trockene Erde zusammen und warf sie in die Pfütze.

»Damit das Wasser hier bleibt«, erklärte er. »Es ist besser, wir haben einen Haufen Schlamm, als der ganze Boden wird naß. Ich werde Erde von oben heruntertragen.«

Susanne Riemenschmied kam vom Bett der schwangeren Frau zu ihnen.

»Wir hörten das Tropfen schon eine Weile. Es fing ganz langsam an, und dann wurde es lauter.«

»Gemütlich ist es auf keinen Fall«, sagte Schröder. Evi, die schweigend zugehört hatte, trat zu Faber.

»Von wo kommt das Wasser?«

»Von draußen.«

»Wird noch viel zu uns rinnen?«

»Nein«, sagte Faber, »es wird bald aufhören.«

3

Aber es hörte nicht auf.

Eine Stunde später vermochte hingeworfene Erde den nun schon stetigen Strahl nicht länger zu absorbieren, und das Wasser lief in dünnen Linien über den Boden davon. Aus der Wand fielen einzelne Steine klatschend in die Pfütze. Etwa drei Meter von der ersten lecken Stelle entfernt, entstand eine zweite. Gegen halb drei Uhr nachmittags vereinten sich diese beiden zu einem einzigen großen, dunklen Fleck, der auf seiner gesamten Fläche in unzähligen Tropfen zu schwitzen begann. Das Wasser fiel jetzt rasch. An einzelnen Stellen des unebenen Bodens stand es mehrere Zentimeter hoch. Die drei Männer

arbeiteten unablässig an der Freimachung des verschütteten Ganges. Susanne bemühte sich, von Therese Reimann unterstützt, durch Aufwerfen von Erde, gekratzte Abflußkanäle und ähnliche Mittel, das Wasser an einer Stelle des Kellers zu sammeln. Sie schlug mit der Hacke eine schmale Rinne in den Boden. Aber von der mehrere Quadratmeter großen feuchten Wandstelle tropfte es auf ein weites Gebiet. »Wenn das Wasser aus einem Loch fließen würde«, sagte das Mädchen, »könnte man es in eine Grube rinnen lassen.«
»In was für eine Grube?«
»Hier in der Ecke«, sagte Susanne, »können wir eine Grube schaufeln und sie vollrinnen lassen wie ein Bassin. Damit bliebe das Wasser unter unserer Kontrolle. Jetzt fließt es, wohin es will.«
»Wir brauchen gar keine Grube, der Boden fällt ab, wenn es zu den Ecken geht. In der Mitte ist der Keller am höchsten. Wir müssen das Wasser nur zur Seite leiten.«
Susanne begann vorsichtig Lehm aus der aufgeweichten Stelle zu kratzen.
»Hier ist das Wasser zuerst herausgeronnen. Da ist die Erde am weichsten. Ich grabe ein Loch und dann eine Rinne.«
»Gut«, sagte Therese Reimann, die zusah.
»Es geht ganz leicht.«
Susanne schlug fester zu. Aus der Mauer kam ein gurgelndes Geräusch. Dann flog, wie ein Flaschenkork, ein kopfgroßer Klumpen Lehm aus ihr, und ein armdicker Wasserstrahl traf Susanne auf die Brust. Sie ließ das Werkzeug fallen und sprang zurück. Fräulein Reimann kreischte. Das Wasser spritzte einen Meter weit aus der Mauer heraus. Susanne versuchte mit den Händen das entstandene Loch zu schließen, aber es war vergeblich. Sie stopfte Lehm in die Bruchstelle, doch er wurde wieder herausgespült. Sie griff mit hastigen Bewegungen Papier, Holzwolle und einen alten Sack von der Erde auf und bemühte sich, diese Gegenstände in die sprudelnde Öffnung zu pressen. Es

war umsonst. Rechts, links, über oder unter der lecken Stelle strömte das Wasser aus der Mauer, rann über Susannes Hände, ihre Arme, ihr Kleid, über den Boden. Die Erde begann zu glänzen. Susannes Schuhe glitten im Schlamm. Sie stemmte sich gegen die losbröckelnde Wand. Aber das Wasser floß an ihr vorüber. Therese Reimann schrie laut nach Faber.
»Das Wasser hat die Wand durchbrochen! Es ist nicht mehr aufzuhalten! Wir haben versucht, es einzudämmen, und dabei ist ein Klumpen Erde locker geworden ...«
Faber lief zu Susanne, die noch immer mit der Mauer kämpfte, und riß sie fort. Das Wasser spülte den alten Sack sofort heraus. Schröder, der eine Schaufel mitgebracht hatte, begann in dem losen Erdreich herumzugraben, aber auch er hatte keinen Erfolg. Susanne zitterte vor Aufregung.
»Ich habe es nicht tun wollen ... Ich habe gedacht, daß das Wasser in eine Ecke fließen wird, wenn ich ihm einen Gang grabe, und dann ist plötzlich die Erde aus der Mauer gefallen. Ich habe es wirklich nicht tun wollen. Das Wasser wäre in der Ecke geblieben, und wir hätten den Keller weiter benutzen können ...«
Faber trug sie an eine trockene Stelle des Bodens und rieb ihre Hände warm.
»Sei ruhig«, sagte er, »sei ruhig, Susanne. Du kannst ja nichts dafür!«
»Ich weiß, aber jetzt fließt das Wasser in den Keller. Wenn ich die Wand in Ruhe gelassen hätte, wäre das nicht passiert.«
»Natürlich wäre es passiert, ganz genauso! Die Mauer war aufgeweicht. Es wird noch mehr Wasser zu uns fließen. Darüber brauchst du dich nicht aufzuregen. Wenn wir hier nicht mehr sein können, gehen wir nach oben. So sei doch ruhig, Susanne!«
»Ich bin ja schon ruhig«, sagte sie, während ihre Zähne aufeinanderschlugen. Er hob eine Decke auf, die über Fräulein Reimanns Sessel lag, und legte sie ihr über die Schultern.

»Wir können doch beide schwimmen. Wer wird vor dem bißchen Wasser Angst haben?« Er griff in die Tasche.
»Ich will keine Zigarette!«
»Doch!«
»Nein!«
»Paß auf«, sagte Faber, »du wirst jetzt einmal eine feine Zigarette rauchen!«
»Bitte nicht!«
»Rauch sie mit mir zusammen.« Faber steckte sie ihr zwischen die Lippen und hielt ein Streichholz an das Ende. »So«, sagte er, »nein, meine Liebe, du mußt an ihr ziehen, nicht in sie hineinblasen ... da, das ist schon besser. Wie wäre es mit einem Lächeln? Laß mich auch einmal die Zigarette in den Mund nehmen. Du hast sie ja ganz naß gemacht ... wie alt bist du eigentlich?« Er küßte sie auf den Mund. »Ist dir schon wärmer?«
»Ja.«
»Zeig deine Hände her.«
»Sie sind ganz warm.«
»Zeig sie mir!«
Faber begann von neuem Susannes Finger zu reiben. Die Zigarette hing in seinem Mundwinkel.
»Ich bin eine ganz hübsche Hysterikerin.«
»Es ist nicht so arg.«
»O ja.«
»Nein, wirklich nicht.«
»Wenn du bei mir bist, ist alles wieder gut.«
»Freilich«, sagte Faber, »wenn ich bei dir bin, ist alles gut.«
Schröder gab seine Versuche, des einbrechenden Wassers Herr zu werden, auf.
»Was sollen wir jetzt tun?« fragte Therese Reimann.
»Zunächst einmal alle Sachen hinauftragen.«
»Aber vielleicht hört das Wasser auf ...«
Schröder sah skeptisch aus. »Vielleicht. Dann können wir wie-

der herunterkommen. Andernfalls werden wir oben leben müssen.«

»Ich habe viele Sachen«, sagte Therese Reimann. »Kisten, Koffer und Teppiche, eine ganze Menge.«

»Das macht nichts. Sie wollen Ihren Besitz doch erhalten.«

»O ja«, sagte Fräulein Reimann.

»Dann müssen wir ihn hinauftragen. Am besten gleich. Was meinen Sie, Hochwürden?«

»Ja,« sagte Gontard, »das wird das beste sein. Tragen wir einmal alles hinauf.«

Und das geschah auch. Jedermann, mit Ausnahme von Anna Wagner, die schweigend auf ihrem Bett lag, beteiligte sich an diesem überstürzten Umzug. Evi, Fräulein Reimann, Susanne, Faber und Reinhold Gontard. Sie trugen die Koffer und Teppiche der alten Dame nach oben, die Kiste mit dem Meißner Porzellan, die Schmuckdose mit dem absonderlichen Schloß und die Uhr mit dem goldenen Pendel. Evi trug alle Lebensmittel fort, das Brot, das Fleisch, die Kondensmilch, die verbliebenen dreizehn Stückchen Würfelzucker, die Blechgefäße, die beiden Zitronen, die Teeflasche. Stühle und Decken, alles wurde von den sechs Menschen in das zweite Stockwerk des Kellers geschafft, während das Wasser unaufhörlich weiter in einem großen Bogen aus der Mauer strömte.

»Wissen Sie«, sagte der Priester, als er zusammen mit Faber eine Kiste über die Treppe emporschleppte, »dafür, daß es, Ihrer Meinung nach, keine menschliche Gemeinschaft gibt, halten wir eigentlich bewundernswert zusammen. Wir wurden gemeinsam verschüttet. Wir haben unser Essen geteilt. Wir haben zusammen gearbeitet, zusammen gelacht und in der gleichen Finsternis geschlafen. Wir wurden fast von der letzten Bombe erschlagen und sind jetzt in Gefahr, zu ertrinken. Und trotzdem helfen wir einander.«

»Gerade deshalb! Das ist der einzige Grund. Wenn es uns gutginge, bliebe jeder für sich allein.«

»Da stimmt etwas nicht.«
»Doch«, sagte Faber, »da stimmt schon alles.«
»Nein«, sagte Gontard, während sie die Kiste niedersetzten, »irgend etwas ist da nicht in Ordnung. Sie sagten, wir helfen einander nur, weil es uns schlechtgeht.«
»So ist es.«
»Geht es heute mehr Menschen gut oder mehr Menschen schlecht auf der Welt?«
»Schlecht«, sagte Faber.
»Aha«, sagte Gontard, »und warum helfen sie einander dann nicht mehr? Warum gibt es Krieg?«
»Vielleicht geht es uns nicht schlecht genug?«
»Blödsinn«, rief der Priester, »das ist keine Antwort. Ich fragte Sie: Warum helfen wir einander hier, im Keller, wenn es uns an den Kragen geht, und warum helfen sich die anderen, die draußen stehen, nicht, wo es ihnen doch ebensosehr an den Kragen geht wie uns?«
»Ich weiß nicht«, sagte Faber. Sie stiegen zusammen wieder über die Stiegen hinunter und begegneten Schröder, der mit Susanne einen Teppich hinauftrug. »Kein Mensch kennt die Wahrheit.«
»Reden Sie nicht von Wahrheit«, sagte der Priester aufgebracht, »nach der habe ich Sie nicht gefragt. Die will ich gar nicht wissen.«
»Was wollen Sie denn?«
»Eine Erklärung, eine logische Erklärung, die keinen Widerspruch mit sich bringt, sobald man sich ihrer bedient. Wenn Sie hungrig sind, dann denken Sie daran zu essen. Wenn jemand ein Gewehr gegen Sie erhebt, dann versuchen Sie, ihn zu erschießen, bevor er selbst Sie erschießt. Und wenn Sie sterben, dann sind Sie tot. Aber warum helfen wir einander? Oder vielmehr: Warum helfen die anderen einander nicht?«
»Vielleicht kennen sie sich nicht genug.«
»Wir kennen uns doch auch nicht«, sagte Gontard.

»Wir kennen uns schon. Ich kenne Sie und Susanne und das Kind so, als hätten wir ein Jahr zusammengelebt. Geht es Ihnen nicht ähnlich?«

»Vielleicht haben Sie recht. Wir wissen gar nichts voneinander, und trotzdem kennen wir uns schon.«

»Bis auf Schröder, den kenne ich nicht gut. Aber wir haben zusammen gearbeitet.«

»Ich kenne ihn gut«, sagte der Priester, »ich bin ihm in tausend Gestalten begegnet und weiß genau, wer er ist.«

»Und auch Sie haben mit ihm gearbeitet und ihn ausgegraben, als der Gang einstürzte.«

»Ja«, sagte Gontard, »das ist sonderbar.« Er schwieg, während sie nach oben stiegen. Dann sagte er: »Ich würde gerne an eine Gemeinschaft glauben.«

»Ich auch, aber die gibt es nicht.«

»Woher wissen Sie das?«

»Aus Erfahrung«, sagte Faber.

»Und Susanne?«

»Das ist etwas anderes.«

»Wieso ist das etwas anderes?«

»Weil ich sie liebe.«

»Ach, die Liebe«, sagte der Priester und stellte die Koffer nieder. »Vielleicht sollte man versuchen, mit ihr weiterzukommen.«

Das Wasser stand einige Zentimeter hoch über dem Boden der dritten Etage, als sie den letzten Sessel nach oben trugen. Sie hatten den Besitz Fräulein Reimanns in einer Ecke des Kellers verwahrt, die von dem Tunnel weit entfernt lag.

»Heute nacht«, sagte Schröder, »werden wir hier schlafen.«

»Wenn das Wasser aufhört –«

»Dann wird es unten noch immer naß sein.« Schröder sah auf die Uhr. »Es ist jetzt halb fünf. Wir müssen weitergraben. Damit wir wenigstens morgen durchkommen.

Therese Reimann zählte ihre Koffer.

»Ja«, sagte sie, »es ist alles da. Wir haben nichts vergessen.«
»Nur die Benzinkannen sind noch unten.«
»Meinetwegen können Sie unten bleiben«, sagte Gontard. »Wir brauchen sie nicht.« Schröder hob eine Hand gegen den Mund, aber er sprach nicht.
»Hier oben stehen mindestens zwanzig weitere«, meinte Therese Reimann, »die können wir auch noch hinunterwerfen. Auf alle Fälle. Damit nichts geschieht.«
»Was soll geschehen?« fragte der Priester.
»Das weiß ich nicht.«
Die Augen Gontards begegneten kurz denen Schröders.
»Es wird gar nichts geschehen«, sagte er. Evi griff nach seiner Hand.
»Holen wir jetzt meine Mutter?«
»Ja. Ich habe gedacht, deine Mutter schläft, und da wollte ich nicht stören.«
»Sie schläft nicht. Ich war gerade bei ihr. Sie sagt, sie möchte gerne heraufkommen. Aber das Wasser steigt, und sie hat Halbschuhe an.«
»Bist du nicht selbst auch naß geworden?«
»Nein, ich bin auf den Stufen stehengeblieben.«
»Lassen Sie mich hinuntergehen«, sagte Faber. »Ich habe Stiefel an.«

4

Um die Beine ihres Bettes stieg das Wasser langsam um einen Zentimeter höher. Anna Wagner lag auf dem Rücken und lauschte dem Plätschern, mit dem es, aus der Mauer kommend, den Keller überflutete. Sie sah Schatten über die Treppe wandern und vernahm Bruchstücke aus dem Gespräch Fabers mit dem Priester. Dann wurde es still. Eine große Ruhe kam über Anna Wagner und ein verzücktes Gefühl des Friedens. Sie, die sich durch Monate gefürchtet hatte vor einem stets unbestimmt und allgemein gebliebenen Schrecken, befand sich zum erstenmal in wirklicher Gefahr. Und plötzlich, während sie so in der Dunkelheit lag, beschloß Anna Wagner, nicht zu sterben, sondern zu leben. Sie beschloß, ihren Traum zu vergessen, und rief sich Susanne Riemenschmieds Worte ins Gedächtnis zurück: Wenn etwas geschieht, wird es uns allen geschehen. Deshalb sollen wir uns nicht fürchten.

Durch ihre Aufnahme in die unfreiwillige Gemeinschaft der anderen Menschen in diesem Keller kam Anna Wagner erstmalig die Tatsache zu Bewußtsein, daß nicht nur sie allein sich in der Gefahr befand, sondern daß der Tod mit ihrer ganzen Umwelt ebenso vertraut war wie mit ihr selbst. Daß sie mit ihrer Furcht nicht allein stand, sondern daß alle anderen auf gleiche Weise unter ihr litten. Durch die Anwesenheit der anderen, ihre Gespräche, ihre Hilfe und ihre Rücksichtnahme war Anna Wagner mutig geworden. Fräulein Reimann gab ihr das Bett, auf dem sie lag, obwohl sie selbst keines besaß. Robert Faber hatte mit Evi gespielt, und der Priester war des Nachts nach oben gestiegen, um für sie alle weiterzugraben. Sie hatten ihr Essen miteinander geteilt. Sie kannten sich nicht. Und sie halfen sich dennoch. Jeder besaß das gleiche Recht auf Sicherheit, das hatte der Soldat gesagt, jeder galt gleich in diesem Keller.

Wenn wir einander helfen, dachte die Frau, wenn wir zusammenbleiben, dann kann uns nichts geschehen. Nur in der Einsamkeit wird uns der Tod begegnen. Zusammen sind wir von Sicherheit umgeben. Wir werden nicht sterben. Keiner von uns. Wir dürfen nicht sterben. Es wird alles gut werden.

Und plötzlich kam Anna Wagner mit großer Deutlichkeit zu Bewußtsein, daß sie ein Kind gebären sollte. Sie war nicht allein! In ihr lebte schon das Kind. Sie konnte es deutlich fühlen, wenn es sich bewegte, und sie begann sich auf seine Geburt zu freuen, wie sie sich auf die Liebe freute, als sie ganz jung war. Ihr Mann würde heimkehren und sie nie mehr verlassen. Das Kind würde groß und schön werden, vielleicht war es ein Bub, dann sollte er Peter heißen wie sein Vater. Es hatte Anna Wagner anfänglich bedrückt, daß sie selbst untätig zusehen mußte, während andere für sie arbeiteten. Jetzt wußte sie, daß auch ihr eine Aufgabe zufiel, die ebenso voll Bedeutung war wie die Arbeit der Männer, die sich bemühten, eine Verbindung mit der Außenwelt herzustellen. Ihr kam es zu, das Leben zu bewahren in einer Zeit, die voller Tod war. Ihr Kind würde leben und groß werden in einer Welt, die keinen Krieg kannte. Sie war eine Mutter. Und sie sollte noch einmal Mutter werden. Das war ihre Aufgabe. Sie freute sich auf sie. Anna Wagner lag auf dem primitiven Bett Therese Reimanns, als Faber durch das Wasser gewatet kam, um sie nach oben zu tragen.

»Wir haben Sie nicht vergessen«, sagte er.

»Ich wäre allein gekommen. Aber ich habe Halbschuhe an, und das Wasser ist schon tief.«

»Ich werde Sie tragen.« Die Frau lachte.

»Ich bin schwerer als Susanne!«

»Bis zur Treppe wird es schon gehen«, sagte Faber. »Legen Sie die Arme um mich.«

»Und das Bett?«

»Ich komme noch einmal zurück.«

Faber hob sie empor und ging vorsichtig durch das Wasser. Seine Stiefel glänzten.

»Mein Mann hat mich so getragen«, sagte Anna Wagner, »am Tage unserer Heirat. Geht es noch?«

»Ja«, sagte Faber. Er erreichte die Stiege und stellte sie nieder. Als sie sich umwandten, um nach oben zu steigen, stürzte mit viel Lärm ein Teil der Mauer um die undicht gewordene Stelle ein, und das Wasser ergoß sich rauschend in den verlassenen Keller. Anna Wagner lächelte.

»Sie sind gerade zur rechten Zeit gekommen. Sonst wäre ich doch noch naß geworden.«

Faber nickte.

»Gehen Sie hinauf. Ich hole das Bett, bevor es wegschwimmt.«

Er ging durch das bewegte Wasser zurück und brachte zunächst die Strohsäcke ins Trockene. Dann löste er die vier Teile des Bettes aus ihren Scharnieren und klemmte zwei Bretter unter jeden Arm. Das Licht seiner Lampe fiel auf einen Gegenstand, der im Wasser trieb. Es war die Puppe des kleinen Mädchens. Er bückte sich und fischte sie auf. Die Puppe klappte die Augen auf und zu. Faber schüttelte sie.
Das Wasser schoß weiter mit unverminderter Gewalt in den Keller, spülte die Mauern entlang und versank, als Faber in den zweiten Stock emporstieg, wieder in Finsternis.

5

Während die Frauen sich damit beschäftigten, ihre Koffer zu verwahren und neue Schlafstätten vorzubereiten, gruben die drei Männer weiter an dem Gang. Sie zogen die eingestürzten Balken, von denen einer gebrochen war, aus dem weichen Erdreich, und es gelang ihnen, einen großen Teil des Tunnels freizuschaufeln.
»Diesmal werden wir die Pfosten von vornherein am Boden mit Eisenhaken festschlagen und sie nach hinten neigen«, sagte Faber. »Damit uns morgen nicht das gleiche noch einmal passiert.«
»Das gleiche kann nicht noch einmal passieren«, sagte der Priester. »Wenn eine dritte Bombe hier niedergeht, verliere ich mein Vertrauen in die Wahrscheinlichkeitsrechnung.«
»Wenn eine dritte Bombe hier niedergeht«, sagte Schröder düster, »brauchen Sie sich keine Sorgen mehr zu machen.« Er hob die Lampe und leuchtete gegen die Decke. »Der Sprung ist auch größer geworden.«
»Unsinn! Das ist überhaupt kein Sprung. Diese Spalte war schon immer da.«
»Freilich«, sagte Schröder.

»Morgen früh sind wir drüben.« Faber sah sich um. Die beiden anderen schwiegen. »Glauben Sie mir nicht?«
»Ich glaube lieber gar nichts«, sagte Schröder. »Ich bin nicht so verrückt, mich noch einmal zu freuen. Am Ende stürzt der Scheißgang wirklich wieder ein.«
»Herr Schröder«, sagte der Priester, »wo ist Ihre unerschütterliche Zuversicht geblieben?«
»Ach, lassen Sie mich in Ruhe! Ich hätte doch gleich tun sollen, was ich für das Beste hielt. Dann wären wir jetzt unsere Sorgen los.«
»Was hätten Sie tun sollen?«
»Den Gang sprengen!«
»Mhm«, sagte Faber, »dann wären wir wahrscheinlich wirklich unsere Sorgen los.«
»Das ganze Gerede hat ja keinen Sinn. Sehen Sie, wohin wir gekommen sind? Der Gang ist eingestürzt. Vierundzwanzig Stunden Arbeit waren umsonst. Unten steigt das Wasser. Und wir hören noch nicht einmal die anderen. Eine herrliche Situation.« Schröder hackte erbittert auf einen Stein los, der sich zwischen zwei Balken verklemmt hatte. »Man soll immer nur auf sich selbst hören!«
»Fangen Sie schon wieder an?« fragte Gontard. »Begreifen Sie nicht, daß wir auf unsere Weise selig werden wollen und nicht auf die Ihre?«
Schröder antwortete nicht.
»Wenn Sie etwa die Absicht haben, heute nacht das kleine Experiment zu veranstalten, so rate ich Ihnen dringend ab. Ich bin auch nur ein Mensch. Meine Nerven sind nicht besser als die anderer Leute. Ich möchte nicht, daß jemand mit meinem Leben Versuche anstellt, während ich schlafe.«
»Ich auch nicht«, sagte Faber. »Es geht uns dreckig genug.«
»Warum reden Sie soviel?« fragte Schröder. »Beruhigen Sie sich. Es wird niemand mit Ihrem kostbaren Leben Versuche anstellen.«

»Versprechen Sie uns das?«
Schröder lachte. »Wollen Sie, daß ich Ihnen mein Ehrenwort gebe?«
»Ja«, sagte Gontard, »Ihr großes Ehrenwort.«
»Glauben Sie mir nicht, wenn ich einfach sage, daß ich es nicht tun werde?«
»Nein«, erwiderte der Priester, »das glaube ich Ihnen nicht.«
»Sie sind wenigstens aufrichtig.«
»Ich glaube, daß Sie es tun werden, weil ich weiß, daß Sie es tun wollen.«
»Aha«, sagte Schröder höhnisch, »das kommt, weil Sie allzusehr mit meinem Charakter vertraut sind.«
»Ja«, sagte Gontard, »daher kommt es wohl.«
Sie arbeiteten eine Weile schweigend, dann sagte Schröder:
»Ich mache Ihnen einen Vorschlag. Warten wir den morgigen Tag ab. Warten wir bis Mittag. Wenn wir dann noch keine Verbindung mit der anderen Stelle hergestellt haben, lassen Sie uns den Gang in die Luft sprengen.«
»Nein«, sagte Gontard.
»Und Sie?«
Faber schüttelte den Kopf.
»Ich will auch nicht. Wenn wir morgen zu Mittag noch nichts hören, dann werden wir am Abend soweit sein. Es steht nicht dafür.«
»Und unsere lieben Freunde, die Amerikaner?« fragte Schröder.
»Vielleicht kommen sie morgen auch wieder.«
»Trotzdem«, sagte Gontard, »gefällt mir Ihre Idee nicht, Herr Schröder. Mir gefiel sie schon nicht, als ich sie zum erstenmal hörte. Und damals hatten wir in dem unteren Keller sozusagen noch eine letzte Zufluchtsstätte. Die fällt jetzt fort. Wenn bei Ihrem Versuch der Keller in Brand gerät, werden wir alle umkommen.«
»Und dabei hat doch ein jeder von Ihnen ein Recht auf Sicher-

heit! Nun ja, schon gut. Haben Sie keine Angst. Es war nur ein Vorschlag.«

»Ich habe keine Angst vor Ihnen«, sagte Gontard, »ich habe gar keine Angst vor Ihnen, Herr Schröder. Ich warne Sie nur. Mir gefällt Ihr Plan nicht. Wenn Sie doch darangehen sollten, ihn zu verwirklichen, haben Sie mit meinem Widerstand zu rechnen.«

»Das wird alles nicht so einfach sein«, sagte Schröder. »Wollen Sie mich an eine Kette legen? Oder keine Minute aus den Augen lassen? Oder was sonst?«

»Vergessen Sie nicht, daß wir zwei gegen einen stehen.«

»Sie stehen sogar sechs gegen einen«, sagte Schröder, »wenigstens unserer gestrigen Abstimmung zufolge. Aber wenn selbst tausend gegen mich stünden, würde ich doch noch immer behaupten, daß mein Vorschlag der einzig richtige ist.«

»Das klingt sehr hübsch«, sagte der Priester, »und ist ganz falsch. Wissen Sie, was Demokratie ist, Herr Schröder?«

»Ich habe davon gehört.«

»Nun«, sagte Gontard, »ist das, was man unter einer Diktatur von Demokratie erfährt, ja nicht besonders wertvoll, aber vielleicht stammen Ihre Kenntnisse von früher her.«

»Sie stammen sogar wirklich von früher her. Ich bin auch nicht erst gestern auf die Welt gekommen, Hochwürden. Mein Interesse am Wohlergehen des Homo sapiens war zeitweilig bestimmt ebenso intensiv wie das Ihre. Ich habe mir über die Welt, in der ich lebe, Gedanken gemacht, auch wenn Sie es nicht glauben.«

»Ich glaube Ihnen jedes Wort«, erwiderte Gontard, »ich bin völlig davon überzeugt, daß Sie, ebenso wie ich und alle anderen, nicht vorsätzlich das Falsche tun.«

»Sie meinen, das tun, was *Ihnen* falsch erscheint.«

»Ja«, sagte Gontard, »das, was mir falsch erscheint. Damit kommen wir wieder zur Demokratie zurück. In einer Demokratie geschieht das, was den meisten Menschen richtig erscheint.«

»Und was der Minorität richtig erscheint?«

»Das geschieht nicht.«
»Also eine Diktatur der Majorität!«
»Nicht ganz«, meinte Gontard. »Denn die wenigen, die anderer Meinung sind, sagen sich, daß sie aller Wahrscheinlichkeit nach im Unrecht sind, wenn zehn von ihnen eine andere Meinung haben als hunderttausend. Und selbst wenn sie sich das nicht sagen, achten sie doch das Recht der Mehrheit, ihre Entschlüsse zu fassen.«
»Um Ihnen mit einem Beispiel aus Ihrer eigenen Materie zu entgegnen, erinnere ich Sie daran, daß auch Jesus Christus ans Kreuz geschlagen wurde von einer Mehrheit, die sich dennoch nicht im Besitz der Wahrheit sah. Galilei wurde dafür fast verbrannt, daß er behauptete, die Erde wäre rund, und es gab Leute, die lachten über Christoph Columbus. Alle Vergleiche hinken«, sagte Schröder. »Ich bin weder Columbus noch Galilei. Jesus Christus schon gar nicht.«
»Das tut nichts zur Sache«, sagte der Priester. »Das Beispiel war ganz hübsch.«
»Ja?«
»Ja«, sagte Faber. »Aber den Gang werden Sie doch nicht in die Luft sprengen, ob Sie jetzt Jesus Christus sind oder nicht.«
Susanne kam zu ihnen.
»Das Wasser rinnt nur noch ganz langsam«, sagte sie, »ich bin eben unten gewesen.«
»Fein«, sagte Gontard. »Wie tief ist es denn?«
»Ungefähr einen halben Meter. Man kann es schwer schätzen. Wollen Sie es sich ansehen?«
»Haben Sie eine Lampe?«
»Ja«, sagte das Mädchen.
»Dann lassen Sie uns hinuntergehen.«
Faber warf die Schaufel fort, aber der Priester legte eine Hand auf seine Schulter und hielt ihn leicht zurück. »Wir sind gleich wieder da. Ich möchte mich ein wenig ausruhen. Graben Sie inzwischen mit Schröder weiter.«

»Gut«, erwiderte Faber und sah ihn an. Gontard nickte und stieg mit dem Mädchen über die Stiegen hinunter. Die letzten standen unter Wasser. Aus der eingestürzten Mauer rann noch ein schwacher Strahl.

»Wahrscheinlich haben die oben endlich die Leitung gesperrt«, sagte Gontard. Er hob einen Stein auf, warf ihn ins Wasser und sah zu, wie er an der Stelle, an der er versank, Kreise zog. »Eine hübsche Grotte. Unter anderen Umständen, mit einem Boot und einer Gitarre, wäre es romantisch!«

»Hochwürden«, sagte Susanne, »warum wollten Sie mit mir allein herunterkommen?« Der Priester erhob sich. Sie standen nebeneinander auf der letzten trockenen Stufe. Gontard löschte die Lampe aus. Von oben drang die Stimme Therese Reimanns zu ihnen. Gontard lehnte sich an die Mauer.

»Weil ich Ihnen etwas sagen will, was Schröder nicht hören soll. Wenn Sie Faber sprechen, teilen Sie es ihm, bitte, mit.«

»Was ist es?«

»Ich habe ein schlechtes Gefühl. So, als sollte heute nacht etwas geschehen. Ich glaube, Schröder wird versuchen, den Gang in die Luft zu sprengen.«

»Ja«, sagte Susanne, »daran habe ich auch schon gedacht.«

»Sehen Sie, wir sind jetzt auf diese eine Kelleretage angewiesen. Hier herunter können wir nicht mehr. Die Wände des Kellers sind heftig erschüttert. Wenn Schröder wirklich seinen Plan ausführt, dann ist es sehr wahrscheinlich, daß sie endgültig einstürzen und uns unter sich begraben. Das wäre schade.«

»Ja«, sagte Susanne, »das wäre schade.«

»Deshalb werde ich heute nacht aufbleiben, solange ich kann. Weil ich gerne lebend hier herauskommen möchte. Ich weiß, es ist ein dummer Ehrgeiz, aber ich habe ihn nun einmal.«

»Ich habe ihn auch.«

»Wir haben ihn alle«, sagte Gontard. »Schröder hat ihn auch. Er fängt es nur nicht richtig an.«

»Aber Sie werden nicht die ganze Nacht wach bleiben können!«

»Nein«, sagte der Priester, »das weiß ich selbst. Ich stelle mir vor, daß ich bis zwölf oder ein Uhr wache und dann Sie beide wecke.«
»Das ist eine gute Idee.«
»Vielleicht überlegt sich Herr Schröder die Sache auch noch und tut gar nichts. Aber die Chancen sind etwa halb und halb. Wollen Sie mit Faber sprechen?«
»Natürlich«, sagte Susanne.
»Es liegt mir«, sagte Gontard langsam, »auch aus den von Schröder vorhin erwähnten metaphysischen Gründen viel daran, daß wir gemeinsam seinen Plan verhindern. Vielleicht hat er nämlich recht, und die Situation in diesem Keller ist symbolisch. Dann wäre es an der Zeit, daß etwas geschieht. Denn wir drei, Faber, Sie und ich, wissen zwar ganz genau, was wir zu tun hätten. Aber bisher haben wir nur geschwätzt. Und wir sollten nicht schwätzen. Wir sind Schröders Gegner, aber das genügt nicht. Wir müssen zusammenhalten und handeln. Hier im Keller und draußen im Leben. Nur so können wir uns von unserer gemeinsamen Schuld befreien.«
»Befreien?« fragte Susanne.
»Ja«, sagte der Priester, »das ist es, was wir tun müssen.«

6

Zur gleichen Zeit überlegte Walter Schröder, der Seite an Seite mit Faber arbeitete, daß es gar nicht so leicht sein würde, den Gang in die Luft zu sprengen. Die Hindernisse waren vieler Art. Die beiden Männer betrachteten ihn mit Mißtrauen. Sie würden ihn so wenig wie möglich aus den Augen lassen, das war klar. Vielleicht hatten sie die Absicht, abwechselnd zu wachen und ihn, wenn nötig mit Gewalt, zu stören. Schröder schaufelte hastig. Er brauchte, dachte er, selbst wenn alles gutging, mindestens eine Viertelstunde Zeit zu seinen Vorbereitungen. Die Erde war weich, und es würde nicht schwer sein, die Kannen einzugraben. In einer Viertelstunde konnte es geschehen. Aber diese Viertelstunde brauchte er.

Herrgott, dachte Schröder, wenn Faber doch auf meiner Seite stünde, wenn er zu mir hielte! Nichts könnte geschehen. Wir beide wären fähig, alles zu tun. Er sah den Soldaten an. Faber hackte. Sein Mund stand leicht offen, das Haar hing ihm in die Stirn. Wir beide, dachte Schröder, könnten den anderen helfen. Den anderen und uns selbst. Alles wäre leicht, wenn wir zusammenhielten. Aber du willst nicht. Ich werde allein versuchen, meine Aufgabe zu lösen.

Schröder grübelte. Vielleicht, wenn er lange genug wartete, schliefen sie doch alle für kurze Zeit ein. Dann konnte er die Kannen vergraben. Und alles vorbereiten. So weit, daß man nur noch ein Streichholz an die provisorische Lunte zu halten brauchte. Das würde er tun! Mit dem brennenden Streichholz neben der Lunte stehen und die anderen wecken. Und sagen: Geht hinunter, stellt euch auf die Treppe. Für alle Fälle. Es ist so sicherer. Es wird nichts geschehen, aber es ist sicherer ... Keiner konnte ihn dann mehr hindern, das Streichholz in seiner Hand schützte ihn gegen jeden Angriff. Bei dem geringsten Versuch irgendeines von ihnen, ihn zu attackieren, würde er die Lunte in Brand setzen. Das war der Weg, so sollte es geschehen. Wenn er nur lumpige fünfzehn Minuten Zeit hatte, um seine Vorbereitungen zu treffen. Fünfzehn Minuten nur, und alles war gut.

Schröder grub in die Tiefe, um seinen Absichten jetzt schon so weit wie möglich entgegenzukommen. Damit er später weniger zu tun hatte. Er berechnete im Geist den Raum, den er für drei Kannen benötigte. Drei Kannen sollten genügen. Drei Kannen, mit viel Erde verschüttet ... Er sah sich um und prägte sich die Stelle ein, an der die Kanister standen. Er wollte die obersten nehmen, dachte er, leise, damit keiner der Schläfer erwachte, vorsichtig, um keinen Lärm zu machen, spät, lange nach Mitternacht. Als Lunte würde er einen Streifen von seiner Decke schneiden. Einen Streifen der Decke, in Benzin getränkt. Oder nein, er mußte den Streifen an einem Ende wie eine Peitsche in drei Teile zerreißen, damit die Kannen auf einmal in Brand gerieten. Eine Zunge in jeden Kanister. Die Hälse der Kannen mußten aus dem Erdreich ragen, damit die Flammen an das Benzin herankamen und nicht erstickten. Er würde alles vorbereiten, bis ins letzte. Und dann wollte er, ein Streichholz in der Hand, die anderen wecken und sagen: »Es ist zu spät, mich an der Ausführung meines Planes zu hindern. Keiner von euch soll mir nahe kommen, keiner! Sie nicht, Hochwürden, und Sie nicht, Faber. Ihr habt verspielt. Geht hinunter. Bringt euch in Sicherheit, die ihr so liebt, auf die ihr ein Recht zu haben glaubt ... geht schnell. Ich komme euch nach, ich komme euch gleich nach ...«

Für Schröder gab es keine Wahl mehr. Für ihn war schon alles entschieden. Er hatte sich in der letzten Nacht versprochen, den Gang zu sprengen, wenn der Tag nicht die Befreiung brachte. Der Tag hatte die Befreiung nicht gebracht. Der Tunnel war eingestürzt. Sie waren von Wasser bedroht. Die schwangere Frau sah der Stunde ihrer Niederkunft entgegen. Sie hatten nicht mehr viel zu essen. Walter Schröder hielt sein Versprechen immer. Wie er es fertigbringen würde, seinen Plan zu verwirklichen, wußte er noch nicht. Aber daß er ihn verwirklichen würde, das wußte er. Es war dumm gewesen, den anderen von seiner Absicht zu erzählen. Dumm und unnötig. So hatten sie Argwohn geschöpft. Deshalb verdächtigten sie ihn nun. Man sollte nicht zu viel reden. Und man sollte sich nicht zu früh freuen. Das beste war, auf sich selbst zu hören und sonst auf niemanden. Der Chemiker Walter Schröder sagte zu sich: Du wirst heute nacht den Gang sprengen. Und der Chemiker Walter Schröder antwortete: Das wirst du tun. Er sah auf, als er hörte, daß der Priester mit ihm sprach.

»Was haben Sie denn? Schlafen Sie schon?«
»Ich habe Sie nicht verstanden«, sagte Schröder.

»Es ist Zeit, den Gang wieder abzustützen. Wir besitzen noch drei gute Balken.«
»Sechs!« sagte Schröder.
»Einer ist abgebrochen.« Faber bückte sich.
»Viel Sinn hat es nicht. Das erstemal konnten wir die Pfosten in den Stein hinein festschlagen. Jetzt ist die ganze Wand erschüttert. Wenn ich gegen die Balken trete, fallen sie um.« Schröder hieb einen Eisenstift in den Boden.
»Etwas stabiler wird die Sache dadurch schon«, sagte er und dachte: Wenigstens fällt die Erde nicht gleich auf die Kannen. Hinten, wo die Höhle endet, kommt auch die Decke herunter. Dort werde ich nicht viel Erde brauchen, um die Kanister einzugraben. Die drei restlichen Balken lege ich auch in den Gang. Wenn sie in die Luft fliegen, reißen sie vielleicht einen Teil der Mauer mit ein ...
Der Priester sah ihn an.
»Na«, sagte er, »wie viele Kannen wollen Sie nehmen, Herr Schröder?«
»Was?«
»Wie viele Kannen Sie nehmen wollen?«
Schröder lachte kurz.
»Ich denke, drei.«
»Drei Kannen sollten genügen«, meinte Gontard. »Wenn man sie nur tief genug eingräbt.«
»Ja«, sagte Schröder.
»Wenn wir Sie die Kannen nur tief genug eingraben ließen«, sagte Faber.
Wenigstens weiß ich, woran ich bin, dachte Schröder. Dafür sollte ich euch dankbar sein. Warum spielen wir nicht mit offenen Karten? Ihr mögt mich nicht. Ihr wartet darauf, daß ich mich in eure Gewalt begebe. Aber da könnt ihr lange warten. Ihr seid zu zweit. Ich bin allein. Aber ich habe eine Überzeugung. Und ihr habt keine. Deshalb bin ich stärker als ihr. Sie hoben den dritten Balken auf und schlugen ihn fest.

Evi kam durch den Keller und blieb bei ihnen stehen. »Meine Mutti meint, ihr sollt mir sagen, ob ihr hungrig seid.«
»Ich nicht.«
»Ich auch nicht«, sagte Schröder.
Der Priester erklärte, er könnte ein wenig Essen vertragen.
»Da unsere Vorräte ohnedies nicht besonders groß sind, wird es das beste sein, wenn nur die essen, die Hunger haben«, sagte Schröder.
»Eine ungemein tiefsinnige Erkenntnis«, sagte Gontard. Evi sah von einem zum andern.
»Habt ihr wieder gestritten?«
»Nein, wir vertragen uns jetzt glänzend.«
»Ich habe gedacht, ihr habt gestritten. Du siehst so böse aus. Lachst du auch manchmal?«
»O ja«, sagte Schröder.
»Dann lach doch einmal!«
Schröder lachte. »Ist es so besser?«
»Ja«, sagte Evi, »so ist es viel besser.«
Sie hielt ihre Puppe hoch und wandte sich an Faber.
»Etwas mit der Monika ist nicht in Ordnung.«
»Ist sie noch immer naß?«
»Sie gluckst.«
»Wahrscheinlich hat sie Wasser im Bauch.«
»Wie ist das Wasser in den Bauch gekommen?«
»Durch irgendein kleines Loch.«
»Durch den Mund?«
»Vielleicht durch den Mund.«
»Kannst du machen, daß das Wasser wieder herausrinnt?«
»Ich glaube nicht«, sagte Faber. »Es wird schon von selbst verschwinden.«
Evi schüttelte besorgt den Kopf.
»Mir gefällt das Glucksen gar nicht. Wenn mein Bauch gluckst, bin ich krank. Ist die Monika auch krank?«
»Nein«, sagte Faber, »deine Monika ist ganz gesund. Mach dir

keine Sorgen. Wir alle glucksen manchmal. Das bedeutet nichts.«
Evi seufzte nachdenklich.
»Weißt du, was ich möchte?«
»Was denn, Evi?« Faber setzte sich und zog sie an sich.
»Ich möchte so gerne auf die Straße hinaufgehen. Mir gefällt es hier nicht mehr.«
»Wir gehen bald hinauf.«
»Wirklich?«
»Bestimmt. Morgen schon.«
»Scheint dann die Sonne?«
Faber nickte. Der Priester legte die Schaufel fort und ging zu den Frauen. Schröder grub allein weiter.
»Ich weiß schon gar nicht mehr, wie die Sonne aussieht. Hier ist es so finster.« Evi legte den Kopf an Fabers Wange. »Ich möchte, daß es schon morgen ist«, sagte sie leise.
Reinhold Gontard begegnete Fräulein Reimann, die dabei war, die Lebensmittel auf der großen Kiste zu sortieren. Sie reichte dem Priester zwei belegte Brote und schüttelte den Kopf.
»Wir haben nicht mehr viel zu essen.«
»Was bleibt uns noch?«
»Etwas mehr als ein Laib Brot, zwei Dosen mit Fischkonserven, Tee, etwas Zucker, etwas Käse und ganz wenig geselchtes Fleisch. Außerdem noch zwei Eier.«
»Für einen Tag reicht es.«
Sie nickte.
»Ja, für einen Tag reicht es noch. Aber dann?«
Gontard aß langsam. Er hatte sich auf den Boden gesetzt und lehnte den Rücken an die Wand.
»Morgen verlassen wir den Keller«, sagte er.
»Sie sprechen sehr bestimmt. Glauben Sie es auch wirklich?«
»Sie haben ein großes Herz, Fräulein Reimann. Sie verloren in einer schlimmeren Situation als jener, in der wir uns heute

befinden, nicht den Glauben an Gott. Sie erboten sich sogar, für meine Person zu beten, erinnern Sie sich?«
»Ja«, sagte Therese Reimann, »das war gestern. Ich habe Ihnen unrecht getan.«
»Nein, das haben Sie nicht. Sie hatten, von Ihrem Standpunkt aus, völlig recht mit allem, was Sie mir vorwarfen. Jeder von uns hat, von seinem Standpunkt aus, ganz recht mit dem, was er sagt und tut.«
»Zählt der persönliche Standpunkt denn?«
»In einer Gesellschaft anständiger Menschen«, sagte Gontard, »sollte nichts mehr zählen als er und die Toleranz für ihn.«
»In einer Gesellschaft anständiger Menschen ...«
»Es ist ein weiter Weg zu ihr. Wer weiß, vielleicht gehen wir ihn eines Tages zu Ende.«
»Sie sind ein Optimist geworden, Hochwürden.«
»Nein«, sagte Gontard, »das bin ich nicht. Ich versuche nur, mir etwas einzureden. Aber ich fürchte, daß man mich bald und nachdrücklich vom Gegenteil überzeugen wird.«
»Wann?« fragte sie.
Gontard neigte sich zu ihr.
»Heute nacht. Schlafen Sie sehr fest, Fräulein Reimann?«
»Ich erwache leicht.«
»Wenn Sie durch irgendein Geräusch erschreckt werden sollten, dann zögern Sie nicht, mich oder den Soldaten zu wecken. Wollen Sie das tun?«
»Ja«, sagte sie, »aber was erwarten Sie?«
»Ich erwarte, daß Schröder versuchen wird, den Gang zu sprengen.«
»Du lieber Gott«, sagte Fräulein Reimann. »Warum denn?«
Gontard zuckte die Achseln. »Weil er glaubt, daß er uns befreien muß.«
»Und Sie wollen ihn hindern?«
»Ja«, sagte Gontard. »Sie sollen mir dabei helfen.«
»Ich werde Ihnen helfen«, versprach Therese Reimann.

Gegen acht Uhr abends bereiteten die sieben Menschen ihre primitiven Lager aufs neue. Der Priester erbat von Fräulein Reimann eine Decke, nahm die Taschenlampe und legte sich direkt vor dem Eingang des Tunnels auf ein paar Kistendeckel. Als Kissen benützte er seine Soutane. Schröder, der seine drei Stühle in der Nähe der Benzinkanister zusammenschob, lachte.
»Haben Sie wirklich die Absicht, hier zu übernachten?«
Gontard nickte bloß.
»Ich werde über Sie stolpern, wenn ich versuche, meinen Plan auszuführen.«
»Ja«, sagte Gontard, »Sie werden stolpern.«
Schröder stand wieder auf und zog seine Jacke an.
»Liegt auf der Kiste nicht ein Stück Seife?«
»Ja.«
»Wem gehört es?«
»Frau Wagner, glaube ich«, antwortete Gontard mißtrauisch.
»Was wollen Sie damit?« fragte er dann.
»Sie werden lachen«, sagte Schröder und zog sich das Hemd über den Kopf, »ich will mich waschen. Wasser haben wir ja genug. Ich bin schmutzig geworden.«
»Das sind wir alle«, sagte Gontard.
»Aber mich stört es.«
»Das Wasser unten wird kalt sein. Haben Sie die Absicht, ein Bad zu nehmen?«
»Vielleicht.«
Gontard schüttelte sich.
«Bevor man zum Äußersten schreitet, soll man immer einen Arzt befragen.«
Schröder grinste und warf seinen Mantel über die nackten Schultern. Er fand die Seife und ein weißes Tischtuch. Dann stieg er mit einer Kerze in den dritten Stock des Kellers hinab, wo er sich ganz entkleidete. Er legte seinen Anzug, seine Strümpfe und seine Schuhe auf eine trockene Stufe neben die Kerze. Schröder kniete nieder und wusch sein Gesicht. Das

Wasser war kalt und brannte ihm auf der Haut. Er seifte seinen Körper ein und stieg langsam tiefer. Als das Wasser seine Lenden erreichte, rang er nach Luft. Aber er schritt weiter. Dann holte er tief Atem und tauchte unter. Das Blut jagte durch seine Adern und ihm wurde sehr warm. Er rieb sich mit dem Tischtuch ab und zog seine Kleider wieder an.
»Wie fühlen Sie sich?« fragte Gontard, als er zurückkam.
»Fein«, sagte Schröder. Er rollte die Decke um sich und legte sich auf die Stühle. »Sie sollten es auch versuchen. Ich habe die Seife unten gelassen.«
»Lieber nicht«, sagte Gontard. Schröder blies die Kerze aus.
»Gute Nacht, Hochwürden. Schlafen Sie gut.«
»Ich werde überhaupt nicht schlafen«, erwiderte Gontard.
Robert Faber, der an der Seite Susanne Riemenschmieds lag, hörte ihn und lächelte.
»Was für ein Theater«, sagte er leise. »Man könnte meinen, die Welt geht unter.«
Susanne bewegte sich.
»Wenn du bei mir bist, geht die Welt wirklich unter!«
»Unsinn«, sagte Faber. »Die Welt geht nicht unter. Sie tut nur so.«
»Gestern nacht ist die Welt untergegangen für mich. Für dich nicht auch?«
»Doch«, sagte Faber, »für mich auch.«
»Wenn zwei Leute sich lieben, dann geht die Welt für sie unter.«
»Aber nicht für immer. Nur für eine Weile. Für eine halbe Stunde. Oder für eine Nacht.«
»Für uns wird die Welt jede Nacht untergehen.«
»Das kommt, weil wir uns lieben.«

7

Fräulein Reimann machte sich später lange Vorwürfe, daß sie es nicht fertigbrachte, in dieser Nacht wach zu bleiben. In vollkommener Stille und Dunkelheit nicht in den Schlaf hinüberzugleiten, wenn man zurückgelehnt in einem Sessel ruht, ist eine Leistung, vor der viele andere gleichfalls versagt hätten. Aber Fräulein Reimann wußte, was auf dem Spiele stand. Und sie bemühte sich auch verzweifelt, wach zu bleiben. Ein paarmal ertappte sie sich dabei, wie sie jäh aus einem kurzen Schlummer auffuhr, und war dann glücklich, wenn sich im Keller nichts regte und alles zu schlafen schien. Fräulein Reimann tat, was sie konnte. Sie legte die wärmende Decke fort, da sie hoffte, daß die Kälte ihren Schlaf stören würde. Sie setzte sich aufrecht in den Stuhl und sprach Gebete. Sie erhob sich, um zu der alten Uhr zu gehen und nachzusehen, wie spät es war. Aber es half alles nichts. Gegen ein Uhr morgens schlief Fräulein Reimann fest und tief und hatte ihre Aufgabe vergessen. Zu dieser Zeit rauchte Walter Schröder eine Zigarette, und der Priester sah aufmerksam zu, wenn ihr rotleuchtendes Ende durch die Dunkelheit wanderte. Er hustete trocken. Sieben Stunden noch, dachte Gontard. Sieben Stunden noch, dann war es vorüber. Warum schlief Schröder nicht endlich ein? Er würde es doch nicht wagen, den Gang zu sprengen. Er wußte, daß Gontard wachte, ebenso wie dieser es von ihm wußte. Er hatte keine Chance. Deshalb, dachte der Priester, würde er auch nichts unternehmen, sondern einfach seine Zigarette zu Ende rauchen und dann vielleicht noch eine zweite entzünden, weil ihn der Gedanke an den Tunnel nicht losließ. Doch er würde sich nicht erheben und versuchen, seinen Plan mit Gewalt zu verwirklichen, weil sein gesunder Menschenverstand ihn von der Aussichtslosigkeit eines solchen Versuchs überzeugen mußte. Das dachte Reinhold Gontard. Aber er hatte keine Ahnung.
Er wußte nicht, daß Schröder am Ende seiner Geduld angelangt war und beschlossen hatte, nicht mehr zu warten. Er wußte

nicht, daß der Chemiker in großer Ruhe mit seinem Taschenmesser einen breiten Streifen der Wolldecke abschnitt und sein Ende gewissenhaft dreiteilte. Er wußte nicht, daß neben Schröder Werkzeuge und drei Benzinkanister bereitlagen. Er wußte gar nichts. Nicht einmal, daß Schröder die kurze, schwere Eisenstange zwischen seinen Beinen hielt. Und dies hätte er wissen müssen. Dann wäre vielleicht noch alles anders gekommen. Doch der Priester unterschätzte Schröder. Das war sein großer Fehler. Deshalb unterlag er ihm schließlich.

Siebzehn Minuten nach ein Uhr morgens erhob sich Walter Schröder ruhig und ohne besonderen Lärm zu machen von seinen Stühlen, knipste die Taschenlampe an und trat auf den Priester zu, der ihn lächelnd ansah. Die rechte Hand hielt Schröder auf dem Rücken.

»Legen Sie sich hin«, sagte Gontard, »und machen Sie keine Dummheiten.«

Schröder schüttelte den Kopf.

»Stehen Sie auf!«

»Nein.«

»Vorwärts«, sagte Schröder ungeduldig.

»Wenn Sie sich nicht augenblicklich niederlegen, wecke ich Faber.«

»Ja?« fragte Schröder höhnisch.

Gontard richtete sich halb auf und öffnete den Mund. Aber zum Schreien kam er nicht mehr. Schröder nahm seine rechte Hand vom Rücken und hob sie rasch hoch. Sie hielt die kurze Eisenstange. »Es tut mir leid«, sagte er hastig und schlug dem Priester mit ihr über den Schädel. Es war ihm ganz gleich, wohin er traf. Doch da Gontard erschrocken zurückfuhr, traf ihn das Werkzeug an der linken Schläfe. Der Priester gab keinen Laut von sich. Er fiel nieder und rührte sich nicht. Auf einer Stelle der Stirn war die Haut geplatzt, und ein dünner Blutstreifen rann über die Wange. Schröder biß sich in die Unterlippe. Dann beugte er sich vor, packte den Bewußtlosen an den Beinen und zog ihn aus dem Weg. Bevor ich die Lunte anzünde, dachte er dabei, werde ich ihn in den Keller hinunterschleppen müssen. Schröder ließ die Beine des Priesters los und nahm die Schaufel zur Hand. Die Taschenlampe befestigte er an seinem Gürtel. Dann begann er hastig Erde aus dem Gang zu schaufeln. Er warf sie hinter sich in die Finsternis, ein wenig fiel bei jeder Schaufel auf Reinhold Gontard. Schröder schwitzte. Als die Höhle ihm tief genug erschien, stellte er die Kannen hinein und öffnete ihre Verschlüsse. Nachdem er die drei Zungen der provisorischen Lunte tief in sie gehängt hatte, begann er die Kanister einzugraben, wobei er das freie Ende des Wollstreifens an einem der Balken festklemmte, damit keine Erde darauf fiel. Er trat den Lehm um die Kannen mit den Füßen fest und warf ein paar der gebogenen Eisenklammern, die sie zum Fixieren der Pfosten verwendet hatten, in die Erde. Dann unterbrach er seine Arbeit, ging zu Reinhold Gontard und beugte sich über ihn. Dieser lag ganz still. Schröder lauschte. Die anderen schliefen. Sie hatten nichts bemerkt. Schröder erhob sich, schlich zu dem Stollen zurück und schaufelte weiter. In die Öffnung verkeilte er, so fest er konnte, die drei restlichen Balken, die beiden langen und den gebrochenen. Zwischen sie bettete er einzelne große Steine.

Es war 1 Uhr 36, als Schröder die Schaufel fortwarf und die Lunte von der Tunneldecke nahm. Sie stank nach Benzin. Er legte den etwa zwei Meter langen Streifen auf den Boden, ging zu den Stühlen und holte seine Jacke. Es kann nichts geschehen, dachte er. Die Explosion wird den Sachen am anderen Kellerende nicht schaden, sie wird nichts von dem Besitz Fräulein Reimanns zerstören. Sie wird nur die Mauer einreißen. Schröder überlegte kurz. Dann griff er nach seiner Aktentasche und trug sie vorsichtig hinunter in den überschwemmten Keller, wo er sie auf eine trockene Stufe stellte. Die Jacke legte er daneben. Als er sich auf Zehenspitzen an Fabers Lager vorübertastete, glaubte er eine Bewegung zu hören und blieb stehen. Faber seufzte schwer im Schlaf. Schröder eilte zu dem Stollen zurück

und suchte in der Tasche nach einem Feuerzeug. Es brannte sofort. Er blies die Flamme wieder aus und neigte sich gerade über die freiliegende Lunte, als er ein Geräusch in seinem Rücken vernahm. Schröder zuckte zusammen und drehte sich, das Feuerzeug in der Hand, um. Der Priester, dachte er, der Priester ist zu sich gekommen! Er sprang auf. Aber es war nicht der Priester.
Es war Robert Faber, der unsicher, mit müden Augen, auf ihn zukam.

8

Faber fuhr jäh aus einem schweren Traum empor und rang nach Luft. Ein unerklärliches Angstgefühl hielt ihn gepackt. Seine Hände glitten abwärts, trafen Susannes warmen Körper und blieben auf ihrem Rücken liegen. Von dem anderen Ende des Kellers drang ein unruhiger Lichtschein zu ihm. Woher kam er? Faber schloß mechanisch den Knopf seiner Jacke und zog den Gürtel um seine Hose zusammen. Dann sah er Schröders vorgeneigte Gestalt bei der Höhle. Wo war der Priester? Was war geschehen? Was tat Schröder bei dem Tunnel? Faber befreite sich aus Susannes Armen, streifte den Teppich zurück und sprang auf. Er war bis auf etwa fünf Meter an Schröder herangekommen, als er die leblose Gestalt Reinhold Gontards sah, der, mit dem Gesicht nach unten, auf einem Erdhaufen lag. Im gleichen Augenblick drehte sich Schröder um. In seinen Augen saß die Furcht.
»Rühren Sie sich nicht!« kreischte Schröder.
Faber blieb stehen.
»Was haben Sie mit dem Priester getan?«
Schröder hörte nicht.
»Wecken Sie die anderen, und gehen Sie hinunter!«
Faber stand still. Schröder knipste das Feuerzeug an und neigte sich über die Lunte. »Gehen Sie!«

»Nein«, sagte Faber und trat einen Schritt näher. Was war dem Priester geschehen? War er tot? Was hatte dieser Verrückte getan? Eine tolle Wut stieg in Faber auf. Sein Körper krümmte sich zusammen, als wollte er springen.
»Einen Schritt noch«, sagte Schröder, zitternd vor Aufregung, »und ich zünde die Lunte an!«
»Sie haben den Priester erschlagen!«
»Wecken Sie die anderen!«
»Schröder«, sagte Faber atemlos, »hören Sie auf mich –«
»Wollen Sie gehen?«
Faber griff an seine Hüfte. Seine Finger fanden die Pistole und schlossen sich um den kühlen Griff.
»Nein!«
»Dann werde ich sie wecken.«
Und Schröder begann zu schreien. Er schrie unartikuliert, aber er schrie laut. Das kleine Mädchen erwachte weinend. Fräulein Reimann sprang mit einem erschrockenen Ausruf aus ihrem Stuhl empor.
»Gehen Sie hinunter!« schrie Schröder. »Gehen Sie augenblicklich hinunter!« Die anderen sahen ihn verständnislos an. Schröder glaubte ersticken zu müssen. Er schüttelte sich. »Ich will nicht gehen!« rief Fräulein Reimann. »Ich fürchte mich! Legen Sie das Feuerzeug weg!«
Evi glitt aus dem Bett ihrer Mutter und rannte heulend auf den Soldaten los.
»Robert!« schrie Susanne. Aber Faber hörte sie nicht. Für ihn war plötzlich alles, für einen einzigen Augenblick nur, von blendender Klarheit erfüllt. Er wußte, für einen Augenblick nur, was er zu tun hatte. Was er zu tun hatte nach all den Jahren, die er geschwiegen und geduldet und ein Gewehr getragen hatte. Er wußte: Walter Schröder war mehr als eine Gefahr für sie alle. Er war die Inkarnation all dessen, was Faber haßte und was die Welt zu einem Tal des Jammers und der Tränen hatte werden lassen. Er war ein schlechter Mensch. Und deshalb mußte er sterben.

Faber hielt die Pistole in der Hand, als Schröder die Waffe erblickte. Er fuhr herum und neigte sich zu Boden, als Faber schoß. Die Kugel traf Schröder in der linken Brustseite. Das Feuerzeug fiel knapp neben die Lunte. Faber stürzte vor und riß sie aus den Kannen heraus. Dann beugte er sich über Schröder und rollte ihn auf den Rücken. Schröders Mund und seine Augen standen offen. Das Hemd begann sich an einer Stelle blutig zu färben. Die Brille war ihm wieder von der Nase gefallen. Die Haut der Wangen, die an zahlreichen Stellen von Steinsplittern zerkratzt war, glänzte unnatürlich. Eine Hand hatte Schröder gegen die Kehle gehoben, als wollte er den Kragen seines Hemdes öffnen, weil ihm heiß war. Aber Schröder wollte sein Hemd nicht öffnen. Er wollte überhaupt nichts mehr. Denn er war tot.

Robert Faber kniete neben ihm und sah ihn an. Die Pistole hielt er noch immer in der Hand. Schröder ist tot, dachte Faber. Herr Schröder ist gestorben. Ich habe ihn erschossen. Jetzt rinnt ein wenig Blut aus seinem Mundwinkel. Man sollte es abwischen. Wozu eigentlich? Schröder ist tot.

Faber streckte ein Bein aus und fuhr sich mit der Hand über die Stirn. Ich habe Schröder erschossen, dachte er. Warum eigentlich? Dann hörte er, wie jemand zu ihm sprach. Er sah auf. Es war Susanne. Sie kniete an Schröders anderer Seite, und ihr Gesicht war verzerrt.

»Ist er tot?«

»Ja.«

»Ist er wirklich tot?«

Faber nickte.

»Vielleicht ist er nur ohnmächtig. Ich glaube, sein Puls schlägt noch.«

»Nein«, sagte Faber tonlos, »er ist tot.«

Er sah Schröder ins Gesicht. Dieser starrte an ihm vorbei gegen die Decke. Das Blut aus seinem Mundwinkel rann über das Kinn und tropfte langsam auf den Hals. Faber wischte es mit zwei

Fingern ab. Inzwischen waren die anderen herbeigekommen. Fräulein Reimanns kleiner Körper zitterte.
»Mein Gott«, sagte sie, »mein Gott ...« Sie faltete die Hände, schüttelte den Kopf und weinte.
Evi beugte sich neugierig über Schröder und betrachtete das befleckte Hemd.
»Ist der Mann tot?«
Niemand antwortete ihr. Sie sah sich nach ihrer Mutter um, die schwerfällig aufgestanden war.
»Ist der Mann tot, Mutti?«
»Ja«, sagte Anna Wagner. »Komm zu mir, Evi.«
Das Kind rührte sich nicht.
»Evi«, sagte Anna Wagner, »komm sofort zu mir!« Sie nahm das Mädchen an der Hand und führte es fort. Fräulein Reimann fühlte, wie plötzlich ein fürchterlicher Ekel in ihr aufkam. Sie machte die Augen zu. Aber es half nichts. Ihr wurde abwechselnd heiß und kalt. Sie schwankte. Faber fing sie in seinen Armen auf. Fräulein Reimann holte Atem. Sie überwand die Schwäche.
»Danke«, sagte sie. »Es ist nur, weil ich noch nie einen Toten gesehen habe. Mir wurde auf einmal so schlecht ... jetzt geht es schon wieder.«
Sie drehte sich um und sah, wie der Priester sich eben langsam vom Boden erhob. Er hatte eine blutunterlaufene Schramme an der linken Schläfe.
»Wo ist Schröder?« fragte Gontard, trat zwei Schritte vor und setzte sich dann schnell.
»Tot«, sagte Therese Reimann.
»Was?«
Die alte Dame nickte. »Herr Faber hat ihn erschossen.«
Gontard fuhr zusammen.
»Sie haben ihn erschossen?«
»Ja.«
»Warum?«

»Ich weiß es nicht.«
Fräulein Reimann packte den Priester am Arm.
»Weil er den Gang in die Luft sprengen wollte. Ich habe es selbst gesehen. Er hielt schon das Feuerzeug in der Hand ...«
Gontard stand mühsam auf. Dann neigte er sich über Schröder und schloß ihm die Augen.
»Was ist Ihnen geschehen?« fragte Faber.
»Schröder schlug mir mit der Eisenstange auf den Kopf, als ich Sie wecken wollte.«
»Mit der Eisenstange?«
Gontard nickte. »Ich glaubte, ich würde allein mit ihm fertig werden, aber er hielt die Stange auf dem Rücken. Als ich ihn sah, war es schon zu spät.«
»O Gott«, sagte Therese Reimann schwach, »das ist ja furchtbar. Warum wollte er Sie töten?«
»Er wollte mich nicht töten. Er wollte mich nur für eine Weile aus dem Weg haben. Das ist ihm auch gelungen.« Gontard betastete seinen Kopf.
»Haben Sie Schmerzen?«
»Natürlich«, sagte der Priester. Fräulein Reimann wurde wieder unruhig.
»Vielleicht sollte ich Ihnen einen Verband anlegen. In meinem Koffer sind ein paar Binden und Jodtinktur. Ich will sie holen.«
»Später«, sagte Gontard, »das hat Zeit. Bleiben Sie hier, Fräulein Reimann.« Er trat zu dem Soldaten, der neben dem Mädchen stand.
»Was Sie befürchteten«, sagte Susanne, »ist eingetroffen, Hochwürden.«
»Ja«, sagte Gontard. »Ich habe Schröder unterschätzt. Ich habe auch Sie unterschätzt, Faber.«
Der Soldat antwortete nicht. Er steckte die Pistole in die Tasche und senkte den Kopf.
»Wenn Herr Faber ihn nicht erschossen hätte«, rief Therese Reimann, »wären wir jetzt alle tot! Schröder wollte den Gang in

die Luft sprengen. Er sagte: ›Geht hinunter!‹ Und als wir uns nicht rührten, neigte er sich vor, um die Lunte anzuzünden. Sie haben es nicht gesehen, Hochwürden, Sie waren ohnmächtig.«

»Wie ist das Ganze eigentlich geschehen?«

»Ich wachte auf«, erwiderte Faber langsam, »und sah Schröder vor dem Stollen arbeiten. Als ich zu ihm trat, sagte er, daß er den Gang sprengen wollte. Ich sah Sie auf der Erde liegen und dachte, Sie wären tot. Das gab mir den Rest. Schröder schrie, er würde die Lunte anzünden, wenn ich mich rührte, und schließlich weckte er durch sein Gebrüll alle auf und befahl ihnen, auf die Treppe hinunterzugehen.«

»Und dann?«

»Dann weiß ich nichts mehr.«

»Unsinn! Denken Sie nach.«

»Dann habe ich ihn erschossen.«

»Herrgott«, sagte Gontard, »so ohne weiteres?«

Faber hob die Schultern.

»Schröder hatte alles vorbereitet«, sagte Therese Reimann leidenschaftlich. »Sie können es selbst sehen. Die Kannen waren eingegraben, und die Lunten hingen in ihnen. Wir wären jetzt alle tot, wenn Herr Faber ihn nicht erschossen hätte.«

»Vielleicht«, sagte Gontard. »Herr Faber hat ihn aber erschossen. Und nun ist Herr Schröder tot.«

»Wenn Sie um Hilfe geschrien hätten, wäre das alles nicht geschehen«, sagte das Mädchen plötzlich laut.

»Susanne!«

»So ist es doch! Ich rede nicht von Ihnen allein, Hochwürden, sondern von uns allen. Wer will dem anderen einen Vorwurf machen? Wer von uns hat ernstlich etwas getan, um Schröders Plan zu verhindern? Wer hat sich darauf *vorbereitet,* ihn zu verhindern? Keiner!«

»Du hast Angst vor ihm gehabt«, sagte Faber.

»Und du hast mich dafür ausgelacht.«

»Und ich bin eingeschlafen«, sagte Therese Reimann. »Obwohl ich versprach, wach zu bleiben.«
»Sehen Sie? Jeder von uns wußte, daß Schröder gefährlich war, aber keiner glaubte, daß er uns wirklich überlegen sein könnte.«
»Du hast ihn erschossen«, sagte Susanne Riemenschmied zu Faber, »aber jeder, der eine Pistole gehabt hätte, würde ihn erschossen haben, aus Ratlosigkeit, Wut und Angst.«
»Liebes Fräulein Susanne«, sagte der Priester, »es ist unnötig, daß Sie uns die Motive Fabers verständlich machen. Wir sind gewiß alle derselben Meinung: daß seine Tat nämlich von jedem anderen in seiner Situation hätte begangen werden können.«
»Nur Schröder«, sagte Faber, »würde anderer Meinung sein, wenn er noch lebte. Das ist ja alles blödes Geschwätz. Ich habe einen Menschen getötet.«
»Sie haben in Notwehr gehandelt.«
»Ich habe überhaupt nicht gewußt, was ich tue«, sagte Faber.
»Sie haben verhindert, daß Schröder uns in Lebensgefahr brachte. Jedes Gericht würde das begreifen.«
»Hochwürden«, sagte Faber und ballte die Fäuste, »haben Sie schon einmal überlegt, wieviel mir das nützt?«
»Ja«, sagte Gontard, »ich weiß.«
»Einen Dreck!«
»Warum?« fragte Therese Reimann.
»Weil ich desertiert bin! Weil ich erschossen werde, wenn die Polizei mich fängt. Nicht für den Mord. Sondern für Fahnenflucht. Der Mord ist bloß eine Draufgabe, für den interessiert sich keiner.«
Fräulein Reimann sah hilflos um sich. Sie hatte das starke Bedürfnis, sich an jemanden anzulehnen, von jemandem gehalten zu werden. Da niemand in der Nähe stand, setzte sie sich auf den Boden und stützte den Kopf in die Hände.
»Mein Gott«, sagte sie, »mein Gott im Himmel!«
»Sehen Sie nun«, sagte Faber zu Gontard, »daß Sie sich Ihre Bemühungen ersparen können?«

»Im Gegenteil, wir können uns diese Bemühungen nicht ersparen. Sie müssen in Sicherheit gebracht werden.«
Faber lachte.
»Sie müssen leben!«
»Ja, ich muß leben. Es wird nur nicht ganz einfach sein mit einem Strick um den Hals.«
»Einem Strick?«
»Oder ein paar Kugeln im Bauch«, sagte Faber hysterisch. »Was weiß ich denn? Es kommt auf das gleiche hinaus. Ich Narr. Ich gottverfluchter Narr! Warum mußte ich diesen armen, blöden Hund erschießen?«
»Um unser Leben zu retten«, sagte Therese Reimann leise.
»Ach ja«, rief Faber, »das habe ich ganz vergessen!«
Susanne preßte sich an ihn. »Nicht«, sagte sie, »bitte nicht! Wir haben noch Zeit. Es gibt einen Ausweg. Hochwürden, helfen Sie uns!«
Der Priester zuckte die Schultern.
»Schröder muß verschwinden.«
»Was?«
»Der Tote muß verschwinden«, sagte Gontard. »Er und alle Spuren, die auf ihn führen. Dann sind wir gerettet. Denn es weiß ja keiner, daß er bei uns im Keller war.«
»Wie soll er verschwinden?«
»Wir müssen ihn hinuntertragen, hinunter in den überschwemmten Keller. Wir müssen ihn ins Wasser werfen.«
»Das ist doch nicht Ihr Ernst!« rief Therese Reimann entsetzt.
»Natürlich!«
»Aber er ist doch ein Mensch ...«
»Er ist tot«, sagte Gontard, »und Faber lebt.«
»Das ist eine Sünde.«
»Mord ist auch eine Sünde«, erwiderte der Priester, »eine Todsünde sogar.«
»Es war kein Mord, es war Notwehr! ...« Therese Reimann suchte nach Worten, fand keine und schwieg bedrückt.

»Das geht nicht«, sagte Faber, der nachgedacht hatte, »der Leichnam würde auf dem Wasser schwimmen, und jeder könnte ihn gleich sehen.«
»Nicht, wenn wir ihm ein paar Steine um den Bauch binden.«
»Dann vielleicht auch.«
»Aber erst später.«
»Und was geschieht, wenn die Leute, die uns ausgraben, aus irgendeinem Grund gleich hinuntersteigen?«
»Warum sollten sie das tun?«
»Das weiß ich nicht. Vielleicht stürzt der Nebenkeller auch ein. Oder sie wollen das Wasser auspumpen.«
»Dann sind wir schon nicht mehr da.«
Faber lachte wieder.
»Die Polizei ist zwar dumm, aber doch nicht so dumm. Bevor sie uns gehen läßt, wird man unsere Namen und Adressen ermitteln. Und wenn man den Toten findet, stehen wir alle unter Mordverdacht.«
»Dann verstecken wir den Leichnam hier oben, in einem der Gänge. Da sieht ihn keiner.«
»Passen Sie auf«, sagte Faber, »Schröder hatte doch höchstwahrscheinlich Verwandte. Er ist seit zwei Tagen nicht nach Hause gekommen. Seine Freunde werden ihn suchen. Sie sind gewiß zur Polizei gelaufen, um eine Anzeige zu erstatten. Das kleine Kind wird erzählen, daß er erschossen wurde –«
»Wir werden Evi sagen, daß sie schweigen muß.«
»Ja, aber sie wird es nicht begreifen. Sie wird irgendeine dumme Bemerkung machen –«
»Und wenn wir ihn nicht verstecken, sondern erklären, daß er Selbstmord begangen hat? Aus Verzweiflung. Oder aus momentaner Geistesverwirrung ...«
»Ja«, sagte Faber bitter, »mit einer Armeepistole! Und mit einem desertierten Soldaten im Keller. Das ist sehr glaubhaft.«
»Warum nicht?«
»Weil es mir nicht paßt.«

»Warum nicht?« fragte Gontard zum zweitenmal. Und nun verlor Faber seine Selbstbeherrschung. Er schrie, daß Therese Reimann wieder zu weinen begann. Sein Gesicht verzerrte sich. Er stieß Susanne von sich und preßte beide Hände gegen die Brust, während er schrie. Seine Augen schlossen sich, sein ganzer Körper wurde steif.
»Weil ich leben will!« schrie Robert Faber. »Weil ich doch leben will!«

9

Schröders Taschenlampe leuchtete nur noch schwach.
Sie lag neben dem Toten und zuckte zuweilen heller auf. Doch die Batterie war erschöpft. Der Priester hustete und sagte: »Ich habe einen Ausweg gefunden. Aber er ist nicht schön.«
»Das macht nichts«, sagte Susanne. »Wir brauchen keinen schönen Ausweg. Nur einen sicheren.«
»Er ist sicher«, sagte der Priester. »Faber, Sie müssen Walter Schröder werden.«
Der Soldat, der auf und ab gegangen war, blieb stehen.
»Sie müssen Walter Schröder werden«, wiederholte der Priester. »Sie müssen seine Rolle spielen, verstehen Sie?«
»Sie sind ja verrückt«, sagte Faber.
»Ich bin nicht verrückt! Schröder ist tot. Sie leben. Sie werden als Deserteur gesucht, er nicht. Sie sind ein Flüchtling, er war ein guter Bürger. Begreifen Sie? Als Walter Schröder sind Sie sicher, wenn die Polizei kommt. Wenigstens für eine Weile.«
»Es wird mir doch kein Mensch glauben.«
»Sie nehmen seine Papiere«, sagte der Priester und stand auf. »Sie müssen mit ihm Kleider tauschen.«
»Mit dem Toten?«
»Ja!«
»Pfui Teufel, das ist ja scheußlich.«
»Aber klug«, sagte Gontard. »Sie müssen es tun.«

Susanne hatte zugehört. Jetzt trat sie näher.
»Ja«, sagte sie, »du mußt es tun.«
»Das kann ich nicht.«
»Du mußt!«
Faber schüttelte sich.
»Ich soll mit Schröder Kleider tauschen und seine Papiere an mich nehmen –«
»– und ihm die Ihren geben –«
»... und ich bin dann der Chemiker Walter Schröder, und er ist Robert Faber?«
»Ja«, sagte der Priester, »er ist dann Robert Faber, ein desertierter Soldat, der sich aus Angst oder Verzweiflung erschossen hat. Die Pistole wird in seiner Hand liegen. Sie sind etwa gleich groß, Sie sehen sich sogar ein wenig ähnlich. Seine Kleider werden Ihnen passen.«
»Herrgott«, sagte Faber, »das ist ja eine noch größere Gemeinheit, als einen Menschen zu töten.«
»Es ist keine Gemeinheit, wenn man in Gefahr steht. Es ist ein Ausweg, sonst nichts. Sie wollen doch leben.«
»Nicht so sehr.«
»Robert«, sagte Susanne, »wir müssen zusammenbleiben. Du darfst nicht fortgehen. Tu, was der Priester sagt.«
»Schröder ist tot!« rief Gontard. »Er weiß nicht, was mit ihm geschieht.«
»Aber ich weiß es!« schrie Faber und begann wieder auf und ab zu laufen. »Ich habe ihn erschossen, und jetzt soll ich in seine Kleider kriechen und vorgeben, der zu sein, den ich getötet habe?«
»Faber«, sagte der Priester, »wir brauchen uns nichts vorzumachen: In ein paar Stunden kommen die von drüben zu uns. Dann sind Sie verloren, wenn Sie sich jetzt nicht entscheiden.«
»Du mußt die Kleider nicht gleich anziehen«, sagte Susanne, »du hast noch Zeit. Warte bis morgen. Es handelt sich nur um eine kurze Weile. Dann kannst du sie wieder wegwerfen.«

»Nein«, meinte Gontard, »Sie müssen bald mit Schröder Kleider tauschen.«
»Warum?«
»Weil die Leiche steif wird. Dann können wir sie nicht mehr ausziehen.«
Faber blieb neben dem Priester stehen.
»Wir werden sie überhaupt nicht ausziehen. Lieber will ich verrecken als mit Schröder meine Kleider tauschen!«
Gontard schüttelte den Kopf.
»Hören Sie auf das, was ich Ihnen sage. Ich möchte es lieber für mich behalten, denn es klingt lächerlich. Aber Sie müssen es wissen. Sie sind in diesen Keller gekommen und haben zwei Tage hier gelebt. In diesen zwei Tagen hat sich viel ereignet, obwohl es so aussah, als ob sich gar nichts ereignen würde. Es hat sich mehr ereignet, als wir ahnen. Und ich weiß heute, daß Sie nicht sterben dürfen. Weil wir Männer wie Sie brauchen werden, wenn unser Land zusammengebrochen ist. Sie dürfen nicht sterben. Wir brauchen Sie. Wir brauchen Ihre Ruhe und Ihre Anständigkeit und Ihren Gerechtigkeitssinn und Ihren Humor. Sie dürfen nicht sterben, weil Sie ein ganz einfacher, guter Mensch sind. Deshalb liebt Sie Susanne. Ist es nicht so?«
»Ja«, erwiderte das Mädchen leise, »deshalb liebe ich dich.«
Faber ließ die Arme an seinem Körper herunterhängen und schwieg.
»Sie sind zu wertvoll, um zu sterben, und darum bitte ich Sie, zu tun, was ich sage. Damit wir Sie retten können.«
»Ich will es nicht tun«, antwortete Faber.
»Dann«, sagte Gontard ruhig, »werde ich, wenn die Polizei kommt, erklären, daß *ich* Schröder erschossen habe.«
»Es wird Ihnen kein Mensch glauben.«
»Man wird mir schon glauben«, sagte der Priester. »Ich werde meine Aussage nicht ändern. Sie wird man trotzdem erschießen. Für Fahnenflucht. Und mich wahrscheinlich für Mord.«
»Aber Sie haben diesen Mord doch gar nicht begangen!«

»Darüber können Sie nachdenken, wenn man uns fortführt.«
»Ich werde zugeben, daß ich Schröder getötet habe«, sagte Faber. »Man kann mich nur einmal töten.«
»Aber man wird es Ihnen nicht glauben.«
»Man wird es mir eher glauben als Ihnen.«
»Weshalb?«
»Weil Sie ein Priester sind.«
»Und?«
Faber lachte.
»Einem Soldaten, der desertiert ist, traut man einen Mord mit Vergnügen zu.«
»Faber«, sagte Gontard, »wenn Sie Susanne lieben, dann wechseln Sie mit Schröder Ihr Gewand.«
Der Soldat hob hilflos die Hände.
»Robert«, sagte Susanne eindringlich, »wenn du es nicht tust, werden wir uns verlieren. Wenn du es nicht tust, werden sie dich töten. Ich kann nicht mehr leben ohne dich, Robert ...«
»Bei Ihrer Liebe«, sagte der Priester.
»Ja«, sagte Faber, »bei meiner Liebe.« Dann setzte er sich neben Gontard auf die Erde. »Wenn die anderen zu uns kommen und ich habe wirklich Schröders Kleider an – was soll dann geschehen?«
»Ich werde reden«, sagte der Priester hastig, »ich werde die Aufmerksamkeit aller auf den Toten lenken, der Ihre Uniform trägt. Ich werde erzählen, er wäre ein Fremder gewesen, nervös, zerfahren und heftig. Als der Gang einstürzte, verlor er die Besinnung. In der Nacht geschah es dann. Keiner von uns war dabei. Aber wir alle hörten den Schuß. Er war gleich tot. Das kleine Kind erschrak furchtbar. Für den Fall, daß sich Evi verspricht.«
»Weiter«, sagte Faber, »was geschieht dann?«
»Sie erklären, Sie kämen gleich wieder, und gehen hinauf. Weil Sie frische Luft atmen wollen oder weil Sie Verwandte zu treffen hoffen. Oder um zu telefonieren.«

»Ich gebe dir meinen zweiten Schlüssel mit«, sagte Susanne, »du fährst gleich zu mir, ich sage dir den kürzesten Weg. Du bleibst bei mir, und ich komme nach, sobald ich kann.«
»Aber wenn einer die Taschen der Uniform durchsucht und meine Papiere findet?«
»Das sind dann Schröders Papiere.«
»Sie stimmen nicht mit seiner Erscheinung überein. Das heißt, die Polizei wird mißtrauisch werden. Wenn ich noch da bin, wird man mich erkennen. Wenn ich schon fort bin, wird man euch festhalten.«
Gontard dachte nach.
»Dann darf der Tote überhaupt keine Dokumente haben. Wir wissen nicht, wer er ist. Woher auch? Vielleicht war er ein Deserteur, der seinen Wehrpaß fortwarf. Vielleicht hat er sich erschossen, weil er ein Deserteur war.«
»Wenn man uns das glaubt!«
»Warum nicht? Wir sind vier Menschen, die bestätigen werden, daß Schröder sich selbst erschoß. Sie selbst verschwinden. Sie werfen Schröders Anzug fort. Ich schicke Ihnen durch einen Boten neue Kleider. Und Sie vernichten Schröders Papiere.«
»Dann habe ich überhaupt keine.«
»Gut«, sagte der Priester. »Behalten Sie sowohl die Schröders wie Ihre eigenen. Vielleicht können Sie beide einmal brauchen. Sie gehen nur für Stunden zu Susanne, das versteht sich.«
»Wohin dann?«
»Ich habe einen Freund, der wird Sie verstecken. Er lebt auf dem Kahlenberg. Er hat schon mehrere Menschen versteckt. Ich werde ihn rufen. Er bringt Ihnen die Kleider.«
»Ich komme dich jeden Tag besuchen«, sagte Susanne.
»Kommen Sie jede Nacht, damit Sie keiner sieht. Es dauert nicht mehr lange. Ich glaube, so wird es gehen. Wir alle werden Ihnen helfen.«
Fräulein Reimann, die, ohne ein Wort zu sprechen, dieser Szene beigewohnt hatte, sah auf und sagte fest. »Wir alle!«

Faber legte einen Arm um Susannes Schulter. Sie wandte ihm ihr Gesicht zu, und er küßte sie leicht.
»Willst du es tun?«
»Ja«, sagte Faber, »ich will es tun.«
Der Priester nickte.
»Fräulein Reimann, bitte, reden Sie mit Frau Wagner. Erzählen Sie ihr von unserem Plan. Schärfen Sie ihr ein, was sie zu tun hat. Lassen Sie sie selbst mit Evi sprechen, das kann sie am besten.«
»Ich will es ihr sagen«, versprach Therese Reimann und ging mit trippelnden Schritten zu dem Bett der schwangeren Frau.
Gontard stand auf.
»Kommen Sie, wir müssen Schröder ausziehen. Dazu brauchen wir Licht.« Er entzündete die Petroleumlampe und stellte sie neben den Toten. »Es ist ein Glück, daß er seine Jacke nicht anhatte.«
»Wo ist sie eigentlich?«
»Wir werden sie schon finden. Das hat Zeit.«
»Nein«, sagte Faber, »die Brieftasche steckt in ihr.«
»Warten Sie, ich habe eine Idee. Die Aktentasche ist auch verschwunden. Sie stand neben den Stühlen. Er wollte uns alle in das untere Stockwerk treiben. Möglicherweise trug er seine eigenen Sachen voraus.«
Gontard nahm die Lampe und stieg hinunter. Als er wiederkam, hatte er die beiden Gegenstände in der Hand.
»Hier«, sagte er und legte sie auf den Boden. »Ich glaube, die Jacke wird Ihnen passen.« Er packte den Toten und hob ihn hoch.
»Das Hemd kann ich nicht anziehen«, sagte Faber, »es ist ganz blutig.«
»Haben Sie ein eigenes?«
»Ohne Kragen.«
»Ich trage eine Bluse unter meinem Pullover«, sagte Susanne. »Du kannst den Pullover haben.«

»Dann wird dir zu kalt sein.«
»Mein Lieber, ich werde mich erkälten!« Sie küßte ihn.
»Schröders Krawatte muß verschwinden«, sagte Gontard. »Soldaten tragen keine.« Er zog sie ihm vom Hals.
»Sie tragen auch keine gestreiften Hemden.«
»Deserteure schon. Die tragen, was sie finden.«
Gontard stopfte Schröders buntgestreifte Krawatte in die Tasche und öffnete die Schnalle des Gürtels.
»Halten Sie ihn hoch, sonst kann ich ihm die Hose nicht von den Beinen ziehen.«
Faber griff mit beiden Armen unter Schröders Kreuz, aber er konnte ihn nicht bewegen.
»Stellen Sie sich über ihn«, sagte der Priester, »und halten Sie die Hose nicht fest.«
Faber hob Schröder hoch. Der Priester streifte die Hose bis zu den Knien zurück.
»Lassen Sie ihn fallen. Heben Sie die Beine. Die Unterhose kann er anlassen …« Schließlich hielt Gontard das Kleidungsstück in der Hand. »Stellen Sie sich vor, wir hätten das fünf Stunden später getan!«
»Es ist so schon genug«, sagte Faber.
»Die Schuhe und die Strümpfe«, sagte Gontard. Schröder trug Sockenhalter um die Waden. Der Priester knüpfte sie auf und löste die Senkel der Schuhe. Dann zog er sie ihm von den Füßen. Schröders Zehen standen mager und gelb in die Luft. Er lag in seinem durchbluteten Hemd und einer Unterhose auf dem Rücken, die Knie abgebogen. Der Mund stand noch immer offen.
»So«, sagte Gontard, »jetzt ziehen Sie Ihre Sachen aus.«
Faber legte die Uniform ab und zog die Stiefel aus.
»Werfen Sie alles auf die Erde, und nehmen Sie Schröders Schuhe.«
»Meine Füße sind schmutzig«, sagte Faber plötzlich verlegen.
»Wir werden nicht hinsehen«, erwiderte Gontard gereizt. »Seien

Sie nicht kindisch!« Er streifte mit einiger Mühe Fabers Hose über Schröders Beine und schnallte das Koppel um den Bauch zu. Dann nahm er die Wollsocken. Schließlich griff er nach einem Stiefel und versuchte, Schröders Fuß hineinzuzwängen. Doch dieser gab nach und wich aus, als wäre er aus Kautschuk.
»Helfen Sie mir«, sagte Gontard. »Halten Sie ein Knie fest, und stoßen Sie das Bein in den Stiefel.«
Faber, in Schröders Hose, bloßfüßig und im Hemd, tat, was Gontard sagte. Schließlich hatte Schröder beide Stiefel an den Füßen. Die Hose war ihm ein wenig zu klein. Gontard bog die Beine zurecht.
»Die Jacke«, sagte er. »Heben Sie ihn hoch.«
Faber nahm den Toten unter den Armen, preßte die Schulterblätter an seine Brust und sah Gontard an.
»Wie soll ich ihm die Jacke anziehen, wenn Sie ihn festhalten? Nehmen Sie ihn am Hals! So, das ist besser. Lassen Sie ihn wieder fallen.«
Faber setzte sich auf den Boden und zog Schröders Strümpfe an, dann seine Schuhe.
»Passen sie Ihnen?«
»Ja«, sagte Faber. »Ich bin nur Halbschuhe nicht mehr gewöhnt. Es ist ein sonderbares Gefühl.« Er zog die Senkel fest, stand auf und ging ein paar Schritte. Dann nahm er Schröders Jacke. Sie spannte über der Brust, aber er konnte sie tragen. Der Priester pfiff leise.
»Was gibt's?«
»Ich dachte eben: Wenn jemand sich ins Herz schießt, hat er doch auch in seinen Kleidern ein Loch.«
»Ja«, sagte Faber.
»Wir müssen ein Loch in die Jacke schießen.«
»Blödsinn«, sagte Faber, »ziehen wir sie ihm einfach wieder aus. Vielleicht hing sie über seiner Schulter.«
»Dann sieht man sofort das gestreifte Hemd.«

»Na und«, sagte Faber, »das ist doch gleich. Wenn er ein Deserteur ist ...«
»Nein, das ist nicht gleich. Es wäre psychologisch falsch, ihn so hinzulegen, verstehen Sie? Denn er soll doch einen Soldaten darstellen. Deshalb muß er wie ein Soldat aussehen und darf nicht gleich an einen Zivilisten erinnern.«
»Was wollen Sie tun?«
Gontard öffnete den Uniformrock. »Die Jacke ausziehen und ein Loch hineinschießen.«
Faber schloß kurz die Augen. Gontard nahm einen Bleistift, stellte die Gegend des Stoffes fest, die über der Einschußstelle lag, und bohrte die Graphitmine des Stiftes durch ihn. Dann zog er Schröder die Jacke aus.
»Nehmen Sie die Pistole, und schießen Sie ein Loch in den Stoff. Halten Sie die Waffe nahe genug, damit die Fasern versengt werden.«
Faber zog die Waffe aus Schröders Pistolentasche.
»Es ist eine Patrone im Lauf«, sagte er. Gontard hielt den Rock seitlich in die Höhe.
»Los.«
Faber hob die Pistole und schoß. Es roch nach Pulver und verbranntem Tuch.
Aus der Dunkelheit tönte Fräulein Reimanns Stimme.
»Um Gottes willen, was ist geschehen?«
»Nichts«, sagte der Priester, »es ist alles in Ordnung.« Und hier bewies Reinhold Gontard zum zweitenmal in dieser Nacht einen leichtfertigen Optimismus, der deshalb tragisch war, weil er Folgen hatte, die niemand ahnte. Denn es war keineswegs alles in Ordnung. Die Kugel, die Faber durch den Stoff seiner eigenen Uniformjacke schoß, flog durch die Finsternis des Kellers, und keinem der Anwesenden kam es in den Sinn, sie zu suchen. Da man sie nicht sehen konnte, schien sie wesentlich unwichtiger als ihre Hülse, die neben Faber zu Boden fiel. Da man sie nicht sehen konnte, vergaß man sie sogleich. Es

war ein reiner Zufall, daß die zweite Kugel aus Fabers Pistole einen von Fräulein Reimanns Koffern traf, das Leder durchschlug und zwischen ein paar dunklen Seidenkleidern zu liegen kam. Das ganze Leben besteht aus Zufälligkeiten, die ein Mann namens Origenes im zweiten Jahrhundert nach Christus nach drei Gesichtspunkten hin zu untersuchen empfahl: nach einem historischen, einem symbolischen und einem metaphysischen.

Faber untersuchte das Loch der Jacke.

»Ausgezeichnet«, sagte er. Sie zogen Schröder wieder an. »Wo sind Ihre Papiere?«

»Hier. Ich habe die Taschen leer geräumt.«

»Das war nicht richtig. Legen Sie das Geld zurück. Und den Bleistift. Und das Taschentuch. Das Soldbuch behalten Sie. Ihre Erkennungsmarke werden wir Schröder um den Hals hängen. Falls Ihr Name wirklich schon auf der Fahndungsliste steht. Dann hält man ihn vielleicht wirklich für den Deserteur Robert Faber.« Gontard stand auf. »Wo ist die zweite Patronenhülse?«

»Ich habe sie schon aufgehoben. Ich sah, wohin sie flog.«

»Nein«, sagte der Priester, »wo ist die Hülse der Kugel, mit der Sie Schröder erschossen?«

»Das weiß ich nicht. Irgendwo da drüben.«

»Wir müssen sie unbedingt finden.«

»Warum?«

»Warum!« schrie Gontard. »Fragen Sie nicht so dumm. Weil Sie neben dem Toten liegen muß, wenn er Selbstmord begangen hat!«

»Wir können ihn ja danach woanders hingetragen haben.«

»Er wird sich nicht mitten im Keller erschießen«, sagte Gontard, nahm die Lampe und leuchtete den Boden ab. »Wir müssen die Hülse finden.«

»Nehmen wir die zweite.«

»Das geht nicht!«

»Warum nicht?«

»Weil die Hülse nicht zu der Kugel in Schröders Brust paßt.«

»Na und?«

»Es könnte sein«, sagte Gontard ungemein langsam und beherrscht, »daß die Polizei sich die Mühe einer ballistischen Untersuchung dieses Selbstmordes macht. In einem solchen Falle müssen die Hülse und die Kugel zusammenpassen, sonst ist unser ganzer Plan hinfällig.«

»Das ist er ohnedies, wenn es zu irgendeiner Untersuchung kommt.«

»Wir wollen diese Sache so vollkommen wie möglich konstruieren. Wenn sich herausstellt, daß Schröder ein Zivilist war, sieht unsere Lage schlimm genug aus.«

»Ja«, sagte Faber mit einem schiefen Lächeln, »an tote *Soldaten* ist man nachgerade schon gewöhnt.«

»Stimmt.« Gontard nickte ungerührt. Er bückte sich. »Hier ist die Hülse«, sagte er. »Stecken Sie die andere ein.«

Faber griff in die Tasche der Jacke und zog einzelne Gegenstände hervor. Eine halbe Schachtel Zigaretten, einen Schlüsselbund, etwas Geld. Dann öffnete er Schröders Brieftasche und betrachtete den Inhalt: ein Arbeitsbuch, einen Werkausweis mit Lichtbild, einen Wehrpaß. Mehrere Briefe, das Bild einer jungen Frau mit zwei Kindern. Ein altes Kuvert mit einem getrockneten vierblättrigen Kleeblatt, Zettel und Notizblätter. Und schließlich ein dünnes schwarzes Buch. Es war mit genauen, sehr kleinen Schriftzügen gefüllt und enthielt Kommentare zu Büchern, die Walter Schröder gelesen hatte.

»... Stumpf hat in seinen Spinozastudien den Versuch unternommen, nachzuweisen, daß der Parallelismus zwischen den Modi der Anschauung und des Denkens eine alte Lehre der aristotelisch-scholastischen Psychologie zum Ausdruck bringt, deren Sinn mit dem des gegenwärtigen Parallelismus nichts zu tun hat. Es handelt sich hier um das Verhältnis des Bewußtseinsaktes zu seinem Inhalt. Platon läßt die Unterschiede der immanenten

Objekte mit denen der Erkenntnistätigkeiten genau parallel gehen. Aristoteles aber ...
Faber blätterte weiter.
»... Transzendentaler Idealismus, wie Schopenhauer will, kann das unmöglich genannt werden. Denn transzendentaler Idealismus bedeutet, daß unsere Erkenntnis die Dinge nicht zu erkennen vermag, während bei anderen Philosophen die sinnliche Wahrnehmung nur eine verstümmelte, nicht aber eine unwahre Erkenntnis ist ...«
Faber steckte die Brieftasche zusammen mit seinen eigenen Dokumenten ein. Der Priester hob die Lampe und betrachtete ihn kritisch.
»Er sieht ganz gut aus«, meinte er zu Susanne. »Wenn er noch Ihren Pullover und den Regenmantel anzieht, erkennt ihn kein Mensch. Lächeln Sie einmal, Faber.«
»Was?«
»Sie sollen lächeln!«
Der Soldat verzog den Mund.
»Jetzt zeigen Sie mir ein hochmütiges Gesicht.«
Faber hob eine Braue hoch.
»Hervorragend«, sagte Gontard. »Besonders das Parteiabzeichen im Knopfloch macht sich gut.«
Faber sah an sich herunter und erblickte die kleine kreisrunde Metallplakette mit dem Sonnenrad auf seinem linken Jackenrevers. Er schluckte mühsam.
»Robert«, sagte Susanne, »es geht alles vorüber, es dauert nicht lange.«
Faber wandte sich um.
»Was hast du?«
»Nichts«, sagte Faber, »mir ist schlecht.«
Er ging fort, tastete sich über die finstere Stiege in den überschwemmten Keller hinunter und fühlte auf halbem Wege, wie sein Magen sich zusammenkrampfte. Ein beispielloser Ekel stieg in ihm empor.

Er griff an seine Jacke, riß das Abzeichen herunter und warf es fort. Dann hielt er sich mit den Händen an der nassen Mauer fest und erbrach sich heftig.

10

Der Priester wischte eben sorgfältig die Pistole ab, als er zurückkam. »Ihre Fingerabdrücke haben auf ihr nichts zu suchen«, sagte er, legte die Waffe in Schröders leblose Hand und preßte die Finger um den Griff.
»Warten Sie«, sagte Faber, »er hält die Pistole falsch.«
»Wieso?«
»So kann er sich nie erschießen! Er muß die Pistole gegen die Brust halten.«
»Vielleicht hatte er die Hand abgebogen.«
»Wenn er Selbstmord beging«, sagte Faber, »hielt er die Waffe anders. Er muß den Daumen am Abzug haben.«
Gontard korrigierte den Fehler.
»Vielleicht sollte die Pistole auf der Erde liegen.«
»Sie ist an seinem Daumen hängengeblieben«, sagte Faber. »Verstehen Sie? Er war gleich tot, und wir berührten ihn nicht. Hier ist die Patronenhülse. Die muß neben ihm liegen. Wischen Sie sie ab.«
Gontard reinigte den kleinen Metallzylinder und warf ihn neben den Toten. »Noch was?«
»Ja«, sagte Faber, »die Sicherung ist oben. Drücken Sie das Schloß herunter.« Er sah Schröder an, der nun in der Uniform eines deutschen Soldaten vor ihm lag. Sein Gesicht hatte sich verändert.
»Sind die Taschen leer?«
Faber nickte.
»Drüben hängt mein Mantel. Der Stahlhelm liegt auch dort. Glauben Sie, daß er sich direkt vor dem Tunnel erschossen hätte?«

»Er wäre uns beim Graben im Weg gewesen.«
»Das ist wahr«, sagte Gontard. »Wir werden ihn zu den Benzinkannen ziehen müssen. Dort hat er auch geschlafen.«
Er packte Schröders Füße und schleifte ihn zur Seite. Dann arrangierte er von neuem seine Kleider und legte die Patronenhülse neben ihn.
»Das ist besser«, sagte Faber. »Die zerbrochene Brille kann auch hier liegenbleiben.«
Der Priester lächelte schwach.
»Wie geht es Ihnen?«
»Gut«, sagte Faber.
»Wo ist das Abzeichen?«
»Ich habe es fortgeworfen.«
»In das Wasser hinein?«
»Ja«, sagte Faber, »weit hinaus. Es wird keiner finden.«
»Und wennschon«, sagte Gontard.
Faber sah Susanne an, dann wandte er sich wieder an den Priester.
»Ich habe einen Menschen getötet, Hochwürden«, sagte er.
»Es gibt eine Religion für den Hausgebrauch«, erklärte Gontard, »und eine für jene Zeiten, in der man sie wirklich nötig hat. Die beiden unterscheiden sich voneinander. In meinen Augen sind Sie kein Mörder.«
»Ach«, sagte Faber, »sondern was?«
»Das, was wir alle sind«, erwiderte der Priester, »eine hilflose Kreatur, der die Zeit über den Kopf gewachsen ist.«
»Und Schröder?« fragte Susanne.
»Schröder ist in meinen Augen dasselbe geworden. Obwohl ich ihm für vieles die Schuld gab. Auch er war das dumme Opfer einer Ereigniskette, die so weit zurückreicht, daß man sie nicht verfolgen kann. Es tut mir leid.«
»Mir auch«, sagte das Mädchen.
»Wenigstens«, sagte Faber, »brauchst du dich nicht mehr vor ihm zu fürchten.«

»Man kann vor einem Toten ebenso Angst haben wie vor einem Lebenden.«

»Ich habe nur vor den Toten Angst«, murmelte Gontard. »Nicht vor Schröder allein. Sondern auch vor den Millionen anderen, die gleich ihm umkamen, ohne zu wissen, warum.« Er nahm die Decke von den drei Stühlen und warf sie über den Leichnam. »Woher hatten Sie eigentlich die Pistole?«

»Von einem Offizier. Ich habe sie einem Leutnant weggenommen.«

»In Ungarn?«

»Ja«, sagte Faber. »Es fehlten schon zwei Patronen im Magazin, als ich sie erhielt.«

Der Priester legte seine Arme um ihn und das Mädchen.

»Wißt ihr«, sagte er, »es klingt ja sonderbar, aber vielleicht ist es doch richtig: Ich meine, wir sollten es durch unser Leben dahin bringen, daß Schröder und alle die anderen nicht umsonst gestorben sind.«

»Wie bringt man es dahin?« fragte das Mädchen.

Der Priester senkte den Kopf.

»Wenn Sie beide zusammenbleiben, ist schon viel getan. Sie würden richtig handeln. Und Ihre Kinder hätten eine neue Chance.«

»Sie würden sie doch nicht nutzen«, sagte Faber.

»Aber geben müßte man sie ihnen«, erwiderte Gontard. »Wir haben unsere Chance auch nicht genutzt. Damit ist nichts bewiesen. Das ist der Sinn des Lebens: anderen eine Chance geben. Wenn es Ihnen recht ist, möchte ich Sie bitten, mit mir zu beten.«

»Ich bin evangelisch«, sagte Susanne.

»Das macht nichts«, erwiderte der Priester. »Es gibt viele Religionen. Aber es gibt wahrscheinlich nur einen lieben Gott.« Er neigte den Kopf und sprach: »O Herr, der Du aus Deinem Blut geschaffen hast alle Menschen, erhöre unser Gebet für diese wirre und verschreckte Welt. Sende Dein Licht in unsere Finsternis, und führe die Völker wie eine Familie in den Hafen des Friedens. Nimm von uns den Haß, die Furcht und alle Vorurteile. Und jenen, die durch Wahl oder Bestimmung die Völker dieser Erde führen, gib einen Sinn für Gerechtigkeit, damit Dein Wille geschehe, nicht nur im Himmel, sondern auch auf Erden.«

»Amen«, sagte Faber. Er nahm das Mädchen an der Hand und ging von dem Toten fort zum Bett der schwangeren Frau, an welchem Fräulein Reimann saß. Das kleine Mädchen sah ihn verwirrt an. »Ich bin der Mann, der deine Puppe heraufgebracht hat«, sagte Faber.

»Ja, ich weiß. Warum hast du andere Kleider angezogen?«

»Ich brauche meine Uniform nicht mehr.«

»Bist du kein Soldat?«

Faber schüttelte den Kopf.

»Hör zu, Evi«, sagte Gontard und hob sie auf seine Knie, »du bist doch ein großes Mädchen ...«

»Nächstes Jahr gehe ich schon in die Schule!«

»Siehst du, da bist du ja schon fast ganz erwachsen und wirst bestimmt verstehen, was wir jetzt besprechen müssen.«

»Vielleicht«, sagte Evi.

»Dieser Mann, der deine Puppe heraufgeholt hat, war ein Soldat.«

Evi nickte. »Wie mein Vater.«

»Ja, wie dein Vater. Aber er ist fortgelaufen, weil er kein Soldat mehr sein wollte.«

»Fortgelaufen? Das hätte mein Vater nie getan.«

»O ja«, sagte Anna Wagner, »das hätte unser Vater auch getan. Der Soldat ist fortgelaufen, damit der Krieg aufhört.«

»Damit dein Vater nach Hause kommen kann.«

»Damit es wieder türkischen Honig gibt«, sagte Fräulein Reimann.

»Wirklich?«

»Mhm«, sagte Faber.

»Aber warum hast du den anderen Mann erschossen?«
»Weil er das Benzin anzünden wollte, das im Keller steht. Damit die Wand einstürzt und wir hinausklettern können.«
»Auf die Straße hinauf?«
»Ja, Evi.«
»Aber das wäre doch schön gewesen!«
»Nein«, sagte Anna Wagner, »es wäre nicht schön gewesen. Wir wären alle verbrannt. Deshalb hat der Soldat den Mann erschossen: damit wir nicht verbrennen.«
»Ja, das verstehe ich«, sagte Evi.
»Siehst du. *Du* verstehst es. Aber die Leute, die uns ausgraben, werden es nicht verstehen. Denn sie waren nicht dabei wie wir. Und sie werden auch nicht verstehen, warum der Soldat in Ungarn fortgegangen ist.«
»Weil sie nicht dabei waren?«
»So ist es. Weil sie nicht dabei waren!«
»Und was werden sie tun?«
»Sie werden den Soldaten töten«, sagte der Priester.
»Nein!« rief Evi. »Das will ich nicht! Der Soldat soll leben!«
»Damit er leben kann, müssen wir alle zusammenhalten und ihm helfen!«
»Wie?«
Der Priester lächelte.
»Wir werden lügen. Das ist etwas sehr Böses, nicht wahr? Man soll nicht lügen.«
»Ich weiß«, sagte Evi.
»Aber wir müssen lügen, sonst wird der Soldat getötet.«
»Ist da das Lügen erlaubt?«
»Ja«, sagte Gontard, »da ist das Lügen ausnahmsweise erlaubt.«
»Wirklich, Mutti?«
Anna Wagner nickte. Evi sah Faber an. »Ich werde lügen«, sagte sie, »damit du nicht sterben mußt. Aber ich weiß nicht, *wie* ich lügen soll.«

»Das werden wir uns überlegen. Wir müssen alle dasselbe erzählen, verstehst du? Es ist sehr wichtig, daß wir alle dasselbe erzählen und keiner sich widerspricht.«
»Was erzählen wir?«
»Paß auf: Der Soldat hat die Kleider des anderen Mannes angezogen, damit man ihn nicht erkennt. Wie er heißt, weißt du nicht. Aber er hat diese Kleider angehabt, seit du ihn kennst. Das ist wichtig. Er hat sie nicht erst heute nacht angezogen. Er war immer ein Zivilist, und der tote Mann war immer ein Soldat.«
»Ja«, sagte Evi. »Und der Soldat hat sich selbst erschossen.«
Gontard nickte.
»Ich habe ja gewußt, daß du erwachsen bist.«
»Ich kann schon sehr gut lügen«, sagte Evi bestätigend, »wenn man mir nur alles erklärt.« Sie wandte sich an Faber. »Du mußt ein Zivilist sein, damit niemand merkt, daß du ein Soldat bist, der fortgelaufen ist. Und der tote Mann muß deine Kleider tragen, damit du seine anziehen kannst und niemand weiß, wer er gewesen ist.«
»Richtig, Evi.«
Die Augen des Kindes begannen zu leuchten.
»Ich werde sagen, daß ich geschlafen habe. Und dann habe ich einen lauten Krach gehört und bin aufgewacht. Und da seid ihr alle schon um den toten Soldaten gestanden, der sich selbst erschossen hat.« Evi sah Faber an. »Das werde ich sagen. Weil du mein Freund bist und weil du meine Puppe mitgebracht hast. Damit du nicht sterben mußt.«
»Du darfst dich aber nie versprechen, Evi. Du brauchst nur zu reden, wenn man dich fragt.«
»Warum hat sich denn der Soldat erschossen?«
»Das weißt du nicht. Diese Frage werden schon wir beantworten. Wir werden sagen, daß er große Angst gehabt hat und sehr traurig war. Du hast nur sehr wenig mit ihm gesprochen. Er war schweigsam und hat nie mit dir gespielt. Er ist immer so herumgesessen.«

»Ich verstehe.«
»Das ist schön«, sagte Gontard. »Du mußt daran denken, daß dein Freund stirbt, wenn du etwas Falsches erzählst. Deshalb erzähle so wenig wie möglich.«
Faber neigte sich vor.
»Weißt du, Evi, es könnte sein, daß die Leute, die uns ausgraben, dir eine Falle stellen wollen und dich Dinge fragen, von denen du nichts gehört hast. Dinge, die nicht in unseren Plan passen.«
»Aha«, sagte Evi.
»Wenn sie das tun, wenn sie dich etwas fragen, was dir verdächtig erscheint, dann bleib immer bei deiner eigenen Geschichte. Du hast geschlafen. Dann hast du den Knall gehört. Und als du aufwachtest, war der Soldat schon tot. Du weißt nichts von ihm.«
»Und wenn man mir etwas anderes erzählt, dann werde ich sagen, daß es nicht wahr ist. Oder daß ich darüber nichts weiß.«
»Gut«, sagte Faber. Sie besprachen weiter ihr Vorhaben. Die Erwachsenen instruierten das Kind, das aufmerksam lauschte. Schließlich meinte Evi: »Ich glaube, jetzt verstehe ich alles.«
»Wirst du auch nichts vergessen?«
»Bestimmt nicht! Ich werde dir helfen. Weil ich dich liebhabe. Fast so lieb wie meinen Vater. Dem würde ich auch helfen. Ich würde allen Menschen helfen, die ich gerne habe.«
»Hast du viele Menschen gerne?«
»Sehr viele. Aber meinen Vater am meisten. Und dann meine Mutter. Und dann dich. Was machst du nachher?«
»Ich gehe zu Freunden«, sagte Faber. »Ich verstecke mich, bis der Krieg aus ist.«
»Wird der Krieg bald aus sein?«
»Das hast du mich schon einmal gefragt, erinnerst du dich? Als wir uns trafen?«
»Ja, ich erinnere mich. Wann war das?«
»Vorgestern«, sagte Faber.

»Es war vor zwei Tagen«, erklärte Evi stolz. »Du hast gesagt, daß der Krieg hoffentlich bald aus sein wird.«
»Er wird bestimmt bald aus sein.«
»Fein«, sagte Evi, »dann kommt mein Vater nach Hause.«
Anna Wagner richtete sich auf.
»Herr Faber, Sie können einen Anzug meines Mannes haben. Und Wäsche und ein paar Schuhe. Er braucht sie jetzt doch nicht.«
»Danke«, sagte Faber, »das wäre schön. Ich könnte ihm die Sachen später wiedergeben.«
»Wollen Sie zu mir kommen und sie holen?«
»Vielleicht kommt Susanne.«
»Oder ich«, sagte der Priester. »Geben Sie mir Ihre Adresse. Und Sie auch, Fräulein Riemenschmied. Wir haben uns hier im Keller geholfen. Warum sollen wir es nicht auch später tun?«
Er schrieb die Adressen der beiden Frauen auf ein Stück Papier und verwahrte es in seiner Tasche. »So machen wir es, Faber. Sie gehen zu Fräulein Susanne und warten dort auf meinen Freund. Er heißt Eberhard und wird sich als mein Bekannter vorstellen. Sie können ihm völlig vertrauen. Mit ihm gehen Sie in die Weinberge. Dorthin bringen wir alles, was Sie brauchen.«
»Sie müssen die Kleider gleich abholen«, sagte Anna Wagner, »denn ich soll in eine Entbindungsanstalt fahren, dann ist niemand bei mir zu Hause.«
Fräulein Reimann, die nachdenklich vor sich hin gesehen hatte, stand auf.
»Ist es nicht möglich, daß Schröder verheiratet war oder Verwandte besaß?«
»Das ist nicht nur möglich, sondern sehr wahrscheinlich. In seiner Brieftasche lagen ein paar Photographien.«
»Nun denken Sie«, sagte Therese Reimann, »wenn man ihn findet, wird man ihn für einen namenlosen Soldaten halten. Wie soll seine Familie erfahren, daß er tot ist?«
»Das weiß ich nicht.«

»Vielleicht können wir sie benachrichtigen«, sagte Susanne, »wenn wir in der Brieftasche eine Adresse finden.«
»Wie stellen Sie sich das vor?«
»Wir schreiben ihnen eine Karte und fordern sie auf, sich an die Polizei zu wenden. Wir können ihnen sagen, daß er tot ist. Wir brauchen die Karte nicht zu unterschreiben.«
Gontard schüttelte den Kopf.
»Das geht nicht. Wenn Schröders Verwandte ihn wirklich noch einmal sehen und identifizieren, dann weiß die Polizei, wer er war. Warten wir ein paar Tage.«
»Wir können es überhaupt nicht tun. Denn man wird uns verhören, wenn sich herausstellt, wer der Tote ist.«
»Aber irgendwann müssen Schröders Leute doch von seinem Tod erfahren!«
»Warum?« fragte Gontard. Fräulein Reimann sah ihn verwirrt an.
»Sie werden sich um ihn sorgen ... stellen Sie sich vor, wie sie auf seine Rückkehr warten. Er ist nun schon zwei Tage verschwunden. Seine Frau wird ihn überall suchen.«
»Wenn er eine hat.«
»Oder seine Mutter oder seine Schwester. Oder die Leute, mit denen er arbeitete«, rief Fräulein Reimann, »das ist ja gleichgültig! Man wird sich um ihn ängstigen ...«
»Schröder ist tot«, sagte Gontard. »Es gibt Hunderttausende von Frauen in Europa, die noch nicht wissen, daß ihre Männer nicht mehr leben. Schröder hätte auch auf der Stiege getötet werden können, als die Bombe einschlug. Es war ein reiner Zufall, daß wir von seinem Ende wissen.«
»Es gibt keinen Zufall«, sagte Faber, »das weiß ich jetzt. Das, was wir Zufall nennen, ist das Gesetz unseres Lebens, dem keiner entkommen kann.«
»Ich glaube noch immer, daß es unsere Pflicht wäre, Schröders Verwandte zu benachrichtigen.«
»Die Ungewißheit und das Warten auf einen Menschen«, sagte

der Priester, »haben auch eine andere Seite. Solange sie nicht wissen, daß Schröder tot ist, bleibt seinen Angehörigen die Hoffnung, ihn wiederzusehen.«
»Aber diese Hoffnung ist doch sinnlos!«
»Die meisten Hoffnungen der meisten Menschen sind sinnlos. In diesem Falle wäre sie es gar nicht einmal. Sie wäre entschuldbar durch die Umstände. Wir haben einen schwerwiegenden Grund, Schröders Tod geheimzuhalten.«
»Ich habe vieles gehört«, sagte Therese Reimann, »seit wir verschüttet wurden, und ich habe über vieles nachgedacht. Ich glaube, ich muß meine Ansichten ändern. Es heißt, daß der Zweck die Mittel heiligt, nicht wahr?«
»Ja«, sagte Gontard, »und hier haben Sie ein ausgezeichnetes Beispiel für die Richtigkeit dieses Satzes.«
»Er gefällt mir nicht.«
»Er gefällt mir auch nicht. Aber sehen Sie ein, daß er richtig ist?«
»Ja«, sagte Therese Reimann, »das ist das Schrecklichste an der Geschichte. Ich sehe ein, daß Schröder erschossen werden mußte und daß Herrn Faber keine Schuld trifft. Und daß wir Schröders Verwandte nicht verständigen dürfen. Das sehe ich heute nacht alles ein. Und vor einer Woche wäre mir bei dem Gedanken, in solche Dinge verwickelt zu sein, das Herz stehengeblieben.«
»Unser Herz bleibt nicht so leicht stehen«, sagte Gontard. »Es gibt viele Dinge, die wir uns nicht vorstellen können, bis zu dem Tage, an dem sie wirklich geschehen. Dann erscheinen sie uns ganz natürlich.« Er sah auf seine Uhr.
»Wie spät ist es?«
»Fünf Uhr früh.«
»Ich bin müde«, sagte Faber. »Evi und ihre Mutter sind schon wieder eingeschlafen. Legen wir uns auch noch für ein paar Stunden nieder.«
»Ich werde nicht schlafen können«, sagte Therese Reimann.
»Warum nicht?«

»Ich muß immer an Schröder denken.«
»Fräulein Reimann«, sagte der Priester, »ich habe lange Zeit an Millionen von Toten gedacht. Und ich habe doch geschlafen.«
»Ich weiß, aber bei Schröder ist das anders. Bei ihm – sehen Sie, es ist das erstemal, daß ich *dabei* war, wie ein Mensch getötet wurde. Werden Sie schlafen können, Herr Faber?«
»Hoffentlich.«
»Es sollte ganz leicht sein zu schlafen«, meinte Gontard. »Wir brauchen nicht mehr auf Schröder achtzugeben. Wir brauchen uns nicht mehr vor ihm zu fürchten.«
Susanne sah zu dem Toten hinüber, der unter der rauhen Decke auf der Erde, halb im Dunkeln, lag. Zu Schröder, vor dem sie Angst empfunden, zu Schröder, dem sie mißtraut hatte, zu dem reglosen, schmalen Bündel, und sie fühlte, während sie die Augen schloß, wie von neuem die Furcht nach ihr griff mit eiskalten Fingern.
»Ja«, sagte Susanne, »es sollte ganz leicht sein.«

11

Aber es war gar nicht leicht.
Fräulein Reimann, Susanne und Faber fanden es sehr schwer, einzuschlafen, und Reinhold Gontard fand es unmöglich. Wieder in völliger Dunkelheit, lag er vor dem Eingang der Höhle neben Walter Schröder, der in einer deutschen Wehrmachtsuniform steckte und eine stählerne Kugel im Herzen trug.
Du bist tot, dachte der Priester, du bist erschossen worden für deine Manie, du hast verloren. Mit dir ist es aus. Aber ist es wirklich aus mit dir, nun, da du tot bist? Nun, da du niemandem mehr schaden kannst mit deinen tollen Plänen und Absichten. Ist die Gefahr, die du mit deinem Leben für andere brachtest, aus der Welt geschafft? Oder wird sie weiterwirken und neues Unheil bringen für uns alle? Viele Millionen sind tot. Und sie sind alle immer noch da. Man kann sie nicht einfach abstreichen

und vergessen, denn ihr Tod wird das Leben der anderen bestimmen und lenken wie ein Gesetz, das keiner begreift.

Du hast verloren, Walter Schröder, du liegst neben mir und rührst dich nicht mehr, während ich noch atme. Aber hast du deshalb wirklich verloren? Wird nicht erst nach deinem Tod die unheimliche Saat deiner Gedanken und Taten aufgehen in den Herzen derer, zu denen du sprachst?

Du hast mit deinem Leben vielen Unheil gebracht, die du nicht kanntest. Was wirst du in deinem Tode tun? Deine Macht ist noch nicht erloschen, das weiß ich. Noch kannst du Faber um sein Leben bringen durch dein bloßes Dasein. Wir haben es sehr schlau angefangen, vielleicht *zu* schlau für die Dummköpfe, die uns glauben sollen, was wir ihnen erzählen. Für die Dummköpfe, denen wir uns überlegen wähnen in unserem Hochmut. Als ob man ihnen überlegen sein könnte, als ob nicht alle Klugheit vergeblich wäre vor der starren Geradlinigkeit ihrer Fünfgroschenvernunft.

Reinhold Gontard ging zu dem Toten, schlug die Decke zurück und leuchtete ihn an. Schröders Kinnlade war herabgesunken, sein schiefer Mund stand offen. Auf den unrasierten Wangen und der zerkratzten Stirn hatten sich kleine dunkle Stellen gebildet. Der Kragen der Uniformjacke saß zu eng um den fleischigen Hals und schnitt in die Haut. Schröder sah etwas hochmütig aus.

Du bist tot, dachte Reinhold Gontard, während das Streichholz zwischen seinen Fingern erlosch. Du sollst uns in Frieden lassen, Walter Schröder. Du hast genug Unheil angerichtet in deinem Bemühen, das Richtige zu tun. Nun laß es uns versuchen.

Gontard zog dem Toten die Decke über den Kopf und ging zu seinem Lager. Schröder ruhte steif auf dem Rücken und hatte die eine Augenbraue hochgezogen. Sein Hemd klebte an der blutigen Brust fest. Ein wenig Blut war durch das Loch der Jacke gesickert und färbte den grünen Stoff.

Fräulein Reimann betete mit gefalteten Händen für Robert Faber und Walter Schröder. Der Lebende wie der Tote schienen ihr gleich bemitleidenswert und der Gnade Gottes bedürftig. Während sie von dem Allmächtigen für den Soldaten Sicherheit und eine glückliche Flucht erflehte, bat sie für Schröder um seine Aufnahme in das Paradies, in das sie selbst dereinst zu gelangen hoffte. Für beide Männer aber betete Fräulein Reimann um Frieden und eine Vergebung ihrer Schuld, die ihr sehr groß erschien, in dem einen wie in dem anderen Fall.

Selbst zutiefst verwickelt in die Geschehnisse der Stunde, kam Therese Reimann plötzlich ein großes Mitleid mit den Menschen, die, ohne gefragt zu werden, in diese Welt gesetzt wurden, um unter Vergießen von Blut, Schweiß und Tränen durch eine Reihe von Jahrzehnten ihrem Ende entgegenzugehen, vor dem sie auch niemand nach ihren Wünschen fragte.

Der Mensch, vom Weibe geboren, lebt kurz und ist voller Unruhe, sagte sie leise. Er ist voller Unruhe, voller Angst und voller Hilflosigkeit. Was immer er tut, gereicht ihm zum Verhängnis, und er muß schuldig werden, wie immer er lebt. Fräulein Reimann betete ein Vaterunser für den erschossenen Chemiker Walter Schröder und ein zweites für den Soldaten Robert Faber. Es war gar nicht leicht, in dieser Nacht einzuschlafen, obwohl sich seit Schröders Tod jedermann in Sicherheit befand. Susanne Riemenschmied lag in Fabers Armen, und beide glaubten trunken zu sein von Wein und benommen wie im Fieber. Sie sprachen wenig miteinander. Sie warteten auf den Morgen. Und auch sie hatten das Gefühl, daß, eben weil sie einander so liebten und meinten, allein nicht mehr leben zu können, etwas geschehen würde, das ihr Beisammensein beschloß. Das Mädchen empfing den Mann mit großer Zartheit, und der Taumel ihrer letzten Vereinigung war trotz der Hoffnung, die sie beide hegten, bitter wie der Blutstropfen, der aus Fabers gesprungener Lippe in Susannes Mund rann. Und doch vergaßen sie schließ-

lich für eine Weile ihre Furcht, und selbst der Schlaf kam zu ihnen. Man hätte meinen sollen, daß er ihnen jene Ruhe brachte, nach der sie sich sehnten. Aber dann erwachte Faber schreiend aus einem gräßlichen Traum, verstört und schweißbedeckt. Susanne küßte und liebkoste ihn, doch er fuhr fort, nach Atem zu ringen und zu stammeln: »Schröder ... Schröder ... ich muß fort! Ich liebe dich so, Susanne ... sie werden mich töten ... ich weiß es schon heute ... Susanne ... Susanne ... warum muß ich von dir gehen?«
Und während sich seine Finger um ihre Glieder krallen und große Tränen über ihre Wangen rollen, antwortet sie stockend: »Um wiederzukehren, Geliebter.«
»Um wiederzukehren?«
»Ja«, sagt Susanne.
Und weiß, daß sie lügt.

Kapitel 7

1

Als sie am nächsten Morgen gegen neun Uhr zusammenkamen, war von der anderen Seite des Ganges schon wieder deutlich das Klopfen der an ihrer Befreiung arbeitenden Menschen zu hören. Sie nahmen es ohne Erregung zur Kenntnis, standen eine Weile vor dem Tunnel und lauschten dem ständigen Pochen, das durch den Stein zu ihnen drang.
»Das sind keine Hämmer«, sagte der Priester, der verfallen und übernächtig aussah, »das klingt viel zu regelmäßig. Wie eine Maschine, finden Sie nicht?«
»Ich glaube, das ist ein Preßlufthammer.«
Fräulein Reimann fragte: »So ein Gerät, wie es die Straßenarbeiter verwenden, um Löcher in den Asphalt zu bohren?«

»Ja«, sagte Faber. »Jetzt kann es nicht mehr lange dauern.«
Er sprach sachlich und ohne Freude. In Schröders Anzug sah er kleiner und stärker aus, als er war.
»Ein paar Stunden noch«, sagte Therese Reimann.
»Spätestens heute nachmittag«, antwortete Faber. Er nahm den Hammer auf, schlug gedankenlos ein paarmal gegen die Mauer und nickte, als es drüben vorübergehend still wurde und er die gleiche Zahl von Antwortsignalen vernahm.
»Warum graben Sie nicht weiter?«
»Ich mag nicht mehr«, sagte Faber.
Fräulein Reimann sah ihn traurig an. Niemand hatte es mehr eilig, dachte sie, niemand freute sich an diesem Morgen über die Aussicht auf eine schnelle Befreiung. Susanne und der Priester gingen im Keller umher, Evi spielte mit der Puppe, und ihre Mutter schrieb einen Brief. Keiner der beiden Männer traf Anstalten weiterzugraben. Sie hatten jedes Interesse an dem Tunnel verloren. An dem Tunnel, um dessentwillen ein Mensch gestorben war. Sonderbar, dachte Fräulein Reimann, und ich selbst? Auch ich bin nicht mehr in Eile. Das, worauf wir uns freuten, ist zu etwas geworden, vor dem wir uns fürchten. So geht es. So ist das Leben. Ist das Leben wirklich so? Sie lächelte Faber an.
»Wissen Sie, was ich vorhabe?«
»Nein«, sagte dieser höflich.
»Unsere Lebensmittelvorräte sind sehr zusammengeschrumpft. Ich werde aus allem, was wir noch besitzen, ein Mittagsmahl bereiten.«
»Ausgezeichnet«, sagte Faber. »Leisten wir uns noch ein Festessen. Als Abschluß dieser Gefangenschaft. Ja, Fräulein Reimann, das ist eine gute Idee.«
»Wir werden Brot mit Ei und Fleisch essen«, sagte die alte Dame, »in meinem Koffer befindet sich noch eine Schachtel mit Bäckerei. Ich kann aus den beiden Zitronen Limonade machen, ich habe gestern einen Kübel Wasser heraufgebracht.«

»Fein«, sagte Faber und lachte über Fräulein Reimann und ihre Limonade. Und über sich selbst.
»Außerdem habe ich noch eine Überraschung für Sie alle.«
»Eine Überraschung?«
Therese Reimann nickte entzückt.
»Ja, es wird zur Feier des Tages noch etwas ganz Besonderes geben!«
»Was denn?«
»Das verrate ich nicht.«
Faber warf seine Zigarette fort.
»Ich bin schon schrecklich aufgeregt«, sagte er. Fräulein Reimann verließ ihn. Faber steckte die Hände in die Taschen von Schröders Anzug und begann durch den Keller zu wandern. Vor dem Toten blieb er kurz stehen. Bei dem Treppenabgang in den überfluteten Keller traf er Susanne und den Priester, die den Inhalt von Schröders Aktentasche auf den Boden ausbreiteten. Faber sah Blaupausen. Pläne, Tabellen und bunte Mappen.
»Was soll damit geschehen?«
»Eigentlich müßten Sie die Tasche mitnehmen.«
»Aber was tue ich damit?«
»Wegwerfen«, sagte Gontard.
»Wozu nehme ich die Tasche dann mit?«
»Das habe ich mir auch überlegt.« Gontard hob einen Plan hoch, faltete ihn auseinander und ließ ihn wieder fallen. »Erinnern Sie sich noch an die Geschichten, die Schröder uns erzählte? Über die fliegenden Bomben und die Raketengeschosse, mit denen er ganze Kontinente verwüsten wollte?«
»Ja«, sagte Faber.
»Vielleicht war etwas Wahres daran. Vielleicht sprach er die Wahrheit sogar mehr, als er selber wußte. Das ist gewöhnlich so. Es wäre schade, wenn diese Pläne, deren Bedeutung uns unbekannt ist, für den Fall, daß sie eine solche besitzen, wieder in die Hände von Schröders Mitarbeitern gerieten.«

»Wie soll das geschehen?« fragte Susanne. Der Priester sah sie verlegen an.
»Beispielsweise«, sagte Faber, »könnte unser Plan fehlschlagen und meine Flucht mißlingen.«
»Ja«, sagte das Mädchen, »natürlich.«
Der Priester verwahrte die Papiere wieder in der Tasche. »Es wird nicht so sein. Aber wir sollten keine Möglichkeit außer acht lassen. Ich werde die Tasche ins Wasser werfen. Das Papier wird aufweichen und die Tinte zerrinnen. Selbst wenn man sie findet, werden die Zeichnungen wertlos sein.«
»Gut«, sagte Faber. Sie stiegen zusammen hinunter. Der Priester bückte sich, schwang den Arm zurück und warf Schröders Tasche in die Finsternis hinein. Sie fiel mit einem Klatschen auf das Wasser und ging sofort unter. Das war das Ende von Schröders monatelanger Arbeit an dem Problem der Kleinanoden mit der einmalig hohen Kapazität, die als richtunggebende Impulse in ferngelenkten Bomben hätten Verwendung finden sollen. Walter Schröder wußte nichts von diesem Ende. Und das war gut. Denn der Verlust der Pläne hätte ihm vielleicht das Herz gebrochen, wobei man allerdings bedenken muß, daß dies kaum mehr von Bedeutung gewesen wäre.
Eine Stunde später konnten sie feststellen, daß Faber mit seiner Prophezeiung recht behalten hatte. Das Klopfen des Preßluftbohrers war wirklich viel lauter geworden. Aber noch immer arbeitete keiner der Männer weiter. Fräulein Reimann rief zum Essen. Sie hatte eine weiße Decke über die schmutzige Kiste gelegt und jedem seinen Platz zugedacht. Sie selbst saß neben dem Priester, Susanne neben Robert Faber. Anna Wagner blieb auf dem Bett liegen und hielt ihre Tochter an der Hand.
»Das letzte Mal«, sagte Therese Reimann, »essen wir hier zusammen. Gesegnete Mahlzeit allerseits!«
Faber nahm ein Stück Brot, brach es und reichte die Teile an Susanne und Reinhold Gontard. Auf der Kiste standen mehrere

unterschiedliche Tassen, die Fräulein Reimann mit Limonade gefüllt hatte. Evi trank ihre Kondensmilchdose leer. Während sie aßen, erschütterte unablässig das Pochen des Bohrers die Luft.
»Wollen Sie noch etwas Fleisch, Hochwürden?« fragte Fräulein Reimann.
»Bitte«, sagte der Priester. »Darf ich Ihnen ein Sardinenbrot belegen?«
»Danke«, sagte Therese Reimann. Sie erhob sich und holte mit geheimnisvollen Gebärden unter einem Polster ein kleines geschliffenes Flakon hervor, das mit einer dunklen Flüssigkeit gefüllt war.
»Und nun«, sagte sie, »die Überraschung!«
»Das ist doch nicht möglich ...« Der Priester stand auf.
»Es ist schon möglich«, sagte Fräulein Reimann. »Ich habe die Flasche vor langer Zeit hierhergebracht.«
»Was ist darin?«
»Ein ganz süßer Damenschnaps. Nicht viel, aber er schmeckt sehr gut.« Sie zog den gläsernen Verschluß aus dem Flakon. »Herr Faber, ich trinke auf Ihre glückliche Flucht.«
Fräulein Reimann setzte das Fläschchen an die Lippen und schloß die Augen. Sie tranken alle der Reihe nach. Zuletzt trank Faber selbst.
»Es ist noch ein wenig da«, sagte er.
»Schütten Sie es auf den Boden.«
»Warum?«
»Die Römer pflegten das zu tun. Sie glaubten daran, daß es Götter unter der Erde gab, die man sich gewogen machen konnte durch gelegentliche Aufmerksamkeiten.«
»Durch Schnaps?«
»Warum nicht? Auch Götter sind manchmal durstig.«
»Wie Sie meinen«, sagte Faber und ließ den Rest der Flüssigkeit auf die Erde tropfen, in der sie schnell versickerte. »Wenn der Krieg zu Ende ist«, sagte Fräulein Reimann, »will ich Sie alle zu

mir einladen und ein großes Fest geben. Sobald ich eine neue Wohnung habe«, setzte sie kleinlaut hinzu.
»Sie werden eine neue Wohnung bekommen.«
Fräulein Reimann nickte.
»Bestimmt. Oder wir können auch woanders hingehen. Ich bin schon sehr alt. Es ist nicht mehr so wichtig für mich, eine schöne Wohnung zu haben.«
»Sie sind noch gar nicht so alt. Wirklich nicht, das haben Sie in diesen zwei Tagen bewiesen.«
»Doch«, sagte Therese Reimann, »ich bin alt. Aber es macht mir nichts, denn manchmal fühle ich mich noch sehr jung. Wenn der Krieg aus ist, will ich ein großes Fest mit Ihnen allen feiern, die ganze Nacht hindurch, bis zum Morgen. Hochwürden, Sie werden dafür sorgen, daß wir genug Alkohol haben.«
»Ja«, sagte Gontard, »ich will Sie vollkommen betrunken machen, Fräulein Reimann.«
»Fein«, sagte sie. »Ich werde Sandwiches vorbereiten, Kuchen, Pasteten und kleine Torten – dann wird es ja in den Geschäften wieder alles zu kaufen geben, was man dazu braucht.«
»Freilich«, sagte Gontard. »Das wird ein großartiges Fest werden. Es läuft mir jetzt schon das Wasser im Mund zusammen, wenn ich daran denke.«
»Darf ich meinen Mann mitbringen?« fragte Anna Wagner.
»Selbstverständlich! Das müssen Sie sogar. Ihren Mann und die kleine Evi. Wir werden einen Schokoladenpudding für sie herstellen, mit Schlagobers und Rosinen. Sie müssen unbedingt alle zu mir kommen …«
Faber sah sich suchend um.
»Wo ist eigentlich Evi?« fragte er.

Während die Erwachsenen sich unterhielten, war ihr eine Idee gekommen, eine entsetzlich aufregende, abenteuerliche Idee. Evi zog die Schultern hoch, weil ihr beim Gedanken an das, was sie vorhatte, schon das Gruseln kam. Sie stellte die leere Kondensmilchdose zu Boden und schlich auf Zehenspitzen davon. In der Hand trug sie die Taschenlampe. Keiner der Erwachsenen bemerkte ihr Verschwinden, so leise und vorsichtig bewegte sich Evi. Sie tastete sich bis zu den Benzinkannen vor. Hier, hier mußte er liegen, der tote Mann, den sie nicht sehen durfte. Der Mann, der erschossen wurde, spät in der Nacht. Hier irgendwo. Ihre Mutter hatte sie fortgezogen, sie sollte ihm nicht nahe kommen. Warum nicht? Wie sah ein toter Mann aus? Evi wußte es nicht. Sie war entsetzlich neugierig. Ob er wohl ganz schwarz wurde und Runzeln bekam wie ein verfaulter Apfel? Stand sein Mund offen? Und was geschah mit den Augen? Vielleicht fielen sie heraus, oder sie zerflossen wie die Schnecken, die man manchmal fand. Evi stieß mit dem Fuß gegen etwas und holte pfeifend Atem. Hier lag er! Sie kauerte sich auf den Boden, ihr Rücken überzog sich mit einer Gänsehaut. Evi preßte eine Hand gegen das Gesicht und knipste mit zitternden Fingern die Taschenlampe an.

Was war das? Der Tote lag unter einer Decke. Evi fuhr mit der Hand über das Bündel. Hier waren die Füße, dies waren die Knie. Jetzt kam der Bauch. Er hatte einen wirklichen Bauch, der tote Mann. Dies war die Brust, der Hals und jetzt ... Evi schüttelte sich und zog die Hand fort. Der Kopf! Das mußte der Kopf sein. Sie wagte nicht, ihn über die Decke zu berühren.

Evi spielte mit der Lampe.

Ich darf eigentlich nicht hier sein, die Mutti ist böse, wenn sie mich findet. Sie hat es verboten. Aber ich möchte so gerne wissen, wie der tote Mann aussieht. Wenn ich die Decke zurückziehe, nur für einen Moment, für einen einzigen Augenblick bloß ... aber ich traue mich nicht. Vielleicht sieht er so schrecklich aus, daß ich sterben muß. Oder ich werde blind. Nein, ich will ihn nicht sehen, ich habe zuviel Angst.

Sie stand auf.

Warte ... vielleicht ist es gar nicht so schlimm, vielleicht muß ich nicht sterben, wenn ich ihn sehe. Wer weiß, ob die Augen

wirklich herausgefallen sind? Evi setzte sich wieder. Eine Hand legte sie auf den Deckensaum.
Ich will ihn sehen ... ich werde bis drei zählen und dann die Decke wegziehen. So. Eins ... zwei ... Nein!
Du bist feige. Das bin ich nicht! Doch, du bist feige. Wenn du die Decke nicht wegziehst, wirst du nie im Leben Glück haben. Wenn du es tust, werden alle deine Wünsche in Erfüllung gehen. Also! Was ist denn dabei? Eins ... zwei ... drei!
Evi knipste die Lampe an. Mit der freien Hand riß sie die Decke zurück. Schröders Kopf lag bloß. Sie leuchtete ihn an. Mein Gott, mein Gott ... es waren Tiere auf dem Gesicht ... Ameisen! Große schwarze Ameisen! Sie krochen über die Stirn, zwei saßen auf der Nase, ein paar liefen den Hals hinunter. Evi war wie erstarrt. Sie konnte sich nicht rühren. Sie konnte nicht einmal die Lampe verlöschen.
Dann sah sie eine Ameise, die versuchte, zwischen Schröders Zähne zu kriechen. Zwischen die Zähne! In den Mund hinein ... Evi griff nach ihr, bekam sie zwischen die Finger, berührte menschliches Fleisch. Dann geschah es: Die Lippe gab nach, als wollte sie abfallen, der Kiefer öffnete sich unter Evis Berührung, die Kinnlade fiel herunter. Es schien, als lachte Schröder, als lachte er sie an!
Evi warf die Lampe fort, fiel hintenüber in einen Erdhaufen und begann zu kreischen. Ihre Stimme war hoch. Evi kreischte in ihrer Herzensangst, so laut sie konnte.
»Wo ist Evi eigentlich?« fragte Faber und sah sich suchend um.
»Sie war doch eben noch hier ...« Gontard stand auf. »Warten Sie, ich werde sie suchen«, sagte er. Im gleichen Augenblick tönte, hell und verzweifelt, Evis Schrei durch den Keller. Faber sprang auf. Anna Wagners Körper krümmte sich zusammen. Sie fuhr im Bett auf.
»Evi!«
Faber rannte zu den Benzinkanistern, sah sofort, was geschehen war, und deckte Schröders Gesicht wieder zu. Dann hob er das

kleine Mädchen auf und trug es zu seiner Mutter zurück. Evi klapperte mit den Zähnen, klammerte sich an ihn und jammerte leise.

»Die Ameisen ... die Ameisen ... mitten in den Mund hinein! Ich habe nur wissen wollen, ob die Augen wirklich herausfallen, wenn man tot ist ... ich will zu meiner Mutti, ich habe solche Angst ... oh ... oh, bitte, mir ist so schlecht!« Faber setzte sie auf das Bett der Mutter, die sie umarmte.

»Was ist geschehen?«

»Sie hat sich Schröder angesehen.«

»Evi!«

»Mutti! Ich habe es nicht tun wollen, sei nicht böse! Es war nur, weil ich gedacht habe, daß sein Gesicht schwarz sein wird.«

»Evi«, sagte Fräulein Reimann, »du hast uns mit deinem Schrei sehr erschreckt.«

In Erinnerung an ihr Erlebnis begann Evi neuerlich zu zittern.

»Er hat so schrecklich ausgesehen«, flüsterte sie. »Auf dem ganzen Gesicht sind Ameisen gesessen, in den Ohren, auf der Nase und auf den Augen ... Mutti! Eine Ameise hat versucht, in den Mund hineinzukriechen. In den Mund! Und wie ich versucht habe, sie wegzuwischen, ist die Lippe herunter ... herunter –« Evi würgte und verdrehte die Augen. Es ging nicht. Der Ekel war zu groß. Sie vergrub das Gesicht am Hals der Mutter.

»Ich habe mich naß gemacht«, flüsterte sie.

»Zieh dich um«, sagte Anna Wagner. »Geh zu unserem Koffer, dort liegt eine neue Hose.«

»Ich kann sie aber hinten nicht zuknöpfen.«

»Dann komm zu mir, ich werde dir –« Die Frau schob das Kind plötzlich heftig vom Bett. Ihr Gesicht war bleich. Sie sprach den Satz nicht zu Ende. Anna Wagner preßte die Hände an den Leib. Evi sah sie erschrocken an.

»Geh«, sagte die Mutter gepreßt, »geh schon ...«

Sie biß die Zähne zusammen und lag still. Der Schmerz, der ihr vertraut war, ließ nach. Ihr Körper entspannte sich. Die anderen

standen wortlos um das Lager. Nur Evi kramte geräuschvoll in dem Koffer auf der Suche nach einem trockenen Höschen. Das Pochen des Bohrers von der anderen Kellerseite durchdrang die Stille.
»Ist es –?« fragte der Priester. Anna Wagner nickte. Sie versuchte zu lächeln.
»Jetzt«, sagte sie, »jetzt muß es aber schnell gehen. Sonst ist es zu spät.«
Gontard sah auf die Uhr. Es war eins.
»Kommen Sie«, sagte er zu Faber. Sie gingen zu dem Stollen und schaufelten die Kannen wieder aus, die Schröder vergraben hatte. Dann begannen sie zu hacken. Anna Wagner lag im Dunkeln. Sie hielt ihren Körper angespannt. Ihre Augen standen offen. Aber sie sah und hörte nichts mehr. Nicht die Silhouetten der beiden arbeitenden Männer, nicht Fräulein Reimann, die zu ihr sprach, während sie mit einem Tuch über ihre Stirn fuhr, gar nichts mehr. Sie fühlte das ungeborene Kind. Es war auf dem Weg. Nun nahm alles seinen Lauf.
»Mein Gott, mein Gott«, murmelte Fräulein Reimann erschrocken.
Die Schwangere hörte sie nicht. Mit großer Umsicht und Weisheit bereitete sich ihr Körper auf die Niederkunft vor.
Reinhold Gontard schaufelte.
»Wir hätten sofort weiterarbeiten sollen. Es war unverantwortlich von uns, einfach aufzuhören.«
»Ja«, sagte Faber.
»Wie lange werden wir noch brauchen?«
»Eine Stunde.«
»Nein!«
»Vielleicht zwei Stunden ...«
»Wie lange dauert eine Geburt?«
»Zwei Stunden«, sagte Faber, »oder zwei Tage. Ich weiß es nicht.« Über seine Stirn rann Schweiß.
»Wir müssen uns beeilen.«

»Ja«, sagte Faber.
»Verstehen Sie etwas von Medizin?«
»Gar nichts.«
»Ich auch nicht«, sagte Gontard. Er warf die Schaufel fort, griff nach der Hacke und schlug einen Stein aus der Wand. Das Pochen des Bohrers war sehr laut geworden. Daneben vernahmen sie schon das Scharren von Schaufeln.
»Das ist das erste«, sagte der Priester, »wenn die anderen kommen: einen Rettungswagen. Die Frau muß gleich ins Spital. Wenn wir nur Glück haben …«
»Wohin geht das Kind?«
»Zu seiner Großmutter«, sagte Gontard, »oder zu mir. Es kann leicht zu mir kommen. Im Kloster ist viel Platz. Das ist das wenigste. Die Frau muß ins Spital. Sie müssen fliehen. Vergessen Sie nicht Susannes Adresse.«
»Ich habe sie aufgeschrieben.«
»Kennen Sie den Weg?« Faber nickte. »Gehen Sie direkt zu ihr. Bleiben Sie nirgends stehen.«
»Nein«, sagte Faber.
»Sobald ich auf die Straße komme, rufe ich meinen Freund an. Er holt Sie am Abend ab. Ach«, sagte Gontard, »warum haben wir nicht gleich weitergegraben?«
»Es war gar nicht so kritisch. Wenn Evi sie nicht mit ihrem Geschrei erschreckt hätte, wären die Wehen nicht ausgebrochen.«
»Ich war noch nie bei einer Geburt dabei!«
»Ich auch nicht.«
»Vielleicht können die Frauen ihr helfen.«
Faber schaufelte unentwegt. »Vielleicht.«
Gleichmäßig und laut, mit dem beruhigenden Rhythmus einer Maschine, drang das Pochen des Bohrers zu ihnen. Gontard fuhr zusammen.
»Da!« sagte er.
»Was?«

»Haben Sie nichts gehört?«
»Nein«, sagte Faber.
»Die Frau hat gestöhnt!«
»Unsinn.«
»Nein, ich habe es gehört …«
»Seien Sie nicht hysterisch. So schnell geht das nicht.«
»Sie hat gestöhnt.«
»Zum Teufel«, sagte Faber, »eine Geburt ist kein Kinderspiel.«
»Sie hat gestöhnt«, murmelte Gontard.
»Graben Sie weiter«, sagte Faber laut, »und halten Sie den Mund.«
Susanne Riemenschmied hielt Evi auf den Knien und suchte sie zu beruhigen.
»Was fehlt der Mutti?«
»Nichts, Evi, nichts …«
»Aber sie hat mich weggeschickt. Ich will zu ihr gehen.«
»Das kannst du jetzt nicht.«
»Warum nicht? Ist sie krank?«
»Ja«, sagte Susanne. »Sie wird aber bald wieder gesund sein.«
»Was fehlt ihr?«
»Sie bekommt ein Baby.«
»Ein Baby –« Evi schüttelte den Kopf. »Warum bekommt sie ein Baby?«
»Weil es auf die Welt kommen will. Du hast auch auf die Welt kommen wollen.«
»Nein«, sagte Evi, »das habe ich nicht.«
»O ja!«
»Daran kann ich mich nicht erinnern. Ich glaube aber nicht, daß es so war.«
»Doch, Evi. Wir alle haben einmal auf die Welt kommen wollen. Und unsere Mütter sind eine Zeitlang krank gewesen, und dann wurden wir geboren.«
»Tut es weh?«
»Ja«, sagte Susanne, »es tut weh.«

»Wie wird das Baby aussehen?«
»So wie alle kleinen Kinder.«
»Wie die Babys im Park.«
»Ja«, sagte Susanne.
»Wird es schon so groß sein wie ich?«
»Nein, viel kleiner. Du warst auch einmal kleiner.«
»Wie wird es heißen?«
»Das weiß ich nicht. Wie möchtest du denn, daß es heißt?«
Evi dachte nach.
»Steffi! Ich habe eine Freundin, die heißt auch so.«
»Und wenn es ein Bub ist?«
»Weißt du denn nicht, was es sein wird?«
»Nein, das weiß niemand.«
Evi lehnte sich an Susannes Schulter.
»Wenn es ein Bub ist, soll er Peter heißen, wie mein Vater.«
Das Kind richtete sich auf. »Vielleicht ist es ein Bub und ein Mädchen?«
»Vielleicht«, sagte Susanne. »Aber das glaube ich nicht.«
»Warum nicht?«
»Kinder kommen meistens einzeln zur Welt.«
»Bist du auch einzeln zur Welt gekommen?«
»Ja, Evi.«
»Wie lange wird es dauern?«
»Ein paar Stunden.«
»Es soll schnell gehen«, sagte das Kind. »Damit das Baby der Mutti nicht weh tun kann.«
»Ja«, sagte Susanne und sah über Evis Kopf hinweg zu dem beleuchteten Tunnel hinüber, vor dem die beiden Männer arbeiteten, »jetzt soll es sehr schnell gehen.«
Fräulein Reimann saß am Rande von Anna Wagners Bett und betrachtete sie verschreckt. Manchmal atmete die Schwangere heftiger, dann wieder ruhig. Ihr Körper bewegte sich.
»Kann ich Ihnen irgendwie helfen?«
»Nein«, sagte Anna Wagner, »noch nicht.«

»Liegen Sie bequem?«
»Danke, gnädige Frau.«
»Wollen Sie etwas trinken?«
Anna Wagner nickte. »Ja«, sagte sie, »bitte.« Fräulein Reimann reichte ihr ein Glas Limonade.
»Das war gut«, sagte die Liegende dankbar und legte eine Hand auf Fräulein Reimanns Arm.
»Bald sind wir frei, in einer Stunde vielleicht schon«, sagte diese. »Hören Sie nur, wie laut der Bohrer schon arbeitet.«
Anna Wagner hörte es nicht. Sie schloß wieder die Augen und atmete tief. Dann zog sie die Schultern zusammen, und ihre Muskeln spannten sich. Die zweite Wehe kam. Sie fuhr sich mit der Zunge über die Lippen, die noch den süßen Geschmack des Fruchtsaftes trugen. Dann, als der Schmerz groß wurde, setzte sie die Zähne in ihr Fleisch, um nicht zu stöhnen. Um die anderen nicht zu erschrecken.

2

Der Leutnant Werner Schattenfroh war 27 Jahre alt. Er hatte fünfzehn Monate des Krieges in Rußland verbracht und war im Dezember 1944, nach seiner Entlassung aus einem Lazarett, in dem man seinen zerschossenen Arm behandelt hatte, in Wien angekommen, wo es seine Aufgabe wurde, mit einer Einheit durchwegs älterer Menschen nach Luftangriffen Verschüttete aus eingestürzten Häusern zu retten. Die Pionierabteilung, der man ihn als Offizier zuteilte, war gut ausgerüstet, und ihr Personal, das in Berlin, Düsseldorf und Bremen gearbeitet hatte, verfügte über eine einmalige fachliche Erfahrung.
Der Leutnant Schattenfroh war groß und blond und hatte ein schmales, langes Gesicht mit traurigen Augen. Er tat das, was er für seine Pflicht ansah, ohne zu denken, und meinte, daß es Schlimmeres gab, als vom Tode bedrohten Menschen zu helfen. Es freute ihn, wenn er mit seinen Männern ein paar vor Angst

halbverrückte Frauen aus einem Keller ziehen und feststellen konnte, daß er nicht zu spät gekommen war. Es freute ihn mehr, als es ihm Genugtuung bereitet hatte, zu sehen, daß das Geschütz seines Panzerwagens wendiger und deshalb tödlicher war als jenes des russischen Tanks, der bei Smolensk auf ihn feuerte. Aber es freute ihn nicht zu sehr. Er sehnte sich nach seinen Eltern und ihrem Bauernhof und wünschte oft, er hätte seinen Arm ganz verloren. Denn dann wäre er vielleicht nach Hause geschickt worden. Am 22. März 1945 rief man ihn mit zehn Männern zu einem eingestürzten Haus auf dem Neuen Markt. In seinem Keller, hieß es, befände sich eine Reihe von Menschen.
»Wie viele?« fragte der Leutnant.
Nachbarn erwähnten den Namen einer alten Dame, die in dem Haus gewohnt hatte. Sie hieß, erfuhr Schattenfroh, Therese Reimann. Ferner hatte ein Priester namens Reinhold Gontard den Keller aufgesucht. Ein alter Mann in einem dicken Pelzmantel meldete sich und gab an, knapp vor dem Einschlag der Bombe mit drei weiteren Menschen gesprochen zu haben, die gleichfalls in jenen Schutzraum flüchteten. Er sprach von einem Soldaten, einem jungen Mädchen und einem Zivilisten in einem hellen Staubmantel. Es waren also, den Informationen zufolge, die der Leutnant erhielt, mindestens fünf Menschen unter den Trümmern eingeschlossen.
Vor dem Eintreffen der Pioniergruppe hatten Nachbarn von einem Nebenkeller her versucht, einen Verbindungsgang zu graben, da sie wußten, daß der Bau eines solchen bereits in Angriff genommen worden war. Es gelang ihnen, in den ersten zwölf Stunden nach der Katastrophe, so weit vorzudringen, daß sie, in der Nacht vom 21. zum 22. März, bereits schwache Klopfzeichen vernahmen, was sie zu doppelter Eile anstachelte. Als jedoch, gegen die elfte Stunde des 22. März, im Verlauf eines neuerlichen Luftangriffes, eine weitere Bombe in die Fahrbahn der nahen Plankengasse schlug, stürzte ein Teil des gegrabenen

Stollens wieder ein, und jede akustische Verbindung mit den Verschütteten wurde unterbrochen. Zu dieser Zeit verständigte jemand die Einsatzstelle des Leutnants Schattenfroh mit dem Ersuchen um Hilfe.
Die Pioniere brachten Geräte aller Art mit sich und vermochten unter Verwendung eines Preßluftbohrers den eingestürzten Teil des Ganges in den folgenden Stunden wieder freizugraben. Am Nachmittag dieses Tages überschwemmte Wasser aus einem geborstenen Leitungsrohr die Plankengasse und gab zu der Befürchtung Anlaß, daß die Verschütteten gleichfalls von ihm bedroht wurden. Der Leutnant veranlaßte die Sperrung des gesamten unterirdischen Rohrsystems in diesem Sektor und ließ seine Männer während der Nacht in zwei Schichten arbeiten, an deren erster er selbst teilhatte. Er schlief, in eine Decke gehüllt, auf dem Boden und erwachte, als ein Soldat ihn an der Schulter rüttelte. Es waren, berichtete dieser, einige Männer da, die den Leutnant zu sprechen wünschten.
»Wie spät ist es?« fragte Schattenfroh.
»Halb acht«, sagte der Soldat.
»Wie weit seid ihr mit dem Tunnel?«
»Es geht. Wir können die drüben wieder klopfen hören. Aber sie graben nicht mehr.«
»Vielleicht sind sie zu schwach. Wie lange werden wir noch brauchen?«
»Ein paar Stunden«, sagte der Soldat. »Am Nachmittag sind wir bei ihnen.«
»Wo sind die Leute, die mich sprechen wollen?«
»Auf der Straße.«
Schattenfroh stieg über zahlreiche Stufen nach oben und fand in der Einfahrt des Hauses drei Soldaten einer Wehrmachtsstreife, die bei seinem Erscheinen strammstanden, und zwei Zivilisten, die den Hut zogen.
»Guten Morgen«, sagte der Leutnant und wandte sich an den Feldwebel, der die Patrouille führte. Er schien ihn zu kennen.

»Wir haben,« sagte dieser, »eben erfahren, daß sich unter den Eingeschlossenen auch ein Soldat befindet.«
»Wer hat Ihnen das mitgeteilt?«
»Ein Mann mit einem kleinen Hund. Wir trafen ihn vor dem Hotel gegenüber.«
»Ach ja, richtig«, sagte Schattenfroh. »Ich habe auch mit ihm gesprochen. Er war der letzte, der die Leute sah, ehe die Bombe einschlug.«
»Ich dachte, Sie wüßten es noch nicht.«
»Doch«, sagte der Leutnant, »das ist mir bekannt. Er war in Gesellschaft eines jungen Mädchens und eines jungen Mannes in einem lichten Staubmantel.«
Einer der beiden Zivilisten, die zuhörten, sagte aufgeregt etwas zu seinem Begleiter, und dieser nickte.
»Wie lange werden Sie noch an der Mauer arbeiten, Herr Leutnant?«
»Ein paar Stunden, wenn alles gutgeht. Wollen Sie den Soldaten sehen?«
»Nicht unbedingt«, sagte der Feldwebel. »Aber vielleicht ist er verletzt worden. Ich denke, wir kommen am Nachmittag auf alle Fälle noch einmal vorbei.«
»Gut«, sagte Schattenfroh, »kommen Sie gegen drei Uhr. Dann sollten wir soweit sein.«
Die Männer der Streife verließen das Haus. Schattenfroh wandte sich an den größeren der beiden Zivilisten.
»Herr Leutnant«, sagte dieser, »mein Name ist Kleinert. Ich bin Prokurist der Alpha-Telephon- und Radiowerke in Meidling. Dies ist mein Kollege, Herr Niebes.«
Der Leutnant verneigte sich leicht. »Ich heiße Schattenfroh.«
»Sie leiten, wie ich höre, die Ausgrabungsarbeiten.«
Schattenfroh nickte.
»Unser Problem«, sagte Kleinert, der nervös eine Zigarette rauchte, »ist kurz das folgende: Einer unserer wichtigsten Mitarbeiter, ein gewisser Walter Schröder, ist seit zwei Tagen

abgängig. Er fuhr am Morgen des 21. März in die Stadt, um mit einem Kunstharzexperten auf dem Kohlmarkt zu sprechen. Er verließ diesen knapp vor Beginn des Fliegeralarms und wird seither vermißt. Wir leben nun unter der Vorstellung, daß ihm im Verlauf dieses Luftangriffes etwas zugestoßen ist. Da er den ersten Bezirk aus Zeitmangel kaum verlassen haben kann, dachten wir daran, daß er vielleicht einen nahen Keller aufsuchte. Sie wissen, Herr Leutnant, daß dieser hier der einzige war, der an jenem Tage in der weiteren Umgebung getroffen wurde.«
»Ich verstehe.«
»Es ist eine reine Vermutung«, sagte Niebes, »aber Sie werden zugeben, daß sie etwas für sich hat. Vielleicht – wie der Zufall es will – suchte Schröder tatsächlich gerade diesen Keller auf und wurde verschüttet. Wir haben inzwischen alles nur Mögliche getan, um ihn zu finden, und hatten keinen Erfolg. Dieser Keller ist unsere letzte Chance.«
Kleinert unterbrach ihn.
»Als Sie nun vorhin erwähnten, daß ein Mann mit einem hellen Staubmantel von einem Passanten gesehen wurde, war das für uns von großer Bedeutung. Denn auch Schröder trug an diesem Morgen einen solchen Mantel.«
»Natürlich«, sagte Schattenfroh, »tragen viele Menschen dieselben Kleider.«
»Aber in diesem Fall wäre es doch ein merkwürdiges Zusammentreffen, nicht wahr?«
»Ich muß Ihnen noch mitteilen«, sagte Niebes, »daß Walter Schröder an der Entwicklung wichtigster Forschungsprojekte maßgeblich beteiligt und für ihren erfolgreichen Abschluß von größter Bedeutung war. Sein Tod oder sein Verschwinden bedeuteten einen unersetzlichen Verlust für uns. Deshalb tun wir – ganz abgesehen von menschlichen Motiven – alles, um ihn zu finden.«
»Er trug«, sagte Kleinert »um schließlich noch darauf zu sprechen zu kommen, eine Tasche mit wichtigen Dokumenten und

Plänen bei sich, die gleichfalls unersetzlich sind. Sie werden verstehen, Herr Leutnant, daß wir auch der letzten Möglichkeit nachgehen müssen in unserem Bemühen, Walter Schröder zu finden.«
»Ja«, sagte Schattenfroh, »das verstehe ich durchaus.«
»Aus diesem Grunde bitte ich Sie, mit Ihnen, wenn es soweit ist, in den anderen Keller kriechen zu dürfen, um selbst nach Schröder zu suchen. Er wird vielleicht verwundet oder stark erschöpft sein und in ein Spital gebracht werden müssen. Ist er aber wirklich da, dann befinden sich auch die Pläne bei ihm.«
»Gut«, sagte der Leutnant. »Nur müssen Sie sich noch eine Weile gedulden. Vor Nachmittag ist der Durchbruch nicht vollendet.«
»Wir werden wiederkommen«, sagte Niebes. »Wenn es Ihnen recht ist, gleichfalls gegen drei Uhr.«
Schattenfroh nickte und wandte sich zum Gehen.
»Wie, sagten Sie, war der Name Ihres Kollegen?«
»Schröder«, erwiderte Niebes, »Walter Schröder.«
Schattenfroh stieg in den Keller hinunter. Der Tunnel war schon sehr tief. Er löste den Mann an dem Bohrer ab und arbeitete selbst eine Stunde lang. Dann unterbrach er, um eine Schnitte Brot zu essen und eine Tasse schwarzen Kaffee zu trinken. Die lange Schlauchleitung des Bohrers, die bis auf die Straße hinauf zum Motor eines Lastkraftwagens führte, zitterte beständig leicht, während das Werkzeug gegen die Tunnelwand stieß. Leutnant Schattenfroh sah sie an und aß sein Brot. Neben ihm schliefen zwei Männer, die nachts gearbeitet hatten. Eine große Acetylenlampe zischte vor dem Gang.
Gegen ein Uhr hörten sie von der anderen Seite deutlich wieder die Verschütteten graben. Schattenfroh wunderte sich ein wenig, aber er dachte nicht lange darüber nach. Er nahm eine Schaufel und begann lockeres Erdreich beiseite zu räumen. Um drei Uhr kamen die beiden Zivilisten zurück, um halb vier die drei Soldaten. Zu dieser Zeit war der Gang schon fast durchbro-

chen. Erde und Steine fielen zu Boden, und der Stahlstift des Bohrers drang mehrmals plötzlich, ohne auf Widerstand zu stoßen, ins Leere vor. Schließlich geriet eine große Lehmmenge in Bewegung und ließ ein rundes, etwa kopfgroßes Loch in der Wand entstehen, aus dem ein schwacher Lichtschein drang. Schattenfroh hob die stinkende Lampe und steckte eine Hand durch die Lücke. Er fühlte, wie sie von der anderen Seite ergriffen und festgehalten wurde. Dann zog er sie zurück und legte das Gesicht an die Mauer. Er sah in die geröteten Augen eines schmutzigen, unrasierten Mannes mit weißem Haar, der eine blutverschmierte Wunde an der linken Schläfe trug. Der Mann öffnete ein paarmal den Mund, ohne jedoch sprechen zu können.
»Lebt ihr alle?« fragte der Leutnant.
Das Gesicht des anderen verzog sich. Er hob den Kopf.
»Schnell«, sagte Reinhold Gontard, »kommen Sie zu uns!«

3

Gegen zwei Uhr trat Susanne zu den beiden Männern. Der Priester sah sich nach ihr um.
»Eine Stunde noch«, sagte er. »Dann haben wir es geschafft.«
»Wie geht es Frau Wagner?«
Susanne schüttelte den Kopf.
»Vielleicht kommen wir noch rechtzeitig heraus. Sie muß sofort in das Spital geschafft werden.«
»Natürlich«, sagte der Priester.
»Robert, du mußt, bevor die anderen kommen, noch meinen Pullover anziehen.«
»Richtig«, sagte Faber, »das kann ich gleich tun.«
Sie gingen an das entfernte Ende des Kellers, und Susanne zog sich das Kleidungsstück über den Kopf. Sie trug eine dünne Seidenbluse darunter. Faber legte die Arme um sie und küßte sie. Seine Hände legten sich auf ihren Rücken.

»Wie ist meine Adresse?« fragte sie. Faber sagte es ihr.
»Und wie kommt man am besten dorthin?«
»Mit der Stadtbahn. Ich muß bis Hietzing fahren. Dann steige ich in den Sechziger ein.« Faber beschrieb den Weg.
Dann zog er sie an sich. »Nicht«, sagte das Mädchen.
»Doch!«
»Aber wir können nicht –«
»Susanne«, sagte Faber, »ich habe dich lieb.« Er küßte sie wieder. Ihre herabhängende Hand öffnete sich langsam. Der Pullover fiel zu Boden.
Reinhold Gontard arbeitete allein, als etwa eine Stunde später die Trennungswand zwischen den beiden Hälften des Ganges brach. Er warf die Schaufel fort und blickte durch das entstandene Loch hinüber. Gontard sah in das schmale Gesicht eines Soldaten. Er fühlte, wie sein Herz gegen die Rippen schlug. Nun war es soweit. Gontard hielt sich mit beiden Händen an der Mauer fest.
»Lebt ihr alle?« fragte der Soldat aus dem anderen Keller.
Gontard versuchte zu sprechen. Er schluckte ein paarmal krampfhaft. Dann sagte er heiser: »Schnell! Kommen Sie zu uns.«
»Gleich«, erwiderte der Leutnant Schattenfroh. Er trat zurück. Ein Spaten stieß durch die Erde. Zwei Männer vergrößerten mit wuchtigen Stichen die entstandene Lücke. Steine fielen auf Gontards Füße. Er drehte sich um und lehnte sich an die Mauer. Dann kam ihm ein Gedanke. Er hob seine schmutzige Soutane vom Boden auf und zog sie hastig über den Kopf. Die anderen hatten ihn sprechen hören und kamen herbeigelaufen. Vor dem Tunnel blieben sie stehen. Fräulein Reimann hielt die Hände gefaltet. Evis Mund stand offen. Faber hatte Schröders Mantel angezogen. Keiner von ihnen sprach ein Wort, während das Loch sich unter den Spatenstichen ihrer Befreier rasch vergrößerte. Nur Anna Wagner stöhnte einmal laut. Fünf Minuten später zwängte der Leutnant sich mit einer Lampe durch den Gang. Gontard half ihm.

»Gott sei Dank«, sagte er, als er wieder aufrecht stand. »Wir sind noch rechtzeitig gekommen.«
Fräulein Reimann schluchzte zweimal abrupt, dann war sie wieder still. Schattenfroh sah Faber längere Zeit an.
»Ihr Gesicht kommt mir bekannt vor.«
»So«, sagte Faber.
»Ich muß Sie irgendwo gesehen haben.«
Faber zuckte die Achseln.
»Das kann schon sein.«
»Waren Sie in Rußland?«
»Nein.«
»Sonderbar«, sagte Schattenfroh, »ich hätte darauf schwören können, daß wir uns schon einmal begegnet sind.«
Das kleine Mädchen drehte sich um und rannte zu seiner Mutter zurück.
»Herr Leutnant«, sagte Gontard laut, »wir haben eine schwangere Frau im Keller.«
»Wo?«
»Drüben auf dem Bett.«
Schattenfroh ging zu Anna Wagner. Gontard, der ihm folgte, legte im Vorübergehen eine Hand auf Susannes Schulter. Schattenfroh stand vor der Liegenden und leuchtete ihr kurz ins Gesicht. Anna Wagners Augen waren klein, ihre Stirne feucht.
Sie keuchte.
»Ins Spital«, flüsterte sie, »verständigen Sie meine Mutter. Sie soll das Kind zu sich nehmen ...«
Der Leutnant lief zu dem Durchbruch zurück, aus dem jetzt Licht schien.
»Hellmer!« rief er. Eine Stimme antwortete.
»Gehen Sie hinauf, und rufen Sie einen Krankenwagen.«
»Jawohl«, erwiderte der unsichtbare Hellmer.
»Warten Sie noch, hier ist eine Adresse ...«
Schattenfroh wandte sich um.

»Thaliastraße 45«, sagte Susanne, »der Name ist Juren, Martha Juren.«
»Haben Sie das gehört?«
»Nein«, erwiderte Hellmer von der anderen Mauerseite.
»Thaliastraße 45!« schrie der Leutnant. »Frau Martha Juren. Schreiben Sie sich den Namen auf! Jemand soll dorthin fahren und die Frau verständigen. Ihre Tochter liegt hier im Keller. Sie bekommt ein Kind. Wir brauchen eine Tragbahre ...«
Susanne hörte, wie Hellmers Stiefel sich eilig entfernten.
Schattenfroh ging zu Anna Wagner zurück.
»In einer Viertelstunde holt ein Wagen Sie ab.«
»Danke«, sagte die Frau. Zwei Soldaten kletterten durch das Loch in der Wand. Die auf der anderen Seite schaufelten weiter. Der Leutnant sah sich um.
»Ist Wasser zu euch geflossen?«
»Ja«, sagte Gontard, »der ganze untere Keller ist voll.«
»Wovon habt ihr gelebt?«
»Wir hatten genug zu essen.«
»Gott sei Dank«, sagte Schattenfroh wieder. Er fühlte sich nicht wohl. Die Leute waren zu still. Warum weinten sie nicht? Warum lachten sie nicht? Was war hier los? Schattenfroh wandte sich wieder an den Priester.
»Sie also«, sagte er.
»Wie bitte?«
»Sie sind der Priester. Ich habe gewußt, daß ich Sie hier finden werde.«
»Wieso?«
»Nachbarn haben es mir erzählt. Sie und eine alte Dame besuchten diesen Keller regelmäßig.«
»Ja«, sagte Therese Reimann, »das bin ich.«
Schattenfroh nickte. »Wie viele Leute wart ihr eigentlich?« Er zählte mit den Fingern. »Eins, zwei, drei ... sechs, alle zusammen.«
»Nein«, sagte Gontard, »wir waren sieben.«

Der Leutnant drehte sich schnell um.

»Wer war der siebente?«

»Ein Soldat.«

Schattenfroh überkam ein unheimliches Gefühl.

»Wo ist er?«

»Dort drüben«, erwiderte der Priester und wies mit der Hand.

»Wo?«

»Unter der Decke.«

Schattenfroh blieb stehen und sah ihn aufmerksam an.

»Er ist tot«, erklärte Gontard, »er hat sich erschossen. Heute nacht.«

»Ja?« sagte der Leutnant. Dann ließ er den Priester stehen, ging mit seiner Lampe durch den Keller und hob die Decke hoch. Er betrachtete den Leichnam kurz, riß die Decke ganz zurück und kniete neben dem Toten nieder. Seine Augen sahen alles. Die Pistole in der starren Hand, das durchblutete Loch in der Jacke, das schmutzige Gesicht ... selbst die Patronenhülse erblickte der Leutnant Schattenfroh. Die beiden Soldaten, die ihm nachgeklettert waren, kamen näher. »Warum hat der sich erschossen?« fragte einer. Schattenfroh antwortete nicht. Er durchsuchte vorsichtig die Taschen Schröders. Aber er fand keine Papiere. Nur etwas Geld, ein Messer, Zigaretten und ein Taschentuch. Der Leutnant betrachtete Schröders schmutzige Stiefel, stand auf und fragte: »Wie ist das geschehen?«

»Gestern nachmittag«, erwiderte der Priester, »stürzte ein Teil des Ganges ein. Wir waren alle sehr deprimiert, den Soldaten aber – wir kennen nicht einmal seinen Namen – schien das Ereignis am schwersten zu treffen. Er hatte schon vorher kaum mit uns gesprochen und einen verstörten und unglücklichen Eindruck gemacht.«

»Das stimmt«, sagte Fräulein Reimann, »er hat sehr unglücklich ausgesehen.«

Der Leutnant nickte ungeduldig.

»Wir gingen zeitig schlafen, denn wir hatten viel Arbeit mit dem einbrechenden Wasser gehabt und waren alle müde –«
»Ja«, sagte Schattenfroh, »und?«
»– und so geschah es dann. Auf einmal hörten wir einen Schuß. Wir erwachten, eilten zu ihm und fanden ihn so, wie Sie ihn jetzt sehen. Die Pistole hielt er noch in der Hand. Er war tot.«
»Wann war das?«
»Heute nacht«, erwiderte Gontard. »So gegen ein oder zwei Uhr morgens.«
Schattenfroh wandte sich an einen der beiden Soldaten.
»Sagen Sie dem Leutnant der Streife, er möge zu mir kommen. Und sehen Sie nach, wo der Krankenwagen bleibt.«
Der Soldat nickte, ging zu dem Loch in der Wand und kroch durch. Auf der anderen Seite wurden zwei Stimmen laut. Etwas später kam der Feldwebel. Er hatte den Helm vom Kopf genommen und wußte anscheinend schon, warum man ihn rief. Faber sah ihn an. Er kannte das Gesicht. Er kannte den Mann. Dann, als dieser den Mund öffnete und er die schlechten Zähne erblickte, wußte Faber, wer da vor ihm stand. Es wurde ihm kalt. Nein, dachte er, nicht so. Das war zu billig. Der Soldat vor ihm gehörte zu der Streife, der Faber zwei Tage zuvor in der Kärntnerstraße begegnet war.
»Wo ist der Tote?« fragte er.
»Dort drüben.«
Schattenfroh führte ihn zu Schröders Leichnam.
»Tatsächlich, der Soldat«, sagte der Feldwebel. »ich habe nicht erwartet, ihn so wiederzufinden.«
»Es sieht wie Selbstmord aus. Er hat sich ins Herz geschossen.«
»Ja«, erwiderte der andere, »so sieht es aus. Irgendwelche Dokumente in den Taschen?«
»Gar nichts«, sagte der Leutnant. »Nur etwas Geld, Zigaretten und so weiter.«
Der Feldwebel wandte sich an die Umstehenden.
»Hat jemand von Ihnen die Taschen des Toten geleert?«

»Nein«, sagte Gontard, etwas zu schnell, »wir haben ihn nicht berührt.«
Der Feldwebel sah ihn an, kniete nieder und betrachtete die Pistole in Schröders Hand. Vom Bett ihrer Mutter kam Evi und sprach flüsternd mit Susanne. Der Leutnant sah argwöhnisch auf.
»Was ist los?«
»Nichts«, sagte Evi.
»Warum redest du nicht laut?« Susanne lächelte.
»Die schwangere Frau möchte mit mir sprechen.«
»Ach so«, sagte Schattenfroh. Susanne ging zu Anna Wagner. Diese griff nach ihrer Hand und hielt sie fest. Sie waren allein. Das Mädchen neigte sich vor.
»Wie geht es?«
»Bisher gut«, flüsterte Susanne.
»Hier ist mein Wohnungsschlüssel«, sagte die Liegende. »Damit Sie den Anzug und die Wäsche holen können. Ich komme doch gleich in ein Spital. Das Kind soll hier auf meine Mutter warten. Holen Sie die Sachen, sie liegen alle in einem großen braunen Schrank.« Anna Wagner sprach hastig. »Haben Sie die Briefe?« Susanne nickte.
»Meine Mutter soll den Koffer und den kleinen Stuhl mitnehmen. Besuchen Sie meine Mutter. Erzählen Sie ihr, was sich ereignet, sie wird es mir wiedererzählen. Vielleicht kann ich Ihnen helfen.«
»Ja«, sagte Susanne.
»Versprechen Sie es mir?«
»Ich verspreche es Ihnen.«
Der Feldwebel, der sich mit dem Leutnant beraten hatte, kam zu ihrem Bett.
»Entschuldigen Sie«, sagte er. »Ich muß Ihre Namen und Ihre Adressen haben.«
»Warum?«
»Wir haben uns entschlossen, die Polizei zu rufen. Wir wissen

nicht, wer der Tote ist. Er hat keine Papiere. Bevor Sie ins Spital gehen, muß ich erfahren, wer Sie sind. Haben Sie irgendwelche Dokumente bei sich?«
»Ja«, sagte Anna Wagner. Sie griff neben sich, hob eine Handtasche auf das Bett und suchte. »Hier bitte.«
»Danke«, sagte der Feldwebel. Er schrieb die Adresse in ein kleines Buch. »Ist das Ihr Kind?«
»Ja.«
»Gleiche Adresse?«
Anna Wagner nickte.
»Und Sie?«
Susanne Riemenschmied nannte ihren Namen. Sie zeigte eine Kennkarte. Der Feldwebel schrieb.
»Eine Formalität«, sagte er, »verstehen Sie mich.«
»Natürlich«, sagte Susanne. »Können wir jetzt nach Hause gehen?«
»Ich denke schon. Morgen wird man Sie vielleicht auffordern, weitere Aussagen zu machen. Aber eigentlich scheint es ein klarer Fall von Selbstmord zu sein.«
»Es war ein Selbstmord. Wir haben es alle gesehen …«
»Gesehen?« fragte der Feldwebel.
»Ich meine, wir haben es gehört. Wir schliefen, als er sich erschoß. Wir haben den Schuß gehört.«
»Es ist sonderbar, daß er keine Papiere bei sich trug.«
»Vielleicht wurde er gesucht.«
»Vielleicht. Vielleicht ist er ein Deserteur. Das müssen wir noch herausfinden.«
»Wird das nicht sehr schwer sein?«
»O ja«, sagte der Soldat. »Wahrscheinlich erfahren wir nie, wer er war.«
Susanne folgte ihm, als er zu den anderen zurückging. Jemand hatte den Toten wieder zugedeckt. Der Feldwebel sprach mit dem Priester. Dieser zog einen Ausweis aus der Tasche. »Herr Leutnant«, sagte Fräulein Reimann, »ich habe in diesem Hause

gelebt. Ich möchte gerne wissen, was von meinen Sachen übrigblieb.«
Schattenfroh wurde verlegen.
»Das Haus ist getroffen.«
»Steht es nicht mehr?«
»Es steht nicht mehr viel.«
Therese Reimann wandte sich ab. Der Leutnant hustete.
»Sie können gehen«, sagte er, »sobald wir Ihre Adresse haben.«
Vor dem Durchbruch entstand Bewegung. Der Krankenwagen war gekommen. Ein Arzt des Rettungsdienstes in Zivil kletterte durch den Stollen.
»Wo ist die Frau?«
»Auf dem Bett.«
Der Arzt ging zu ihr und stellte ein paar Fragen.
»Schnell«, sagte er dann, »die Bahre!«
Ein Soldat reichte ein primitives, mit Stoff bespanntes Gerüst durch die Mauerlücke.
»Können Sie selbst aufstehen?«
»Ich weiß nicht«, sagte Anna Wagner.
»Dann warten Sie.« Der Arzt sah Faber an. Zusammen legten sie die Schwangere auf die Bahre und deckten sie zu. »Wem gehört das Kind?«
»Mir«, sagte Anna Wagner. »Wo ist meine Mutter?«
»Sie wird bald kommen«, antwortete ein Soldat. »Wir haben sie verständigt.«
»Evi«, sagte Anna Wagner, »du bist ein gutes Kind und wartest hier auf die Großmutter, ja?« Evi nickte wortlos und kämpfte mit den Tränen. Faber und der Arzt hoben die Bahre hoch.
»Vorsicht«, sagte der Leutnant. Faber nickte. Er ging dem Durchbruch entgegen. Schritt für Schritt. Nicht zu schnell. Nicht zu langsam. Hier lag eine Schaufel im Weg. Er stieg über sie. Dann kletterte er durch den Stollen. Anna Wagner lag still auf der Bahre und hatte die Augen geschlossen.
»Achtung«, hörte Faber einen Soldaten sagen. »Paßt auf, das

Loch ist zu niedrig. Lassen Sie die Bahre herunter. Herrgott, so geben Sie doch acht ...«
Zwei Zivilisten traten neugierig näher, sahen Faber an und waren ihm behilflich, das Traggestell durch den Tunnel zu schieben.
»Können wir hinübergehen?« fragte einer von ihnen.
»Ich weiß nicht«, sagte Faber. »Warten Sie besser noch ein paar Minuten.«
Der Arzt kletterte ihm nach. Ein Soldat mit einer Lampe ging ihnen nach oben voraus. Faber fühlte, wie ihm der Schweiß in großen Tropfen über die Stirn lief. Er stolperte. Seine Hände zitterten.
»Zum Teufel«, sagte der Arzt, ein kleiner, dicker Mensch mit funkelnder Brille, »warum müssen ausgerechnet Sie die Bahre tragen? Sie können ja selbst kaum noch laufen.«
Faber grinste schwach.
»Es geht schon. Ich möchte gerne etwas frische Luft schöpfen.«
Evi holte sie ein und ging schweigend neben Faber. Einmal sah sie ihn an. Sie hatte begriffen. Im Flur lagen Steine, Glasscherben und Holzstücke. Vor dem Haus stand der Krankenwagen. Der Fahrer kam ihnen entgegen und nahm Faber das Kopfende der Bahre aus den Händen. Das kleine Mädchen trat ins Freie.
»Du wirst auf deine Großmutter warten«, sagte der Arzt, »nicht wahr, Evi?«
Faber ging langsam weiter. Sein Herz schlug wie verrückt, sein unrasiertes Gesicht war schmutzig und zerfurcht. Susannes Pullover spannte ihm um den Hals. Der Arzt stieg in den Wagen. Jetzt mußt du gehen, sagte Faber zu sich selbst. Jetzt! Er erreichte das Tor. Ein Soldat mit einem Gewehr stand davor, ihm gegenüber eine größere Menschenmenge.
»Sie können hier nicht durch«, sagte der Posten.
»Was?«
»Niemand darf vorläufig das Haus verlassen.«
Faber grinste verzweifelt.

»Ich will gar nicht durch. Ich will nur etwas Luft schnappen, wenn Sie nichts dagegen haben.«
»Meinetwegen«, sagte der Posten und spuckte in eine Wasserlache.

Schattenfroh zählte die Namen auf seiner Liste und wandte sich an Therese Reimann.
»So, Sie wären die nächste. Dann bleibt nur noch der Mann, der eben die Bahre nach oben trug.«
Fräulein Reimann nannte ihren Namen.
»Haben Sie ein Ausweispapier bei sich?«
»Aber ich wohne doch in diesem Haus.«
»Gnädige Frau«, sagte Schattenfroh beherrscht höflich, »ich möchte gerne eines Ihrer Dokumente sehen.«
»Aber bitte!« Fräulein Reimann zuckte die Schultern. »Selbstverständlich, wie Sie wünschen. Die Papiere liegen in meinem Koffer.« Sie ging langsam durch den Keller, sie wußte genau, warum sie langsam ging. Sie mußte Zeit gewinnen. Faber war im Begriff zu fliehen. Umständlich kniete sie nieder. Schattenfroh richtete den Lichtkegel seiner Lampe auf den Koffer. »Danke«, sagte Therese Reimann. »Sie müssen wissen, daß wir mein ganzes Gepäck aus dem unteren Stockwerk heraufzuschaffen hatten, als das Wasser einbrach. Es war viel Arbeit ...« Sie sah auf und bemerkte, daß die anderen ihr gefolgt waren. »Wenn man eine alte Frau ist«, fuhr sie fort, »hängt man natürlich an allem, was einem verblieben ist, man verbindet Erinnerungen auch mit dem Kleinsten –« Therese Reimann unterbrach sich. »Was haben Sie denn?«
»Gar nichts«, sagte Schattenfroh. Seine Stimme klang verändert. Seine Augen starrten unverwandt auf den Koffer. Fräulein Reimann blickte in dieselbe Richtung. Sie sah das kleine runde Loch in der Ledderdecke gleichzeitig mit dem Priester. Susanne sah es etwas später.
»Rühren Sie den Koffer nicht an«, sagte Schattenfroh, kniete

nieder, öffnete die Verschlüsse und begann in seinem Inhalt zu wühlen.
Therese Reimanns Gesicht zuckte. Sie dachte krampfhaft nach. Der Priester trat einen Schritt näher. Es war ganz still, am anderen Ende des Kellers flüsterten die beiden Soldaten der Streife mit ihrem Vorgesetzten. Schattenfroh hielt zwischen zwei Fingern einen metallischen Gegenstand empor und sah von einem zum anderen.
»Wissen Sie, was das ist?«
»Nein«, sagte Gontard gleichmütig, obwohl er damit log. Denn er wußte es nur zu gut, ebenso wie Susanne und Therese Reimann. Es war die zweite Kugel aus Fabers Pistole, die Kugel, mit der dieser ein Loch durch seine eigene Jacke geschossen hatte. Hier also war sie gelandet, dachte der Priester. Nun ja, irgendwo mußte sie ja landen. Die Macht des Zufalls war unendlich. War das ein Zufall?
»Das ist eine Pistolenkugel«, sagte Schattenfroh und hielt sie ihm unter die Nase.
»Nein, so etwas!« Fräulein Reimann schüttelte fassungslos erstaunt den Kopf. »Wie kommt die in meinen Koffer?«
»Das möchte ich auch wissen«, sagte der Leutnant.
»Sehen Sie mich nicht an«, sagte Gontard, »ich habe keine Ahnung.«
»Das ist aber bedauerlich«, meinte Schattenfroh, »das ist aber ungemein bedauerlich.« Ein unklares Zorngefühl stieg in ihm auf. Er ahnte, daß sich hier etwas Dunkles und Geheimnisvolles ereignet hatte, von dem er nichts wußte. Er war ein ruhiger, anständiger Mensch und hätte eine Untersuchung dieses sonderbaren Selbstmordes gerne der Polizei überlassen.
Aber der Tote war ein Soldat. Und die Überlebenden waren Zivilisten. Solidaritätsgefühl mit seinem unbekannten Kameraden ließ den Leutnant zornig werden. Ohne daß er etwas von ihm wußte, war er sein Freund. Ohne daß er begriff, glaubte er, den Tod seines Freundes rächen zu müssen. Es war kein nied-

riger, sondern ein ehrenhafter Beweggrund, der den Leutnant Schattenfroh sich für die Kugel in Therese Reimanns Koffer interessieren ließ.
»So«, sagte er, »Sie wissen also nichts.«
Gontard verneinte.
»Denken Sie einmal nach!«
»Und wenn Sie mich auf den Kopf stellen!« Gontard sah Fräulein Reimann an. Zeit, sagten seine Augen, Zeit gewinnen für Faber, der auf der Flucht ist. Der Leutnant darf nicht zur Besinnung kommen und bemerken, daß einer von uns fehlt.
Fräulein Reimann schlug sich mit der flachen Hand gegen die Stirn.
»Mein Gott, bin ich dumm! Natürlich weiß ich, woher die Kugel kommt!«
Schattenfroh leuchtete ihr ins Gesicht. Fräulein Reimann blinzelte und riß tapfer die Augen auf.
»Sie wissen es?«
»Freilich! Und Sie wissen es auch, Hochwürden, und Sie, Fräulein Riemenschmied. Erinnern Sie sich doch an die vorletzte Nacht, als wir noch unten schliefen.«
Gontard, der keine Ahnung hatte, was sie wollte, gab ihr ein Stichwort.
»Selbstverständlich!«
»Die Ratten«, sagte Fräulein Reimann glücklich, als wäre sie froh, sich endlich erinnert zu haben.
Susanne setzte sich.
»Zu dumm, daß ich nicht gleich daran dachte«, schwätzte Fräulein Reimann, »manchmal benimmt man sich wirklich zu lächerlich ... und Sie dachten vielleicht schon, es wäre hier ein Verbrechen begangen worden, nicht wahr, Herr Leutnant?«
»Was war das mit den Ratten?« fragte Schattenfroh. Der Schein der Lampe ließ ihr weißes Gesicht nicht los. Fräulein Reimann log. Sie log, um Faber zu retten, und sie log gut, wenn man bedachte, daß sie ihr Leben lang das Lügen als Sünde betrachtet

und verabscheut hatte. Sie log hinreißend gut, mit aller überzeugenden Kraft einer Novizin auf diesem Gebiet. Sie log so gut, daß Schattenfroh einen Teil seines rebellischen Argwohns verlor und fast wieder zu der Überzeugung kam, daß der arme Teufel in der grünen Uniform doch Selbstmord begangen hatte. Fräulein Reimann sprach emsig.

»Wir konnten nicht schlafen, Herr Leutnant. Es saßen zwei Ratten unten im Keller, die machten die ganze Nacht lang Spektakel. Es war nicht auszuhalten. Sie rannten hin und her, sprangen in die Luft, scharrten, kratzten und pfiffen – haben Sie schon einmal eine Ratte pfeifen gehört? Es geht einem durch Mark und Bein. Schließlich, als wir es nicht mehr aushielten, erklärte der Soldat, Gott hab ihn selig« – Fräulein Reimann bekreuzigte sich hastig –, »sie erschießen zu wollen.«

Gontard sah die alte Frau staunend an. Welche Wandlung, dachte er, welch eine Wandlung.

»Und traf er die Ratten?« fragte Schattenfroh höflich.

»Nein«, sagte Therese Reimann kummervoll, »er verursachte nur unerträglichen Lärm und schoß daneben. Eine der Kugeln ist ohne Zweifel in meinen Koffer geflogen, die andere müßte sich unten in dem überschwemmten Keller finden lassen. Wenn man nur genau genug sucht«, fügte sie maliziös hinzu.

»Aha«, sagte Schattenfroh, »und konnten Sie nach der Schießerei schlafen?«

»Denken Sie doch, wir konnten es wirklich! Die Detonationen erschreckten die Tiere anscheinend so sehr, daß sie sich verkrochen.«

»So war das also«, meinte der Leutnant und nahm endlich den Lichtkegel seiner Lampe von ihrem Gesicht. »Natürlich wird es sehr leicht sein, festzustellen, wie viele Kugeln aus dem Magazin der Waffe fehlen.«

Fräulein Reimann sah ihn unbewegt an, während der Schauer eines makabren Vergnügens über ihren schmalen Rücken rann.

»Freilich«, sagte sie, »das wird ganz leicht sein.« Sie hatte sich das schon vorher überlegt. Eine Kugel steckte in ihrem Koffer. Eine in Schröders Brust. Und eine war in Ungarn geblieben. Mindestens eine, vielleicht auch zwei. Die Rechnung ging auf. Ging sie auf? Therese Reimann schloß die Augen. Barmherziger Gott, dachte sie, steh uns jetzt bei.

Faber hatte die zweite Zigarette zu Ende geraucht und warf den Stummel auf die Straße hinaus. Der Posten gähnte. Der Krankenwagen war vor etwa fünf Minuten fortgefahren, und Evi stand neben Faber, um auf ihre Großmutter zu warten. Sie sah ihn mit ruhigen Augen an.
»Gehen wir hinunter.«
Faber hielt sie zurück. »Nein, bleib noch ein wenig.«
Er fühlte, wie sie ihn an der Hand zog.
»Bitte, komm mit!«
Faber warf einen Blick auf den apathischen Posten und drehte sich um.
»Gut«, sagte er, »gehen wir hinunter.«
Auf dem ersten Stiegenabsatz blieb Evi stehen. »Du mußt fort!«
»Ich kann nicht fort, solange der Soldat da ist.«
»Doch!«
»Nein, Evi.«
»Hör zu«, flüsterte sie, »hinten im Flur ist eine Glastür zerbrochen, ich habe es vorhin gesehen. Die führt in den Hof. Vielleicht kannst du von dort in das nächste Haus.«
Faber richtete sich auf. Von oben fiel graues Licht auf ihre schmutzigen Gesichter. Er gab dem kleinen Mädchen die Hand.
»Leb wohl, Evi.«
»Leb wohl«, sagte sie und legte beide Arme um seine Hüften.
»Kommst du wieder?«
»Ich komme bald zu euch«, erwiderte Faber. Evi Wagner seufzte gramvoll und stolperte dann wortlos auf steifen Beinen in die Finsternis hinunter. Faber schlich die wenigen Stufen wieder empor. Schröders heller Staubmantel hing ihm über die Schul-

tern. Er fand die zerschlagene Tür und trat durch sie in einen Lichthof, auf dessen Boden Mauertrümmer und alte Töpfe lagen. Ein kurzer dämmriger Gang führte in das Erdgeschoß des Nebenhauses. Vor seinem Eingangstor parkte der Lastkraftwagen, dessen Motor den Preßlufthammer betrieben hatte. Zwei Soldaten waren damit beschäftigt, die letzten Teile der Schlauchleitung abzumontieren. Faber stand, die Hände in den Manteltaschen, an die Mauer gelehnt und wartete. Er wartete etwa zehn Minuten. Dann sah er, wie die beiden Männer auf den Wagen kletterten. Die Maschine heulte auf, die Gänge krachten. Etwas Staub wehte in den stillen Flur. Die Straße war jetzt frei. Faber trat durch das geborstene Tor. Das Licht schmerzte in seinen Augen. Der Posten vor dem Eingang des Nebenhauses sprach mit einer Frau. Er sah ihn nicht. Über einen Schutthaufen, herabgerissene Leitungsdrähte und Holztrümmer hinweg ging Robert Faber die Seilergasse entlang dem Graben zu.

4

Als Evi Wagner in den Keller zurückkam, erinnerte sie sich selbst daran, daß sie nun ungemein vorsichtig und klug sein mußte. Der Leutnant sah auf, als sie durch die Mauer kletterte. »Wo ist der Mann, der deine Mutter hinauftragen half?« Evi überlegte blitzschnell.
»Er steht bei dem Posten. Aber er muß bald kommen. Er wird meine Großmutter mitbringen.«
»So«, sagte Schattenfroh, setzte sich auf ein altes Faß und zog sie zu sich. »Na, da wirst du ja bald nach Hause gehen können.« Evi nickte.
»Hoffentlich! Mir gefällt es hier gar nicht mehr.«
»Das kann ich mir vorstellen!« Schattenfroh nahm ein paar Kekse aus der Tasche und gab sie ihr. »Du mußt ja fürchterlich erschrocken sein in der letzten Nacht, was?«
»Danke für die Kekse«, sagte Evi. »Ja, ich bin schon erschrok-

ken. Ich habe fest geschlafen und dann, auf einmal, habe ich den Krach gehört und bin aufgewacht. Und da ist der Soldat da drüben gelegen und war tot.«
»Woher weißt du denn, daß er tot war?«
»Weil er nicht mehr geatmet hat.«
»Und die Pistole hielt er in der Hand?«
»Ja«, erwiderte Evi. »Mit der hat er sich doch erschossen.«
Schattenfroh sah sie nachdenklich an.
»Warum glaubst du denn, daß er sich erschossen hat?«
»Das weiß ich nicht.«
»Hast du gar nicht mit ihm gesprochen?«
»Mit einem Toten kann man doch nicht sprechen.«
»Als er noch lebte, natürlich.«
»Nein, ganz wenig. Er hat nie mit mir gespielt. Er ist«, erzählte Evi Wagner in vollkommener Erinnerung an das, was man ihr eingeschärft hatte, »immer nur so herumgesessen und hat mit niemandem geredet.«
»Deshalb mußt du ja besonders erschrocken sein.«
»Mhm«, sagte Evi, »sehr. Der Knall war schrecklich.«
»Hast du denn nie zuvor einen Pistolenschuß gehört?«
»Nein, es war das erstemal.«
Evi bemerkte, daß die Erwachsenen näher traten, und hatte das unklare Gefühl, der Offizier wolle ihr jetzt die berühmte Falle stellen, von der Faber sprach.
»Es war das erstemal?«
»Freilich«, sagte Evi. Schattenfroh schüttelte den Kopf.
»Na, da hast du aber die Ratten vergessen!«
»Welche Ratten?« fragte Evi. Jetzt, dachte sie, jetzt beginnt er mich nach Dingen zu fragen, von denen ich nichts weiß. Wie gut, daß man mir vorher gesagt hat, was ich tun soll.
»Die Ratten unten im Keller! Die beiden Ratten, die solchen Krach machten, daß ihr nicht schlafen konntet«, erwiderte Schattenfroh.
»Davon weiß ich nichts«, sagte Evi kurz. Er sah auf.

»Na geh, erinnerst du dich nicht mehr? Der Soldat hat doch auf die Tiere geschossen!«

Evi riß die Augen auf. Was wollte der Offizier von ihr? Was stellte er für sonderbare Fragen?

»Niemand hat auf Ratten geschossen«, sagte sie verloren.

»Aber ja! Alle anderen haben es gehört!«

Evis flackernde Augen wanderten über die Gesichter der Erwachsenen, die sie schweigend ansahen. Was war geschehen?

»Und du erinnerst dich nicht mehr an die Schießerei?«

»Nein!« rief Evi weinerlich. »Ich erinnere mich an nichts!«

»Die Kleine ist sehr erschrocken, Herr Leutnant«, sagte Gontard. »Sie müssen verstehen –«

Der Rest dieses Satzes ging in einem Schrei unter.

Schattenfroh fuhr herum und sah Kleinert, der dem Toten die Decke vom Gesicht gezogen hatte und ihn mit einem Ausdruck grenzenlosen Entsetzens ansah.

»Schröder!« schrie Kleinert. »Dieser Mann hier ist Walter Schröder!«

Der Feldwebel packte ihn am Arm.

»Wer ist das?«

»Schröder!« schrien Kleinert und Niebes im Chor.

»Sind Sie sicher?«

»Sicher!« kreischte Kleinert, der nach Atem rang. »Ich habe zehn Jahre mit ihm gearbeitet! Ich kenne ihn wie meinen Bruder … dieser Mann ist Walter Schröder!«

»Aber der war doch ein Zivilist …!«

»Natürlich –«

»Wieso trägt er dann eine Uniform?«

»Weil … weil …«, Kleinerts Gesicht lief dunkelrot an, er würgte um jedes Wort, »… die muß ihm jemand angezogen haben!«

»Der Soldat … es war ein Soldat im Keller!«

Der Feldwebel ließ Kleinert endlich los und griff nach seinem Notizbuch.

»Ich verstehe nicht …« Dann unterbrach er sich. »Es waren

doch überhaupt nur drei Männer hier im Keller. Einer ist tot, der zweite sind Sie« – er zeigte auf Gontard –, »wo ist der dritte?«

Der Leutnant sah, daß der Priester seinen Arm um das Mädchen legte.

»Wo ist der dritte?«

»Keine Ahnung«, sagte Gontard tonlos. Schattenfroh war schon auf dem Wege zu dem Durchbruch. Die beiden Soldaten der Streife liefen ihm nach.

»Keiner von Ihnen verläßt vorläufig den Keller!« rief der Feldwebel. In einem lächerlichen Anfall von Erregung hob Fräulein Reimann ein Glas von der Kiste auf, warf es zu Boden und schrie: »Schreien sie nicht mit uns!«

Der Feldwebel sah sie erstaunt an, zuckte dann die Achseln und stellte sich wortlos mit dem Rücken gegen den Tunnel. Fräulein Reimann schluchzte ein paarmal hysterisch.

»Entschuldigen Sie. Ich bin ganz mit den Nerven fertig ... was müssen wir jetzt tun?«

»Warten«, sagte Gontard.

Der Posten beim Eingang des Hauses stand stramm, als Schattenfroh angerannt kam.

»Wo ist der Mann, der hier wartete?«

»Hier hat niemand gewartet.«

»Doch!«

»Nein, Herr Leutnant.« Schattenfroh fluchte.

»Ein Mann mit einem kleinen Kind.«

»Ach so.« Der Posten stockte. »Ich weiß es nicht. Ich glaube, er ist wieder hinuntergegangen.«

»Nein, das ist er nicht!« Schattenfroh wandte sich an einen der Umstehenden. »Haben Sie einen Mann mit einem weißen Staubmantel gesehen?«

Der andere sah ihn blöde an und schwieg. Schattenfroh eilte über einen Schutthaufen hinweg. Er lief die Seilergasse entlang. Der eine der Soldaten wandte sich nach rechts. Der andere rannte der Spiegelgasse zu. Schattenfroh stieß mit einem Mann zusammen, der eben aus einem Hause trat, stolperte, kam wieder auf die Beine und lief weiter. An der Grabenecke blieb er stehen. Der Stephansplatz war belebt. Etwa hundert Meter vor sich sah er Fabers weißen Mantel. Ein paar Fußgänger befanden sich zwischen ihnen. Der Leutnant lief weiter. Die beiden Soldaten hatte er aus den Augen verloren. Faber überquerte bei der eingemauerten Pestsäule die Fahrbahn und sah sich um. Als er den Leutnant erblickte, begann er gleichfalls zu laufen. »Warten Sie!« schrie Schattenfroh. Aber Faber wartete nicht. Er rannte in großen Sprüngen durch die Menge der Passanten. Sein Mantel wehte wie eine Fahne hinter ihm her. Der Leutnant keuchte. Er sah Faber in einer Hauseinfahrt verschwinden. Einige Sekunden später hatte er sie selber erreicht. Er schlitterte über das Klinkerpflaster des Bodens, kam vor dem Stiegenaufgang zum Stehen und lauschte. Aus dem Treppenhaus hörte er eilige Schritte. Schattenfroh eilte nach oben. Er rannte fünf Stockwerke hoch. Das Blut an seinen Schläfen klopfte, und er rang nach Luft, als er die letzte Etage erreichte. Eine eiserne Tür, die in den Bodenraum führte, flog vor ihm zu. Schattenfroh stürzte sich auf sie, riß sie wild auf und sprang in die dämmrige Dachkammer. Vor ihm, an einen Balken gelehnt, stand Faber. Er stand etwa so lange, wie man braucht, um bis zehn zu zählen. Dann gaben seine Knie nach und er sank zu Boden, auf dem er, mit dem Rücken gegen das Holz, sitzen blieb. Der Schweiß rann ihm von der Stirn. Sein Gesicht war schmutzig und kreideweiß. Aber er lächelte, als er sah, daß der Leutnant sich neben ihn setzte.

»Warum sind Sie fortgelaufen?« fragte Schattenfroh, als er wieder sprechen konnte. Faber blickte an ihm vorbei. Er steckte die eine Hand in die Manteltasche. Der Leutnant zog sie ihm wieder heraus.

»Wer sind Sie?«

Faber antwortete nicht.

»Wer sind Sie?« fragte Schattenfroh leise.
»Was wollen Sie eigentlich von mir?«
»Ich will wissen, wie Sie heißen!«
»Walter Schröder.«
»Das ist nicht wahr!«
Faber zuckte die Achseln. Schattenfroh glaubte Schritte gehört zu haben. Waren die beiden Soldaten ihm gefolgt? Er lauschte. Aber es blieb alles still.
»Wo sind Ihre Papiere?«
»Ich habe Sie schon dem Feldwebel gezeigt.«
Schattenfrohs Mund wurde schmal.
»Zeigen Sie sie mir noch einmal.«
Faber hörte auf zu lächeln. Er griff in die Tasche und zog Schröders Arbeitsbuch heraus. Der Leutnant öffnete es. Dann stand er auf.
»Wer sind Sie?«
»Walter Schröder. Ich habe es Ihnen schon einmal gesagt.«
Den Leutnant befiel plötzlich eine große Traurigkeit.
»Walter Schröder«, sagte er langsam, »ist tot.«
Faber antwortete nicht. Eine Zeitlang schwiegen sie beide. Unten, auf der Straße, hupte ein Auto. Durch die Dachluken fiel etwas Sonne in den Raum. Faber steckte eine Zigarette zwischen die Lippen.
»Haben Sie ein Streichholz?«
Schattenfroh neigte sich vor, knipste ein Feuerzeug an und fragte dann so leise, als ob es niemand hören dürfe: »Sie haben Schröder erschossen, nicht wahr?«
»Ja«, sagte Faber ebenso.
»Warum?«
»Das möchte ich nicht sagen.«
»Bitte?«
»Ich möchte es nicht sagen«, wiederholte Faber. Er gab dem Leutnant das Arbeitsbuch. »Hier sind Schröders Papiere.«
Schattenfroh sah ihn nachdenklich an.

»Haben Sie auch eigene?«
»Ja«, erwiderte Faber. »In der anderen Tasche. Wollen Sie die sehen?«
»Nein«, sagte Schattenfroh. »Sie sind natürlich der Soldat.«
»Natürlich«, sagte Faber.
»Sie haben mit dem Toten die Kleider getauscht?«
»Ja.«
»Warum?«
»Weil ich desertiert bin. Deshalb zog ich Schröders Kleider an. Nachdem ich ihn erschossen hatte.«
»Bei welcher Einheit waren Sie?«
Faber sagte es ihm.
»Wann sind Sie geflüchtet?«
»Vor drei Tagen.«
»Warum?«
»Das möchte ich gleichfalls nicht sagen.«
Der Leutnant nickte. Er fühlte, wie seine Traurigkeit sich verstärkte.
»Die anderen Leute haben nicht das geringste mit der Sache zu tun.«
Schattenfroh sah hilflos zu Boden.
»Tragen Sie eine Waffe?«
»Nein«, erwiderte Faber. »Wollen Sie mich durchsuchen?«
Der Leutnant schüttelte den Kopf.
»Ich hatte einen Revolver«, sagte Faber. »Mit dem erschoß ich Schröder. Er liegt neben dem Toten. Kommen Ihre Begleiter bald?«
»Wir haben uns verloren«, erwiderte der Leutnant.
Faber sah auf.
»Sie sind mir allein nachgelaufen?«
»Ja«, sagte Schattenfroh. »Ich kam allein. Aber man wird Sie suchen.«
»Wozu noch? Wenn Sie mich gefangen haben ...«
»Ich habe Sie nicht gefangen.«

»Natürlich nicht«, sagte Faber. »Sie stehen gar nicht wirklich vor mir. Ich träume das bloß alles.«
»Sie könnten mich angreifen«, sagte der Leutnant.
»Und Sie könnten mich erschießen.«
»Ja«, meinte Schattenfroh, »das könnte ich auch. Jetzt weiß ich, weshalb Sie mir so bekannt vorkamen.«
»Weshalb?«
»Weil Sie Soldat sind.«
»Ich kenne Sie trotzdem nicht.«
»Ich Sie auch nicht. Aber Sie sind ein Soldat. Vielleicht begreifen Sie das.«
»O ja«, sagte Faber, »das begreife ich schon.«
»Sagen Sie mir eines: Haben Sie Schröder erschossen, um ihm Ihre Uniform anziehen zu können?«
Faber verneinte.
»Und mußten Sie ihn erschießen?«
»Ja«, sagte Faber, »ich mußte.«
Schattenfroh überlegte lange. Er trat an eine der Dachluken und sah hinaus auf die umliegenden Häuser. Die Sonne blendete ihn. Im Süden stieg ein gewaltiger schwarzer Rauchpilz in den Himmel empor. Schattenfroh lehnte den Kopf an den rissigen Holzrahmen der Luke und schloß die Augen. Eine Minute verstrich. Eine zweite. Als der Leutnant sich umdrehte, fröstelte ihn.
Faber saß noch immer neben dem Balken.
»Sollen wir gehen?«
»Nein«, sagte Schattenfroh, »stecken Sie Ihre Papiere ein. Ich gehe allein. Ich habe Sie nicht gefunden. Warten Sie zehn Minuten, und verschwinden Sie dann. Gott allein weiß, wie weit Sie kommen.«
In Fabers Gesicht bewegte sich nichts mehr. Er war ganz still und starr geworden.
»Haben Sie mich verstanden?«
»Durchaus«, erwiderte Faber, »Sie wollen mein Leben retten.«

»Blödsinn«, sagte der Leutnant, »ich habe nur Angst.«
»Angst?«
»Ja, Angst davor, eine Gemeinheit zu begehen. Ich habe schon viele begangen. Aber diesmal habe ich Angst.«
»Es wäre gar keine Gemeinheit«, sagte Faber, »von Ihrem Standpunkt aus.«
Der Leutnant hob seine Hand und ließ sie wieder fallen.
»Wer weiß?«
In der Tür drehte er sich noch einmal um und sagte: »Seien Sie leise.«
Faber nickte. Er warf seine Zigarette zu Boden und trat sie langsam, mit einer kreisenden Bewegung seines Schuhes, aus.

Als Schattenfroh sich in den Keller des Hauses auf dem Neuen Markt zurücktastete, stieß er auf der dunklen Treppe mit dem Feldwebel zusammen.
»Haben Sie ihn gefunden?«
»Nein.«
»Natürlich nicht.«
»Und Ihre Leute?«
»Auch nicht«, sagte der andere. »Ich habe die Kommandantur verständigt und seine Beschreibung weitergegeben. Unsere Streifen sind alarmiert. Unten im Keller arbeiten ein paar Leute vom Sicherheitsdienst. Wo waren Sie eigentlich so lange?«
»Ich rannte einem Mann mit einem weißen Mantel nach, und als ich ihn endlich einholte –«
»– da war es der Falsche!«
»Ja«, sagte Schattenfroh unbewegt, »da war es der Falsche.«
Er kletterte durch die Mauerluke in den Keller, wo ein Mann in Zivil den Verschütteten Anweisungen gab. Sie durften nach Hause gehen. Sie durften nicht die Stadt verlassen. Sie hatten, im Falle der Geflüchtete bei einem von ihnen auftauchte, dies sofort zu melden. Und sie hatten schließlich alle am nächsten

Vormittag, um neun Uhr, zu weiteren Einvernahmen zu erscheinen.

»Wo?« fragte Gontard.

Der Beamte gab eine Adresse bekannt. Dann sah er den Leutnant und grüßte.

»Wir müssen jetzt fort. Können Sie hierbleiben, bis unser Arzt kommt?«

Schattenfroh nickte. Er fühlte, daß die Augen der Menschen vor dem Beamten sich an ihn klammerten in einem stummen Flehen.

»Ja«, sagte er, »ich kann solange warten.«

Niebes, der aus einer entfernten Ecke des Kellers kam, sprach erregt auf den Zivilisten ein.

»Eine große lederne Aktentasche«, hörte Schattenfroh ihn sagen, »angefüllt mit Plänen und Konstruktionszeichnungen. Sie *muß* hier sein.«

»Wo denn, zum Teufel? Vielleicht hat der Mörder sie mitgenommen.«

»Aus welchem Grunde sollte er die Tasche stehlen?«

»Aus welchem Grunde ermordete er Schröder?«

»Aber diese Menschen hier ... kann man sie nicht zwingen, die Wahrheit zu erzählen?«

»Nur noch sehr schwer«, sagte der andere. »Meine Kollegen haben den Keller durchsucht und nichts gefunden. Ich kann Ihnen im Augenblick auch nicht helfen.« Niebes wanderte mit seiner Lampe wieder in die Dunkelheit hinein. Er rief nach Kleinert.

Als Schattenfroh aufsah, stand der Priester neben ihm.

Die Gruppe der Untersuchungsbeamten ging zum Durchbruch. Bei Schröders Leichnam verweilten sie kurz.

»Ich danke Ihnen«, sagte Gontard. Sie sahen beide zu den drei Männern neben dem Toten und sprachen leise, ohne sich anzusehen, Schulter an Schulter.

»Diesmal«, sagte Schattenfroh, fast ohne die Lippen zu öffnen,

»konnte er fliehen. Jetzt sucht man in der ganzen Stadt nach ihm.«
»Glauben Sie, daß er den Streifen entkommen wird?«
»Vielleicht, wenn er Glück hat.«
»Das heißt –«
»Die meisten Menschen«, sagte Schattenfroh, »haben kein Glück.«
»Und wenn man ihn fängt?« fragte Susanne, die hinzugetreten war.
»Dann wird man ihn erschießen«, antwortete der Leutnant, wie es schien, irritiert durch die Anwesenheit eines Dritten.
»Ich werde nie vergessen, was Sie heute getan haben«, flüsterte das Mädchen. Schattenfroh begann langsam von den beiden anderen fortzugehen.
»Ich habe gar nichts getan«, sagte er abweisend. »Lassen Sie mich in Ruhe.«

5

Eine halbe Stunde später gaben Kleinert und Niebes ihre Versuche, Schröders Aktentasche wiederzufinden, endgültig auf und verabschiedeten sich, um, wie sie sagten, die Leitung des Werkes von dem Vorgefallenen zu verständigen und alle nötigen Schritte zu unternehmen. Sie wollten erfahren, wer die Untersuchung des Falles führen würde.
»Das weiß ich nicht«, antwortete der Leutnant, »vielleicht die Polizei. Wahrscheinlich die Wehrmacht. Am besten gehen Sie morgen früh selbst auf die Kommandantur.«
Die beiden zogen die Hüte und kletterten nach oben. Der Leutnant stellte die Lampe neben den Toten und setzte sich auf einen Stuhl. Sein Schatten fiel riesengroß über die ganze Wand.
»Sie können gehen«, sagte er müde zu den Menschen, die im Keller zurückgeblieben waren. »Ihre Adressen haben wir.

Der Fall ist eigentlich gelöst. Der Täter hat seine Schuld gestanden.«

»Es trifft ihn keine Schuld«, sagte Gontard leise und hielt die Hand des Mädchens.

»Vielleicht nicht«, erwiderte der Leutnant ebenso. »Ich weiß nicht, was hier vorgefallen ist.«

»Es läßt sich nur schwer mitteilen«, sagte Gontard. Schattenfroh hob eine Hand.

»Sie müssen es mir nicht erzählen.«

Der Priester schüttelte den Kopf.

»Sie sollen es aber erfahren. Alle sollen es erfahren. Es ist meine Pflicht, dafür zu sorgen, daß die Wahrheit bekannt wird.«

»Warum?«

»Um dem Beschuldigten zu helfen.«

Der Leutnant sah auf seine Stiefel.

»Sie werden ihm sehr schwer helfen können.«

»Aber er ist an diesem Mord nicht schuldig.«

»Vielleicht nicht«, erwiderte Schattenfroh traurig. »Aber er ist desertiert.«

Der Priester trat näher.

»Sie haben noch mit ihm gesprochen, nicht wahr?«

»Ja«, sagte Schattenfroh, ohne den Blick zu heben.

»Und?«

»Er ist unterwegs. Sie werden ihn nicht mehr sehen.«

»Wieso?«

»Er weiß, daß er Sie alle in Gefahr bringt durch sein Kommen. Sie alle und sich selbst.«

»Hat er ...« Susanne zögerte, »... hat er etwas von mir gesagt?«

»Nein«, antwortete der Leutnant. Er sah kurz auf. »Wollen Sie nicht gehen?«

»Meine Sachen sind hier im Keller«, sagte Therese Reimann.

»Die können bleiben. Morgen ist auch noch ein Tag.«

Der Priester legte dem Mädchen den Mantel über die Schultern.

Schattenfroh stand auf, und sein verwüsteter Mund wurde weich, als er Susanne die Hand gab.

»Wir sehen uns wieder«, sagte Gontard. Dann folgte er dem Mädchen. Als letzte stieg Fräulein Reimann durch den Tunnel. Das kleine Kind mit seiner Großmutter war schon vorausgegangen.

Schattenfroh setzte sich neben den Toten und zog ihm die Decke vom Gesicht. Die Lampe zischte. Schattenfroh rührte sich nicht. So saß er lange.

Die drei Menschen gingen, als sie die Straße erreichten, um den Häuserblock zu dem getroffenen Gebäude. Die Bombe war in den Mitteltrakt gefallen. Von Fräulein Reimanns Wohnung war kein einziger Teil mehr zu sehen.

Einige Frauen in Arbeitskleidung und Kopftüchern erkannten sie und eilten auf sie zu. Sie boten sich an, ihr zu helfen. Sie sprachen tröstend auf sie ein. Sie erklärten, ein Zimmer wäre bereit, in dem die alte Dame zunächst wohnen könnte. Fräulein Reimann hörte ihnen schweigend und freundlich zu. Ihre Augen ließen nie das zerstörte Haus los.

Susanne und der Priester standen in der Mitte des Platzes. Das Mädchen sah in den Himmel, der sich im Westen mit roten Wolken bedeckte. Über ihr schmutziges Gesicht liefen noch immer Tränen.

»Woran denken Sie?« fragte der Priester.

»Warum mußten Schröders Kollegen erscheinen, um den Toten zu identifizieren? Warum war alles, was wir erlebten, vom Zufall bestimmt und nicht vom Schicksal?«

»Der Zufall ist das Schicksal«, erwiderte Gontard. »Er ist das Gesetz unseres Lebens. Nichts, was geschieht, ist sinnlos, alles ist vorgezeichnet.«

»Daran glaubte Schröder.«

»Daran glaubte auch Faber. Sie sagten es beide mit verschiedenen Worten, aber sie glaubten dasselbe. Sie waren einander so ähnlich, wie nur die äußersten Gegensätze es sein können: wie ein Gesicht und seine Maske, wie ein Schlüssel und sein Schloß.« Der Priester legte einen Arm um Susanne. »Wir alle«, sagte er, »glauben im Grunde das gleiche. Wir haben verschiedene Bezeichnungen für dieselben Begriffe gefunden, und es bedürfte einer einzigen Anstrengung, um diesen Umstand deutlich werden zu lassen. Faber erschoß Schröder, weil Schröder uns bedrohte. Und alles hätte anders sein können – leicht, ganz leicht –, wenn wir zusammengehalten hätten. Wenn wir begriffen hätten, daß jeder von uns meinte, das Richtige zu tun, weil er die Ereignisse nur mit seinen Augen sah. Schröder ahnte, daß es sich so verhielt, als er von der Lehre des Origines sprach. Aber er bediente sich nicht seiner Erkenntnis. Wir waren sieben in diesem Keller. Doch die Motive, die uns handeln ließen, waren nicht siebenfach. Und auch nicht einundzwanzigfach. Sie waren so mannigfach wie das Leben und so einfach wie der Tod. Unsere Augen sahen alle das gleiche, und unsere Ohren hörten alle dasselbe. Aber unsere Herzen schlugen verschieden, und unsere Seelen waren einander fremd. Was dann, durch uns, geschah, kann man nicht Zufall nennen. Denn es konnte nichts anderes geschehen. Und es wird auch in Zukunft nichts anders geschehen können, als wie es eben geschieht. Was wir heute tun, trägt morgen Früchte, und es sind die Früchte unserer Taten von gestern, die uns heute bedrükken.«

Susanne setzte sich auf den Brunnenrand, auf dem sie vor zwei Tagen mit Faber gesessen hatte. Der Priester blieb vor ihr stehen. »Wir«, sagte er, »müssen jetzt handeln. Ich habe schlecht gelebt und Sie auch. Wir haben versucht, unser Glück zu erschwindeln. Wir haben zu viel Angst und zu wenig Mut bewiesen. Heute sind wir elend, weil wir gestern gewissenlos waren. Daran, daß Schröder tot und Faber in Gefahr ist, tragen wir selbst die Schuld.«

»Ich weiß«, sagte Susanne.
»Morgen früh komme ich zu Ihnen. Wir werden gemeinsam zu den Behörden gehen.«
»Und was tun?«
»Die Wahrheit sagen«, erwiderte der Priester. »So Gott gibt, ohne Furcht.«
Sie sah ihn an und schwieg.
»Fräulein Susanne«, sagte er, »Sie müssen lernen, wieder zu glauben. Darin war Schröder uns voraus. Er glaubte bedingungslos an eine schlechte Sache. Aber er glaubte an sie. Deshalb war er stark zu einer Zeit, in der wir noch zögerten, weil wir nicht wußten, wofür wir kämpfen sollten, weil wir zwar *gegen* eine Idee, aber nicht *für* eine andere lebten.«
»Und woran glauben Sie?«
»Ich glaube«, antwortete Gontard, »an die Gesetzmäßigkeit des Lebens, die viele Menschen Zufall nennen. An eine progressive Entwicklung der Welt, die in positive oder negative Bahnen zu lenken bei uns liegt. Und ich glaube an unsere Fähigkeit, das Richtige zu tun mit derselben Hingabe, mit welcher wir alle bisher das taten, was falsch war, wenn wir es auch für das Richtige hielten.«
»Und glauben Sie daran, daß Faber entkommen kann?«
»Vielleicht –«
»Ich glaube es nicht.«
Gontard sah ihr ins Gesicht.
»Es handelt sich, verstehen Sie doch, bitte«, sagte er, »schon lange nicht mehr um das, was wir glauben, hoffen oder fürchten. Es handelt sich allein um das, was wir tun. Was andere tun. Menschen wie dieser Leutnant beispielsweise.«
»Das alles«, sagte Susanne, »sind Worte. Sie werden keinen Kerker öffnen und keine Kugel abwenden.«
Gontard schüttelte den Kopf.
»Unser Unglück liegt in unserem Kleinmut. Wir verzagen, ehe wir noch etwas gewagt haben für das, was wir gewinnen wollen.

Dabei sollte es leicht sein für Sie, weiterzugehen. Sie haben die Liebe, die Sie stärker macht als alle Gewalten des Todes. Sie haben die Liebe und sind eine Frau.«

»Ich möchte sterben«, sagte Susanne.

»Das ist das äußerste Zeichen der Schwäche! Man stirbt nicht, wenn man gebraucht wird. Das Leben wurde uns nicht als Geschenk gegeben, sondern als eine Aufgabe.«

»Warum? Wer durfte sich diese Freiheit nehmen? Wie kommt Gott dazu, uns in ein Leben zu stellen, das wir nicht wollen, und vor Probleme, die unlösbar sind?«

»Nicht Gott hat das getan«, erwiderte der Priester, »sondern Menschen, unsere Vorfahren, so, wie sie in dieses Leben gestellt wurden von den ihren. Die ganze Menschheit und eine Entwicklung von Millionen Jahren waren nötig, um Sie und mich entstehen zu lassen. Und wir, Sie und ich, tragen deshalb mit die Verantwortung an dieser Menschheit. Schwächlinge und Märtyrer erzählen uns, des Menschen Reich sei nicht von dieser Welt. Doch die Stimme des Gewissens sagt uns, daß diese Welt mit allem Glanz und aller Finsternis dem Menschen gehört, daß sie sein Werk ist und er das ihre. Er darf ihr nicht entfliehen. Wie sie geschaffen ist, furchtbar und wunderbar, muß er ihr die Treue bewahren. Denn er allein kann dafür Sorge tragen, daß sie wieder wird, was sie einmal gewesen sein soll.«

»Ein Nichts?« fragte Susanne.

»Ein Paradies«, erwiderte Gontard.

Das Mädchen stand auf. Als sie in die Tasche griff, stieß ihre Hand auf ein Buch. Es war die »Weise von Liebe und Tod«. Sie betrachtete es kurz, dann riß sie es entzwei und warf die Stücke in den Brunnen.

»Das ist vorbei.«

»Es ist nicht vorbei«, sagte Gontard. »Aber es hilft uns nichts mehr. Darf ich Sie heimbringen?«

»Ich möchte gerne allein sein.«

»Bestimmt?«

»Ja«, sagte sie. »Bis morgen also. Kommen Sie zu mir. Leben Sie wohl, Hochwürden.« Sie gab ihm die Hand. Er verneigte sich und ging dann, leicht gebückt, über den Neuen Markt davon. Seine Soutane schleifte über den Boden. Susanne sah ihm nach, bis er um eine Straßenbiegung verschwand. Es wurde kühler. Susanne ging durch die Stadt.

Ihre Augen tränten, aber sie wußte nicht, daß sie weinte. Sie wußte überhaupt nichts von sich. Menschen sahen ihr nach, als sie so, schmutzig, mit wirrem Haar und zerdrückten Kleidern, durch die Straßen ging. Aber niemand fand den Mut, sie anzusprechen. Susannes Mantelkragen stand unordentlich in die Höhe, sie hielt die Hände in den Taschen. Benommen und müde setzte sie Fuß vor Fuß.

Sie überquerte den Ring, sie bog in die Mariahilferstraße ein. Sie ging den ganzen weiten Weg nach Hause. Die letzten Strahlen der Sonne fielen auf sie, als sie den Gürtel erreichte. Ihr Gesicht war naß. Der Staub bildete schmutzige Streifen auf ihren Wangen. Susanne ging immer weiter. Sie blieb nicht einmal stehen, sie verweilte nirgends. Ihre Knie schmerzten. In einem Park blühten ein paar Sträucher. Kinder spielten. Eines lief schreiend über Susannes Weg. Gegen sechs Uhr erreichte sie ihr Heim. Sie durchschritt den Garten, öffnete die Haustür und stieg die wenigen Stufen zu ihrer Wohnung empor. Im Briefkasten steckten einige Kuverts, eine Zeitung und ein Zettel. Susanne berührte nichts. Die kleine weiße Katze kam ihr entgegen und rieb sich an ihren Beinen.

Susanne warf den Mantel fort, ging in die Küche und schüttete Milch in eine Tasse. Das Tier trank gierig und schnurrend. In ihrem Zimmer spielte ein Radioapparat. Sie hatte vergessen, ihn abzustellen. Susanne ließ sich auf das Bett fallen. Die Beine hingen zu Boden. Ihr Haar verwirrte sich noch mehr. Sie lag auf dem Gesicht und rührte sich nicht. Von der Straße her drangen die Stimmen vorübergehender Menschen zu ihr. Irgendwo in

der Ferne klingelte eine Straßenbahn. Sie dachte an Faber. Er konnte nicht zu ihr kommen, das war gewiß. Die Polizei suchte ihn, sie selbst wurde wahrscheinlich beobachtet. Und dennoch, mit der ganzen Sehnsucht ihrer Seele, erwartete sie ihn.
Aber Faber kam nicht. Er saß zu dieser selben Stunde in einem kleinen Gasthof am Rande der Stadt, der umgeben war von endlosen Weinhängen, die sanft in die Niederungen hinunterglitten, auf denen schon die Schatten der Dämmerung lagen. Er war allein in der Schankstube. Vor ihm stand ein Glas Wein. Faber sah aus dem Fenster hinaus auf das Häusermeer zu seinen Füßen. Die Nacht kam. Er mußte weiter. Weiter? Wohin?
Er konnte nicht mehr denken. Eine unendliche Müdigkeit befiel ihn, während er so in dem langen, dunkler werdenden Raum saß. Wohin? Er wußte es nicht. Für ihn hatte sich nichts geändert. Er wurde weiter gejagt. Seine Flucht war noch nicht zu Ende. Würde sie je zu Ende sein? Die Zeilen fielen ihm ein, die Susanne gesprochen hatte, als sie gemeinsam gefangen lagen.

> Ich bin, ich weiß nicht wer.
> Ich komme, ich weiß nicht woher.
> Ich gehe, ich weiß nicht wohin.
> Mich wundert, daß ich so fröhlich bin ...

Susanne ... ob sie ihn jetzt erwartete? Würde er sie je wiedersehen? Ihre Adresse trug er noch bei sich. Faber nahm das kleine Papier aus der Tasche. Wenn man ihn verhaftete, durfte es nicht gefunden werden. Er las die Anschrift mehrmals, bis er sie auswendig konnte. Dann zerriß er den Zettel in kleine Stücke und warf sie in eine gläserne Aschenschale. Der Wirt kam herein und fragte, ob er Licht machen sollte.
»Nein«, sagte Faber, »danke.«
Der andere drehte einen großen schwarzen Radioapparat an,

wartete, bis die ersten Takte eines langsamen Walzers hörbar wurden, und ging wieder hinaus. Faber legte den Kopf auf die verschränkten Arme. Als er erwachte, war es neun Uhr, und ihn fror. Der Wirt stand vor ihm und sah ihn nachdenklich an. Die Stube war noch immer leer.
»Wohin fahren Sie?« fragte der Wirt. Er war ein großer, untersetzter Mann mit rotem Gesicht und schwermütigen Augen. Sein wollenes Hemd war über der Brust geöffnet.
»Nach Hause«, sagte Faber.
»Brauchen Sie Geld?«
»Nein.«
»Vielleicht doch.«
»Wirklich nicht!«
»Hier«, meinte der andere, griff in die Tasche und legte eine Reihe von Scheinen auf den Tisch. »Sie werden es brauchen. Jetzt müssen Sie gehen. Am besten durch den Wald. Vermeiden Sie die großen Ausfallstraßen. Dort gibt es überall Kontrollen.«
Faber stand auf.
»Was soll das heißen?«
»Ich habe Sie beobachtet, als Sie schliefen«, sagte der Wirt und schob das Geld über den Tisch.
»Habe ich im Schlaf gesprochen?«
Der andere nickte. Faber lauschte kurz der Musik, die aus dem Lautsprecher kam. Eine dunkle Frauenstimme sang die Worte eines zu jener Zeit sehr volkstümlichen Liedes, das von der Liebe und vorn Tod, aber vor allem von diesem sprach. Dann steckte er das Geld ein.
»Der Wein ist bezahlt«, sagte der Wirt.
Faber fühlte, daß seine Beine schwer waren wie Blei.
»Warum haben Sie das für mich getan?« fragte er müde. Ihre Blicke begegneten sich für eine Sekunde.
»Weil Sie mir leid tun«, erwiderte der Wirt. Er sah Faber nach, bis dessen Gestalt sich in der Dunkelheit und den aufsteigenden

Bodennebeln verlor. Dann schloß er die Tür und blieb in der Mitte des Raumes stehen. Er rührte sich nicht. Draußen auf der Straße jaulte ein Hund. Das Lied des Radios wurde leiser, schließlich setzte die Melodie ganz aus. Die unpersönliche Stimme des Ansagers brachte eine Luftlagemeldung.
»Kampfverband im Anflug auf Westdeutschland.«
Kampfverband im Anflug auf Westdeutschland. Es war 21 Uhr 7. Die Melodie kam wieder und wurde laut. Ein Saxophonsolo unterbrach den gleichmäßigen Rhythmus des Liedes. Dann sang die weiche Frauenstimme den Refrain zu Ende.

©1949 Paul Zsolnay Verlag Gesellschaft m.b.H., Wien/Hamburg

Knaur®

Johannes Mario Simmel — *Im Frühling singt zum letztenmal die Lerche* — Roman

»Kein anderer Schriftsteller als Simmel hätte den Mut, aus diesem Thema einen Roman zu machen.«
Frankfurter Allgemeine Zeitung

(60089)

(1393)

(1570)

(262)

Romane von Johannes Mario Simmel

Von Johannes Mario Simmel sind außerdem bei Knaur erschienen:

Bis zur bitteren Neige (118)
Liebe ist nur ein Wort (145)
Lieb Vaterland magst ruhig sein (209)
Alle Menschen werden Brüder (262)
Bitte laßt die Blumen leben (1393)

(437)

(728)

Foto: Isolde Ohlbaum

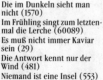

(397)

(2957)

Die im Dunkeln sieht man nicht (1570)
Im Frühling singt zum letztenmal die Lerche (60089)
Es muß nicht immer Kaviar sein (29)
Die Antwort kennt nur der Wind (481)
Niemand ist eine Insel (553)
Ein Autobus groß wie die Welt (643)
Meine Mutter darf es nie erfahren (649)
Zweiundzwanzig Zentimeter Zärtlichkeit (819)
Wir heißen Euch hoffen (1058)
Die Erde bleibt noch lange jung (1158)